市井六百年

解析元明清三代民間文學

高有鵬 著

從魯智深怒吼到鄭秀英殉情，
探尋平民書寫，一窺百姓心聲

從戲台到街巷，人民用故事抵抗壓迫
歷史不只寫在朝堂，也藏在百姓的歌謠與傳說中

穿越三代，傾聽民間故事中的文化魂魄

目錄

目錄

第一章
元代民間文學

《元史．河渠志三》中一首歌謠記述「石人一隻眼，挑動黃河天下反」，載「至正年」夏天「黃河暴溢」事件，賈魯治河，在黃陵岡得一眼石人，轟轟烈烈的劉福通農民起義遂「乘時而起」，點燃了推翻元帝國統治的大火。大火的光芒和歌謠聲，照亮了黑暗帝國的夜空，發出元代民間文學的巨響。

在中國民間文學史上，元代民間文學是尤為獨特的一頁。由於強烈的民族歧視和民族壓迫，傳統文化在元朝統治中國的 90 年間，由宋代的極盛跌入谷底，以雜劇為代表的民間文學，更強烈地呼喊出憤怒的控訴與聲討。蒙古民族先後滅掉西夏和金，於西元 1271 年建立元帝國，西元 1276 年滅了南宋；它曾經征服廣袤的歐亞大陸，盛極一時，是世界上最強大的帝國；雖然對統一中國做出了重要貢獻，但是，它鄙視中國古典文化，奴役占中華民族大多數的漢民族，引發了不可調和的民族對立，最後還是走向政治失敗和滅亡，被朱元璋農民起義建立的明王朝所替代。這裡，我們姑且不去討論元統治者如何把中國人分為四等，將蒙古人、色目人之外的漢人、南人列為三、四等，又如何不顧法制，中斷科舉考試，毀壞大片良田 [001]；檢索文獻，從元代民間文學中，我們可以深切地感受到專制政治

[001] 蒙古人入主中原，曾有大臣提出「漢人無補於國，可悉空其人以為牧地」，直到耶律楚材提出反對意見，這種遍投「投下」，以漢人為奴的政治才有所改變，然而時間已過去了半個世紀，危害極大。見《明史．耶律楚材傳》。

的罪惡與脆弱，同時也可以看到民眾期待發展與平安的浪潮，是任何邪惡勢力都阻擋不了的。

元代的民間文學，最獨特的內容是呈現在具有濃厚民間文化色彩的元雜劇之中的民間曲調與大量民間傳說故事，其次是元代刊刻的民間「說話」中的「小說」話本和筆記小說中的傳說故事，它們不同程度地保留著元代作家對民間文學的整理與運用；民間故事作為社會風俗生活的展現，具有十分重要的價值意義。與其他歷史時期一樣，民間歌謠和諺語成為這個時代的「天籟」。

第一節　元雜劇和民間文學

戲曲從產生那一天起就是民間文學的形式。從口頭傳說故事被演繹成為表演、說唱藝術的文字，或口耳相傳，或口傳心授，是典型的民間文學存在與發展形式。

當雜劇藝術成為文化行業（產業）的時候，仍然保留其民間文學意義與形式。

元代雜劇的文化基礎是民間文學，其形成的直接背景，除了元代社會各種外部條件之外，就是宋、金雜劇院本，表現了藝術的自身嬗變。如王國維在《宋元戲曲史》中的「元雜劇之淵源」中所說：「宋、金之所謂雜劇院本者，其中有滑稽戲，有正雜劇，有豔段，有雜班，又有種種技藝遊戲。其所用之曲，有大曲，有法曲，有諸宮調，有詞，其名雖同，而其實頗異。至成一定之體段，用一定之曲調，而百餘年間無敢踰越者，則元雜劇是也。」在他看來，「元雜劇之視前代戲曲之進步」有兩個方面，一是元雜劇「每劇皆用四折，每折易一宮調，每調中之曲，必在十曲以上」；二是它「視大曲為自由，而較諸宮調為雄肆」，「於科白中敘事，而曲文全為代言」。正因為這兩方面的「進步」及其「兼備」，「而後我中國之真戲曲出焉」。元雜劇中所用曲，有人統計共有「三百三十五章」，有出於「大曲者」，有出於「唐宋詞者」，有出於「諸宮調中各曲者」，還有一些「不見於古詞曲」，又「可確知其非創造者」，這就是民間文藝中的一些曲調。王國維對這些民間曲調做了詳細考察，指出其為「宋代舊曲」，即宋代民間曲調。如〈六國朝〉，見於曾敏行的《獨醒雜志》卷五中所載「先君嘗言宣和末客京師，街巷鄙人，多歌番曲，名曰〈異國朝〉、〈四國朝〉、〈六國朝〉、〈蠻牌序〉、〈蓬蓬花〉等，其言至俚，一時士大夫亦皆歌之」。〈憨郭郎〉則見於《樂府雜錄》。其中「傀儡子」條載「其引歌舞有郭郎者，髮正禿，善優笑，閭里呼為郭郎，凡戲場必在俳兒之首也」；楊大年〈傀儡詩〉也有「鮑老當筵笑郭郎」。〈叫聲〉見於《事物紀原》卷九「吟叫」條，載「嘉祐末，仁宗上仙」時，「市井初有叫果子之戲」，「京師凡賣一物，必有聲韻，其吟哦俱不同，故市人採其聲調，間以詞章，以為戲樂也」；《夢粱錄》卷二十亦載此「以市井諸色歌叫賣合之聲，採合宮商，成其詞也」。〈快活三〉見於《東京夢華錄》卷七中所記「任大頭、快活三之類」，又見於《武林舊事》卷二中所載「快活三郎」、「快活三娘」。〈喬捉蛇〉見於《武林舊事》卷二中，又見於金人院本名目〈喬捉蛇〉。〈拔不斷〉見於《武林舊事》卷六中「唱〈拔不斷〉」。〈太平令〉見於《夢粱錄》卷二十，其中載「紹興年間，有張五牛大夫，因聽動鼓板中有〈太平令〉或賺鼓板」。王國維說，這些曲調「雖不見於現存宋詞中，然可證其為宋代舊曲，或為宋時習用之語」，「由此推之，則其他二百十餘章，其為宋、金舊曲者，當復不鮮」。此「宋、金舊曲」，其實就是宋、金時代的民間曲調。由此可見元雜劇在曲調上受到民間文學的普遍影響。再者是元雜劇採用大量的俗語俚諺，朱居易著《元劇俗語方言例釋》[002] 對此做了深入而詳細的考證，其中收俗

---

[002]　朱居易：《元劇俗語方言例釋》，商務印書館 1956 年 9 月版。

語方言「共一千零數十則」，在解釋時「以曲證曲，間及話本小說及宋、元人筆記，以資旁證」，探討相當完備。其他還有徐嘉瑞《金元戲曲方言考》[003]、張相《詩詞曲語辭彙釋》[004]等，對此都有深入研究，這裡不詳細舉例。

元雜劇的保存，在歷史上也曾經歷盡滄桑，不斷佚失。李開先在〈張小山樂府〉序〉中說，「洪武初年」，有「親王之國，必以詞曲千七百本賜之」。《太和正音譜》卷首錄元人雜劇「五百三十五本」。鍾嗣成《錄鬼簿．序》中，載「四百五十八本」。明長興臧懋循所刻《元曲選》錄「二百五十種」，其中「亦非盡元人作矣」；同時代的刊本，還有無名氏的《元人雜劇選》和陳與郊的《古名家雜劇》等，所收「存佚已不可知」。王國維在《宋元戲曲史》中詳加考證，說「今日確存之元劇，而為吾輩所能見者，實得一百十六種」。在所見刊本中，以鍾嗣成《錄鬼簿》的影響最為重要，其他如《元曲選》、《元人雜劇選》、《太和正音譜》、《雍熙樂府》以及《也是園書目》等，都保存了豐富的元雜劇劇本或劇本的一部分和名目。從中我們可以看到，元雜劇中以歷史傳說和民間傳說、民間故事為題材的，占據了相當大的比重。選取歷史傳說者，如「三國」故事類，有關漢卿的《歇業雙赴西蜀夢》、《關大王單刀會》，無名氏的《諸葛亮博望燒屯》和《兩軍師隔江鬥智》等，我們姑且稱為「三國戲」；包拯傳說故事是元雜劇中十分獨特的題材，可稱為「包公戲」，諸如關漢卿的《包待制三勘蝴蝶夢》、《包待制智斬魯齋郎》，鄭廷玉的《包待制智勘後庭花》，武漢臣的《包待制智勘生金閣》，李行道的《包待制智勘灰闌記》，無名氏的《包待制陳州糶米》、《包待制智賺合同文字》等。梁山泊水滸英雄傳說故事可稱為「水滸戲」，諸如高文秀的《黑旋風雙獻功》，李文蔚的《同樂院燕青博魚》和康進之的《梁山泊李逵負荊》等。歷史上的作家，在傳說中以風流面目出現者頗

[003]　徐嘉瑞：《金元戲曲方言考》，商務印書館 1948 年 5 月版。
[004]　張相：《詩詞曲語辭彙釋》，中華書局 1953 年版。

多，可稱為「文人傳說戲」，諸如馬致遠的《江州司馬青衫淚》，吳昌齡的《花間四友東坡夢》，石君寶的《李亞仙詩酒麴江池》，王伯成的《李太白貶夜郎》，喬吉甫的《杜牧之詩酒揚州夢》、《李太白匹配金錢記》，費唐臣《蘇子瞻風雪貶黃州》，鮑天枯的《王妙妙死哭秦少游》和鄭光祖的《醉思鄉王粲登樓》等。歷史上的英雄、聖賢、忠臣、良將，留下了許多生動的傳說，成為元雜劇的重要題材，此可稱為「英雄戲」，諸如李壽卿的《說專諸伍員吹簫》，尚仲賢的《尉遲公三奪槊》、《尉遲公單鞭奪槊》，趙明道的《陶朱公范蠡歸湖》，周文質的《持漢節蘇武還鄉》，紀君祥的《趙氏孤兒冤報冤》，張國賓的《薛仁貴衣錦還鄉》，狄君厚的《晉文公火燒介子推》，金仁杰的《蕭何追韓信》，朱凱的《昊天塔孟良盜骨殖》，無名氏的《凍蘇秦衣錦還鄉》、《小尉遲將鬥將認父歸朝》、《龐涓夜走馬陵道》和《隨何賺風魔蒯通》等。

歷史上的一些帝王或叱吒風雲，或風流多情，他們的傳說也是元雜劇的題材，此類作品可稱作「帝王戲」，諸如高文秀的《好酒趙元遇上皇》，鄭廷玉的《楚昭王疏者下船》，白樸的《唐明皇秋夜梧桐雨》，李直夫的《便宜行事虎頭牌》，尚仲賢的《漢高祖濯足氣英布》，鄭光祖的《周公輔成王攝政》等。這些傳說故事作為雜劇演唱內容，其實代表著具有遺民色彩的文化復興意識。

歷史上還留下來一些神仙傳說，這些神仙或者有真實的歷史人物作為產生的依託背景，或者純屬烏有，但是他們都與一定的風物相關，他們的傳說故事與其他一些宗教傳說一起構成元雜劇的內容，此可稱為「神仙戲」。諸如鄭廷玉的《布袋和尚忍字記》，馬致遠的《呂洞賓三醉岳陽樓》、《太華山陳摶高臥》、《馬丹陽三度任風子》，吳昌齡的《張天師斷風花雪月》，岳伯川的《岳孔目借鐵枴李還魂》，李時中的《邯鄲道省悟黃粱夢》，范康的《陳季卿悟道竹葉舟》，李壽卿的《月明和尚度柳翠》，王曄的《破陰陽八卦桃花女》，楊景賢的《馬丹陽度脫劉行首》，無名氏的《嚴子陵垂釣七里灘》、《龐居士誤放來生債》、《玎玎璫璫盆兒鬼》、《薩真人夜斷碧桃花》等。神仙文化在元代的發展，顯示出民間信仰在特定歷史條件下的另一種社會風俗生活現象。

此外，元雜劇中還有一些公案傳說，可稱為「公案戲」，是元代社會風俗生活變化的直接表現，這是元代民間文學發展的重要現象。諸如孟漢卿的《張鼎智勘魔合羅》，孔文卿的《秦太師東窗事發》，孫仲章的《河南府張鼎勘頭巾》，蕭德祥的《王翛然斷殺狗勸夫》和無名氏的《張子替殺妻》等。關漢卿的《感天動地竇娥冤》，是「公案戲」中難得的悲劇，千百年來備受世人感動。

在歷史傳說之外，還有一些表現情愛糾葛的民間生活故事，或者實有其事，或者純粹是民間百姓的幻想，在其流傳中展現出下層人民的情愛觀念和具體的人生觀、審美觀、道德觀。這一類故事以言情為主要內容，被人喻之為「風月」，在元雜劇中最為感人，我們可以稱之為「風月戲」。這些情愛故事以「風月」的面目出現，表現出不同類型的情愛生活，是整個元雜劇中最能展現時代氣息的內容，諸如關漢卿的《閨怨佳人拜月亭》、《趙盼兒風月救風塵》、《詐妮子調風月》，白樸的《裴少俊牆頭馬上》，王實甫的《崔鶯鶯待月西廂記》，武漢臣的《李素蘭風月玉壺春》，尚仲賢的《洞庭湖柳毅傳書》，石君寶的《魯大夫秋胡戲妻》、《諸宮調風月紫雲庭》，李好古的《沙門島張生煮海》，張壽卿的《謝金蓮詩酒紅梨花》，鄭光祖的《傷梅香騙翰林風月》、《迷青瑣倩女離魂》，曾瑞的《王月英元夜留鞋記》，喬吉甫的《玉簫女兩世姻緣》，無名氏的《孟德耀舉案齊眉》、《逞風流王煥百花亭》等。這些撲朔迷離的愛情關係，或者是有情人終成眷屬，或者是棒打鴛鴦散、勞燕兩分飛而令人扼腕嘆息不已，都以真情感染著人。從另一個方面來講，元雜劇對情愛傳說故事的成功表現，再一次向我們展示出

一種藝術規律 —— 情愛是文學的靈魂。

在這些形形色色的「戲」中，我們也可以看到「理論是灰色的，生活之樹常青」的道理。有許多「戲」與「戲」內容是相近的；有時候，一些戲中間同時存在著幾種主題，任憑我們怎樣去劃分類型，都不能窮盡它們。同時，我們發現在元雜劇所包含的傳說中，歷史傳說與情愛故事成為兩個亮點。究其原因，一是在民族歧視和民族壓迫下漢民族對自己歷史的咀嚼，是對心靈傷痛的撫慰，對人格尊嚴的尋求，藉以增強民族自信心；一是對黑暗、野蠻的專制制度發自心靈深處的仇視與反抗，借情愛世界的眾生相，喚起人們的道德感、責任感，從而去鞭撻邪惡力量。在元雜劇中，「漢代戲」有著特殊的意義，一些劇作劇本已失傳，單從其名目上即可見元代作家對漢代歷史的特殊感情。如鍾嗣成的《漢高祖詐遊雲夢》，李壽卿的《呂太后使計斬韓信》，鄭廷玉的《漢高祖哭韓信》，王仲文的《漢張良辭朝歸山》，王廷秀的《周亞夫屯細柳營》等，尤其是「呂后戲」相當多，呂太后成為惡的代表。尤其是作為歷史傳說一部分的包拯傳說故事和水滸故事，在元雜劇中被多處運用，意味著對元代統治者踐踏法制、草菅人命、濫殺無辜等各種野蠻黑暗現象的反抗，是對社會良知的熱切呼喚。這樣講絕不是對某個民族的不滿，而是對阻礙社會發展進步的某種政治力量的歷史評說。我們應該承認，元雜劇對民間傳說故事的大量運用，飽含著作家強烈的民族自尊心。元雜劇在潛移默化中薰陶著民間百姓的情操，積聚著他們的反抗力量，從這個意義上來說，元代民間文學透過元雜劇，孕育、醞釀著鋪天蓋地的、與邪惡和黑暗勢力殊死搏鬥的憤怒的雷霆。

元代雜劇的形制「以一宮調之曲一套為一折」，「普通雜劇大抵四折，或加楔子」，「合動作、言語、歌唱三者而成」，「每折唱者止限一人，若末，若旦；他色則有白無唱，若唱，則限於楔子中；至四折中之唱者，則非末若旦不可」；「腳色中，除末旦主唱，為當場正色外，則有淨有丑」（見

《宋元戲曲史》)。

但是，正如王國維所言，「元雜劇最佳之處，不在其思想結構，而在其文章」，即「意境」。而正是民間語言、民間傳說和故事，具體構成了這種「意境」。元雜劇再一次顯示出民間文學的力量和意義，它告訴我們，真正有出息的作家，一向密切關注著大眾的命運，關注著百萬人民所創造的口頭文學。尤其是元雜劇的作家，因為朝廷廢除了科舉制度，斷絕了他們仕進的道路，漢人和南人只能在社會底層喘息，他們與人民共命運，才創造出一章章優秀的劇作。他們與唐宋時期的作家有相當大的不同，最顯著的就是他們所保持的民間視野與民間立場。唐宋作家更多地把自己當作拯救世界的人，一再高唱「致君堯舜上，再使風俗淳」、「仰天大笑出門去，吾輩豈是蓬蒿人」，將自己與平民百姓分割開來。元雜劇作家雖然也有這種意識存在，但他們更多地把自己作為民間百姓的代言人。最典型的就是「水滸戲」，元雜劇作家把李逵、魯智深這些民間英雄塑造成真正的救世者，而在蔡衙內、劉衙內等人身上則集結了社會政治的黑暗及各種罪惡，其結局也多是懲惡揚善。如無名氏的《黃花峪》寫民間書生劉慶甫與妻李幼奴自泰安燒香回家中，路遇蔡衙內；蔡衙內搶去李幼奴，吊打劉慶甫；梁山好漢病關索楊雄得知此事，猛拳教訓蔡衙內，將劉慶甫救下，並告訴劉慶甫，若再受欺侮，可去梁山告狀；後來李幼奴再遭蔡衙內所搶，李逵巧扮作賣貨郎，從水南寨救出李幼奴；蔡衙內逃至黃花峪，在雲巖寺被魯智深活捉；梁山英雄刀斬蔡衙內，劉慶甫夫婦團圓。李逵疾惡如仇，連呼「打這廝無道理、無見識，羊披著虎皮，打這廝狐假虎威」；魯智深借宿雲巖寺，與蔡衙內為爭僧房而廝打，先罵「打你個軟的欺，硬的怕，鑞槍頭」，後又罵「打你個強奪人家良人婦，你是個吃劍頭」。在文學史上，作家的貴族意識和平民意識在審美表現上是根本不同的，或者高高在上，動輒指斥群氓愚昧不堪；或者走進民間，與人民休戚與共。然而，一般的文學史學科對此卻嚴重忽視，這種傾向應該糾正！元代雜劇作家們的命運是時代造成的，他們的道路和創作及其顯著的成就，值得我們深思。

第二節　「說話」與筆記中的民間傳說故事

元代小說是民間文學的新形式、新體裁，以「說話」中的「講史」和文人筆記為典型，保存了許多民間傳說和民間故事。

在民間文學發展中，歷史題材常常具有更特殊的回味意義，展現出元代社會下層人民對於以中原文化為核心內容的漢族政權的難割難捨，是一種特殊的想像與嚮往。尤其是「說話」中的「講史」，今天我們所能見到的《三國志平話》、《五代史平話》、《前漢書平話續集》、《秦併六國平話》、《武王伐紂書平話》、《樂毅圖齊七國春秋平話後集》和《宣和遺事》等文獻，其初刻都在元代。元人在宋代畢昇所發明的泥活字印刷基礎上，發明了木活字和銅活字印刷，這為文化典籍的傳播提供了極大的方便。這也是元代刻印的「講史」話本得以大量保存的一個非常重要的原因。如《三國志平話》今存版本，是元英宗至治時建安虞氏所刊，三卷，各卷均題「至治新刊全相平話三國志」；《五代史平話》十卷，傳說為常熟張敦伯家藏，光緒二十七年曹元忠在杭州訪得，董氏誦芬樓刊本類於元刊，書中雜有元人語，當為元人所增益刊刻成書；《前漢書平話續集》三卷，亦為元至治時建安虞氏所刊；《秦併六國平話》三卷，同上，為元至治間建安虞氏刊本；《武王伐紂書平話》，別題《呂望興周》三卷，元至治時建安虞氏刻本，其卷首詩中有「隋唐五代宋金收」詩句，可知為元人所編；《樂毅圖齊七國春秋平話後集》三卷，元至治時建安虞氏刊本；《宣和遺事》二卷，「宋人舊編」，書中有元人語多處，亦為元人增益後所刊。元代刊刻此類「講史」，而且是在「建安」（今福建建甌）刻印，遠離大都（今北京），應是江南民間書坊業對宋代刊刻傳統的繼承；同時，這也告訴我們，「講史」在元代當數江南地區最為盛行。當然，這與宋代流傳這些歷史傳說並不矛盾。如《東京夢華錄》中就曾記述「霍四究，說《三分》。尹常賣，《五代史》」。值得人回味的是《三國志平話》在開場詩中記述道：「江東吳土蜀地川，曹操英勇占中原，不是三人分天下，來報高祖斬首冤。」其中敘述司馬仲相看亡秦之書，「毀罵始皇，有怨天公之心」，而被迎入「報冤殿」做審問冤鬼的陰司之君，遇韓信、彭越、英布三個冤鬼狀告劉邦，由天公敕准，使他們三個分別託生成曹操、劉備、孫權，使劉邦託生成漢獻帝，司馬仲相「生在於陽間，複姓司馬，字仲達，三國並收，獨霸天下」。《三國志平話》多寫平民，劉備織草鞋，諸葛亮「出身低微，元是莊農」、「牧牛村夫」，都是一群民間野生的英雄；其中也充滿了民間信仰中的神鬼報應，完全是民間百姓的生活觀念。這一則平話當是宋、元時代三國傳說故事的彙集「大綱」，上卷寫黃巾起義和劉、關、張結義起事，到曹操斬呂布；中卷寫漢獻帝宣召劉、關、張，欲誅殺曹操，到劉備任豫州牧，諸葛亮指揮赤壁之戰，大顯神通，以及劉備在東吳娶親後回到荊州；下卷寫周瑜氣死，劉備在諸葛亮的幫助下襲西川，最後三家歸晉。平話中張飛殺太守、鞭督郵，到太行山落草，戰呂布，王允設計獻貂蟬，諸葛亮於黃婆店遇神女等，這些傳說至今還在中原地區存在，而部分情節並不見諸《三國志》，也不見諸《三國演義》，可見《三國志平話》自成體系，是一部「民間《三國》」、「口述《三國》」。《五代史平話》凡十卷，記述梁、唐、晉、漢、周五代故事，有人以為是「宋巾箱本」，而其中「平話」一詞是元代才出現的，所以當見之於元，「書中往往直稱趙匡胤、趙玄郎的名字」，亦當是宋以後人所為。書中有許多處開場詩，顯然是民間說唱藝人的口氣，諸如《周史平話》中的「漢之國祚遂為周太祖郭威取了也，復有人詠道：憶昔澶州推戴時，欺人寡婦與痴兒。周朝才得九年後，寡婦孤兒又被欺」。《五代史平話》中的帝王將相與草莽英雄，都是民間化的角色，與正史有很大的出入，這也正是民間文學的特徵，即傳奇性及神祕意味的融合。如其中寫黃巢題反詩：

黃巢因下第了，點檢行囊，沒十日都使盡，又不會做甚經紀，所謂：「床頭黃金盡，壯士無顏色。」那時分又是秋來天氣，黃巢愁悶中未免題了一首詩，道是：

柄柄芰荷枯，
葉葉梧桐墜。
細雨灑霏霏，
催促寒天氣。
恐吟敗草根，
雁落平沙地。
不是路途人，
怎知這滋味！

題了這詩後，則見一陣價起的是秋風，一陣價下的是秋雨。望家鄉又在數千里之外，身下沒些個盤纏，名既不成，利又不遂，也只是收拾起些個盤費，離了長安……[005]

在《五代史平話》中，那些仁君明主都被誇張出鮮明的個性，附之以神祕意味，展現出民間百姓期盼社會安寧、生活安康的樸素願望。如《唐史平話》中記述明宗「於宮中每夜焚香」，「告天密禱，曰：臣本胡人，不能做中國主；至今甲兵未息，生靈愁苦，願得上天早生聖人，為中國萬民之主」。所以，明宗繼帝位後，便「大赦天下」，「凡諸司使務，有名無實，廢之」，其「初政清明，有可稱者」。周世宗柴榮在此平話中也備受稱讚，「講史」人以詩話論說道：「五代都來十二君，世宗英特更仁明。出師名將

[005] 《新編五代史平話》，中國古典文學出版社 1954 年 10 月版，第 9 頁。

誰能敵？立法均田非徇名。木刻農夫崇本業，銅鎖佛像便蒼生。皇天尚假數千壽，坐使中原見太平。」在《五代史平話》中，養過豬的朱溫，放過羊、做過小廝的石敬瑭，餵過馬的劉知遠等等，一個個歷史「名角」都是卑賤出身，在民間傳說故事中展現出個性獨特而又栩栩如生的形象。

《前漢書平話續集》取材於《漢書》，記述了劉邦、項羽、韓信、陳豨、英布、彭越、蕭何、張良、陳平、周勃和呂后等歷史人物的傳說故事；尤其是對待項羽，平話作者運用一首民間藝人常用的詩來襯托其不凡的功績：「刀劍垓心夜不停，楚歌散盡八千兵，潰圍破敵三更出，失路都無百騎行。單劍指呼猶斬將，萬人辟易尚何驚！不言決死天亡楚，四海乾戈卒未寧。」其中讚項羽有「八德」，即「英雄之至」、「斷之明」、「勇略之深」、「仁之大」、「言之厚」、「知其命」、「有恥之不愛其生」、「知死有分定」而「有終有始」。至於劉邦和呂后則卑劣無恥，與睢景臣《高祖還鄉》中的無賴形象是一致的。如平話中蒯通痛陳韓信十大罪過，其實是借用反語述說韓信的十大功勞，藉以指斥劉邦過河拆橋、背信棄義、殘忍之至。

尤其是平話中記述韓信六將軍與蒯通起兵反漢，為韓信報仇，要劉邦交出呂后，而劉邦只好以某酷似呂后的婦人頭顱相送的故事，超出了史實；呂后陰險之至，誣陷忠臣良將，濫殺無辜，曾與沈孛私通，計殺戚夫人和趙王如意，最令人髮指的是她令張石慶「於民間買十數個懷孕婦人」，將其中某屠夫之妻所生子充作惠帝之子而立為太子，其餘孕婦皆被活活淹死井中！這樣一個冷酷無情的女人，違背了劉邦的遺囑，強逼他人娶呂氏諸女，又濫封呂氏為王，是腐朽專制政治種種罪惡的集大成者。平話中極力渲染兩類品格與性情相異的歷史傳說人物，展現出鮮明而獨特的歷史觀。

《秦併六國平話》記述秦始皇統一六國的歷史傳說，其中引王安石詩「秦皇築城何太愚，天實亡秦非北胡，一朝禍起蕭牆內，渭水咸陽不復都」，又引詩「世代茫茫幾聚塵，閒將《史記》細鋪陳」等，頗有後世「列國志」小說的文風。其中所記述的呂不韋傳說、楚襄王領六國伐秦傳說、徐福率五百童男童女出海求仙遭秦始皇焚燒湘山而「盡喪其身」等故事，以及對劉邦「寬仁愛人」的讚譽，都給予人新鮮生動的感覺。《武王伐紂書平話》所突顯的是紂王的「十過」，即「囚吾（武王）父，醢吾（武王）弟身為肉醬，共妲己取樂」；「蠆盆、酒池、肉林、炮烙之刑，苦害宮妃」；「去摘星樓上攛下姜皇后攧死，山陵不修，葬後宮第七棵梧桐樹下」；「信妲己之言，遠竄太子」；「殺害忠臣，貶剝忠良」；「殺吾（姜子牙）母」；「醢黃飛虎之妻」；「信妲己之言，剖孕婦，辨陰陽」；「信妲己之言，斫脛看髓」；「信妲己之言，修築臺閣，勞廢民力，費仲讒言，自亂天下」。每一種罪過，實際上都是一種傳說故事。在平話中增添了許多神祕氛圍，諸如比干在紂王宴上見到一隻九尾金毛野狐，以箭射中，並除掉狐妖百數，即與妖狐所化妲己結下仇怨，後來使比干剖腹掏心；紂王好色，對女媧神像想入非非，索天下美女，九尾金狐換妲己靈魂而入宮成禍；其他還有雷震子出世、文素贈紂王鎮妖寶劍、姜尚與周文王相遇等具有奇幻色彩的故事。這些都是民間文學中的普遍現象。《樂毅圖齊七國春秋平話後集》記述齊使孫臏伐燕，齊愍王無道，燕拜樂毅為帥而伐齊，孫臏和田單打敗燕，樂毅與孫臏對陣，中間穿插鬼谷子等傳說中的人物。其「前集」今不見，有學者以為應是孫臏與龐涓「鬥智」的故事。「後集」中有詩「七雄戰鬥亂春秋，兵革相持不肯休；專務霸強為上國，從茲安肯更尊周」，以及「燕邦樂毅齊孫臏，謀略縱橫七國中」、「縱橫鬥智樂孫輩，青史昭垂萬世名」等；最後寫「封神」，「加封黃伯楊迴風仙人，次加封樂毅奉聖仙人，又加封張晃出世仙人」，「加封鬼谷先生普惠仙人」，「把眾仙官都加官位」，「孫子等亦加封了」。無疑，這些歷史傳說故事為《封神演義》等神魔小說的出現奠定了十分重要的文化基礎。

最能展現歷史傳說興亡教訓意義的平話，是在元初出現的《宣和遺事》。《宣和遺事》亦名《大宋宣和遺事》，《也是園書目》列為「宋人詞話」，但其中卻有許多宋之後的內容，如「南儒」、「省元」和「一汴二杭三閩四廣」等稱謂，還引用了宋末劉克莊的詩，可知應是元代人所為。當然，其傳說故事在宋代形成並流傳，這也是正常的，與元人的整理刊刻並不矛盾。因為「南儒」是元人稱呼；「省元」是呂中的字，他因遭忌而徙於汀州，曾著《宣和講篇》，時已在宋滅亡前後；所謂「一汴二杭三閩四廣」，是指宋代先以汴梁為都，後以杭州為都，蒙古人兵陷杭州後，陸秀夫等人在福州（即「閩」）擁立益王，最後文天祥、陸秀夫等人又在南海（即「廣」）立衛王等事，而後者已是宋人所不熟悉的歷史；劉克莊卒年離杭州陷落的時間很近，其詩被引用應該也在元代。有學者還考證出《宣和遺事》與元代脫脫所撰《宋史》在史實上相同[006]。《宣和遺事》中記述了宋徽宗趙佶時代的歷史傳說，諸如其沉湎女色，私幸妓女，崇道士，重佞臣，大興土木，以花石綱擾亂天下而引發宋江、方臘起義；同時還記述了金人南下，汴京陷落，徽、欽二帝被擄走，高宗在臨安稱帝立都等。其內容重點在於前者，特別的事件有宋徽宗私幸李師師、重用道士林靈素和花石綱引起宋江等水滸英雄起義等。這些傳說在後世都產生了重要影響，被演繹成戲曲、小說。

尤其是宋徽宗私幸李師師形成了一個著名的帝王傳說，有許多學者下決心要考證出李師師是何等人物，這其實有悖於民間傳說的發生規律。宋徽宗嫖娼在正史中確有記載，如《宋史》卷二二〈徽宗本紀〉中，載「帝數微行，正字曹輔上書極論之」；《續資治通鑑長編拾補》卷四十「徽宗宣和元年」中，載徽宗受蔡絳慫恿而「納其言，遂都市，妓館、酒肆亦皆遊焉」；宋人筆記《雞肋編》卷下中，也記述「宣和中」，「上皇多微行，而司

[006]　蕭相愷：《宋元小說史》，浙江古籍出版社 1997 年版，第 87 － 90 頁。

諫曹輔言之」。

在《宣和遺事》中還記述了曹輔的諫疏，稱「臣近睹邪傳，臣某（蔡京）有謝表，謂陛下輕車小輦，七臨私第，臣以為陛下之眷臣京，為不薄矣」；「近聞有賊臣高俅、賊臣楊戩，乃市井無籍小人，一旦遭遇聖恩，巧進佞諛，簧蠱聖聽，輕屑萬乘之尊嚴，下遊民間之坊市，宿於娼妓，事蹟顯然，雖欲揜人之耳目，不可得也」；「且倡優下賤，縉紳之士，稍知禮義者，尚不過其門」；「陛下貴為天子」，「聽信匹夫之讒邪，寵幸下賤之潑妓，使天下聞之，史官書之，皆日易服微行，宿於某娼之家，自陛下始，貽笑萬代」，勸「陛下不可不自謹」，因而激起徽宗大怒，曹輔被編管郴州。張端義在《貴耳集》中，曾記述「道君幸李師師家，偶周邦彥先在焉，知道君至，遂匿於床下」；其他如《墨莊漫錄》、《浩然齋雜談》、《汴都平康記》等筆記小說中，也都有記述。那麼，《宣和遺事》記述此類民間傳說，應當是正常的事情。《宣和遺事》記宋徽宗與李師師多在「樊樓」即「豐樂樓」上「宴飲」，「士民皆不敢登樓」。這裡，我們不必考據宋徽宗如何與李師師有交往，即令不是李師師，也還有其他娼妓，只要宋徽宗嫖妓屬實，就可以作為民間傳說的根據。

《宣和遺事》中的宋江等三十六人聚義，是《水滸傳》形成的重要基礎。其中有「楊志等押花石綱違限配衛州」、「孫立等奪楊志往太行山落草」、「宋江因殺閻婆惜往尋晁蓋」、「宋江得天書三十六將名」以及「張叔夜招宋江三十六將降」等名目，形成《水滸傳》的基本框架結構。這些傳說分載於元、亨、利、貞四集，將梁山好漢事蹟置於上至堯舜傳說、下至高宗定都臨安這樣一個大背景之中。楊志和孫立、李進義等十二人奉命押送花石綱，結拜成兄弟，後楊志因「旅途貧困」，缺乏旅費而賣刀，遇惡少而殺人獲罪，被發配充軍，孫立、李進義等十兄弟在黃河岸邊救下楊志，同往太行山落草，楊志十二兄弟在太行山安營紮寨，劫富濟貧，後與晁蓋等八人同往梁山，為第一部分；宋江殺閻婆惜，受官兵捉拿，在九天玄女廟中得天書，上有三十六人名錄，後其與雷橫等人共上梁山，投奔晁蓋，被推為首領，此為第二部分；最後一部分是宋江受到朝廷招安，收方臘得勝，被封為節度使。整個水滸三十六人傳說，可稱全書最動人處，展現出官逼民反、改邪歸正的社會政治現象。官逼民反的背景在此平話中展現為皇帝的昏庸無能，以及蔡京、章惇、童貫、朱勔、李邦彥、梁師成等奸佞的為非作歹，正是他們欺上瞞下，使天下人民一貧如洗，怨聲沸騰，才導致起義軍「略州劫縣，放火殺人，攻奪淮陽、京西、河北三路二十四州八十餘縣」。起義軍「誓有災厄，多相救援」，「來時三十六，去後十八雙，若是少一個，定是不還鄉」，使朝廷命將屢戰屢敗；諸如呼延綽、受降海賊李橫等人原為鎮壓起義軍而來，後來也反叛朝廷，加入梁山起義軍。起義軍匯聚了天下英雄豪傑，如火如荼，最後卻被招安，成為朝廷的鷹犬。可見，《宣和遺事》是對宋代有關宋徽宗傳說、梁山英雄傳說的系統性整合，為《水滸傳》的成書奠定了十分必要的思想文化基礎。

從另一種意義上來講，《宣和遺事》對梁山英雄傳說和宋徽宗故事的記述，除了總結了深刻的歷史教訓之外，與元代盛行的「水滸戲」一樣，還包含著「挑動黃河天下反」的鼓動意義。

由此，我想起兒時聽到的，關於元代農民起義利用中秋月餅相互傳遞「八月十五殺韃子」消息的傳說故事。元代「說話」中的歷史傳說在啟迪元代人民反抗民族壓迫的同時，對後世各種文學形態的發展，也發揮了十分重要的影響作用。

元代民間「說話」中的「講史」作為歷史傳說的典型，展現出元代民間文學對宋代的繼承和發展；「說話」中的「小說」諸如〈白娘子永鎮雷峰塔〉等作品，也具有這種意義。〈白娘子永鎮雷峰塔〉存於馮夢龍所編《警世通言》中，其篇首有「話說宋高宗南渡，紹興年間，杭州臨安府」字樣，篇中有「原來宋高宗策立孝宗，降赦通行天下」的情節。有學者考證認為「非宋人口氣」，應是「去宋未遠的元人所作」[007]。應該說，此種傳說當在南宋時形成，元代人整理而成這篇「說話」。明人田汝成《西湖遊覽志餘》卷三中曾載「吳越王妃於此建塔，俗稱王妃塔。俗傳湖中有白蛇青魚兩怪，鎮壓塔下」，其卷二十中載明嘉靖時有盲藝人說唱「雷峰塔」，明萬曆時有陳六龍編《雷峰塔》傳奇劇作[008]。在明代之前的宋元時期出現此傳說，並形成「說話」底本，這應當是正常的。〈西湖三塔記〉與〈洛陽三怪記〉中，都提到白蛇精、赤斑蛇精這一類蛇怪，說明宋代已有蛇怪被真人所收除的故事，但《白蛇傳》故事的基本結構，此時還未完全形成。〈白娘子永鎮雷峰塔〉的問世，代表著此傳說已完全形成。這個故事記述紹興時，有許宣在某生藥店謀生，清明回家掃墓時遇雨，於舟中逢白蛇與青蛇所化妙齡婦人；後白娘子主動提婚並贈銀，許宣請姊夫為媒，不料白蛇所贈銀正是官府所失庫銀；於是許宣被「發配蘇州」，後重逢白娘子，並在蘇州成婚，開藥店謀生；茅山道士告知許宣其妻為蛇妖，被白蛇吊打；許宣因持白蛇所盜扇去遊廟會，被捕入牢獄，發配鎮江；許宣在鎮江再遇白娘子，有李員外因白娘子貌美，欲戲弄而為其驚嚇；金山寺僧人法海勸許宣回杭州；許宣與白娘子爭執，白蛇威脅許宣；許宣又遇法海，得其所贈金缽，收服白娘子於金缽之中而鎮於雷峰塔下；法海亦收服青蛇。此處所記故事並非異常優美，但在後世流傳中，人妖之戀的文化主題被日益美化，至今成為家喻戶曉的美麗傳說。當然，在其流傳過程中，也有人藉以宣揚糟粕。後世小說、戲曲、彈詞、民歌等表現的審美內容更多地替代了神怪類民俗文化生活的氛圍。

元代民間故事，有許多源自宋代文獻。如無名氏《纂圖增新群書類要事林廣記》留存了許多笑話，此書刊於元至元年間（鄭氏積誠堂刊行），明

[007]　蕭相愷：《宋元小說史》，浙江古籍出版社 1997 年版，第 126 － 127 頁。

[008]　參見羅永璘：〈論白蛇傳〉，《民間文藝集刊》第一集，上海文藝出版社 1981 年版。

顯根據宋人陳元靚本增擴而成。其《風月笑林》等集所載〈兄弟相拗〉、〈嘲客久住〉、〈通判貪汙〉等故事，對後世頗有影響。

宋代筆記小說《夷堅志》在中國民間文學史上有重要影響，金代元好問曾作《續夷堅志》四卷，凡二百零八則，記述泰和、貞祐間的民間傳說故事，每一則傳說故事的結尾都註明出處，所記內容多為因果報應類。

元代有無名氏撰《新刊湖海異聞夷堅志續編》，分為前後兩集，計十七個門類，收入各種傳說故事五百餘篇。所收故事多採自《太平廣記》、《酉陽雜俎》、《青瑣高議》等文獻，另外還有一些自己採錄的「新聞」，即民間傳說和民間故事。其所收神仙與精怪傳說故事集中於「後集」，計九門類，二百八十八條，占據了全書相當大的比重，特色尤為明顯。所記張天師、八仙以及民間道士等傳說人物故事，或與歷史上的著名人物相關聯，或與一定的風物相融合，是傳說與民間世俗生活融為一體的典型。如著名的〈趙州石橋〉：

趙州城南有石橋一座，乃魯班所造，極堅固，意謂古今無第二手矣。忽其州有神姓張，騎驢而過橋；張神笑曰：「人言此橋石堅而柱壯，如我過，能無震動乎？」於是登橋，而橋搖動若傾狀。魯班在下以兩手托定，而堅壯如故。至今橋上則有張神所乘驢之頭尾及四足痕，橋下則有魯班兩手痕。

此古老相傳，他文未載，故及之。

這一則傳說廣為流傳，在河北民歌〈小放牛〉中就有「趙州石橋什麼人修」之類的歌句。還有一些傳說演繹成各種故事，諸如〈馬王爺三隻眼〉、〈八仙試橋〉等，均為同一類作品。〈趙州石橋〉是中國古代第一篇關於「魯班造橋」傳說完整而詳細的記述文字，與魯班傳說的其他文獻相比，其記述技巧更加可貴。

這一部故事集中，得道成仙的內容尤為豐富，如〈邛州楊女食茯苓成仙〉，為早期人參傳說類故事的原型記述，其結尾處記「吾觀神仙者甚多，皆不載此，因錄之，以示來者」。此故事集中還有大量動物報恩故事，貌似傳說，實為民間故事中的幻想類故事。如〈衢州江山縣柴郎中醫猴〉記述柴郎中為老猴母治癒喉疾，得群猴所送「所有金銀」並「紙絹」，而「至今盛富」。又如〈溫州吳嫗〉中記述吳姓老婦夜間為「一女子坐蓐」、「收生」，有「二虎咆哮於門」，「次日開門，見籬上有豬肉一邊，牛肉一腳」，原來是虎以此謝產婆。虎報恩故事在民間流傳甚廣，這是元代的一篇典型故事。

元末陶宗儀所著《南村輟耕錄》，是元代少見的筆記著作。其〈敘〉中記述陶宗儀利用樹葉隨時撰寫，「作勞之暇，每以筆墨自隨，時時輟耕，休於樹蔭，抱膝而嘆，鼓腹而歌」，「遇事肯綮，摘葉書之，貯一破盎，去則埋於樹根，人莫測焉。如是者十載，遂累盎至十數」，「一日，盡發其藏，俾門人小於萃而錄之，得凡若干條，合三十卷，題曰《南村輟耕錄》」。此書「上兼六經百氏之旨，下極稗官小史之談，昔之所未考，今之所未聞」；《四庫提要》稱其「多雜以俚俗戲謔之語，閭里鄙穢之事」，這正是其對民間文學保存的重要貢獻所在。尤其是其中所載「院本名目」和「雜劇曲名」，是我們研究宋、金、元時代民間戲曲的重要素材。其中保存了民間傳說、民間故事、民間歌謠和諺語等民間作品，散見於各卷中，其記述頗有特色。如卷一中所記〈江南謠〉「江南若破，百雁來過」，並述「當時莫喻其意」，「及宋亡，蓋知指丞相伯顏也」。又如其卷十九〈闌駕上書〉中所記歌謠「九重丹詔頒恩至，萬兩黃金奉使回」，「奉使來時驚天動地，奉使去時烏天黑地，官吏都歡天喜地，百姓卻啼天哭地」，「官吏黑漆皮燈籠，奉使來時添一重」；其中還著重指出：「如此怨謠，未能列舉，皆萬姓不平之氣，鬱結於懷，而發諸聲者然也。」和其他民間歌謠與諺語一樣，每一則都有一個民間傳說故事。陶宗儀年輕時應科舉不中，晚年致力學問，對民間傳說和民間故事情有獨鍾，其所記傳說故事中，神鬼精怪和世俗生活類是尤為典型的民間文學作品，諸如卷三中的〈木乃伊〉記回回田地老人故事；卷六中的〈沙魘〉記「湖南益陽州，夜中同寢之人無故忽自相打」的故事；〈鬼臓〉中記「陝西某縣一老嫗」以「所佩鐵簡投酒灶火內」，「擊死獮猴數十」，即道流所預言「二十年後汝家當有難」的除妖故事。卷七中的〈黃巢地藏〉，是一則識寶傳說與懲戒故事相融合的作品，記述某夫妻見蛇而得寶，因貪得無厭地索求，後來傳說為唐代黃巢留下的財寶也消失殆盡。卷十中的〈南池蛙〉記「三十八代天師張廣微」將符篆「投池中」，蛙聲便消失。卷十一中〈豬妖〉記「江陰永寧鄉陸氏家，一豬產十四兒，內一兒人之首、面、手、足而豬身」。這些傳說故事有長有短，從不同方面呈現出元代社會的民俗生活等內容。

《南村輟耕錄》中還有一些優美的民間寓言故事，在宋、元時代的筆記中尤為引人注目。如其卷十五中所記述的「寒號蟲」：

> 五臺山有鳥，名寒號蟲。四足，有肉翅，不能飛，其糞即五靈脂。當盛暑時，文采絢爛，乃自鳴曰：「鳳凰不如我！」比至深冬嚴寒之際，毛羽脫落，索然如雛，遂自鳴曰：「得過且過！」

作者針對現實，對「求尺寸名」而「志滿意得」、「以為天下無復我加」、「稍遇貶抑，遽若喪家之狗」、「唯恐人不我恤」之輩，提出了「視寒號蟲何異哉」的責問，並發出「可哀已」的感嘆，其寓意尤為樸素而深邃。

陶宗儀在《南村輟耕錄》中保存了大量與宋代歷史有關的傳說故事，表現出他對宋代社會的獨特理解，諸如其卷五中的〈雕刻精絕〉記述了「宋高宗朝匠人，雕刻精妙無比」；〈朱張〉中記述了「宋季年，群亡賴於相聚，乘舟抄掠海上，朱清、張瑄最為雄長」，而後來「二人者既滿盈，父子同時夷戮殆盡」的報應故事；卷二十五〈院本名目〉中記述了「唐有傳奇，宋有戲曲、唱諢、詞話，金有院本、雜劇、諸宮調」，以及「國朝院本、雜劇始釐而二之」，並記述了「或日，宋徽宗見爨國人來朝」，「使優人效之以為戲」的傳說。同時，他也記述了大量當世民間傳說故事，每每冠之以具體年號，或加以「國朝故事」字樣，有時還以自己親眼所見做記述，增強了傳說故事講述效果的真實性。如卷二二中〈禽戲〉以「余在杭州日，嘗見一弄百禽者」開端，記述「烏龜疊塔」、「蝦蟆說法」，並在故事中闡明己見；又如卷二四中〈黃道婆〉記述「國初時，有一嫗名黃道婆者，自崖州來，乃教以做造捍彈紡織之具，至於錯紗配色，綜線挈花，各有其法」的故事。黃道婆死後，松江府人「莫不感恩灑泣而共葬之，又為立祠，歲時享之」。這是文獻中最早記述黃道婆傳說故事的內容，展現出元代紡織技術的發展。其他如〈數讖〉中所記「阿合馬拜中書平章」的故事，述「神驗如是」等。由此，我們可窺元代當代傳說故事之一斑。

《南村輟耕錄》所記民間傳說和民間故事，除了傳統故事和時事傳說之外，還有一些少數民族故事和域外故事，如卷二六〈高昌世家〉轉述「畏吾兒之地」（即維吾爾族）民間傳說故事：「樹生瘿，若人妊身然」，「而瘿裂，得嬰兒五」，後來「唐以金蓮公主妻玉倫的斤之子葛勵的斤」。這是少數民族文學史上的重要內容。陶宗儀還記述了文獻中少見的元代農民起義傳說，諸如卷二七中的〈旗聯〉載「中原紅軍初起時」，義旗上有「虎賁三千直抵幽燕之地，龍飛九五重開大宋之天」的字樣。但陶宗儀仇視農民起義，稱之為「賊」。《南村輟耕錄》還記述了一些民間稱謂，對一些物名作民俗文化的詮釋，這也是研究元代民間文學的重要素材。

與《南村輟耕錄》相似的，熊夢祥撰《析津志》，也可以看作筆記。這是一部專門記述元大都（北京）民俗生活的著述，內分「古蹟」、「人物」、「風俗」、「歲時」等十八個科目，也保存了一些民間傳說故事。周密進入元代之後，有些著述當視為元代文化的一部分。元代無名氏所著《居家必用事類全集》、《易牙遺意》和費著的《歲華紀麗譜》，都保存了一些與民俗生活相關的傳說故事。周達觀的《真臘風土記》是元代記述柬埔寨民俗生活的筆記著述；義大利旅行家馬可．波羅在其《馬可．波羅遊記》（*The Travels of Marco Polo*）中，也有元代民俗生活的記述。這些民俗筆記是文化史上珍貴的文獻，從中我們可以真正懂得民間文學所存在（即創作與傳播）的現實環境，因為民間文學從來不是孤立存在的。

元代的筆記著述，還有郭霄鳳的《江湖紀聞》和吳元復的《續夷堅志》，高儒在《百川書志》中稱此二書記「二千有餘事，皆奇見新聞、鬼神怪異之事，頗駭人觀聽，未必皆實也」。另有無名氏的《異聞總錄》，所述亦有出自《夷堅志》中傳說故事者，並載有宋徽宗、宋欽宗被俘等歷史傳說。

因為元代歷史時期較短，不足百年，加以元朝統治者不注重文治，甚至壓抑、排斥以漢民族文化為主體的傳統文化，所以在文化的發展與建設上沒有太多建樹。元代民間文學中的傳說、故事，基本上為上述文獻所記載。

元代社會的民間歌謠，我們在《元史．五行志》和人物傳中可以看到一些零星保存。如《元史．五行志》所記至正年間的歌謠，這些歌謠多具有讖緯性質，諸如「至正十六年六月彰德路葦葉順次倚疊而生，自編成若旗幟，上尖葉聚黏如槍」，民間歌謠唱道：「葦生成旗，民皆流離；葦生成槍，殺伐遭殃」，表現了人民的痛苦。在「至正二十八年六月壬寅」，「彰德路天寧寺塔忽變紅色」，河北民間歌謠唱道：「塔兒黑，北人作主南人客；塔兒紅，朱衣人作主角。」前一句意為北方異族入主中原，後一句則指劉福通紅巾軍起義。「至正十六年七月，彰德李樹結實如小黃瓜」，民謠則唱「李生黃瓜，民皆無家」，同樣是描述人民生活痛苦。「至正五年」，有「淮楚間童謠」為「富漢莫起樓，窮漢莫起屋，但看羊兒頭，便是吳（無）家國」，這和「至正十五年京師童謠」所唱「一陣黃風一陣沙，千里萬里無人家，回頭雪消不堪看，三眼和尚弄瞎馬」在意義上是一樣的。「元統二年六月，彰德雨白毛，俗呼雲老君髯」，民間歌謠唱道：「天雨氂，事不齊。」「至元三年三月，彰德雨毛，如線而綠，俗呼云菩薩線」，民間歌謠唱道：「天雨線，民起怨；中原地，事必變。」

在《元史．五行志》等文獻中，民間歌謠總是因某種怪異的自然景觀而發出與主流文化相異的聲音，藉以述說人民的痛苦和怨恨、反抗。這種現象在民間文學史上並不少見，《元史．洪君祥傳》中引歌謠「殺人一萬，自損三千」和這種現象所表述的意義是一致的，都在吟唱平民百姓在動盪中所遭受的各種痛苦。所以，百姓忍無可忍，奮臂高呼「石人一隻眼，挑動黃河天下反」，正是在這憤怒的聲浪中，元帝國的腐朽統治化作了塵煙。

應該提到的還有元朝蒙古族的民間文學，諸如〈孤兒傳〉、〈成吉思汗的兩匹駿馬〉、〈征服三百泰亦赤兀惕人的故事〉、〈箭筒士阿爾戈聰的傳說〉、〈成吉思汗的箴言〉和〈智慧的鑰匙〉等，都熱烈地歌頌了蒙古族人民的英雄成吉思汗統一蒙古族的偉大業績。但是，「隨著歷史的演進，成吉思汗及其後繼者們窮兵黷武、割據內爭，激起了人民的反抗。元朝前後的著名民歌〈金宮樺皮書〉、〈阿萊欽柏之歌〉都沉重地控訴了封建統治者對外征掠的不義戰爭，反映出普通牧民要求過安定幸福生活的願望」[009]。元朝統治者與蒙古族人民是兩個概念，蒙古族人民有著追求真理和正義、反抗邪惡的光榮傳統，他們的史詩《江格爾》和《格斯爾可汗》，是古代蒙古民族文化的展現。有學者認為，《江格爾》等史詩所產生的時間，當在 15 世紀初至 17 世紀初之間；應該說，在元代這個特殊的歷史時期，基本上具備史詩產生的條件，《江格爾》應該大致成型。由於文獻等條件的限制，還有許多蒙古族民間文學不能確定其產生時間，深入地挖掘、整理、研究各民族民間文學及其文獻保存，是當今不可忽視的重任。

[009]　齊木道吉、梁一孺、趙永銑等編著：《蒙古族文學簡史》，內蒙古人民出版社 1981 年版，第 8 頁。

第三節　傳說故事與社會風俗生活

此一時期傳說故事有兩類現象最顯著，一是風物傳說故事與財富故事，二是精怪、鬼怪傳說，展現出風物觀念、財富信仰與精怪、鬼怪信仰。其中的風物傳說，述說怪異，同樣屬於信仰。

元代民間故事作為社會風俗生活，整體格調有一些沉悶，似乎夾雜許多不滿情緒。

一、風物傳說故事

風物是一個內容相當廣泛的觀念，如前所言，其主要價值在於民間信仰觀念。民間信仰是民間文學的思想文化主體，其中的神奇變異，類似於神仙，也類似於鬼怪，總之，是外物影響內在生活變化的典型，一切都有超自然的因素以偶然形成影響某一地區地形等內容的具體變化。風物故事未必完全記述當世及時發生的自然變化，而其每一次講述，其實就是當世風物作為風俗生活的展現形態。諸如地陷傳說，歷史上的文獻記述並不少，通常講述一名老嫗得到消息，說城市某處的石獅子眼睛發紅的時候，這裡就會發生極其嚴重的自然災難，恰好有小孩惡作劇，在石獅子眼睛上塗抹血汙，結果災難發生。血汙與巫術的連繫，成為導致自然災難發生的直接因素，這正展現出當世人仍然堅持的民間信仰。秦始皇趕山或驅趕石頭的傳說故事，在許多風物故事中被記述。《述異記》卷上〈神人驅石〉記述「秦始皇作石橋於海上，欲過海觀日出處。有神人驅石，去不速。神人鞭之，皆流血。今石橋其色猶赤」故事。《殷芸小說》卷一〈神人鞭石〉中有「始皇作石橋，欲過海觀日出處。時有神人能驅石下海，石去不速，神人輒鞭之，皆流血，至今悉赤。陽城十一山石盡起東傾，如相隨狀，至今猶爾」記述。宋代曾慥《類說》卷八〈神人驅石〉記述與之相同。明代馮夢龍編撰《古今譚概》荒唐部第三十三〈石〉，與《述異記》的這一則大致上相同。《太平御覽》卷七十三引《齊地記》記述為「舊說始皇以術召石，石自行，至今皆東首，隱軫似鞭撻痕」。此時，陶宗儀編纂《說郛》卷四《三齊略記》記述為：「始皇作石塘，欲過海看日出處。有神人能驅石下海。石去不速，神輒鞭之，皆流血，至今悉赤。陽城山石盡起立，嶷嶷東傾，狀如相隨行。」《湖海新聞夷堅續志》補遺〈報應門．蝨咬死人〉記述「昔有客人自鍾離山經過，身癢，脫下衣看，有巨蝨數十，客人取以紙裹之，藏於山之石罅中。次年再過此處，自謂其蝨必死，及取而視，蝨猶如故。遂以手掌盛之，蝨自手掌中食血，駸尋入皮肉中，覺癢甚，爬之不已，因而成瘡，遂潰爛不治，逾月而死」故事，也是風物傳說。或者說，這就是元代社會風俗生活中此類風物觀念作為民間信仰內容的具體展現。

《湖海新聞夷堅續志》後集卷二〈佛教門．盧六祖〉講述：「盧六祖，名能，廣東新州人。學佛見曹溪水鄉，遂於其地擇一道場，求之地主，但云：只得一袈裟地足矣。地主從之。遂以袈裟鋪設，方圓八十里，今南華山六祖道場是也。」顯然，這是風物傳說故事中融入了佛教文化內容。

佛教文化以風物傳說的形式述說佛法，形成中國民間文學史上一個重要的社會文化現象，開啟後世同類內容的文化傳統。

風物故事中，魯班（般）造橋傳說應該最早出現在元代。《湖海新聞夷堅續志》後集卷二〈神明門．魯般造石橋〉講述「趙州城南有石橋一座，乃魯般造」故事，稱「至今橋上則有張神所乘驢之頭尾及四足痕，橋下則有魯般兩手痕」，其「有神姓張，騎驢而過橋」是八仙過海故事中張果老在元代被傳說的典型，故事結尾標明「此古老相傳，他文未載」，更有民間文學歷史記述價值。其記述曰：

> 趙州城南有石橋一座，乃魯般造，極堅固，意謂古今無第二手矣。忽其州有神姓張，騎驢而過橋，張神笑曰：「此橋石堅而柱壯，如我

過能無震動乎？」

於是登橋，而橋搖動若傾狀。

魯般在下以兩手托定，而堅壯如故。

至今橋上則有張神所乘驢之頭尾及四足痕，橋下則有魯般兩手痕。

此古老相傳，他文未載，故及之。

再如《淮南子注》中最早出現了城陷傳說，在《列異傳》、《搜神記》等文獻中記述許多災異變化故事，對後世產生深遠影響。此故事在元代盛如梓《庶齋老學叢談》卷二〈地陷為湖〉中被繼續講述，並成為地方文獻《廬江郡志》、《益州記》的記述內容。其曰：

《廬江郡志》載，巢湖事。

昔有巫嫗居，縣有老叟曰：「石龜口出血，此地陷為湖。」

未幾有人以豬血置龜口，巫嫗見之南走，其地遂陷。

……西南夷邛都縣地陷為湖，因名邛池。注引李膺《益州記》，邛都縣有老姥家貧，每食有小蛇在床，姥憐而食之。後長丈餘。令有駿馬，蛇吸殺之。令怒殺姥，蛇為姥報仇，每夜聞風雷之聲，四十餘日，百姓相見，咸驚語：「汝頭那戴魚！」

是夜方四十里俱陷為湖，唯姥宅無恙，至今猶存。

巢湖地陷，並緣於此。

元代繼續流傳著田螺姑娘之類的民間傳說，但是，其文獻記述不再是轉述，而是直接採自當世，是當世社會風俗生活中的「現狀」。或曰，此非精怪，而是風物傳說的一種形式。如元代無名氏《湖海新聞夷堅續志》後集卷二有〈神明門〉「井神現身」故事，其記述：

吳堪居臨荊溪，有一泉極清徹，眾人賴之，湛為竹籬遮護，不令穢入。

一日，吳於泉側得一白螺，歸置之甕中，每自外歸，則廚中飲食已辦，必大驚異。

一日竊窺，乃一女子自螺中而出，手自操刀。

吳急趨之，女子大窘，不容歸殼，實告吳曰：「吾乃泉神，以君敬護泉源，且知君鰥居，命〔吾〕為君操饌，當得道矣。」言訖不見。

元代無名氏《湖海新聞夷堅續志》前集卷一〈人事門．失物復還〉，記述「以為失物復還之兆」故事，此具有典型的預示或顯示吉祥的信仰意義，與民間流行的早晨遇見喜鵲將有好事來臨的意義相同。此亦當屬於風物傳說。其記述曰：

建炎中，高宗幸四明，嘗執一摺疊扇，中有玉孩兒為扇墜。金人至，登舟倉卒，失手沉扇於江。及都杭州十餘年，忽一日，循王張俊預內宴，手執一扇墜玉孩兒。上熟視，乃向年四明所沉者，遂問循王得之何所。答曰：「臣於清河坊鋪家買至。」上即遣人往問鋪家所買之由，謂於每日提籃者得之。遂轉問提籃者，乃謂得之候潮門外陳宅廚娘。繼又問之廚娘，答云：「破黃花魚重十斤，腹中有此一物。」奏聞，上大悅，以為失物復還之兆。鋪家、提籃者各與進議校尉，廚娘仍告封孺人。

「女食茯苓」故事，前世文獻《墉城集仙錄．楊正見》已經有記述，是關於人參成精之類的傳說，應該也屬於風物傳說。元代無名氏撰《湖海新聞夷堅續志》後集卷一〈神仙門．女食茯苓〉從「其父入市買二鯉歸」與「置之飯甑蒸熟」講起，其記述為：

邛州蒲江縣長秋山，有女子姓楊，濱江而住。其父入市買二鯉歸，令女子烹洗。

其女不殺，放水中戲，悠然而逝。

父母欲餐之，此女遂奔入長秋山一道觀，依火居道士，供柴水之奉。

道士每日使之擔水，忽去久不歸，道婆恐其有外慕，因苦問之，乃云：「於吊水時，有一嬰孩扶繩而上，同嬉一時，又投井中，非有他也。」

道士云：「可將布袋袋之。」

其女子如其言，袋至宮中開看，乃是一塊茯苓，置之飯甑蒸熟。

道士適渡江赴請，水漲未歸。

其女子聞其蒸熟甚香，遂取食之。日久食盡，忽天帝差使者召之，白日仙去。

其鄉村申縣，縣委王主簿入山體究，止餘茯苓一小塊，簿亦取而食之，竟仙去。

元代社會統治者的主體是蒙古族。《蒙古祕史》卷一〈折箭誨五子〉記述了一則古老的蒙古族傳說故事，教育兄弟之間要團結，也可以看作風物傳說：

春，一日，煮臘羊，命別勒古訥台、不古訥台、不忽合答吉、不合禿撒勒只、孛端察兒蒙合黑等五子列坐。

人各與一箭桿命折之，一箭其何有哉？折而棄焉。

又束五箭桿，與而命折之，五人將束五之箭桿，人各轉持，輪而折之，而未能焉。

阿闌豁阿又誨其五子曰：「汝等五子，皆出我一腹，脫如適之五箭，各自為一，誰亦易折如一箭乎！如彼束之箭，同一友和，誰易其如汝等何？」

居間，其母阿蘭豁阿歿矣。

社會生活中，各種報應傳說故事，其傳達的是一種譴責不肖、不孝等行為的社會生活現象，展現出一種違背傳統道德的社會惡俗，其實也是述說一種信仰，是元代社會風俗生活中富有時代特色的風物傳說故事。如

《湖海新聞夷堅續志》前集卷一〈人倫門．事姑不孝〉「昔有婦人阿李，有子出外經商，累年不歸，止有兒婦七嫂在家」故事，其記述「稍與婦忤，必受辱罵」遭遇報應，曰：

昔有婦人阿李，有子出外經商，累年不歸，止有兒婦七嫂在家。婦每飯則兩炊，姑飯以麥，婦自白飯。李稍與婦忤，必受辱罵，至於麥飯亦不進食，李忍辱而不敢言。

一日婦往鄰家，留姑守舍，有僧持林至門乞飯，李曰：「我自不能飽，安有舍施！」

僧指廚中白飯，李曰：「此我兒婦七嫂自吃底，我不敢以施人，恐歸必辱罵我。我但有早食麥飯，尚有一合留備午餉，如用即取去。」

僧未答，聞七嫂外歸，婦見僧乞飯，大怒曰：「汝要我白飯，可脫袈裟換。」

僧即脫下。婦才披之，僧忽不見，袈裟著身變為牛皮，牢不可脫，胸間先生牛毛一片，漸變身體頭面。

急執其父母至，則全身化為牛矣！

《湖海新聞夷堅續志》前集卷一〈人倫門．事姑不孝〉講述「邢州李生母，年老目盲」而不孝者遭遇「不合以穢物奉姑不孝，忽入廟中化為狗矣」故事，曰：

邢州李生母，年老目盲，李生事之至孝。每出外，慮其妻金氏侍奉有闕，必再三囑付之而後往。

金氏不聽夫語，不盡禮，母甚埋怨，金氏憤之。恰值燒餅欲進母，傍有小兒阿糞，金氏乃以面裹糞為餅餡以進。

母食既半，覺臭穢不可食，遂留以等兒歸。

李生歸，見其以穢物食母，持杖擊之，金氏奔走，尋邏不見。忽有人報云：「昨日奔入關王廟中。」

李生入廟，見一狗伏於案下，睜目不敢親近。

遂呼金氏父母來看，此狗流涕自稱曰：「我不合以穢物奉姑不孝，忽入廟中化為狗矣！」

數日而卒。

《湖海新聞夷堅續志》前集卷一〈人事門．假女取財〉記述「寶慶己未」故事，非精非怪，只是騙淫，屬於風物傳說中之傷風敗俗，其記述曰：

寶慶己未，趙制乾僱一廚娘，乃男子王千一也。

蓋幼時父將男子形軀假妝女子，與之穿耳纏足，搽畫一如女子，習學女工飲食。買賂牙保，脫騙富戶，充為廚娘。富家寵妾，莫知是男子，與之共寢，俱為所淫。

事彰，責還父母。

後轉僱與東門趙家，趙見稍有姿色，亦屢欲犯之，而廚娘累託不從。

又一日，同僚會飲，坐間有云：「聞近日有一男子妝假廚娘，累次脫騙富家財物，今聞又僱在同幕為廚娘，莫得而知之。」

飲罷，趙回廳喚出廚娘，試一捫摸，形不能掩。

解之制乾，斬首棄市，父母、牙保俱配籍焉。

《輟耕錄》卷五〈勘釘〉講述「至元二十年癸未」中「武平縣民劉義訟其嫂與其所私同殺其兄成」以及「宋包孝肅公拯」故事，是風物故事中的別類。其記述曰：

姚忠肅公，至元二十年癸未為遼東按察使。

武平縣民劉義訟其嫂與其所私同殺其兄成，縣尹丁欽以成屍無傷，憂懣不食。妻韓問之，欽語其故。

韓曰：「恐頂囟有釘，塗其跡耳。」

驗之果然。

獄定上讞，公召欽，諦詢之，欽因矜其妻之能。

公曰：「若妻處子邪？」

曰：「再醮。」

令有司開其夫棺，毒與成類，並正其辜。欽悸卒。

時比公為宋包孝肅公拯云。

二、財富故事

財富傳說表達的不僅僅是因財富而形成的社會糾紛，更重要的是其中蘊含的財富觀念與財富信仰。

陶宗儀《輟耕錄》卷二十四〈誤墮龍窟〉記述「商人某海船失風，漂至山島」故事，是元代具有精怪色彩的財富傳說的一個典型：

商人某海船失風，漂至山島，匍匐登岸。

深夜昏黑，偶墜入一穴，其穴險峻不可攀緣，此明穴中微有光，見大蛇無數，蟠結在內。始甚瘮，久，稍與之狎。蛇亦無吞噬意，所苦飢渴不可當。但見蛇時時舐石壁間小石，絕不飲咽。於是商人亦漫爾取小石噙之，頓忘飢渴。

一日間聞雷聲隱隱，蛇始伸展，相繼騰昇，才知其為神龍，遂挽蛇尾得出。

附舟還家，攜所噙小石數十至京城示識者，皆鴉鶻等寶石也。乃信神龍之窟多異珍焉。自此貸之，致富。

財富背後，總是人心。財富的獲取或爭端，總要引發許許多多關於人間道德品格、精神情操與良心信仰等社會風俗的內容。《湖海新聞夷堅續志》前集卷一〈人事門．假母欺騙〉記述「景定年間，有二少年謀為騙人之策」故事曰：

景定年間，有二少年謀為騙人之策，忽在野外見一乞嫗，趨而拜拜。

曰：「爾吾母也，吾為爾子，尋十餘年方得母，甚喜。」衣之以華衣。

嫗怪之，然自思為乞丐，一旦得此過望。

二少年事之極至，復買一粗婢供使令之職，僱人舁過新淦，賃客館以居，所攜籠奩凡五六槃。告之人曰：「吾兄弟早年失母，連年寫經告佛，求之四方，今始得之，天也。」

於是朝夕竭力為甘旨之俸，人皆稱美之。

新淦富屋皮家每嘆曰：「此二人真孝也。」

二人與皮往來稍密，一日告之曰：「吾欲假君之廬以奉吾母，吾將商於真、揚，求什一之利以生活。」

皮欣然從之，仍為假貨三百緡，鬻買貨物而去。皮見其有母與籠篋留其家，舉以與之。

二人者以其母託皮，叮嚀之至，約半年歸。

及歸，財利數倍，隨以三百緡本息酬皮，皮喜。又留半年，復與皮氏及諸有力者借二千緡再去。

眾見其慣於經商，且每日相與之情，具如其數借之。忽一去年餘不歸，並無音信，眾始有疑心，遂告之官，欲發其籠篋所寄之物。

官詰嫗，嫗曰：「吾丐者也，非其母也，邂逅野外，強我使來。」

婢曰：「彼買我者也，實不知彼為何人。」

將其籠篋開視之，並皆磚石，官無所加罪，眾但懊恨而已。

脫脫等《宋史》卷二九三〈張詠傳〉記述「有民家子與姊婿訟家財」故事曰：

有民家子與姊婿訟家財，婿言妻父臨終，此子裁三歲，故見命掌貲產，且有遺書，令異日以十之三與子，餘七與婿。

（張）詠覽之，索酒酹地曰：「汝妻父智人也。以子幼，故託汝。苟以七與子，則子死汝手矣。」

亟命以七給其子，餘三給婿。人皆服其明斷。

佚名《南墅閒居錄》中有〈鬼官人〉，記「宋之末年，姑蘇賣餅家檢所鬻錢得冥幣」與「元初猶在，後數年方死」故事，內容與「大桶張氏」有相近處。其記述曰：

宋之末年，姑蘇賣餅家檢所鬻錢得冥幣焉，因怪之，每鬻餅必識其人與其錢。

久之，乃一婦人也。

跡其婦至一塚而滅，遂白之官，啟塚見婦人臥，柩中有小兒坐其側。恐其為人所覺，必不復出餓死小兒。

有好事者收歸養之。既長與常人無異。不知其姓，鄉人呼之曰「鬼官人」。

元初猶在，後數年方死。

元代財富傳說或為精怪故事，主角為虎或猴子，其中也不乏報恩內容，如《湖海新聞夷堅續志》後集卷二〈精怪門．虎謝老娘〉記述「至元甲申，溫州城外有老娘姓吳，夜二更，有荷轎者立於門首」故事，其實是在講述「蓋虎以此來謝老娘也，誰謂禽獸無人心哉」道理。其記述曰：

至元甲申，溫州城外有老娘姓吳，夜二更，有荷轎者立於門首，敲門曰：「請老娘收生。」

老娘開門，喜而入轎。但見輿夫二人行步甚速，雖荊棘亦不顧也。

到一所，屋宇高敞，燈燭明麗，一女子坐蓐。老娘與之收生，得一男子，洗畢而歸，到家夜已中矣。

其家問之，老娘如夢，亦不知為何人之家。

忽見二虎咆哮於門，驚甚。

次日開門，見籬上有豬肉一邊，牛肉一腳，左右鄰里莫不怪之。

蓋虎以此來謝老娘也，誰謂禽獸無人心哉？

《湖海新聞夷堅續志》後集卷二〈精怪門．猴劫醫人〉講述「衢州江山縣長臺村，山多猴」與「柴郎中」故事，稱「群猴送下山，柴氏至今富盛」，其講述曰：

衢州江山縣長臺村，山多猴，千百為群，臨溪飲水，大如人形。凡有商旅必為所劫，不害人命而利其財，率眾接臂，負藏高山，人莫得見，習以為常。

忽有柴郎中自山下過，群猴復來，視其身無有也，但便袋中有藥方。

柴曰：「我能醫。」

扶之登山，坐之石洞，爭進果核。頃扶老猴母來，但不能言，指其喉內痰嗽。與之藥，一服即愈。

留之數日，首致謝禮，先送白紙數沓，不受；又絹帛，亦不受；續盡以所有金銀來並前紙絹，悉受之。

群猴送下山，柴氏至今富盛。

財富面前，不獲他人所有，是一種高尚品德。如《湖海新聞夷堅續志》前集卷一〈人事門．棄銀復得〉講述的是財富面前保持節操，拾金不昧，終於獲得水中脫險，並有「歸家求田間舍，遂成大富」好報的故事。其記述曰：

梅洋季梢與人駕舟入海，至中途，泊岸登廁，見有人遺下一青囊，有銀子在內，遂取入舟以俟尋者。

未幾，見一人倉皇而至，尋取原物不見，大呼數聲，解帶欲縊於廁。

季急登岸詢之，答曰：「某本縣解子也，解銀入州，今既失去，唯有死耳！」

季詰其他有何物？

曰：「無他物，止有銀子若干。」

季悉還之。

解子感激，即欲分與數兩，至州折閱，不過受杖，豈不勝於一死。

季堅不領，回船到大金灘間，忽纜斷入水中，但覺脚下有物如瓦相戛，深探而取之，乃銀也，亦如前所拾之銀。

歸家求田間舍，遂成大富。

《湖海新聞夷堅續志》前集卷二〈報應門．不取他物〉記述的也是拾金不昧得到「歷官至中奉大夫，子孫貴顯」好報的故事：

楊中奉存，吉水塘人。

宋元豐八年，赴省開封，宿息州旅舍。既臥，覺床簀間有物礙其背，揭視之，乃鹽鈔二萬引。

明日，詢主人曰：「前夕何人宿此？」

主人曰：「淮甸一鉅商某姓客也。」

公曰：「此吾故人，設其人回，可與之言，吾在某坊某人家安歇。」又大書於所宿之房曰：「某年月日，廬陵楊存寓此。」

遂行。

不數日，商人果從故道，處處物色之。至息村，主人以公言告，且使自觀壁間所書，乃徑去京師訪公。公曰：「果汝物耶！當聞之官以歸汝。」

商曰：「如教。」

公請府悉以授商，府使中分之。公曰：「使某欲之，前日奄為己有，泯默不言矣。」

商不能強，乃捐數百緡，就京師相國寺設齋，為公祈福。

是年，公中焦蹈榜下。

歷官至中奉大夫，子孫貴顯。

拾金不昧固然應該得到好報，卻也有遭受委屈者。這一類現象在今天的媒體上屢屢可見，其實歷史上也不乏此類故事的講述。應該說，這是一個歷史性的道德問題。人性固然有偉大之處，但是，在社會生活、風俗生活中從來就沒有停止過這種偉大、崇高與卑微、低下的搏鬥！

《山居新話》卷一中〈聶以道縣尹〉，記述「有一買菜人早往市中買菜，半途忽拾鈔一束」故事，雖然經歷許多風波，終於正義得到伸張，「聞者莫不稱善」。其記述曰：

聶以道，江西人，為縣尹。有一買菜人早往市中買菜，半途忽拾鈔一束。

時天尚未明，遂藏身僻處，待曙，檢視之，計一十五定，內有五貫者，乃取一張買肉二貫，米三貫，置之擔中，不復買菜而歸。

其母見無菜，乃叩之，對曰：「早於半途拾得此物，遂買米肉而回。」

母怒曰：「是欺我也。縱有遺失者，不過一二張而已，豈有遺一束之理，得非盜乎？爾果拾得，可送還之。」訓誨再三，其子不從。

母曰：「若不還，我訴之官！」

子曰：「拾得之物送還何人？」

母曰：「爾於何處拾得，當往原處候之，伺有失主來尋，還之可也。」又曰：「吾家一世未嘗有錢置許多米肉，一時驟獲，必有禍事。」

其子遂攜往其處，果有尋物者至。其買菜者本村夫，竟不語其鈔數，止云失錢在此，付還與之。

傍觀者皆令分償。失主靳之，乃曰：「我失去三十定，今尚欠其半，如何可償？」

既稱鈔數相懸。爭鬧不已，遂聞之官。

聶尹覆問拾得者，其詞頗實。因暗喚其母，複審之亦同。乃令二人各具詰罪文狀，失者實失去三十定，買菜者實拾得十五定。

聶尹乃曰：「如此則所拾之者，非是所失之鈔。此十五定乃天賜賢母養老，給付母子令去。」

喻失者曰：「爾所失三十定，當在別處，可自尋之。」

因叱出。

聞者莫不稱善。

《輟耕錄》中有內容大致相同的記述：

聶以道宰江右一邑。日有村人早出賣菜，拾得至元鈔十五定，歸以奉母。

母怒曰：「得非盜來而欺我乎？縱有遺失，亦不過三兩張耳，寧有一束之理？況我家未嘗有此，立當禍至，可急速送還，毋累我為也！」

言之再，子弗從。

母曰：「必如是，我須訴之官！」

子曰：「拾得之物，送還何人！」

母曰：「但於原拾處俟候，定有失主來矣。」

子遂依命攜往，頃間，果見尋鈔者。村人本樸質，竟不詰其數，便以付還。

傍觀之人皆令分取為賞，失主靳曰：「我原三十定，方才一半，安可賞之？」

爭鬧不已，相持至廳事下。

聶推問村人，其詞實；又密喚其母審之，合。乃俾二人各具失者實三十定，得者實十五定。

文狀在官後，卻謂失主曰：「此非汝鈔，必天賜賢母以養老者。若三十定，則汝鈔也，可自別尋去。」

遂給付母子。聞者稱快。

財富故事中，貪心不足者也有報應。如《湖海新聞夷堅續志》後集卷一〈神仙門．井水化酒〉記述「常德府城外十五里，地名河湫，有崔婆者賣茶為活，遇有僧道過往，必施與之」與「改業賣酒」，以及「道人怒其貪心不足，再以杖拄泉，則復成水，無復酒味矣。其井至今尚存」故事，其講述曰：

常德府城外十五里，地名河湫，有崔婆者賣茶為活，遇有僧道過往，必施與之。

一道人往來幾十餘次，崔婆見之必與茶。

道人深感之，與之曰：「我欲使汝改業賣酒，如何？」

崔婆喜。

道人以杖拄地，清水迸出，為崔婆言：「此可為酒。」

崔婆取之以歸，味如酒，濃而香，買者如市。若他人汲之歸，則常品水也。崔婆大享其利。

道人重來，崔婆再三謝之，但云：「只恨無糟養豬。」

道人怒其貪心不足，再以杖拄泉，則復成水，無復酒味矣。其井至今尚存。

《湖海新聞夷堅續志》後集卷一〈神仙門．跨鶴道人〉記述故事內容與〈神仙門．井水化酒故事類似，稍有不同。其記述曰：

處州龍泉縣鳳凰山下，舊有小茅庵，一道人居之。

橋頭有黃婆開酒肆，道人常往來買酒，不取錢，悉與之飲。由是買者無虛日，家由是成。

甫閱一載，婆子索酒錢，道人未之償。

越幾日，又問，復許之，仍借筆畫一紙鶴，以水噀之，飛舞迴旋於橋之左右。

婆亦不悟，又復索錢，道人於是跨鶴而去。

三、精怪故事

精怪故事中，《續齊諧記》曾記述許多為精怪、鬼怪治療疾病或接生之類的傳說故事，對元代精怪故事形成重要影響，如《湖海新聞夷堅續志》後集卷二〈鬼求針灸〉記述曰：

徐熙為射陽令，少善醫方，名聞海內。嘗夜聞有鬼呻吟，聲甚悽苦。徐曰：「汝是鬼，何所需？」俄聞答曰：「姓斛名斯，家在東陽，患腰痛死，雖為鬼而疼痛不可忍。聞君善針，願相救濟。」徐曰：「汝是鬼而無形，何厝治？」鬼曰：「君但縛芻為人，索孔穴針之。」徐如其言為針腰四處，又針肩三處，設祭而埋之。明日一人來謝曰：「蒙君醫療，復為設齋，病除飢解，感惠甚深。」忽然不見。

《湖海新聞夷堅續志》後集卷二〈怪異門．鬼扣醫門〉，記述某人為鬼怪治病，卻失去生命的故事；《異聞總錄》卷三〈鬼婦扣門謁藥〉，記述同樣故事。《湖海新聞夷堅續志》記述故事同時，發出感嘆「豈非李見其美麗，動興而致然爾」，歸為好色嫌疑。其記述曰：

昔京庠有士友數人步月夜行，見有小廝持紅紗籠前導，一婦人冉冉後隨，士友疑其暮夜獨行之異，跡而視之。

至眾安橋左側，扣內醫張防禦門謁藥。

張啟戶視之，即掩門不納。次扣李提點鋪，李出視，延入，遂為診脈。士友俟久不出，默識兩醫之門而歸。

次早訪張防禦，曰：「暮夜獨行，必非良家子女，所以卻之。」

次過李鋪，聞其家有哀哭聲。

問之，則曰：「昨夜一婦女扣門謁藥，去後中風而卒。」方知鬼化為婦，扣門求藥。

豈非李見其美麗，動興而致然爾。

《湖海新聞夷堅續志》後集卷二〈怪異門．倀鬼引虎〉記述「昔有處士馬拯、馬沾，相會於南嶽衡山」故事，其中遭遇的「昔為虎殞，既以為鬼，遂為虎之役，使其前導」，是否在述說一種是非不分、為虎作倀的社會現象呢？其記述曰：

昔有處士馬拯、馬沾，相會於南嶽衡山。晚宿一庵，見一老僧古貌龐眉，揖見甚喜。

僧乃倩馬之僕持錢往山下市少鹽酪，僧亦尾其後，久而不歸。

須臾馬沾至，乃云在路逢一虎，食人方畢，即脫斑衣而衣禪衲。拯詰虎食之人服色，乃知己之僕也。

沾指示曰：「食僕之虎乃此僧也，僧口吻尚有餘血。」

二人相顧駭懼，夜不安枕，極力撐住房門，終夜默禱南嶽之神。忽聞空中有人吟詩曰：

「寅人且入欄中水，午子須分艮畔金。

若教特進重張弩，過後將軍必損心。」

次早啟戶，見外邊有一古井甚深，乃佯設計，謂井中有一怪物，拉僧看視，極力推僧墮井，尋以巨石壓上。

回入庵內，見佛案上有白金四定，二人相與分攜，急趨以歸。

至半山，遇一獵者，張機於道旁而居於棚上，謂二人曰：「山下尚遠，群虎方暴，且止於棚，毋自輕往。」

二人方攀緣上棚，忽見數十人，或僧或道，或男或女，歌吟戲舞而至機所號泣，大罵曰：「早上二賊害我禪師，今又有人敢張機害我將軍。」盡發弩機而去。

二人嗟訝，因問獵者：「彼眾何人也？」

獵曰：「此倀鬼也，昔為虎飡，既以為鬼，遂為虎之役，使其前導。」

再問張弩人姓名，則牛進也。方悟「特進重張弩」之句，遂令牛進再張伏弩。

方畢，有一大虎咆哮而至，觸其機，箭貫心而斃。

眾倀鬼奔走卻回，俯伏虎前，號泣甚哀，曰：「誰人又殺我將軍也！」

二人者乃厲聲叱之曰：「汝等倀鬼無知，生為虎食，殞身傷命，乃汝大仇。今復受役以為前導，幸虎之斃，又從而號汝盡哀，豈非大惑！」

眾鬼大悟，相與捨去。

《異聞總錄》卷一〈醫上遇倀鬼〉中有「大德丁酉，一日暮，有老嫗至門，招之出西門外視病」故事，記述某倀鬼為一老嫗作惡。其記述曰：

永新州林行可，醫士也。

大德丁酉，一日暮，有老嫗至門，招之出西門外視病。

林以暮，留嫗老行。旦起攜藥，嫗促林行。五里許，至東嶽廟前，嫗曰：「爾候於此。」

林月中顧嫗入一塚而沒、怪之，登廟亭樓，閉戶，窺窗隙，見嫗引一虎至，四顧無人，撫其背曰：「惜哉！」復罵曰：「三年為汝謀此塊肉，汝分薄若此。」

天明，林呼里人送歸，迨今不敢出。

生活中的精怪未必全為禍害，也有許多佳話。如前述田螺故事，此類故事既可看作精怪故事，也可以看作風物傳說。如《輟耕錄》卷十一〈鬼室〉記述「溫州監郡某一女及笄未出室，貌美而性慧」故事，其中有「從軸中詣榻前敘殷勤，遂與好合」為繪畫成精，「遂真為夫婦，而病亦無恙矣」，此為信仰觀念。其記述曰：

溫州監郡某一女及笄未出室，貌美而性慧，父母之所鍾愛者。以疾卒，命畫工寫其像，歲序張設哭奠，常時則度置之。任滿，偶忘取去。

新監郡復居是屋。其子未婚，忽得此，心竊唸曰：「娶妻能若是，平生願事足矣。」

因以懸於臥室。

一夕，見其下，從軸中詣榻前敘殷勤，遂與好合。自此無夜不來。

逾半載形狀羸弱，父母詰責，以實告。且云：「至必深夜，去以五鼓。或齎佳果啖我，我答與餅餌，則堅卻不食。」

父母教其此番須力勸之。

既而女不得辭，為咽少許，天漸明竟不可去，宛然人耳，特不能言語而已。

遂真為夫婦，而病亦無恙矣。

在民間傳說中，鬼託生為人，是輪迴觀念和信仰。委心子編《分門古今類事》卷四〈黃裳與水鬼〉和秦再思撰《紀異錄》，都曾記述此類故事。王闢之《澠水燕談錄》記述道：「延平黃狀元裳，少苦學，好夜讀書。忽一夕，月明，聞水涯人偶語，俯而聽之，曰：吾在此十紀，來日當去，唯候淮南二急腳來替。黃甚怪之。翌日亭午，果有二黃衣至水涯就浴，黃乃急止之，仍令他日無復過此。是夕中夜，鬼又語曰：我本當替，為黃狀元令過去，未有來期。黃自是知其必冠多士。」

元好問《續夷堅志》卷二〈溺死鬼〉記述「我辛苦得替，卻為此賊壞卻，我誓拽汝水中」故事，其記述曰：

澤州有針工，一日入定後，方閱針次，聞人沿濠上來，喜笑曰：「明日得替矣。」

人問替者為誰，曰：「一走卒，自真定肩傘插書夾來濠中浴，我得替矣。」

針工出門望，無所見，知其為鬼。

明日，立門首待之。早食後，一疾卒留傘與書夾針工家，云：「欲往濠中浴。」

針工問之，則從真定來。因為卒言城中有浴室，請以揩背錢相助。卒問其故，工具以昨所聞告，辭謝再三而去。

其夕二更後，有擲瓦礫於門，大罵曰：「我辛苦得替，卻為此賊壞卻，我誓拽汝水中！」

明旦，見瓦礫堆。

數夕不罷，此人遷居避之。

《異聞總錄》卷四〈臨安種園人〉，記述「臨安種園人，滌菜於白龜池，聞水中人語言相應答」故事，講述內容也有替死託生之類的信仰。其記述曰：

臨安種園人，滌菜於白龜池，聞水中人語言相應答。

其一云：「明日沙河塘開彩帛鋪王家一掌事，當死於此，可以為我代。」

其一云：「汝去期不遠，奈何。」

園人識掌事者，即走報。其人感謝，誓終日不出門。

逮旦且晡，天府快卒來，須鋪家供縑帛，不得已而往。

過清湖橋，快卒引從龜池路去，力爭不聽。兩旁居者但見此人獨行踽踽，自為紛拏辯鬥之狀。

亦有識之者，掖之以歸，已瞢騰不能語，口中皆青泥。

灌以蘇合番丸，久之乃醒。

所謂快卒，蓋鬼也。

又明日，園人復往滌菜，溺死焉。

精怪、鬼怪，有善有惡，善惡並存，正是社會風俗生活的展現；其皆以「怪」而行於世間，其所作所為，其實都是社會現實中品格低下者、行為卑鄙者、心胸狹隘者活靈活現的表演。誠如《山居新話》卷一中記述「有一買菜人早往市中買菜，半途忽拾鈔一束」故事，雖然發生誤會，甚至使拾金不昧者受到傷害，畢竟邪不勝正，最後正義得到伸張，「聞者莫不稱善」。最令人感動的內容是其母怒日：「是欺我也。縱有遺失者，不過一二張而已，豈有遺一束之理，得非盜乎？爾果拾得，可送還之。」這是美德的化身。

從漢代至魏晉南北朝以來的民間傳說故事，總是給人一個特別的印象，幾乎所有的地方管理者都非常英明，常常成為正義的化身。這到底是歷史的虛假敘事，還是他們真的都那樣兢兢業業呢？或許，這是民間百姓的政治期望與表達的結果吧。

我寧願相信歷史上的述說大多都是真實的。如果千百年來，歷史文化發展中總是邪惡橫行、人妖顛倒，哪裡還會有燦爛輝煌？所以，民間文學是人民的信仰，更是歷史的良心。

如果文化失去了良心，道德與精神就無處藏身！

第二章
明代民間文學

元帝國的崩潰是歷史規律的必然，但這個朝代對中國文化的影響，卻是相當久遠的。一位法國學者對此種「崩潰」進行了頗為全面的評論：「政權機構的雜亂（其中使用了無數互相矛盾的法規）、蒙古和穆斯林官吏們混雜在一起並貪得無厭、紙幣的極端迅速的膨脹、控制了整個中國僧侶界並干涉政治事務的吐蕃喇嘛教僧侶們的腐化、漢族居民每天都受到的壓迫和農民階級日益增加的苦難」[010]，這就是當時社會的真實寫照。西元 1368 年，曾出家為僧以求生存、後來參加農民起義並在戰爭中脫穎而出、貧民出身的朱元璋，在南京建立了明王朝，自此，歷史又翻開全新的一頁。朱元璋汲取了元帝國及其前各王朝的教訓，在政治、經濟、文化，尤其是法律等方面，實行了一些新的措施，如廢除中書省和丞相，把主要政務分別由布政使、按察使、都指揮使管理，設立監察機構，彈劾不法官吏，至各地巡察民情等，有效地控制了政權；同時，朱元璋還創設衛所，制定《大明律》，完善政治制度，削弱曾影響元末政治形勢的地方豪強，實行大規模移民，注重發展農業生產和城鎮經濟，確保了明初政治、經濟秩序的良性執行和發展，這些都具體影響到明代民間文學的形成及其基本格局。

[010] 謝和耐（Jacques Gernet）著，耿昇譯：《中國社會史》（*Le Monde Chinois*），江蘇人民出版社 1997 年版，第 336 頁。

其他諸如「靖難之役」、「一條鞭法」、科學技術的發展、自然災害、非農產業的發展與市鎮規模擴大、對外開放及商貿往來的增多、宗教力量的形成與發展，以及李自成農民起義的興起、各種社會對立的加劇等，都融入了明代的民間文學，並呈現出與其他歷史時期民間文學迥異的局面。民間歌謠、民間戲曲、民間傳說和民間故事等，都具有鮮明的時代特點。以民間歌謠為典型的民間文學引起社會的廣泛注意，並深刻影響到明代作家文學的發展變化。如李夢陽、李開先、王叔武等人，強調「真詩只在民間」[011]，又如徐渭所感嘆：「樂府蓋取民俗之謠，正與古國風一類。今之南北東西雖殊，而婦女兒童，耕夫舟子，塞曲征吟，市歌巷引，若所謂〈竹枝詞〉，無不皆然。此真天機自動，觸物發聲。」[012] 尤其是明代出現的長篇小說《西遊記》、《水滸傳》、《三國演義》等鉅著，代表著俗文學出現了空前繁榮，有力地推動著民間文學的發展，馮夢龍、李開先等民間作品蒐集整理者為此做出了卓越貢獻；同時期的少數民族民間文學，在文獻記述與整理上也獲得了可喜的成就。明代民間文學的全面發展與繁榮，代表著中國民間文學史上又一個黃金時期的到來。當然，民間文學的繁榮與政治、經濟的發展並不是同步的，從某種意義上來講，作為「怨聲」的民間文學出現得越多，越說明社會對立的複雜及眾多。真正的民間文學多植根在美刺之中。

第一節　民歌和敘事詩

廣義上的民間歌謠，包括民間時政歌謠，也包括市井傳唱的民間歌曲，甚至一些民間小調和篇幅較短的民間敘事詩、抒情詩。明代民歌主要

---

[011]　見《空同集》、《李開先集（中）．市井豔詞序》等。

[012]　徐渭：《徐文長集》卷十六〈奉師季先生書〉。

保存在明代輯印的民歌集中，《明史》、《明季北略》等史籍文獻與一些筆記等私人著述和《明詩綜》之類的文學作品集中也有保存。一些民間敘事詩至今還被傳唱，從內容上可以斷定其為明代作品。尤其是一些民歌集中保存在明代刊印的民歌集之中，如成化年間金臺魯氏所刊的《四季五更駐雲飛》、《題西廂記詠十二月賽駐雲飛》、《太平時賽賽駐雲飛》、《新編寡婦烈女時曲》，正德年間刊印的《盛時新聲》，嘉靖年間刊印的《詞林摘豔》和《雍熙樂府》，萬曆年間刊印的《玉谷調簧》和《詞林一枝》，天啟、崇禎年間刊印的由馮夢龍編的《掛枝兒》、《山歌》，以及陳所聞編的《南宮詞記》，楊慎編的《古今風謠拾遺》，凌濛初編《南音三籟》，醉月子編《新鐫雅俗詞同觀掛枝兒》和《新鐫千家詩吳歌》等。其中，《掛枝兒》、《山歌》所保存的民歌，原始性較顯著。

明代民歌流傳較廣、保存較為豐富者，首推愛情歌謠。其中最直接、大膽的，如《汴省時曲》中的一篇〈鎖南枝〉唱道：

傻俊角，
我的哥，
和塊黃泥兒捏咱兩個。
捏一個兒你，
捏一個兒我，
捏的來一似活託（脫），
捏的來同在床上歇臥。
將泥人兒摔碎，
著水兒重和過，
再捏一個你，
再捏一個我。

哥哥身上也有妹妹，

妹妹身上也有哥哥。

《詞林一枝》中的〈羅江怨〉、〈劈破玉〉、〈時尚鬧五更哭皇天〉等，都滿含深情。尤其是〈時尚鬧五更哭皇天〉，成為後世民間流行的〈五更調〉的「範本」，其第一句都以「× 更裡，×× 月，正照 ××」開題，如「一更裡，靠新月，正照紗窗」，然後抒發思念情郎和自身如何寂寞的情感，在歌句中穿插「唔唔唔」之類的襯腔，形成一種濃重的情思氛圍，表達這種愛情生活。這一類民歌情思纏綿，多運用誇張、重複等修辭方式，展現出情歌的審美特色及格式特徵。如〈羅江怨〉以唱與嘆相互襯托，句式從緩、短、平向急、長、奇漸漸過渡，形成特殊的感人魅力：

紗窗外，

月兒圓，

洗手焚香禱告天。

對天發下紅誓紅誓願：

一不為自己身單，

二不為少吃無穿，

三來不為家不協。

為只為妙人兒心肝，

阻隔在萬水千山，

千山萬水，

難得難得見。

望蒼天早賜順風，

把冤家吹到跟前。

那時方顯神明神明現。

……

紗窗外，

月兒黃，

只為長江水渺茫。

忽然又聽人歌人歌唱，

好姻緣不得成雙，

好姊妹不得久長，

昏昏日日懸日日懸望。

想只想我的親親，

痛只痛碎裂肝腸。

何時得共鎖金鎖金帳。

終有日待他還鄉，

會見時再結鸞鳳，

那時才把相思相思放。

在這些歌謠中，明顯具有商女的氣息。以往我們總是排斥妓女、僧人和道士作為民間文學的創作主體，而在民間文學的實際形成與發展過程中，他們常發揮重要作用；民間文學也往往藉助這一類社會底層的人物，述說民間百姓的衷腸。這裡所抒的「想只想我的親親，痛只痛碎裂肝腸」不是鄉間妹子與哥哥所有的愛，而是城市商貿經濟相對發展條件下的產物。這是扭曲的愛，但它畢竟是一種愛。有人曾說明代中後期出現了資本主義的萌芽，從這些民歌中可見一些端倪。但是，我們也可以看到，農耕生活和生產方式與封建專制政治相結合，資本主義作為一種以城市經濟為背景的先進生產方式，其萌芽是極其脆弱的；當時的知識階層仍然是封建專制的附屬者，根本不具備領導、支持和影響新興的資本主義思潮的能力。綜觀明代民歌，可見其內容主要有兩大類，一是〈鎖南枝〉、〈羅江怨〉這樣的情歌，一是〈富陽謠〉之類的怨恨之歌，很少有直接反映商業經濟活動的歌謠。尤其是色慾成為明代情歌的重要內容，諸如《山歌》中的〈熬〉，高唱「二十姐兒睏弗著在踏床上登，一身白肉冷如冰，便是牢裡罪人也只是個樣苦，生炭上薰金熬壞子銀」。這種歌謠不僅不會促進城市資本主義，相反地，當其瀰漫開來時，只能扼殺資本主義的萌芽。更重要的是封建專制政治從來都僅僅把科學技術作為一種技能，沒有科學理論的支持，資本主義便不會得到發展。

馮夢龍是明代在民間文學蒐集整理和編選等方面成就最顯著的一位。他所編的《掛枝兒》分「私」、「歡」、「想」、「別」、「隙」、「怨」、「感」、「詠」、「謔」、「雜」等十部，即十卷，計收 435 首民歌，大部分屬愛情類；所編《山歌》十卷，其中卷一至卷四為「私情四句山歌」，卷五為「雜歌四句山歌」，卷六為「詠物四句山歌」，卷七為「私情雜體山歌」，卷八為「私情長歌」，卷九為「雜詠長歌」，卷十為「桐城時興歌」，句式多為七言。兩種民歌集之中，愛情民歌占據了相當大的部分。如《掛枝兒》中「歡」部的〈分離〉：

要分離，
除非是天做了地；
要分離，
除非是東做了西；
要分離，
除非是官做了吏！
你要分時分不得我，
我要離時離不得你，

就死在黃泉（裡）也做不得分離鬼！

又如其「想」部中的〈帳〉是另一種情調：

為冤家造一本相思帳，

舊相思，

新相思，

早晚登記得忙；

一行行，

一字字，

都是明白帳。

舊相思銷未了，

新相思又上了一大樁。

把相思帳（拿）出來和你算一算，

還了你多少也，

不知又欠你多少想。[013]

馮夢龍在此首歌的結尾處注其蒐集情況：

琵琶婦阿圓能為新聲，兼善清謳，余所極賞。聞余廣《掛枝兒》刻，詣余請之，亦出此篇贈余。云傳自婁江。

琵琶婦阿圓當是一位歌女，「能為新聲，兼善清謳」，與馮夢龍有著深厚的友情，她將此篇「傳自婁江」的情歌贈與他，從另一個方面也說明他蒐集整理民歌的範圍廣泛。這也就難怪我們可以把《掛枝兒》、《山歌》看作一部民間傳唱的詩體（民歌體）「明史」了。

在《山歌》中，馮夢龍蒐集的民間歌謠還牽涉一個非常複雜的社會問

[013]　姚莽：《歌珍》，山西大學聯合出版社 1995 年版，第 156 頁。

題，這就是非婚姻生活背景下的「私生子」問題。如：

眼淚汪汪哭向郎，
我吃腹中有孕耍人當。
裟婆樹底下乘涼奴踏月，
水漲船高難隱藏。
姐兒肚痛呷薑湯，
半夜裡私房養了個小孩郎。
玉指尖尖抱在紅燈下看，
半像奴婢半像郎。

非婚生子女問題在明代文獻中幾乎找不到，馮夢龍的記述是對這種缺憾的補充，具有一定的史學價值。

馮夢龍蒐集整理的民間歌謠，既有純情吟唱，又有偷情內容。如《山歌》中的〈怕老公〉，其中有「丟落子私情咦弗通，弗丟個私情咦介怕老公。寧可撥來老公打子頓，那捨得從小私情一旦空」。更有價值的是他所蒐集整理的長篇《吳歌》，其中的〈燈籠〉、〈老鼠〉、〈睏弗著〉等，應是難得的民間抒情長詩。可見馮夢龍蒐集時以「情真」為編選標準，強調其「真境」、「妙境」，不但範圍廣，而且類型完備。再如《山歌》卷五所收〈月子彎彎〉這首所謂的「雜歌」，就是曾被《京本通俗小說》中〈馮玉梅團圓〉記述的「月子彎彎照九州，幾家歡樂幾家愁，幾家夫婦同羅帳，幾家飄零在外頭」，這一首特殊的情歌，到今天我們還能聽到它被傳唱。又如《山歌》卷一中所收的〈模擬〉唱道：「弗見子情人心裡酸，用心模擬一般。閉子眼睛望空親個嘴，接連叫句俏心肝。」馮夢龍在注中稱它「是真境，亦是妙境」；而這種「望空親個嘴」之類直接描述情愛的歌謠，正是封建衛道人士所嫉恨的，也是一般文人所不能夠「模擬」仿作的。馮夢龍的民歌蒐集與編選標準，展現出他獨到的民間文學觀，正如他在〈敘山歌〉中所說：

書契以來，代有歌謠。大史所陳，並稱風雅，尚矣。自楚騷唐律，爭妍競暢，而民間性情之響，遂不得列於詩壇，於是別曰「山歌」，言田夫野豎矢口寄興之所為，薦紳學士家不道也。唯詩壇不列，薦紳學士不道，而歌之權愈輕，歌者之心亦愈淺。今所盛行者，皆私情譜耳；雖然，桑間濮上，國風刺之，尼父錄焉，以是為情真而不可廢也。山歌雖俚甚矣，獨非鄭衛之遺歟！且今雖季世，而但有假詩文，無假山歌，則以山歌不與詩文爭名，故不屑假。

《明季北略》及談遷的《棗林雜俎》、沈德符的《萬曆野獲編》、朱國禎的《湧幢小品》等文獻中，從不同角度表現出明代社會的歷史風雲。諸如《明史．五行志》中記述「張士誠弟偽丞相士信及黃敬夫、葉德新、蔡彥文用事」，時有歌謠「丞相做事業，專靠黃、蔡、葉，一朝西風起，乾鱉」；魏忠賢、羅汝才、嚴嵩及嚴世蕃父子等敗壞朝政、禍國殃民時，《明史．五行志》以歌謠「委鬼當頭坐，茄花遍地生」、「鄴臺復鄴臺，曹操再出來」記述，《明史．楊繼盛傳》以歌謠「大丞相，小丞相」記述；時有李蕃、李魯生、李恆茂「卑汙奸險」，《明史．閹黨．霍維華傳》中記述歌謠「官要起，問三李」；時有「朝政濁亂，賄賂公行，四方警報狎至」，馬士英「身掌中樞」，「日以鋤正人、引凶黨為務」，「諸白丁、隸役輸重賂，立躋大帥」，《明史．奸臣．馬士英傳》記述歌謠「職方賤如狗，都督滿街走」[014]。

社會政治嚴重腐敗，人民傾家蕩產，苦不堪言，《棗林雜俎．智集》中記述〈富陽江謠〉：「富陽江之魚，富陽江之茶，魚肥賣我子，茶香破我家。採茶婦，捕魚夫，官府拷掠無完膚。昊天何不仁？此地亦何辜？魚胡不生別縣？茶胡不生別都？富陽山，何日摧？富陽江，何日枯？山摧茶亦

[014]　《明代會纂》中記為「中書隨地有，都督滿街走，監紀多如羊，職方賤似狗」；《清芬集》中則記為「監紀多如羊，職方賤似狗。掃盡江南錢，填塞馬家口」。內容大同小異，都是對賣官鬻爵的社會現象進行記述、抨擊。

死，江枯魚始無。嗚呼！山難摧，江難枯，我民不可蘇！」此類歌謠還有《古今風謠拾遺》中的「有山無木，有水無魚，有人無義；地無三尺土，人無十日歡；水走孟家灣，黎民逃上山」等。《豆棚閒話》第十一則中記述的歌謠，代表了百姓最真切的心聲：

老天爺，

你年紀大，

耳又聾來眼又花；

你看不見人，

也聽不見話。

吃齋念佛的活活餓死，

殺人放火的享受榮華。

老天爺，

你不會做天，

你塌了吧！

在《明季北略》卷十中，「京師童謠」借「溫體仁（為）相」，指斥「用人不當，流寇猖獗」，用「崇皇帝，溫閣老」和「崇禎皇帝遭溫了」來述說時事，以「溫」言「瘟」，可見當時民間百姓對統治者的強烈憤恨。時有李自成起義，《明史》卷三〇九〈流賊·李自成傳〉記述了李岩所造「迎闖王，不納糧」的歌謠。《明季北略》卷十九中記述了「穿他娘，吃他娘，開了大門迎闖王，闖王來時不納糧」；其卷二三中記述了「朝求升，暮求合，近來貧漢難存活。早早開門迎闖王，管教大小都歡悅」等歌頌起義的歌謠。萬曆年間發生了兩廣瑤民起義，楊慎《古今風謠拾遺》卷四記述了與之相關的〈瑤人謠〉：「撞石鼓，萬家為我虜；吹石角，我兵齊宰割。官有萬兵，我有萬山。兵來我去，兵去我還。」時有張獻忠、藍廷瑞等人發動農民起義，《蜀碧》、《蜀難敘略》、《痛餘雜錄》和《二申野錄》等文獻分別記述了相關的歌謠。如《二申野錄》卷三中所記「強賊放火，官軍搶火；賊來梳我，軍來篦我」，其又記「海熟田荒」。《二申野錄》卷四中記嘉靖時歌謠「前頭好個鏡，後頭好個秤。鏡也不曾磨，秤也不曾定」；「嘉靖二年半，秫黍磨成面，東街咽瞪眼，西街吃磨扇。姊夫若要吃白麵，只待明年七月半」；「石產房州，胡明善禍從地出；星臨井宿，張孚敬災自天來」。崇禎辛巳年，「杭城旱饑，即富家亦半食粥，或兼煮蠶豆以充飢，貧者採榆屑木以為食」，《二申野錄》卷八中記述歌謠：「湖船底漏，司廚刀鏽，梨園餓瘦。上瓦下瓦，抱裯遠走。」又如靖難之役，燕王掃北，為人民帶來極大痛苦，《明史．五行志》載歌謠〈莫逐燕〉記述它。沈德符的《萬曆野獲編》記述的兩首歌謠很典型，一是「選科不用選文章，只要生來胡胖長」，一是「可恨嚴介溪（嵩），作事忒心欺。常將冷眼觀螃蟹，看你橫行得幾時」。這是憤怒的聲音。民間百姓愛憎分明，善惡分明，如「成、弘間，黃州知府盧濬」，「守己愛民，得罪上司，去職」，而「曹濂繼之」，「貪暴自恣」，褚人獲《堅瓠集》「廣集」卷二中對此記述道：「盧濬不來天沒眼，曹濂重到地無皮。」《明詩綜》卷一百中所記「府香爐，縣鐵索。一為善，一為惡」，與此記述性質相同。由此可見，民間歌謠並不是永遠在詛咒、謾罵政府，若是有統治者對百姓有一點寬容，能為其利益著想，百姓們就感激不盡。如《況太守集》卷一載「況太守，民父母，眾懷思，因去後，願復來，養田叟」。又如《明詩綜》卷一百中記「清苑王哲為湖廣布政使，廉政嚴明，人不敢以私」，民間歌謠就為他唱道：「王捕虎，最執古；囊無錢，衣有補。」又記「會稽商為正，萬曆初巡按福建，與巡撫都御使龐尚鵬協心共事，百廢具興」，福建百姓就在歌謠中唱「恤我甘苦，龐父商母」。這也說明明代社會儘管有各種黑暗，但也有一些正直之士在兢兢業業地為社會進步、民富國強而盡自己的職責，如海瑞就是這一類人物的典型。只有這些人，才使人民看到希望；也只有這些人，才是國家和民族的真正棟梁。民間百姓用雪亮的眼睛去辨識他們，也用最真實的歌聲區分忠與奸，記錄下這個時代真正的歷史。呂坤《呻吟語》中也記述了一些民間歌謠，主要是童謠，其中一些歌謠表現出對黑暗世界的批判，借兒童熟悉的生活場景，對兒童進行面對現實的人生教育。又如晚明時代《林石逸興》中所錄〈題錢〉一則，憤怒地控訴了金錢帶來的各種罪惡：

人為你跋山渡海，
人為你覓虎尋豺，
人為你把命傾，
人為你將身賣，
細思量多少傷懷！
銅臭明知是禍胎，
吃緊處極難布擺。
人為你虧行損德，
人為你斷義辜恩，
人為你失孝廉，
人為你忘忠信，
細思量多少不仁！
銅臭明知是禍根，
一個個將他務本。
人為你東奔西走，
人為你跨馬浮舟，
人為你一世忙，
人為你雙眉皺，
細思量多少閒愁！

銅臭明知是禍由，

每日價營營苟苟。

……

明代社會由高度專制帶來的全面腐敗，真實地展現在民間歌謠之中。許多民歌本身就是社會罪惡的實錄，是腐朽時代的口碑。

應該一提的還有《明詩綜》所錄〈壯女相思曲〉，這是文獻中保存得較為完整的壯族情歌：

妹相思，

不作風流待幾時。

只見風吹花落地，

不見風吹花上枝。

妹相思，

蜘蛛結網恨無絲。

花不年年長在樹，

娘不年年伴女兒。

這種歌式在今天的廣西壯族中仍有流傳。

明代曾出現民俗志的修撰熱潮。在一些民俗志中，尤為詳細地記述了一些民間歌謠。如劉侗等所著《帝京景物略》中記：

凡歲時不雨，家貼龍王神馬於門，磁瓶插柳枝，樹門之傍；小兒塑泥龍，張紙旗，擊鼓金，焚香各龍王廟。群歌曰：

青龍頭，

白龍尾（聲作一 ∨），

小孩求雨天歡喜。

麥子麥子焦黃，

起動起動龍王；

大下，小下，

初一下到十八。

摩訶薩！

初雨，小兒群喜而歌曰：

風來了，

雨來了，

禾場背了穀來了。

雨久，以白紙作婦人首，剪紅綠紙衣之，以苕帚苗縛小帚，令攜之，竿懸簷際，曰掃晴娘。日月蝕，寺觀擊鼓鐘、家擊盆盎銅鏡救日月，聲嘈嘈屯屯滿城中。蝕之刻，不飲不食，日生噎食病。幼兒見新月，曰月芽兒，即拜祝，乃歌曰：

月月月，

拜三拜，

休教兒生疥。

小兒遺溺者，夜向參星叩首，曰：

參兒，

辰兒，

可憐溺床人兒。

見流火，則啐之，曰賊星。夜不以小兒女衣置星月下，曰：

女怕花星照，

兒怕賊星照。

亦不置洗濯餘水，為夜遊神飲馬也，曰不當價（如吳語云罪過）。初聞雷，則抖衣，曰蚤蝨不生。見霓曰虹，戒莫指，謂生指頂瘡，曰惡指也。初雪，戒不入口，曰毒；再雪，則以燉茶；積雪，以塑於庭。燕舊有風鳶戲（俗曰毫兒），今已禁。風，則剖秫稭二寸，錯互貼方紙，其兩端紙各紅綠，中孔，以細竹橫安秫竿上，迎風張而疾趨，則轉如輪，紅綠渾渾如暈，曰風車。

這裡的民間歌謠是以記述民俗生活的形式出現的。從其〈敘〉中，我們可以看到劉侗、于奕正和周損三人的辛苦合作，書中「所採古今詩歌，以雅，以南，以頌，舍是無取焉」，「三人揮汗屬草，研冰而成書」，十分艱辛；其〈略例〉中稱，「閭里習俗，風氣關之，語俚事瑣，必備必詳。蓋今昔殊異，日漸淳澆，採風者深思焉。春場附以歲時，弘仁橋附以酬香，高粱橋附以熙遊，胡家村附以蟲嬉」。以上所記，正是「春場附以歲時」中的內容，其中記述了「民間剪綵為春幡簪首」，記述了「正月元旦」、「二月二日日龍抬頭」、「三月清明日」、「四月一日至十八日」等一年間各月習俗，這些習俗是我們了解民間歌謠的基本生活場景。

明代民間敘事詩以歷史上少數民族的作品為典型，反映出明代社會民間文學的重要成就。諸如哈薩克族中〈少年闊孜和少女巴顏〉、〈少女吉別克〉、〈英麗克和傑別克〉、〈少女瑪克帕勒〉、〈阿娜爾與賽吾米別克〉等愛情題材的民間敘事詩[015]，表現了哈薩克民族的愛情觀念與愛情生活，其中包含薩滿教觀念與「安明格爾」制，即弟妻嫂婚姻習俗；其他還有〈四十大臣〉、〈達斯塔爾漢〉、〈巴克蒂亞爾〉、〈克孜爾和木薩的旅行〉和〈鮑茲吉格特〉等社會生活題材的民間敘事詩[016]，其中的〈巴克蒂亞爾〉有四十部長詩，以「引子」為開題，又以「引子」為結尾，記述阿扎提可汗與宰相之女私奔，途中生一子，棄於井旁，為強盜所收養，即巴克蒂亞爾。

[015]　參見畢樗：《哈薩克民間文學概論》，中央民族學院出版社 1992 年版。

[016]　參見畢樗：《哈薩克民間文學概論》，中央民族學院出版社 1992 年版。

後來，強盜與阿扎提可汗發生戰事，巴克蒂亞爾被俘帶進宮，成為財務大臣，卻遭到其他大臣的嫉妒陷害，被送上絞刑架，於是，巴克蒂亞爾在絞刑架上接連唱了四十天，總共四十部動人的敘事詩。寶衣讓可汗與王后認出巴克蒂亞爾，使其繼承阿扎提可汗之位，成為新可汗，萬民敬仰。巴克蒂亞爾唱的每個故事在敘事詩中環環相連，在傳唱過程中沒有人能全部演唱完。此敘事詩成為民間文學史上一部不可多得的優秀之作。明代的維吾爾民族中，出現了〈古麗與諾魯茲〉、〈伊斯坎德爾的城堡〉、〈世事記〉、〈艾里甫 —— 賽乃姆〉、〈塔依爾與祖赫拉〉、〈優素甫 —— 阿合麥特〉、〈帕爾哈德與西琳〉等一批民間敘事詩 [017]。尤其是其中的〈艾里甫 —— 賽乃姆〉有一千五百多行詩句，講述國王之女賽乃姆與宰臣之子艾里甫相愛，因國王毀約，二人歷盡苦難，殉於愛情。這一部長詩和傳說故事在維吾爾人民中廣為流傳。蒙古族在明代刊印了具有蒙語教科書功能的《蒙古祕史》，《格斯爾可汗》也在此時流傳並有手抄本流行（西元 1716 年在北京以蒙文形式首次刊印）。此外，羅卜桑丹津的《黃金史》具體記述了〈征服三百泰亦赤兀惕人的故事〉、〈箭筒士阿爾戈聰的傳說〉、〈孤兒舌戰成吉思汗九卿〉等在元代就已流傳的民間敘事詩；〈成吉思汗的兩匹駿馬〉也在此時流傳，應有手抄本出現。在柯爾克孜人民中間，這一段時期流傳著〈庫爾曼別克〉和〈江額里木爾扎〉等民間敘事詩；東鄉族的〈米拉尕黑〉、烏孜別克族的〈阿依蘇曼〉等民間敘事詩，也在這一段時期廣泛流傳 [018]。

在這一段時期的傣族人民中，民間敘事詩高度繁榮，著名的〈召樹屯〉即在此時出現並流傳。《論傣族詩歌》[019] 的作者祜巴勐說，此時的長詩「確切達到整整五百部」，他親眼所見者有「三百六十五部」。傣族「五

[017]　參見劉發俊等：《維吾爾族民間敘事長詩》，新疆人民出版社 1980 年版。

[018]　參見劉發俊等：《維吾爾族民間敘事長詩》，新疆人民出版社 1980 年版。

[019]　祜巴勐著，岩溫扁譯：《論傣族詩歌》，中國民間文藝出版社 1981 年版。

大詩王」及〈蘭嘎西賀〉、〈巴塔麻戛捧尚羅〉、〈烏沙麻羅〉、〈黏巴西頓〉、〈黏響〉、〈松帕敏與嘎西娜〉、〈窩拉翁與召烘罕〉、〈宛納帕麗〉、〈南波冠〉等一批民間敘事詩，都在這一段時期出現 [020]。彝族的〈阿詩瑪〉、苗族的〈仰阿莎〉、納西族的〈魯班魯饒〉、壯族的〈唱離亂〉和〈唱文秀〉等民間敘事詩也都在明代出現 [021]。

這些民間敘事詩集中出現在相當於明王朝的歷史時期有多方面的原因，其中明代文化的發展及其與少數民族文化的相互影響尤為重要。

第二節　別具特色的民間諺語

中國民間諺語的編錄選輯，在明代出現高峰，如楊慎的《古今諺》、《丹鉛總錄》、《譚苑醍醐》、《古今風謠》、《俗言》，大量記述了民間諺語及其發展歷史；李時珍的《本草綱目》和張介賓的《景岳全書》，大量記述了醫療和生活知識方面的民間諺語；徐光啟的《農政全書》、鄺璠的《便民圖纂》和婁元禮的《田家五行志》等，記述了豐富的農業諺語；王象晉的《群芳譜》（原名《二如亭群芳譜》）、王路的《花史左編》等，記述了專門的花卉栽培諺語；在《明史綜》和李夢陽的《空同集》、郭子章的《六語》、郎瑛的《七修類稿》、張居正的《張太岳文集》等詩文集中，也記述了明代社會生活中的各類民間諺語。

這些諺語不但具有重要的史學意義，而且具有頗高的文化價值，使我們能夠從更細微的方面管窺到明代社會的發展變化，以及明代民間文學在整個中國民間文學史上的特殊地位。

諺語是運用極其簡練而具象的語言來概括某種具有經驗與知識意義的

[020]　參見岩峰等：《傣族文學史》，雲南民族出版社 1995 年版。

[021]　參見馬學良等主編：《中國少數民族文學史》，中央民族學院出版社 1992 年版。

內容的藝術。在明代之前的民間文學史上，諺語的記述不斷出現，但更多的是散存於各種典籍中，像明代這樣集中並且大量出現專門性記述的現象則並不多見。應該說，這和明代社會的經濟、文化政策有關；從某種意義上來講，明代確實出現了中華民族歷史上古典文化復興（以復古為主）的又一高峰，民間諺語的大量記述，就是這種現象的具體展現。同時，大量民間諺語被系統而廣泛地蒐集整理，也與明代出現方志修撰熱潮的文化風尚有關。諸如僅記述北京都城地區民俗的，就有劉侗、于奕正的《帝京景物略》，沈榜的《宛署雜記》，劉若愚的《明宮史》，陸啟浤的《北京歲華記》和蔣一葵的《長安客話》等民俗志著述。在呂坤的《四禮翼》、馮應京的《月令廣義》、劉基的《多能鄙事》、沈德符的《萬曆野獲編》和黃省曾的《吳風錄》等民俗志著述中，也不同程度地保存了明代社會各地區的民俗。這麼眾多的民俗志，同樣記述了一些民間諺語。這對我們了解民間諺語的存在背景及其在生活中所展現的具體意義，都是非常重要的。還有一些文學作品中也運用了一些民間諺語，記述了這些諺語在世俗生活中的具體運用，如吳承恩《西遊記》第三十八回中所記佛家「慈悲為本，方便為門」；沈璟《雙魚記》第十五齣所記「張果老倒騎驢，永不見畜生面」；高明《琵琶記》第十九齣所記「書中自有黃金屋」、「書中自有千鍾粟」等。文學作品中的諺語除了記述現實中的民間生活事項外，還發揮了更廣泛的傳播作用，但我們的文學史研究者常忽略這種現象，甚至有意排斥其存在意義。文學作品中的生活作為情節，是可以自由杜撰的，但是，生活中廣為流傳的民間諺語，則是很難任憑作家去想像的。其他像馮夢龍、凌濛初編著的「三言二拍」中，民間諺語的運用與保存更為豐富；著名的科學家、音樂家、文學家朱載堉，其詩篇和散曲等作品中也保存了不少民間諺語；偉大的思想家、詩人李贄，在其著述中保存了許多具有哲理意義的諺語，諸如「天下無一人不生知」、「聖人不曾高，眾人不曾低」、「日人商賈之肆，時充貪墨之囊」、「男子之見盡長，女子之見盡短」[022]、「作生意者但說生意，力田作者但說力田」等，是中國文化思想史上尤為珍貴的材料。勇於面對人生、勇於走進人群的人，其文化品格是非凡的。

在明代民間文學史上，我們應該重視楊慎的特殊貢獻。這一位才華卓著的作家、學者著述甚多，如《升庵全集》(八十一卷)、《升庵外集》(一百卷)、《升庵遺集》(二十六卷)、《升庵長短句》(三卷)、《陶情樂府》(四卷)、《二十一史彈詞》(十二卷)，以及《廣夷堅志》、《詩話補遺》、《詞林萬選》、《滇程記》、《滇載記》等多卷，另外還有雜劇《宴清都洞天元記》、《蘭亭會》等，「著述之富，明時推為第一」。他既聰慧，又勤奮，勇於探索，是天下腐朽文人所遠不能相比的。他對民間文學情有獨鍾，其《古今諺》、《古今風謠》、《風雅逸篇》和《丹鉛總錄》、《俗言》等著作對民間文學的直接記述，在中國民間文學史上有著獨特的價值和意義。《古今諺》存錄古今諺語總計二百六十多條；《古今風謠》存錄秦代至明代嘉靖時期的民間歌謠近三百首；《風雅逸篇》共十卷，記述、存錄歌謠和諺語等共計四百多則，其中民間諺語有二百多則，正如他在〈序〉中所述，「楚鳳魯麟，風之逸也，堯衢舜薰，雅之逸也，載在方冊矣。曷以名之逸，外三百篇皆逸也」。楊慎博覽群書，在被謫雲南的艱辛歲月中，仍不忘留意蒐集整理民間文學。他的《丹鉛總錄》蒐集整理民間諺語之廣，在同時代是很少見的，如其卷一〈天文類〉所記「日出雨落，公姥相撲」、「夾雨夾雪，無休無歇」，卷四〈花木類〉所記「深山出俊鷂，十字街頭出餓莩」，卷八〈物用類〉所記「打出個令兒來」，卷九〈人事類〉所記「亂王年年改號，窮士日日更名」和「慈不掌兵，義不掌財」，卷十六〈官爵類〉所記「房上好走馬，只怕破瓦；東瓜做碓嘴，只怕搗出水」，卷十九〈詩話類〉所記「船裡

[022] 此為對「見有男女」作批駁時所引。其〈童心說〉中還強調「天下之至文，未有不出於童心焉者也」，都是其叛逆個性的展現。這些著述中的民間諺語所具有的意義尤為特殊，我將在有關著述中更詳細地論述，此略。

不漏針」，卷二一〈詩話類〉所記「日暈長江水，月暈草頭空」，卷二十六〈瑣語類〉所記「枇杷黃，醫者忙。橘子黃，醫者藏。蘿蔔上場，醫者還鄉」等等。甚至可以說，楊慎所記述的民間諺語，是明代之前中國民間諺語的彙編，是一部縮寫的「中國民間諺語史」。這在其《古今諺》與《古今風謠》等著述中展現得尤其明顯。

農耕生活是中國千百年來民間百姓的基本生活方式。明代民間諺語被集中收錄，是以明代社會的基本格局以農耕為主的現實條件為背景。如徐光啟的《農政全書》就是一部農耕生活的實用典冊，其所記述的「無雨莫種麥」、「麥怕胎裡旱」、「要吃麵，泥裡纏」、「麥收三月雨」、「麥秀風搖，稻秀雨澆」、「無灰不種麥」、「白露前是雨，白露後是鬼」等，是農時安排的準確概括和整合，至今還在使用。更為著重保存明代農諺的，當數婁元禮的《田家五行志》，其中所存錄的民間諺語以日月星辰、風雨雷電雲霧和草木魚蟲鳥獸等自然界的變化及其與社會生活的具體關聯，來「占卜」各種事物對人們是否有利。其「占」天氣變化，即風雨陰晴的諺語，有「月暈主風，日暈主雨」、「朝天暮地」、「南耳晴，北耳雨。日生雙耳，斷風截雨」、「日頭碰雲障，晒殺老和尚」、「烏雲接日，明朝不如今日」、「日落雲沒，不雨定寒」、「日落雲裡走，雨在半夜後」、「月偃偃，水漾漾。月子側，水無滴」、「大二，小三」、「一個星，夜保晴」、「西南轉西北，搓繩來絆屋」、「半夜五更西，天明拔樹枝」、「日晚風和」、「惡風盡日沒」、「日出三竿，不急便寬，風急雨落，人急客作」、「東風急，備蓑笠」、「東北風，雨太公」、「行得春風有夏雨」、「西風頭，南風腳」、「朝西暮東，正旱天公」、「暴風不終日」、「一場春風對一場秋雨」、「冬南夏北，有風便雨」、「時裡一日風，準黃梅三日雨」、「梅裡西南，時裡雨潭潭」、「歲旦西北風，大水妨農功」、「開門風，閉門雨」、「雲似炮車行（形），沒雨定有風」、「急風急沒，慢風慢沒」、「春風踏腳板」、「南風尾，北風頭」、「初三月下有橫雲，初四日裡雨傾盆；廿五廿六若無雨，初三初四莫行船；交月無過廿七晴」、「雨打六壬頭，低田便罷休；壬子是哥哥，爭奈甲寅何」、「久雨久晴，多看換甲」、「久晴逢戌雨，久雨望庚晴」、「久雨不晴，且看丙丁」、「上火不落，下火滴沰」、「大旱不過周時雨，大水無非百日晴」、「水面生青靛，天公又作變」、「六月初三一陣雨，夜夜風潮到立秋」、「（虹）對日鬣，不到晝」、「雨打五更，日晒水坑」、「一點雨似一個釘，落到明朝也不晴」、「上牽晝，暮牽齋，下晝雨嚌嚌」、「病人怕肚脹，雨落怕天亮」、「雲行東，雨無蹤，車馬通；雲行西，馬濺泥，水沒犁；雲行南，雨潺潺，水漲潭；雲行北，雨便足，好晒穀」、「上風皇，下風隘；無蓑衣，莫出外」、「西北赤，好晒麥」、「朝要天頂穿，暮要四腳懸」、「朝看東南，暮看西北」、「魚鱗天，不雨也風顛」、「老鯉斑雲障，晒殺老和尚」、「朝霞暮霞，無水煎茶」、「未雨先雷，船去步來」、「當頭雷無雨，卯前雷有雨」、「一夜起雷三日雨」、「北閃三夜，無雨大怪異」、「黑龍護世界，白龍壞世界」、「鯰乾鯉溼」、「乾晴無大汛，雨落無小汛」、「鴉浴風，鵲浴雨，八八兒洗浴斷風雨」、「一聲風，一聲雨，三聲四聲斷風雨」、「朝晴，暮雨」、「草屋久雨，菌生其上，朝出晴，暮出雨」等，各種物候變化都與風雨陰晴有關[023]。傳統的農耕生產與日常生活在大自然的變化面前，其抵禦能力十分低下，天氣的變化直接影響到人們生產和生活的具體安排，所以，以物候占風雨的民間諺語，便成為農耕諺語的主要成分。風雨的變化不但影響人們的生產和生活，而且還影響到人們的心理，即憂患意識。如《田家五行志》中的「春雨人無食，夏雨牛無食，秋雨魚無食，冬雨鳥無食」、「春雨壬子，秧爛蠶死」、「夏末秋初一劑雨，賽過唐朝一斛珠」、「九日雨，禾成脯；重九溼漉漉，穰草千錢束」、「夏至端午前，坐了種田年；夏至在月中，耽閣糶米翁」、「此日（五月二十六）陰沉沉，穀子壓田塍」、「白棹風雲起，

---

[023]　古人分一年為十二月、二十四節氣，其中每個節氣又有一、二、三候，自然現象與非自然現象在「節氣」中的具體表現，統稱為「物候」。這裡的論述偏重於「風雨」，即自然變化。

旱魃精空歡喜；仰面看晴天，頭巾落在麻圻裡」、「七月無洗車（七夕有雨吉，名洗車雨），八月無蓼花」等。在這些諺語中，包含著濃厚的民間信仰觀念。

與此類似的，還有對某些動物出現和環境變化的占卜，如「荒年無六親，旱年無鶴神」。其中最能展現這種古老信仰的是「六畜卜」條：

> 凡六畜自來，占吉凶，諺云：「豬來貧，狗來富；貓兒來，開質庫。」
>
> 犬生一子，其家興旺，諺云：「犬生獨，家富足。」
>
> 燈花不可剔去，至一更不謝，明日有吉事；半夜不謝，主有連綿喜慶之事，或有遠親信物至，諺云：「燈花今夜開，明朝喜事來。」

其他還有「新月落北，主米貴荒，諺云：月照後壁，人食狗食」等。記得學者竺可楨曾在1960年代講過「迄今為止的天氣預報水準，還沒有超過民間諺語」。這說明千百年來，古人對於物質世界氣候變化與各種自然變化之間的連繫早有準確的總結。這個結論對於自然性諺語來說是很恰當的，至於社會性諺語，我們所看到的只是民間信仰在民間文學中的殘存，而多少年來，古人正是這樣來預測未來世界的吉凶禍福，並形成了自己獨特的審美思考方式。直到今天，我們從民間文化生活中的吉祥物等事物中，還能廣泛看到這種信仰觀念的存在。

王象晉的《二如事群芳譜》（即《群芳譜》）記述了大量與種植、養殖業有關的民間諺語，全書共二十八卷，包括天、歲、穀、蔬、果、茶竹、桑麻葛棉、藥、木、花、卉、鶴魚等「譜」。從其〈天譜〉與〈歲譜〉中可以看到各種自然變化，如〈天譜〉中的「（四月十六）月上早，低田好收稻。月上遲，高田剩者稀」、「梅裡一聲雷，時中三日雨；迎梅雨，送時雷，送了去，並弗回」、「梅裡一聲雷，低田拆舍歸」、「八月一聲雷，遍地都是賊」、「臘雪是被，春雪是鬼」；又如〈歲譜〉中的「六月無蠅，新舊相登」、「三伏不熱，五穀不接」。在〈穀譜〉中，我們可以看到「懶漢種蕎麥，懶婦種綠豆」、「種綠豆，地宜瘦，不宜肥」、「收麥如救火」、「穀三千」、「稀穀大穗，來年好麥」等傳統農耕生產諺語。其他如〈果譜〉中的「棗樹三年不算死」，〈竹譜〉中的「（伐竹）公孫不相見，母子不相離」，〈桑譜〉中的「斧頭自有一倍葉」，〈麻譜〉中的「頭苧見秧，二苧見糠，三苧見霜」，〈棉譜〉中的「鋤花要趁黃梅信，鋤頭落地長三寸」，〈木譜〉中的「插柳莫教春知」，〈花譜〉中的「春分分芍藥，到老不開花」等，從中可以看到作為農耕生活一部分的種植、養殖經驗在諺語中的表現，其文化意義尤為顯著。

明代醫學有很大發展，民間諺語對此也有許多系統性的整合，留存在李時珍的《本草綱目》、張介賓的《景岳全書》等典籍中。李時珍的《本草綱目》是中醫的重要文化遺產，經過了十六年的艱苦探索修撰而成，其中詳細記述了可以作為醫藥使用的一千多種植物與一千多種動物，「我們於其中發現了一種種痘或接種術的首次記載，其基本原理與後來在西方產生了免疫學的方法沒有多少差異」[024]。

在李時珍的這一部不朽著作中，可以看到他對民間醫藥諺語的系統性歸納與記述，諸如卷十六〈草部〉對「穿山甲王不留行」、「能走血分，乃陽明衝任之藥」所記述的「穿山甲，王不留，婦人服了乳長流」；卷十七〈草部〉中所記「七葉一枝花，深山是我家；癰疽如遇者，一似手拈拿」；卷三十、三一〈果部〉記有「十榛九空」、「檳榔為命賴扶留」；卷三四、三五〈木部〉記有「黃芩無假，阿魏無真」、「白楊葉，有風掣，無風掣」；卷四四〈鱗部〉記有「鱘鰉魚吃自來食」、「（河豚）油麻子脹眼睛花」和「捨命吃河豚」等。這些諺語的記述伴隨著藥性、治療原理等內容，在中國醫藥文化史上彌足珍貴。另一位學者張介賓的《景岳全書》也保存了不少醫療諺語，諸如卷十六「小孔不補，大孔叫冤苦」對「虛損」的記述，卷十四「莫飲卯時酒，莫食申時飯」對「嶺外諺語」的記述等。但是，我們從中也

---

[024]　謝和耐著，耿昇譯：《中國社會史》，江蘇人民出版社 1997 年版，第 381 頁。

可看到傳統醫學上的嚴重缺陷，如其卷三八對婦女病難以醫治的記述:「寧治十男子，莫治一婦人；寧治十婦人，莫治一小兒。」雖然作者是在強調「婦人之情」，「與男子異」，但它在實際上產生了一種誤導作用，形成醫療上的偏見。應該說，這也正是中國傳統醫學長期在經驗即感性知識上徘徊不前的原因之一。明哲保身的人生經驗展現了一種自私的品格，大幅地限制了中國傳統醫學全面、深入的發展。《空同集》中李夢陽所記的「盧醫不自醫」，也應當是醫療方面的民間諺語。

在《明詩綜》、《空同集》、《張太岳文集》等文獻中，我們還可以看到社會生活經驗類諺語的記述，如《明詩綜》卷一百中記有「官米長辦，便無飯」、「南道如虎，升官半府」、「有利無利，但看二月十二」、「三月溝底白，莎草變成麥」、「六月不熱，五穀不結」、「除夜犬不吠，新年無疫癘」、「江陰莫動手，無錫莫開口」；以及武夷民諺「一曲一灣，一灣一灘」，廣州民諺「飢食荔枝，飽食黃皮」、「秋冬食獐，春夏食羊」，瓊州（海南）民諺「海水熱，穀不結；海水涼，禾登場」與「東路檳榔，西路米帳」，貴州民諺「黃平鐵，興隆雪」、「四月八，凍殺鴨」、「九月重陽，移火進房」等內容。其卷一百中所記「翰林九年，就熱去寒」也應當看作文人間流傳的民間諺語。《空同集》中，李夢陽記有「訟事無天」（卷三七）、「入田觀稼，從小看大」（卷三七）、「一年二年，與佛齊肩；三年四年，佛在一邊」（卷六二）、「穀要自長」（卷四五）、「胡荽不結瓜，菽根不產麻」（卷四六）、「循智保身，審時致位」（卷四八）等；《張太岳文集》中，張居正記有「美服人指，美珠人估」（卷八）、「若將容易得，便作等閒看」（卷三三）、「常將有日思無日，莫待無時想有時」等。這些諺語的記述，反映了兩位上層文人視野中的民間哲理。明代社會的民間諺語還有很多散存於各類文集及各種文體之中，我們姑且從這些不同身分的作者從不同角度記述的諺語中，了解其基本內容。

第三節　民間傳說故事

明代的民間傳說與民間故事，主要留存在一些傳奇小說和筆記著作之中。諸如馮夢龍與淩濛初所編的「三言二拍」，瞿佑的《剪燈新話》，李禎的《剪燈餘話》，趙弼的《效顰集》，陶輔的《花影集》，雷燮的《奇見異聞筆坡叢脞》，釣鴛湖客的《鴛渚誌餘雪窗談異》，碧山臥樵的《幽怪詩譚》，徐震的《女才子書》，陸粲的《庚巳編》，陸采的《冶城客論》，周復俊的《涇林雜記》，侯甸的《西樵野記》，楊儀的《高坡異纂》，錢希言的《獪園》，邵景瞻的《覓燈因話》、《豔異編》和《燕居筆記》，以及《繡谷春容》、《國色天香》、《風流十傳》、《明文海》、《九龠別集》、《眉公祕笈》、《榕陰新檢》、《文苑楂橘》和《說郛續》等文集中，都保存了以傳奇小說為形式的各類民間傳說和民間故事。明代出現了大量關於歷史事件與歷史人物演義的歷史傳奇小說，諸如周遊的《開闢衍繹》，「鍾惺伯敬父」編輯的《有夏志傳》、《混唐後傳》，余邵魚的《列國志傳》，馮夢龍新編的《玉鼎列國志》，甄偉的《西漢通俗演義》，謝詔的《東漢演義傳》，羅貫中的《三國演義》，無名氏的《續編三國志後傳》，楊爾曾編的《東西兩晉演義志傳》，題「貫中羅本編輯」的《隋唐兩朝志傳》、《殘唐史五代演義傳》，「齊東野人編次」的《隋煬帝豔史》，袁韞玉的《隋史遺文》，熊大木的《唐書志傳通俗演義》、《南北宋傳》和《大宋演義中興英烈傳》，施耐庵的《水滸傳》，蘭陵笑笑生的《金瓶梅》，吳承恩的《西遊記》，「秦淮墨客校閱」的《楊家通俗演義》，「徐渭文長甫編」的《雲合奇蹤》（《英烈傳》），「空谷老人編次」的《續英烈傳》，羅懋登的《三寶太監西洋記通俗演義》，孫高亮的《于少保（謙）萃忠全傳》，「吳越草莽臣撰」的《魏忠賢小說斥奸書》，「西湖野臣著」的《皇明中興聖烈傳》，「平原孤憤生戲筆」的《遼海丹忠錄》，「吟嘯主人撰」的《平虜傳》，「西吳懶道人口授」的《剿闖通俗小說》等。這些作品保存了許多歷史傳說，其中有一些為無名氏之作，或題為某某編次、口授的作品，從其形制上看，當是明代說書藝人的「底本」，即「話本」。這種現象是明代之前從未有過的。託名王世貞撰的《列仙全傳》，吳元泰的《八仙出處東遊記》，徐霞客的《徐霞客遊記》，楊慎的《南詔野史》等著作，記述了豐富的當世流傳的神仙傳說、風物傳說，尤其是《南詔野史》所記述的少數民族民間傳說和民間故事，都相當珍貴。在馮夢龍的《笑府》、《廣笑府》、《古今譚概》等著述中，保存了許多明代民間的笑話故事和寓言故事。其他還有浮白主人的《笑林》，趙南星的《笑贊》，屠本畯的《憨子雜俎》，都穆的《都公譚纂》，江盈科的《雪濤野史》等，也都保存了豐富的民間笑話故事等民間文學作品。應該說，沒有明代的民間文學，我們就無從了解真正的明代中國。當然，從豐富的文獻典籍中辨識民間傳說與史實的真偽，是很艱難的。從整體來看，明代文人著述中日益展現出自由、獨立風尚的民間故事，包括民間幻想故事、生活故事和笑話，成為明代民間文學史的主要內容；具有一定真實意義的民間傳說，則居於次要位置。這是民間文學發展的必然結果。誠如一位學者所說，「幻想是民間故事的生命」[025]。民間文學從來都對自由充滿了熱愛和嚮往，「沒有半點的奴顏和媚骨」，是民族文化中最可貴的藝術。

明代社會的思想文化對自由思潮的融入，造就了明代民間文學的基本特色，這在民間傳說和民間故事中展現得最為典型。我們不必詳述李贄、袁宗道、袁宏道、袁中道等人以及明末愛國文社的詩人們如何為自由而戰，推動了明代中後期自由思潮的發展，僅從「《剪燈新話》案」就可以看到明代作家與民間文學的密切關係，及其中以「邪妄」面目出現的民間文學對時代政治、文化、思想所形成的衝擊。瞿佑在《剪燈新話．序》中說：「余既編輯古今怪奇之事以為《剪燈錄》，凡四十卷矣。好事者每以近事相

[025]　李惠芳：《中國民間文學》，武漢大學出版社 1996 年版，第 134 頁。

聞，遠不出百年，近止在數載，襞積於中，日新月盛，習氣所溺，欲罷不能，乃援筆為文以紀之，其事皆可喜可悲可驚可怪者。所惜筆路荒蕪，詞源淺狹，無嵬目鴻耳之論以發揚之耳。既成，又自以為涉於語怪，近於誨淫，藏之書笥，不欲傳出……今余此編，雖於世教民彝莫之或補，而勸善懲惡，哀窮悼屈，其亦庶乎言者無罪，聞者足戒之一義云爾。」其「校後識語」中還提到「蓋是集為好事者傳之四方」。

收入的故事，大體為史傳類與言情類兩大部分，諸如〈太虛司法傳〉記述鬼怪盛行，〈令狐生冥夢錄〉記述閻羅王昏聵無能，「貧者入獄而受殃，富者轉經而免罪」，〈三山福地志〉記述「多殺鬼王」和「無厭鬼王」橫行無忌，〈翠翠傳〉記述離亂所造成的棒打鴛鴦散，〈綠衣人傳〉記述奸臣賈似道對年輕情侶的迫害，〈愛卿傳〉記述羅愛愛所遭受的種種不幸等。這些故事從《剪燈新話》的成書情況來看，應該都是有歷史傳說和時事傳說作為根據的，尤其是〈令狐生冥夢錄〉記述秦檜在陰司中受到懲罰，充滿了民間傳說的神祕意味。

整部《剪燈新話》無論是在當世還是在今天，都受到人們普遍喜愛。究其原因，這與作品中大量採用民間故事形成的生動審美效果息息相關；同時，諸如〈令狐生冥夢錄〉中所引用的民間歌謠「一陌紙錢便返魂，公私隨處可通門。鬼神有德開生路，日月無光照覆盆」等，使作品具有更深刻的思想性，啟發人們去思索社會與人生。《剪燈新話》問世後很快地受到社會歡迎，不久便有李禎所撰的《剪燈餘話》作為響應。《剪燈餘話》模仿《剪燈新話》，「豁懷抱，宣鬱悶」，亦記述了豐富的民間傳說故事，諸如〈長安夜行錄〉、〈何思明遊豐都錄〉等借用歷史傳說以諷今，〈連理樹記〉、〈鸞鸞傳〉、〈鞦韆會記〉以及〈賈雲華還魂記〉、〈武平靈怪錄〉等，記述了許多愛情悲劇故事。這兩部以「剪燈」命名的故事集，讓無數人從中找到知音；甚至皇家宗室安塞王也把《剪燈新話》中的名篇，作為自己作品的前言[026]。但是，那些自視甚高、自命不凡的衛道人士卻以反對異端邪說為幌子，對此大加撻伐，如《明實錄．正統七年》記述李時勉上言朝廷，稱「近有俗儒假託怪異之事，飾以無根之言」，並以《剪燈新話》為例，言其「不唯市井輕浮之徒爭相誦習，至於經生儒士，多舍正學不講，日夜記憶，以資談論」，「若不嚴禁，恐邪說異端日新月盛，惑亂人心」，他請求各部門合作，「凡遇此等書籍，即令禁毀；有印賣及藏習者，問罪如律。庶俾人知正道，不為邪妄所惑」。

其中所言「爭相誦習」，正說明此書感人之至。明英宗在李時勉的上書建議中看到了《剪燈新話》問題嚴重，即令禁毀，但這部書因此在後世閃放出更強烈的光芒。和宋代的「烏臺詩案」一樣，「《剪燈新話》案」並不是由最高統治者首先發難的，而是出於披著文士外衣的衛道之士的陷害。文人相輕，文人相爭，完全背離了「仰則觀象於天，俯則觀法於地」的文化傳統，這是中國文化史上晦暗的一頁。但是，民間文學的魅力是無限的，任憑什麼樣的毒手都休想禁止它的傳播！

一、傳奇小說與筆記中的民間傳說和民間故事

以民間傳說和民間故事寫入文學作品，《剪燈新話》為後世開闢了一條更寬廣的道路。諸如趙弼在《效顰集》的〈後序〉中就提到自己是效「瞿宗吉」（即瞿佑）而「編述」，書中內容「皆聞先輩碩老所談，與己目之所擊者」，「初但以為暇中之戲，不意好事者錄傳於士林中」，「業已流傳，收無及矣」。其中的〈續東窗事犯傳〉借胡迪遊歷冥國，見到禍國殃民的蔡京、秦檜、賈似道之流備受嚴懲，作奸佞傳以記，《國色天香》和《喻世明言》都曾記述此傳說；〈鍾離叟嫗傳〉記述了王安石微服私訪，聞世人皆咒罵新法而自責，以致「一夜間鬚髮皆白」，後嘔血而亡，這一則傳說的意義

[026] 《明文海》卷四二七載。

是相當複雜的。陶輔的《花影集》模仿《剪燈新話》、《剪燈餘話》和《效顰集》，在作品中記述了一些歷史傳說，如〈雲溪樵子記〉中的陳橋驛兵變傳說、〈潦倒子〉中的王安石推行新法傳說、〈郵亭午夢〉中的岳飛和秦檜傳說等。雷燮的《奇見異聞筆坡叢脞》也保存了許多民間流傳的歷史傳說和民間故事，諸如〈竹亭聽笛記〉記述了唐玄宗因寵愛楊貴妃，重用安祿山，引來安史之亂的傳說；〈毛嬌娘〉記述了人與狐妖相愛，狐妖痴心待人而為人所害的故事；〈陶澤遇仙傳〉記述了書生陶澤與仙女柳氏相愛，柳氏摯愛陶澤的故事等。釣鴛湖客的《鴛渚誌餘雪窗談異》也記述了關於歷史人物的民間傳說，諸如〈東坡三過〉中蘇東坡三訪本覺寺，還有其他篇中關於張浚、朱買臣、范蠡、西施等人的傳說，都很有特色。明代民間故事中的愛情故事和文人傳說，在明代民間文學史上尤為顯眼，其內容與唐、宋民間故事中的同類主題相似，但更多地展現了明代社會的思想文化。最明顯的就是對唐、宋歷史和文化的思索，有許多故事是從唐、宋時期的文學作品中轉述來的。對那些歷史上的著名奸佞和忠賢，明代社會給予了密切關注，並在故事中融入了自己的思想；如前面所舉到的唐玄宗、王安石、蘇東坡等，是明代民間傳說中的熱門話題，他們每一個人事實上都代表著一個歷史時期，或展現出某一種獨特的歷史現象。尤其是對於王安石，明代民間傳說與宋代相比，其評價態度更顯公允。宋代社會由於多種原因，把王安石與蔡京之流並提，列為誤國的罪人；然而，明代社會由於時過境遷，所保持的理性態度更多，所以在傳說中不同程度地強調了「吾以新法為利民，焉知民怨恨若此」（〈鍾離叟嫗傳〉）。對於蘇東坡這一位傳說中的一代風流，明代民間傳說多強調其哲人性格。如《鴛渚誌餘雪窗談異》中的〈東坡三過記〉記述蘇東坡三次過訪本覺寺的文長老，而第三次所見者其實是文長老的靈魂；待入本覺寺之後，蘇東坡才發現這個情況，題下了「初驚鶴瘦不可識，漸作雲歸無處尋；三過門間老病死，一彈指頃去來今。存亡見慣渾無淚，鄉曲難忘尚有心；欲向錢塘訪圓澤，葛洪川畔待秋深」的詩句，化用了「三生石」和「葛洪川」兩則民間傳說。

關於情愛主題的書寫，明代民間文學中尤為顯著。唐、宋時代的同類故事主要寫鬼妖精怪的感情，更多地是以「奇」來呈現世間百態，而明代社會則突顯了「俗」的一面，藉以描述世間的恩怨，描繪兩情相悅。如《鴛渚誌餘雪窗談異》所錄〈招提琴精記〉記述琴精與人間的姻緣情話，述說「音音音，你負心」；其所錄〈景德幽瀾記〉寫景德寺僧人遇「長身大眼，勇力過人」，自稱能「降魔伏鬼」的胡僧，寺僧請其降妖，一女子「媚質雅妝」，「對月長吁」，胡僧與其一問一答，以「窗外誰家女」對「堂中何處僧」，以「好敏捷佳人」對「真風流長老」，是典型的民間文學套式——最後才知此女為「清泉一泓」，「涓潔且甚可愛」。《女才子書》記述了十八個美女的傳說故事，「膽識和賢智兼收，才色與情韻並列」，頌揚了自由的情愛。《庚巳編》中的〈洞簫記〉記述仙女三訪徐鏊，徐鏊善吹洞簫，博得仙女真情愛慕，但徐母卻將他們分開，最後仙女將徐鏊杖責八十，以懲罰其負心。《冶城客論》中的〈鴛鴦記〉記述鄭卿求學，與施家娘子相戀，二人以鴛鴦餅相贈的故事；這是一篇偷情故事，鄭卿與施家娘子一見鍾情，稱可以符使妻「立致其來」，「指女郎云：汝即其人也」，頗見世俗真性情；其中記述鄭卿岳父謝秀才厚顏無恥，也想調戲施家娘子，施家娘子痛斥並加拒絕，可見其雖有豔情，卻非濫交。《高坡異纂》中的〈唐文〉是一篇〈牛郎織女〉的異文，記述山西書生唐文娶繼妻張氏，夫妻二人買童僕壽安即牛郎，買妾玉英即織女，唐文不以玉英為妾，使玉英與壽安重聚（即牛郎與織女團圓）；這是牛女愛情神話傳說在明代演變為世俗性傳說故事的典型。明代以牛郎織女為小說題材的，以華玉溟所撰《銀河織女傳》最為典型[027]。其中記述武陵書生夜夢玉帝宣詔其為牛宿，其妻為女宿，皆

---

[027]　轉引自薛洪：《傳奇小說史》，浙江古籍出版社 1998 年版，第 289 頁。

為「朕之佳婿佳兒」，後多次夢上天，見天帝及日月之神。《覓燈因話》中的〈翠娥語錄〉記述淮揚名妓李翠娥喜讀古代典籍，看透了世間情愛的虛偽，認為有些人家的婚姻比妓院中還要不堪，她不願為娼，也不願從良，最後出家脫俗；其中的〈臥法師入定錄〉記述鐵、胡二人相交為友，胡勾引鐵妻狄氏，狄氏向臥法師求助，臥法師以「福善禍淫」相慰。在《榕陰新檢》中，〈張紅橋傳〉記述閩縣良家才女張紅橋與林鴻一見鍾情，張紅橋因與林鴻離別，思念而亡；〈雙鴛塚志〉記述侯官縣林澄與才女戴伯麟相愛，二人約會時，林澄為盜賊所殺，戴伯麟因而自盡。馮夢龍編撰的《燕居筆記》中，有記述著名民間故事杜麗娘還魂的〈杜麗娘〉；有記述杭州富家少女劉秀英與蘇州書生文士高相愛，文士高猝死後，劉秀英自縊，後二人墓中復活，重結良緣的〈劉秀英還魂記〉；有記述秀才徐成喪妻，三向已為有夫之婦的表姊求愛，後來結為連理的〈天致續緣記〉等。

其中的〈杜麗娘〉故事，被湯顯祖演為《牡丹亭》戲曲名著。《繡谷春容》中的〈嬌紅記〉記述申純、王嬌表兄妹之間的愛情，他們相互愛慕，卻屢受他人陷害，後兩人殉情，合葬後，其靈魂化為在墓塚上比翼而飛的鴛鴦鳥。《國色天香》中的〈雙卿筆記〉記述蘇州書生華國文娶張端為妻，後至岳父家讀書，又愛上小姨張從，最後經同窗幫助，華國文與張端、張從兩姊妹共結良緣。所有這些情愛、婚姻類民間故事，都應該是明代社會婚姻狀況與情感世界的真實寫照。最為特殊的是，在明代傳奇小說和筆記中，有一些性愛內容的呈現，這當是民間豔情故事的轉相記述。如《風流十傳》中的〈天緣奇遇〉，記述風流才子祁羽狄知忠識奸，曾輔佐朝廷建功，能夠急流勇退，與五十多個女人相愛，得嬌妻美妾一百多人，後俱昇仙得道，其中祁羽狄所愛的龔道芳，是織女下凡；《萬錦情林》中的〈傳奇雅集〉，記述江右世家子某人，也是與一百多個女人有性愛關係。《如意君傳》記述武則天與薛敖曹淫亂的傳說故事；同類傳說故事還有《控鶴監祕記》。《痴婆子傳》記述少女上官阿娜出嫁之前與人淫亂，出嫁蠻家後繼續淫亂，與其淫亂者既有其小叔，又有其公公，堪稱明代豔情故事大全。《國色天香》中的〈金蘭四友傳〉記述了事實上為同性戀的傳說故事。《榕陰新檢》中的〈金鳳外傳〉記述王室中亂倫、淫蕩的傳說故事；從周亮工《閩小記》中可知，這個故事在社會上有手抄本流傳。此類故事在明代常常假託某個歷史人物，藉以闡述在衛道人士看來不堪入目的內容，這是明代市民力量崛起後，文化、精神需求日益增強的直接產物，也是對宋明理學的強烈反抗。這一類民間豔情故事有許多在今天仍流傳，它代表了民間文學對社會現實的真實反映，與明代民歌中的情慾描繪在本質上是一致的。這樣，我們就可以更全面地理解《金瓶梅》在明代產生的思想文化背景，我認為很重要的因素是高度專制與相對發達的商業活動二者的結合。明統治者以理學扼殺思想自由，甚至在服飾上對民間百姓都有諸多限制，以維護皇家權威，如《閱世編》卷八記葉夢珠憶及明初「庶民莫敢效」，「隸人不敢擬」，「其市井富民」亦「不敢從新豔也」，民間男女不得用金繡、錦綺，只能用綢、絹、素紗，連大紅、鴉青和黃色都不許用；更不用說朱元璋「飛誣立構，摘竿牘片字，株連至十數人」[028] 的文字獄了。直到明中後期，這種局面才有所改觀，但它所形成的僵化思想則貽害無窮。思想行為上的不自由，造成了社會上狎褻風行，沉湎酒色，沉浸於歷史的局面，因而明代民間文學中就較多出現以宋、元時人物為背景來述說故事的風尚；明中後期，「靡然向奢」的浪潮洶湧澎湃，如謝肇淛在《五雜俎》中所說，「今時娼妓滿布天下，其大都會之地動以千百計，其他偏州僻邑，往往有之」，人「良賤不及計，配偶不及擇」，「女家許聘，輒索財禮」，「富貴相高」。社會上「禮崩樂壞」，誠如《客座贅語》卷一中人所吟詩歌：「嵯峨大船夾雙櫓，大婦能歌小婦舞，旗亭美酒日日沽，不識人間離別苦。長江兩

[028] 《明史・刑法志》。

岸娼樓多，千門萬戶恣經過，人生何如賈客樂，除卻風波奈若何。」豔情故事、豔情歌謠在這樣的氛圍中若不產生，才是怪事。明代社會不僅產生了《金瓶梅》，還有《肉蒲團》、《玉嬌女》、《繡榻野史》等豔情小說。民間文學史不應該迴避這種現象，因為在民間豔情故事中，包含著大量社會性和非社會性的因素，其形成背景是相當複雜的。明代社會的市民意識是其形成的重要因素，而不是唯一的因素。早在唐代張鷟的《遊仙窟》中就已經包含著這一類內容；而在明代忽然湧現出那麼多，其描述又那麼露骨，除了社會心理的歷史原因與現實原因之外，有很多因素是值得我們深入思索的。

再者是神仙傳說問題。

神仙信仰是民間文學歷史上非常重要的一個普遍性現象，是民間信仰的重要展現。在明代社會，這種現象更為顯著，統治者慣於使用的裝神弄鬼與各種禁令以「法」的名義被貫徹於社會，對這種現象的形成與發展造成非常重要的影響。如明洪武三十五年《大明律》規定「樂人搬做雜劇戲文，不許裝扮歷代帝王后妃、忠臣烈士、先聖先賢神像」，「其神仙道扮，及義夫節婦，孝子順孫，勸人為善者，不在禁限」云云；此前甚至規定「在京軍官軍人但有學唱的，割了舌頭」，「如有褻瀆帝王聖賢，法司拿究」[029]！

這首先需要一定的文化基礎和必要的精神氛圍，如王圻編集《稗史彙編》卷二三三〈祠祭門．百神下．天妃救厄〉中記述：「嘉靖壬辰，上遣正使吏科左給事中陳侃、副使行人司行人高澄齎、捧詔勅前往琉球。八月，侃等治裝戒行，飛航萬里，風濤叵測，用閩人故事禱於天妃之神。將至其國，逆風盪舟，罅縫皆開，以數十轆轤引水，水莫能御，齊呼天妃而號，俄頃風定。尋罅塞之舟，乃得達及還解纜。越一日中夜風大作，桅折舵

[029]　董含《三岡識略》引《遁園贅語》語，參見王利器《元明清三代禁毀小說戲曲史料》，上海古籍出版社 1981 年版。

毀，舟中哭聲震天，大呼天妃求救。俄有紅光若燭籠自空來，舟人皆喜，舟果少寧。」天后故事在宋代形成基本結構，而故事文字的完善，應該是在明代；只有朱明王朝大力推行「吾使民有所畏也」的造神運動，才能夠出現這些系統完備的中國神譜。

明代神怪文學異常繁盛，出現了著名的神魔小說《四遊記》、《封神演義》、《西遊記》等作品，以及明代戲劇中的大量神仙戲。這與唐代杜光庭的《神仙感遇傳》、《仙傳拾遺》、《錄異記》和《墉城集仙錄》，沈汾的《續仙傳》，宋代張君房的「小道藏」、《雲笈七籤》，元代趙道一的《歷世真仙體道通鑑》，後人以元版畫像《搜神廣記》翻刻的《繪圖三教搜神源流》等神仙典籍的流行是息息相關的。再往前數，甚至可推至漢代劉向的《列仙傳》和東晉葛洪的《神仙傳》等神仙典籍。這些神仙傳說一脈相承。

明代出現了託名王世貞的《列仙全傳》、朱星祚編撰的《二十四尊得道羅漢全傳》、吳元泰的《東遊記》、鄧志謨的《唐代呂純陽得道飛劍記》和楊爾曾的《韓湘子全傳》等作品（據寧稼雨《中國文言小說總目提要》統計，明代文言神怪小說有八十多種）。在這些典籍的共同作用下，形成了明代神仙傳說的繁盛及其在更廣範圍內的流傳。《列仙全傳》有明萬曆二十八年刊本，其卷一中記東王公「道性凝寂，湛體無為」，「育化萬物」，「凡上天下地，男子登仙得道者，悉所掌焉」。其中把「學道得仙之品」列為九等，「一日九天真皇，二日三天真皇，三日太上真人，四日飛天真人，五日靈仙，六日真人，七日靈人，八日人仙，九日仙人」。由此可見明代神仙系統的一斑。明代神仙系統之龐大，神靈名目之眾多，與靖難之役後統治者有意利用造神來愚弄人民密切相關。

如《明史．禮志四》：

北極佑聖真君者，乃玄武七宿，後人以為真君，作龜蛇於其下。宋真宗避諱，改為真武。靖康初，加號佑聖助順靈應真君。《圖志》云：真武為淨樂王太子，修煉武當山，功成飛昇，奉上帝命鎮北方；被髮跣足，建皂纛元旗。此道家附會之說。國朝御製碑謂太祖平定天下，陰佑為多，嘗建廟南京崇祀。及太宗靖難，以神有顯相功，又於京城艮隅並武當山重建廟宇。兩京歲時朔望各遣官致祭，而武當山又專官督祀事。憲宗嘗範金為像。今請止遵洪武間例，每年三月三日、九月九日、用素羞，遣太常官致祭，餘皆停免。

玄武為北方之神。《淮南子．天文訓》中記有「北方，水也，其帝顓頊」，「其獸玄武」；宋、元時期曾編造許多玄武顯靈的故事；《太嶽太和山紀略》卷三載，（明成祖）「初起燕，問師期於姚廣孝，對曰：『未也，俟吾師至。』及期，出祭纛，見披髮而旌旗蔽天。問：『何神？』曰：『吾師北方之將玄武也。』成祖則披髮仗劍以應之」。（萬曆八年）劉效祖〈重修真武廟碑記〉中，也稱「真武則神威顯赫，祛邪衛正，善除水火之患，成祖靖難時，陰助之功居多」。朱棣以藩王身分為帝，定都北京，選擇玄武即真武為佑助之神，大造輿論，當是自然的事情。他廣造神靈，濫封神位，神仙傳說自然繁盛。明代神仙精怪傳說故事的世俗化，從錢希言的《獪園》中可以看到。此書共十六卷，近七百篇，分「仙幻」、「釋異」、「影響」、「報緣」、「冥跡」、「靈祇」、「淫祀」、「奇鬼」、「妖孽」、「瑰聞」等十大類，強調「以文為稗」，保存了豐富的民間傳說。如其所記〈偷桃小兒〉記述「時冬月凝寒」，有「幻人詣門，挈一數歲小兒求見，口稱來獻蟠桃」，並稱「此西王母桃也，適命小兒詣瑤池取之」。後小兒又去天庭，「見蟠桃墜下」，「連枝帶葉，顏色鮮美」，然此小兒卻「飽天狗之腹」，但「明日，有人於市見此偷桃小兒還在」。在〈二十八宿〉中記述朱元璋在宮中祭二十八宿，引出開濟所言「陛下即婁金狗，臣乃觜木猿」；此與《曲洧舊聞》中所記宋徽宗為婁金狗降世相似，其意應該都有所諷刺。最為典型的是《四遊記》。吳元泰的《東遊記》即《八仙出處東遊記》，二卷五十六回，記述八仙聚會，大鬧東海；其「鐵枴得道，度鍾離權，權度呂洞賓，二人又共度韓湘、曹友，張果、藍采和、何仙姑則別成道」，「凡所敷敘，又非宋以來道士造作之談，但為人民閭巷間意」，「蓋雜取民間傳說作之」[030]。余象斗的《南遊記》即《五顯靈官大帝華光天王傳》，四卷十八回，記述五顯靈官大帝華光上世為妙吉祥童子所貶三眼靈光，復生為靈耀，大鬧天宮，被玄天上帝「以水服之」，託生為蕭氏，即華光；其大戰神魔，後又遇鐵扇公主，「擒以為妻」，降服各路妖魔，曾訪地府，大鬧陰司，終歸佛道；此篇作品的很多情節與吳承恩《西遊記》頗相似。「齊雲楊志和編」的《西遊記》共四卷四十一回，記述孫悟空得道後，唐太宗入冥，玄奘求經，中途收孫悟空為徒，經歷種種困難，終於取回經而歸唐；其中有孫悟空（即石猴）得仙，攪亂世界，被玉帝封為齊天大聖，後又鬧蟠桃大會，二郎真君戰勝孫悟空，如來壓之於五行山下等故事，與吳承恩《西遊記》亦大致相同。

余象斗的《北遊記》即《北方真武玄天上帝出身志傳》，四卷二十四回，記述真武大帝得道降妖，復生為淨洛國王子，得斗母元君點化，於武當山得道後收服龜蛇之怪、趙公明、雷神和揚子江二妖等故事。明代民間流傳的神仙傳說故事中，呂洞賓是一個很獨特的角色。如鄧志魔《唐代呂純陽得道飛劍記》曾記述其得道故事，《八仙出處東遊記》和王同軌的《耳談》等著作也曾記述其神奇的傳說。《東遊記》中記崔婆賣茶，遇「一道人往來凡十餘次」，此道人屢得施茶，「深感之」，即「以杖拄地，清水迸出」而為酒，使崔婆「大享其利」；後來因為崔婆「貪心不足」，酒「復成水」，「其井至今尚存」。《耳談》卷十一載〈呂貧子〉，記述「永樂間，廣信永豐有丐子，寒暑唯著破衲，臭穢不可聞」，此即「呂貧子」，他「懸一燒餅，行歌於市」，「宿東嶽山頂，早出晚歸，風雨不間」；有「米賈」曾厭其常得施捨，侮辱過他，後來又得其幫助，並目睹其神仙術，能於石中化錢，「著以雙草履」，「閉目」能疾行。米商為其建造「呂仙祠」；「此石尚置祠

[030]《魯迅全集》第九卷，人民文學出版社 1982 年版，第 154、155 頁。

中，街心石為金公攜歸，錢尚在石內」，「廣信劉公雨豐談」。顯然，這種記述方式繼承了《酉陽雜俎》和《夷堅志》在故事記述中載故事講述人的模式，是典型的地方風物傳說與神仙故事相結合的作品。許仲琳的《封神演義》是一部家喻戶曉的神怪小說，記述的神仙傳說故事更為豐富；但其偏重於對歷史傳說的著墨，此不詳述。總之，明代流傳的神仙傳說是特殊的民間文學，其中包含著豐富的民間傳說與民間故事，也包含著複雜的民間信仰觀念。

明代傳奇小說和筆記中的民間傳說與民間故事，由於著述者和編選者的身分及其目的不同，記述的詳略與原始成分的保存也不同，但我們可以從中看到明代民間文學以各種面目在社會生活中展現的意義。這些記述作為世俗生活和神仙世界的具體描繪，與明代的民間歌謠、民間諺語一樣，都是明代社會最真實的記載，是明代民間社會生活的口述史冊。

二、歷史傳奇與歷史傳說

所謂歷史傳奇，在明代民間文學中，專指那些以歷史題材為講述對象的著述，其中民間藝人的加工，使那些原來較為零散的民間傳說和民間故事更為系統化，也更具有生動性。它著重於明代社會的民間歷史傳說；若我們從這些歷史傳奇所記述的對象來看，會發現又一部從先秦至明代的歷史長卷。

這在中國文化史上是一道奇觀，是民間文學對古代歷史的深情言說所形成的「口碑」長卷。它明顯不同於各朝代所謂正史的寫作，也不同於《資治通鑑》那一類的教科書式的歷史事件的闡釋，而是將幾千年歷史風雲的文化碎片重新「還原」成活生生的歷史。更重要的是，這一部部「還原」的歷史有許多是經由一代代口耳相傳，是由作為社會歷史前進動力的人民靠自己的理解所寫就的，是真正的民間的「歷史」。

明代歷史傳奇所呈現的歷史傳說，發生時代最早的當數周遊的《開闢衍繹通俗志傳》，簡稱《開闢衍繹》，也稱《開闢演義》，今存有明代崇禎間麟瑞堂版本，共六卷八十回。它主要記述了從盤古開闢世界到「武王克紂伐罪弔民」這一段歷史傳說，主要內容是神話傳說。明代靖竹居士王黌在〈開闢衍繹敘〉中詳細記述了當時「歷史開闢」類作品的流傳，舉到《列國志》、《西東漢傳》、《三國志》、《兩晉傳》、《南北史》、《隋唐傳》、《南北宋傳》、《水滸傳》、《岳王傳》和「一統華夏」的《英烈傳》。王黌稱，「《開闢衍繹》者，古未有是書」，又稱「如盤古氏者，首開闢也；天、地、人三皇，次開闢也；伏羲、神農、黃帝、堯、舜，又開闢也；夏禹繼五帝而王，又一開闢也；商湯放桀滅夏，又一開闢也」。顯然，他和周遊一樣，把夏之前的神話傳說也當作真實的歷史看待。周遊把盤古開創世界作為中國歷史的第一個時代，使我們聯想到司馬遷在《史記》中只從黃帝記述起，其中一個重要原因是盤古神話被詳細記述的時間較晚。但從中我們也可以看到，周遊對當世的神話傳說進行了認真的整理，他把盤古神話放在伏羲、神農、黃帝、堯、舜眾神之前，是很有見地的；周遊還相當完整地記述了不同神話時代的神話系統，諸如「伏羲之有蒼頡，黃帝之有風后，堯有舜佐，舜有臣五人而天下治，禹、棄、契、皋陶、伯益又有八元八凱，禹有治水之功而興夏」等內容。這是中國文化史上對史前時代的歷史第一次較為清晰的記述與整理，其價值無論是作為神話傳說還是作為著述者的勾勒，都是卓越的，在中國神話史上有著獨特的地位。

其次是吳承恩的《禹鼎志》。這雖然是一部傳奇小說集，而且其書也已亡佚，但它對大禹時代的神話傳說做了系統性的整理，其記述方式具有明確的目的性，這樣的學術行為是很有意義的。從保留下來的吳承恩的《禹鼎志．序》[031]，我們一方面可以窺見此書的內容，另一方面則可以看

[031]　存於《吳承恩詩文集》，古典文學出版社 1958 年版。

到吳承恩與民間文學的具體關聯。如其中有「昔禹受貢金，寫形魑魅，欲使民違弗若」的記述，當為該書的大致內容。關於禹鑄九鼎的傳說，《左傳．宣公三年》有記述，稱「昔夏之方有德也，遠方圖物，貢金九牧，鑄鼎象物，百物為之備，使民知神奸」。

吳承恩在〈序〉中說「余幼年即好奇聞，在童子社學時，每偷市野言稗史」，「比長，好益甚，聞益奇」，「迨於既壯，旁求曲致，幾貯滿胸中矣」。從中我們可以理解他如何創作《西遊記》及其思想文化上的長期累積和準備。

「鍾惺伯敬父編輯」、「馮夢龍猶龍父鑑定」的《有夏志傳》和《有商志傳》各有四卷，請人合刻為《夏商合傳》[032]。其中夏代歷史記述大禹治理天下，收伏水怪，「傳十七世四百五十八載」，而至桀時耽於酒色，終於亡國；商代歷史記述商湯「禱雨救民」，「傳二十八世六百四十四年」，而至紂王時因妲己而使「千載天下，一旦亡乎哉」。相續出現的歷史傳奇是余邵魚的《列國志傳》[033]，記述自姜子牙助周滅商到秦始皇統一六國的歷史，明代陳繼儒稱其為「此世宙間一大帳簿也」。

作者雖稱意在「維持世道，激揚民俗」，「莫不謹按五經並《左傳》、《十七史綱目》、《通鑑》、《戰國策》、《吳越春秋》等書」，但其「演義」中還是明顯保留了不少民間歷史傳說，至少是轉述了一些傳說。如秦哀公臨潼鬥寶事，後人就指出「久已為閭閻恆譚」，伍員為明輔「尤屬鄙俚」（見明代可觀道人〈新列國志序〉）。馮夢龍根據余邵魚這一部著述並參考相關史籍，撰成《玉鼎列國志》，即《新列國志》[034]，保留了更多的歷史傳說，諸如屠岸賈、秦野人、慶忌、甘羅、勾踐、西門豹、信陵君、屈原、介子推、魯仲連、杞梁妻等著名傳說故事，語言尤為通俗、生動、流暢，給予

[032]　存清嘉慶十九年稽古堂刊本。
[033]　存萬曆三十四年三臺館刊本，見《春秋五霸七雄全像列國志》八卷本。
[034]　存清初復明金閶葉敬池本。

人深刻印象。先秦時期社會多動盪，人才輩出，有許多動人的民間傳說和民間故事，兩部《列國志》保留了這些內容，並影響著後世相關民間文學的嬗變形態。

記述漢代歷史傳說的傳奇著述，有「鐘山居士建業甄偉」所撰的《西漢通俗演義》、謝詔的《東漢十二帝通俗演義》，以及兩本合刻而成的《東西漢通俗演義》[035]。如袁宏道〈東西漢通俗演義序〉[036]中所講：「今天下自衣冠以至村哥里婦，自七十老翁以至三尺童子，談及劉季起豐沛，項羽不渡烏江，王莽篡位，光武中興等事，無不能悉數顛末，詳其姓氏里居。自朝至暮，自昏徹旦，幾忘食忘寢，聚訟言之不倦」，「則《兩漢演義》之所以繼《水滸》而刻也，文不能通，而俗可通」，「漢家四百餘年天下，其間主之聖愚，臣之賢奸，載在正史及雜見於稗官小說者詳矣」。甄偉本記述楚漢相爭與漢初滅諸王，至漢高祖死；謝詔本記述自王莽建新朝，光武帝中興，到漢桓帝黨錮之禍為止；合刻本夾評夾議，有明顯的說書人加工色彩。至羅貫中的《三國演義》出現，東漢末年即三國時代的歷史傳說有了系統性而完整的整理；若將之與陳壽《三國志》相比較，可見「演義」中歷史傳說和民間故事比比皆是。學者公認其取材於《三國志》和裴松之的注，以及當世所流傳的民間傳說。

如明代「庸愚子」在嘉靖本〈三國志通俗演義序〉中，提到「歷代之事，愈久愈失其傳。前代嘗以野史作為評話，令瞽者演說，其間言辭鄙謬，又失之於野」，而羅貫中本「文不甚深，言不甚俗，事紀其實，亦庶幾乎史」，「若《詩》所謂里巷歌謠之義也」。他也強調「結義桃園，三顧草廬」諸事與諸葛亮的忠誠智勇，「關、張之義」等寫得生動傳神；而這些內容，正是民間傳說所展現的。《三國演義》在明清時期有許多版本問世，

[035]　存明末劍嘯閣刊本。

[036]　存明末劍嘯閣刊本。

也有許多批評家對其評論不已，其中有人如明代「禿子」在「明建陽吳觀明刊本」〈序批評三國志通俗演義〉中極稱其「俗」；李漁在清「聲山別集本」中提到《三國演義》為四大奇書之一，並提到其受到前「三分之說」故事講述模式的影響。也有人指出羅貫中本與元代「講史」中《全相三國志平話》的關聯。明代關於三國歷史的演義小說存有多種，如「晉平陽侯陳壽史餘雜記」、「西蜀酉陽野史編次」的《續編三國志後傳》[037] 等。楊爾曾編的《東西兩晉演義志傳》存有明萬曆四十年「周氏大業堂」本，為《西晉志傳》、《東晉志傳》的合編，其中記述了晉武帝、晉元帝等歷史人物的傳說故事。明代「雉衡山人」在〈東西兩晉演義序〉中，還提到羅貫中因為「作俑」於「以通俗諭人」，其「子孫三世皆啞」，並以此作為「口業之報」的傳說。

隋唐時代英雄輩出，民間傳說層出不窮。對於這一段歷史傳說的記述，明代民間文學給予了特別關注，在歷史傳奇中屢有表現。諸如題「東原貫中羅本編輯」、「西蜀升庵楊慎批評」的《隋唐兩朝志傳》存十二卷一百二十二回，有明萬曆四十七年「龔紹山刊本」，其中記述自楊堅到唐僖宗時歷史傳說多種。又如題「齊東野人編次」的《隋煬帝豔史》存八卷四十回，有明崇禎時「人瑞堂本」。其中記述隋煬帝風流事蹟，諸如三幸遼東、避暑汾陽、下江南、「荒淫成性」等；同時還記述了與隋煬帝同代的許善心、獨孤盛、獨孤開遠、王義、朱貴兒、封德彝、蕭後、蘇威、宇文化及等人物的傳說故事。袁韞玉撰的《隋史遺文》共十二卷六十回，存有明崇禎六年原刊本，記述了隋朝末年瓦崗寨英雄聚義到玄武門之變後唐太宗即位這一段歷史傳說，其中秦瓊的傳說故事甚多，其他還有尉遲敬德、程咬金、羅成、單雄信等傳奇人物的傳說故事，充滿宿命色彩，亦尤為動人。熊大木所撰的《唐書志傳通俗演義》又名《秦王演義》，共八卷，

[037]　見孫楷第：《日本東京所見小說書目》，萬曆年間本。

存有明嘉靖三十二年「楊氏清江堂刊本」，記述李淵晉陽起兵到秦王征高麗這一段時期的歷史傳說故事。題「竟陵鍾惺伯敬編次」的《混唐後傳》又名《薛家將平西演傳》，共八卷三十二回，存有「清芥子園刻本」，其中記述了民間傳說中的薛仁貴、薛丁山的神奇故事；同代還有刊刻的《薛仁貴征遼事略》（見《永樂大典》），二者在一些歷史傳說的記述上有相似處。題「貫中羅本編輯」的《殘唐五代史演義傳》共六卷六十則，主要記述黃巢起義至唐亡國、宋趙匡胤陳橋兵變這一段歷史的傳說故事，諸如李存孝、王彥章、李克用等歷史人物的傳說，記述頗為詳細。

兩宋時代是使明代人百感交集的時代，在相關的歷史傳奇中，我們可以看到他們對宋初興時輝煌的嚮往，也可以深切感受到他們對宋代英雄所受冤屈的不平，其中包含著明代社會特有的民族感情。熊大木的《南北兩宋志傳》（即《南北宋傳》，十卷五十回，存清浙紹敬藝堂刊本，明代有玉茗堂批點本）就是展現這種感情的典型。《南北宋傳》分別記述了自後唐石敬瑭起家，割燕雲十六州到宋太祖平定南方和宋真宗、宋仁宗時代的歷史，其中《北宋志傳》以楊家將故事為中心，記述了大量生動的民間傳說，如楊業父子故事、楊五郎傳說、楊宗保傳說和蕭太后等人的故事，正如明代「玉茗主人」在〈北宋志傳序〉[038] 中所述，「志有所寄，言有所託」。熊大木的《大宋中興通俗演義》（別題《大宋演義中興英烈傳》）中，這種情緒更為明顯。此書存八卷八十則，有明萬曆間「三臺館本」、萬曆書林「萬卷樓」刊本和清代「映秀堂刊本」等，在「三臺館本」中被易名為《大宋中興岳王傳》，其中主要記述岳飛抗金故事，以及李綱、宗澤、韓世忠等人的傳說，最後以秦檜在冥間受到報應為結尾。同時流行的岳飛傳說故事還有明代鄒元標根據熊大木此本刪節而成的《岳武穆精忠傳》，存六卷六十八回，有清代「大文堂刊本」。鄒元標在《岳武穆精忠傳・序》中稱

[038]　清浙紹敬藝堂刊本。

「從來忠孝名賢、貞烈義士，每不願存形骸於世宙，留軀殼於人間，則死固奇節也」，而岳飛「真有諸葛孔明之風」，並引晉劉宋所殺檀道濟詩「自壞萬里長城」，斥「高宗忍自棄其中原，故忍殺飛」。岳飛傳說故事的流傳，表現了「天地有正氣」[039]，這種正氣「在天為日星，在地為河嶽，在人為忠義」[040]。正是此類故事的流傳，鑄成了中華民族威武不屈的高貴品格的核心。如人所感慨：「山河至於今，流峙也，日月至於今，照臨也」，「正氣之在於天地者如此」，而「若夫賊檜之邪，至今視之，一狗彘耳，一蟣蝨耳，一糞壤耳。紀異者傳檜變為牛，而雷碎之」，見「邪氣之不容於天地也」[041]。

宋代傳說故事中，岳家將與楊家將是一雙璧玉，無論在明代還是其他時代，人們對這種傳說都注滿深情。明代社會此類歷史傳說因民間藝人的加工而廣為傳播，當是有識者有感於社會道德的腐朽敗壞而大力呼籲正氣的產物。如題「秦淮墨客校閱」[042]的《楊家通俗演義》（別題《楊家府世代忠勇通俗演義》）存八卷五十八則，有明萬曆三十四年「臥松閣刊本」，其中記述楊業父子英雄傳說，以及「自令公以忠勇傳家，嗣是而子繼子，孫繼孫，如六郎之兩下三擒，文廣之東除西蕩，即婦人女子之流，無不摧強鋒勁敵以敵愾沙漠，懷赤心白意以報效天子」[043]等楊家滿門忠烈的故事。

誠如人在其〈序〉中所慨嘆，「賢才出處，關國運盛衰」；不佞之徒與草木同朽，只有此「忠勇如楊令公者」，才使華夏「樹威」。由此聯想到關羽傳說在明代流傳亦頗廣的現象，這些英雄傳說盛行，說明當時的社會道德潛伏著危機；民間傳說對於鑄造民族精神常發揮自救和自我調節的作用，使社會道德得以不斷更新與完善。

---

[039]　李春芳：〈岳鄂武穆王精忠傳敘〉，清映秀堂刊本載。

[040]　李春芳：〈岳鄂武穆王精忠傳敘〉，清映秀堂刊本載。

[041]　李春芳：〈岳鄂武穆王精忠傳敘〉，清映秀堂刊本載。

[042]　「秦淮墨客」當為明紀振倫號，此當為紀振倫校閱本。

[043]　秦淮墨客：〈楊家通俗演義序〉，明萬曆三十四年臥松閣刊本。

《三遂平妖傳》題「東原羅貫中編次」，存明「墨憨齋批點金閶嘉會堂刊本」，記述了宋代王則起義被剿平的傳說，與施耐庵的《水滸傳》一樣，都是對官逼民反主題的演繹。不同的是，《三遂平妖傳》中大量的民間神魔鬼怪傳說，沖淡了這一個主題。諸如其中的胡媚兒係白狐精聖姑姑之女，託生後嫁給河北王則，後同蛋子和尚、左黜兒及聖姑姑等一起與王則謀反，文彥博率兵征討，王則被剿平。書名稱為「三遂」，是故事中有馬遂、李遂和蛋子和尚叛離王則後自稱諸葛遂，他們同破聖姑姑的法術，對平王則發揮了關鍵作用。王則故事在宋末羅燁《醉翁談錄》辛集「妖術」類以〈貝州王則〉出現，至明代又一次被記述，展現出明代社會民間文學中的歷史觀。

在與宋朝有關的歷史傳說之後，明代對元代歷史傳說幾乎不提，即使有，也只是作為明王朝興起的背景，即明代開國的內容而涉及。關於當代歷史性傳說的整理，在明代出現了「徐渭文長甫編」的《雲合奇蹤》即《英烈傳》，存明萬曆刊本，共二十卷八十則，記述的主要是元末朱元璋和他的同袍們拚殺疆場，建立明朝的一系列歷史故事，包括徐壽輝、陳友諒等人的傳說。此外，又有題「空谷老人編次」的《續英烈傳》五卷三十四回，有清「集古齋刊本」，主要記述明成祖靖難之役的傳說故事，也有建文、永樂時的傳說故事，與《英烈傳》在歷史時空上相承接，描述了明代社會初期的風雲變幻。明代曾發生三寶太監下西洋的歷史事件，在明傳奇小說中也有記述，如羅懋登的《西洋記》，即《三寶太監西洋記通俗演義》，存二十卷一百回，有清光緒四年上海申報館仿聚珍版刊本，記述鄭和使南洋故事，出現許多神仙、魔怪之類的民間傳說，完全按照作者個人對南洋的想像而撰，有些傳說取自《山海經》，有些「鋤強扶弱，海道一清」的故事，則與《大唐三藏取經詩話》相似。作品寫鄭和歷經三十九國，沿途憑藉著金碧峰長老和張天師的法力戰勝重重困難，可看作假借鄭和下西洋史實之名而作的又一部《西遊記》。此傳說故事中融入了明代社會的民間信仰，出現了元始天尊、玉皇、觀音、托塔天王、哪吒、驪山老母、八仙等神佛人物，許多情節也明顯地照搬《西遊記》，諸如羊角真君的吸魂瓶被金碧峰鑽成小孔，以及設定女兒國等，甚至鄭和下西洋的起因也刻意模仿《西遊記》，形成特有的神話傳說氛圍。如張天師對永樂皇帝稱傳國玉璽流失西番，應當尋回，但他心中想的卻是藉此滅佛；金碧峰是由燃燈古佛轉生，他想拯救佛教，在金殿與張天師鬥法獲勝，這在《西遊記》中也有類似情節。《西洋記》與《西遊記》一樣展現了明代社會民間宗教等內容的傳說，應該為我們所重視。

明代社會閹黨橫行，引起民眾的極大憤慨，崇禎即位後清除閹黨，以聲討魏忠賢為內容的傳奇小說應運而生，出現了題「吳越草莽臣撰」的《崢霄館評定新鐫出像通俗演義魏忠賢小說斥奸書》，簡稱《魏忠賢小說斥奸書》。有人考據，「吳越草莽臣」即馮夢龍，將此書收入《馮夢龍詩文》中。作品記述了魏忠賢的一生，「自忠賢生長之時，而終於忠賢結案之日」。題「西湖野臣著」的《皇明中興聖烈傳》和題「長安道人國清編次」的《警世陰陽夢》，也都記述了魏忠賢作祟多端的民間傳說。題「平原孤憤生戲筆」的《遼海丹忠錄》和題「吟嘯主人撰」的《平虜傳》，記述了明代後期邊疆動盪的傳說。由「西吳懶道人口授」的《剿闖通俗小說》，又名《剿闖小史》、《忠孝傳》，是明代第一部完整記述李自成農民起義傳說故事的傳奇小說，所記從魏忠賢擅權到吳三桂降清，與《明季北略》所載史實有符合的地方，也有不符的地方。郭沫若在〈剿闖小史跋〉中考，「今觀其前五卷專敘北方事，確出傳聞」，「與《明史．流賊傳》則大有出入」，「〈流賊傳〉繩伎紅娘子救李信出獄事，最宜於做小說材料，而本書則無之」，其成書當在「甲申、乙酉之間」[044]。這一部作品在中國民間文學史上是很有

[044] 《剿闖小史》，說文出版社 1944 年版。

價值的，可作為農民起義傳說記述的典型。不論作者的立場和態度如何，他保存了明代李自成這一位農民起義歷史人物的傳說，具有重要的口述史學意義。

明代歷史傳奇與歷史傳說之間的關聯十分密切，也十分複雜，相關文獻的持續發掘與考據，以及依照歷史文獻而進行的田野工作，將是解決這個問題的有效途徑。

三、民間笑話和寓言故事

明代民間故事中，笑話和寓言別具特色。其中一些民間笑話與機智人物型、呆子型的民間故事相糅合，或指斥社會黑暗腐朽，或諷刺世間不良行為。諸如明代廣為流傳的解縉、唐伯虎、祝枝山、阿丑等歷史人物，他們在民間故事中完全被傳奇化，已失去民間傳說的紀實意義。這些作品以諧謔形成特殊的風格，應看作是民間笑話。如馮夢龍所編的《古今譚概》，就保存了不少此類故事。當然，更典型的民間笑話，還應以《笑贊》、《笑府》、《廣笑府》和《雪濤諧史》等笑話專集中的作品為主。馮夢龍所編的《廣笑府》和《笑府》，在保存民間笑話的原始性方面最具代表性。諸如《廣笑府》中的〈屬牛〉、〈有錢者生〉、〈衣食父母〉、〈死後不賒〉、〈指石為金〉、〈新官赴任〉、〈願踢腳〉、〈不請客〉、〈須尋生計〉、〈是何言行〉、〈合做酒〉、〈下公文〉、〈豆腐〉、〈性剛〉、〈不識人〉、〈錯死人〉、〈有天無日〉等，語言通俗而簡潔，有不少作品至今還在民間流傳，甚至成為常用的俗語。這些作品寓意深遠，在明代民間文學中獨樹一幟。《笑府》與《廣笑府》為中國民間文學史上的雙璧，其中保存的笑話故事諸如〈打半死〉、〈廚師〉、〈恍惚〉、〈不留客〉、〈解僧卒〉、〈合種田〉等，都給予人嬉笑的特殊審美愉悅效果。在馮夢龍選錄的笑話故事中，有兩類人物性格最為顯著，一類是昏官，一類是世間眾生的呆憨相。如《廣笑府》中的〈新官赴任〉，新官問如何「做官事體」，吏答道「一年要清，二年半清，三年便渾」，新官為急於「渾」而自嘆，令人發笑。《笑府》中的〈恍惚〉記「三人同臥」，都將別人當自己，第一人將第二人腿抓出血，第二人以為第三人「遺溺」，「促之起」，第三人「起溺」，聽鄰家榨酒聲而以為溺未完，「竟站至天明」。我認為，這是對整個人民性格的深刻描繪，堪稱民間文學史上的經典。其次是趙南星的《笑贊》，其中的〈做屁文章〉、〈昏官〉、〈放生〉、〈行孝〉、〈說大話〉、〈買靴〉、〈豈有此理〉、〈甘蔗渣〉、〈我卻何處去了〉、〈和地皮捲來〉等於詼諧中刻劃人物性格，入木三分。浮白主人的《笑林》，保存了民間笑話如〈拿屁〉、〈借牛〉、〈問令尊〉、〈蝦〉、〈許日子〉、〈不留客〉等，有濃厚的生活氣息和深刻的哲理意識，給予人豐富的啟迪。江盈科的《雪濤諧史》和《雪濤小史》保存了〈假銀〉、〈原來就是我〉、〈慳師〉、〈懼內〉、〈心在哪裡〉、〈說謊者〉、〈騙下樓〉、〈拿團魚〉和〈腳痛〉、〈北人啖菱〉、〈補則生〉等故事，記述了明代社會精神空虛無聊的一面。尤其是其中的〈假銀〉記述「有官人性貪」，連城隍廟中的假銀錠也不放過，明知是假的還「要取個進財吉兆」，可見其貪婪到何種程度。無名氏的《時尚笑談》明確記述當世笑話，諸如〈學官貪贓〉、〈厚臉皮〉、〈看相〉等，在平常事件中揭示出嚴肅的社會議題，與今天流傳的政治笑話頗有類似的意義。另外還有明代郭子章所編《郭子六語》中的《諧語》，也保留了豐富的笑話（其《六語》包括《諧語》七卷、《譏語》一卷、《讖語》六卷、《隱語》二卷、《諺語》七卷和《謠語》七卷）。我們透過這一串串笑聲，可以看到明代作家對民間眾生相的一絲憂慮。從一些跋和序中可以看到，許多人並不是單純為了記述供人娛樂的笑料，而是有所寓意。如明「三臺山人」在為李贄所撰《山中一夕話》[045] 作序時，即指出其「不為無補於世」。

又如馮夢龍在《古今笑．自敘》中所述，「一笑而富貴假，而驕吝忮求之路絕；一笑而功名假，而貪妒毀譽之路絕；一笑而道德亦假，而標榜猖

[045]　《山中一夕話》，李贄撰，十二卷，卷首題「卓吾先生編次，笑笑先生增訂，哈哈道士校閱」，存有上海申報館叢書續集本。

狂之路絕；推之，一笑而子孫眷屬皆假，而經營顧慮之路絕；一笑而山河大地皆假，而背叛侵陵之路絕」[046]。

有一些民間笑話故事，其意義之豐富，可以作為民間寓言看待。如《笑府》中的〈蝙蝠〉，《笑贊》中的〈搬壞了〉，《廣笑府》中的〈技術爭高下〉，《笑林》中的〈貓吃素〉，《雪濤諧史》中的〈以貓飼雛〉，以及馬中錫的《東田文集》所存〈中山狼傳〉等，劉元卿的《賢奕編》所存民間寓言也甚多。這些作品多透過某種故事講述或揭示一定的道理，啟發人們對社會、人生諸問題的深入思索，故事的傾向性甚為明顯。諸如《笑府》中的〈蝙蝠〉記述「鳳凰壽，百鳥朝賀，唯蝙蝠不至」，蝙蝠對鳳凰說自己是獸，對麒麟說自己是鳥，當鳳凰與麒麟相遇談及蝙蝠的兩面性時，慨嘆「如今世上惡薄，偏生此等不禽不獸之徒。真個無奈他何」。《賢奕編》中的〈猱搔虎癢〉、〈猩猩〉、〈貓號〉、〈萬字〉、〈爭雁〉等篇以動物寓言故事為主，揭示某種道理。如其中的〈貓號〉記述為貓取名，或稱「虎貓」，或稱「龍貓」，或稱雲、風、牆等號，最後歸之於「鼠貓」，「東里丈人嗤之曰：『噫嘻，捕鼠者故貓也；貓即貓耳，胡為自失本真哉！』」〈中山狼傳〉曾被許多人用作寓言題材，作品借民間流傳的寓言故事，以「杖藜老人」的話結尾，述說不能濫於信任，要辨識忠奸的道理。此篇的特點著重在「三問」上，即問樹、問牛、問杖藜老人，這種結構符合民間故事的基本模式，包含著「事不過三」的樸素信仰觀念。

還值得一提的是劉基在《郁離子》中所保存的寓言，諸如〈蟾蜍與蚵蚾〉、〈蒙人叱虎〉、〈割瘻〉等，包含著一些民間故事；楊慎的《藝林伐山》，方孝孺的《遜志齋集》和《正學文集》，莊元臣的《叔苴子》等文集中，也包含著一些具有民間故事色彩的寓言。其他還有無名氏所撰的《華筵趣樂談笑酒令》，趙氏所撰的《林子》等，也不同程度地保留著一些民間寓言故事。

---

[046]　明閶門葉昆池刻本存。

在 15 世紀即明代的中後期，藏族民間文學中出現了央金噶衛洛卓編著的《甘丹格言注釋》[047] 和洛卓白巴編著的《益世格言注釋》[048] 等少數民族典籍，其中有許多民間寓言故事，不少作品都富有特色。

明代民間傳說和民間故事等民間作品，不獨留存在以上諸種文獻中，還留存在一些傳統形式的文學作品，諸如明代的詩、詞、小說、散曲和戲劇中。尤其是戲劇在明代稱為「傳奇」，有許多題材都是來自於民間傳說和民間故事。明初楊景言的雜劇《西遊記》採用了《大唐三藏取經詩話》中的民間故事；賈仲名的《鐵楞李度金童玉女》採用了神仙傳說；明代劇壇上大量出現類似於元雜劇、表現歷史題材的「三國戲」、「水滸戲」、「神仙戲」和「風月戲」等，都以民間傳說和民間故事為表演對象。諸如李開先的《寶劍記》取材於林冲彈劾童貫、高俅等奸臣，遭到陷害後被逼上梁山的民間傳說故事；梁辰魚的《浣紗記》取材於西施和范蠡的歷史傳說；徐渭的《四聲猿》（包括《漁陽弄》、《雌木蘭》、《女狀元》、《翠鄉夢》）也分別借用了「三國」傳說中的〈擊鼓罵曹〉、民間傳說中的〈木蘭從軍〉、神仙傳說中的〈度柳翠〉等故事情節；湯顯祖的《邯鄲記》、《南柯記》、《牡丹亭》、《紫釵記》（即「臨川四夢」）同樣是採用古老的民間傳說故事。但是，我們也看到一種情況，即明代劇作大都遠離社會現實，這與明代的專制政治有著直接關聯。如《大明律・禁止搬做雜劇律令》對戲劇有許多限制，這是扼殺明代戲劇現實性的真正罪魁。而正是在這種背景下，民間文學表現出獨特的魅力；明代劇作家借古罵今，痛斥當世如李林甫輩者「嫉賢妒能，壞了朝綱」（王九思《杜甫遊春》）。民間文學為明代文學注入了新鮮的血液，也為之提供了廣闊的審美表現空間。

明代的詩歌創作也是這樣。

---

[047]　見馬學良等主編：《藏族文學史》，四川民族出版社 1994 年版。

[048]　見馬學良等主編：《藏族文學史》，四川民族出版社 1994 年版。

明初著名詩人劉基曾在〈二鬼〉這首長詩中，借用神話傳說故事述說「啟迪天下蠢蠢氓」的道理，指斥「養在銀絲鐵柵內，衣以文采食以糜」的當世文化專制的罪惡。高啟是對下層人民有著特殊感情的詩人，其〈養蠶詞〉、〈打麥詞〉、〈採茶詞〉、〈田家行〉等詩篇，有不少地方化用了民間歌謠和民間傳說，如〈養蠶詞〉中的「三姑祭後今年好」等，使詩歌的意境形成一種悠遠渾厚而又清新的審美效果。于謙的〈石灰吟〉曾述說其高遠的追求，他關心國家和民族的命運，曾採用民歌形式「五更轉」為軍中將士譜寫戰歌，在〈夜坐念邊事〉中以「但願軍中有一韓」的宋代歌謠入詩。李贄是明代成就卓越的詩人，他極力讚揚《三國演義》、《水滸傳》、《琵琶記》這些採自說唱等民間文藝形式的俗文學，提倡源於真實、自然的「童心說」，其理論及其詩學思想至今還放射著光輝。夏完淳是一位少年英雄，在詩歌中運用民間傳說述說自己的不凡抱負，如〈細林夜哭〉中的「家世堪憐趙世孤，到今竟作田橫客」，是愛國主義的絕唱之作。明代詩歌創作曾經出現艱難曲折的反復古抗爭，傳統的理學思想與封建專制文化相結合，嚴重扼殺了明代偉大詩人的出現；而明代民間歌謠作為特殊的詩體和歌體，閃放出灼目的異彩。如沈德符在《野獲編》中所說：「自宣正至成弘後，中原又行〈鎖南枝〉、〈傍妝臺〉、〈山坡羊〉之屬。」「自茲以後，又有〈耍孩兒〉、〈駐雲飛〉、〈醉太平〉諸曲，然不如三曲之盛。嘉隆間乃興〈鬧五更〉、〈寄生草〉、〈羅江怨〉、〈哭皇天〉、〈乾荷葉〉、〈粉紅蓮〉、〈桐城歌〉、〈銀絞絲〉之屬」，「比年以來，又有〈打棗竿〉、〈掛枝兒〉二曲，其腔調約略相似，則不問南北，不問男女，不問老幼、良賤，亦人人習之，人人喜聽之；以至刊布成帙，舉世傳誦，沁人心腑，其譜不知從何而來，真可駭嘆！」其實，它正是由眾人共同創造的民間文學。明代作家有意識地向民間文學學習，誠如人所言：「我明詩讓唐，詞讓宋，曲又讓元，庶幾千〈吳歌〉、〈掛枝兒〉、〈羅江怨〉、〈打棗竿〉、〈銀絞絲〉之類，為我明一絕。」[049] 明代民歌豐富了明代詩壇、歌壇、文壇，迄今還在滋潤著、啟迪著中華民族文化。

從一些小說中，我們還可以看到明代另外一些民間文藝形式的存在。如《金瓶梅》第七十四回〈宋御史索求八仙鼎　吳月娘聽宣黃氏卷〉即記述了明代社會說唱寶卷的民間文藝生活。寶卷是對俗講的繼承。俗講在宋真宗時代被禁之後，發展為「談經」、「說參請」、「說諢經」等，亦盛行在勾欄、瓦舍（肆）中。寶卷由「說經」演變而成，最早的寶卷，有學者考為宋代普明禪師的《香山寶卷》。此《金瓶梅》中所記，明確提到「放下炕桌兒，三個姑子（尼姑）來到，盤膝坐在炕上」，「月娘洗手柱了香。這薛姑子展開《黃氏女卷》，高聲演說道⋯⋯」演唱寶卷之前要「洗手」、「柱香」，這是關鍵性的內容，記載了區別於講史等民間文藝形式的儀式和情景。寶卷演唱在民國時代還相當流行，至今又有所恢復[050]。如郭沫若在《少年時代》中憶及他「未發蒙以前」，「已經能夠聽得懂這種講聖諭先生的善書了」，其中記述的「講聖諭」的情景，與《金瓶梅》中大致相同。「這種很單純的說書在鄉下人是很喜歡聽的一種娛樂，他們立在聖諭臺前要聽三兩個鐘頭，講得好的可以把人的眼淚講出來。」[051] 這些寶卷或長或短，為民間百姓所喜愛，原因主要在於其中一些積德行善、忍受苦難的內容引起了他們的共鳴。

在歲月的長河中，人民把自己當作自己的精神導師，他們拒絕腐朽文人的說教，而在自己的生活中尋找情趣，聽「宣講」就成為他們宣洩情感的重要生活方式。在今天的民間廟會上，還盛行著這種「宣講」。我親眼

---

[049] 陳宏緒《寒夜錄》引卓人月言。

[050] 鄭振鐸曾在 1927 年《小說月報》第十七卷號外上記述寶卷，後又在《中國俗文學史》介紹其搜集到的寶卷，計二十一種，三十多卷，多為明代宣講的寶卷。

[051] 郭沫若：《沫若自傳·少年時代》，人民文學出版社 1979 年版，第 29 頁。

看到那些善男信女滿面滄桑，忘我地高唱著經歌……[052]

當然，明代民間文學並不是孤立地存在著的，它伴隨著殘酷的封建專制，度過了大明帝國的風風雨雨；在明代社會的文化世界中，它猶如沖天的浪潮，一次次沖垮封建神學、封建理學的堤岸。但是，明代民間文學也存在著自身的嚴重局限，不論是否還有許多作品沒有被文獻所記述，就現存者來看，大多的作品限於表層敘述，缺乏深刻而全面的社會批判。

明代民間文學和明代作家文學告訴我們，專制，尤其是以封建理學武裝起來的專制制度及其思想文化，是嚴重摧殘和蹂躪民族健康發展的大敵！明代社會繼宋代之後，又一次錯過了最早進入現代化的機會，它用事實告訴歷史，也告訴未來，沒有全面的科學理論指引改革，社會就很難有大的發展！

第四節　故事傳說與社會風俗

每每論述到一個歷史時期的傳說故事，總是要論及其作為社會風俗所展現的思想文化特徵與價值，這都是因為故事被口頭語言所傳說，成為社會風俗生活。

明代記述社會風俗生活的文獻有很多，人們多提到《帝京景物略》、《宛署雜記》、《析津志》、《長安客話》和《大明一統志》等一些官修的地方志文獻，而對於「三言」、「二拍」、《掛枝兒》（《童痴一弄》）、《山歌》（《童痴二弄》）、《古今笑史》、《古今譚概》、《古今風謠》、《古今諺》、《夜航船》、《稗史彙編》和《棗林雜俎》等文化整合，以及《本草綱目》之類通俗文獻中的社會風俗生活較不在意，對於朱橚《救荒本草》、王磐《野菜單》、周

[052]　見拙作《中國廟會文化》，上海文藝出版社 1999 年版，第 307 頁。

履靖《茹草編》以及鮑山《野菜博錄》之類具有日常實用性文獻中所保存的民間文學等風俗生活內容，更缺少必要的重視。當我們關注明代社會的商品流通與市民階層的迅速崛起對社會發展帶來巨大的衝擊時，其實，更應該看到傳統農耕作為中國社會最基本的生產方式與生活方式，仍然是社會風俗生活的主體。所有這些，都成為日常生活，化作傳說故事，從社會生活的口頭語言形式進入文獻，從而以口頭語言與語言文字的基本形式並行於社會的大街小巷。

明代傳說故事多種多樣，其實傳說故事被記錄或整理成文獻，整個過程就已經屬於社會風俗生活的一部分。明代傳說故事作為社會風俗生活不可取代的記述、表達，與其他社會歷史時期一樣，是這個時代的象徵。特定歷史時期的風俗生活作為民間文學的發生背景，也是民間文學具體存在、傳播與傳承的土壤。民間文學所具有的社會屬性、文化屬性與生活屬性，都統一於社會風俗生活這個概念與範疇之內。如財富故事，是明代民間文學的一個亮點，一方面是市場的不斷開拓，另一方面是市民階層的崛起，上層社會與社會富有者的關係就出現微妙變化。民間傳說故事從某一個方面展現了這些內容與這一類現象。如《稗史彙編》卷一四一〈珍寶門 · 寶器 · 聚寶盆〉講述「舊傳沈萬三家有聚寶盆事云：盆在沈氏貯少物，物經宿輒滿，萬物皆然。他人試之，不驗。事聞我太祖，取入試不驗，遂還沈氏。後沈氏籍沒，乃復歸禁中」故事。聚寶盆與沈萬三故事廣泛流傳，而且成為民間木版年畫的重要題材，迄今不絕。

傳說故事在講述中表現具體的社會風俗生活，是文化生活的重要表現形式，這種表現行為本身即屬於一種社會風俗生活。

朱明王朝時代造神運動如火如荼，有力地影響民間文學發展。

其表現於社會風俗生活的形式與特徵，首先在於歷史的複述，這是明代社會有意識地尋求文化復興的思想文化傾向的展現。與漢代社會面對秦代社會焚書坑儒的文化斷裂或文化浩劫，急需文化傳統的修復與續接一樣，明代社會面對的是元代社會的大動盪與文化浩劫，它基於維護自身社會政治發展穩定，在文化發展策略選擇上，實行了一系列切實有效可行的舉措。尤其是對歷史文化的整理與運用，朱元璋曾經多次為歷史上那些護國有功的神靈加冕封爵，不斷加緊和改進對於社會文化包括社會風俗生活的控制與管理。這些措施有力地影響了民間文學的內容構成。

眾多文獻典籍中，展現明代社會風俗生活內容的當數兩人的著述，一是馮夢龍，二是張岱。根據其表現方式，或曰中國民間文學史上存在著一種馮夢龍現象。

一、馮夢龍現象

馮夢龍（西元 1574 ～ 1646 年），字猶龍，又字子猶，號龍子猶、墨憨齋主人、顧曲散人、吳下詞奴、前周柱史等，蘇州府長洲縣人。他是一個既能進行文學創作，又能夠進行文學研究的文學巨匠；其文學成就不唯在民間文學，而其對民間文學的蒐集、整理做出重大貢獻。其民間文學蒐集整理著述甚豐，除《童痴一弄・掛枝兒》、《童痴二弄・山歌》、《夾竹桃頂真千家詩》外，還編著《智囊》、《古今談（譚）概》、《情史》、《笑府》、《燕居筆記》等。

馮夢龍勤學好問，如其《麟經指月》中〈發凡〉篇自述曰：「不佞童年受經，逢人問道，四方之祕復，盡得疏觀；廿載之苦心，亦多研悟。」但是屢試不第，他曾經頻繁與下層社會來往，與蘇州茶坊酒樓處下層人民密切交往，十分熟悉民間文學，其間整理出《掛枝兒》、《山歌》等民歌集。他把民間文學的思想內容與文化個性概括為「通俗」，其全部民間文學思想理論以「今雖委世，而但有假詩文，無假山歌」為最獨特，推崇民間文學的真誠，稱讚民間文學為「天地間自然之文」，如其《情史》卷一〈總評〉

中所言：「世俗但知理為情之範，孰知情為理之維乎？」他在《古今小說．序》說：「大抵唐人選言，入於文心；宋人通俗，諧於里耳。天下之文心少而里耳多，則小說之資於選言者少，而資於通俗者多。試令說話人當場描寫，可喜可愕，可悲可涕，可歌可舞；再欲捉刀，再欲下拜，再欲決脰，再欲捐金；怯者勇，淫者貞，薄者敦，頑鈍者汗下。雖小誦《孝經》、《論語》，其感人未必如是之捷且深也。噫，不通俗而能之乎？」其最推崇唯民間文學能夠使「怯者勇，淫者貞，薄者敦，頑鈍者汗下」；在〈敘山歌〉中，他提出「借男女之真情，發名教之偽藥」。或曰，其民間文學思想並不僅僅在於述說真誠，而更重要的是為了「發名教之偽藥」，具有匡正時弊的社會現實意義。

他善於歸納歷史文化發展中的規律性內容，極其推崇民間大眾的智慧，重視民間文學中的聰明表現及其思想文化價值。他在〈雜智部總敘〉中說：「正智無取於狡，而正智反為狡者困；大智無取於小，而大智或反為小者欺。破其狡，則正者勝矣；識其小，則大者又勝矣。況狡而歸之於正，未始非正，小而充之於大，未始不大乎？」其曰：「人有智猶地有水，地無水為焦土，人無智為行尸。智用於人，猶水行於地，地勢坳則水滿之，人事坳則智滿之。周覽古今成敗得失之林，蔑不由此。」其又曰：「何以明之？昔者梁、紂愚而湯、武智；六國愚而秦智；楚愚而漢智；隋愚而唐智；宋愚而元智；元愚而聖祖智。舉大則細可見，斯《智囊》所為述也。或難之曰：智莫大於舜，而困於頑嚚；亦莫大於孔，而厄於陳蔡；西鄰之子，六藝嫻習，懷璞不售，鶉衣轂食，東鄰之子，紇字未識，坐享素封，僕從盈百，又安在乎愚失而智得？」其曰：「吾鄙者固言之，智猶水，然藏於地中者，性；鑿而出之者，學。井澗之用，與江河參。吾憂夫人性之錮於土石，而以紙上言為之畚鍤，庶於應世有廖爾。」其稱「子猶諸曲，絕無文采，然有一字過人，曰真」，反對道學，曰「中間千百餘年而獨無是非者，豈其人無是非哉，咸以孔子之是非為是非，故未嘗有是非耳」，「又笑那孔子這老頭兒，你絮叨叨說什麼道學文章，也平白地把好些活人都弄死」。他認為，「六經、《語》、《孟》，譚者紛如，歸於令人為忠臣、為孝子、為賢牧、為義夫、為節婦、為樹德之士、為積善之家，如是而已矣」，「而通俗演義一種，遂足以佐經書史傳之窮」云云，其中「通俗演義」即民間文學中歷史傳說故事。

他從不同方面論述民間文學的思想文化價值，比較其作為文化形態與書面文學等文學形式的異同，在論述中展現出其獨特的民間文學思想理論。

或曰，馮夢龍整理民間文學文獻、記述民間文學種種事項，描繪了明代社會風俗生活的真實畫卷。綜觀其內容，可以大致分為歷史講述、現實記錄與社會生活道理三大類。古今之間，其各有用意。

如歷史講述中，有關於社會歷史發展主要是社會歷史生活的傳說，也有那些古老的民間傳說故事的記述，都以歷史的過去時態被記述和講述。

馮夢龍記述的中國社會歷史生活的模樣，是從歷史典籍與民間文學中發現的。

如周幽王烽火戲諸侯失信天下故事，馮夢龍《情史》卷七情痴類〈周幽王〉記述：「王寵褒姒，廢申后及太子宜臼，而立褒姒為后，以其子伯服為太子。褒姒好聞裂繒聲，王發繒日裂之，以適其意。褒姒不好笑，幽王欲其笑，誘之萬方，故不笑。王與諸侯約：有寇至，舉烽火為信，則舉兵來援。王欲褒姒笑，乃無故舉火，諸侯悉至。至而無寇褒姒乃大笑，王悅之，為數舉烽火。其後不信，諸侯益亦不至。申后之父申侯，怒與鄫人召西夷犬戎攻幽王。幽王舉烽火徵兵，兵莫至，遂殺幽王驪山下，虜褒姒，盡取周賂而去」云云。

如破除裝神弄鬼罪惡勾當故事，《智囊補》明智部卷七〈剖疑・宋均〉

記述：「光武時，宋均為九江太守，所屬浚遒縣，有唐、后二山，民共祠之。諸巫初取民家男女以為公嫗，後沿為例，民家遂至相戒不敢娶嫁。均至，乃下教，自後凡為祠山娶者，皆娶巫家女，勿擾良民。未幾祠絕。」

《智囊補》明智部剖疑卷七〈西門豹〉中記述：「魏文侯時，西門豹為鄴令，會長老，問民疾苦。長老曰：苦為河伯娶婦。豹問其故，對曰：鄴三老、廷掾常歲賦民錢數百萬，用二、三十萬為河伯娶婦，與祝巫共分其餘。當其時，巫行視人家女好者云，是當為河伯婦，即令洗沐易新衣，治齋宮於河上，設絳帷床蓆，居女其中。卜日浮之河，行數十里乃滅。俗語曰：『即不為河伯娶婦，水來漂溺。』人家多持女遠竄，故城中益空。豹曰：及此時，來告，吾亦欲往送。至期豹往會之河上，三老、官屬、豪長者、里長、父老皆會，聚觀者數千人。其大巫，老女也，女弟子十人，從其後。豹曰：呼河伯婦來。既見，顧謂三老、巫祝、父老曰：是女不佳。煩大巫嫗為人報河伯更求好女，後日送之。即使吏卒共抱大巫嫗投之河。有頃，曰：『嫗何久也？弟子趣之。』復投弟子一人河中。有頃，曰：『弟子何久也？』復使一人趣之，凡投三弟子。豹曰：是皆女子，不能白事，煩三老為入白之。復投三老。豹簪筆磬折，向河立待。良久，旁觀者皆驚恐。豹顧曰：『巫嫗三老不還報，奈何？』復欲使廷掾與豪長者一人入趣之，皆叩頭流血，色如死灰。豹曰：『且俟須臾。』須臾，豹曰：『廷掾起矣，河伯不娶婦也。』鄴吏民大驚恐。自是不敢復言河伯娶婦。」

古老相傳的民間傳說故事被記述，形成新的社會風俗生活形態。如馮夢龍編纂《情史》卷八〈情感類．孟姜〉記述：「秦時孟姜為富家女，嫁范杞良為妻。婚後三日其夫修長城，日久不歸，孟姜為杞良送冬衣，至長城聞夫已死，頓足慟哭，哭聲震地，長城崩壞。孟姜覓丈夫遺骨，難以辨認，乃咬指滴血相認。孟姜將丈夫屍骨扛回家，至潼關力竭，遂置屍骨於岩下，坐死其側。潼關人敬重其節義，乃立像紀念。」

又如《情史》卷十一〈情化類．連枝梓雙鴛鴦〉記述：「韓憑，戰國時為宋康王舍人。妻何氏，有美色。康王乃築臺望之，竟奪何而囚憑。何氏乃作〈烏鵲歌〉以見志。日：『南山有烏，北山張羅。烏自高飛，羅當奈何？』又日：『烏鵲雙飛，不樂鳳凰。妾自庶人，不樂君王。』後聞憑自殺，乃陰腐其衣，與王登臺，自投臺下。左右引衣，衣絕，得遺書於帶中。日：『願以屍還韓氏而合葬。』王怒，命分埋之，兩塚相望。經宿，忽有梓木生於兩塚，根交於下，枝連於上。又有鳥如鴛鴦，雙棲於樹，朝暮悲鳴。人皆異之，日：『此韓憑夫婦精魂也。』故詩云：『君不見，昔時同心人，化作鴛鴦鳥。和鳴一夕不暫離，交頸千年尚為少。』何氏又有寄憑歌日：『其雨淫淫，河大水深，日出當心。』康王以問蘇賀，賀日：『雨淫淫，愁且思也。河水深，不得往來也。日當心，日過午則殂，明有死志也。』韓憑家，今在開封府。」

值得重視的是明代流傳的梁山伯與祝英台故事，馮夢龍《情史》卷十〈情靈類．祝英台〉中，有引自明嘉靖三十九年（西元 1560 年）刊印的《寧波府志》素材。這是中國民間文學史上一篇十分重要的歷史文獻；代表著梁山伯與祝英台故事諸如「男女相知」、「路葬墓合」與「化成二蝶」，在明代形成我們今天所看到的故事完整形態。

其記述道：

梁山伯、祝英台，皆東晉人。梁家會稽，祝家上虞，嘗同學。祝先歸，梁後過上虞尋訪之，始知為女。歸乃告父母，欲娶之，而祝已許馬氏子矣。梁悵然若有所失。後三年，梁為鄞令，病且死，遺言葬清道山下。又明年，祝適馬氏，過其處，風濤大作，舟不能進。祝乃造梁塚，失聲哀慟。忽地裂，祝投而死。馬氏聞其事於朝，丞相謝安請封為義婦。和帝時，梁復顯靈異郊勞，封為義忠。有事立廟於鄞云。見《寧波志》。

馮夢龍在評說梁山伯與祝英台傳說故事時，還特地講述「俗傳祝死後，其家就梁塚焚衣，衣於火中化成二蝶。蓋好事者為之也」內容道：

> 吳中有花蝴蝶，橘蠹所化。婦孺呼黃色者為梁山伯，黑色者為祝英台。俗傳祝死後，其家就梁塚焚衣，衣於火中化成二蝶。蓋好事者為之也。

《情史》卷十九〈情疑類．織女〉記述：「牽牛織女二星，隔河相望。至七夕，河影沒，常數日復見。相傳織女者，上帝之孫，勤織日夜不息。天帝哀之，使嫁牛郎。女樂之，遂罷織。帝怒，乃隔絕之：一居河東，一居河西。每年七月七夕，方許一會，會則烏鵲填橋而渡，故鵲毛至七夕盡脫，為成橋也，《列仙傳》云：桂陽成武丁有仙道，常在人間。忽謂其弟曰：『七月七日，織女當渡河，諸仙悉還宮。吾向已被召，不得停，與爾別矣。』弟問曰：『織女何事渡河去？當何還？』答曰：『織女暫詣牽牛，吾復三年當還。』明日失武丁。至今云：織女嫁牽牛。」

《古今譚概》記述：「道書云：『牽牛娶織女，向天帝借二萬錢下禮。久之不償，被驅在營室間。』則天亦有嫁娶，亦有聘財，亦有借貸。而牽牛之負債不還，天帝逼債報怨，皆犯律矣，可笑。」

當世小說《牛郎織女傳》（全名《新刻全像牛郎織女傳》）題「儒林太儀朱名世編，書林仙源余成章梓」，故事沒有出現王母，其講述牛郎與天帝孫女織女常在天河邊相會，經太上老君牽線而成親故事。其講述牛郎與織女貪圖玩樂，好逸惡勞，被天帝分開在河西、河東。後來二人悔過，忙於耕織，眾星官在天帝面前為他們求情，天帝准許牛郎、織女每年七月七日相會。自此，牛郎與織女每年七夕便得以在鵲橋上團聚。由此可見這一則古老相傳的傳說故事在明代社會的流傳狀況。

同時，許多歷史文獻中的傳說被講述，在馮夢龍著述中表現為又一種情形。

如《古今譚概》閨誡部第十九〈不樂富貴〉引述：

《韓非子》云：衛人有夫妻禱者而祝曰：「使我無故得百束布。」其夫曰：「何少也？」對曰：「益是，子將以買妾。」上谷都尉王琰以功封，其妻大哭於家。人問之，曰：「如此富貴，必更娶妾矣！」《風俗通》云：齊人有女，二家同往求之。東家子醜而富，西家子好而貧。父母不能決，使其女偏袒示意。女便兩袒。母問其故。答曰：「欲東家食西家宿。」

《古今譚概》荒唐部第三十三〈奇酒〉，除引述張華撰《博物誌》之「玄石飲千日酒」，云：「齊人田及之，能為千日酒，飲過一升，醉臥千日。有故人趙英飲之，逾量而去。其家以屍埋之。及之計千日當醒，往至其家，破塚出之，尚有酒氣。」

《古今譚概》靈蹟部第三十二〈板橋三娘子〉，引唐代故事，曰：

唐汴州西有板橋店。店娃三娘子者，獨居鬻餐有年矣。而家甚富，多驢畜，每賤其估以濟行客。元和中，許州客趙季和將詣東都。過客先至者，皆據便榻。趙得最深處一榻，逼主房。既而三娘子致酒極歡。趙不飲，但與言笑。二更許，客醉。閤家滅燭而寢。趙獨不寐，忽聞隔壁家琴聲。偶於隙中窺之，見三娘子向覆器下取燭挑明，巿箱中取小木牛、木人及耒耜之屬，置灶前，含水噀之，人牛俱活。耕床前一席地訖，取蕎麥子授木人種之。須臾麥熟，木人收割，可得七八升。又安置小磨，即成麵。卻收前物仍置箱中，取麵作燒餅。雞鳴時，諸客欲發。三娘子先起，點燈設餅。趙心動，遽出，潛於戶外窺之。乃見諸客食餅未盡，忽一時踣地作驢鳴。頃之，皆變驢矣。驅入店後，而盡沒其財。趙亦不告於人。後月餘，趙自東都回。將至板橋店，預作蕎麥燒餅大小如前，復寓宿焉。其席無他客，主人殷勤更甚。天明，設餅如初。趙乘隙以己餅易其一枚。言燒餅某自有，請撤去以俟他客。即取己者食之。三娘子具茶。趙曰：請主人嘗客一餅。乃取所易者與啖。才入口，三娘子據地即變為驢，甚壯健。趙即乘之，盡收其木人等，然不得其術。趙策所變驢，周遊無失，日行百里。後四年，乘入關，至岳廟旁，見一老人拍手大笑曰：板橋三娘子，何得作此！因捉驢謂趙曰：彼雖有過，然遭君已甚，可釋矣。乃從驢口鼻邊，以兩手擗開，三娘子從皮中跳出，向老人拜訖，走去，不知所之。

《智囊補》察智部卷十〈詰奸．陳襄〉，故事源自《夢溪筆談》，記述曰：

「襄攝浦城令。民有失物者，賊曹捕偷兒數輩，至相撐拄。襄曰：『某廟鐘能辨盜，犯者捫之，輒有聲，否則寂。』乃遣吏先引盜行，自率同列詣鐘所祭禱，而陰塗以墨，蔽以帷，命群盜往捫。少焉，撥出，獨一人手不汙，扣之，乃盜也。蓋畏鐘有聲，故不敢捫云。」

《古今譚概》譎智部第二十一〈詰盜智〉「陳述古」與此同。

《古今譚概》儇弄部第二十二〈皛飯、毳飯〉，則與《宋朝事實類苑》的「三白與三毛」相同，其記述曰：

進士郭震、任介，皆西蜀豪逸之士。一日，郭致簡於任曰：「來日請餐皛飯。」任往，乃設白飯一盂，白蘿蔔、白鹽各一碟，蓋以三白為皛也，後數日，任亦招郭食「毳飯」。郭謂「必有毛物相戲」，及至，並不設食，郭曰：「何也？」餁曰：「飯也毛，蘿蔔也毛，鹽也毛，只此便是毳飯。」郭大笑而別。

《廣笑府》卷一〈毳飯〉引自宋代故事，其記述曰：

宋時進士郭震、任介，友善相謔。郭嘗致書於任曰：「來日請餐皛飯。」任初不喻，至期即席，酒則白醪，饌則蘆菔，飯則白餐。蓋取三「白」字為「皛」也，大笑別去。任後致書於郭曰：「翊午請餐毳飯。」及即席，主呼曰：「酒為。」僕應曰：「毛。」毛讀為冒，蓋鄉音，謂無為冒。主又呼曰：「饌來。」僕應曰：「毛。」又呼：「飯來。」僕又應曰：「毛。」三者皆無，蓋取三「毛」。為「毳」飯也。

《古今譚概》顏甲部第十八〈聶以道斷鈔〉，引自《輟耕錄》，其記述曰：

聶以道曾宰江右一邑。有人早出賣菜，拾得至元鈔十五錠，歸以奉母。母怒曰：「得非盜而欺我？況我家未嘗有此，立當禍至。可速送還！」子依命攜往原拾處，果見尋鈔者，付還其人。乃曰：「我原三十錠！」爭不已，相持至聶前。聶推問村人是實，乃判云：「失者三十錠，拾者十五錠，非汝鈔也！可自別尋。」遂給賢母以養老。聞者快之。

《古今譚概》譎智部第二十一〈一錢詎百金〉引《湖海奇聞》，記述曰：

胠篋（盜賊）唯京師為最黠。有盜能以一錢詎百金者，作貴遊衣冠，先詣馬市，呼賣胡床者，與一錢，戒曰：「吾即乘馬，爾以胡床侍。」其人許諾。乃謂馬主：「吾欲市駿馬，試可乃已。」馬主謹奉羈靮。其人設胡床而上，盜上馬疾馳而去。馬主追之。盜徑扣官店，維馬於門，云：「吾某太監家人，欲段匹若干，以馬為質，用則奉價。」店睹其良馬，不之疑，如數畀之。負而去。俄而馬主跡至店，與之爭馬，成訟，有司不能決，為平分其馬價云。

歷史的記述等同於重複敘說。此語言屬於明代，此內容事實上也屬於明代社會；一切歷史在當代的出現，都是當代形態的展現。

現實記錄類傳說故事在馮夢龍著述中以社會風俗生活的現在時態出現，內容主要為訴訟官司，包括財產爭奪、盜竊、通姦殺子等等公案，顯現出民間社會物欲橫流、道德淪喪的種種現實。

其中，僧人充當罪犯的社會現象，應當是作者別有用意。如《智囊補》察智部詰奸卷十〈母訟子〉「包恢」寫訟子者與僧私通故事，其記述曰：

包恢知建寧。有母訴子者，年月後作「疏」字，恢疑之，呼其子問，泣不言。恢意母孀與僧通，惡其子諫，坐以不孝，狀則僧為之也。因責子侍養，勿離跬步，僧無由至。母乃托夫諱日，入寺作佛寺，以籠盛衣帛出，旋納僧籠內以歸。恢知，使人要其籠，置諸庫。逾旬，吏報籠中臭，恢乃命沉諸江。語其子曰：「吾為若除此害矣。」

《智囊補》捷智部卷十六〈靈變〉講述「書生智殺淫僧」故事曰：

吳有書生假借僧舍，見僧每出，必鎖其房，甚謹。一夕忘鎖，生縱步入焉，房甚曲折，幾上有小石磬，生戲擊之，旁小門忽啟，有少婦出，見生，驚而去，生亦倉皇外走。僧適挈酒一壺自外入，見門未鑰，愕然，問生，適何所見？答曰：「無有。」僧怒，掣刀擬生曰：「可就死，不可令吾事敗死他人手。」生泣曰：「容我醉後，公斷吾頭，庶懵然無覺也。」僧許之。生佯舉杯告曰：「庖中鹽菜，乞一莖。」僧乃持刀入廚，生急脫布衫塞其壺口，酒不洩，重十許斤。潛立門背，伺僧至，連擊其首數十下，僧悶絕而死。問少婦，乃謀殺其夫而奪得者，分僧橐而遣之。

《智囊補》察智部詰奸卷十〈僧寺求子〉記述曰：

廣西南寧府永淳縣寶蓮寺，有子孫堂，旁多淨室，相傳祈嗣頗驗，布施山積。凡婦女祈嗣，須年壯無疾者，先期齋戒，得聖筊方許止宿。其婦女或言夢佛送子，或言羅漢，或不言，或一宿不再，或屢宿屢往。因淨室嚴密無隙，而夫男居戶外，故人皆信焉。閩人汪旦初涖縣，疑其事。乃飾二妓以往，屬云：「夜有至者，勿拒，但以朱墨汁密塗其頂。」次日黎明，伏兵眾寺外，而親往點視，眾僧倉皇出謁，幾百餘人。令去帽，則紅頭墨頭者各二，令縛之而出。二妓便證其狀，云：「鐘定後，兩僧庚至，贈調經種子丸一包。」汪令拘訊他求嗣婦女，皆云無有。搜之，各得種子丸如妓。乃縱去不問。而召兵眾入，眾僧懾不敢動，一一就縛。究其故，則地平或床下，悉有暗道可通，蓋所汙婦女，不知幾何矣。既置獄，獄為之盈。住持名佛顯，謂禁子凌志曰：「我掌寺四十年，積金無算，自知必死，能私釋我等暫歸取來，以半相贈。」凌許三僧從顯往，而自與八輩隨之。既至寺，則窖中黃白燦然，恣其所取。僧陽束臥具，而陰收寺中刀斧之屬，期三更斬門而出。汪方秉燭，構申詳稿，忽心動，念百僧一獄，卒有變，莫支。乃密召快手持械入宿，甫集，而僧亂起。僧所用皆短兵，眾以長槍御之，僧不能敵，多死。顯知事不諧，揚言曰：「吾儕好醜區別，相公不一一細鞫，以此激變，然反者不過數人，今已誅死，吾儕當面訴相公。」汪令刑房吏諭曰：「相公亦知汝曹非盡反者，然反者已死，盡納器械，明當庭鞫分別之。」器械既出，於是召僧每十人一鞫，以次誅絕。至明，百僧殲焉。究器械入獄之故，始知淩志等弊竇，而志等則已死於兵矣。

黃紱，封丘人，為四川參政時，過崇慶，忽旋風起輿前，公曰：「即有冤且散，吾為若理。」風遂止。抵州，沐而禱於城隍，夢中若有神言州西寺者。公密訪州西四十里，有寺當孔道，倚山為巢。公旦起，率吏民急抵寺，盡繫諸僧。中一僧少，而狀甚獰惡，詰之，無祠牒，即塗醋堊額上，晒洗之，隱有巾痕，公曰：「是盜也。」即訊諸僧，不能隱，盡得其奸狀。蓋寺西有巨塘，夜殺投宿人沉塘中，眾共分其貲。有妻女，則又分其妻女，匿之窖中，恣淫毒久矣。公盡按律殺僧，毀其寺。

《情史》卷十八〈情累類．赫應祥〉記述：

監生赫應祥，江右人，落拓不羈，以風流自命，歌館花臺，無不遍歷。偶尋春郊外，行倦，求水不得。忽聞磬聲出林間，趨而投之，女真庵也。生登階揚聲，女童出延客坐。少頃一尼至，向生稽首，天然豔冶。坐定，詢生居止、姓字，何以至此？生詳告之，且求漿止渴。尼命烹茶，談論頗洽。女童報茗熟矣。揮客入內，曲欄幽檻，紙帳梅花。壁供觀音大士像，幾置貝葉經。生翻視之，金書小楷，體類似雪。卷後志年月，下書「空照寫」，尼手筆也。横絲桐於古紋石上，窗前植修竹數竿。生履其境，別一洞天，非覆在塵寰中矣。尼龍涎於鼎，酌茗奉生，而和琴以進。生鼓〈關雎〉以動之。尼深嘆其妙，亦自操〈離鸞〉之調，音韻悽切。生傾聽，不覺前席。時天色漸暝，生故淹留不去。尼曰：「郎君行館何方？此時當回。」生曰：「某寓在成賢街，去此二十里，都門已闔，欲暫借蒲團，趺坐聽講。不知桃源中人，能相容否？」尼微笑曰：「何家阮郎，敢冒入此？第念歸路既遙，聊宿一宵，亦無不可。」生敬致謝。女童秉燭至，酒饌隨列。兩人對酌，雜以諧詼。尼亦情動，遂攜手歸寢。晨起方櫛沐，已報鄰尼靜真來訪。生隱於屏後窺之，容亦珠麗。靜真笑問照曰：「聞卿昨得情郎，溫雅有文，願得一見。」照笑不答。靜真起索之，方轉屏而生裾露，遂出相見。真見生舉止風流，流盼久之。臨別，指其室，謂生曰：「彼此咫尺，能枉顧否？」生往報謝，真留生飲，並招照。照坐未久，託事先歸。生拭挑之，遂與私焉。由是往來兩院，歡浹無間。兩尼唯恐失生意，奉之者無不至。淹留治旬，樂而忘返。生忽染一疾，竟至不起。瘞庵後，人無知者。家人因生久不歸，意為人謀害。出榜尋覓，杳無影響，後緣修造，見木匠腰繫舊紫絲絳，生故物也。僕識之，告於主母，詢匠何由得此？云得於某庵天花板上，執絳聞官，捕尼至，一訊而服，然以生實病故，非尼所害，但杖而遣之還俗云。出《涇林雜記》。

又，有一人誤入尼院，尼爭私之。逾數日，其人思歸。尼佯治酒餞別，醉之而髡其首，以為無復歸里。其人乘夜遁去，訴實於妻，妻恐貽子婦笑，戒使無出房闥，以俟長髮。婦聞姑室中，竊竊人語。窺之，則僧也。陰以語夫，夫潛入，夜捫枕上，得光頭，斫之。母驚起，諭之故，氣已絕矣。事聞於官，官謂殺雖出不知，而子不應執母之奸，竟坐辟。

《古今譚概》謬誤部第五〈父僧誤〉記述曰：

京師有少尼與一男子情好，欲長留之，不得，乃醉而髡其首，以弟子畜之。後其妻蹤跡至寺，得夫以歸。夫深自慚悔，且囑妻：「勿洩，俟吾髮長。」時其子商於外，婦每怪姑倍食，又數聞人音，穴壁窺之，正見姑與一僧同臥，忿恚，具白其子。子大怒，取刀入室，撫兩人首，其一僧也，即奮刃斷僧首。母覺而止之，不及，告以故。子驗其首，乃大悔。有司謂「雖非弒逆，然母奸不應子殺」。遂坐死。

僧人進入民間文學的歷史甚早，魏晉南北朝時期即有許多僧人故事；但是，早期的僧人形象總是傳道解惑，以苦行或善意勸誡世人，受人尊敬。唯有進入唐、宋之後，尤其是明代社會，隨著社會發展變化對社會風俗生活的多方面衝擊，僧人形象被世俗化的同時，出現被嚴重妖魔化的現象。這應該與廟產、廟制及其在社會爭端中出現不同舉止表現等社會現象有密切關聯。或日，僧人形象從唐、宋時期衰落，在明代社會極度惡化，僧人遭遇辱罵，是宗教文化及其與世俗文化之間紛爭的結果。

明代社會現實在民間傳說故事中被具體描繪為一種日常的生活景象，尤其是豐富多彩的情感糾葛與各式各樣的世事爭端，成為傳說故事的重要內容。尤其是其故事發生時間，多被記述為「嘉靖間」、「萬曆間」，地點、人物都被具體化，以顯示出其真實性。這是明代社會風俗生活最直接的記述表現。

如《智囊補》察智部卷九〈楊評事〉記述：

湖州趙三，與周生友善，約同往南都貿易，趙妻孫不欲夫行，已鬧數日矣。及期黎明，趙先登舟，因太早，假寐舟中。舟子張潮利其金，潛移舟僻所，沉趙而復，詐為熟睡。周生至，謂趙未來，候之良久，呼潮往促。潮叩趙門，呼「三娘子」，因問「三官何久不來？」孫氏驚曰：「彼出門久矣，豈尚未登舟耶？」潮復周，周甚驚異，與孫分路遍尋，三日無蹤。周懼累，因具牘呈縣。縣尹疑孫有他故，害其夫。久之，有楊評事者，閱其牘曰：「叩門便叫三娘子，定知房內無夫也。」以此坐潮罪，潮乃服。

《古今譚概》雜志部卷三十六〈嫁娶奇合〉記述強娶與「沖喜」婚俗日：

嘉靖間，崑山民為男聘婦，而男得痼疾。民信俗有「沖喜」之說，遣媒議娶。女家度婿且死，不從。強之，乃飾其少子為女歸焉，將以為旬日計。既草率成禮，男父母謂男病，不當近色，命其幼女伴嫂寢，而二人竟私為夫婦矣。逾月，男疾漸瘳。女家恐事敗，紿以他故邀假女去，事寂無知者。因女有娠，父母窮問得之。訟之官獄，連年不解。有葉御史者，判牒云：「嫁女得媳，娶婦得婿。顛之倒之，左右一義。」遂聽為夫婦焉。吳江沈寧庵吏部作《四異記》傳奇。

《智囊補》察智部卷九〈李崇〉記述曰：

壽春縣人苟泰有子三歲，遇賊亡失，數年不知所在。後見在同縣趙奉伯家，泰以狀告，各言己子，並有鄰證，郡縣不能決。李崇令二父與兒分禁三處，故久不問。忽一日密遣人分告二父曰：「君兒昨不幸遇疾暴死。」苟泰聞，即號跳，悲不自勝。奉伯諮嗟而已。崇察知之，乃以兒還泰，詰奉伯詐狀。奉伯款引云：「先亡一子，故妄認之。」

《智囊補》閨智部雄略卷二十六〈新婦處盜〉記述：

某家娶婦之夕，有賊來穴壁，已入矣。會其地有大木，賊觸木倒，破頭死。燭之，乃所識鄰人。倉皇間，懼反餌禍。新婦曰：「無妨。」令空一箱，納賊屍於內，舁至賊家門首，剝啄數下。賊婦開門見箱，謂是夫盜來之物，欣然收納。數日夫不還，發現乃是夫屍，莫知誰殺，因密瘞之而遁。

《智囊補》察智部卷九〈許襄毅公〉記述曰：

蘇人出商於外，其妻畜雞數隻，以待其歸。數年方返，殺雞食之，夫即死。鄰人疑有外奸，首之太守。姚公鞫之無他故。意其雞有毒。令人覓老雞，與當死囚遍食之，果殺二人，獄遂白。蓋雞食蜈蚣百蟲，久則畜毒，故養生家，雞老不食。又夏不食雞。

張御史昺，字仲明，慈溪人，成化中，以進士知鉛山縣。有賣薪者，性嗜鱔。一日自市歸，飢甚，妻烹鱔以進，恣啖之，腹痛而死。鄰保謂妻毒夫，執送官，拷訊無他據，獄不能具，械繫踰年。公始至，閱其牘，疑中鱔毒，召漁者捕鱔，得數百斤，悉置水甕中，有昂頭出水二三寸者，數之得七。公異之，召此婦面烹焉，而出死囚與食。才下嚥便稱腹痛，俄僕地死。婦冤遂白。

《情史》卷十八〈張藎〉記述曰：

富室子張藎，日事遊冶，偶見臨街樓上，有少女殊麗，凝眸流盼，不能定情，遂時往來其下，故留連以挑之，女亦心動。一夕月明，女方倚窗遠眺，生用汗巾結同心方勝投之，女報以紅繡鞋。兩情甚濃。奈上下懸絕，無由聚晤。生遍訪熟於女家者，得賣花粉陸嫗，訴以衷情，並致重賂。嫗許為傳達，遂懷鞋至女室，微露其意。女面發赤，初諱無有。嫗備道生懷想真切，且出鞋示之。女弗能隱，因就嫗求計。嫗令將布聯接，長可至地，俟生至，咳嗽為號，開窗垂布，令緣之而登，因訂期今夕。女許諾，嫗即詣生覆命。會他出，嫗歸至門，其子方操刃欲屠豕，呼母共縛之。宛轉間，袖中鞋不覺墮地。子詰其故，嫗弗能隱。子曰：「審爾，慎不可為，倘事洩，其禍非小。」嫗曰：「業已期今夜矣。」子發怒曰：「不聽我言，當執此聞官，免累及我。」因取鞋藏之。嫗無如之何。適張令人問訊。嫗因失鞋無所藉手，漫以緩言復之，令其徐圖。張聞言，意亦懈。屠遂乘夜潛往，果見樓窗半啟。女倚闌凝睇，若有所俟。屠微嗽，女即用布垂下，援之登樓，暗中以為張也，攜手入寢。屠出鞋授之，縷述情款，女益無疑。將曉，復垂而下。綢繆無間，將及半年。父母頗覺，切責其女，欲加棰楚。女懼，是夜屠至，為道「父母嚴譴，今後姑勿來，俟親意稍回，更圖再聚。」屠口唯唯，而心發惡。俟女睡濃，潛下樓，取廚刀殪其父母，俟曉遁去。女不知也。

日高而戶尚扃，鄰人大呼，不應。女驚下樓諦視，則父母身首已離矣。惶駭啟門，鄰人共執女赴官。一加拷訊，女即吐露。亟逮張至，稱並未知情。女怒罵，細陳其詳。官嚴加拷掠，不勝楚毒，遂自誣服，與女皆論斬，下獄。張謂獄卒曰：「吾實不殺人，亦未與女私通，而一旦罹大辟，命也。第女言縷縷，真若有因者，今願以十金贈君，幸引我至女所，細質其詳，死亦瞑目。」卒利其賄，許之。女一見生，痛恨大慟，曰：「我一時迷惑失身於汝，有何相負，而殺我父母，致害妾命！」張曰：「始事雖有因，然嫗謂事不諧，我遂絕望，何嘗一登汝樓？」女曰：「嫗定策用布為梯，汝是夜即至，仍出鞋示信，嗣後每夕必來，奈何抵諱？」張曰：「此必奸人得鞋攜來誑汝，我若果至，則往來半載，聲音形體，豈不識熟？爾試審視，曾相類否？」女聞言躊躇，注目良久，似有所疑。生復固問之，女曰：「聲口頗不似，形軀亦肥瘦不等，向來暗中無由詳察，止記腰間有瘡痕腫起如錢大，驗視有無，則真偽辨矣。」張遂解衣，眾持燭共視，無有。知必他人贓害，咸為稱冤。明旦，張具以鳴官，且言曾以鞋授嫗狀。逮嫗刑鞫，具道子語。拘子至，裸而驗之，瘡痕儼然。乃置屠於理，而張得釋。

《智囊補》察智部詰奸卷十〈臨海令〉對此類故事記述曰：

臨海縣迎新秀才適黌宮，有女窺見一生韶美，悅之。一賣婆在傍曰：「此吾鄰家子也，為小娘子執伐，成佳偶矣。」賣婆以女意誘生，生不從。賣婆有子無賴，因假生夜往，女不能辨。一日其家舍客，夫婦因移女而以女榻寢之，夜有人斷其雙首以去。明發以聞於縣。令以為其家殺之，而橐裝無損，殺之何為？乃問：「榻向寢誰氏？」曰：「是其女。」令曰：「知之矣。」立逮其女，作威震之，曰：「汝姦夫為誰？」曰：「某秀才。」逮生至，曰：「賣婆語有之，何嘗至其家？」又問女：「秀才身有何記？」曰：「臂有痣。」視之無有。令沉思曰：「賣婆有子乎？」逮其子視臂有痣，曰：「殺人者，汝也。」刑之，即自輸服。蓋其夜捫得駢首，以為女有他奸，殺之，生由是得釋。

《古今譚概》謬誤部第五〈婆奸媳〉記述曰：

萬曆辛卯間，閶門外有父子同居者。子商於外，婦事舅姑極柔婉，嫗遂疑翁與婦通，乃夜取翁衣帽自飾，潛入婦寢所，試抱持之。婦不得脫，怒甚，以手指毀其面。嫗負痛，始去，明旦託病不起。婦潛歸父母家訴之。父往察，翁面無損，歸讓其女不實。女恚，竟自經。父訟於官，翁亦無以自明。鄰里稱嫗面有傷痕，執嫗鞫之，事乃白。時吳中喧傳為「婆奸媳」。

《古今譚概》譎知部第二十一〈詰盜智〉「金釵案」記述：

劉宰之令泰興也，富室亡金釵，唯二僕婦在。置之有司，咸以為冤。命各持一蘆，曰：「非盜釵者，當自若。果盜，則長於今二寸。」明旦視之，一自若，一去其蘆二寸矣。訊之，具伏。

《智囊補》察智部詰奸卷十〈劉宰〉記述：

宰為泰興令。民有亡金釵者，唯二僕婦在，訊之莫肯承。宰命各持一蘆去，曰：「不盜者，明旦蘆自若。果盜，明旦則必長二寸。」明視之，則一自若，一去蘆二寸矣。蓋慮其長也。盜遂服。

《古今譚概》譎知部第二十一〈丹客〉記述：

客有以丹術行騙局者，假造銀器，盛輿從，復典妓為妾，日飲於西湖。鷁首所羅列器皿，望之皆朱提白鏹。一富翁見而心豔之，前揖問曰：「公何術而富若此？」客曰：「丹成，特長物耳！」富翁遂延客並其妾。至家，出二千金為母，使煉之。客入鉛藥，煉十餘日，密約一長鬚奚至，紿曰：「家罹內艱，盍急往！」客大哭，謂主人曰：「事出無奈何，煩主君同余婢守爐，余不日來耳。」客實竊丹去，又囑妓私與主媾。而不悟也，遂墮計中，與妓綢繆數宵而客至。啟爐視之，佯驚曰：「敗矣！汝侵余妾，丹已壞矣！」主君無以應，復出厚鏹酬客。客作怏怏狀去。主君猶以得遣為幸。

嘉靖中，松江一監生，博學有口，而酷信丹術。有丹士先以小試取信，乃大出其金，而盡竊之。生慚憤甚，欲廣遊以冀一遇。忽一日，值於吳之閶門。丹士不俟啟齒，即邀飲肆中，殷勤謝過。既而謀曰：「吾儕得金，隨手費去。今東山一大姓，業有成約，俟吾師來舉事。君肯權作吾師，取償於彼，易易耳！」生急於得金，許之。乃令剪髮為頭陀，事以師禮。大姓接其談鋒，深相欽服，曰與款接，而以丹事委其徒輩，且謂師在，無慮也。一旦復竊金去，執其師，欲訟之官。生號泣自明，僅而得釋。及歸，親知見其髮種種，皆訕笑焉。

《智囊補》察智部詰奸卷十〈吳復〉記述：

溧水人陳德，娶妻林。歲餘，家貧，傭於臨清。林績麻自活。久之，為左鄰張奴所誘，意甚相愜。歷三載，陳德積數十金，囊以歸。離家尚十五里，天暮且微雨，德慮懷寶為累，乃藏金於水心橋第三柱之穴中。徒步抵家，而林適與張狎，聞夫叩門聲，匿床下。既夫婦相見勞苦，因敘及藏金之故。比晨往，而張已竊聽，啟後扉出，先掩有之矣。林心不在夫，既聞亡金，疑其誑，怨罵交作。時署縣事者晉江吳復，有能聲，德為訴之。吳笑曰：「汝以腹心向妻，不知妻別有腹心也。」拘林至，嚴訊之，林呼枉。德心憐妻，願棄金。吳叱曰：「汝詐失金，戲官長乎？」置德獄中，而釋林以歸。隨命吏人之黠者為丐容，造林察之，得張與林私問慰狀。吳並擒治，事遂白。一云此亦廣東周新按察浙江時事。

《智囊補》雜智部狡黠卷二十七〈齧耳訟師〉記述：

浙中有子毆七十歲父而墮其齒者，父取齒訟諸官。子懼甚，迎一名訟師問計，許以百金。師搖首曰：「大難事。」子益金固請，許留三日，思之。至次日，忽謂曰：「得之矣。辟人，當耳語若。」子傾耳相就，師遽齧之，斷其半輪，血汙衣。子大驚，師曰：「勿呼，是乃所以脫子也。然子須善藏，俟臨鞫乃出。」既庭質，遂以父齧耳墮齒為辨。官謂耳不可以自齧，老人齒不固，齧而墮，良是。竟免。

總之，現實記述中的民間傳說故事以訴訟為主題，表現出明代社會的人情、世情與法制的激烈衝突，在這種意義上，它是明代社會風俗生活最直接、最集中的展現。

同時，馮夢龍著述中還記錄許多風物傳說。

如《情史》卷十一〈情化類．望夫石〉記述：

新野白河上，有石如人，名望夫石。相傳一婦送夫從戎，別於此，婦悵望久之，遂化為石，天台陳克（字子高）題望夫石云：望夫處，江悠悠，化為石，不回頭。山頭日日風和雨，行人歸來石應語。

《古今譚概》貪穢部第十五〈神仙酒〉記述：

浙東桐廬縣舊有酒井，相傳有道人詣一酒肆中取飲，飲畢，輒去，釀家亦不索值。久之，道人謂主媼曰：「數費媼酒，無以報。有少藥投井中，可不釀而得美酒。」乃從漁鼓中瀉出藥二丸，色黃而堅，如龍眼大，投井中而去。明日井泉騰沸，挹之皆甘醴，香味逾於造者。俗呼為「神仙酒」。其家用此致富。凡三十年，而道人復來，闔門敬禮。道人從容問曰：「君家自有此井以來，所入子錢幾何？」主媼曰：「酒則美矣，奈乏糟粕飼豬，亦一欠事！」道人嘆息，以手探井中，藥即躍出，置漁鼓中，井復如舊。

這些關於風物傳說故事的記述，從另外一種角度述說和表現出明代社會風俗生活的風物觀念。

唐寅即唐伯虎是明代民間文學中一個非常響亮的傳說人物，他在詩、書、畫等方面俱表現出絕世才藝，其風流倜儻，無論歷史上真實人物與真實事件的面目如何，唐伯虎的傳說與影響可謂家喻戶曉。除了馮夢龍自己的記述之外，還有孟稱舜《花前一笑》雜劇、卓人月《花舫緣》雜劇等文學作品講述唐伯虎故事。直到今天，這一個主題仍然是民間木版年畫和電視劇等文化傳播的重要成分。這是中國民間文學史上一個十分重要的典型傳說人物，結合了許許多多風流才子聰明智慧的傳說故事。

馮夢龍在自己的著述《警世通言》卷二十六〈唐解元一笑姻緣〉中對這樣一個傳說人物做過生動講述，同時在《古今譚概》與《情史》中引經據典，對此敘事主題做了別樣記述。

如《古今譚概》佻達部第十一〈傭〉記述：

唐子畏往茅山進香，道出無錫。晚泊河下，登岸閒步，見肩輿東來，女從如雲，中有丫鬟尤豔。唐跡之，知是華學士宅，因逗留，請為傭書。改名華安，復寵任，謀為擇婦，因得此婢，名桂華。居數日，為巫臣之逃。華令人索之，不得。久之，華偶至閶門，見書肆中一人、持文翻閱，極類安。私詢之，人云：此唐解元也。明日，修刺往謁，審視無異。及茶至，而枝指露，益信，然終難啟齒。唐命酒對酌，華不能忍，稍述華安始末以挑之。唐但唯唯。華又云：貌正肖公，不知何故？唐又唯唯。華不安，欲起別去。唐曰：少從容，當有所請。酒復數行，唐命燭匯入後堂，召諸婢擁新娘出拜。華愕然。唐曰：無傷也。拜畢，因攜女近華曰：公向言某似華安，不識桂華亦似此女否？乃相與大笑而別。

其結尾處特意註明「見《涇林續記》」云云。《涇林續記》為明周元（又作玄）作，見《叢書集成初編》，刻作「周元」，又見《涵芬樓祕笈》第八集。此書曾經因為內容不雅等在明代被查禁，其中記述明代社會傳說故事甚多，典故考證非常詳備，是明代民間文學中的重要文獻。馮夢龍和淩濛初在創作過程中都曾經取材於它。

馮夢龍在《情史》卷五〈唐寅〉記述曰：

唐伯虎（名寅，字子畏），才高氣雄，藐視一世，而拓落不羈，弗修邊幅，每遇花酒會心處，遂忘形駭。

其詩畫特為時珍重，錫山華虹山學士，尤所推服。彼此神交有年，尚未覿面。

唐往茅山進香，道出無錫，計返棹時，當往詣華傾倒。

晚泊河下，登岸閒行，偶見乘輿東來，女從如雲，有丫鬟貌尤豔麗。唐不覺心動，潛尾其後，至一高門，眾擁而入。唐凝盼悵然，因訪居民，知是華學士府。

唐歸舟，神思迷惑，展轉不寐。中夜忽生一計，若夢魘狀，披髮狂呼。

眾驚起問故，唐曰：「適夢中見一天神，朱髮獠牙，手持金杵云：『進香不虔，聖帝見譴，令我擊汝。』持杵欲下，予叩頭哀乞再三。云：『姑且恕爾，可隻身持香，沿途禮拜，至山謝罪，或可倖免。不則禍立降矣。』予驚醒戰悚。今當遵神教，獨往還願。汝輩可操舟速回，毋溷乃公為也。」

即微服持包傘，奮然登岸，疾行而去。

有追隨者，大怒遂回。

潛至華典中，見主櫃者，卑詞降氣曰：「小子吳縣人，頗善書，欲投府上寫帖，幸為引進。」即取筆書數行於一紙授之。

主者持進白華，呼之入。見儀表俊偉，字畫端楷，頗有喜色，問：「平日業何業？」

曰：「幼讀儒書，頗善作文。屢試不得進學，流落至此，願備書記之末。」

公曰：「若爾，可作吾大官伴讀。」

賜名「華安」，送至書館。

安得進身，潛訪前所見丫鬟，云名桂華，乃公所素寵愛者，計無所出。居久之，偶見郎君文義有未妥處，私加改竄，或為代作。師喜其徒日進，持文誇華。

華曰：「此非孺子所及，必倩人耳。」

呼子詰之，弗敢隱。因出題試安，援筆立就。舉文呈華，手有枝指。

華閱之，詞意兼美，益喜甚，留為親隨，俾掌文房。凡往來書劄，悉令裁復，咸當公意。

未幾，主典者告殂，華命安暫攝，出納唯慎，毫忽無私。

公欲令即代，而嫌其未婚，難以重託，呼媒為擇婦。

安聞，潛乞於公素所知厚者，云：「安蒙忘分提拔，復謀為置室，恩同天地。第不欲重費經營，或以侍兒見配可耳。」所知因為轉達。

華曰：「婢媵頗眾，可令自擇。」

安遂微露，欲得桂華。公初有難色，而重違其意，擇日成婚。另飾一室，供帳華侈。

合巹之夕，相得甚歡。居數日，兩情益投，唐遂吐露情實，云：「吾唐解元也，慕爾姿容，屈身就役。今得諧所願，此天緣也。然此地豈宜久羈，可潛遁歸蘇，彼不吾測，當圖諧老耳。」

女欣然願從，遂買小舟，乘夜遄發。

天曉，家人見安房門封鎖，啟視室中，衣飾細軟，俱各登記，毫無所取。華沉思莫測其故，令人遍訪，杳無形跡。

年餘，華偶至閶門，見書坊中坐一人，形極類安。從者以告，華令物色之。

唐尚在坊，持文翻閱，手亦有枝指。

僕尤駭異，詢問何人。旁云：「此唐伯虎也。」

歸以告華，遂持刺往謁。

唐出迎，坐定，華審視再三，果克肖。茶至指露，益信為安無疑。奈難以直言，未發。

唐命酒對酌，半酣，華不能忍，因縷述安去來始末以探之。唐但唯唯。

華又云：「渠貌與指，頗似公，不識何故？」

唐又唯唯，而不肯承。華愈狐疑，欲起別去。

唐曰：「幸少從容，當為公剖之。」

酒復數行，唐命童秉燭前導，入後堂，請新娘出拜。

珠珞重遮，不露嬌面。

拜畢，唐攜女近華，令熟視之，笑曰：「公言華安似不佞，不識桂華亦似此女否？」

乃相與大笑而別。

華歸，厚具裝奩贈女，遂締姻好云。

事出《涇林雜記》。

馮夢龍記述「事出《涇林雜記》」，其轉述之中，是再創作，也是再講述、記述，包含著對傳說故事記錄者的尊重，是嚴肅、認真、忠厚、誠實、科學研究態度的展現。

馮夢龍整理民間文學的著述之中，與唐寅故事類似的還有《古今譚概》機警部第二十三〈解縉〉，其記述道：

解縉嘗從遊內苑。上登橋，問縉：「當作何語？」對曰：「此謂『一步高一步』。」及下橋，又問之。對曰：「此謂『後邊又高似前邊』。」上大悅。

《智囊補》語智部卷二十〈善言．解縉〉記述：

文皇與解縉同遊。文皇登橋，問縉：「當作何語？」縉曰：「此謂一步高一步。」乃下橋，又問之，縉曰：「此謂後面更高似前面。」

的確，民間文學是在集體的口頭流傳基礎上的文字形式，誰也不能夠壟斷，但是，其記錄、整理的著述表達，仍存在智慧財產權。

馮夢龍原本可以用道聽塗說的形式以自己的口吻記述，但他選擇了以誠實的態度進行敘述，這種誠實、忠厚的文化風度至今將絕矣！

馮夢龍是忠厚之人，是大度之人，其大度在於許許多多說不清、道不明的道理，常常在其談笑間被述說，帶給人啟發及慰藉。

其記述社會生活道理的傳說故事主要以笑話為表現形式。民間笑話是中國民間文學史上非常重要的體裁形式，透過引人發笑的故事元素巧妙設定，形成表現某種社會生活道理的效果，或嘲笑、或諷刺、或鞭撻、或謾罵，總是淋漓盡致。

如《笑府．看鏡》中記述：

有出外生理者，妻囑回時須買牙梳，夫問其狀，妻指新月示之。夫貨畢將歸，忽憶妻語，因看月輪正滿，遂買一鏡回。妻照之，罵曰：「牙梳不買，如何反娶一妾？」母聞之，往勸，忽見鏡，照云：「我兒，有心費錢，如何娶個婆子？」遂至訐訟。官差往拘之，見鏡慌云：「如何就有捉違限的？」及審，置鏡於案，官照見，大怒云：「夫妻不和事，何必央鄉宦來講？」

《笑府．米》講一則偷情故事：

一少年，私鄰家之婦，聞叩門聲，知夫歸，迫甚，婦議以布囊盛之，懸於床側，夫問及，則紿以米。議定，啟門納夫。夫見囊覺其有異，問是何物，妻惶懼不即對。夫厲聲再問，少年不覺於囊中應曰：「米。」

《廣笑府》卷六〈虔婆〉中記述：

一鄉人，走販大都。其妻囑買小梳。時新月在天，因指月為記，免致遺忘。鄉人臨歸，值月半，舉頭見圓，乃照樣買一鏡回。入門，妻取出一照。不知是自影，便發怒曰：「你不務勤儉，在外漂蕩，娶妓女回來！」妻母聞鬧聲，急取一照，不知是自影，乃大叫曰：「果如是漂蕩！如何連老虔婆也帶來！」

笑話重點在於可笑。如佛教文化所說，笑天下可笑之人。可笑分為兩點，一是愚笨，包含傻，二是呆，包含憨。

笑話取笑「笨」，笨人現象意在提醒人注意知識的正常使用與表達，在其不合乎正常的行為舉止中突顯反常。

如《笑府．凳腳》記述：

鄉間坐凳多以現成樹丫叉為腳者，一腳偶壞，主人命僕於林中覓取。僕持斧出，至晚空回。主人問之，對曰：「丫叉盡有，都是向上生，更無向下的。」

《笑府》卷上〈藏鋤〉記述：

有兄弟耦耕者，其兄先歸作飯。飯熟，聲喚弟歸。弟遙答云：「待我藏鋤田畔，即來也。」飯時兄謂之曰：「凡藏物須密，如汝高聲，人皆聽見，豈不被偷？」弟唯唯。及飯畢下田，鋤已失矣。因急歸，低聲附兄耳曰：「鋤已被偷去了。」

《笑府選》有〈合著靴〉記述：

有兄弟共買靴一雙，兄日著以拜客赴宴。弟不甘，亦每夜著之，環行室中。俄而靴敝，兄再議合買，弟曰：「我要睡矣。」

《廣笑府》卷上〈性剛〉故事記述：

有父子俱性剛，不肯讓人者。一日父留客飲，遣子入城市肉。子取肉回，將出城門。值一人對面而來，各不相讓，遂挺立良久。父尋至見之，謂之曰：「汝姑持肉回，陪客飯，待我與他對立在此。」

《笑府》卷上〈性緩〉故事記述：

一人性緩，冬日共人圍爐，見人裳尾為火所燒，乃曰：「有一事，見之已久，欲言恐君性急，不言又恐傷君。然則言是耶？不言是耶？」人問何事？曰：「火燒君裳。」其人遽收衣而怒曰：「何不早言！」曰：「我道君性急，果然。」

《廣笑府》卷八〈性緩〉附〈慢性人與褊急者〉故事記述：

一慢性人與褊急者冬日圍爐，褊急者裳尾誤入爐火，慢性人從容致詞曰：「有一事，見之已久。將欲言之，恐君性急難觸；欲不言，恐傷太多。然則言之是耶？不言之是耶？」急者問：「何事？」曰：「火燒君裳矣。」急者遽收衣滅火，大怒曰：「你既見之久，何不早言！」其人曰：「我道君性急易怒，果是乎。」

《智囊補》膽智部卷十二〈識斷．祝知府．判牛〉記述：

南昌祝守以廉能名。……兩家牛鬥，一牛死。判云：「兩牛相爭，一死一生。死者同享，生者同耕。」

《廣笑府》卷二〈葡萄架倒〉記述：

有一吏懼內，一日被妻抓碎面皮，明日上堂，太守見而問之。吏權詞以對曰：「晚上乘涼，被葡萄架倒下，故此刮破了。」太守不信，曰：「這一定你妻子抓碎的，快差皁隸拿來！」不意奶奶在後堂潛聽，大怒，搶出堂外。太守慌忙謂吏曰：「你且退下，我內衙葡萄架也倒了。」

《笑府選》卷上〈認鞋〉記述：

一婦夜與鄰人有私，夫適歸，鄰人逾窗而出，夫攫得其鞋，罵妻不已，因枕鞋而臥，謂妻曰：「且待天明，認出此鞋，當與汝算帳。」妻乘其熟寐，以夫鞋易去之。夫晨起復罵，妻使認鞋。既已見鞋，大悔曰：「我錯怪你了，原來昨夜跳窗的倒是我。」

《廣笑府》卷六〈取笑〉故事記述：

一怕老婆者，老婆既死，見老婆像懸於柩前，因理舊恨，以拳擬之。忽風吹軸動，大驚，忙縮手曰：「我是取笑。」

《廣笑府》卷三〈冤鬼〉記述：

冥王遣冥卒訪陽間名醫，命之曰：「門前無冤鬼者即是。」每過醫門，冤鬼畢集。最後至一家，見門前僅五鬼徬徨，曰：「此可當名醫矣。」問之，乃昨日新豎招牌者。

《笑府．關門》記述：

偷兒入一貧家，遍摸一無所有，乃唾地而去。貧漢於床上見之，喚曰：「賊，可為我關了門去。」偷兒笑曰：「我且問你，關他做什麼？」

《廣笑府》卷五〈廚師〉與《笑府》卷下〈廚師匿肉〉故事記述：

有廚師在家切肉，匿一塊於懷中，妻見之，罵曰：「這是自家的肉，何為如此？」答曰：「我忘了。」

《笑府》卷下〈賊遇偷〉故事記述：

偷兒入一貧家，其家止米一小甕，置臥床前。偷兒解裙布地，方取甕傾米，床上人竊窺之，潛抽其裙去，急呼有賊。賊應聲曰：「真個有賊，方才一條裙在此，轉眼就不見了。」

《笑府・不留客》記述：

遠客來久坐，主家雞鴨滿庭，乃辭以家中乏物，不敢留飯。客即借刀，欲殺己所乘馬寄餐。主曰：「公如何回去？」客曰：「憑公於雞鴨中借一隻，我騎去便了。」

《笑府》卷上〈恍惚〉記述：

三人同臥，一人覺腿癢甚，睡夢恍惚，竟將第二人腿上竭力抓爬，癢終不減，抓之愈甚，遂至出血。第二人手摸溼處，認為第三人遺溺，促之起。第三人起溺，而隔壁乃酒家，榨酒聲滴瀝不止，以為己溺未完，竟站至天明。

《笑府》卷上〈酸酒〉故事講述道：

有上酒店而嫌其酒酸者，店人怒，吊之於梁。客過問其故，訴曰：「小店酒極佳，此人說酸，可是該吊。」客曰：「借一杯我嘗之。」既嘗畢，攢眉謂店主曰：「可放此人，吊了我罷。」

《笑府・守楊竿》記述曰：

有栽楊竿者，命童守之，旬日不失一株。主喜謂童曰：「汝用心可佳，然何法而能不失？」答曰：「我夜夜拔來藏在家裡。」

笨不僅在於人，而且在於動物；動物如人所語。

如《廣笑府》卷九〈蝙蝠推奸〉與《笑府》卷下〈不賀壽〉記述相同故事：

鳳凰慶壽，百鳥皆賀，唯蝙蝠不至。鳳責之曰：「汝居吾下，何踞傲乎？」蝠曰：「吾有足，屬於獸，賀汝何用？」一日，麒麟生誕，蝠亦不至。麟亦責之。蝠曰：「吾有翼，屬於禽，何以賀與？」麟、鳳相會，語及蝙蝠之事，互相慨嘆曰：「如今世上惡薄，偏生此等不禽不善之徒，真個無奈他何。」

這是寓言與笑話的結合。

在笨人故事中，有許多並不是真的笨，而是透過一種述說方式，更突顯某種諷刺效果。應該說，此為裝傻。

如《廣笑府》卷二〈屬牛〉、《笑府》卷上〈奶奶屬牛〉記述：

一官府生辰，吏曹聞其屬鼠，醵黃金鑄一鼠為壽。官喜曰：「汝知奶奶生辰亦在日下乎？奶奶是屬牛的。」

《笑府》卷上〈堆子〉記述：

一武官出征將敗，忽有神兵助陣，反大勝。官叩頭請神姓名，神曰：「我是堆子。」官曰：「小將何德，敢勞堆子尊神見救？」答曰：「感汝平昔在教場，從不曾一箭傷我。」

《笑府》卷上〈合做酒〉故事記述：

甲乙謀合本做酒，甲謂乙曰：

「汝出米，我出水。」乙曰：「米都是我的，如何算帳？」甲曰：「我決不欺心，到酒熟時，只逼還我這些水便了，其餘都是你的。」

可笑之處還在於各種貪婪和吝嗇。

如《笑府》卷上〈打半死〉故事記述：

一人性最貪，富者語之曰：「我白送你一千銀子，你與我打死了罷？」

其人沉吟良久，曰：「只打我半死，與我五百兩，如何？」

《笑府》卷上記述：

一人溺水，其子呼人急救。父於水中探頭曰：「是三分銀子便救，若要多莫來！」

《笑府》卷上〈射虎〉故事記述：

一人為虎銜去，其子執弓逐之，引滿欲射。父從虎口遙謂子曰：「汝須是著腳射來，不要射壞了虎皮。」

《廣笑府》卷四與《笑府》卷上都有〈指石為金〉故事記述：

一貧士，遇故人於途，故人已得仙術矣。相勞苦畢，因指道旁一磚，成赤金贈之。士嫌其少，更指一大石獅為贈。士嫌未已，仙曰：「汝欲如何？」士曰：「願乞公此指。」

《廣笑府》卷六〈因夢致爭〉記述：

貧士夢拾銀三百兩，既覺，謂其妻曰：「若果得此，以百兩買屋，以百兩買田，又以百兩聘二小妻，其樂何如！」妻即大怒曰：「你只好涷，才有錢便想討小！」爭鬧不已，就床打起。驚動四鄰，急來相勸。問知其故，四鄰笑曰：「幸得是夢，你家若真有錢討小妻，豈不打出人命。連累我鄉鄰耶！」

《笑府》卷上〈鹽豆〉記述：

徽人多吝，有客蘇州者，製鹽豆瓶中，而以箸下取，每頓自限不得過數粒。或謂之曰：「令郎在某處大嫖。」其人大怒，傾瓶中豆一掬，盡納之口，嚷曰：「我也敗些家當罷。」

許多笑話取笑於「呆」，作可憐相，或作滑稽，在文字、禮儀、言語中出現尷尬。

如《古今譚概》文戲部第二十七〈十七字詩〉，其記述曰：

正德間，有無賴子好作十七字詩，觸目成詠。時天旱，府守祈雨未誠，神無感應。其人作詩嘲之曰：「太守出禱雨，萬民皆喜悅。昨夜推窗看，見月！」守知，令人捕至，曰：「汝善作十七字詩耶？試再吟之，佳則釋爾。」即以別號「西坡」命題。其人應聲曰：「古人號東坡，今人號西坡。若將兩人較，差多！」守大怒，責之十八。其人又吟曰：「作詩十七字，被責一十八。若上萬言書，打殺！」守亦哂而逐之。

一說：守坐以誹謗律，發配鄖陽。其母舅送之，相持而泣。泣止，曰：「吾又有詩矣：發配在鄖陽，見舅如見娘。兩人齊下淚，三行。」蓋舅乃眇一目者也。

其《古今譚概》談資部第二十九〈唐狀元對〉記述：

唐皋以翰林使朝鮮。其主出對曰：「琴瑟琵琶，八大王一般頭面。」皋即應對曰：「魑魅魍魎，四小鬼各自肚腸。」主大駭服。

《笑府》卷上〈三婿贊馬〉，這是呆女婿故事的典型，其記述曰：

一杭人有三婿，第三者甚呆。一日，丈人新買一馬，命三婿題贊，要形容馬之快疾，出口成文，不拘雅俗。長婿曰：「水面擱金針，丈人騎馬到山陰，騎去又騎來，金針還未沉。」岳丈讚好。次及二婿曰：「火上放鵝毛，丈人騎馬到餘姚，騎去又騎來，鵝毛尚未焦。」再次輪到三婿，呆子沉吟半晌，苦無搜尋，忽丈母撒一響屁，呆子曰：「有了。丈母撒個屁，丈人騎馬到會稽，騎去又騎來，孔門猶未閉。」

《笑府》卷上〈川字〉記述：

一蒙師只識一「川」字，見弟子呈書，欲尋「川」字教之，連揭數頁，無有也，忽見「三」字，乃指而罵曰：「我到處尋你不見，你倒臥在這裡！」

《智囊補》膽識部卷十二〈識斷．祝知府．犬不識字〉，記述曰：

南昌祝守以廉能名。寧府有鶴為民犬咋死，府卒訟之云：「鶴有金牌，乃出御賜。」祝公判云：「鶴帶金牌，犬不識字。禽獸相傷，豈干人事？」竟縱其人。

《廣笑府》卷一〈萬姓〉記述：

一富翁世不識字，人勸以延師訓子。師至，始訓之執筆臨朱，曰：「一畫，則訓曰一字；二畫，則訓曰二字；三畫，則訓曰三字。」其子欣然投筆，告父曰：「兒已都曉字義，何煩師為。」乃謝去之。逾時，父擬招所親萬姓者飲，令子晨起治狀。久之不成，父怪甚。其子恚曰：「姓亦多矣，奈何偏姓萬，自朝至今，才完得五百餘畫。」

《廣笑府》卷十〈大字〉、《笑府》卷上〈大一字〉故事記述：

父寫「一」字教幼兒。明日，兒在旁，父適抹桌，即以溼布畫桌上問兒，兒不識。父曰：「吾昨所教汝『一』字也。」兒張目曰：「隔得一夜，如何大了許多？」

《笑府．作祭文》記述：

一人喪妻母，託館師作祭文，乃按古文誤抄祭妻文與之。其人怪問，館師曰：「此文是刊本定的，如何得錯？只怕倒是他家錯死了人，這便不關我事。」

《廣笑府》卷十〈認匾〉記述：

兄弟三人，皆近視，同拜一客。登其堂，上懸「遺清堂」匾。伯曰：「主人病怯耶？不然何為寫『遺精堂』也。」仲曰：「不然，主人好道，故寫『道情堂』耳。」二人爭論不已。以季弟少年目力，使辨之，季弟張目曰：「汝二人皆妄，上面那得有匾？」

《廣笑府》卷一〈產喻〉記述：

一秀才將試，日夜憂鬱不已。妻乃慰之曰：「看你作文如此之難，好似奴生產一般。」夫曰：「還是你們生子容易。」妻曰：「怎見得？」夫曰：「你是有在肚裡的，我是沒在肚裡的。」

《笑府》卷上〈夢周公〉記述：

一師晝寐，及醒，謬言曰：「我乃夢周公也。」明晝，其徒效之，師以界方擊醒曰：「汝何得如此？」徒曰：「亦往見周公耳。」師曰：「周公何語？」答曰：「周公說：『昨日並不曾會尊師。』」

《笑府選》〈謝周公〉故事記述：

有出嫁者，哭問嫂：「此禮何人所制？」嫂曰：「周公。」女將周公大罵。及滿月歸寧，問嫂：「周公何在？」嫂云：「尋他做甚？」女曰：「欲製一鞋謝之耳。」

《古今譚概》儇弄部第二十二〈楊南峰〉：

有喪家其子不戚。楊南峰為諸生時，特製寬巾往弔，既下拜，巾脫，滾入座下。楊即以首伸入穿之，幕中皆笑，楊遽出。此子遂蒙不孝聲。

同則還有〈皇老烏龜〉故事：

先是吳中皇甫氏最貴盛，而治家素寬。楊南峰獻壽圖，題詩其上曰：「皇老先生，老健精神，烏紗白髮，龜鶴同齡。」皇甫公大喜，懸之堂。有識者笑曰：「此詈公也。」蓋上列「皇老烏龜」四字。公乃悟。

《廣笑府》卷八〈諱輸棋〉與《笑府》卷上〈諱輸棋〉有相同記述：

有自負棋名者，與人角，連負三局。他日人問之曰：「前日與某人較棋幾局？」曰：「三局。」又問：「勝負如何？」曰：「第一局我不曾贏，第二局他不曾輸，第三局我要和，他不肯，罷了。」

《古今譚概》儇弄部第二十二〈蘭玻〉記述：

《耳譚》有青州東門皮工王芬，家漸裕，棄去故業。里人謀為贈號。

芬喜，張樂設宴。一黠少曰：「號蘭玻，可乎？」眾問何義。曰：「蘭多芬，故號蘭玻，從名也。」芬大喜，重酬少年。諸人俱不覺其義，後徐思「蘭玻」，依然「東門王皮」也。

《笑府》卷上〈問令尊〉故事記述：

一人遠出，囑其子曰：「如有人問你令尊，可對以小事出外，請進拜茶。」又以其呆，恐忘也，書紙付之。子置袖中，時取看，至第三日，無人來問，以此紙無用，付之燈火。第四日忽有客至，問令尊，覓袖中紙不得，因對曰：「沒了。」客驚曰：「幾時沒的？」對曰：「昨夜燒了。」

《笑府選》有〈別字〉故事記述：

二蒙師死，見冥王，一係讀別字者，一係讀破句者，勘畢，別字者罰為狗，破句者罰為豬。別字者曰：「請為母狗。」王曰：「何也？」曰：「《禮記》云：『臨財毋苟（母狗）得，臨難毋苟（母狗）免。』」做豬者請生南方。

《廣笑府》卷一〈別字〉也作此記述云云。

從古代歷史文獻的敘說，到現代民間文學的收集、蒐集、整理與文學創作中借用民間文學的記載，馮夢龍對中國民間文學文字保存與理論研究都做出積極而重要的貢獻，形成中國民間文學史上的馮夢龍現象。

這種現象固然有許多具有必然性意義的背景，但更重要的是他親近民間、深入民間的立場。馮夢龍蒐集整理民間文學，冠之以「通俗」，意在強調其傳承價值與當世價值，而且以細緻、認真、誠實的態度與方法對民間文藝甄別、鉤沉，表達其民間文學思想理論，是中國民間文學發展中的一個高峰。

與馮夢龍現象類似或可比的還有張岱的《夜航船》。此或可以稱為「船現象」、「航船體」，都是道聽塗說集大成的意思。

張岱，山陰（今浙江紹興）人。又名張維城，字宗子，又字石公，號陶庵、天孫，別號蝶庵居士，晚號六休居士。其家學淵源，祖父輩曾撰修《紹興府志》、《會稽志》及《山陰志》；其博覽群書，明亡後不仕，潛心讀書、寫作，喜歡民間傳說故事與各種歷史文化典故。如其自述，「少為紈褲子弟，極愛繁華，好精舍，好美婢，好孌童，好鮮衣，好美食，好駿馬，好華燈，好煙火，好梨園，好鼓吹，好古董，好花鳥，兼以茶淫橘虐，書蠹詩魔，勞碌半生，皆成夢幻」，「避跡山居，所存者，破床碎几，折鼎病琴，與殘書數帙，缺硯一方而已，布衣蔬食，常至斷炊。」（〈自為墓誌銘〉）。其著述甚豐，有多種隨筆、雜記、雜劇，《夜航船》是其代表作，共計二十大類，四千多條目，成為百科全書式的民間傳說故事整合。

《夜航船》不是張岱唯一的民間傳說故事集，卻是他所有作品中保存民間傳說故事內容最豐富、最系統的集大成之作。

張岱《夜航船》，其書名「夜航船」，有人說是源自中國南方水鄉苦途長旅中，人們外出都要坐船，在時日緩慢的航行途中，坐著無聊，便以閒談消遣。所以，如其所言，「余所記載，皆眼前極膚淺之事，吾輩聊且記取，但勿使僧人伸腳則亦已矣。故即命其名曰《夜航船》」。所謂「勿使僧人伸腳」，是他自己記述的一個故事，其記述道：「昔有一僧人，與一士子同宿夜航船。士子高談闊論，僧畏懾，拳足而寢。僧人聽其語有破綻，乃曰：請問相公，澹臺滅明是一個人、兩個人？士子曰：是兩個人。僧曰：這等堯舜是一個人、兩個人？士子曰：自然是一個人！僧乃笑曰：這等說起來，且待小僧伸伸腳。」

張岱在日常生活中所遇「乘客」混雜，有文人學士，也有富商大賈，有赴任的官員，也有投親的百姓。各色人等應有盡有，談話的內容也包羅萬象。所以，《夜航船》便可視作民間傳說故事口頭講述文字的彙整。尤其是其所記述明代當世社會風俗生活中的一些故事，如《夜航船》卷十二「寶玩部」〈珍寶．聚寶盆〉講述「明初沈萬三有聚寶盆，凡金銀珠寶納其中，過夜皆滿。太祖築陵南門，下有龍潭，深不可測，以土石投之，決填不滿；太祖取盆投之，下石即滿，且誑龍以五更即還。今南門不打五更，至四更即天亮」云云，都成為民間文學史上非常珍貴的內容。

張岱也曾經說：「天下學問，唯夜航船中最難對付。蓋村夫俗子，其學問皆預先備辦，如瀛洲十八學士，雲臺二十八將之類，稍差其姓名，輒掩口笑之。彼蓋不知十八學士、二十八將，雖失記其姓名，實無害於學問文理，而反謂錯落一人，則可恥孰甚。故道聽塗說，只辦口頭數十個名氏，便為博學才子矣。」其自述道：「余因想吾八越，唯餘姚風俗，後生小子，無不讀書，及至二十無成，然後習為手藝。故凡百工賤業，其《性理》、《綱鑑》，皆全部爛熟，偶問及一事，則人名、官爵、年號、地方列舉之，未嘗少錯。學問之富，真是兩腳書櫥，而其無益於文理考校，與彼目不識丁之人無以異也。」他無意之間，在自己的著述中保存了豐富的民間文學內容，同時也展現出他自己複雜的民間文學思想理論。

《夜航船》分為「天文」、「地理」、「人物」、「四靈」、「荒唐」、「方術」等二十種類。「天文」、「地理」、「人物」各類，其「天文」與我們現在的天文學並不是完全相同的概念，其講述天上的日月星辰，講述二十八宿，也講春夏秋冬四季，以及四季的氣候與風俗生活內容。其每一類都有民間傳說故事作為其根據。如其卷一「天文部」所記述「梁太清二年六月，天裂於西北，長十尺，闊二丈，光出如電，聲若雷」云云；又如寒食節風俗，張岱撰《夜航船》卷一「天文部」〈春．寒食〉篇說：「冬至後一百六日謂之寒食，以介子推是日焚死，晉文公禁火而志痛也。」此「冬至後一百六日謂之寒食」，即為明代的寒食節，其「以介子推是日焚死，晉文公禁火而志痛也」，代表以「禁火」而「志痛」的節日風俗來源。其「四靈」、「荒唐」、「方術」是以典型的民間信仰為主要內容的傳說故事，透過傳說故事講述具體的民間信仰等社會風俗生活內容。

《夜航船》所分二十類內容，張岱對於每一種事物、每一種社會現象都做出合理的解釋，在解釋過程中，他引用大量的神話傳說故事作為萬物起源的根據。同時，他還大量記述了歷史上與社會現實生活中所流傳的各種風俗習慣、民間傳說和一些歌謠、諺語，甚至包括國土以外地區的風俗生活。特別是其「荒唐部」之中，指出民間文學的超自然現象，此卷中民間傳說故事的內容最為豐富。

《夜航船》具有民間文學史志的記載意義，成為包羅萬象的民間故事書，成為人們理解中國民間文學的一把鑰匙。

《夜航船》卷一為「天文部」，有許多與風俗生活相關的神話傳說記述內容。如〈夏．角黍〉篇，其記述道：

屈原午日投汨羅，楚人以竹筒貯米，投水祭之。有歐回者見三閭大夫，曰：「君所祭物，多為蛟龍所奪，須裹以楝樹葉、五彩絲縛之，可免龍患。」故後人製為角黍。

《夜航船》卷一「天文部」〈夏．競渡〉記述為：「屈原以五日死，楚人以舟楫拯之，謂競渡。又曰：五日投角黍以祭屈原，恐為蛟龍所奪，故為龍舟以逐之。」《夜航船》卷一「天文部」〈象緯．補天〉曰：「女媧氏煉石補天。」《夜航船》卷一「天文部」〈象緯．夸父追日〉引述《列子》道：「夸父不量力，欲追日影，逐之於暘谷之際，渴欲得飲。赴河飲不足，將北走大澤中，道渴而死。」

民間信仰是社會風俗生活的底色，《夜航船》卷一「天文部」〈象緯．日光摩蕩〉記述：

周主遣趙匡胤率兵御遼北漢，癸卯發汴京。苗訓，善觀天文，見日下復有一日，黑光摩蕩者久之，指示楚昭輔曰：「此天命也。」是夕，次陳橋，遂有黃袍加身之變。

《夜航船》卷一「天文部」〈象緯．雨〉記述「蜥蜴致雨」之類民間信仰現象曰：

關中求雨，尋蜥蜴十數，置甕中，童男女咒曰：「蜥蜴蜥蜴，興雲吐霧，致雨滂沱，放汝歸去。」宋咸平時用此法禱雨，屢驗。

於小春月內雨為液雨。時雨為澍雨。雨雪雜下為雨汁。

《夜航船》卷二為「地理部」，〈山川〉、〈古蹟〉諸篇，有許多風物傳說故事的記述。〈山川〉講述自然世界中那些山山水水的來歷，其來歷總伴隨神奇的傳說；〈古蹟〉則為古老的歷史文化記憶所呈現的關於風物及其來歷等口頭傳說故事。一山一水，一草一木，甚至每一塊石頭，都因為神奇的故事而生輝。

如其〈古蹟．孟姜石〉篇記述了孟姜女傳說故事「山海衛長城北，石上有婦人跡」，其講述道：「孟姜石，山海衛長城北，石上有婦人跡，相傳為秦時孟姜女尋夫之地。」

《夜航船》卷二「地理部」的〈山川．巢湖〉篇記述：

巢湖，合肥。世傳江水暴漲，溝有巨魚萬斤，三日而死，合郡食之。獨一姥不食。忽遇老叟，曰：「此吾子也。汝不食其肉。吾可忘報耶？東門石龜目赤，城當陷。」姥日往窺之。有稚子戲以朱傅龜目。姥見，急登山，而城陷，周四百餘里。

《夜航船》卷二「地理部」〈山川．碩項湖〉篇記述：

碩項湖在安東。秦時童謠云：「城門有血，當陷沒。」有老姆憂懼，每旦往視。門者知其故，以血塗門，姆見之，即走。須臾，大水至，城果陷。高齊時，湖嘗涸，城址尚存。

《夜航船》卷二「地理部」〈古蹟．躲婆弄〉篇記述：

躲婆弄，在紹興蕺山下，王右軍居此。有老嫗鬻扇，右軍為題其扇，媪有慍色。及出，人競買之。他日，媪又持扇乞書，右軍避去。故其下有題扇橋、躲婆弄。

《夜航船》卷二「地理部」〈山川．爛柯山〉篇重複以往歷史記述：

爛柯山，衢州府城南，一名石室。道書謂青霞第八洞天。晉樵者王質入山，見二童子弈，質置斧而觀。童子與質一物，如棗核，食之不飢。局終，示質曰：「汝斧柯爛矣。」質歸家，已百歲矣。

《夜航船》卷二「地理部」〈山川．磨針溪〉記述：

彭山象耳山下，相傳李白讀書山中，學未成，棄去。過是溪，逢老媪方磨鐵杵，白問故，媪曰：「欲作針耳。」白感其言，遂卒業。

《夜航船》卷三「人物部」〈名臣．二十四孝〉記述道：

大舜耕田，漢文嘗藥，曾參齧指，閔損推車，子路負米，董永賣身，剡子鹿乳，江革行傭，陸績懷橘，山南乳姑，吳猛飽蚊，王祥臥冰，郭巨埋兒，楊香搤虎，壽昌尋母，黔婁嘗糞，老萊戲綵，蔡順拾椹，黃香扇枕，姜詩躍鯉，王裒泣墓，丁蘭刻母，孟宗泣竹，庭堅滌皿。

《夜航船》卷三「人物部」〈帝王〉篇記述道：

天皇始稱皇，伏羲始稱帝，夏、商、周始稱王。神農，母安登感天而生，始稱天子。文王始稱世子。秦始皇始尊父莊襄王為太上皇。周制稱王妃為王后。秦稱皇帝，遂稱皇后。漢武帝始尊祖母竇為太皇太后。魏稱諸王母為太妃。晉元帝始稱生母為皇太妃。

《夜航船》卷四「考古部」〈辨疑．禹陵〉記述曰：

大禹東巡，崩於會稽。現存陵寢，豈有差訛？且史載夏啟封其少子無餘於會稽，號曰「於越」，以奉禹祀，則又確確可據。今楊升庵爭禹穴在四川，則荒誕極矣。升庵言石泉縣之石紐村，石穴深杳，人跡不到，得石碑有「禹穴」二字，乃李白所書，取以為證。蓋大禹生於四川，所言禹穴者，生禹之穴，非葬禹之穴也。此言可辨千古之疑。

《夜航船》卷五「倫類部」〈兄弟·折矢〉篇記述：

吐谷渾阿柴有子二十人。疾革，令諸子各獻一箭，取一箭授其弟慕利延，使折之，利延折之。取十九箭使折之，利延不能折。乃嘆曰：「孤則易折，眾則難摧。若曹識之！」

《夜航船》卷五「倫類部」〈兄弟·田氏紫荊〉篇記述：

田真、田廣、田慶兄弟同居，紫荊茂盛。後議分析，樹即枯槁。兄弟不復議分，樹乃茂盛如故。

《夜航船》卷六「選舉部」〈制科·天門放榜〉篇記述：

范仲淹判陳州時，郡守母病，召道士伏壇，奏章終夜不動。至五更，謂守曰：「夫人壽有六年。」守問奏章何久，曰：「天門放明年春榜，觀者駢道，以故稽留。」問狀元，曰：「姓王，二字名，下一字塗墨，旁注一字，遠不可辨。」明春，狀元王拱壽，御筆改為拱辰。

《夜航船》卷七「政事部」〈燭奸·河伯娶婦〉篇記述：

西門豹為鄴令，俗故信巫，歲月河伯娶婦以攫利，選室女以投於河，豹及期往觀，其女曰：「醜！煩大巫先報河伯，如其不欲，還當另選美者。」

呼吏投巫於河。少頃，曰：「何久不復我？」又投一人往速。群奸驚懼，乞命。從此弊絕。

《夜航船》卷七「政事部」〈燭奸·花瓶水殺人〉篇記述：

汪待舉守郡部，民有飲客者，客醉臥空室中。客夜醉渴，索漿不得，乃取花瓶水飲之。次早啟戶，客死矣。其家訟之，待舉究中所有物，唯瓶中浸旱蓮花而已。試以飲死囚，立死，訟乃白。

《夜航船》卷八「文學部」〈書畫．換鵝書〉篇記述：

山陰一道士養好鵝，右軍往觀，意甚喜，因求市之。道士云：「為我寫《道德經》，當舉鵝相贈耳。」右軍欣然寫畢，籠鵝以歸。或問曰：「鵝非佳品，而公愛之，何也？」右軍曰：「吾愛其鳴喚清長。」

禮儀是中華文明的重要象徵，而對於慶典、祭祀中的禮儀、禮樂等活動的起源，張岱總是追溯至古老的神話傳說時代。這是張岱對於社會風俗生活作為歷史文化的重要象徵及其起源的基本理解與表達。

《夜航船》卷九「禮樂部」〈婚姻．婚禮〉篇記述：

人皇氏始有夫婦之道，伏羲始制嫁娶。女媧氏與伏羲共母，佐伏羲正婚姻，始為神媒。夏后氏始制親迎禮。秦始皇始娶婦納絲麻鞋一取和諧也。後漢始聘禮用墨。漢重墨，今答聘用之。始婚禮用羊取羊者，祥也。巫咸制撒帳厭勝。京房嫁女，翼奉子撒豆穀穰煞。張嘉貞嫁女，制繡幕牽紅。唐新婦輿至大門，傳席勿履地。晚唐制：新婦上車，以蔽膝蓋面。五代始新婦入門跨馬鞍。北朝迎婚，十數人大呼，催新婦上輿，婦家賓親婦女打新郎，喜拳手交下。

《夜航船》卷九「禮樂部」〈祭祀．祭孔廟〉篇記述：

唐玄宗始封孔子王號。宋太祖始詔孔子廟立戟，仁宗始詔用祭歌，徽宗始從蔣靖請時官司業，用冕十二旒、服九章。漢武帝始封孔子後為侯奉祀。成帝始謚孔子後。周始詔孔子後為曲阜令。宋仁宗始詔孔子後為衍聖公。

《夜航船》卷九「禮樂部」〈祭祀．祀典〉篇記述：

夫聖王之制祭祀也，法施於民則祀之，以死勤事則祀之，以勞定國則祀之，能御大菑則祀之，能捍大患則祀之，是故厲山氏之有天下也。其子曰農，能殖百穀。夏之衰也，周棄繼之，故祀以為稷。共工氏之霸九州也，其子曰后土，能平九州，故祀以為社。帝嚳能序星辰以著眾。堯能賞均刑法以義終。舜勤眾事而野死，鯀障洪水而殛死，禹能修鯀之功。黃帝正名百物以明民共財，顓頊能修之。契為司徒而民成，冥勤其官而水死。湯以寬治民而除其虐，文王以文治，武王以武功去民之菑，此皆有功烈於民者也。及夫日月星辰，民所瞻仰也。山林川穀丘陵，民所取財用也。非此族也，不在祀典。

《夜航船》卷九「禮樂部」〈喪事．喪禮〉篇記述：

黃帝始制棺槨。周公制翣。周制俑。虞卿制桐人。左伯桅制明衣。史佚制下殤棺衣。夫差為冥帽，而始制面帛。夏制明器。五代制靈座前看果。舜制弔禮。晉制，弔客至喪家鳴鼓為號。巫咸制紙錢（名寓錢）。漢鑄神瘞錢。王璵始喪祭焚紙錢。周制方相先驅。漢制魌頭，俗開路顯道神。始嫘祖道死，嫫姆監護因制。商始制銘旌以書姓名。魏始書號。後漢始制墓碑，為文字辨識。黃帝封京觀，始制墓。周公始合葬。周桓王始改葬。秦武公始人殉葬。宋文公始殉葬用重器。秦稱天子墓為山。漢始為陵。漢文帝始預造壽陵。少康封其子祀。禹始設守陵人。秦始皇制皇寢石麟、辟邪、兕馬，臣下石人羊虎柱罔象，好食亡者肝，因制。宋真宗始給民義塚，制漏澤園。

《夜航船》卷十「兵刑部」〈軍旅〉篇記述道：

黃帝征蚩尤始戰，顓頊誅共工始陣，風后始演奇圖，力牧始創營壘。黃帝戰涿鹿始徵兵，禹征有苗始傳令，紂御周師始戍守。

黃帝制記里鼓，始斥候，漢武帝建墩臺，黃帝制演武場，周公制轅門。黃帝制車以翼軍，制騎以供伺候。

呂望始制戰艦。武王會孟津，命倉兕具舟楫。公輸般為舟戰鉤拒。伍子胥治水戰，制樓船灘船。智伯決汾水，始水戰。

蚩尤始火攻。孫子制火人、火積、火輜、火庫、火隊五法。魏馬鈞制爆仗起火。隋煬帝以火藥制雜戲，始施藥銃炮。

黃帝始制炮，呂望制銃，范蠡制飛石用機。

黃帝制纛、制五彩牙幢。禹制斿，懸車上為別。周公備九旗。

伏羲制干、制戈。揮制弓。牟夷制矢。舜制弓袋、制箭筒。黃帝制弩。

黃帝始採首山銅鑄刀斧；蚩尤始取昆吾山鐵製劍、鎧、矛、戟、陌刀。

蚩尤始製革為甲。禹制函甲。

黃帝始制槍，孔明擴其制。舜制匕首。

黃帝制雲梯，古名鉤援。牟夷制挨牌，古名傍排。

孫武制鐵蒺藜，劉馥（三國時人）制懸苫，今為懸簾。岳飛制藤牌。

殷盤庚制烽燧告警。趙武靈王制刁斗傳。魏制雞翹報急，制露布、漆竿報捷。

《夜航船》卷十一「日用部」有〈宮室〉、〈衣冠〉、〈飲食〉等篇，對日常生活中的各種用品進行口頭闡釋，此闡釋即歷史傳說故事。

《夜航船》卷十一「日用部」〈宮室‧房屋〉篇記述：

有巢氏始構木為巢。古皇氏始編槿為廬。黃帝始備宮室。黃帝制庭、制樓、制閣、制觀。神農制堂。燧人氏制臺。黃帝制榭。堯制亭。漢宣帝制軒。唐虞制宅。周制房、制第。漢制邸。六朝後始加聽事為廳。秦孝公始制殿，乃有陛。蕭何治未央宮，立東闕、北闕，始沿名闕。梁朱溫按河圖制五鳳樓。魏始制城門樓，名麗譙。張說制京城鼓樓。鯀作城郭。禹作宮室。

《夜航船》卷十一「日用部」〈宮室‧寺廟〉篇記述：

左徹制祠廟，漢宣帝制齋室。周穆王召尹軌、杜仲居終南尹真人草樓，始名道居為觀。漢明帝時，摩騰、竺法蘭自西域止鴻臚寺，始名僧居為寺。隋煬帝制道場，改觀為玄壇，五代宋改制宮。孫權始為佛塔。東晉何充舍宅始為尼寺。

《夜航船》卷十一「日用部」〈衣冠．冠〉篇記述：

辰氏始教民絢髮閨首。堯始制冠禮。黃帝始制冠冕。女媧氏始制簪導。堯始制纓。伏羲始制弁，用皮韋。魯昭公始易絹素。周公始制幅巾。漢末始尚幅巾，制角巾。晉制接篱諸巾及葛巾，始以巾為禮。秦始皇加武將袢袙，以別貴賤，始為幘。漢元帝額有壯髮，始服幘。王莽禿，加屋幘上，始為頭巾。

《夜航船》卷十一「日用部」〈衣冠．冕制〉篇記述：

有虞氏曰皇，夏后氏曰收，商湯氏曰冔，周武王曰冕。袞冕，一品服冕，二品服毳冕，三品服希冕，四品服玄冕，五品服平冕。郊廟武舞郎之服，爵弁六品以下、九品以上，從祀之服，武弁武官參殿廷，武舞郎、堂下鼓人鼓吹按工之服、弁服，文官九品公事之服。

《夜航船》卷十一「日用部」〈宮室．黃鶴樓〉篇記述：

晉時有酒保姓辛，賣酒江夏。有道士就飲，辛不索錢，如此三年。一日，道士飲畢，以橘皮畫一鶴於壁，以箸招之即下舞，嗣是貴客皆就飲，辛遂致富，乃建黃鶴樓。後道士騎鶴而去。

《夜航船》卷十一「日用部」〈飲食．饅頭〉篇記述：

諸葛武侯南征孟獲，瀘水洶湧，不得渡。有云須殺人以頭祭之，武侯曰：「吾仁義之師，奚忍殺人以代犧牲？」於是用麵為皮，裹豬羊肉於內，像人頭而祭之。後之有饅頭，始此。

《夜航船》卷十一「日用部」〈飲食〉篇記述：

有巢氏始教民食果。燧人氏始修火食，作醴酪（蒸釀之使熟）。神農始教民食穀，加於燒石之上而食。黃帝始具五穀種（地神所獻）。烈山氏子柱始作稼，始教民食蔬果。燧人氏作脯、作胾。黃帝作炙。成湯作醢。禹作蓋，吳壽夢作鮓。神農諸侯夙沙氏煮鹽，嫘姐作醯，神農作油，般果作醢，周公作醬，公劉作錫。（後漢謂飴錫即《楚辭》也。方言：江東為糖作蜜）。唐太宗煎蔗作沙糖。黃帝作羹、作葅。少昊作齏。神農作炒米。黃帝作蒸飯、作粥。公劉作餈、作麻團、作糕。周公作湯糰。汝作粽。諸葛亮作饅頭。石崇作餛飩。秦昭王作蒸餅。漢高祖作漢餅。金日作胡餅。魏作湯餅。晉作不托（即麵。簡於湯餅）。

《夜航船》卷十一「日用部」〈飲食．酒〉篇記述：

始自空桑委餘飯鬱積生味。黃帝始作醴（一宿），夷狄作酒醪，杜康作秫酒。周公作酎，三重酒。漢作宗廟九醞酒（五月造，八月成）。魏文侯始為觴。齊桓公作酒令。汝陽王璡著《酒法》。唐人始以酒名春。劉表始以酒器稱雅。（有伯仲季雅稱。雅集本此。）晉隱士張元作酒簾。南齊始以樗蒲頭戰酒。宋武帝延蕭介賦詩置酒，始稱即席。

《夜航船》卷十一「日用部」〈飲食．名酒〉篇記述：

齊人田無已（一云狄希）中山酒，漢武帝蘭生酒（採百味即百末旨酒），曹操縹醪，劉白墮桑落酒（成桑落時）、千里酒（六月曝日不動），唐玄宗三辰酒，虢國夫人天聖酒（用鹿肉），裴度魚兒酒（凝龍腦刻魚投之），魏徵翠濤，孫思邈屠蘇（元日入藥），隋煬帝玉薤（仿胡法），陳後主紅粱新醞，魏賈鏘崑崙觴（絳色以瓢接河源水釀之），房壽碧芳酒，羊雅舒抱甕醪（冬月令人抱而釀之），向恭伯薌林、秋露，殷子新黃嬌，易毅夫甕中雲，胡長文銀光，宋安定郡王洞庭春（以柑釀），蘇軾羅浮春、真一酒，陸放翁玉清堂，賈似道長春法酒，歐陽脩冰堂春。

《夜航船》卷十一「日用部」〈飲食．茶〉篇記述：

成湯作茶，黃帝食百草，得茶解毒。晉王蒙、齊王肅始習茗飲（三代以下炙茗菜或煮羹）。錢超、趙莒為茶會。唐陸羽始著《茶經》，創茶具，茶始盛行。唐常袞，德宗時人，刺建州，始茶蒸焙研膏。宋鄭可聞剔銀絲為水牙，始去龍腦香。唐茶品，陽羨為上，唐末北苑始出。南唐始率縣民採茶，北苑造膏茶臘面，又京鋌最佳。宋太宗始制龍鳳模，即北苑時造團茶，以別庶飲，用茶碾，今炒制用茶芽廢團。王涯始獻茶，因命涯榷茶。唐回紇始入朝市茶。宋太祖始禁私茶，太宗始官場貼射，徐改行交引。宋始稱絕品茶曰門，次亞門。始制貢茶，列粗細綱。

《夜航船》卷十二「寶玩部」〈珍寶．聚寶盆〉篇記述：

明初沈萬三有聚寶盆，凡金銀珠寶納其中，過夜皆滿。太祖築陵南門，下有龍潭，深不可測，以土石投之，決填不滿；太祖取盆投之，下石即滿，且誑龍以五更即還。今南門不打五更，至四更即天亮。

《夜航船》卷十三「容貌部」〈形體．四十九表〉篇記述：

仲尼生而具四十九表：反首，窪面，月角，日準，河目，海口，牛唇，昌顏，均頤，輔喉，駢齒、龍形，龜脊，虎掌，駢脅，参膺，圩項，山臍，林脊，翼臂、窪頭，隆鼻，阜頰，堤眉，地足，谷竅，雷聲，澤腹，面如蒙供，兩目方相也，手垂過膝，眉有十二彩，目有二十四理，立如鳳峙，坐如龍蹲，手握天文，足履度字，望之如僕，就之如升，修上趨下，末僂後耳，視若營四海，耳垂珠庭，其頸似堯，其顙似舜，其肩類子產，自腰以下不及禹三寸，胸有文曰「制作定世符」，身長九尺六寸，腰六十圍。見《祖庭廣記》。老子有七十二相，八十一好。見《法輪經》。如來有三十二相。見《般若經》。

《夜航船》卷十三「容貌部」〈形體．身長七尺以上〉篇記述：

禹長九尺九寸，湯九尺，秦始皇八尺七寸，漢高祖七尺八寸，光武七尺三寸，昭烈七尺五寸，宋武帝七尺六寸，陳武帝七尺五寸，宇文周太祖八尺，項王八尺二寸，韓王信八尺九寸，王莽七尺五寸，劉淵八尺四寸，劉腥九尺四寸，慕容皝七尺八寸，姚襄八尺五寸，曹交九尺四寸，冉閔、什翼健、宇文泰皆八尺，慕容垂七尺四寸，慕容德八尺二寸。自唐以後，人臣長者故少。韋康成十五長八尺，姜宇十五長七尺九寸，劉腥子胤十歲長七尺五寸，美姿貌，眉鬚如畫。人固有少而長若此者，胤止八尺四寸，不能如其父也。

《夜航船》卷十四「九流部」道教諸篇中有許多神仙傳說，其中關於八仙傳說故事的記述尤為詳細。這是中國民間文學史上非常重要的內容。

《夜航船》卷十四「九流部」〈道教．九易〉篇記述：

王母謂漢武曰：子但愛精握固，閉氣吞液。一年易氣，二年易血，三年易精，四年易脈，五年易髓，六年易皮，七年易骨，八年易發，九年易形。形易則變化，變化則道成，道成則為仙人。

《夜航船》卷十四「九流部」〈道教．老君〉篇記述：

即老聃李耳，著《道德經》五千言，為道家之宗。以其年老，故號其書曰《老子》。亳州南宮九龍井前，有昇仙檜、煉丹井，皆其遺跡。

《夜航船》卷十四「九流部」〈道教．八仙〉篇記述：

漢鍾離，名權，字雲房，以裨將從周處與齊萬年戰，敗，跳終南山，遇東華王真人。至唐始一出，度呂岩，自稱天下都散漢。

呂純陽，名巖，字洞賓。舉進士不第，遇鍾離，同憩一肆中，鍾離自起炊爨。呂忽昏睡，以舉子赴京，狀元及第，歷官清要，前後兩娶貴家女，五子十孫，簪笏滿門，如此四十年。後居相位，獨相十年，權勢熏灼，忽被重罪，籍沒家資，押赴雲陽，身首異處。忽然驚醒，方興浩嘆。鍾離在傍，炊尚未熟，笑曰：「黃粱猶未熟，一夢到華胥。」呂驚曰：「君知我夢耶？」鍾離曰：「子適來之夢，升沉萬態，榮瘁多端，五十年間，止為俄頃，非有大覺，焉知人世真一大夢也。」洞賓感悟，遂拜鍾離求其超度。

藍采和，不知何許人，常衣破藍衫，黑木腰帶，跣一足，靴一足，醉則持三尺大拍板，行歌云：「踏踏歌，藍采和，世界能幾何？紅顏一春樹，光陰一擲梭。古人滾滾去不返，今人紛紛來更多。朝騎鸞鳳到碧落，暮見桑田生白波。」詞多率爾而作。後至濠梁，忽然輕舉，擲下靴帶拍板，乘雲而去。

韓湘子，昌黎從姪，少學道，落魄他鄉，久而始歸。值昌黎誕日，怒其流落，湘子曰：「無怒也！請獻薄技。」因為頃刻花，每瓣書一聯云：「雲橫秦嶺家何在？雪擁藍關馬不前。」昌黎不悟，遺之去。後果謫潮州，至藍關，湘子來候。昌黎乃悟，因吟三韻，以補前詩，竟別。

張果老，隱恆州中條山，見召於唐。開元中，寵遇與葉靜能比。自言堯時官侍中，葉公密識曰：「此混沌初分白蝙蝠精也。」授銀紫光祿大夫，放歸。天寶時屍解。《明皇雜錄》：張果老隱於中條山，常乘白驢，日行萬里，夜即疊之，置箱篋中，乃紙也，乘則以水噀之，復成驢。

曹國舅，不知其名，言丞相曹彬之子，皇后之弟，故稱國舅。少而美姿，安恬好靜，上及皇后重之。一旦求出家雲水，上以金牌賜之。抵黃河，為篙工索渡直急，以金牌相抵。純陽見而異之，遂拜從得道。

何仙姑，零陵市人，女也。生而紫雲繞室，住雲母溪，夢神人教食雲母粉，遂行如飛。遇純陽，以一桃與之，僅食其半，自是不飢。頗能談休咎。唐天后召見，中路不知所之。

鐵枴李，質本魁梧，早歲聞道，修真巖穴。一日，赴老君華山之會，囑其徒曰：「吾魄在此，倘遊魂七日不返，以火化之。」徒以母病遄歸，忘其期，六日化之。七日果歸，失魄無依，乃附一餓殍之屍而起，故形骸跛惡，非其質矣。

《夜航船》卷十六「植物部」〈草木．孔廟檜〉篇記述曰：

曲阜孔廟有孔子手植檜如降香，一株無枝葉，堅如金鐵，紋皆左紐，有聖人生則發一枝，以占世遠。按檜歷周、秦、漢、晉千百餘年，至懷帝永嘉三年而枯，枯三百有九年。至隋恭帝義寧元年復生五十一年。至唐高宗乾封三年再枯，枯三百七十四年。至宋仁宗康定元年再榮。至金宣宗貞祐三年，罹於兵火，枝葉俱焚，僅存其幹。後八十一年，元世祖三十一年再發。至太祖洪武二十二年發數枝，極茂盛，至建文四年復枯。

《夜航船》卷十六「植物部」〈草木 · 肉芝〉篇記述曰：

蕭靖之掘地得「人手」，潤澤而白，烹而食之，愈月齒髮再生。一道士云：此肉芝也。《抱朴子》言：行山中見小人乘車馬，長七八寸者，肉芝也，捉取服之，即仙矣。

桑木者，箕星之精神木也。蠶食之成文章，人食之老翁為小童。

肉樹者，端山豬肉子也。山在德慶州，子大如茶杯，炙而食之，味如豬肉而美。

其十七、十八兩卷記述民間傳說故事最多。「四靈」之稱，首先是「飛禽」，尤其是第十八卷，名為「荒唐」，正展現了民間文學不入大雅之堂的口頭形態與怪異特徵。

《夜航船》卷十七「四靈部」〈飛禽 · 鳥社〉篇記述曰：

大禹即位十年，東巡狩，崩於會稽，因而葬之。有鳥來為之耘，春拔草根，秋啄蕪穢，謂之鳥社。縣官禁民不得妄害此鳥，犯則無赦。

《夜航船》卷十七「四靈部」〈飛禽 · 精衛〉篇記述曰：

炎帝女溺死渤海中，化為精衛鳥，日銜西山木石，以填渤澥，至死不倦。

《夜航船》卷十七「四靈部」〈飛禽 · 鳳〉篇記述曰：

《論語讖》曰：「鳳有六象九苞。」六象者，頭象天，目象日，背象月，翼象風，足象地，尾象緯。九苞者，口包命，心合度，耳聽達，舌詘伸，色光彩，冠矩朱，距銳鉤，音激揚，腹文戶。行鳴曰歸嬉，止鳴曰提扶，夜鳴曰善哉，晨鳴曰賀世，飛鳴曰郎都，食唯梧桐竹實。故子欲居九夷，從鳳嬉。

《夜航船》卷十七「四靈部」〈飛禽．鸞〉篇記述曰：

瑞鳥也。張華注曰：鸞者，鳳凰之亞，始生類鳳，久則五彩變易，其音如鈴。周之文物大備，法車之上綴以大鈴，和鸞聲也，故改為鸞駕。

《夜航船》卷十七「四靈部」〈飛禽．杜鵑〉篇記述曰：

蜀有王曰杜宇，禪位於鱉靈，隱於西山，死，化為杜鵑。蜀人聞其鳴，則思之，故曰「望帝」。又曰杜鵑生子寄於他巢，百鳥為飼之。

《夜航船》卷十七「四靈部」〈飛禽．化鶴〉篇記述曰：

《職方乘》云：南昌洗馬池，嘗有年少見美女七人，脫綵衣岸側浴池中。年少戲藏其一，諸女浴畢就衣，化白鶴去。獨失衣女留，隨至年少家，為夫婦，約以三年還其衣，亦飛去。故又名「浴仙池」。

《夜航船》卷十七「四靈部」〈飛禽．養木雞〉篇記述曰：

《莊子》：㴑子為宣王養鬥雞，十日而問之曰：「雞可鬥乎？」曰：「未也。猶虛而恃氣。」十日又問之。曰：「幾矣。雞有鳴者，已無變矣，望之似木雞矣，其德全矣。異雞無敢應者，反走矣。」

《夜航船》卷十七「四靈部」〈飛禽．打鴨驚鴦〉篇記述曰：

呂士隆知宣州，好笞官妓。適杭州一妓到，士隆喜之。一日群妓小過，士隆欲笞之。妓曰：「不敢辭責，但恐杭妓不安耳。」士隆赦之。梅聖俞作打鴨詩：「莫打鴨，驚鴛鴦，鴛鴦新向池中落，不比孤州老鴰鶬。」

《夜航船》卷十七「四靈部」〈飛禽．孝鵝〉篇記述曰：

唐天寶末，長興沈氏畜一母鵝，將死，其雛悲鳴，不復食；母死，啄敗薦覆之，又銜芻草列前，若祭狀，向天長號而死。沈氏異之，埋於蔣灣，名「孝鵝塚」。

《夜航船》卷十七「四靈部」〈走獸．野兔〉篇講述道：

文王囚於羑里七年，其子伯邑考往視父。紂呼與圍棋，不遜，紂怒殺伯邑考，醢之，令人送文王食。命食畢，而後告，文王號泣而吐之，盡變為野兔而去。

《夜航船》卷十七「四靈部」〈走獸‧麟紱〉篇講述道：

孔子在娠，有麟吐玉書於闕里，文云：「水精之子，系衰周而素王。」孔母乃以繡衣繫麟角，信宿而麟去。至魯定公時，魯人鋤商田於大澤，得麟，以示孔子，繫角之紱尚在。孔子知命之將終，抱麟解紱，涕泗滂沱。

《夜航船》卷十七「四靈部」〈走獸‧守株待兔〉篇講述道：

宋人有耕者，田畔有株，兔走觸之，折頸而死，因釋耕守株，覬復得兔，為宋國笑也。

《夜航船》卷十七「四靈部」〈走獸‧獅子〉篇講述道：

一名狻猊。《博物誌》：魏武帝伐冒頓，經白狼山，逢獅子，使人格之，殺傷甚眾。忽見一物自林中出，如貍，上帝車軛。獅子將至，便跳上其頭，獅子伏，不敢動，遂殺之。得獅子還，來至洛陽三十里，雞犬無鳴吠者。

《夜航船》卷十七「四靈部」〈走獸‧虎威〉篇講述道：

虎有骨如乙字，長寸許，在脅兩旁皮內，尾端亦有之，名「虎威」，佩之臨官，則能威眾。又虎夜視，一目放光，一目視物。獵人候而射之，弩箭才及，光隨墮地成白石，入地尺餘。記其處掘得之，能止小兒啼。

《夜航船》卷十七「四靈部」〈走獸‧種羊〉篇講述道：

西域俗能種羊。初冬，擇未日，殺一羊，切肉方寸，埋土中。至春季，擇上未日，延僧吹胡笳，作咒語，土中起一泡，如鴨卵。數日，風破其泡，有小羊從土中出。此又胎卵溼化之外，又得一生也。

《夜航船》卷十七「四靈部」〈走獸．月支猛獸〉篇講述道：

漢武時，月支國獻猛獸一頭，形如五六十日犬子，大如貍而色黃。武帝小之，使者對曰：「夫獸不在大小。」乃指獸，命叫一聲。獸舐唇良久，忽叫，如大霹靂，兩目如磾之交光。帝登時顛蹶，掻耳震慄，不能自止。虎賁武士皆失仗伏地，百獸驚絕，虎亦屈伏。

《夜航船》卷十七「四靈部」〈走獸．熊入京城〉篇講述道：

弘治間，有熊入西直門，何孟春謂同列曰：「熊之為兆，宜慎火。」未幾，在處有火災。或問孟春曰：「此出何占書？」孟春曰：「余曾見《宋紀》：永嘉災前數日，有熊至城下，州守高世則謂其倅趙允曰，熊於字『能火』，郡中宜慎火。果延燒十之七八。余憶此事，不料其亦驗也。」

《夜航船》卷十七「四靈部」〈鱗介．與蛇同產〉篇記述：

竇武產時，併產一蛇，投之林中。後母卒，有大蛇徑至喪所，以頭擊柩，若哀泣者，少間而去。時謂竇氏之祥。

《夜航船》卷十八「荒唐部」〈鬼神．義婦塚〉篇記述：

義婦塚。四明梁山伯、祝英台二人，少同學，梁不知祝乃女子。後梁為鄞令，卒葬此。祝氏弔墓下，墓裂而殞，遂同葬。謝安奏封義婦塚。

《夜航船》卷十八「荒唐部」〈鬼神．黃河神〉篇記述：

黃河福主金龍四大王，姓謝名緒，會稽人，宋末以諸生死節，投苕溪中。死後水高數丈。明太祖與元將蠻子海牙廝殺，神為助陣，黃河水望北倒流，元兵遂敗。太祖夜得夢兆，封為黃河神。

《夜航船》卷十八「荒唐部」〈鬼神．海神〉篇記述：

秦始皇與海中作石橋，海神為之豎柱。始皇求與相見。神曰：「我形醜，莫圖我形，當與帝相見。」乃入海四十里，見海神。左右集畫工於內，潛以腳畫其形狀。神怒曰：「帝負約。速去！」始皇轉馬還，前腳猶立，後腳即崩，僅得登岸。畫者溺死於海。又云：「文登召山，始皇欲造橋度海，觀日出處。有神人召巨石相隨而行。石行不駛，鞭之見血。今山下石皆赤色。」

《夜航船》卷十八「荒唐部」〈鬼神・輦沙為阜〉篇記述：

秦始皇至孔林，欲發其塚。登堂，有孔子遺甕，得丹書曰：「後世一男子，自稱秦始皇，入我室，登我堂，顛倒我衣裳，至沙丘而亡。」怒而發塚。有兔出，逐之，過曲阜十八里沒，掘之不得，因名曰兔溝。乃達沙丘，令開別路。見一群小兒輦沙為阜，問，曰「沙丘」。從此得病，遂死。

《夜航船》卷十八「荒唐部」〈鬼神・灶神〉篇記述：

姓張名禪，字子郭。一名隗。又云祝融主火化，故祀以為灶神。鄭玄以灶神祝融是老婦，非灶神，於己丑日卯時上天，白人罪過，此日祭之得福。《五行書》云：「五月辰日，獵首祭灶，治生萬倍。」

《夜航船》卷十八「荒唐部」〈鬼神・祠山大帝〉篇記述：

父張秉，武陵人，一日行山澤間，遇仙女，謂曰：「帝以君功在吳分，故遣相配。長子以木德王其地。」且約踰年再會。秉如期往，果見前女來歸，曰：「當世世相承，血食吳楚。」後生子，為祠山神。神始自長興自疏聖澤，欲通津廣德，便化為豨，役使陰兵。後為夫人李氏所見，工遂輟，故避食豨。

《夜航船》卷十八「荒唐部」〈鬼神・黃熊入夢〉篇記述：

晉侯有疾，夢黃熊入夢。於時子產聘晉。晉侯使韓子問子產曰：「何厲鬼乎？」對曰：「昔堯殛鯀於羽山，其神化為黃熊，入於羽淵，實為夏郊，三代祀之。今為盟主，其未祀乎？」乃祀夏郊。晉侯乃間。

《夜航船》卷十八「荒唐部」〈鬼神・乞神語〉篇記述：

趙普久病，將危，解所寶雙魚犀帶，遣親吏甄潛謁上清宮，醮謝。道士姜道玄為公叩幽都，乞神語。神曰：「趙普開國勛臣，奈冤對不可避。」姜又叩乞言冤者為誰。神以淡墨書四字，濃煙罩其上，但識末「火」而已。道玄以告普。曰：「我知之矣，必秦王廷美也。」竟不起。

《夜航船》卷十八「荒唐部」〈鬼神・伯有為厲〉篇記述：

鄭子皙殺伯有，伯有為厲。趙景子謂子產曰：「伯有猶能為厲乎？」子產曰：「能。人生始化曰魄。既生魄。陽曰魂。用物精多，則魂魄強，是以有精爽至於神明。匹夫匹婦強死，其魂魄猶能憑依於人，以為淫厲，況良宵，三世執其政柄而強死，其能為鬼，不亦宜乎！」

《夜航船》卷十八「荒唐部」〈鬼神・墓中談易〉篇記述：

陸機初入洛，次河南，入偃師。夜迷路，投宿一旅舍。見主人年少，款機坐，與言《易》，理妙得玄微，向曉別去。稅驂村居，問其主人，答曰：「此東去並無村落，止有山陽王家塚耳。」機乃悵然，方知昨所遇者，乃王弼墓也。

《夜航船》卷十八「荒唐部」〈鬼神・生死報知〉篇記述：

王坦之與沙門竺法師甚厚，每論幽明報應，便約先死者當報其事。後經年，師忽來，云：「貧道已死，罪福皆不虛。唯當勤修道德，以升躋神明耳。」言訖，不見。

《夜航船》卷十八「荒唐部」〈鬼神・大書鬼手〉篇記述：

少保馮亮少時，夜讀書，忽有大手自窗入，公即以筆大書其押。窗外大呼：「速為我滌去！」公不聽而寢。將曉，哀鳴，且曰：「公將大貴。我戲犯公，何忍致我於極地耶！公不見溫嶠燃犀事耶？」公悟，以水滌之，遜謝而去。

《夜航船》卷十八「荒唐部」〈鬼神．鬼之董狐〉篇記述：

晉干寶嘗病氣絕，積日不冷。後遂悟，見天地間鬼神事如夢覺，不自知死。遂撰古今神祇靈異人物變化，名為《搜神記》，以示劉惔。惔曰：「卿可謂鬼之董狐。」

《夜航船》卷十八「荒唐部」〈怪異．婦負石〉篇記述：

婦負石在大理府城南，世傳漢兵入境，觀音化一婦人，以稻草縻此大石，背負而行，將卒見之，吐舌曰：「婦人膂力如此，況丈夫乎！」兵遂卻。

《夜航船》卷十八「荒唐部」〈怪異．旱魃〉篇記述：

南方有怪物如人狀，長三尺，目在頂上，行走如風。見則大旱，赤地千里。多伏古塚中。今山東人旱則遍搜古塚，如得此物，焚之即雨。

《夜航船》卷十八「荒唐部」〈怪異．兩牛鬥〉篇記述：

李冰，秦昭王使為蜀守，開成都兩江，溉田萬頃。神歲取童女二人為婦。冰以其女與神求婚，徑至神祠，勸神酒，酒杯恆澹澹。冰厲聲以責之，因忽不見。良久，有兩牛鬥於江岸旁。有間，冰還，流汗謂官屬曰：「吾鬥疲極，當相助也。南向腰中正白者，我綬也。」主簿刺殺北面者，江神遂死。

《夜航船》卷十八「荒唐部」〈怪異．錢鏐異夢〉篇記述：

宋徽宗夢錢武肅王討還兩浙舊疆埅，且曰：「以好來朝，何故留我？我當遣第三子居之。」覺而與鄭后言之。鄭后曰：「妾夢亦然，果何兆也？」須臾，韋妃報誕子，即高宗也。既三日，徽宗臨視，抱膝間甚喜，戲妃曰：「酷似浙臉。」蓋妃籍貫開封，而原籍在浙。豈其生固有本，而南渡疆界皆武肅版圖，而錢王壽八十一，高宗亦壽八十一，以夢讖之，良不誣。

《夜航船》卷十八「荒唐部」〈怪異‧銅鐘〉篇記述：

宋紹興間，興國大乘寺鐘，一夕失去，文潭漁者得之，鬻於天寶寺，扣之無聲。大乘僧物色得之，求贖不許，乃相約曰：「扣之不鳴，即非寺中物。」天寶僧屢擊無聲。大乘僧一擊即鳴，遂載以歸。

《夜航船》卷十八「荒唐部」〈怪異‧飛來寺〉篇記述：

梁時峽山有二神人化為方士，往舒州延祚寺，夜叩真俊禪師曰：「峽據清遠上流，欲建一道場，足標勝概，師許之乎？」俊諾。中夜，風雨大作，遲明啟戶，佛殿寶像已神運至此山矣。師乃安坐說偈曰：「此殿飛來，何不回去？」忽聞空中語曰：「動不如靜。」賜額飛來寺。

《夜航船》卷十八「荒唐部」〈怪異‧陝西怪鼠〉篇記述：

天啟間，有鼠狀若捕雞之貍，長一尺八寸，闊一尺，兩旁有肉翅，腹下無足，足在肉翅之四角，前爪趾四，後爪趾五，毛細長，其色若鹿，尾甚豐大，人逐之，其去甚速。專食穀豆，剖腹，約有升黍。

《夜航船》卷十八「荒唐部」〈怪異‧支無祁〉篇記述：

大禹治水，至桐柏山，獲水獸，名支無祁，形似獼猴，力逾九象，人不可視。乃命庚辰鎖於龜山之下，淮水乃安。唐永嘉初，有漁人入水，見大鐵索鎖一青猿，昏睡不醒，涎沫腥穢不可近。

《夜航船》卷十八「荒唐部」〈怪異‧人變為龍〉篇講述：

元時，興業大李村有李姓者，素修道術。一日，與妻自外家回，至中途，謂妻曰：「吾欲過前溪一浴，汝姑待之。」少頃，風雨驟作，妻趨視之，則遍體鱗矣。囑妻曰：「吾當歲一來歸。」然變為龍，騰去。後果歲一還。其里呼其居為李龍宅。

其他如《夜航船》第十九、第二十類，屬於社會風俗生活的知識介紹，其實，就算作為日常生活知識，其敘說也已經不是單純的語言講述，而是另外一種意義上的傳說。

馮夢龍也好，張岱也好，其記述民間傳說故事，並不是完全的無目的，而是都在不同程度的「發名教之偽藥」，多多少少有著濟世的文化情懷，有時顯得極其強烈。如其《笑府》、《廣笑府》中所笑，對形形色色的社會現象中那些醜陋不堪的部分，都極盡嘲諷，等於為世人，也為後世留下一面明亮的鏡子，讓人時時刻刻檢討自己、提醒自己。如《夜航船》，其喋喋不休地講述天地萬物，講其源與流，講其遠古時代如何與伏羲、女媧、神農、黃帝、大禹這些大神產生關聯，也講社會現實中某地、某人如何展現千奇百怪的怪異；其意應該如同其書名，是人生黑夜中的一艘航船，需要用這些以社會風俗生活為重要內容的知識與思想去照亮人的前程，幫助人、啟發人，使得人不至於在茫茫夜色中迷途。這種情懷如同夸父追日，如同精衛填海，如同愚公移山，是古代思想家堅韌不拔的追求與探索的動力，這是中國民間文學史上具有普遍性的現象。

在明代民間文學史上，馮夢龍與張岱有意識地蒐集、整理民間傳說故事，進行必要的整理、甄別，這是一種文化現象；這一段時期，有許多學者做出這樣的努力。從其表現出的思想文化整體內容上可見，其民間文學史的價值主要展現在歷史的複述與現實的訴說兩個重要方面；尤其是現實的訴說中，明代民間傳說故事所展現的真實與深刻，常常是一般人文文化所無從企及的。民間文學中存在著中華民族獨特的思想智慧，是千百年來世代傳承和不斷累積的思想文化寶庫，是我們取之不盡、用之不竭的泉源。

二、歷史的複述

歷史文化被重複記述、講述的意義不僅僅在於現實文化中的溫故而知新，也不僅僅在於表現了一種持久的社會文化情緒與情結，更重要的是其作為歷史文化的記憶形式，使社會風俗生活的主體內容不斷被彰顯，在重複講述中不斷獲取社會現實性生活內容與思想文化內容，鼓舞、激勵、鞭策當世人，也促發人對自身的不斷思索或自省、自新。或曰，這是任何一個時代希望實現社會振興（中興、復興）、激勵自我的思想文化重要基礎。

歷史的複述有兩種基本形式，一是風物傳說內容與歷史傳說故事，一是日常生活的情趣與經驗（故事），包括精怪故事之類傳說。

歷史記憶總是在修復歷史，希望使歷史文化在傳承中保持相對完整的面目；其修復，便成為不斷融入想像的內容。許多傳說故事正是在修復過程中被傳承，甚至轉換為新的文化主題。

風物傳說內容與歷史傳說故事的複述意義在於其作為文化記憶、社會記憶，形成社會文化生活傳統，直接影響到這個時代的文化選擇與文化認同方式，包括社會主流形式的價值立場與各種民間信仰模式。明代談遷《棗林雜俎》中有〈殘苦廟〉，對傳統的介之推故事和地方傳統的記述與以往學者有不同之處。他講述道：「介之推從重耳出亡，追者甚急，之推以其子林代死。重耳入晉，之推妻及林妻，尋推，聞焚死於綿山，俱投井死。鄉人即其地立廟祀之，曰殘苦廟，在曲沃西關外。」其「死於綿山，俱投井死」與「鄉人即其地立廟祀之，曰殘苦廟」，出現了地方化的文化象徵，這是民間文學傳承中發生變異的結果。又如《棗林雜俎》中〈姜女手跡〉中所記「曲沃縣西南三十里，侯馬鎮南河西堰中，世傳姜女托堰哭夫，手印於堰，至今土雖屢傾，遺跡猶存」，其突顯了「世傳姜女托堰哭夫」故事的現實性存在，以「手印於堰，至今土雖屢傾，遺跡猶存」為證。

董永賣身葬父故事原出自魏晉南北朝時期《搜神記》，唐代敦煌文獻中有保存，此後宋、元時期屢屢被講述，此時王圻《稗史彙編》卷六十四〈方外門．女仙．董永妻〉記述為：

董永父亡無以葬，乃自賣為奴，主知其賢，與錢千萬遣之。永行，三年喪畢，欲還詣主，供其奴職。道逢一婦人曰：「願為子妻。」遂與之俱，主謂永曰:「以錢丐(與)君矣。」永曰:「蒙君之恩，父喪收藏。永雖小人，必欲服勤致力以報厚德。」主曰:「婦人何能？」永曰:「能織。」主曰:「必爾者，但令君婦為我織縑百匹。」於是永妻為主人家織十日而百匹具焉。

如〈韓憑妻〉故事，陳耀文《天守記》卷十八引《九國志》資料，記述為:

韓憑，戰國時為宋康王舍人。妻何氏美，王欲之，捕舍人築青陵臺。何氏作〈烏鵲歌〉以見志，遂自縊死。南山有烏，北山張羅，烏鵲高飛，羅當奈何！烏鵲雙飛，不樂鳳凰；妾是庶民，不樂宋王。

牛郎織女故事最早當見諸《詩經》，漢代《古詩十九首》等文獻有許多記述；唐、宋時期的詩文小說中更是經常提及。此時馮應京《月令廣義．七月令》引南朝梁殷芸《小說》資料，記述曰:「天河之東有織女，天帝之子也。年年機杼勞役，織成雲錦天衣，容貌不暇整。帝憐其獨處，許嫁河西牽牛郎，嫁後遂廢織紝。天帝怒，責令歸河東，但使一年一度相會。」王瑩《群書類編故事》卷二〈時令類．織女嫁牽牛〉則做另外一種景象的記述，曰:「桂陽成武丁有仙道，謂其弟曰:七月七日織女當渡河，諸仙悉還宮。弟問曰:織女何事渡河。答曰:織女暫詣牽牛。世人至今云織女嫁牽牛也。」

又如梁山伯與祝英台故事，陳仁錫《潛確類書》卷二八〈善權洞〉，記述道:

善權洞，在常州府宜興縣國山東南，一名龍巖。周幽王二十四年，洞忽自開。俗傳祝英台本女子，幼與梁山伯為友，讀書於此，後化為蝶。古有詩云:「蝴蝶滿園飛，不見碧蘚空。」蓋詠其事。南齊建元二年，建碧蘚庵於其故宅，刻「祝英台讀書處」六大字。

這是一篇關於梁山伯與祝英台故事的重要文獻。作者陳仁錫曾經在崇禎時期擔任過朝臣，之前不滿於閹黨，喜愛結交文士，與徐霞客是好朋友。他的《潛確類書》記述大量民間傳說故事，除此之外，還有神農澗、飛來峰等傳說的記述；此處講述梁祝故事，他將「俗傳祝英台本女子，幼與梁山伯為友，讀書於此，後化為蝶」，與「祝英台讀書處」等內容重新述說，是民間文學史上的重要異文。

望夫石傳說在許多地方都曾發生，其最早文獻記述於《幽明錄》；此時《夜航船》卷二「地理部」〈山川・望夫石〉記述為「武昌山有石，狀如人。俗傳貞婦之夫從役遠征，婦攜子送至此，立望其夫而死，屍化為石」；《蜀記》〈石新婦〉講述「昔有夫遠征，妻送至此；大泣，不忍歸，因化為石。至今郡人祠之」，《大明一統名勝志》〈望夫石〉講述「舊傳有婦人，其夫從戎；朝夕登望，後化為石」。《棗林雜俎》義集〈望夫石〉記述為「望夫石，人稔知之。肇慶府四會縣西二百里，有新婦石。夫為商不歸，久望遂化石。宋林小山詩：瘦骨崚嶒立海湄，綠苔曾是嫁時衣。江郎去作三衢客，目斷天涯竟不歸」。

述古的方式有真有虛，用意不盡相同。如陸灼《艾子後語》〈趙有方士好大言〉與〈艾子戲問〉，透過「大言」之「大」，在事實上講述了遠古時期的神話傳說故事，如其所記述：

趙有方士好大言，艾子戲問之曰：「先生壽幾何？」

方士啞然曰：「余亦忘之矣。憶童稚時與群兒往看宓羲畫八卦，見其蛇身人首，歸得驚癇，賴宓羲以草頭藥治，余得不死。女媧之世，天傾西北，地陷東南，余時居中央平隱之處，兩不能害。神農播厥穀，余已辟穀久矣，一粒不曾入口。蚩尤犯余以五兵，因舉一指擊傷其額，流血被面而遁。蒼氏子不識字，欲來求教，為其愚甚不屑也。慶都十四月而生，堯延余作湯餅會。舜為父母所虐，號泣於旻天，余手為拭淚，敦勉再三，遂以孝聞。禹治水，經余門，勞而觴之，力辭不飲而去。孔甲贈予龍醢一臠，余誤食之，於今口尚腥臭。成湯開一面之網以羅禽獸，嘗面笑其不能忘情於野味。履癸強余牛飲，不從，置余炮烙之刑，七晝夜而言笑自若，乃得釋去。姜家小兒釣得鮮魚，時時相餉，余以飼山中黃鶴。穆天子瑤池之宴，讓余首席；徐偃稱兵，天子乘八駿而返：阿母留余終席，為飲桑落之酒過多，醉倒不起，幸有董雙成、萼綠華兩個丫頭相扶歸舍；一向沉醉，至今猶未全醒，不知今日世上是何甲子也。」

艾子唯唯而退。

俄而趙王墮馬傷脅，醫云：「須千年血竭傅之乃差。」

下令求血竭，不可得。

艾子言於王曰：「此有方士，不啻數千歲，殺取其血，其效當愈速矣。」

王大喜，密使人執方士，將殺之。

方士拜且泣曰：「昨日，吾父母皆年五十，東鄰老姥攜酒為壽，臣飲至醉，不覺言詞過度，實不曾活千年。艾先生最善說謊，王其勿聽。」

趙王乃叱而赦之。

其中的「宓羲畫八卦，見其蛇身人首」與「女媧之世、神農播厥穀、蚩尤犯余以五兵、蒼氏子不識字」，以及堯舜禹等故事，在諷刺其「大言」的意義上，或許是一種虛妄，而在民間傳說故事的記憶述說層面，則形成一個遠古神話的譜系，因而具有非常特殊的價值意義。

在歷史述說的記憶展現中，話語表現方式常常出現「昔如何云云」之類套語，如浮白齋主人《雅謔．不死酒》講述「漢武帝時，有貢不死之酒者，東方朔竊飲焉。帝怒，欲殺之，朔曰：『臣所飲，不死酒也。殺臣，臣必不死；臣若死，亦不驗。』帝笑而赦之」故事；《雪濤小說．催科》「治駝背」講述昔有醫人，自媒能治背駝，曰：「如弓者、如蝦者、如曲環者，延吾治，可朝治而夕如矢。」一人信焉，而使治駝。乃索板二片，以一置地下，臥駝者其上，又以一壓焉，而即焉，駝者隨直，亦復隨死。其子欲嗚諸官，醫人曰：「我業治駝，但管人直，那管人死。」《客座贅語》卷下〈謔語〉：「昔有病傴者，自以為醜也，日購醫於市，曰：『誰能直我者，予千金。』或紿之曰：『我實能直汝。』傴喜，問其方。曰：『蠡爾背，斷爾筋，束版而夾之，三日直之。』左右曰：『害於生。』曰：『吾與其直爾，不保其生也。』」其開講皆有此「昔如何云云」。此種形式在後世被演化為「從前有一個地方、有一件什麼事情」的故事套式。

其他如《群書類編故事》卷十九〈宮室類．買宅得金〉，出自《列異傳》故事，此做記述：

魏郡張本富，賣宅與程應。應舉家疾病，賣與何文。文先獨持大刀，暮入北堂梁上。一更中，有一人長丈餘，高冠赤幘，呼曰：「細腰細腰。」應諾。「何以有人氣？」答：「無。」鯁去。文因呼細腰，問：「向赤衣冠是誰？」答曰：「金也，在西壁下。」問：「君是誰？」答云：「我杵也。今在灶下。」文掘得金三百斤，燒去杵。由此大富，宅遂清寧。

《笑贊．隱身草》亦為記述前代故事：

有遇人與以一草，名隱身草，手持此，旁人即看不見。此人即於市上取人之錢，持之徑去。錢主以拳打之，此人曰：「任你打，只是看不見我。」

謝肇淛《五雜俎》卷七一〈物部．食人參飛天〉記述食用人參而昇仙，也是記述前人故事。其記述曰：

相傳女道士師弟二人，居深山中。其徒出汲井畔，常見一嬰兒，語其師。師令抱至，成一樹根。師大喜，構火烹之。未熟，值糧盡，下山化米。師出門，而水大漲，不得還。徒飢甚，聞所烹者香美，遂食之，三日啖盡。水落師還，則其徒已飛昇矣。又，維揚一老叟，常擾眾酒食。一日，邀眾治具，丐者數人，捧二盤至，一蒸小兒，一蒸犬也。眾嘔噦不食。道士懇請不從，乃嘆息自食之，且盡。其餘分諸丐者。乃謂眾曰：「此千歲人參、枸杞，求之甚難，食之者白日昇天。吾感諸公延遇，特以相報，而乃不食，信乎仙分之難也！」言未已，群丐化為金童、玉女，擁道士上升矣。

寶鏡傳說起源甚早，如《松窗雜錄》中曾經有記述。此時《稗史彙編》卷一四一〈珍寶門．寶器．秦淮寶鏡〉記述：

衛公長慶中在浙右，會有漁人於秦淮垂機網下深處，忽覺力舉異於常時，……忽得古銅鏡可尺餘，光浮於波際。漁人驚取照之，歷歷盡見五臟六腑營脈皆動。竦駭神魄，因腕戰而墜。……聞之於公，盡周歲萬計窮索水底，終不復得。

其卷一四一〈珍寶門．寶器．鏡湖大鏡〉記述：

會稽鏡湖在唐日廣袤三百里，後來貧民盜占為田，今之視昔，不及十分之一也。崇寧間，漁人夜引網罟，覺甚重，強加挽拽竟不能舉，乃召集同輩，合力久而方升，乃一大古鏡，方五、六尺，厚五寸，形模奇怪。或持以鑑形，於昏暗中腸胃肝鬲皆洞見之。置之舟內，欲明日齎詣越府，貨於市，忽鏗然有聲，光彩眩晃，湖水如晝。俄頃復躍於波心，風激浪湧，移時始定。湖濱父老今尚有及見者。

玉真娘子故事見諸《睽車志》；田汝成《幽怪錄．程迥》記述為：

程迥者，伊川之裔，紹興八年，居臨安之前洋街，門臨通衢，垂簾蔽戶。一日，有物如燕，飛入倚堂壁。家人視之，乃一美婦，長可五、六寸，形質宛然，容服妍麗，見人殊不驚懼，小聲嚦嚦可辨，自言：「玉真娘子也。偶至此，亦非禍君。君能奉我，當有利喜。」迥家乃就壁為小龕居之，晨夕香火供奉。頗預言休咎，皆驗。好事者往往求觀，必輸百錢方啟龕。至是絡繹，家遂小康。至期年，飛去，不知所在。

明代傳說故事的歷史複述典型當數《龍圖公案》，或作《新鐫全像包孝肅公百家公案演義》，作者或佚名，其故事以宋代著名政治家包拯為主角，將許多包公傳說故事貫穿起來，是中國民間文學歷史上最早的包公傳說故事集。當然，包公傳說在宋代就已經流傳，此作品屬舊事新說。如其卷三〈殺假僧〉所記述，無論是語言還是故事情節安排，都展現出鮮明的民間語氣：

話說東京城三十里，有一董長者，生一子，名董仁。住居乃東京城之馬站頭，造起數間店宇，招接四處往來客商，日有進益，長者遂成一富翁。董仁因娶得城東茶肆楊家女為妻，頗有姿色，每日事公姑甚恭敬，只是嫌她多些風情。仁又常出外買賣，或一個月一歸，或兩月一歸。

城東十里外，有個船艄名叫孫寬，每日往來董家店最熟，與楊氏笑語，絕無疑忌。年久月深，兩情繾綣，遂成歡娛，聚會如同夫婦。

寬伺候董仁出外經商，遂與楊氏私約道：「吾與娘子情好非一日，然歡娛有限，思戀無奈。娘子不若收拾所有金銀物件，隨我奔他處，庶得永為夫婦。」

楊氏許之。二人對天立誓，乃擇十一月二十一日，良辰日子，相約同去。

至某日，楊氏收拾房中所有，以待孫寬之來。黃昏時，忽有一和尚來宿於董翁店，稱是洛州翠玉峰大悲寺僧，名道隆，因來此方抄化，天晚投宿一宵。董翁平日是個好善的人，便開店房，鋪排床蓆，款待和尚。飯罷即睡。時正大寒欲雪，董翁夫婦閉門睡熟。二更時候，寬叩門來，楊氏遂攜所有錢物，與寬同去。走出門外，但見天陰雨溼，路滑難行。楊氏苦不肯行，密告孫寬道：「欲去不得，別約一宵未遲。」孫寬自想道：「恐漏洩此事。」又見其所有物色頗富，遂拔刀殺死楊氏，奪卻金寶，置其屍於古井中而去。

未幾，和尚起來出外登廁，忽跌入古井中。井深數丈，無路可上。至天明，和尚小伴童起來，遍尋和尚不見，遂喚問店主。董翁起來，遍尋至飯時，亦不見楊氏。徑入房中，看四壁皆空，財物一無所留。董翁思量：

「楊氏定是與和尚走了。」

上下山中，遍尋無跡，遂問卜於巡官。巡官占云：「尋人不見，宜向東南角上搜尋。」

董翁如其言，尋至屋廁枯井邊，但見蘆草交加，微帶鮮血。忽聞井中人聲，董翁遂請舍東王三，將長梯及繩索，直下井中。但見下有一和尚連聲叫屈，阿楊已被人殺死在井中。王三將長繩縛了和尚，吊上井來。眾人將和尚亂拳毆打，不由分說。鄉鄰里保具狀，解入縣衙。將和尚根勘，日夕拷打，要他招認。和尚受苦難禁，只得招認。

知縣遂申縣府衙。

包公喚和尚問及原因，和尚長嘆道：「前生負此婦冤死債矣！」從實直供。

包公思之：「想那洛州和尚，與董家店相去七百餘里，豈倉卒能與婦人私通期約，必是冤屈難明。」遂將和尚散禁在獄，日夕根探，竟無明白。偶得一計，喚獄司就獄中所有大辟該死人，將一人密地剃了鬚髮，假作僧人，押赴市曹斬了，號令三日。稱是洛州大悲寺僧，為謀殺董家婦阿楊事，今已處決。又密遣公吏數人，出城外探聽，或有眾人擬議此事是非，即來通報。

諸吏行至城外三十里，因到一店中買茶，見一婆子。因問：「前日董翁家殺了阿楊公事曾結斷否？」

諸吏道：「和尚已償命了。」

婆子聞說，搥胸叫屈：「可惜這和尚，枉了性命。」

諸吏細問因由。

婆子道：「是此去十里頭，有一船艄名孫寬，往來於董家最熟，與阿楊私通，因謀她財物，遂殺了阿楊，棄屍井中。全不干和尚事。」

諸吏即忙回報包公。

包公便差公吏數人，密緝孫寬，枷送入獄。根勘，寬苦不肯招認。因令取縣招當堂，縣官笑紿之曰：「殺一人不過一人償命。和尚既償了命，安得有二人償命之理？但是董仁所訴失了金銀四百餘件，你莫非撿得，便將還他，你脫其罪。」

孫寬甚喜，供招：「是舊日董家，曾寄下金銀一袱，至今收藏小匱中。」

包公差人押孫寬回家，取金銀來到，就喚董仁前來證認。

董仁一見物色，便認得金銀器及錦被一條：「果是我家物色。」包公再勘，董家原昔並無寄與金銀之事。又勾喚店婆來證，孫寬仍抵賴，不肯招認。

包公道：「阿楊之夫經商在外，汝以淫心戲之成奸，因利其財物，遂致謀害。現有董家物色在此證驗，尚何得強辯不招？」

孫寬神魂驚散，難以掩藏，只得一筆招成。遂押赴市曹處斬。和尚釋。

因為多種原因，民間文學的語言保存，常常受到文字書面化處理，而失去其直接源自於社會現實生活的新鮮活潑。《龍圖公案》有效地保留了這些內容，具有非常重要的語言價值。

三、現實的訴說

現實的訴說，其實就是俗說的現實。不同歷史時期的現實俗說，有不同的形式，即體裁。明代社會現實生活中，光怪陸離的景象在口頭講述與具體記述中，一般出現幾種形式，即「訟案或揭發」、「怪異與報應」、「道理」，分別表現為：以公案、訴訟為主要內容的社會紛爭，為了財產利益或意氣情感，打破生活中的平靜；以所謂精怪、鬼神為主要內容的奇怪的自然變化或奇異的社會現象，給予人不平凡的感覺；或令人忍俊不禁，或令人啼笑皆非，看似荒誕不經或瘋瘋傻傻的生活故事，在日常生活的講述中，取其一點極其精妙之處，傳達出許多不同尋常的人生道理或社會道理。

1. 訟案或揭發

訟案的本質就是不可調和的社會生活衝突，衝突形成的原因，主要歸結於財產或各種利益，所以，此類傳說故事的主題多是偷盜、搶劫、偷情、謀殺、欺騙等社會生活中的極端現象。整體來說，所有的訴訟都是關於背叛，都屬於「不義」；所以，民間文學尤其重視對情與義的歌頌，諸如關羽、岳飛，以及遍地設立的關帝廟、岳王廟，在傳說中展現著熱情、慷慨、大義。所以，民間社會不將衝突輕易訴諸於對簿公堂的訴訟層面。民間傳說故事對這些內容的表現，世代流傳，成為這種文化傳統的見證。

一個值得注意的現象是，關於財產爭奪雙方的關係，在民間傳說故事中，一般發生在親情之內。這令人想起許多問題，其著重於一點，其實就是民間傳說故事的講述，在事實上發揮了維護道德與情感的社會穩定，即疏通社會情感的重要作用，如《雪濤小說．才史》「一人被兄匿其祖父遺資數千金」與「以重法繩其兄」，講述了一個爭奪財產的故事：

> 又一人被兄匿其祖父遺資數千金，訴於偰。偰命開具祖父以來家資，既至，收而藏之，置不問。一日密授其數於獄中盜，陰令投牒曰：「某器某器係我盜得，今寄某人兄所。」偰收其牒，命卒執某兄赴縣與盜質，指牒曰：「某器某器，今皆在爾所，皆盜寄也。爾罪與盜等，應死。」其兄遽曰：「器誠有之，然某器吾祖遺也，某器吾父遺也。」偰曰：「器出爾祖爾父，有何憑據？」其兄曰：「兩世分書見在，何謂無憑？」偰命取分書驗之，乃曰：「我固知爾祖爾父有此遺爾，爾何得不分給爾弟，而獨擁之乎？」遂剖為兩股，兄弟各得其一，而以重法繩其兄。

鄭瑄《昨非庵日纂》卷十五「富民張老無子，贅婿於家」，講述財產爭奪，爭奪雙方是岳父與女婿。其講述道：

富民張老無子，贅婿於家。後妾生子，名一飛，甫四歲而張卒。張病時謂婿曰：「妾子不是任吾財，當畀汝夫婦。爾但養彼母子不死溝壑，即陰德矣。」於是出券書云：「張一非吾子也，家財盡與吾婿，外人不得爭奪。」婿乃據之不疑。後妾子壯，告官求分。婿以券呈官，遂置不問。他日奉使者至，妾子復訴，婿仍前赴證。奉使者因更其句讀曰：「張一非，吾子也，家財盡與。吾婿外人，不得爭奪。」曰：「爾父翁明謂吾婿外人，爾尚敢有其業耶！詭書『飛』作『非』者，慮彼幼為爾害耳。」於是斷給妾子，人稱快焉。

再者，如各種欺世盜名、招搖撞騙行為，明代民間傳說故事中有許多講述。如王同軌《耳談》卷十三〈僧詐〉講述的是一個欺騙世人的故事：

有僧異貌，能絕粒，瓢衲之外絲粟俱無，坐徽商木筏上，旬日不食不飢。商試之，放其筏中流，又旬日亦如此，乃相率禮拜，稱為活佛，競相供養。曰：「無用供養，我某山寺頭陀，以大殿毀，欲從檀越乞布施，作無量功德。」因出疏令各占甲乙畢，仍期某月日入寺相見。及期眾往，詢寺絕無此僧。殿即毀，亦無乞施者。方與僧駭之，忽見迦藍貌酷似僧，懷中有簿，即前疏。眾詫神異，喜施千金，恐洩語有損功德，戒勿相傳。後乃知始塑像因僧異貌，遂肖之作此伎倆，而不食乃以乾牛肉臠大數珠數十顆，暗啖之，皆奸僧所為。王元禎談。

明代社會市場形態發生重要變化，市民階層社會生活意識展現出與以往歷史時期不同的特徵，交換與信用問題被許多民間傳說故事所涉及，其不僅僅表現在商品流通領域，而且展現在社會生活的各個方面。如王同軌撰《耳談》卷十一〈娶婦得郎〉講述了「金陵人有女且于歸，而婿病劇」這樣一個失去信用而引發的訴訟故事。其記述曰：

金陵人有女且于歸，而婿病劇。婿家貧利女奩具，故強迎女視婿，女家難之，而又迫於求，欲卻不能，因計其子年貌類姊，遂飾子往。故稱未成禮，不宜見尊親，常蔽其面。婿家不知以婿之妹伴嫂，宿於別室，是夜婚合。越三日，女家迎女歸，妹自陳嫂是男子，已為我婿矣。婿家大恚，訟於法司。法司曰：「渠不宜以男往，爾柰何以女就之乎？殆是天緣，聽其自配。」後婿病亦愈，女竟得歸。一嫁女而得婦，一娶婦而得郎，虛往實還，網魚得矣。予里盧孝廉遊吳歸談。

又如一諾千金，展現出中國文化傳統中對於信用恪守的人生理念與信念。明末清初，周亮工著《書影》（全稱《因樹屋書影》）有「京師小市中有舊鐵條」，引發「闖賊陷京師後，得之於老中官」故事，表面上似乎在講一個識寶故事，其實講述的是信用及其背後社會道德差異等問題。同時，筆者也在抒發社會動盪的感時情懷。

其記述曰：

京師小市中有舊鐵條，垂三尺，闊二寸許，形若革帶之半，中虛而外鏽，面鼓釘隱起，不甚可辨，列於肆中，人無問者。

積年餘，有高麗使客三四人過，取視良久，問價幾何？鬻者謬云錢五百，使客立解五百文授之。

其人疑而詭對曰：「此固吾鄰人物，俟吾詢諸主者。」

頃之，使客復來。鬻者曰：「向幾誤，主者言非五金不可。」使客即割五金無難色。

其人則又為大言曰：「公等誤矣，吾曹市語，舉大數以為言，五金蓋五十金也。」

使客曰：「吾誠不惜此，但不得更悔！」

鬻者私念一廢鐵休夾條而得此重價。藉令失此售主，即數十錢亦不可得，因許之而問其所用。

時觀者漸眾。使客乃如數畀鬻者金，即以鐵條付其侶，乘馬疾馳去，始告之曰：「此大禹定水帶也。禹治水時，得此帶九，以定九區平水土。

此乃九之一，凡遇鹹苦汙濁之水，一投此帶於中，即立化為甘泉，足以珍耳。」

市之好事者隨至高麗館，請試驗之。使客命汲苦水數石，貯之缸中，先攪以鹽，後投此帶。水忽沸作魚眼數十，少頃汲而飲，甘洌遠勝山泉，遂各嘆服而去。

鬻者言，闖賊陷京師後，得之於老中官。蓋前朝大內物也。滄桑變幻，內府珍異流落人間，可勝慨嘆云云。

除此之外，民間傳說故事批判欺騙社會的各種惡行，對其進行無情的揭露，也出現與西門豹破除迷信相似的傳說故事。

如《菽園雜記》卷七「京師閭閻，多信女巫」故事記述曰：

京師閭閻，多信女巫。有武人陳五者，厭其家崇信之篤，莫能制。一日含青李於腮，紿家人瘡瘇痛甚，不食而臥者竟日。其妻憂甚，召女巫治之。巫降神，謂五所患是名丁瘡，以其素不敬神，神不與救。家人羅拜懇祈，然後許之。五佯作呻喚甚急，語家人云：「必得神師入視救我，可也。」巫入按視，五乃從容吐青李示之。捽巫，批其頰而出之門外，自此家人無崇信者。

又如方孝孺《遜志齋集》卷六〈越巫〉記述「趙巫自詭善驅鬼物」而為「惡少年」作弄，其「巫至死不知其非鬼」故事曰：

趙巫自詭善驅鬼物。人病，立壇場，鳴角振鈴，跳擲叫呼，為胡旋舞，禳之。病幸已，饌酒食，持其貲去；死則諉以他故，終不自信其術之妄。恆誇人曰：「我善治鬼，鬼莫敢我抗。」

惡少年慍其誕，其夜歸，分五六人棲道旁木上，相去各里所。候巫過，下砂石擊之。巫以為真鬼也，即旋其角，且角且走，心大駭，首岑岑加重，行不知足所在。稍前，駭頗定，木間砂亂下如初。又旋而角，角不能成音，走愈急。復至前，復如初。手慄氣懾，不能角，角墜；振其鈴，既而鈴墜，唯大叫以行。行間履聲及棄鳴谷響，亦皆以為鬼號。求救於人甚哀。

夜半抵家，大哭叩門。其妻問故，舌縮不能言，唯指床曰：「亟扶我寢，我遇鬼，今死矣！」

扶至床，膽裂死，膚色如藍。

巫至死不知其非鬼。

祝允明《九朝野記》中「景泰中有僧約眾期焚身，錢鏹坌集」故事，揭露僧人利用佛法騙人，其記述曰：

景泰中有僧約眾期焚身，錢鏹坌集。至時果就火，民擁仰。巡按御史聞之來視，令止炬。扣所願，三四不應。御史訝，令人升柴棚察之，僧但攢眉墮淚，凝手足坐，不動不言。御史命之下，亦不能。乃諸髡縛著薪上，加以緇衲，而麻藥噤其口耳。伺其蘇，訊得之乃知歲如此。先邀厚施，比期取一愚髡當之也。遂抵於辟。

俗說現實生活中的各種惡俗，表現出明代民間傳說故事的批判精神，其名為訴訟與揭發，其實更是對人性的解剖。如祝允明《九朝野記》卷四「嘉定有少年曰徐達，巧黠而亡賴」記述曰：

嘉定有少年曰徐達，巧黠而亡賴。聞一家將嫁女，借持櫛具去為女開面，即復謀為婚筵茶酒。嘉會日，達相事未終，輒不辭而去，約二惡少共竊女。昏時，二少避後墉外，達復入供事。至入更，獨在室，突入，急負之，奔至後垣，開門授二少。復閉門入，乃出前門而去。乃趨往，同抉女去如飛。女羞怕不能呼喚。

俄而其家失婦，訝惑，一黠奴謂家長：「茶酒素亡賴，數睥睨新人，殊似有奸態，兩度不辭而去，可疑也。」女父母亦言開面事。二家奴僕言曰：「渠非本技業人，直造奸耳。」因俱入後巷追之。巷甚永而無旁岐。二少見勢逼，棄女而逸。達獨持之行，無計他去，適道旁有井，遂擠女其中。衆既追及，達就執，訊之，不伏。待旦，上於縣，始吐實。與往檢覓，果得屍，然而男子也。達亦自怪。逮二少對，同達詞。舅姑或謂事由父母，又逮之。及妁人、兩家鄰，交訊皆無可言，官不能決。榜召屍屬，亦終無認者。乃獨擊達史，數拷掠，竟無狀。居歲餘，官方引問達，適開封某縣解至二囚，一男一女。達回首見之，大駭號叫：「久昧女所在，此真是也，鬼耶？」官召前問之，始得其實。

方女入井眢，不死，大呼求救，而追人得達，喧譁擁回，不聞井中聲也。將曙，有二男子井旁過，即開封人同賈於松而歸。聞聲趨視，因以甲下井肩女，乙以布接出。既出，乙視女，忽念甲貲厚，因而戕之，則誰知者？顧獨得美婦兼其貨，非計邪？遂下之石，甲斃焉，即所出疑屍也。乙問女得故，曰：「若當從我逝矣。我開封富家，若幸為我妾，而勿道實於我家人。不然，若為人女婦而外逸，尚可返復女婦乎？」女懼從之至乙家，甲家來問乙甲耗。乙言分手於蘇州，女如乙戒。而乙婦極悍，毒女百端，女絕不能當。一日，乙出，女謀諸鄰媼。媼言：「若固無罪，特從誘脅來，何苦忍如是？」因導之奔訴於官。於是逮乙，與女解來審驗耳。令聞之，大嘆息，回牒正乙誅而論達、少如法，還婦於先夫焉。

王同軌《耳談》卷十五〈杞縣疑獄〉記述曰：

河南杞縣一民家女，將嫁，令櫛工整容，俗固如此。女貌美，工心動不能自持，是夜隨女至婿家。其時，雜沓不辨，婿家主婦治饌，翁婿奉客，堂上唯獨有女，匠遂作婿，直入牽女從他戶出走，女不省何意，從之行。頃之，家失女，舉火尋覓。匠見火光，謂是追己，走益急。道旁有眢井，遂推女墮井中，獨身逃。

其家不獲女，以訟於官，人始謂，其夜見人似櫛工者，逮工至，栲訊吐實，稱女在井。起之，乃一鬚男子，非女，不省其故，但械繫工獄中。蓋女墮之明辰，有二商過井旁，聞井中呼聲，視之，女也。二商為計解橐中繩以一人下繫女腰，以一人秉繩其上。及女上，秉繩者視之絕美，更利下者槖金，竟棄下者，攜女及槖直走吳之嘉定居焉。既得美婦、饒槖金，意亦驕縱，常撻女。女怨，潛以語鄰媼其故，媼以聞官。官鞠實，以人、女拘赴杞縣，始知髯男子所偶商也，與工並置法，女以給其夫，始合焉。朗哉談。

又如王同軌《耳談》卷四〈劉尚賢〉記述「萬曆乙未年」間發生於社會現實生活中一個謀財害命的故事：

孝感縣民劉尚賢、張明時，二人約為死友，實以利合也。偶夜行，見火磷磷，識其地，掘之，見銀笥矗起。二人大喜，謂宜具牲醴祭禱，然後鑿取。劉已置毒盞中，令張服之。張亦腰斧而來，乘醉擊劉死，而不知己已中毒也。兩人者皆死，其家人往視銀笥，濯濯無跡。萬曆乙未年事。

明代民間傳說故事中，商人形象出現頗為頻繁，其故事講述商人階層的是是非非，在中國民間文學史上具有時代代表性意義。比如祝允明《枝山前聞》記述「縣有民將出商」故事曰：

聞之前輩說，國初某縣令之能。縣有民將出商，既裝載，民在舟待一僕久不至，舟人忽念商輜貨如此而孑然一身，僕又不至，地又僻寂，圖之易耳，遂急擠之水中，攜其貲歸。乃更詣商家，問：「官人何以不下船？」商妻使人視之，無有也。問諸僕，僕言適至船則主人不見，不知所之也。乃姑以報地里。地里聞之縣，逮舟人及鄰比訊之，反覆卒無狀，凡歷幾政莫決至此。令遂屏人獨問商妻，舟人初來問時情狀、語言何如也。商妻曰：「夫去良久，船家來扣門。門未開，遽呼曰：『娘子，如何官人久不下船來？』言止此耳。」令屏婦，復召舟人問之，舟人語同。令笑曰：「是矣，殺人者汝。汝已自服，不須他證矣。」舟人譁曰：「何服耶？」令曰：「明知官人不在家，所以扣門稱娘子。豈有見人不來而即知其不在，乃不呼之者乎？」舟人駭服，遂正其法，此亦神明之政也。

《稗史彙編》卷一五七〈禽獸門．獸三．秦邦犬〉表面上講述了一個

「富商遇害」故事，其實在於反映出明代社會隱祕處普遍存在的道德失卻日益嚴重的社會現象：

永樂初，淮安秦邦家業饒裕，止生一子，尚在襁褓，然好貨殖四方。時年四十，將買舟貿易於京師。卜之不利，妻許氏苦諫不聽。邦家畜一白犬，經數年相隨出入，甚有靈性。是日解纜開舟，犬忽呼號躑躅，躍入舟內邦衣裾，若有阻行之意。邦不悟，遂挈之偕行。

舟次張家灣夜，邦與舟人醉臥於蓬底。有寇王甲、王乙者，率凶徒各執利刃登舟，俱被刺死於水，唯白犬從後艙躍出。王甲被齧，右手幾殞。王乙持刃逐犬，犬赴水遁。二賊悉擄舟貲，埋邦屍於水滸而去。犬潛尾二賊到家，預設其處。晝則乞食於外，夜伏水次守邦屍，如是數月，人皆異之。

未幾，巡河御史呂希望駐節，忽見白犬號呼岸傍，狀如泣訴。希望異之，曰：「此處必有冤。」令吏卒從犬足跑地處掘開，果見邦屍。犬悲號屍傍不去。希望曰：「此必故主被人謀害，但不知凶身何在，犬能指其處乎？」犬搖首遂行，命吏卒隨之。里許至一室，二賊方與眾親會飲。犬徑入先啣王甲衣裾，次齧王乙足履。吏卒執縛二賊至御史案前，考掠未服。希望狐疑之際，忽一人啼哭而至，訴曰：「某乃秦邦僕也。吾主貿易於此，被二賊劫財殺主，某亦被刺於水，幸而不死。此屍即吾主也。」二賊遂伏罪。希望問成案牘，奏聞處斬，尋追贓給主，遐邇神之。

《稗史彙編》卷一五七〈禽獸門．獸三．犬報商冤〉講述了「成化間，有一富商寓在京齊化門一寺中，寺僧見其挾重貲，因乞施焉」這樣一個謀財害命的故事。其記述曰：

成化間，有一富商寓在京齊化門一寺中，寺僧見其挾重貲，因乞施焉。商頷之而未發也。僧自度其寺荒寂，乃約眾徒先殺其僕二，即以帛縊商死，埋寺後坑中，以二僕屍壓其上，實之以土，盡取其所有。

越二日，有貴官因遊賞過其寺，寺犬嗚嘷不已，使人逐之，去而復來。官疑之，命人隨犬所至。犬至坎所伏地悲嘷。官使人發視之，屍見矣。起屍而下有呻吟之聲，乃商人復醒也。以湯灌之，少頃能言。遂聞於朝，盡捕其僧，寘於法。是歲例該度僧，因是而止。嗚呼，僧不若犬也哉！

江盈科《諧叢·判詞》「兩屠兒合本營生」故事，為見利忘義：

兩屠兒合本營生，一名王三。每日五鼓，其夥伴輒過王三之門，呼曰：「王三，去買豬。」如此者數歲。一日，夥伴圖財，將王三殺死曠處，盡奪其資。明日五鼓，復過門呼曰：「王三嫂，叫王三去買豬。」妻驚疑數日，不見夫歸，鳴於官。謂他無可據，只是數年之中，夥伴每日喚王三，到這一日，突然呼王三嫂，似是知情。部官立判曰：「過門大叫王三嫂，已識家中無丈夫。」訊其人，其人輸服，遂抵死。

男女私情，或為兩情相悅，或為一廂情願，或為強奪強取，各種行徑形成社會生活現實中被揭發的問題。最嚴重的問題是姦夫殺夫，使凶惡本性盡然暴露，形成社會和家庭極大的災難。此類現象頻頻出現在民間傳說故事中，以不同形式被反覆講述，這或許是明代社會風俗生活中常見的現象，直接展現出世風的邪與正。

祝允明《九朝野記》卷四「丁四官人蒙冤」記述：

某氏有婦，與小姑春日在圃中作鞦韆戲。圃前短垣，外臨官道。有美少年走馬牆外，駐而寓目。二女瞥見之，皆興感慕，因問侍婢：「識此郎否？」婢令人物色之，報云：「丁四官人也。」此郎固不知。少年自去。明日，鄰嫗小與二女周旋之，頗言：「小娘昨見丁四官人乎？」女以為得其情，頗發。嫗曰：「無庸諱我，此來正為丁郎耳。郎昨睹芳儀，固深顧注。」二女稍問郎蹤跡，嫗盛稱其美。嫗見小姑有動意，入其寢，識其戶徑而去。

入夜，女滅燭不寐，恇忪若有所伺。宵深，忽一郎踰垣而入，暗中即闖女房。女誰何之？小語曰：「我丁四官人也。」女默然，攜手入就寢。未明而逝，初不睹其面也。是夕復至，亦在暗中。相處荏苒數月。

一日，女以事適外家，且久未返。兄嫂遷寢其室，亦滅燭而寢。郎來見扃戶，毀窗而入，遽登床捫女，得駢首枕上，即取所佩刀斷雙頭而去。詰旦，家人入視，見之，不審何故，直以為盜。聞於官，緝捕無狀。

後至一上官錄之，因沉思良久，謂翁媼曰：「若子婦故居此室耶？」翁媼言：「故為女室，斯夕偶暫宿耳。」上官命召女至，訊之，即承與丁通。逮丁至，詗之，愕然無答。女言前事，丁亦惘然曰：「是日從牆外偶駐，雖見鞦韆事，初無謀念，小玩而過。其後事略不知也。顧安得終妄若此？」官猶以為詐，問：「識之乎？」女言：「每來輒在暗中，終不及早，固不識也。」官更沉慮，因逮媼掠之。媼乃不能諱。初，二女偶語時，媼伏鄰壁聞之，因宛轉從屬其子耳。捕子至，即具服，言：「久與女私甚密。是夜見其閉戶，疑其他也。入襲之，果與男子並寢，遂戕之耳。不知其非女也。」於是各正其辟。

黃暐《蓬軒類紀》卷一〈妖人記〉記述「成化庚子，京師有寡婦，善女紅」故事曰：

成化庚子，京師有寡婦，善女紅，少而艾，履襪不盈四寸，諸富貴家相薦引，以教室女刺繡。見男子輒羞避，有問亦不答。夜必與從教者共寢，亦必手自鑰戶，嚴於自防，由是人益重之。

庠生某，慕寡婦，必欲與私，乃以厥妻紿為妹，賂鄰嫗往延寡婦。婦至，生潛戒其妻，將寢則啟戶如廁。妻如戒，生遽入滅燭。婦大呼，生扼其吭強犯之，則男子也。

厥明繫送於官，訊鞫之，姓桑名翀，年才二十四，自幼即縛足小而為是，圖富貴家女，與之私者如干人。法司上其獄，憲廟以為人妖，置諸極典云。

《耳談》卷七〈臨安寺僧〉記述「吳中一生與臨安某僧相善，從遊最久」故事，揭露淫蕩的僧人危害社會風俗，其記述日：

吳中一生與臨安某僧相善，從遊最久。一日，過寺值僧他出，徑入其所居奧室，見榻前懸一小木魚，無心敲擊，忽榻後板鈴響，一少婦出，即士所識中表戚也。兩相駭詫。板即屏內一片，而巧合縫，可開可閉，所謂地窖子也。婦愠縮入，生亦奔歸，遇僧於門。僧既驚失鎖戶而又訝，生色異，知事已露，故以好強挽生返，曰：「今日之事，勢不兩生，唯足下自裁。」生亦嗟訝曰：「自墮火坑，知賊禿不能釋我，固我死日第求一大醉而子誦經拜懺，我甘自縊耳。」僧從之，大嚼以酒而拜誦如法。生睨其罍巨，注酒復滿，當其拜伏即舉以擊，僧腦破，連刺之死，奔出以聞郡，盡屠諸僧。婦女出者凡六輩，皆先後盜入或以求子誘入者。

陸粲撰《庚巳編》卷九〈人妖公案〉記述「都察院為以男裝女，魘魅行奸異常事」故事曰：

都察院為以男裝女，魘魅行奸異常事，該直隸真定府晉州奏：犯人桑沖，供系山西太原府石州李家灣文水東都軍籍李大剛姪，自幼賣與榆次縣人桑茂為義男。成化元年，訪得大同府山陰縣已故民人谷才，以男裝女，隨處教人女子生活，暗行奸宿，一十八年，不曾事發。沖要得仿效，到大同南關住人王長家尋見谷才，投拜為師，將眉臉絞剃，分作三柳，戴上鬏髻，妝作婦人身首。就彼學會女工，描剪花樣，扣繡鞋、頂合包、造飯等項，相謝回家。比有本縣北家山任茂、張虎，谷城縣張端、大馬站村王大喜，文水縣任昉、孫成、孫原前來見沖，學會前情。沖與各人言說：「恁們到各處人家，出入小心，若有事發，休攀出我來。」當就各散去訖。

成化三年三月內，沖離家到今十年，別無生理。在外專一圖奸，經歷大同、平陽、太原、真定、保定、順天、順德、河間、濟南、東昌等府，朔州、永年、大谷等，共四十五府州縣，及鄉村、鎮店七十八處。到處用心打聽良家出色女子，設計假稱逃走乞食婦人，先到傍住貧小人家投作工。一二日，使其傳說引進，教作女工。遇晚同歇，誑言作戲，哄說喜允，默與奸宿。若有秉正不從者，候至更深，使小法子，將隨身帶著雞子一個，去青，桃（卒）七個，柳（卒）七個，俱燒灰，新針一個，鐵鎚搗爛，燒酒一口，合成迷藥，噴於女子身上，默念昏迷咒，使其女子手腳不動，口不能言。行奸畢，又念解昏咒，女子方醒。但有剛直怒罵者，沖再三陪情，女子念忍。或住三朝五日，恐人識出，又行挪移別處求奸。似此得計十年，姦通良家女子一百八十二人，一向不曾事發。

成化十三年七月十三日酉時分，前到真定府晉州，地名聶村，生員高宣家，詐稱是趙州民人張林妾，為夫打罵逃走，前來投宿。本人仍留在南房內宿歇。至起更時分，有高宣婿趙文舉，潛入房內求奸。沖將伊推打，被趙文舉將沖捽倒在炕按住，用手揣無胸乳，摸有腎囊，將沖捉送晉州，審供前情是實。參照本犯立心異人，有類十惡，律無該載。除將本犯並奸宿良家女子姓名開單，連人牢固押法司收問外，乞敕法司將本犯問擬重罪等因，具本奏。奉聖旨：「都察院看了來說，欽此欽遵。」臣等看得桑沖所犯，死有餘辜。其所供任茂等，俱各習學前術，四散姦淫，欲將桑沖問擬死罪，仍行各處巡按御史挨拿任茂等解京，一體問罪，以警將來。及前項婦女，俱被桑沖以術迷亂，其姦非出本心，又不礙人眾，亦合免其查究。成化十三年十一月二十日，掌院事太子少保兼左都御史王等具題，二十二日於奉天門奏。奉聖旨：「是這廝情犯醜惡，有傷風化，便凌遲了，不必覆奏。任茂等七名，務要上緊挨究，得獲解來，欽此。」（右得之友人家舊抄公牘中。）

陸武《病逸漫記》「正統初年，北京東角頭有馬姓者，通其里婦某」記述曰：

正統初年，北京東角頭有馬姓者，通其里婦某。遇婦之夫自外歸，馬潛隙以伺。至五鼓，夫起有他出，以天寒，不欲其婦同起，且為之覆被，按撫極其周至，然後去。馬窺視之甚審，因念其夫之篤愛如此，而其婦乃反疏外通於人，甚為之不平，入廚中取刀殺其婦而去。後以夫殺死，坐其夫棄市。馬遂陳其見殺之由曰：「是某殺之也。」監刑者止其事，遂皆釋之。

江盈科《雪濤小說．慎獄》記述「國初某校尉素通戍卒之妻」故事曰：

國初某校尉素通戍卒之妻，一日尉與妻臥，卒偶歸，尉避之門內，妻曰：「爾何為歸？」答曰：「我憐爾寒，為爾整被。」言訖復去。尉忿然謂卒妻曰：「爾夫憐爾，爾反憐我，不義孰甚？」遂殺之，釋刀而去。比明，有賣菜老傭入其室，見屍血淋漓，驚跳而出。鄰人執之，傭不能辯，遂誣服罪。後至臨決，尉乃出首前故，而自祈死，太祖並釋之。

馬龍生《鳳凰臺記事》「洪武中，京師有校尉與鄰婦通」記述曰：

洪武中，京師有校尉與鄰婦通。一晨，校瞰夫出，即入門登床。夫復歸，校伏床下。婦問夫曰：「何故復回？」夫曰：「見天寒思爾冷，來添被耳。」乃加覆而去。校忽念彼愛妻至此，乃忍負之，即取佩刀殺婦而去。有賣菜翁常供蔬婦家，至是入門，見無人即出。鄰人執以聞官，翁不能明，誣伏。獄成，將棄市，校出呼曰：「某人妻是我殺之，奈何要他人償命乎！」遂白監決者，欲面奏。監者引見，校奏曰：「此婦實與臣通。其日臣聞其夫語云云，因念此婦忍負其夫，臣在床下一時義氣發作，就殺之。臣不敢欺，願賜臣死。」

上嘆曰：「殺一不義，生一無辜，為嘉也。」即釋之。

當然，無論民間傳說故事怎樣極端化地講述世風敗壞，任何一個社會都不可能一無是處。在明代社會現實生活的俗說中，也有不少褒揚的內容，諸如一些拾金不昧的故事，展現出品行高潔者不同尋常之處，也正與種種惡俗相對比，顯示惡俗之低下。拾金不昧者有自己的信念，如《金陵瑣事》卷四〈還銀生子〉中所記「鬼神知之」，而好心總有好報，即其「後生子四人，中萬曆辛丑武進士」。

如周暉《金陵瑣事》卷一〈兩次還金〉記述曰：

秀才何岳，號畏齋，曾夜行，拾得銀二百餘兩，不敢與家人言之，恐勸令留金也。次早攜至拾銀處，見一人尋至，問其銀數與封識皆合，遂以還之。其人欲分數金為謝，畏齋曰：「拾而人不知，皆我物也。何利此數金乎？」其人感謝而去。

又曾教書於宦官家。宦官有事入京，寄一箱於畏齋，中有數百金，曰：「俟他日來取。」去數年絕無音信。聞其姪以他事南來，非取箱也。因託以寄去。

《金陵瑣事》卷四〈還銀生子〉中記述「豹韜衛千戶高仲光大司馬差往北京」故事曰：

豹韜衛千戶高仲光大司馬差往北京上疏，行至山東界投一野店。見店有遺銀一囊，約三百餘兩，遂問主人：「早有何人寓此？」答以遠客兩人，行且五、六十里矣。高曰：「此一囊銀，定是客人所遺。若暗攜去，人雖不知，鬼神知之。我四十無子，不愛此非義之財以損人也。」因解鞍秣馬，以待失銀之人。次日早，有客尋至，且泣且訴。高取銀與之，各問其姓名而別。仲光後生子四人，中萬曆辛丑武進士。高居仁乃其長子。

《耳談》卷八〈高中丞還金〉記述曰：

德安高中丞翊號玉華，嘉靖乙酉冬以孝廉計偕次磁州，夙發郎舍，距州三十里許。始拂曙，值道有遺橐，命從者舉之，纍纍然重也。公下馬坐樹下待遺者至。北風獵獵刺人入肌，從者不能堪，又計公橐垂盡，奈何違天自苦而貽所不知名何人乎？公不可。頃之有蒙袂而來者，髮垂蔽面，徒跣號呼謂失金。公曰：「夫夫其亡金者耶？金在是。」是人曰：「州督地租錢急，天旱鬻子女得金五十五，晨而輸之，夙夜倉皇，不覺亡失其死矣！」始發封與數合，即還之。其人泣拜欲分其半相報，公益不受。其人控馬行數十里不肯去，私得公名姓，日尸祝之。

2. 怪異與報應

怪異的內容有許多，引起社會生活變化的或者是蒼天，或者是鬼神，或者是精怪故事，或者是神仙故事，包括神仙、精怪所引起的財富故事與各種風物故事。

其中，此類題材中有許多故事包含著報應意味。如陸容《菽園雜記·邵母復明》講述了一個情感故事，其主題多次被以往文獻講述：「當塗民邵某，業合韋，事母孝。母病瞽，日傭歸，必買市食以奉母。一日邵出，其妻得蠐螬蟲數枚，炙以奉姑，給云所親佳饋也。姑食而美，乃留二三，啖其子，子見之，失聲痛哭。母被驚，雙目忽開，明如平時。邵欲逐其妻，母曰：非婦毒我。我目當再明，天使婦以此醫我也。邵乃留之終身。」那麼，「天使婦以此醫我」便表示，所謂「天」，就是人間最廣泛的信仰，是最大的神靈。此為善報，當然，也有惡報。如王圻《稗史彙編》記述有「福建延平府昆季三人輪供一母，然各務農，託三婦侍養。子既出，三婦輒詬悖相勝，致姑粥不贍。姑欲自縊。嘉靖辛卯七月中，白晝轟雷眩目，三婦皆人首而身則一牛、一犬、一豕，環視者如堵」故事。鬼神報應作為民間百姓普遍的信仰，成為維護社會道德秩序的有力要素，如果完全將此簡單地歸於「封建迷信」，其實正是無視人民的訴求。或者說，我們應該相信大眾在傳統中形成的信仰所具有的價值及其社會道德能力與道德力量，應該尊重其信神、信鬼的文化權利與文化傳統。

一切報應的背後，都有操縱的主體，或為蒼天，或為鬼神。有不孝、不賢、不善良之人，作惡多端，民間百姓在法律層面常常無能為力，無從約束其道德範圍的生活行為，就訴之蒼天或神靈，使之在傳說故事中遭到報應，使其變為狗，或為驢子之類被視為卑賤的象徵的動物。或曰，這同樣是一種自我安慰，也是一種情感的宣洩。如《栽山筆塵》卷十五「有民家子婦，事姑無禮」故事：

成太史監吾公憲父為西邊大帥，嘗鎮固原。有民家子婦，事姑無禮。一日，姑與之入廟祠禱，求一冒絮包頭，婦不肯予。其子自探一巾與母，婦取而裂之。姑不得已，與同入廟，叩神未已，忽失婦所在，覓之不見。明日，遍走求，竟無蹤跡。已而，至城外一小山上，其婦在焉，竟化為一驢，唯留一面兩乳。舁至帥府，予之芻豆，即俯首啖之，而不能言也。此太史所親見，於館中閒談偶及，其詳如此。

鄭瑄《昨非庵日纂》卷二十〈河南逆婦〉講述曰：

河南婦人養姑不孝。姑兩目盲，婦以蚯蚓為羹食之。姑怪其味，藏一臠示兒。兒見號泣。俄雷雨暴作，失婦所在。少頃從空墮地，身及服玩如故，而頭變為白狗。夫斥去之，後乞食而死。

龍神信仰與各種龍神故事，其實是精怪故事的又一種形式。明代龍故事具有獨特的文化意義，一是明代社會神權與王權在龍信仰中的展現，二是在民間信仰中，龍是一種特殊的精怪，能夠成為神靈，即人間的守護者，也能夠成為人間的俗子，成為俗人的朋友，被社會生活所世俗化。

如朱國禎《湧幢小品》卷三十一講述了一個特殊的生龍故事：

溫州府樂清縣嶺店驛居民，至七月二十日，皆閉戶不敢出。其日，必有風雨，滿街積有蝦蟹。相傳百年前，有女汲於河，龍神見而悅之，化為男，與交，遂有娠。後生二小龍，剖腹而出。龍神即攝女屍，葬於山頂，蓋七月之二十日，至今小龍以其日至，若祭墓然，時刻不爽。

徐應秋《玉芝堂談薈》（一名《談薈》）卷二十四「粵西梧州府容縣有龍母墳」，講述了古代瑤族中流傳的龍故事：

粵西梧州府容縣有龍母墳。傜婦入山久不返，眾往覓之，則為龍所據，陰雲罩冪。既歸所居，常有寒氣，人莫敢近，婦不自覺也。歲餘，產一龍，胞中無血。頃之，雲霧交集，騰舉而去。婦亦無恙。後婦死，方殯，龍自空下，擁其駭以去。至白花村，地石自裂，龍置骸，陷而入，石復合。後龍常飛繞其居。

鄺露《赤雅》有「龍潭」，講述容縣南白花村有龍潭，有傜女至潭邊飲水，為龍所侵犯。自此，其身上常有逼人的寒氣。歲餘，其產一龍，周身無血，得水之後，龍飛他處去。女數年之後死時，有龍擁其母親即此傜女回到龍潭，出現山石堋裂，龍入石化生云云。

《棗林雜俎》中集〈龍〉講述：

諸城縣海邊人家，有室女及笄者。夏雨，以手掬簷溜，後右手拇甲內，若有紅線寸許，作盤屈之狀，年餘不滅，亦無所苦。女伴戲而恐之，曰：「得非龍乎？」明年夏，雷雨，女出其手於窗外，忽震雷砰訇，從窗間起，有龍出拇甲中，騰空而去。但甲分裂，餘亡恙。

鬼神精怪故事包含著諸多民間信仰，在流傳中形成多種具體的信仰形式，不斷化生成為這些民間信仰的故事形式，作為思想文化的重要載體。這是民間社會道德訴求與精神訴求等文化訴求的展現。

如陸容《菽園雜記》卷三〈徐生擊鬼〉講述的是一個鬼故事：

江西南豐縣一寺中佛閣有鬼出沒，人不敢登。徐生者，素不檢，朋輩使夜登焉，且與約，日先置一物於閣，翌旦持以為信，則眾設酒飲之，否則有罰。及暮，生飲至醉而登，不持兵刃，唯拾瓦礫自衛而已。一更後，果有數鬼入自其牖，方上梁坐。生大呼，投瓦礫擊之。鬼出牖去，生觀其所往，則皆入牆下水穴中，私識之而臥。翌旦日高未起，眾疑其死矣，乃從容持信物而下。眾醵飲之。明日率家僮掘其處，得白金一窖，六十餘斤。佛閣自是無鬼。

鬼故事在民間故事中是一個歷久常新的題材，不同地區與不同時期的鬼自然不盡相同。如《稗史彙編》卷一三四〈祠祭門・鬼物上・死妾乳子〉

記述「浙中一上舍有孌妾懷娠欲產」故事曰：

浙中一上舍有孌妾懷娠欲產。妾臨產時，上舍以事往錢塘。妾產難昏死，其妻不待其絕而遂殯之。及上舍歸，但以產死言，不復窮問。

上舍偶一日過宅邊賣餅家，見其篋中有銀簪一只，乃其妾所常簪者。詢其從來，賣餅人曰：「一婦人稱說，所產兒乏乳，留此質炊餅飼兒。黃昏輒來，來得餅即去。」問其去路，則妾所葬之處也。

上舍大駭，夜潛至其墓，伏而竊聽，果有兒啼。乃開墓啟棺，則死妾之上有生兒伏焉。抱之以歸，及長以貲入監為縣簿。

《耳談》卷六〈鬼王指揮〉講述的是「金陵郊陬鬻粑者，見有婦暮必持錢來易粑，久之而裹中錢常耗」故事，是另一種形式的鬼。其記述曰：

金陵郊陬鬻粑者，見有婦暮必持錢來易粑，久之而裹中錢常耗，疑之，因不與易，而尾其後，見入一墓，復聞內有兒啼，聲益大駭人。謂是王宅婦墓，因語其家。其家來聽，果然，輒發墓暨棺，兒坐婦足畔，粑猶在焉。抱兒歸，闔棺墓蓋。婦死時兒在腹，生而無乳，故易粑餌之，而即陰取其錢於鬻者，故耗也。後其家萬戶胤絕兒次當嗣，故得胤第。其貌寢，稱「鬼王指揮」云。熊維禎說。

李清撰〈鬼母傳〉講述的是前人曾經記述過的「鬼母」故事，又與前人有所不同：

鬼母者，某賈人妻也。同賈人客某所，既妊暴殞，以長路迢遠，暫瘞隙地，未迎歸。適肆有鬻餅者，每聞雞起，即見一婦人把錢俟，輕步纖音，意態皇皇，蓋無日不與星月伴者。店人問故，婦人愴然曰：「吾夫去身單，又無乳，每飢兒啼，夜輒中心如剜。母子恩深，故不避行露，急持啖兒耳。」

店中初聆言，亦不甚疑，但晝投錢於笥，暮必獲紙錢一，疑焉。或曰：「是鬼物無疑。夫紙於火者，入水必浮，其體輕也；明旦盍取所持錢，悉面投水甕，伺其浮者物色之。」店人如言，獨婦錢浮耳。怪而蹤跡其後，飄飄，迅若飛鳥，忽近小塚數十步，奄然沒。

店人毛髮森豎，喘不續籲，亟走鳴之官。起柩視，衣骨燼矣，獨見兒生。兒初見入時，猶乎持餅啖，了無怖畏。及觀者蝟集，語嘈嘈然，方驚啼。或左顧作投懷狀，或右顧作攀衣勢，蓋猶認死母為生母，而呱呱若覓所依也。傷哉兒乎！人苦別生，兒苦別死！官憐之，急覓乳母飼，馳召其父。父到，撫兒哭曰：「似而母。」是夜兒夢中趯趯咿喔不成寐，若有人嗚嗚抱持者。明旦視兒衣半濡，宛然未燥，訣痕也。父傷感不已，攜兒歸。

後兒長，貿易江湖間，言笑飲食，與人不異。唯性輕跳，能於平地躍起，若凌虛然。說者猶謂得幽氣云。兒孝，或詢幽產始末，則走號曠野，目盡腫。

或曰，鬼如同生人，其猙獰不堪，未必全然一色，其各有性情，性情背後皆有社會現實生活使之然因素。鄭仲夔《耳新》卷七〈藤溪陸茂才〉記述一則鬼故事曰：

江都曾石塘(銑)，諸生時搆文苦思，嘗步入叢塚間，見岸鬼語河鬼曰：「若何時得脫？」曰：「明旦菜傭代我矣。」石塘明旦候之，果菜傭將浣足，阻之。夜聞鬼語曰：「本得代，奈曾砍頭誤我。」

沈周《石田雜記》記述明代「成化十六、七年之間，葑門黃天蕩邊一漁者乘小舟夜出捕魚」故事曰：

成化十六、七年之間，葑門黃天蕩邊一漁者乘小舟夜出捕魚，見岸次一人喚渡，長丈餘，其漁疑而不答。其人曰：「汝去至某所，當得一鯉，重四斤半。若果然，汝當渡我。」其漁果得如其所云。明夜，其人坐於岸次喚渡，云：「汝既有所得，何不渡我？」其漁曰：「當再有所驗與我。」其人曰：「汝去不多遠，當一網鯉九個。」亦果然。其人曰：「今須渡我。」

漁曰：「汝必鬼物，吾不渡。」其人嘆息而去，且口自云：「明夜且待松江人來，我自討替。」其漁遠候之，於夜果見一人蕩擄而來。漁問：「何處人？」云：「松江。」即止之，謂其所以，松人不果行。明夜，其漁復見其人訴曰：「我，某處為商者，死於此水。我欲渡此往某土地廟求文移還鄉。汝既不渡我，又沮松人，何見害之深耶？」漁曰：「汝能助我為生，當渡汝至廟，為汝薦拔，送汝還鄉。」其人曰：「若然，當有厚報。」其漁載入廟。其漁遂棄漁，寓廟中，詳筊如神，三、四年間致富。後作薦，送其人還鄉。

侯甸《西樵野記》記述「成化辛丑，蘇衛數軍士被公遣赴崇明」歸來所見故事，與《石田雜記》內容相同。其記述曰：

成化辛丑，蘇衛數軍士被公遣赴崇明。事畢，泛舟而歸，為大風飄至一島，山麓曠異，一人從林中出，長可三、四丈，深目黑面，獰醜不可喻。見數人悉以藤貫掌心，繫於樹下。已而復入，眾極力斷之而竄。始放舟，前者偕數輩狀無異，蹲立水滸，以手攀舷。舟中一勇士急力斷其指，始獲舍舟而去。辨之，乃一指中一節耳。試以小尺度之，尺有四寸，因獻嘉定令，今貯藏中。

江盈科《聞紀．紀妖幻》「梁澤」講述的是一個精怪故事：

梁澤，三原縣人。其縣按察公署素多怪，居者輒死，人莫敢入。澤夙負氣，嘗謂友人曰：「吾能宿此。」諸友遂出錢佐之，澤因入，夜獨衣冠坐堂上，三鼓月色明朗，聞廡間有人切切私語，若相推而前者。久之，澤厲聲曰：「何不遂來？」俄有三人列跪庭下，稍前者衣青，次衣黃、衣白，唯面貌不可辨。澤罵曰：「老魅敢數害人？」青衣者答曰：「我輩不敢害人，彼見者自怖病死耳。」澤曰：「汝何為著青衣？」曰：「我筆精也。」「居何在？」曰：「在儀門瓦溝。」問黃衣，低迴未言，青衣代答曰：「彼金釵，在庭中槐下。」問白衣，曰：「我劍也，在堂東柱下。」澤曰：「汝等今來，欲相苦耶？」皆曰：「不敢。」共出一楮，曰：「此公一生履歷，報公前知云。」

澤受而麾之，三物遂投前處，澤亦熟臥達曙。友人皆謂澤必不免，入見，乃驚。澤告以故，如其言按次求之，盡得三物，自是妖滅。後澤登第，授御史。成化年間巡按山東，以監試事詿誤謫官。

張誼《宦遊紀聞．真人止怪》講述的是一個精怪故事：

四川綿竹縣有吞道觀，每歲一道士修善，至期有白雲載之而去，名曰「昇天」。江西一真人過而見之曰：「此物乃在此為祟，宜除之。」即彎弓仰射，怪墮落巢穴。人蹤跡其處，乃蟒成精也。搜尋穴中，遺留道冠無數。

《湧幢小品》卷十九〈精爽〉「陸道判」講述的是一個由精怪所引發的財富故事，其記述曰：

陸道判，嘉禾人。洪武初，薄遊姑蘇，得一廢宅。先是居者多祟，遂以微價售於陸。始居之，張燈夜坐堂中，有二女笑語於前。陸之為怪，叱問之。二女曰：「妾乃大青、小青也。」言訖躍出。陸急飛劍擊之，若中其臂，沒。早視劍處，庭下有大小冬青二樹，因斧之，其聲錚錚。下一石版，版數罌，滿貯黃白。陸遂用饒富。

朱國禎《湧幢小品》卷三十一〈義虎橋〉講述的是一個以虎為主體的義虎報恩故事，是一個特殊的精怪故事，其記述曰：

昔有人北試，道經彭城，遇鄉落間，見一義虎橋。詢諸父老，曰：「昔有商於齊魯之墟者，夜歸，迷失故道，誤墮虎穴，自分必死。虎熟視不加噬，晝則出取物食之，夜歸若為之護者。月餘，其人稍諳虎性，乃囑之曰：『吾因失道至此，幸君惠我，不及於難。吾有父母妻子，久客於外，思欲一見。仗君力，能置我於大道中，幸甚！』虎作許諾狀，伏地搖尾招之。商喻其意，上虎背，躍而出，置諸道傍，顧而悲跳。分去後，歷數載，商偶經此地，見諸獵縛一生虎歸，將獻之官。熟視，乃前虎也。虎見之，回睨。其人感泣，遂與眾具道所以，亟出重貲贖之。眾亦義其所為，相與釋縛，縱深山之曲。後人於其地為橋，表焉。」

虎或為鬼魅，此類故事在歷史上被記述甚多。王稚登《虎苑》卷上「清源陳褒」中講述「見婦人騎虎過窗下，徑之屋西」故事：

清源陳褒，隱居別業，臨窗夜坐，外皆荒野，月正明，見婦人騎虎過窗下，徑之屋西。先有婢臥屋壁下，婦人取竹枝從壁隙中刺，婢即呼腹痛起，出戶如廁。褒駭愕，未及言，婢已為虎所攫，遽救之，得免。鄉人言村中恆有此怪，蓋虎倀也。

明隆慶《海州志》「相傳東海舊多虎患」講述人虎婚配故事曰：

東海城東六里社林山有崔生祠。相傳東海舊多虎患，有叢林社。每歲，里人輸出一小男，於祭禱之日修飾送廟中。旦往視之，則無，咸以為化去。輪一老父家，父唯一男，情不能忍，為之悲痛。有崔生過門，問之，父語其故。生曰：「吾代汝子往，勿憂也。」父大喜，盛為供具。生曰：「吾性嗜犬，汝殺一完犬饋我，幸矣。」父如其言，里人設酒饌，送生於廟。

眾退，生出所殺犬於案，而伏於梁上。至中夜，見有光怪，生窺之，乃一婦人也。解衣，磅礴食所置犬，至醉而臥。生下取其衣，則一虎皮，出廟，以皮投於井，而俟其寤。達明，婦人徬徨不能去。見生，大驚泣；求衣，生謝不知。求為生妻，遂與同歸。

居三年，生二子。自是，鄉人不復祭廟，而虎患亦息。一日復求其衣，生乃告焉。至井求衣，皮尚如新，遂服之，化虎而去。生亦不知所終。後人因祀崔生為山神。

《稗史彙編》卷一五六〈禽獸門·獸二·虎媒〉記述「義興山陳氏」故事曰：

義興山陳氏，薄暮有虎咆哮其門，置一物而去，乃肥羜也。取而烹之，懼其復來，縶瘠羊於外以塞口。及夕，虎復銜一物至，大嗥者再去，陳趨視，則一年少女子，雖衣履沾敗，而體貌絕妍。扶入室，久而息定，乃言：「兒是江陰周商女，隨母上塚，為虎所搏，自分死虎口矣，不意得至此。」主人為易衣，飲以粥湯，俾之縫紉，殊有條理。主婦諷之曰：「汝既無歸，肯為吾子婦乎？」謝曰：「兒得主君援救，出死入生，敢不唯命是聽。」陳以配其季子。女甚勤儉，舉家愛重之。浹辰，其父母覓得之，大喜言：「女未許人，令願與君結婚好。」因張宴，徵召親友，相與往來如骨肉云。時人謂之虎媒。

王稚登《虎苑》卷下〈虎媒〉，記述「陳氏家義興山中，夜間虎當門大唬，開門視之乃一少艾，雖衣襦凋損，而姸姿不傷。問知是商女，隨母上塚作寒食，為虎所搏至此。陳婦見其端麗，諷之曰：『能為吾子婦乎？』女謝唯命，乃遂配其季子。逾月，其父母蹤跡得之，喜甚。遂為婚姻，目曰虎媒」。這是《稗史彙編》中「義興山陳氏」故事的轉述。這些精怪故事的怪異，形成明代社會風俗生活的特殊內容不是偶然的，而是與中國社會所瀰漫的神仙風氣息息相關。

神仙故事與精怪故事以怪異面目流行於世，與人文文化相互影響，如明代出現《封神演義》之類神魔小說的同時，也出現吳元泰《東遊記》這樣的神仙小說，包括周遊的《開闢演義》對盤古神話的重新述說，都是中國神仙文化的里程碑。從其內容上而論，其未必就是民間傳說故事的直接記述，卻分明引用了許多民間傳說故事內容，與其他典籍文獻一同保存民間傳說故事內容的同時，也深深影響著其他民間文學的發展。如《東遊記》第二十九回〈三至岳陽度飛〉講述呂洞賓「復遊於岳陽之間，以賣油為名，暗思有買不求添者渡之」故事，其中有「賣幾一年，所遇皆過求利己者。唯一老嫗持一壺市油，洞賓與之，即持去。洞賓怪之，問曰：『凡買物者皆求多，汝獨不求何也？』嫗曰：『本意唯一壺，今已滿足，君之功多矣。何敢求多？』復以酒飲洞賓。洞賓欲渡之，見其家內有井，乃以米一把投井中，謂嫗曰：『賣此可以致富。』老嫗留之，不答而去。嫗回視井中水皆酒也。賣之一年，果大富。一日洞賓又至其家，老嫗不在家，問其子曰：『數年賣酒何如？』其子曰：『好則好矣，但苦於豬無糟耳。』洞賓嘆曰：『人心貪得無厭，一至於此！』乃取其米而行。老嫗歸視之，井皆水矣。嫗追悔無及」云云，就明顯是把呂洞賓當作了故事原型中的那個道士。最早在元代《湖海新聞夷堅續志》中曾經講述過這個故事，《雪濤小說》、《獪園》、《古今譚概》等明代文獻都有記述。《東遊記》第二十六回〈洞賓酒樓畫鶴〉記述：「洞賓自斬蛟之後，遊於岳陽，或施果於街市，或玩遊於鄉村。欲得正心好善者而渡之，通縣無有其人。適有辛氏素業酒肆，洞賓往其家，大飲而出，竟不以錢償之。辛氏亦不問索。明日又至，飲之而去，如此者飲之半年，而辛氏終不與之索錢。一日復至其肆飲之，乃呼主人謂之曰：『多負酒債，久未能償。』令取橘皮畫一鶴於壁上，曰：『但有客至此飲者，呼而歌之，彼自能舞，以此報汝數年之值，可以償汝矣。』主人留之飲，乃竟別而去。後人來飲者呼之，其鶴果從壁上飛下，跳舞萬狀，止則復居壁上，人皆奇之。於是遠近來觀，飲者填肆，不數年果大富。一日洞賓復至，主人見之，延歸拜謝，大飲。洞賓問之曰：『來者可多否？』主人曰：『富足有餘矣。』洞賓乃三弄其笛，其鶴自壁上飛至洞賓前，乃跨之乘空而去。主人神異其事，於跨鶴之處，建一樓，名黃鶴樓，以志其事。」顯然，其故事與張岱《夜航船》卷十一「日用部」〈宮室・黃鶴樓〉所記「晉時有酒保姓辛，賣酒江夏。有道士就飲，辛不索錢，如此三年。一日，道士飲畢，以橘皮畫一鶴於壁，以箸招之即下舞，嗣是貴客皆就飲，辛遂致富，乃建黃鶴樓。後道士騎鶴而去」相同，同樣是這裡的道士變成了呂洞賓。

此類故事還值得一提的是歌仙劉三姐（劉三妹）在明代文獻中的出現。宋代王象之撰《輿地紀勝》卷九十八提及「三妹山」風物故事，有「劉三妹，春州人，坐於岩石之上，因名」等內容的記述。但是，其面目皆渾然不清。張爾翮〈劉三妹歌仙傳〉詳細記述劉三妹為漢劉晨之苗裔，稱其父劉尚文，當年由浙江遷至廣西潯州。其記述三妹十二歲讀書無數，聰明伶俐，能即興作歌。其十五歲許配地方林家。當時有秀才來訪三妹，二人以歌問答。歌唱連續七日，三妹與秀才皆化為石。林家尋找三妹登山，見有二石，一似三妹與秀才，大笑不止，最後也化為石。傳說潯州西山三石人就是三妹留下的；三妹成為歌仙。

明代孫芳桂著有〈歌仙劉三妹傳〉，記述「歌仙名三妹」故事，並提及「時玄宗開元十三年乙丑正月中旬」與「至今粵人會歌盛於上元，蓋其遺云」，其講述道：

歌仙名三妹，其父漢劉晨之苗裔，流寓貴州水南村，生三女，長大，皆善歌，早適有家，而歌不傳。

少女三妹，坐於唐中宗神龍五年己酉，甫七歲即好筆墨，聰明敏捷，時呼為「女神童」。年十二，通經史，善為歌。父老奇之，試之頃刻立就。十五豔姿初成，歌名益盛。千里之內，聞風而來，或一日，或二日，率不能和而去。十六，來和歌者終日填門，雖與酬答不拒，而守禮甚嚴也。

十七，有邕州白鶴少年張偉望者，美豐容，讀書解音律，造門來訪。言談舉止，皆合節，鄉人敬之。築臺西山之側，令兩人為三日歌。臺階三重，干以紫檀，幕以綵緞，百寶流蘇，圍於四角。三妹服鮫室龍鱗之輕綃，色亂飄露，頭著兩丫鬟絲，髮垂至腰，曳雙縷之笠帶，躡九鳳之鮫履，雙眸盼然，抶影九華扇影之間。少年著烏紗，衣繡衣，節而立於右。

是日，風清日麗，山明水綠，粵民及傜壯諸種入圍而觀之，男女百層，咸望以為仙矣。兩人對揖三讓，少年乃歌〈芝房燁燁〉之曲，三妹以〈碟花秋草〉和之。少年忽作變調，曰〈朗陵花〉詞，甚哀切，三妹則歌〈南山白石〉，益悲激，若不任其聲者。觀之人皆欷。

自此迭唱迭和，番更不窮，不沿舊辭，不夙構時，依徭壯人聲音為歌詞，各如其意之所欲出，雖彼之專家，弗逮也。於是觀眾者益多，人人忘歸矣。

三妹因請於眾曰：「此臺尚低，人聲喧雜，山有臺，願登之為眾人歌七日。」遂易前服，作淡妝。少年皓衣元裳，登山偶坐而歌。山高詞不復辨，聲更清邈，如聽鈞天之響。

至七日，望之儼然，弗聞歌聲。眾命二童子上省，還報曰：「兩人皆化矣！」

共登山驗之，遂以為兩人仙去，相與羅拜。時玄宗開元十三年乙丑正月中旬也。

至今粵人會歌盛於上元，蓋其遺云。

歌仙為仙，即神仙。這是中國民間文學史上非常重要的內容，其證明劉三妹這一則家喻戶曉的歌仙傳說在明代社會風俗生活的具體存在狀況，具有異常珍貴的歷史意義與保存價值。

屠本畯《憨子雜俎》有「古者兄弟七人皆絕技」故事，這是中國民間文學史上十兄弟類型較早的完整形態的記載。其記述曰：

古者兄弟七人皆絕技，曰健大一、硬頸二、長腳三、遠聽四、爛鼻五、寬皮六、油炒七。

健大看得須彌山可列家門屏幛，擔卻歸。

上帝怒，敕豐隆翳追之，並獲硬頸二，以斧斫其頸，斧數易，而頸無恙。

長腳三距海一萬八千里，一日夜抵家報信。

遠聽四早聞，偕爛鼻五赴難。

西海龍王遣數千將敵之。五以鼻涕向下一摑，盡糊其將之眼。

於是，龍王親征，獲第六，直扯橫拽而皮不窨。

獲第七，叉入油氣鐺，炒七日七夜而體不焦。

七人者終無成，老於牖下。

十兄弟類型故事是中國文學創作中十分重要的文學模式，從《水滸傳》中的一百零八將，到《三國演義》中的關張趙馬黃五虎上將，這些英雄群體的塑造，都有這種文學模式的表現。這也是中國文化所著重展現的特色，展現出團結進取，勇於爭取勝利的傳統。

其中，「古者兄弟七人皆絕技」故事中的「上帝」與「龍王」，都是具有神仙氣息的角色，而七兄弟各顯神通，戰勝他們。這裡既有傳統教育傳說中折箭故事的團結意義，又有神仙故事中的超越自然所展現的怪異。這也展現出明代社會風俗生活的思想情感傾向。

3. 道理

社會生活的道理，在民間文學中或展現為諺語，極其精闢而生動，或展現為笑話故事，給予人極端性講述的同時，突顯於某一方面，為人留下特別深刻的印象。這是典型的中國傳統幽默，皮笑肉也笑；既有嘲諷他人，也有自我解嘲。

如關於健忘的故事。我們常常自我解嘲「貴人多忘事」云云，在這些故事的解嘲中，或引以為鑑，或哈哈一笑，形成一種宣洩。

《艾子後語．病忘》講述「遺忘」的故事曰：

齊有病忘者，行則忘止，臥則忘起，其妻患之，謂曰：「聞艾子滑稽多知，能愈膏肓之疾，盍往師之？」其人曰：「善。」於是乘馬挾弓矢而行，未一舍，內逼，下馬而便焉，矢植於土，馬繫於樹，便訖，左顧而睹其矢，曰：「危乎！流矢奚自，幾乎中予！」右顧而睹其馬，喜曰：「雖受虛驚，乃得一馬。」引轡將旋，忽自踐其所遺糞，頓足曰：「踏卻犬糞，汙吾履矣，惜哉！」鞭馬，反向歸路而行，須臾抵家，徘徊門外曰：「此何人居，豈艾夫人所寓邪？」其妻適見之，知其又忘也，罵之。其人悵然曰：「娘子素非相識，何故出語傷人？」

《雪濤諧史》「有健忘者」講述：

有健忘者，置扇於樹解褲，就此出糞。仰見樹上扇，輒欣然取之，曰：「是何人遺扇於此？」因而失腳踐糞，輒忿然怒曰：「是誰家病痢的在此拉糞汙我鞋？」

《笑府‧善忘》講述：

一人攜刀往竹園取竹，偶內急，乃置刀於地，就園中出恭。忽抬頭曰：「家中正要竹用，此處好竹，惜未帶刀耳。」已解畢，見刀喜曰：「天隨人願，適有刀在此。」方擇竹下刀，見所遺糞，慍曰：「何人沿地出痢，幾汙我足。」

浮白齋主人《雅謔‧性恍惚》講述：

陳師召，莆田人，有文行而性恍惚。一日朝回，語從者曰：「今日訪某友。」從者不聞，反引轡歸舍。師召謂至友家矣，升堂周覽曰：「境界全似我家。」又睹壁間畫曰：「我家物，緣何掛此？」既家僮出，叱之曰：「汝何亦來此？」僮曰：「故是家。」師召始悟。

明代社會關於「道理」類故事講述，有許多並不是單純的笑話，而是耐人尋思的故事。如宋代張耒撰《明道雜志》曾經記述一個具有「禪」意義的故事，其講述道：

殿中丞丘浚，多言人也。嘗在杭謁珊禪師，珊見之殊傲。俄頃，有州將子弟來謁，珊降階接，禮甚恭，浚不能平。子弟退，乃問珊曰：「和尚接浚甚傲，而接州將子弟乃爾恭耶！」珊曰：「接是不接，不接是接。」浚勃然起，摑珊數下，乃徐曰：「和尚莫怪：打是不打，不打是打。」

明代人對此作出又一種意義的述說，如田汝誠《西湖遊覽志餘》對此類故事的描寫。其傳說依據是同時代的《笑贊》。趙南星《笑贊》記述道：

有士人入寺中，眾僧皆起，一僧獨坐，士人曰：「何以不起？」僧曰：「起是不起，不起是起。」士人以禪杖打其頭，僧曰：「何必打我？」士人曰：「不打是打，打是不打。」

故事總在是與不是的關係上繞圈子。又如潘游龍《笑禪錄》中記述：

一秀才夏日至一寺中參一禪師，禪師趺坐不起，秀才怪問之，師答曰：「我不起身便是起身。」秀才即以扇柄擊師頭一下，師亦怪問之，秀才曰：「我打你就是不打你。」

同樣地，關於道理的述說，明代民間傳說故事表現出濃厚的熱情，應該說，這是明代社會思想文化不斷深入發展的表現。如關於五官相爭的故事，成為今天相聲藝術表演的著名段子。明代樂天大笑生《解慍編》卷八〈眉爭高下〉講述道：「目問眉曰：『我能辨別好歹，識認萬物，大有功於人。爾有何能，位居吾上？』眉曰：『我也不與你爭高下，必欲我在爾下，看好看不好看？』」

《華筵趣樂談笑酒令》卷四「談笑門」〈譏爭坐席〉所講述更詳細，也更為生動。其曰：

陳太卿曰：「眉、眼、鼻、口者，皆是一身之神也。忽然口謂鼻曰：『功高者居上，無能者居下，理之常也。汝有何德，何如位居於我上者乎？』答曰：『吾能聞香識臭，然後與子食之，因此居汝上乎！願聞汝之才能？』口答曰：『心中欲說口先用，讀書讀史讀文章；食盡世間多美味，陳言陳語獻天王。』鼻乃善言答曰：『休笑鼻孔無因由，知香知臭是鼻頭；鼻頭若無三分氣，蓋世文章總是休。』鼻與眼曰：『賢兄緣何更居我上乎？』眼答曰：『吾能觀善觀惡，望東顧西，其功不小，因此故在你上也。詩云：秋波湛湛甚分明，識書識寶識金銀；世人不與吾同走，白日青天去不成。』

口曰：『眉毛何以居吾之上乎？』眼答曰：『我同你與鼻兄三人同去問他。』眉以善言答曰：『休侮雙眉沒志量，先年積祖我居上；若把眉兒移下去，相見成甚好模樣。』鼻曰：『與子論功，不與論樣。』眾乃喧鬧。兩耳聞知，遂解之曰：『君子無所爭，《魯書》之明訓也。亦作俗句云：我每從幼兩邊分，會合人頭寄此身：勸君休爭大與小，列位都是面前人。』」

樂天大笑生《解慍編》卷二〈爭魚納鮓〉講述：

張、賈二姓，爭買魚相毆訟於官。官素貪墨，能巧取民財，判云：「二人姓張姓賈，爭買鮮魚廝打。兩家各去安生，留下魚兒作鮓。」二人既失望，乃故買一棺，假意爭訟，料官諱此凶器，決無收留之理。及訟於庭，官為之判曰：「二人姓張姓賈，爭買棺材廝打。材蓋與你收回，材底留我餵馬。」

《解慍編》卷一〈買豬千口〉記述曰：

一縣官寫字潦草，欲置酒延賓，批票付隸人買豬舌。「舌」字寫太長，隸人錯認只謂買豬「千口」。遍鄉尋買，只得五百口，赴縣哀告，願減一半。縣官笑曰：「我令你買豬舌，如何認作買豬千口？」隸人對曰：「今後若要買鵝，千萬短寫些，休要寫作買我鳥！」

《解慍編》卷二〈新官赴任問例〉記述曰：

新官赴任，問吏胥曰：「做官事體當如何？」吏曰：「一年要清，二年半清，三年便混。」官嘆曰：「教我如何熬得到第三年！」

郎瑛《七修類稿》卷四十九〈十七字詩〉記述：

正德間徽郡天旱，府守祈雨欠誠，而神無感應。無賴子作十七字詩嘲之云：「太守出禱雨，萬民皆喜悅；昨夜推窗看，見月。」守知，令人捕至，責過十八，止曰：「汝善作嘲詩耶？」其人不應。守以詩非己出，根追作者。又不應。守立曰：「汝能再作十七字詩則恕之，否則罪置重刑。」無賴應聲曰：「作詩十七字，被責一十八；若上萬言書，打殺。」守亦哂而逐之。此世之所少，無賴亦可謂勇也。

《七修類稿》卷五十〈三笑事〉記述：

嘉靖庚子，杭有穩婆，為人收生，反生子於產家。而醫人因急症死於病家者。又有蔡倉官權巡捕，而為強盜劫掠，一時畏盜，口稱爺爺。好事者作一絕曰：「穩婆生子收生處，醫士醫人死病家；更有一般堪笑者，捕言被盜叫爺爺。」

耿定向《權子．假人》講述：

人有魚池，苦群鷸啄食之，乃束草為人，披蓑戴笠持竿，植之池中以攝之。群初迴翔不敢即下，已漸審視，下啄，久之，時飛止笠上，恬不為驚。人有見者，竊去芻人，自披蓑戴笠而立池中，仍下啄飛止如故，人隨手執其足，不能脫，奮翼聲假假，人曰：「先故假，今亦假耶？」

如佛教文化中所說，笑天下可笑之人，容天下難容之事；天下可笑之人數不勝數，相互可笑，而可笑之處，皆是道理所在。

明代社會發展中，由於多種原因，形成格外壯觀的民間文學景觀。其中的民間傳說故事展現出鮮明的時代特徵，在思想文化內容上表現出強烈的批判性，出現了中國民間文學史上獨具特色的馮夢龍現象，嬉笑怒罵皆成文章，成為明代社會風俗生活最忠實的記載。

明代民間文學的發展，是中國民間文學史上的一個高峰；無論是這個時代的民間戲曲、民間歌曲、民間歌謠，還是其絢麗多彩的傳說故事，都積極汲取前世民間文學的思想文化內容，展現出當世的思想文化風度與特色，而且深刻影響後世民間文學的發展。明、清時期出現文學發展的高峰，諸如一大批長篇小說的湧現，應該說，都與這個時期民間文學的影響密不可分。

第五節　神話的復甦

神話傳說的重要特徵在於神聖性和超越自然、超越現實的傳奇性。其產生的背景主要在於原始文明時期，原始信仰發揮了非常重要的作用。明朝社會的統治者大力提倡神權，形成社會文化發展的主流，深刻影響到社會風俗生活和民間文學。

神權與政權相結合，在明代社會形成國策。如《明太祖實錄》卷五十三載癸亥〈詔定嶽鎮海瀆城隍諸神號詔〉曰：

自有元失馭，群雄鼎沸，土宇分裂，聲教不同。朕奮起布衣，以安民為念，訓將練兵，平定華夷，大統以正，永唯為治之道，必本於禮。考諸祀典，如五嶽、五鎮、四海、四瀆之封，起自唐世，崇名美號，歷代有加。在朕思之，則有不然，夫嶽鎮、海瀆，皆高山廣水，自天地開闢以至於今，英靈之氣，萃而為神，必皆受命於上帝，幽微莫測，豈國家封號之所可加，瀆禮不經莫此為甚，至如忠臣烈士，雖可加以封號，亦唯當時為宜。夫禮所以明神人，正名分，不可以僭差，今宜依古定制，凡嶽鎮、海瀆，並去其前代所封名號，止以山水本名稱其神，郡縣城隍神號，一體改正，歷代忠臣烈士，亦依當時初封，以為實號，後世溢美之稱，皆宜革去，唯孔子善明先王之要道，為天下師，以濟後世，非有功於一方一時者可比，所有封爵，宜仍其舊，庶幾神人之際，名正言順，於禮為當，用稱朕以禮事神之意。五嶽，稱東嶽泰山之神；南嶽衡山之神；中嶽嵩山之神；西嶽華山之神；北嶽恆山之神。五鎮稱東鎮沂山之神；南鎮會稽山之神；中鎮霍山之神；西鎮吳山之神；北鎮醫無閭山之神。四海，稱東海之神、南海之神、西海之神、北海之神，四瀆，稱東瀆大淮之神、南瀆大江之神、西瀆大河之神、北瀆大濟之神。各處府州縣城隍，稱某府、某州、某縣城隍之神。歷代忠臣烈士，並依當時初封名爵稱之。天下神祠，無功於民，不應祀典者，即淫祠也，有司無得致祭。於戲！明則有禮樂，幽則有鬼神，其禮既同，其分當正，故茲詔示，咸使聞知。

洪武二年正月，朱元璋使人「封京都及天下城隍神」。如，京都應天府城隍神封為「承天鑑國司民升福明靈王」，北京開封府城隍神為「承天鑑國司民顯靈王」，其家鄉鳳陽臨濠府城隍神為「承天鑑國司民貞佑王」，太平府城隍神為「承天鑑國司民英烈王」，和州城隍神為「承天鑑國司民靈護王」，滁州城隍神為「承天鑑國司民靈佑王」。京城、府、州、縣的城隍神，各有相應的級別，京都以外五位城隍均為正一品，府城隍「鑑察司民城隍威靈公」為正二品，州城隍「鑑察司民城隍威靈侯」為正三品，縣城隍「鑑察司民城隍顯佑伯」為正四品。由此可見朱元璋把神權意識作為國家文化發展策略的意圖，其影響民間社會的效果也可以想見。

朱元璋出身窮苦，早年曾經出家為僧，其投身改朝換代的政治潮流，與歷史上許多農民領袖一樣，具有濃厚的神權思想。如《明史．列傳》第一百八十七〈方伎傳〉載：

周顛，建昌人，無名字。年十四，得狂疾，走南昌市中乞食，語言無恆，皆呼之曰顛。及長，有異狀，數謁長官，曰「告太平」。時天下寧謐，人莫測也。後南昌為陳友諒所據，顛避去。太祖克南昌，顛謁道左。洎還金陵，顛亦隨至。一日，駕出，顛來謁。問「何為」，曰「告太平」。自是屢以告。太祖厭之，命覆以巨缸，積薪煅之。薪盡啟視，則無恙，頂上出微汗而已。太祖異之，命寄食蔣山僧寺。已而僧來訴，顛與沙彌爭飯，怒而不食且半月。太祖往視顛，顛無飢色。乃賜盛饌，食已閉空室中，絕其粒一月，比往視，如故。諸將士爭進酒饌，茹而吐之，太祖與共食則不吐。

太祖將征友諒，問曰：「此行可乎？」對曰：「可。」曰：「彼已稱帝，克之不亦難乎？」顛仰首視天，正容曰：「天上無他座。」太祖攜之行，舟次安慶，無風，遣使問之，曰：「行則有風。」遂命牽舟進，須臾風大作，直抵小孤。太祖慮其妄言惑軍心，使人守之。至馬當，見江豚戲水，嘆曰：「水怪見，損人多。」守者以告。太祖惡之，投諸江。師次湖口，顛復來，且乞食。太祖與之食，食已，即整衣作遠行狀，遂辭去。友諒既平，太祖遣使往廬山求之，不得，疑其仙去。洪武中，帝親撰〈周顛仙傳〉，紀其事。

這種經歷自然影響到朱元璋的文化選擇。其實，朱元璋本身也成為傳說中的人物，後世許多關於朱元璋的傳說故事，就是一個證明。

明朝社會，尊崇儒教，大力推行學校教育，強調天命皇權，佛道並行於世，影響社會風俗生活的信仰形態。如《明史．列傳》第一百八十七〈方伎傳〉所記：

劉淵然者，贛縣人。幼為祥符宮道士，頗能呼召風雷。洪武二十六年，太祖聞其名，召至，賜號高道，館朝天宮。永樂中，從至北京。仁宗立，賜號長春真人，給二品印誥，與正一真人等。宣德初，進大真人。七年乞歸朝天宮，御製山水圖歌賜之。卒年八十二，閱七日入殮，端坐如生。淵然有道術，為人清靜自守，故為累朝所禮。其徒有邵以正者，雲南人，早得法於淵然。淵然請老，薦之，召為道籙司左元義。正統中，遷左正一，領京師道教事。景泰時，賜號悟元養素凝神沖默闡微振法通妙真人。天順三年，將行慶成宴。故事，真人列二品班末，至是，帝曰：「殿上宴文武官，真人安得與。」其送筵席與之，遂為制……

時有浮屠智光者，亦賜號圓融妙慧淨覺弘濟輔國光範衍教灌頂廣善大國師，賜以金印。智光，武定人。洪武時，奉命兩使烏斯藏諸國。永樂時，又使烏斯藏，迎尚師哈立麻，遂通番國諸經，多所譯解。歷事六朝，寵錫冠群僧，與淵然輩淡泊自甘，不失戒行。迨成化、正德、嘉靖朝，邪妄雜進，恩寵濫加，所由與先朝異矣。

在這種思想文化氛圍中，出現繪圖本《三教源流搜神大全》等神仙書，也就非常自然了。

一切社會文化的發展形態，都是社會需要的結果。而社會文化的訴求，總是與社會政治的統治者所倡導的內容密不可分。神權思想文化的泛濫，深入影響到社會風俗生活的文化結構，自然影響到民間文學和民間信仰等內容。所以，這一段歷史時期，社會上出現《開闢衍繹通俗志傳》、《盤古至唐虞傳》、《夏商周傳》等以神話傳說為核心內容的文獻，形成上古歷史文化的再現，即神話的復活。

神話的復活，是指神話傳說又一次被系統性地講述，與歷史上有相似之處，在於講述者將神話傳說有意識地納入信仰的語境。其中，神靈依然成為故事的主角。但是，在漫長的歷史演進之中，神話敘說也有著明顯不同，時代的摻雜成為新的語調。其顯示出兩種顯著的講述風格，一是佛教文化的滲透，二是藉助《山海經》對歷史的重述。

《開闢演義》(《開闢衍繹通俗志傳》)等文獻本身並不是神話傳說，而是重複記述了古老的神話傳說，是明代社會造神運動的產物。而且，宗教文化的爭端，變換為神話傳說講述的重要目的。

一、《開闢演義》的神話空間

《開闢演義》，原名《新刻按鑑編纂開闢衍繹通俗志傳》，明代周遊著。其〈敘〉稱：

> 開闢衍繹者，古未有是書，今刻行之，以公宇內。名之開闢者何？譬喻云爾。如盤古氏者，首開闢也；天地人三皇，次開闢也；伏羲、神農、黃帝、堯、舜，又開闢也；夏禹繼五帝而王，又一開闢也；商湯放桀滅夏，又一開闢也；周文三分天下有其二，以服事殷，武王克紂，伐罪弔民，則有《列國志》，是又一開闢也；漢高定秦楚之亂，光武滅莽中興，則有《西東漢傳》，是又一開闢也；又有《三國志》、《兩晉傳》、《南北史》，隋楊堅混一南北，唐太宗平隋之亂，則有《隋唐傳》，是又一開闢也。宋祖定五代之亂，則有《北南宋傳》，是又一開闢也。其間又有《水滸傳》、《岳王

傳》。我太祖統一華夏，則有《英烈傳》，是又一大開闢也。

自古天生聖君歷代帝王創業，而有一代開闢之君，必有一代開闢之臣，如伏羲之有蒼頡，黃帝之有風后，堯有舜佐，舜有臣五人而天下治，禹、棄、契、皋陶、伯益，又有八元、八凱；禹有治水之功而興夏，湯以伊尹而祚商，武丁之於傅說，文王之於呂望，漢有三傑，蜀有孔明，晉有王、謝，唐有房、杜，宋有韓、范是也。至於篡逆亂臣賊子，忠貞賢明節孝，悉採載之傳中，今人得而觀之，豈無爽心而有浩然之氣者，誠美矣！

然未有開天闢地、三皇五帝，夏、商、周諸代事蹟，因民附相訛傳，寥寥無實。唯看鑑士子亦只識其大略，更有不干正事者，未入鑑中，失錄甚多。今搜輯各書，若各傳式，按鑑參演，補入遺闕。但上古未有文法，故皆老成樸實言語，自盤古氏分天地起，至武王伐紂止，將天象、日月、山川、草木、禽獸，及民用器物、婚配、飲食、藥石、禮法、聖主、賢臣、孝子、節婦，一一載得明白。知有出處，而識開闢，至今有所考，使民不至於互相訛傳矣。故名曰《開闢衍繹》云。

顯然，其目的在於純正文字，「使民不至於互相訛傳」。

其述說天地開闢，總述道：

天始開於子，復卦也；子歷一萬八百年為一會，丑歷一會，地始成，曰地闢於丑，臨卦也；寅歷一會，人始生，曰開物於寅，泰卦也；周十二宮，一十二萬九千六百年為一元終，坤卦也。又是一個大闔闢，謂元始至終，更以上，亦復如是。余仰止曰：若云天開於子，地闢於丑，則盤古氏乃天開地闢之時也，該計二萬一千六百年，以當子丑之會。若云天開天皇、地闢地皇、人生人皇，天開地闢之時，陰陽未分，安有人生？天地定位，方可言生。

其稱：「天皇生在寅，地皇生在卯，人皇生在辰，伏羲在巳，神農、黃帝、堯、舜在午，不然，今言未何也？若歷考之，尚未至卯，何言至未？今正在午字者是也，不必疑焉！」其引胡五峰話語曰：「混沌之世，天地始分。有盤古氏者，生於大荒，莫知其始，明天地之道，達陰陽之變，為三才首君。於是，混茫開矣。」

與傳統歷史上的講述截然不同，《開闢演義》並非把歷史的開端置之於「混沌未開」，而是納入佛教文化的衍生。如其稱：

卻說爾時西方世尊釋迦牟尼佛，放大光明，照見天下萬國。四大部洲洪濛久閉，而不得升降，天昏地暗，神慘鬼愁，猶人居諸水火之中，奔溺之狀，深為可憐。世尊發大慈悲，即於靈鷲山上，從肉髻中湧出千葉寶蓮，大放十道百寶光明，一一光明皆遍示，現十恆河沙，擎山持杵，普周虛空世界。大眾仰觀，畏愛兼抱，哀告求佛憐憫開示。佛曰：「善哉，善哉！」乃呼阿難，問曰：汝見天下四大部洲否？阿難啟佛曰：「弟子愚昧，不知四大部洲何物。」佛復問諸弟子曰：「汝等曾有見識否？」諸弟子皆言未識。佛曰：「天下四大部洲者：吾此方是西牛賀洲；東是東勝神洲；北是北俱盧洲；唯有南贍部洲，天地洪荒。」觀音大士出班，合掌頂禮，上白佛言曰：世尊，今南贍部洲歷劫已滿，世尊救度普濟，莫非立教復開天地者乎？佛曰：善哉！正是此說。今欲一人開天闢地，為萬世之始主。此非細事，恐不得其人。見班旁一位菩薩合掌微笑，世尊看是毗多崩娑那，命近前問之，擎拳長跪，稽首佛前，上白世尊曰：「南贍部洲若得天地開闢，只恐弟子身遭惡業，何以解脫？」佛曰：「止命汝一身去開天闢地，成萬世不朽之功，有何惡業？不必罣礙，速往前行！天地既分，萬物始成，自有天一生水，地二生火，天三生木，地四生金，天五生土。二氣一分，吾即救汝復至此方。」

繼而，其描述道：

毗多崩娑那受佛命畢，只得頂禮辭別世尊並諸大菩薩，駕一朵祥雲，離了西方佛境，直來至南贍部洲大洪荒處，大吼一聲，投下地中，化成一物，團圓如一蟠桃樣，內有孩形，於天地中滾來滾去。約有七七四十九轉，漸漸長成一人，身長三丈六尺，頭角猙獰，神眉怒目，獠牙巨口，遍體皆毛；將身一伸，天即漸高，地便墜下。而天地更有相連者，左手執鑿，右手持斧，或用斧劈，或以鑿開，自是神力。久而天地乃分，二氣升降，清者上為天，濁者下為地。自此而混茫開矣，即有太極生兩儀，兩儀生四象，四象變化，而庶類繁矣，相傳首出御世。從此，毗多崩娑那立一石碑，長三丈，闊九尺，自鐫二十字於其上曰：

吾乃盤古氏，開天闢地基。

亥子重交媾，依舊似今時。

第一回〈盤古開天闢地〉與《三五曆紀》、《五運歷年記》所載盤古出世大不同，一切都進行了重新安排。

《開闢演義》的敘說語言具有情節安排的內容，其敘說道：

話分兩頭，不說毗多崩娑那分天地立碑，且說世尊慧眼遙觀，見毗多崩娑那功成行滿，在世已久，分付觀音大士曰：「汝可變一天神，執淨瓶前去傾出甘露，令毗多崩娑那浴身，恐玷汙穢，難以離世。說出西方形骸，救度他轉來。」大士領佛法旨，即辭世尊，駕祥雲至大荒，搖身變一天神，高四丈，手執淨瓶，立於碑前。盤古氏問曰：「汝是何人？執此淨瓶何故？」大士曰：「吾淨瓶有甘露，為汝身觸厭汙，如來使吾代汝洗身。」盤古氏本西方大聖，一聞大士之言，心便開悟，即頂禮皈依，叩求救度。大士見其心轉，隨將淨瓶中甘露於盤古頭頂上傾下，即說偈曰：

只因合掌一笑，今來二萬餘年。

功完行滿西歸，免墮輪迴苦境。

其寓意非常明顯，即世界因為佛和觀音的出現而開闢。其接著描述道：

盤古氏聽偈畢，大吼一聲，滾於地中，霎時依舊化成一蟠桃。

大士一見，即向前用淨瓶裝入內，徑回西天，見世尊叩首參拜，白佛曰：「弟子救得毗多崩娑那至此，望如來慈悲！」遂將蟠桃獻上，世尊一見，便說偈曰：

去此形骸，來此形骸。

功今完滿，現象受戒。

世尊說偈畢，毗多崩娑那即現出原形，於佛前叩首頂禮，世尊大喜。大士又啟佛曰：「雖蒙慈悲，天地今已分，弟子不識天開闢地後又當何如。」世尊曰：「天地既分之後，輕清者陽氣上升，重濁者陰氣下降。二氣化而生人，陰陽交媾，自能生育萬物。至於禽獸蠢動含靈，莫不本此。但後降生者，必上、中、下三白起，人間必以為三皇焉。其後歷劫：稟清氣者，為臣則忠，為子則孝，聞善則喜，心慈不殺，仗義輕財；至有罪變獸，則為馬、牛、犬、羊、獅、麟、象等類，變禽則為鳳、鸞、鶴、雀、鴛、雁等類，變蟲則為魚、蝦、蛾、蠶等類。稟濁氣者，為臣不忠，為子不孝，作惡執性，不樂善事，貪財好殺；至有罪，變獸則為豺、狼、虎、豹、鼠、狐等類，變禽則為鷹、鴞、鴉、鸛等類，變蟲則為蜂、蠍、蛇、蠆等類。稟不清不濁之氣者，為臣貪位，為子或順或逆，好財吝舍，知善不為，不戒殺心。變獸則為驢、騾、豕、鹿、兔、獐等類，變禽則為鵲、鴿、鷺、雞、鴨、鵝等類，變蟲則為蚊、蝨、蝶、蟻之類。日後，四大部洲歷劫已久，蠢動含靈，為眾生善善惡惡，或至人為禽、獸、蟲，或禽、獸、蟲至為人，更易不常。故有天堂、地獄，皆自心造，不能悉舉，汝等往後便知。」大眾諸佛菩薩皆合掌歡喜，稽首而退。

盤古開天闢地，成為總攬，引出天、地、人三才，這是中國傳統文化的呈現。《開闢演義》中，盤古之後，便是天皇、地皇、人皇對世界的營造。其敘說方式形成新的文化結構，即新的神話空間。

如其述說「天皇」，稱：

卻說天皇氏者，自盤古氏返西之後，陰陽正氣交媾，木德王歲起於攝提，衝動四象，結成一大石球，滾化出十二小球，乃一日降世，球內皆生出一人，共十三人，唯天皇氏全身皆白色，長三丈五尺，面如傅粉，唇若塗朱。其兄弟十二人尊之為主，繼盤古氏以治理天下，原未取有姓名，各星散而居。自此，天下四大部洲，或天降，或地生，或三，或五，皆成人形。

天皇氏天靈澹泊，無為而治平，不言而俗化。乃召兄弟十二人於前，曰：「盤古氏明天地之道，達陰陽之理，為三才首君而開混沌。吾蒙諸弟推立，欲置天地行運之道、父母相生之理，以天於地支相配，輯定時候，吾亦不知其可否，故召弟等商之。」十二弟齊聲對曰：「聞混沌初分之時，天干藏於上，地支埋於下。但不知我兄今如何而取用也？」

於是，又有天皇所說「天干者，乃十父也」、「地支者，乃十二母也」，天道的意義借天皇之口被描述為「天於降合，地支生長，每與相配，如甲配子，乙配丑，輪流相合，周而復始，而為六十甲子，萬物滋生於中。蓋因盤古氏既開天，而未治十干之名，既闢地，而未定十二支之義，吾今立十於以定歲次，立十二支以定四時。歲時既定，則民始知天道之所向矣」。

地皇的出世被描述為又一番景象，如其所記：「天皇氏雖立六十甲子，晝夜不分，永冥冥焉。正值火德王興於熊耳、龍門等山，忽然山中地出金光數丈，光中現五色祥雲，雲中降下一物，如蓮花樣，乃六白降世。蓮花內有十一孔，於半空中飄蕩，遂至變化，墜於地下，乃十一只，如蓮子樣。有一大者，忽伸出一頭，全身繼之而出於地中，踴躍數次，自成一人。形成，三丈四尺，膊大數圍，面如黑漆，身似煙煤，目如火光。繼之，蓮子亦搖擺數次，如前而出一般十人，形容體態大抵肖似。一出便知尊兄為主，各相言日：天皇去後，今兄降世，可繼為地皇。」其中又出現

「地皇氏乃西方地帝雞降世」，出現「太陽日君」和「太陰月君」，升起各個星辰，「知日月之道、星辰之理、晝夜之長短、四時之不息所以然」。

人皇出世的意義在於「分山川九區」，其第四回〈人皇分三山九區〉描述「人皇氏乃八白降世」，此時的世界為「當時，風氣漸開，時序頗著，萬物群生，遍處皆山林，鳥獸、人民同居，往往為害」，借人皇口稱「自盤古氏開天後，天皇氏為民勞心殫力，制天干地支與汝等定歲時，地皇氏為汝等升日月、定星辰、分晝夜，此永世不沒之德。止山川地上萬物及君臣、父子、夫婦、兄弟、飲食未置。吾今生斯世，為生民之主，欲專制是事」，於是，就有人皇召集八弟即八位神人「各回本方，開創人居之處，去其草木，庶人民、禽獸各得其所，不至混雜；更教民飲食，一日只卯、午、酉三時可食，每時食一飽，不可過食；夜則寢，晝則起，庶民不失其時矣；今雖有男女生育，未明婚配，教民各自擇配，不許苟合淫慾，庶男女不至淆亂矣」。

之後，又有「人皇氏治世，雖正婚姻，而人民唯知有母，不知有父，未通媒妁，禽獸尚自成群。鶉居鷇飲，而亦不求不譽。晝則旅行，夜則類處，而未有居止矣」，所以，有「五龍氏治焉」，以及「厥後，神農氏開醫於泰一小子，而黃帝、老子受要法於泰一元君，有《兵法》、《陰陰元氣》、《黃治雜子》及《泰一之書》」等。

再其後，有「有巢氏教民架屋」、「燧人氏結繩治政」、「伏羲畫卦定天下」等時代。

其描述「伏羲畫卦定天下」，基本上沿襲了《周易》等典籍的記述，稱：

太昊伏羲氏，其母乃燧人氏之女也，名諸英，住於華胥。一日閒嬉遊入山中，見有一巨人足跡，羲母以腳履之，自覺意有所動。忽然虹光罩身，遂因而有娠。懷十六個月，生帝於成紀。長成三十有六歲，首若蛇形，身長三丈六尺，能仰觀星象於天，俯察山川於地。人民感戴，推之為

> 君。木居五行之首，以木德繼天而王。風為姓。衣服、旌旄、旗節皆尚青色。建都於宛邱。帝居位，上合天心，下合人望。以共工氏為上相，柏皇氏為下相，朱襄氏、昊英氏常居左右；栗陸氏居北，赫胥氏居南，昆吾氏居西，葛天氏居東，陰康氏居下。已上文武諸臣，各秉賢良，伏義帝命分理宇內庶務，而政大治。
>
> 帝教民作網罟，捕魚蝦，以贍民用；又教民養六畜以充庖廚，備為犧牲，享神祇，萬民歡悅，又稱帝曰庖犧氏。

蒼頡造字是中國神話傳說中的重要事件，蒼頡是傳說中軒轅黃帝的大臣，在《開闢演義》的第九回〈伏羲畫卦定天下〉中，被描述為「中皇氏」，其記述曰：

> 中皇氏蒼頡生四目，有睿德，能書。及長，登陽墟之山，涉元扈、洛水之汭。一日，有一霧靈龜負一丹書前來。蒼頡一見，拜而受之，袖入家中，朝夕讀誦，遂能通天地之變化。仰觀奎星圜曲之勢，俯察山川鳥跡龜文，指掌而創文字。文字成，天雨粟，神鬼夜號。
>
> 一日，太昊帝升殿，群臣侍立，帝問曰：「昨者，上天雨粟，鬼神夜哭，此主何事？」蒼頡出班奏曰：「臣至元扈、洛水之汭，忽見一龜從河而起，負有丹書。臣取回家開讀，遂而悟得，創成文字。天為雨粟，鬼為夜泣。不想驚動聖上，臣該萬死！」帝聞奏大喜，問曰：「此丹書何在？」蒼頡奏曰：「臣帶在此，正欲奏知我主，不意皇上下問。」言罷，即於袖中取出丹書，進上。帝於御案上展開，從頭至尾一觀玩，問曰：「卿得此丹書，悉解其中之意味否？」蒼頡奏曰：「臣頗識之。」帝曰：「內中何謂？」頡曰：「內皆教人以書制六體文字之式。」

於是，又有「蒼頡即日增補六書，以代結繩之政」。

繼之而起的是「龍馬負〈河圖〉、〈洛書〉」，「太昊得蒼頡丹書，發下教臺，抄傳示天下，代去燧人氏結繩之政」，歷史出現迎接〈河圖〉、〈洛書〉的一幕。其對此描述道：

帝一日升殿，群臣朝畢，忽午門外流傳警報至，帝命宣入。俯伏山呼畢，帝問曰：「汝報何事？」報人曰：「臣居近孟津河邊，河中忽然大漲，波浪滔天。水中有一巨獸，似龍非龍，似馬非馬，浪裡飛騰。人民驚懼，一方弗寧。民故特來奏知。」帝聞奏，言曰：「此乃何物如此？」女媧氏奏曰：「似龍似馬，皆吉獸也，又出於河中，必主有佳兆。我主宜排駕備香案前去，同群臣觀之，便見端的。」帝准奏，即命排駕，同眾臣至河邊。

只見河中洪濤巨浪。波中一獸，踏水如登平地，大體似馬而身有鱗，高八、九尺，有兩翼，形類駱駝，背上負一朱箱，面上有四字，乃「河圖洛書」。帝一見，命抬香案至前，親自同群臣禮拜。帝祝曰：「朕治天下數百季矣，若朕有過，罪有朕躬；望龍神息其波浪，無害於民！」帝方祝罷，只見風恬浪靜，龍馬遂負箱直至河邊。帝見之大喜，曰：「蒙神頓息波浪之勢，可負箱至岸。如內有益民之物，乞神點頭三下，朕即取之；若是不然，端立勿動，朕不取也。」那龍馬聽帝言語，即連忙點頭三下。帝心甚悅，即命女媧氏向前取之。女媧氏去河邊取起負箱，那龍馬復馳入河中，沒而不見。霎時，波浪平息。帝隨於河邊拜謝，命夫扛箱，同眾臣回朝。

帝坐於殿上言曰：「朕蒙河神賜此丹箱，不知內有何物？今宜焚香叩首禮拜，同眾臣開箱，看是何物。」眾臣曰：「我主之言是也。」即命安排香案。帝焚香叩首畢，眾臣亦各禮拜，命女媧氏於當殿上挈開箱蓋。帝同眾臣取出視之，乃〈河圖〉、〈洛書〉，畫成八卦，變為八八六十有四卦，以通神明之德，以類萬物之情。

依次，歷史進入又一個時代，即「女媧興兵誅共工」。女媧氏事蹟首見於《山海經》，《風俗通義》中提到其摶土造人的神話傳說，《淮南子》詳細記述其煉石補天的事蹟。《開闢演義》著力描述其作為一代帝王平定天下的事蹟。其記述道：「女媧氏，係女身，乃伏羲氏之妹，同母所生。生而神靈，面如傅粉，齒白唇紅，身長二丈五尺。幼極聰慧，長佐兄正婚姻媒妁嫁娶之禮，以重萬民，是為神媒，帝愛而敬之。伏羲氏崩，群臣推女媧氏即位，號為女皇，建都於中皇之山。」其記述共工，稱：「共工氏名康回者，原為伏羲上相，後封為諸侯，鎮守孟河。康回生得面如黑鐵，髮似硃砂，身長二丈六尺，遍身皆毛，目若朗星，深明天文，任智自神，得觀〈河〉、〈洛〉之數，自謂水德真君。乃以水紀官師，欲壅百川，隳高湮卑，洪水遍地，巨浪滔天，大興兵馬作亂，不來中皇朝帝，以害天下。都邑震驚，人皆鼠竄。」

女媧打敗了共工，又一幕歷史發生，即第十二回〈祝融氏大戰康回〉。

祝融成為女媧的同盟，戰勝了共工，獲得勝利。共工怒觸不周山的情節，在這裡被描述為：

康回見其法解，大怒，回馬復戰，被祝融賣個破綻，而康回一刀砍了個空，祝融趁勢一槍刺中肩上。康回負痛丟刀，落荒而逃。祝融飛馬追來。康回料不能免，又帶重傷，大吼一聲，頭觸不周山崩，天柱折，地維缺，天不滿西北，地不足東南，遂死此處。祝融下馬，梟了首級，捉其家屬回朝。

女媧煉石補天的背景在《淮南子》中被描述為「共工怒觸不周之山」形成的世界大混亂。在《開闢演義》中，其情景被描述為新的景象。其第十三回〈女媧氏煉石補天〉敘說道：

女皇自滅共工氏之後，天下太平。

一日升殿，召臣娥陵作笙簧以通殊風，制管篙，以一天下之音，用五十弦以抑其情，而樂乃和洽。娥陵承命。

使臣奏曰：「有不周山百姓前來進奏、皇上可容見否？」女皇傳旨宣入。百姓至殿階，俯伏山呼畢，女皇問曰：「汝等不周山百姓有何說話？」百姓奏曰：「自祝將軍征康回之後，彼處晝夜不分，只是黑暗，陰風凜冽，不似人世。百姓等取火尋路至此。望乞我皇上，與百姓速作主張！」女皇曰：「朕即命排駕。」群臣扈從，令百姓引路，前往不周山審視，只見天昏地暗，冷風逼人，舉火照之，西北方一派，天缺有七八痕。女皇召祝融問其緣由，對曰：「前者，康回被臣戰敗，大怒，頭觸不周山，此山乃天中柱，被他觸倒，天遂缺陷。日月亦惡此天路崎嶇，又兼冷風吹其光焰，所以不從此地經過，但循中央與南而行，故黑暗也。」女皇聞奏，命百姓且退。

即命柏皇、央皇二臣於五方去尋青、黃、赤、白、黑五色石，雜七寶於中，入八卦爐內，用火煉七七四十九晝夜。火候已到。女媧氏元是天生神靈，識天文，達地理，明陰陽；念動真言，禱於上下神祇，將煉石懷袖，霎時間，雲生足下，升在空中，遂將天缺隨處補之，七晝夜補完全，復斷大鰲足四個，立東、西、南、北四天柱，然後下來。群臣、眾民俯伏迎接。

然後，又有補地，其記述道：

群臣復奏曰：「地維缺尚未補，皇上何以處分？」女皇曰：「東南地勢略低，不妨留此缺為江為河，為淮為漢，疏通水道，以入大海。西北一缺，須用力補之。」

既至西北，見其黃濁水滾起，運抱土石塞之，不止。女皇見勢不能遏，教民鑿河以流黃水，無至積聚，賑濟百姓。於是西北之民得以安生，頌女媧之功德與天地共垂不朽矣！

在《開闢演義》中，女媧是一個德高望重的女性領袖神。其完成平定共工、煉石補天的工作之後，便有了大封天下諸侯的想法。其中，葛天氏成為她所封的「列國之侯」。葛天氏事蹟見之於《呂氏春秋》。《開闢演義》第十四回〈女皇大封列國侯〉記述道：

又封葛天氏為諸侯。治政，不言而信，不化而行，臣賢民良。一日設朝，有三老者操牛尾、投足以歌〈八闋〉於朝外。葛天侯命宣入，問之曰：「汝等此歌，為何事而設？」三老叩首曰：「民等幸逢盛世，一國安康，故作〈八闋〉歌以慶太平。」侯曰：「何謂〈八闋〉？」老人奏曰：「一曰〈載民〉，二曰〈玄鳥〉，三曰〈草木遂〉，四曰〈奮木實〉，五曰〈謹天常〉，六曰〈建帝功〉，七曰〈依地德〉，八曰〈總萬物之極〉。是謂廣樂。此愚老等少頌此〈八闋〉歌，以酬我主盛治之德也。」葛天侯聞奏大悅，重賞三老而退，將〈八闋〉表奏女皇，女皇命使加封。

之後，女媧氏完成其時代使命。《開闢演義》第十四回〈女媧大封列國侯〉稱：

女媧氏自接伏羲氏為帝起，治天下八百年，壽九百歲而崩。其臣一十四氏，皆封各處地方以為諸侯，相輔王室，各皆傳之子孫，共治天下一萬零八百年。繼之，炎帝神農氏出焉。

女媧時代之後，是炎帝神農時代。《開闢演義》第十五回〈神農教民藝五穀〉記述炎帝神農的身分，曰：

炎帝神農氏，乃少典君之子。少典娶於固氏之女名安登，生二子：長曰有年，次即炎帝。母感神龍而生帝於姜水，因以為姓。神農幼而靈異，長而齊聖淵懿，身長一丈九尺，牛首龍形。民聞其賢，咸來歸附。以火德王，故曰炎帝。代伏羲氏之後，益修厥德，建都陳城，遷都曲阜。

神農的主要功績是對農業的開創。《開闢演義》第十五回〈神農教民藝五穀〉敘說道：

離城有五里之遙時，悠遊原野。見小民於草中採食，帝召之而問曰：「汝等所採草實，來年可更有否？」民奏曰：「此幾種草實，今年採食一次，來年生者，乃是此草實失落於地，來年復出成草，草上又結實。如此一年一次，止此六、七種，俱可充飢。今小民等一日食三餐，而腹自飽。」帝命取來觀看，其實皆黃殼，內白粒或赤粒者，又有軟殼者，又有極細尖角者。帝一一觀畢，問眾民曰：「汝等取去，何以食之？」眾民奏曰：「舂去其殼，煮而食之，可以止飢。」帝又問曰：「樹木上有結實者，汝等亦採去，此作何用？」眾民又奏曰：「樹木之實不能止飢，只可與小兒作點心而已。」帝聞民奏，大喜曰：「此數種既可食而養人，朕為之取名曰五穀。夫五穀者，黍、稷、麻、麥、豆也。朕今教汝等，今天收此種，待明年季春之時種於地中，待其出苗，移栽於淫溼之地，用糞以滋之，比往年不移不滋者，定然多結實矣。汝等依朕之言，自今行之，趁時而作，勿致一年失望。」眾民皆叩首拜謝，去種。命排駕。

回朝，分遣使臣領旨頒行各處諸侯，令民皆依此法而種。

接著，其記述「其種出秧，移栽溼地、滋澆糞者一草百粒；不移不滋者一草一粒，見分彼此。民得足食，萬姓歡悅。年年依此法，路傍皆是五穀。爭貢神農帝，帝俱厚行賞賜」；「一日，帝出畋獵，見民栽插辛苦，汗流如雨滴，發嘆曰：『盤中之餐，粒粒皆從辛苦得來！』即召民向前教之曰：『爾等可斷木為耜，揉木為耒，則爾等不致受此辛苦矣。』農民叩謝，即時回家造之。次後使用，果行其便。帝亦頒示天下，皆依式造用，民大歡悅。此神農帝傳萬世第一功也」。

神農的第二個貢獻是「嘗百草」，辨認草藥，為人們祛除病痛。《開闢演義》第十六回〈親嘗百草療民疾〉記述道：

神農氏既教百姓耕種，益利於民，民心大悅。

一日，帝同百官出獵，見百姓面皆黃腫，有風溼之病。帝心不安，甚憐之，回朝升殿，群臣侍立，帝曰：「朕出巡四郊，見民臉有黃色，身似浮腫，必有疾病，或虛者、實者、寒者、熱者，或寒熱相半者，朕想非藥不治。須遍採天下異草，朕親嘗之，若性寒者，匯治熱病；性熱者，匯治寒病；其體虛者用補藥，實者，用清藥。如此，民不至於夭死也。」群臣聽罷，皆再拜而奏曰：「我主天恩施及，人民無有疾病之苦。雖三皇至今，未有如是者！聖上莫大之功，萬世感戴矣！」帝大悅，傳旨曉諭天下：「凡地中所出各色草木，俱要連根收取，解至京都。」

其又述：「帝命排香花燈燭，拜告天地。祈禱已畢，坐於蟠龍御座之上，即命左右近侍將各處進來之藥一一揀視。同者，去之；不同者，皆親嘗之。但見其先試嘗甘草，味甘平無毒，善能解諸藥毒，藥中最良者，故首載之《本草》。」「若此之類，不可列舉。一日遇毒藥十二味，神而化之。命後將此瀉、溫、涼、寒、熱等藥各放一處，帝辨其君臣佐使之義。遂作方書以療民疾，而醫道立矣。」其稱：「自炎帝治世以來，其俗樸重端慤。不忿爭而財足，無制令而民從;威厲而不殺，法省而不煩。利天下之民，聚天下之貨，日中為市，交易而退，各得其所。天時人事，可稱聖世。」

精衛填海是一個充滿壯烈情懷的神話傳說。精衛是傳說中炎帝的女兒。《開闢演義》對其故事進行再次演繹，加入王母等神話傳說。第十七回〈精衛公主訪神仙〉記述：

神農帝所生一女，名曰精衛公主，以其喜服黃精也。年一十五歲，生得面如傅粉，眉似遠山，椒眼朱唇，螓首蜂腰。真個有沉魚落雁之容，閉月羞花之貌……

一日暮春之時，心無聊賴，喚侍女同往御花園遊玩，見蜂蝶眷戀花心。忽所採花心被風吹落一瓣，蜂蝶即棄，復採他花心。公主發嘆，謂侍女曰：「人生在世上，豈能容顏不改？你看那花盛開時，蜂蝶前來恣採；稍損一葉，遂去此而戀彼耳。正是：相思時作浣花女，重到誰為載酒人？那得長生不老之術，遨遊世外耶？」徘徊久之。

不覺紅輪西墜，玉兔東昇。只見芳氣襲人，隱隱有車聲從空中來，漸漸近前，乃一女子，年可二十許，形容體態，不減公主。旁有丫鬟二人，身著青衣，手執異草數莖。隨與公主施禮分坐畢，謂公主曰：「吾乃西王母是也，適從東海來，欲歸西崑去，聞公主有出塵之想，故特至此，為汝洗濯凡心。」

其透過西王母的話語，分別講述了中國神話中的神仙世界，其稱：

中國名赤縣神州。中州之外，如赤縣神州者有九，環居四方；仙人常在東西二方，南北無之。東方多在海中，西方多在山頂……東海中有五山：一名岱輿，二名員嶠，三名方壺，四名方丈，五名瀛洲，皆仙人所居。但岱輿、員嶠、方壺、方丈奇景少，奇景多在蓬萊、瀛洲二處，去中國數十萬里，所居皆金宮、玉殿、紫閣、瑤臺，花木常如二三月，人俱長生不死……蓬萊有久視山，山有金池。水、石、泥、沙皆有金色，復生金莖花如蝶，人皆帶之。故彼處人云：「不帶金莖花，不得到仙家」……瀛洲有聚窟山，山生十樣草，皆名還魂草。人既死後，取而服之即蘇。一名震檀，十種中之最上者。又有玉膏山，出泉如酒。飲之，返老還童……西崑之山有六，皆在崑崙之頂：一曰玄圃，二曰積石瑤房，三曰閬風臺，四曰華蓋，五曰天柱，六曰承淵，皆瓊樓玉宇。

炎帝與神農本來是兩個互不相干的神祇，與伏羲和女媧兩個神話傳說一樣，在歷史的述說中被糅合在一起，展現出神話傳說的流傳形態不斷發生變化的現象和規律。《開闢演義》對炎帝神農時代表現出讚許，其第十八回〈百姓爭殺夙沙氏〉稱讚道：「炎帝以德服民，南至交趾，北至幽都，東至暘谷，西至三危，莫不從其化。於是，宇內奠安，天下太平。帝南巡狩，崩於長沙之茶鄉。在位一百四十年，壽一百八十一歲，歷八世，至榆罔帝而亡。神農既崩，天下百姓嚎啕慟哭。今人受五穀食者，帝之力也。」同時，其回顧伏羲、神農炎帝等神話傳說，對其中的怪異表現出疑惑，曰：

伏羲人身蛇首，神農人身牛首。丁南湖曰：蛇首、牛首互相不為怪異，蓋模擬略似云耳。若仲尼面似倛，周公身如斷菑，傅說體似植鰭，皋陶色如削瓜，皆是也。獨怪後世立羲皇等像，乃塑出真蛇牛之形以汙辱先聖，大甚矣！

王子承曰：後世傳言神農乃玲瓏玉體，能見其肝肺五臟，此實事也。若非玲瓏玉體，嘗藥一日遇十二毒，何以解之？但傳炎帝嘗諸藥中毒者，能解；至嘗百足蟲入腹，一足成一蟲，遂至千變萬化，炎帝不能解其毒，因而致死。萬無是理。此訛傳耳！原炎帝所嘗者百足蟲，未嘗蟲類也，安有百足蟲而毒之乎？況炎帝後又作方書。當彼嘗蟲即死，而方書又是誰所作？甚可笑也！

炎帝之後，歷史進入「七帝繼傳承天下」。《開闢演義》第十九回〈七帝繼傳承天下〉對此描述道：

炎帝既崩，群臣奉太子名臨魁即位。臨魁係皇后莽氏所生，享太平天下，在位八十年而崩。傳子名曰承為帝，在位六十年而崩。傳子名曰明為帝，在位四十九年而崩。傳子名曰宜為帝，在位四十五年而崩。傳子名曰來為帝，在位四十八年而崩。傳子名曰里為帝，在位四十三年而崩。帝里生子名節莖，莖生子名克及戲，節父子三人皆不在帝位。克生子名榆罔，乃帝里之曾孫也，即帝位，遷於空桑，為政專求急務，乘人而鬥其捷，法多酷民，群臣怨望，諸侯攜貳，多有不歸。

其描述「蚩尤」曰：「蚩尤，乃炎帝之裔，自小喜兵書，好爭戰。及長，作刀、戟、弓、弩。荒縱無度，日肆其惡，興兵作亂，登九淖，出洋水，殺至空桑。」以此展開戰爭的故事講述。

神話傳說中的「蚩尤興兵伐黃帝」在這裡被重新演繹。《開闢演義》第二十回〈軒轅救駕滅蚩尤〉承接神話傳說中的戰爭故事講述，軒轅黃帝憑藉指南車等先進的兵器，打敗了蚩尤，其曰：「是時，眾諸侯咸知軒轅斬蚩尤，正榆罔，天下無主，皆推代神農氏為萬民之主，是為軒轅黃帝。」

至此，歷史進入軒轅黃帝的新時代。《開闢演義》第二十一回〈軒轅氏即黃帝位〉記述軒轅黃帝道：

黃帝，姓公孫，名軒轅，有熊國君之子也。母名曰附寶，乃炎帝之裔，帝里女孫也。一日，出祁野，見大電繞北斗樞星，感而有孕。懷二十有四月，生帝於軒轅之丘。因名帝曰軒轅。

帝生而神靈，弱而能言，幼而徇齊，長而敦敏，成而聰明，習用干戈，以土德王，色尚黃，諸侯咸推為天子，故曰黃帝。都涿鹿，有雲瑞，即以雲紀官。又見土德之祥，而出黃龍土螾，帝大喜，修德治兵，藝五穀，撫萬民，度四方，始立制度。天下有不順者，從而征之。內行刀鋸，外用甲兵。制旌麾，立陣法。披山林草木而行，以通道路。然未嘗寧居其土。天下諸侯聞知，各皆畏服。東至海濱，西至崆峒，南至江瀆，北至燻鬻，會諸侯於釜山。帝雖都涿鹿，遷徙無常。以兵環繞為營衛，法井田之制，開方有九，外八八六十四，分八方相守，小者為營，大者為衛，隅角相聯，曲折相對。帝居於中，名曰握奇之陣。

然後，其勵精圖治，「用六相治天下」，先後有「風后」、「力牧」等，「即命羲和占日月之出沒，常儀占月之盈虛，車區占風之定息」，「以明歷數，分朔望，建餘閏，天下大治，歲稔人和」。繼之而起的是一系列與軒轅黃帝相關的神話傳說故事，如「黃帝元妃者，西陵氏之女也，名嫘祖，有姿色，最賢德，性和慧。帝納為元妃」（第二十四回〈元妃教民養蠶絲〉），「帝直心行道，西至崆峒山，問道於廣成子」（第二十五回〈帝道成龍迎昇天〉）。其記述曰：

帝自承天下以來，勤勞焦思心力耳目，應用水火財物，無不悉備。由是，官不懷私，民不習偽，城郭不閉，市不預價，見利不爭，風雨時若，百穀倍生，人無夭折，物無疵癘，鷙鳥不亂搏，虎豹不妄噬。鳥獸蟲魚皆沾其化，夷狄之人罔不來貢。有草生於庭，佞人入，則直指之，名曰屈軼。鳳凰巢於阿閣，麒麟遊於苑囿，是謂德配天道之至也……皈依廣成子之言，遂得成道。命使取首山之銅，鑄鼎於荊山之陽。鼎成。

忽然空中紅光顯現，有一黃龍垂髯而下，似來迎帝之狀……即離席，騎於龍背。元妃扯住帝衣，亦隨而上。後傳宮中大臣從者七十餘人。小臣不得上者，悉持龍髯，拔；墮弓；仰攀莫及，抱弓而號。後因名其弓曰烏號，名其地曰鼎湖。帝在位一百年，壽一百二十歲。傳子玄囂，立為少昊金天氏，「黃帝崩，諸侯推嬉為帝，號有鴻氏，有別子曰縉雲氏，娶上敬氏之女曰炎融，實生灌兜，堯放之崇山。三苗，堯竄之三危。三苗有弟曰饕餮，又有蒼林生始均，始均是謂北狄之祖也」。

軒轅黃帝之後，進入「少昊金天氏」時代。《開闢演義》述曰：「少昊金天氏，乃黃帝之長子，名玄囂，母曰嫘祖，居華渚，見星大如虹，下臨之祥，即有妊，十有一月而生少昊。黃帝之世，降居江水，邑於窮桑，故又號窮桑氏。父黃帝崩，群臣推少昊即位，以金德王天下，都曲阜，能修太昊之政，故曰少昊。自即位以來，鳳凰適至，眾臣朝賀，帝即以鳥紀官。」再其後，有「九黎兄弟大亂天下」，最後有「顓頊帝高陽氏即位」。

顓頊皇帝即高陽氏，是黃帝之後絕地天通的宗教改革領袖。《開闢演義》對其描述道：「顓頊。高陽氏，姓姬，祖曰黃帝，父曰昌意，娶蜀山氏之女名曰昌僕，是為女樞。一日有月出，感瑤光指貫月之祥，因懷孕，十有二月生帝於若水。年十歲，幼而神靈聰明敦敏。年二十，佐少昊，二十歲即帝位，以水德紹金天氏為天子。初國於高陽，故號高陽氏。復都於帝丘。以少昊四子為佐：長曰天重，次曰地該，三曰人脩，四曰和熙，為金、木、水、火四官。又以炎帝之子勾龍為土官，共為五官，以正五行。以少昊之子黎高陽孫名重封為正官。司天、治歷、明時之類，屬神明祭祀，以恥屬之也，司地、度地、居民政教，以連屬之也。帝治天下，絕地通天，無相侵瀆，神人不雜，萬物有序，民安其生焉。」其努力演繹顓頊皇帝「龍生九子不成龍」的傳說故事，記述曰：

顓頊帝娶鄒屠氏之女為后，生九子，即征九黎者是也。妃潰氏止生一子，名卷章，又庶出一子名窮蟬，又庶出一不才子，名檮杌。皇后八子，自蒼舒、愷、檮戭、大臨、尨降、庭堅、仲容、叔達，人知其賢能，稱齊聖廣淵、明允篤誠，天下人謂之八愷。大太子輅明姓姒氏，生伯鯀。鯀生禹，是為夏后氏。卷章娶妻名女，生子黎及回，代祝融於高辛氏世。黎生子曰陸終，終生子六人，曰樊、曰惠、曰籛鏗、曰會人、曰豐姓、曰季連。樊封於昆吾。籛鏗封於彭，是謂彭祖，自堯歷夏、商，壽八百歲，喪四十九妻，生五十四子。有一孫，名元哲，封於韋，是謂豕韋。昆吾、豕韋當夏之世，代為諸侯。季連芈姓，周時，其後封楚國。窮蟬生子曰敬康，康生句望。望生牛，牛生瞽瞍，瞍生舜，是為有虞氏。顓頊之裔孫曰女脩，生子曰大業，業之妻名女華，生子大費，是為伯益，佐禹王治水有功，舜帝賜姓嬴氏。

顓頊之後，是帝嚳，即高辛帝。《開闢演義》記述曰：「少昊之孫帝嚳，姬姓，父曰極，母曰國英，懷妊十一月而生帝。生而祥靈，母見其神異，自言其名曰岌」，「各路諸侯得頒礦式，即發守臣，令民尋取。或有打出熔成鐵者，或熔成銅、錫、鉛者，俱各申奏帝知。天下後世銅、錫、鉛、鐵自此而廣矣。帝有四妃：一乃有邰氏之女，名曰姜嫄，與帝禱於上帝而生子曰稷；次乃陳鋒氏之女，名曰慶都，有感赤龍之祥，孕十四月而生子曰堯於丹陵；三乃有娀氏之女，名曰簡狄，祈嗣於玄丘，得玄鳥五色卵之祥，而生曰契；四乃娵訾氏之女，名曰常儀，生子曰摯。帝嚳在位七十五年，壽一百五歲而崩，葬於屯丘。子摯嗣位」。其後，「帝嚳有二庶子：曰寔豹，曰閼伯，俱不才，亦列朝臣，好荒淫」，「摯帝自即位之後，不理國政，或半月一設朝，或一月一登殿，朝夕與后妃飲宴，荒淫無度」。「堯帝命將後宮財物悉分各路諸侯，回國以賑窮民；原各國取來美女，仍命各諸侯帶回原籍，令其父母領去擇配；將娵訾腹斬首示眾，寔豹、閼伯，姑念手足，各罷職為民。重賞群臣，大排筵宴，款待眾諸侯、百官，大赦天下」，神話傳說的歷史上出現了「堯」的時代。

堯開創了中國古代政治的禪讓時代。《開闢演義》記述堯的身世，曰：

「帝堯，陶唐氏，乃帝嚳之子，帝摯之弟也。母陳鋒氏之女，名日慶都，懷孕十有四月而生帝於丹陵，當高辛氏丁亥歲十一月十二日也。母既生堯帝，後移徙至耆。堯以祁為姓，故日伊祁氏。母初生帝時在三阿之南，寄於伊長儒之家，故從母所居為姓也。摯為天子時，堯年才十二，佐摯為政，受封於陶，年十五改國於唐，故又號陶唐氏。因摯帝荒淫，諸侯廢摯而推堯為天子，以火德王，都平陽」，又稱：

自堯帝為君，其仁如天，無所不覆；其智如神，變化莫測。如日之照臨，人皆依之可愛；如雲之密布，人皆望之可喜。富而不驕，彤車白馬；以茅覆屋，不取齊整；蒲草為席，而無緣飾。不視玩好之器，不好奇怪異物，唯存心於天下，加志於窮民，唯恐有一毫不到之處。見一民有飢色，曰：「我飢之也！」見一民寒，曰：「我寒之也！」見一民有罪，曰：「我陷之也！」百姓戴之如日月，親之如父母。仁昭而義立，德博而化廣，不賞而民勸，不罰而民治。天下之民，莫不歡心。自古帝王以來，如堯者，未之有也。故孔子稱之曰：「大哉，堯之為君也！唯天為大，唯堯則之。」又曰：「一人有慶，兆民賴之。此之謂也。」

堯的時代發生羿射九日的神話傳說故事。《開闢演義》記述道：

堯帝一日設朝，文武山呼畢，兩班侍立。正值炎夏，天上忽然有十日並出，照地若火，禾稼乾熇，草木焦枯，百姓驚惶。眾臣奏知，帝驚嘆曰：「天上十日並出，害民禾稼，即害朕躬。莫天厭朕為君也？」命備香花燈燭，帝自拜禱，祝之曰：「臣堯本無大德，蒙眾臣冒舉，為民之主。今天現十日並出，害民禾稼，莫非臣堯有過？罪坐於臣，無降災殃以傷百姓。臣今叩告，望天見憐，收入多日！」堯帝祝畢，百官朝散。

次日早朝，見日依然。帝見日不收，嚎啕大哭。有一武臣，姓平名羿，現為護駕大將軍，見帝悲慘，出班奏曰：「天地既分，已經數萬餘年，上天未現絕民之物。今我主上為君，比之三皇列帝，德過前朝。豈有上天不佑，而現十日絕民食乎？臣思，此必邪火，借日之光升在半空，故有炎炙酷人、焦禾殺稼之害。臣雖不才，能開千斤之弩，待臣來日於御教場射之，看其如何，又作區處。」堯帝聞羿之言，回悲作喜，曰：「卿言有理，但恐射之不到。」羿曰：「容臣試之。」帝准奏。即傳旨：來日排駕，同百官親詣御教場中觀看。群臣朝散。……

羿叩首謝恩，飛身上馬，左行三轉，右走三遭，指定一箭射去，只見天上光閃閃落下一日於水中，大響一聲。帝與群臣、三軍百姓俱驚得呆了。羿見射下一日，精神倍增，東走西馳，連射八矢，八日皆落水中，只存一個日光。羿射得性起，將那真日亦連射三矢，端然不動。帝見射之不落，急命止射。羿遂下馬見帝，帝大喜。

羿是堯時代的英雄，其善射，表現出強大的力量，不但消除了烈日的危害，而且射殺猛獸。《開闢演義》借堯讚美之辭，記述其神話傳說故事曰：「除九日，大風，今收猰貐、封豨、修蛇，與民除其大害，有沒世之功。」而令人遺憾的是其發生了嫦娥奔月的故事。《開闢演義》對此記述道：

平羿既立此數件大功於世，自以得意，喜氣揚揚，又得封賞，朝散回家。

見妻出迎，手內執藥丸一顆，光焰閃灼，香氣襲人。羿問曰：「卿手內所執何物？」妻對曰：「此長生不死藥也。」羿曰：「有此佳寶，卿從何處得來？」妻曰：「自君奉差去後，仙人西王母憐我孤身獨宿，夜夜到此相伴。遇月明時，則呼侍女搗藥。我問：『所搗何藥？』西王母答曰：『此長生不死藥也。每一月搗一丸，一年搗十二丸，朔旦則服之，以調陰陽之畸毗。』三日前搗得一丸在此，命我收起。他去蓬萊探望東王公，約至半月後到此取討。我見今晚月明如晝，取出試一展玩耳。」羿曰：「卿何不吞之？」妻曰：「他來取時，我何詞以對？是欲求長生，先得短命也！」羿曰：「既號靈藥，是處可以潛形，何必拘此而自誤乎？汝試吞之，亦自有說。」其妻依夫之言，一口吞之，習習欲飛，身輕若雲，遂奔入月宮之內。羿緊攬其衣，隨之而去。妻為嫦娥，羿為蟾蜍。時堯帝六十二年甲辰歲八月十五夜也。

《開闢演義》記述了堯時代的情形，道：「堯帝治天下，六十有八載。此時天道人事，鳥獸草木，禾稼財貨，俱各有序。四國樂安其業，諸侯咸服，百姓鼓舞太平。雖有洪水一端，帝亦教民權宜開流，以去其水。」

之間出現鯀治水失敗被殺的事件，也出現了又一個新的政治人物，即舜。《開闢演義》記述道：「舜，乃黃帝八代孫也。黃帝生昌意，昌意生顓頊，顓頊生窮蟬，窮蟬生敬康，敬康生句望，句望生牛，牛生瞽瞍，瞽瞍生舜。瞽瞍姓嬀，娶妻名曰握登，見大虹有感而生舜於姚墟，故不姓嬀而姓姚。母握登早喪。瞽瞍繼娶後妻，名曰壬女，又生一子名曰象。象下愚不移。繼母溺愛己子，欲害前子，往往不能。」

其又稱：「史云：父頑，母嚚，象傲。舜但盡孝悌之道，事父母、待兄弟尤加恭順，乃有小過，則受罪自適，不失子道。年二十，以孝聞於朝野。一日，躬耕於歷山，山中之象代舜犁土，眾鳥為之耘草。歷山之人，見舜孝德，耕皆讓畔。又漁於雷澤，雷澤之人皆讓舜居。陶於河濱，河濱之人，器不苦窳。舜自此名聞於天下。士民咸感仰，云為景星慶雲耳。」這就為堯王訪賢發現舜，做好鋪陳。其稱：「堯帝治天下七十年。皇后名女皇，生一子名丹朱。帝每觀之，不足以承天下。每欲求賢自代，奈一時未得其人。」堯訪賢的路途上遇到許多傳奇人物，諸如巢父、許由等，終於尋到舜。

《開闢演義》稱：「《史記．帝王世次》云：昌意曾孫敬康，與堯四從兄弟，為舜高祖，則舜為堯四世從孫，與堯同時。堯以二女嫁之，是舜以曾祖姑為妻，已若可疑。又禹與堯亦四世從兄弟，舜亦禹四世從孫，乃先受堯之天下，而後授之禹。又舜五世從孫，乃殛五世從祖於羽山，有是理哉？第鯀為國怠政，殛之，理也、法也。曾祖姑為妻而為天下，亦理也。

今人無得論其微而失其大。先聖但知大而不顧其微，乃聖賢度量，非聖人不知其道也。」

歷史迎來了大舜的時代。《開闢演義》稱：

堯帝既崩，諸侯咸立舜為天子。於丙辰年即位，以土德王，建都於蒲坂。國號有虞氏。舜帝乃黃帝八代孫也。父瞽瞍，母握登，見大虹意感而生舜於姚墟。

正月上日，受命於文祖，攝行天下事。群臣朝賀，山呼拜舞畢。舜帝知高陽氏有八才人，天下謂之八愷，顓頊朝曾同勾龍徵滅九黎，八人皆老邁。帝登基，命召至朝，使主后土。八愷名曰蒼舒、凱、檮戭、大臨、尨降、庭堅、仲容、叔達，皆賢能。又，高辛氏有才子八人，天下謂之八元，曾同堯帝諫摯帝無道，亦皆老邁。舜知其賢能，命召至朝，封為種穀侯，使教人種布五穀於四方。八元名伯奮、仲堪、叔獻、季仲、伯虎、仲熊、叔豹、季貍。又封禹為司空，進宅百揆。封棄為后稷，教民稼穡。封契為司徒，敷五教；封皋陶為士師，明五刑；封垂為共工，理百工；封益為虞侯，治山澤；封伯夷為秩宗，典三禮，夔典樂，龍作納言。是所謂九官也，各執一務。

舜帝自察璇璣玉衡，以齊七政，以象星辰之會。廣開視聽，求賢自輔。立誹謗之木、設旌諫之鼓，以廣直言之路。訪不逮於總章，養國老於上庠，養庶老於下庠。憲其行止，貴德尚齒。藏金銀於巉巖之山，捐珠玉於五湖之淵。杜邪淫而絕覬媚。作米廩以藏帝籍，立兩學以教國士。戴其功以加四海……天下大治。麟鳳呈祥，雲霞獻瑞。

但是，舜的時代並不太平，因為堯時代遺留下的問題，成為社會動亂的隱患。《開闢演義》記述「禹、益征苗」故事曰：

堯帝朝，有四諸侯：一渾敦氏，二窮奇氏，三檮杌氏，四饕餮氏。皆不開通其行，俱好奇貪財嗜食。堯時謂之四凶。每欲削其職，值多事未能。舜帝即位，命使曉諭，皆不聽從。帝大怒，遂逐之四裔為民。四凶見帝明德威嚴，不敢遷延，只得前去。

正是打草驚蛇。時有三苗者，亦三諸侯：一名共工，二名歡兜，三名政蘇。此三侯亦貪名好利之徒。一聞帝削去四凶之職，流竄為民，恐罪及己。三人暗通文書，出下榜文，謠言「帝欲滅各國，剝民之財」，煽惑苗民。三侯於苗地，先行謀逆，各會定不遵帝訓。

舜派出禹和伯益平定三苗，到最後「罷征三苗之事，亦竄之於三危之山。故日：竄三苗於三危」。其感嘆道：

三苗，今之苗蠻是也。其地方週迴千里，內種麥、粟、豆而食，有酒，有牛馬犬羊，但無豬。其言語皆正音官話，若請客，先問：「客食何物。」若食牛，則宰牛，食羊，則殺羊，以鉤吊肉於中，放一火爐，主客各自用刀割生肉於火上，炙熟食之，酒亦用埕放火邊，欲飲酒，主客各自手執一竹管，入埕中吸飲之。其屋宇只用茅草苫蓋，無磚瓦。衣皆牛羊犬馬等皮為之，無布帛綢緞等件。為王者方衣綢緞布帛之服。苗地無有細布，但苗兵不時出劫殺人，創其貨物，進於王者，故王者有此服矣。內苗蠻分作七處，為七鎮，每鎮有一王，同姓為婚。其地通四省，乃湖廣、廣西、雲南、貴州。常不時出擄，民遭其害。或擄得人去，著其刈草、看牛馬等。人有病，即殺之，或生丟於坑澗。最恨我南朝人，呼南朝人為漢人。自舜至漢，苗兵常作亂。馬援領兵征之，絕其種，遍搜四方無一人矣。馬援與行軍司馬曰：「再候七日，總有搜不盡者，亦餓死矣。種類若絕，可無後患。」司馬曰：「縱有幾十人亦不能為害，停兵在此，無益。」促之班師。馬援只得從之，令鑄一銅柱，立於洞口，以記其功，遂傳令回兵。豈知天容姦盜，更有四男子、三女人，逃於山僻地，一聞馬援兵退，俱出作一處，尋果實等食，皆得不死。生育至今，又有數十萬人矣。

大禹治水故事是中國神話傳說的重要元素，其開始於大舜的時代。與堯對舜的發現一樣，舜發現了禹，也因此禪位於禹。《開闢演義》記述道：

帝召禹，謂之曰：「今天下地上，方八千餘里，至於荒服，南撫交趾，西抵崑崙，東長島夷，北發戎狄，四海之內，今雖咸載，朕頗無憂。但今洪水為災，先帝曾命卿父治之，無功而受罪殛。朕每欲得一人治之，以救蒼生，為萬民莫大之功，惜未得其人。朕觀卿之才德，可堪此重大之任；欲卿不憚勤勞，以救萬民於水火之中，未卜卿意慨然否？」禹聞帝之言，流淚叩首曰：「臣父有負先帝，自當受罪。臣每思至此，未嘗不三嘆流涕。臣本不才，蒙君委任，敢不奉命？願捨身王事，以報陛下知遇之恩！焉敢偷生自安？」帝聞禹之奏，大悅曰：「朕得卿此行，洪水無慮矣！」

大禹治水，艱苦備至。其平定了無支祁等水怪，足跡遍布大江南北、長河上下。其「南疏雲夢、洞庭、瀟湘、沅、澧、長酉、資、潊、漸九江也。既治，遂東疏彭蠡、震澤，松江、婁江、東江三江」，最感人處，是「當其東疏三江之時，三過塗山氏之門而不入」，《開闢演義》記述曰：「塗山氏自夫離後，生子四歲，名曰啟。聞夫治水過其家，抱啟出視，啟呱呱而泣。禹皆不顧，弗以妻子撓亂其心，唯相度治水為急務也。在外一十三年，所在皆歡聲載道，簞食壺漿以迎。禹呼百姓告之曰：『今洪水已平，粒食可興，須辨土色以為耕藝，汝等自此安心矣。』百姓感謝。禹遂回朝覆命。」這裡抹去了「石破北方而生啟」的故事。

《開闢演義》對禹的身世和事蹟記述道：

禹乃黃帝元孫，黃帝生昌意。昌意生顓頊。顓頊生鯀，鯀娶有莘氏之女名修己，見流星貫昴，夢接而孕，懷十有二月，乃堯戊戌五十八載六月六日，生禹於僰道之石紐村，姓姒氏。禹為人敏給克勤，其德不違，其仁可親，其言可信，聲音應為鐘律，以身合為法度。行年三十未娶，行塗山。恐時之暮，失其度制，乃祝於天云：「吾娶也，必有應矣。乃有白狐九尾，造於禹前。禹曰：白者，吾之服也。九尾者，王之證也。」於是塗山之人聞其異，為之歌曰：綏綏白狐，九尾龐龐。我家嘉夷，來賓為王。成子室家，我都攸昌。天人之際，於茲則行。禹遂娶塗山之女，名曰女嬌，生子啟焉。

舜帝既崩，禹避舜子商均於陽城。群臣諸侯，不歸商均而歸禹。於丁巳年夏四月，受舜禪。禹以金德王，建都安邑，國號夏，仍有虞氏。乃去帝號稱王，立塗山氏為后，立啟為太子。以建寅為正月歲首，色尚黑，牲用玄，以黑為徽號。作〈大夏〉之樂。舜帝初分天下為十二州，自禹王即位，分天下為九州。收天下美銅鑄九鼎，列分野以象九州。差田土之高下，定貢稅之式度，立井田封建之經界，盡一時斯民養生之道。

大禹獻身國家，揚善懲惡，曾經與邪惡勢力進行搏鬥。除水怪故事的背後，其實就包含著他與惡勢力的抗爭。在他的生活中，曾經發生過「惡旨酒貶儀狄」的傳說故事。《開闢演義》稱其「自受位以來，焦勞萬幾，無敢少怠。菲飲食而致孝乎鬼神，惡衣服而致美乎黻冕，卑宮室而盡力乎溝洫，天下因以太平」。又稱曰：「禹王娶塗山氏之女，生三子：長曰啟，承其本姓夏；次曰宰，為顧氏；三曰罕，封余慶王，即姓余氏。塗山氏能明訓教而致其化，三子皆賢明而知王事，達君臣之義，持禹王之功。故啟繼父世，以有天下。初，禹薦益，封之百里，每觀其賢，行事合道，欲授以大位。益聞，避之。天下諸侯推啟為君。啟亦知益賢明，即位之日，即命召益為輔佐，不一年而益歿。後，啟即獻犧牲以祭之。」

以大禹神話為中國神話傳說的結尾，此後進入歷史的傳說時代。《開闢演義》記述了後來的社會歷史，大多是講述傳說故事，傳說故事的主角則多是人間的英雄。

二、《盤古至唐虞傳》的神話敘說

《盤古至唐虞傳》，即《按鑑演義帝王御世盤古至唐虞傳》，其題「景陵鍾惺伯敬父編輯，古吳馮夢龍猶龍父鑑定」，分為上、下兩卷。其卷上共有三章：〈盤古氏開天闢地　定日月星辰風雨〉、〈因提六十六君世　幾遽民鶉居鷇飲〉、〈有巢燧人氏為政　倉頡制字融作樂〉。其卷下四章：〈伏羲氏首王天下　共工怒觸不周山〉、〈神農黃帝氏立極　風后八陣困蚩尤〉、《有熊氏創立制度　顓頊世怪盡妖平》、《帝堯命羿治風日　浚井老狐救大舜》。

其《有夏志傳》〈序〉稱：

孟子言：天下之生，一治一亂，遂以堯、舜至紂為一節，語之。中間羿、桀等，但以「代作」兩字隱之，所謂括言也，指其大而已。今細求之，則夏代四百五十八年中，治亂各三。禹、啟，治也，太康即亂矣；仲康力維乎治也，後相屍焉，有窮則改物矣，是為宇宙中篡弒之始，不可謂之非大亂也；少康之興，遂又為中興之始，治也；由杼、槐而下漸至於微，一桀決裂為之，大亂成，不可復矣。譬則病者，元氣未盡，雖既危矣，緩調之猶可復興。興之後緩散之，則氣日盡於內，急吐之、竭之，立亡耳。故夏之世，從前觀之，急絕則緩起，亦如新林之木，斧之而復生也。從後觀之，緩失則急亡，又如老朽之柯，梃之而自折也。然使仲康如相，則王已久亡；如桀，則商已久滅矣；乃能強自振惕，猶終其身。則夫使桀而如仲康，又安在不可永其年、壽其國乎？況其臣無寒浞之凶，有湯武之聖哉！故謂天命，盡人為之可也。此篇蓋補孟子所括言「代作」兩字之解，為千古治亂法戒之先。粗而語之，村市之談；精而求之，聖賢之學也。孟夫子如復起乎，其非我哉？

與《開闢演義》摻雜佛教文化不同，其敘述盤古開天闢地以中國社會歷史發展脈絡為主線，稱：「話說自有天地以來，到得天地混沌時，叫做一元。一元有十二會，一會共有一萬八百年。十二會，即子丑寅卯辰巳午未申酉戌亥，十二個時辰是也。子會生天，丑會生地，寅會生人。至戌會，天地之氣漸漸消耗，人物漸閉，故不生而消天。至亥會，則消天而消地，卻不是混沌了。至亥末交子會，則又生出天來，而循環無窮矣。自寅會算一度，至午會生一度，該是四萬五千餘年，正在唐堯起甲辰之時。自堯甲辰，至洪武六年戊申，三千七百二十四年。自古帝王，總在消息氣數中。乘息而治，極息而天下亂。至消而亂，極消而天下治。虞舜六十一年，夏后氏四百五十八年。商元年，至於三百八十一年。這為前九百息數。商二百六十三年，周元年，至六百三十七年，這為後九百息數。消息之數，如何俱按九百？以三百年為方息，三百年為中息，三百年為極息。消數亦然。今又以前後九百細分消息。虞方息，窮後息，商方消，此前九百之消息也。商方息，周中息，此後九百之消息也。」爾後，歸結為此書主旨，曰：「茲傳自盤古氏直演至於今，文通雅俗，事流今古，不比世之記傳小說，無補世道人心者也。今且把古今帝王御世，萬載相傳，最先道出一個盤古氏來。」

其敘說盤古，與《開闢演義》不同，提到「渾沌氏」，稱：「這盤古氏，在天未開前，是天地將分未分時節，生於大荒之野。斯時時未昭晰。世界混混沌沌，故又名渾沌氏。他卻明天地之道，達陰陽之變。」

其敘說語言有許多白話，明顯屬於小說語言。如其稱：

盤古氏時，天地四維，有半輕清在上的，有半重濁墜下的。清的漸漸成天，濁的漸漸成地。有處要輕清在上的，卻被那重濁的黏帶住，盤結不得上升。盤古氏見這去處道：「似此相黏，未免閉塞了陰陽之氣。四面東西南北四維，獨西方屬金鄉。土最堅剛，我且於西方覓得一個至堅之物鑿破他這天地混沌之竅，豈不為妙？」行至西方，覓了一塊尖利的石，他認得是西方金精化就，這石如斧，能大能小，能扁能圓。盤古氏得了這物，滿心歡喜，只是沒了一個敲斧的椎。盤古氏隨手拿塊大石頭，便向西方有黏帶處，把石向那石斧一敲，那敲的石，便已粉碎。又拿第二塊石一敲，那第二塊敲的石又碎。連敲了十數塊石，十數塊石俱碎。盤古氏明得此石斧，乃金石之精，天地間哪有物堅似他的？尋來尋去，轉過一座山，山卻青色，並出許多青光。盤古氏明得此山，混沌前是座鐵山，山最出鐵。此山幾萬年，未曾傷損，山的元氣，保養得極是凝固。遂向山凹青光最亮處，見有一個物件，上巨下細，約有十餘丈大。盤古氏道：「此必是鐵石之精，則能變化。我試叫他小看何如？」叫聲「小」，便小了一半，連叫「小」，便小至寸餘。盤古氏又明得這正是敲金斧的椎，所以如斧一般的能大能小。拿椎並斧，見有黏帶不得開交的，把斧一鑿，滑喇喇的一聲響，天拔上去，地墜下來。於是兩儀始奠，陰陽分矣。

盤古分開陰陽，化育世界。其描述道：「盤古氏見已成個天地了，於時有天皇氏一姓十三人出，盤古氏遂逸而不見，把頭化為四嶽，兩目寄於日月；脂膏渾於江海，毛髮付於山木。」此相合於《述異記》「昔，盤古之死也，頭為四嶽，目為日月，脂膏為江海，毛髮為草木。秦漢間俗說：盤古頭為東嶽，腹為中嶽，左臂為南嶽，右臂為北嶽，足為西嶽」的記述。

盤古開天闢地，造就世界，接著登場的分別是天皇、地皇、人皇。其分別描述道：

話說天皇氏出，兄弟共十有三人。天皇氏名天霧，生得頎贏三舌，驤首鱗身，碧廬禿竭，歲紀攝提。天皇氏出入，如風行焱逝。斯時人民未盛，人風真淳。天皇氏並沒一些造作，只是一個淡泊無為。百姓前村幾個，後村幾人，亦恬恬淡淡，也沒一些彼此。相與吸風飲露，登臨茹美，風俗卻是渾噩有味，地皇氏生時，出於雄耳龍門之山岳，遂以岳為姓，名曰鏗。地皇生得馬踶妝首，立在天地中央，呼集百姓。百姓也聽他呼集，從其治化。他出如鬼，入如電，時而龍興，時而鸞集，與天鈞旋，同地轂轉，周而復匝。他思天皇氏既定了干支，卻未有個月分，晝夜不分，人皆冥冥如長夜。於是仰觀天文，詳日月盈虛之數，乃教民曰：「前十五晝夜，生得如此；後十五晝夜，生得如彼。日間光灼灼而明的，他名叫做日；夜間光晃晃而明，有圓有缺的，他名叫做月。在天成象，有光落在地、化成石的，名叫做星宿。有日名為晝，是陽；有月名為夜，是陰，這叫做日月星之三辰。於是民識三辰分，而晝夜已判。又教民消長盈虛、朔望相繼的道理，以三十日為一月，於是民皆識日月之道，晝夜之所以然了。兄弟亦各一萬八千歲，時有人皇氏一姓九人出。地皇氏兄弟，曉得天下應該人皇氏來治，亦遂逸而不見」，「人皇氏生於刑馬山提地國，生得胡洮龍軀，驤首達腋。時萬物雖已群生，民風尚沕穆而深微。人皇氏當太平元正時候，他肇出中區，乘雲祇車，駕六提羽，出於谷口。百姓此時已繁庶，不比天皇、地皇時，民尚希少。見人皇恁地神通，各各仰望於雲端之上，只見人皇氏把他的神靈昭明出來，人皆尊敬。又思風氣漸開，萬物群生，不見一人能掌理得透的，他便駕起雲車，把天下山川相了一會，看哪幾處平坦，哪幾處高深。看畢，乃乘清冥之氣而還，將天下分為九區。這九區，按天九野分設：中央一區，東一區，東北一區，北一區，西北一區，西一區，西南一區，南一區，東南一區，是為九區。每區令一兄弟治之，自己在中區管理天下。時呼風喚雨，以救民困。又看民間有才德的，把他來作了羽翼。有才德的人，俱依著人皇氏呼召，於是有君有臣了」。

此後的世人被描述為「渴飲清泉，飢摘木糵。暑相邀以納涼，寒同樂而齧雪。飲食適然漸開，男女交而無別。無你我之相戕，無彼此之交舌。忠政教以相安，與君民而同悅」，「當時民尚無衣制，唯卉服蔽體。雖有人欲，而人欲未侈。男女雖然有交媾，未嘗有交爭，淫愛微薄，無有貪戀。為君的不見他是君，一心要為人立命；為臣的也不見他是臣，一心要相君輔治。百姓也不見什麼主尊臣卑，也不曉得什麼出作入息」。

於是，世界開闢，不斷形成新的秩序。其記曰：「人皇氏兄弟九人治那九區，共是一樣的太平。亦號九皇氏，兄弟九人，合四萬五千六百年。」然後，世界又發生新的變化，其記述為「次而有五龍五姓之兄弟出，是為五龍紀」，「第三又有攝提紀五十九姓，繼五龍氏出，將天下分為五十九處而居」，「第四又有合雒紀三姓，繼攝提氏而治」，世界依次執行。時代又進入「皇人」時期：

自後有巫常氏泰一氏出，是名皇人。他能執天下大同之制，調宇宙大鴻之氣。著有兵法一卷，雜子一卷，陰陽雲氣一卷，黃治一卷。兵法、雲氣，畫傳間出。黃治、雜子，至漢後始不見其書。後來黃帝謁娥眉，見天真皇人，黃帝拜之玉堂，請曰：敢問天真皇人，何為是三一之道？皇人曰：而既已君統，又諮三一，無乃郎抗乎？古之聖人，盍日月星之三辰，立時刻之晷景；封某人某地，以判邦國；看山川高深，以分陰陽；因天時一寒一暑，以平歲道。使民彼此交易，以聚天下之民；教民備設器械，以防姦盜；制大小的車、貴賤的農服，以彰尊卑之分。這皆法天，而鞠乎有形的道理。聖人治天下，神志不勞，而真一定。若是以我蕞爾之身，兼百夫所能之事，則天和莫至，有悔有吝，貪心詐欺，終無所用。黃帝聽皇人這言，拜而受教，終身不敢遺而天下治。

皇人隱雲陽，不欲治天下，而空桑氏出治。都於陳留縣南一十五裡，名空桑城，後伊尹生於此城。空桑氏逸，神民氏出，名神皇。能使人民異業，修真煉性，使精氣通行，都於神民之丘。神皇出入則駕六蜚鹿，政三百歲。至倚帝氏，都倚帝山。至次民氏，次民沒，元皇氏出。天地至此，沕稷之俗，卻彰明多矣。時以地紀，咸有製作，而穴處之世終焉。

之後又有「皇覃氏」、「幾遽氏」、「豨韋氏」等時期。其描述世界狀態道：

太古時節，那些人民不過居在土穴，處在郊野，與物類相為友。人也無心去害那鳥獸魚蟲等物，鳥獸魚蟲等物也無有害人的意思。到得豨韋氏，百姓漸有機智了，或聚上百多人，或三五十人，或一二十人，見那良善畜類，趕去幾拳幾腳，大家把來打死。物畜怕人害他，也不覺的展出爪牙，與眾人格鬥。人也多少被物爪害的，咬傷的。人見物畜利害，也怕物畜，又去折木梢，拋石頭，而與他敵。撞著虎豹犀象等強梁猛獸，眾人勝他不得，反躲避無門，縮頸吐舌。……

有巢氏作，棲於石樓之顏，見民與那獸相搏，人多則獸避人，人少則人避獸，人逃不及的，多少血淋淋，被那猛獸所傷。有巢氏呼集眾民，教民折下樹梢，從矮枝架高枝，層層搭成如梯一般，可扳緣至大樹末，架成一個巢窠，上蔽得風雨，下又棲得身，教民居在其中，曰：「若遇猛獸，便爬上樹，他就無奈我何。」自是撞著猛虎豺狼之類，大眾與之格鬥，鬥得過便罷，鬥不過，便一層的走上樹末，果然猛獸無奈人何。百姓大悅，又教民曰：「那鳥獸的皮毛血肉，皆有用處。他的皮，男女俱可剝將來，縛在下身，以蔽前後，強如木皮易破碎，又免得裸體不好看相。他的皮可茹，他的肉可吃，也似橡栗堪食。」百姓聽他的令，大眾個個歡喜去拿禽獸，這一回，要拿來剝皮梢肉，不比前與獸相撞，沒奈何與他相鬥一般。……燧人既教民取出火來，當時未有烹炮，教民將那木薪來燒，灼炳那鳥獸之肉。及燔黍與捭豚，皆用火造，火灼肉香，百姓吃了這些熟肉，比前鮮吃，果更味美。當時人吃生肉，多腥死人，至是無腥之疾，死者遂少，人民益繁。人雖有吃，到隆冬之時，耐寒冷不過，乃教民夏時多多積起柴薪，到冬日而煬之。又教民範金合土，範金造出斧斤，合土造成甌瓿。民大歡喜。

文明進化，人民在燧人氏的教導下「結繩記事」，「始有婚姻」，進而又出現倉頡造字，其記曰：「傳八世，有史皇氏出，名倉頡，姓侯罔。生得龍顏侈哆，四目靈光，有聰明睿智之德，生而能書，都於陽武地方。一日著巡，登陽虛山，臨於玄邑之水。忽然間有洛汭靈龜，負書一冊而來。這龜生得丹甲青文，以授倉頡，遂識天地之理，窮天地之變幻」，「文字留傳，鬼神逃不得形，蛟龍掩不得跡，於是天為雨粟；夜來鬼哭神號；蛟龍潛藏，怕人識破呼他名頭。倉頡制了文字，成了教化，天地蘊盡。文辭日昌。在世百有一十載，葬於衙之利鄉亭南，書人禪祀之」。

日月運轉，世界出現「橫木為軒，直木為轅」的軒轅黃帝。軒轅黃帝的時代被描述為「軒轅氏又觀四方哪幾處畸，幾處羨，哪幾處通，幾處塞，權審停當，四方皆成康衢。觀山有處出銅鐵的，鑿取銅鐵，教民以火鎔鑄，以為錢刀，以兌換金玉幣帛之貨，以利民間使用，人民大悅，天下大治。傳至赫蘇氏，是名赫胥，赫胥治世，最把百姓為愛，民事為重。當時人民豐足，鎮日在家坐臥，也沒一些事幹。出門遊息，也沒一個所在去處，行行便休」。同時，世界出現「擬天之周旋作權象」的葛天氏，其時代被描述為「始作樂，有八士捉一獸，投足，操尾，叩角。而歌八終。又塊拊瓦缶，武操從之，名為廣樂。於是封泰山，令民間交易，興錢帛金玉等之貨幣，各方因貨幣，處處相通作生意，闇閡沉滯處，有人往來開通了。天下太平，葛天氏之治，不言而自信，不化而自行」。之後，出現「師於廣壽，無所造作，全不施刑罰，而民自勸化，物自咸若」的祝融，「祝融氏遂依鳥聲制就的樂，屬續樂歌。自是樂歌有可以通倫類的；有可以諧神明的；有可以和人聲的。倫類神明，果然因樂，殊覺有祥風協氣。人民聽了，耳目聰明起來，血氣和平起來。粗心浮氣，一發化了。世俗一發變了。百姓一發壽命長了。天下大治。時以火施化，號赤帝，後世火官號祝融者，此也。都於會，即今鄭地，有祝融之墟。治世一百年，葬衡山之陽，今名祝融峰」。再之後，其記述有：

吳英氏世，當時人民尚少，草木鳥獸更多。教民殺獸供食，特麛者不要殺，卵者不許取。百官各人掌理一事，不許一人兼兩事。民之死者，厚用柴薪埋葬，後又有有巢氏作，駕六龍，從日月，是曰古皇。這有巢氏不是前的有巢氏。先有巢氏教民巢居，木處顛風生燥，木顛處常跌傷人。燥生時，常夭折人。這有巢氏乃教民曰：權木可編而為廬舍，糧草可緝以為門扉，便不消巢居，又避得風雨，豈不為美？民去編廬緝扉，不須爬樹上棲息，民益便利，故亦號有巢氏。……

有巢氏沒，越數世而朱襄氏立，都於朱。是時天下多大風，但見陰霾四布，霖雲不散。陽氣久陰，陰氣不化，不能成物。百物被大風吹壞，果瓜草木，不能遂生。當遲春時候，卻便黃落了。民當盛夏時節，不見日月之光，只在慘淡世界裡，風吹霧侵，百姓血脈不調，個個身上寒熱往來，病起虐疾。當時沒有這個症，今陡有了這病，都呼天叫地而號。朱襄氏見民間疾苦，好生放心不下，道：「久陰不陽，是陰氣不能化，所以民有寒熱不調之病。昔祝融氏作樂，樂者，宜陰陽之氣使和順也。他卻能通倫類，諧神人。我今協陰陽之聲，制器以宣其和。乃令士曰：琴音，統陽者也；瑟統陰者也。今天下久陰多風，是陰氣凝滯，所以陽氣也被他閉塞。只要來陰氣，陰陽自然和洽，群生自定矣。」士聽令，於是制五弦之瑟，鼓作起來。

《盤古至唐虞傳》詳細描述了伏羲的神話傳說故事。其敘說語言相互穿插，述說時代演進過程之後，又具體闡釋「三皇五帝」的含義。其述說伏羲神話傳說道：「卻說世上人稱三皇五帝，不識如何叫做皇，如何叫做帝。我今為爾分說。皇者，初冒天下的；帝者，主宰天下的。三皇各氏的事，上已說明。今將五帝的事，從頭道起。五帝是太昊，伏羲氏為首。如何叫做太昊伏羲氏？其聖德象日月的光明，而位在東方，故名太昊。太昊的母居於華胥之渚。華胥，地名，今陝西藍田縣是。一日，其母日將暮時出遊於郊外，猛見地上有個巨人腳跡，忽然心動意此巨人，誰知此念一萌，便感動那天上的虹，便飛將下來，將聖母繞住，彩色四注，神氣交孚。一霎時，虹飛上天，聖母步歸。自此，聖母因虹交而有娠，生帝於成紀，今鞏昌府成州是也。生得蛇首人身，後來以木德繼天而王，以木居五行之首也。建帝都於宛丘，今陳州太昊之墟，天子所居皇都是也。」

其既將伏羲看作人間的帝王，又視其為文化創造的英雄，講述伏羲畫八卦的事蹟，稱：「伏羲氏王天下，仰觀天上日月星辰之象；俯察地內山川陵谷之形，高下原隰之宜；中觀萬物鳥獸羽毛之文，飛潛動植之殊，見理總不外於陰陽。於是畫一奇以象陽；畫一偶以象陰，以奇偶二畫加成八卦。卦有上、中、下之三爻，因以三爻各重加之，成六十四卦。這卦畫乃神明之德，陰陽不測之妙。伏羲氏卦象立，其意已盡，那神明之德，因卦象而相通了，萬物之情，有應有求，生生不已。伏羲氏卦象立陰陽感應之理，若將萬物比類出來了。」伏羲有許多事業的開創，其感於「燧人氏教民結繩的法，雖則便民，卻不是垂得來久的」，「乃教民刻木畫字於上」；其感於「燧人氏雖則立個男子三十而娶、女人二十而嫁的法，男女還是無別」，便創制婚姻，正別姓氏，「兩家必須有個從中說合，斟酌停當的，喚作媒人。禮用儷皮，取成雙之義」，「人的姓氏須要正，姓者，統祖考所自出；氏者，別子孫所自分也」；「伏羲氏以祝融作樂詞未盡其妙，乃創為荒樂，歌扶徠，詠綱罟，以鎮天下之人命」。

《盤古至唐虞傳》記述「伏羲氏沒，有共工氏者，名康回」，講述了「祝融與共工」的戰爭。戰爭故事引發女媧補天傳說。

其記述曰：「伏羲氏沒，有共工氏者，名康回。生得髦身朱髮，自負他自智謀，有神通，傚亂天常，竊去冀方地面居住。共工氏道：我本水德，當以水紀官。日夕殘虐百姓作樂，兼淫縱女色不休。當時祝融氏分理一方，為伏羲氏之臣，思共工氏在冀方如此不道，當驅除之，以安天下。乃出師至冀方。共工民報知共工氏，共工氏大怒道：『我有如許本事，怕你什麼祝融小子？』點起兵馬，出師與戰。兩個相逢，刀槍對臨」，「祝融與共工戰了多時，共工力怯，敗陣而逃。祝融追不及，班師而回。共工氏戰敗，直走至不周山下，方敢歇息。想起：『我任智自神，好不怕人。今被祝融戰敗，卻沒神智了。也被冀方人笑恥，如何復鎮得冀方人服？』大吼一聲，把頭將那不周山觸了幾觸。誰知這不周山是承天一柱的山，你道如何見得是承天一柱的山？太上名山，鼎在五方，以鎮地理，號天柱於珉城，以象綱軸，乃真官仙靈之所宗。上通璇璣玄氣，流布五常；理九天調陰陽，品物群生。希奇特出，皆在於此，卻被共工氏把頭亂觸，觸下不周山一角，地維缺了一向，天柱折將下來。」

在《盤古至唐虞傳》中，女媧也成為一名戰神。其記述曰：「時有太昊同母生的一個親妹，名女媧氏。見共工氏殺祝融氏不過，觸崩不周山，到天柱折，地維缺，怒曰：『共工無道，乃至得罪天地，我且先去補了天，然後誅此惡臣，未為晚也。』乘雲往不周山下，聚起五色石，煉就五行之氣。五行氣升，結成天體，將天補就。誰知共工氏被祝融所敗，又不自悔過，一發暴虐起來，道：『祝融氏，你說你為天下人，我今壅防百川，墮高處，塞異處，害天下人，看祝融奈得我何？』於是作亂。正在那裡壅起滔滔的洪水以禍天下，女媧氏知了，即乘風雲忙來誅共工。共工大怒來戰，道：『祝融欺我，你這女子也來上門淩人！』兩家交戰。誰知女媧氏神通廣大，共工威力不敵，被女媧氏一刀殺了，水害遂息。百姓大悅，遂尊女媧氏為女皇，都於中皇之山。」女媧補天沒有著力渲染，而是突顯其治理世界，其記述曰：「天下太平，女媧乃命臣隨制造笙簧兩般樂器，吹動笙簧，以通各國小相習的風俗。又命臣娥陵制都良管，以齊一天下之音律。思天柱已補，天德難量。乃用五十弦之瑟，以郊天侑神。瑟聲鼓動，但見愁雲四布，風煙迷天。女媧氏見這光景，知樂不能和洽天神，靜聽那瑟，不免有悲天憫人之調，慘慘淡淡。女媧氏與臣隨道：『天道清明，此慘淡之音，適足召慘淡之象。若要和神明，須更去了二十五弦，止留二十五弦，則聲音得中，而清明和平可聽。』果然更為二十五弦之瑟，而樂遂和洽。女媧在位一百三十歲而沒。」

《盤古至唐虞傳》記述「伏羲氏沒，黃帝神農氏作」，敘說黃帝和神農氏神話傳說故事，稱：「伏羲氏沒，黃帝神農氏作。當時有少典君，娶有嶠氏之女，名安登。安登生二子，長子名有年，感神龍之異而後誕育於姜水之上。生得牛首而人身，遂以姜為姓。後在烈山上起立根基，號烈山氏。初創國於伊，繼又國於耆，合兩國稱之，號伊耆氏。以火德王，都於陳，今之開封府陳州即其地。次遷都於山東兗州府曲阜縣，古時百姓，只滿山野摘草木果品充飢，與搏禽獸之肉以食，全不曉耕稼之事。神農氏相天有四時之氣，百物皆春生夏長，秋實冬落；相地有高有下，有原有隰，當春令看那高下原隰、宜植百穀處，教民耕稼。土堅不能播種，教民削尖那術，作耜以起土。又屈木為耜柄以為耒，民始知樹藝五穀，而農事始興。世號為神農氏，出令教民曰：『民為邦本，食為民天。一人不耕，天下有受其飢者矣；一女不織，天下有受其寒者矣。你為丈夫的，必親自去耕作田土；你為妻子的，必親自去蠶桑紡績，才有得吃，有得穿著。』百姓聽他命令，各重生業，自食其力。神農氏見民務農事，重生業，時亦風調雨順，到十二月作蜡祭，蜡索之意，言合聚萬物而索享之，以歲報成功。祭後以赤鞭鞭草木，曰：鞭之使萌動也。」其記述「神農氏嘗百草」，曰：「神農氏果然嘗百草。一日遇十二毒神，腸翻腹痛，而皆得服解毒草木之藥，力化之，遂作方書，某毒用某藥解，某病用某藥療。百姓有疾者服之，莫不立效，而民知醫者眾矣。」其又記述神農事蹟，稱：「復察水泉有甘有苦，甘的清而無毒，苦的混而有害。教民遇苦水則避而不食，甘泉乃可就而飲。由是民得安居，自食耕作之力。有病的服藥調治，病者得生，無夭折而死之患。天下大悅，乃列廛於國中以與民居住，教他日中為市。凡天下貨物有的皆攜來市中，排列肆上，有的換無的，無的易有的，民各得滿願而散。」

《盤古至唐虞傳》記述軒轅黃帝與蚩尤等神人的戰爭，稱：「當時有一諸侯，姓公孫，名軒轅。他是有隰國君之子，其國今河南新定府是也。母親名寶附，一夕至郊野，見大電繞北斗樞星，感而身懷有孕，至二十四月，而生軒轅氏於軒轅之丘，因名軒轅，即今開封府新鄭縣境上。軒轅生得日角龍顏，有景星慶雲之象，弱而能言，幼而徇齊，言聖德幼而疾速也，長而敦敏，成人而聰明，長於姬水，故又以姬為姓。軒轅習用干戈，凡諸侯有不來享的，則率師征討，所以諸侯咸來賓從。他見蚩尤日肆其惡，乃徵各路諸侯兵眾，來伐蚩尤。時蚩尤兵屯涿鹿，與軒轅軍對陣於涿鹿之野。」其記「蚩尤作起大霧，請風伯雨師，縱大風雨。各路諸侯兵眾，風霧捲來，對面不能相識，征衣俱溼透了。軒轅見他施法術。難以進兵，率諸侯急收回兵眾」，軒轅黃帝得到風后和力牧的幫助，「風后進握機八門陣法；力牧語以坐作進退之方略」，「軒轅大悅，遂以風后為相，力牧為將」。這裡，神話戰爭被描述為「蚩尤聞軒轅請得什麼人來，排下個什麼陣法，又呵呵大笑，整兵來敵，亦作起大霧，又請風伯雨師，縱大風雨。軒轅已預請天女名魃者至，風雨遂止。又造有指南車示眾軍，以知東西南北四方，軍士不會被大霧所迷，蚩尤軍見有五色雲氣，在帝頭上，煙霧難近，皆大驚。蚩尤見軒轅軍不昏迷。黃帝頭上，又有五色雲蓋，風雨不作，大怒，率兵衝入握機八門陣來。風后將旌旗四麾，把陣勢變動」，「蚩尤左衝右突，殺來殺去，再莫想出得這個陣來，暴躁向中間。亂突，遇著一隊游軍，大將應龍向前擋住，蚩尤與應龍戰不半晌，覺有龍蛇鳥類，向前助陣一般，眼花腦亂，大叫一聲，掀下馬來，被應龍遊軍向前捉了」，「只見殺蚩尤時，頸血一帶，沖天而起，飛向解州地方一大池內，其池周旋有八十里寬，蚩尤之血落在其中，便將池水化而成鹵。自後到六月炎熱時候，池上結成鹽版，今解州鹽池是也。這州因蚩尤故名解，言屍解蚩尤也。其械蚩尤之桎梏，脫棄宋山之上，其械化而為楓樹」。

戰爭的結果造就了黃帝的地位，其解釋為「於是諸侯咸歸軒轅氏，代神農為天子，是為黃帝」，「又教虎豹熊羆四將，與炎帝戰於蒲反之野，勝之，降封炎帝榆罔於洛，神農氏遂亡」。軒轅黃帝迎來了自己的時代，其記述為：「軒轅既為天子，內行刀鋸，外用甲兵。制陣法，設旌麾，天下有抗拒絕順從者，率兵往征之。當時草木繁甚，那鬱蓊處，人不敢行。黃帝命眾披草木而行，以通道路。其土地東至於海；西至崆峒；南至於江；北逐重鬻。合集諸侯符契圭瑞，而朝於釜山。初都於涿鹿，必環繞軍兵，立營保守。」

黃帝神話傳說的內容在這裡被記述的有許多，諸如「時有慶雲之瑞，遂以雲紀官」；「有黃龍負圖從河出，帝命臣寫以示天下」；「命隸首作九草演算法，命伶倫作律呂」；「命臣榮猨鑄黃鐘、大簇等十二鐘，以為十二律」；「命臣大容作咸池之樂，命臣車區占星氣，自作袞冕玄衣黃裳，而衣冠之制興。又恐天下尚有玩梗不從化之使用，命臣揮作弓，夷牟作矢，以射人。命岐伯作鼓吹、鐃角、靈鞞、神鉦，以揚德建武；命臣共鼓代弧，刳木為舟，剡木為楫，以運舟而濟道路不通之處。作天子所乘之輅，以行四方；作宮室之制，教民以模鑄金，以為金玉之貨，錢刀之利。當時百姓多病，乃命岐伯作內經，復命臣俞跗、岐伯、雷公察明堂，究息脈。命巫彭桐君因病處方，施藥餌，民因藥餌，得以療疾而盡年」；「當時，西陵氏之女名嫘祖，為帝元妃，教民育蠶治絲繭，以供衣服。於是畫野分州，萬國以和。自是日日揚光，海水不波，山不藏珍民不習偽，官不懷私，市不預價，城郭不閉，見利不爭。風雨時若，人無夭折，物無疵癘，虎豹不敢妄噬，鷙鳥不敢妄搏。裔夷之人，原不服王化者，今亦來享。時帝庭生一草，名屈軼。佞人入，則草指之。鳳凰巢於阿閣，麒麟遊於苑囿。天下大治。帝將逝，乃鑄鼎，鼎成，有龍垂髯下迎，帝騎龍上天，群臣後宮，從帝者七十餘人。小臣不得上的，悉持龍髯，髯拔墮弓，仰扳莫及，各抱弓而號。因名其地日鼎湖，弓日烏弓。帝在位百年。年百一十歲，子玄囂立，是為少昊金天氏」。

黃帝之後，出現顓頊。《盤古至唐虞傳》記述日：「當時，昌意娶蜀山氏之女，名昌業，是為女樞。一夕，見天上有瑤光貫月，感而生帝於恭水。年十歲時，魯佐少昊治天下。二十歲即帝位，以水德紹金天氏為天子。初國高陽，今保定府東南七十里地方，故號高陽。建置帝丘，今濮陽是也。元年顓頊治世，乃命南正官名重者，司天南正。」顓頊時代的景象成為其詳細描述的「鬧鬼」：「天地山川正神，見顓頊命官南正，虔誠致享，自然來格。但聽得東村裡，捉得一個小兒怪，生得怎的？東村那人道：三日夜，各人就榻將睡，聽得房門外的響聲，開門一看，乃一白骨小兒，四向趨走。始叉手，後禰臂，骨節便格格的響。我呼起眾人，厲聲喝之，小兒跳上階。再喝，小兒募入門道：兒要乳吃。用拳擊之，隨拳墜地，又曰：兒要乳吃。家人以棒亂擊，小兒骨頭，節節解散，散而複合者數四。叫家人以布囊盛住，提去三五里遠，投入一枯井中。次夜又至，手擎布袋，在庭上抛來擲去，跳躍自得。家人又擁出擒住，復以布囊如前盛之，緊緊捆縛，又把索子懸個大石頭，沉在河水深處去了。次夜又來，左手拿囊，右手執索，趨走戲弄如前。我家人已預備大木，鑿空其中，待他來，擒於空木中藏之，以大鐵葉壓住他兩頭，以釘釘之，把酒肉同往，懸巨石，流之太江。小兒又欲負木趨出，我等囑道：我有酒肉相謝。乃將酒肉祭奠之，今不復來矣」，「又聽得西村捉有一個女人怪。這女人怪，生得怎的？西村人道：「我西村有一空木，高十餘丈，廣數圍，中空心可容人。昨日遠遠見一女人，穿著緋裙，跣雙足，袒膊披髮而走，其疾如風。漸近前，和我西村一人道：後有人覓，但說不見，恩德甚甚。女人遂奔入枯木中。約半個時辰，見一人乘甲馬，衣黃金衣，身帶弓劍，奔逐如電。每一步行二十餘丈，或在空，或在地，到我西村，問曰：見緋裙女人否？眾道：不知。金衣人曰：勿替他藏，此不是人間女子，乃飛天夜叉，夜叉有黨數千，相繼在天下害人，已八十萬矣。今已被擒戮，獨此是最凶惡的，昨夜三奉天帝命，逐來至此。我西村人聞此，乃教他云：躲大空木中。金衣人便向空木下，入木窺之。緋裙女人走出，拔空而上，金衣人逐去七八丈許，漸趕入霄漢，投於碧雲中。仰望空際，忽明忽暗，久之，雨下三數十點血，想緋衣女人中流矢也」。最後，顓頊時代終於獲得平安，其記述曰：「自顓頊以後，神不侵民，民不瀆神，九黎諸侯也不敢作亂，民安其生。帝乃作曆，以孟春之月為元，是歲正月朔旦立春，五星會於天，歷於營室亥娵訾之次，冰凍始泮，蟄蟲始發，夜來雞鶮始三號。天地萬物，自此和順……顓頊氏靜淵有謀。潔誠祭祀，理四時五行之氣，以教化萬民。北至於函陵順天府；南至於交趾；西至於流沙居延縣；東至於蟠木。莫不來屬。」

此中，又插入「度索山大桃樹」故事，其稱曰：「這蟠木地因是東海中一山，名度索山，山上有一株大桃樹，枝葉擎天，蟠屈有三千里遠。這三千里，內外人民，皆借這株桃樹生活……那度索山下，千鄉萬村的人，一年一度，摘桃颺海，來各處販賣。顓頊氏之世，卻分外飽滿豐大。度索山下人，也知顓頊氏的治乎，所以蟠木之地俱服化賓從。」

顓頊之後，出現帝嚳。《盤古至唐虞傳》稱「少昊之孫帝嚳立。帝名岌，蟜極所生」，「齠齡便能施行，窮極道德。年十五，佐顓頊，受封於辛；年三十，以木德代高陽氏為天子」，「起基於辛，故號高辛氏。都於亳」。其記述「盤瓠」傳說故事曰：「是時有房王作亂，帝乃募天下：『有人能得房王頭者，賜金千斤，分賞美女。』辛帝有個犬，字盤瓠，毛生五色。帝出入，犬常隨之。辛帝出了這令，犬便不見。不知這犬走去見房王。房王見是王犬，大悅，曰：犬亦來歸我矣。令人張大宴會，為犬作樂飲酒，犬叫跳自得。房王道：『犬樂，必我有天下分。』不覺醉臥。盤瓠看睡熟，咬房王頭而還，無人知者。辛帝見犬銜房王首，大悅，厚與犬肉糜，犬不食。經一日，辛帝呼犬，犬亦不起。帝知犬欲封賞，乃封為會稽侯，美女五人，食千戶。那犬也會與五美人交媾，生三男六女。男生時，雖似人形，卻有犬尾，其後子孫繁盛，號犬戎國，只今土蕃。」其又記述「帝嚳有四妃，元妃有郃氏之女，名姜嫄」，「帝又娶陳豐氏之女，名慶都，生於斗維之野。時天大雷電，有血流潤大石之上而生慶都」，「又娶諏訾氏女，日常儀，生子摯」故事。其記「帝嚳在位七十年，崩，年一百零五歲，葬於頓丘山」，「子摯嗣立。摯荒淫無度，不修善政。居九年，諸侯廢摯而尊堯為天子」，歷史進入堯的時代。

堯的出場在《盤古至唐虞傳》中同樣是與災害伴隨，其記述曰：「堯即位為君，其仁如天，其智如神。民就之如日，望之如雲。存心於天下，加志於窮民。不賞民勸不罰民，治七載，民不作忒。那鴟鴞惡鳥逃去絕域，麒麟瑞獸遊於藪澤，奈氣數有常有變，上天忽有十日並出，百姓栽種那些五穀，卻被那十個日晒得焦乾。百姓也被蒸得不奈煩，走在土穴裡躲。又有大風起，吹壞民間屋舍。有個大獸，名喚猰貐；有個大豬，名喚封豨；有個大蛇，名喚修蛇，皆會吃人。帝堯思他臣下，唯羿最有神力，乃命羿治風日各怪。」中間夾入羿射十日的傳說，曰：「十日一齊並見。羿取箭在手，向日射去，便見那被箭的日，隨箭沒於空中。於是連發九箭，九日俱隨箭沒。只那一輪耀靈，初，羿不識，也發了箭，哪裡射得他上？他澄然碧空中，普照萬方。只見日光天子，聲如洪鐘，遠向羿道：勞君射盡妖光，萬物從此泰寧矣。羿望空答禮遙拜。這九日卻亦被羿收了。」羿又消除了「猰貐、封豨、修蛇」，「羿既成功，帝堯大加封賞」。

《盤古至唐虞傳》稱「堯治天下五十載，自己不知天下治與不治」，引出「四嶽舉鯀，九載洪水如故，鯀徒勞民無功」、「帝子丹朱又不肖，乃求賢自代」和「群臣乃薦舜」等故事。

這裡，舜的事蹟被描述為賢能。其稱：「姚舜其先國於虞，系出虞幕黃帝第八代孫。父名瞽瞍，母名握登。見天上大虹，有感而生舜於姚墟之地，故又姓姚。握登死，繼母生象。父母與象皆下愚不移。那繼母愛己子，惡舜，嘗在瞽瞍面前唆害舜。瞽瞍遂也惡舜起來。嘗欲殺舜，只是舜盡孝悌之道，毫無怨母弟之意，勤勤耕田，時耕於歷山。歷山同耕的，見舜恁般孝悌，勤勤耕作，見象恁般放肆，不友不弟。把歷山農夫都感格得好，再沒有相爭田畔的。時嘗漁於雷澤，以供父母。那雷洋的漁人，見他恁般孝友，亦皆識居。一日，舜於雷洋得王牌，浮水文曰：『受而禪唯汝彥。』又燒瓦器於河濱，河濱人皆燒瓦器，見舜恁般作事，便不把缺壞之器貨賣與人。既又牧羊於潢河之上，一日，拾得玉曆於河之岩中。」舜「二十以孝聞，三十，堯因四嶽薦，乃召舜。舜至，堯問曰：『我欲致天下，為之奈何？』對曰：『執一無失，行微無息，忠信無倦，而天下自來。』堯又問:『以奚為事？』舜曰:『事天。』問:『以奚為任？』曰:『任地。』又問：『以奚為務？』曰：『務人。』堯曰：『人之情奈何？』曰：『人到得有妻子，孝便衰於事父母；人到得多嗜欲，信便衰於待朋友。這便是人之情。若夫從道理作事，則得吉；反道理作事，則致凶者，猶影響一般，不會差失也。』堯大悅，館之於側室，以二女妻舜。大名娥皇，次名女英。又命九個兒子與百官事舜。又把牛羊倉廩等以供給舜。」中間夾入「瞽瞍殺舜」，引發「帝堯由是一發降重舜的孝行，欲遜位與舜」。同時，也出現舜因人而用、禪位於禹的結局，如《盤古至唐虞傳》所記：「是時高陽氏有才子八人，天下稱他作八愷。高辛氏有才子八人，天下稱他為八元。這八愷、八元，後代承前代，不隕其名。世濟其美的子孫，堯未及舉。舜於是舉八愷，使作主后土的官。舉八元，使作市五教於四方的官。又帝鴻有不才子名歡兜，為人不開通，世人號他作渾沌。少昊有不才子名共工，行事好奇。世人號他作窮奇。顓頊氏有不才子，徒知貪財貪食，酷似三苗，世人號他作饕餮。時目之為四凶，堯未能去。舜皆投之四裔。當時歡兜被放於崇山，便化作一人面鳥，背生雙翌，手足扶翌而行。常走往海中，取海中魚而食。只是他這翌，卻飛不得的。性最狠惡，不畏風雨禽獸，直犯死乃休。好笑歡兜號渾沌，便到死還也是渾沌的。帝舜又以鯀治水無功，勞民傷財，於是殛之於羽山，今之淮安府贛榆縣。鯀遂投於羽水，化為黃熊。黃熊，三足鱉也。因為羽淵之神。遂舉鯀子禹代之治水。」

舜的時代堪稱輝煌，《盤古至唐虞傳》記曰：「舜攝位之後二十八年，堯崩，舜辟位於河南。天下之民，朝覲謳歌訟獄者不歸堯之子而歸舜，遂即天子之位，號有虞氏。初舜微時，有友七人：雄陶、方回、續牙、伯陽、東不訿、秦不宇、靈甫等，常相周旋於歷濩之間。聞舜已受堯禪，七人遂逃去，不復來與舜遊矣。元年，舜既即位，以土德王都於蒲坂，今之河中府是。命禹為司空，宅百揆；棄為后稷，教稼穡；契為司徒，敷五教；皋陶為士師，明五刑；垂為共工，理百工；益為虞，治山澤；伯夷為秩宗，以典禮；夔典樂；龍作納言，是為九官。設了這九官，舜特恭己無為，彈五弦之琴，歌南風之詩，把金藏於歌岩之山，捐珠於五湖之淵，曰：『我賤金珠，便下服度。且杜臣民淫邪之意，絕他覬媚之心。』天下悅服，四海咸戴。時有景星出，卿雲興。」

至此，舜的神話傳說故事成為絕唱，象徵著一個時代的終結和一個新的時代將要開端。

三、《有夏志傳》的大禹神話

《有夏志傳》即《按鑑演義帝王御世有夏志傳》，屬於《夏商野史》，題「景陵鍾惺伯敬父編輯」，「古吳馮夢龍猶龍父鑑定」，有學者稱係偽託。《夏商野史》其十九回之前章節屬於《有夏志傳》，敘述大禹開端的夏朝歷史，後十二回則為《有商志傳》，敘述商朝興起、滅亡到周朝建立的歷史演進。

《有夏志傳》筆墨開始於大禹治水，其稱「禹王乃黄帝的玄孫，姓姒氏，鯀之子。母名志，號修己，有莘氏女。修己未生禹時，見有流星貫昂，夢接而意感有孕。又吞神珠薏苡，至歲一月，堯帝戊戌五十八年六月六日，修己胸坼而生禹於僰道之石紐鄉，即今四川龍安府石泉縣石紐村，禹穴是也。禹生得身長九尺二寸。堯時洪水滔天，鯀治水無功，被舜所殛。禹降在匹庶，舜舉禹，使續父業。禹傷父鯀功不成受誅，乃勞身焦思，欲蓋父愆。當時，他應帝命，去治水」，「禹始娶塗山氏之女，名，生子啟。甫四日，禹往治水，別塗山氏而去。啟呱呱而泣，禹弗視而去。

帝舜又使伯益掌火，領朱虎，熊羆偕禹行水。禹又用方道彰、宋無忌二人為風、火二將，道彰能呼風百里，無忌能口吐烈焰。又用馮遲、馮修、江婓、江妃為水將，二馮多力善決，二江多巧善汨。又用禺強、庚辰二人為左右將，二人俱力舉萬鈞，能鞭山鑿石，驅凶捉怪。又用章亥、鑑亥為步將，日行千餘里。這恰是天地合該成平，大禹合該有天下，故天降之多神人助他。因此禹治水時，不怕山靈水怪，深淵可以見底，幽洞可以開門，鬼幻可以使他呈形，神異可以識他性情；行盡幾多奧妙山川，識盡幾多幽玄精物；至德愈明，聖身無癘，所以叫做神禹。初治洪水，先觀於河，見白面長人魚身出，日：吾河精也。授禹河圖而退，入於淵」，「神禹每行一地，先自己登高，相視地脈。見有山林蒙翳、陰氣晦昧、土脈難明、水勢難通處，又見有川澤草莽、多藏怪物、人民難到處，這原都是乾地，被大水浸沒久了，如此薪雜，因此人無行道，水愈不行。俱命伯益領風、火二將，方道彰、宋無忌放起一把無情火焚之，神鬼精怪、毒蛇猛獸奔竄而去。為禍者，命左右將擒之；不為禍者，驅逐他去便休。凡異禽奇獸，命伯益記其聲名，異寶取供用。山川之神，用物祭祀之。水淺處，命二馮決去其壅滯；深處，命二江直窮到底。山石為梗處，命左右將攻去之。遠近程途，使章亥步記之」。

其敘說大禹治水的背景、起因，包括禹的身世，極力宣揚天命神授，把《史記．夏本紀》文獻典籍中關於夏禹的事蹟進行誇張描述。而且，其表現大禹治水所到之處的內容，明顯受到《山海經》的神話影響。

《有夏志傳》描寫禹鑿開龍門，日：「神禹治水，《書》所記始於壺口之山，其治龍門也。鑿呂梁之石為砥柱，為三個門，以通水。南日『鬼門』，中日『神門』，北日『人門』，是為『禹門』。」然後記述道：「先到甘棗之山。這山，洪水所出處，其西流至於河。山上出些什麼物件？出杻木，葵本而杏葉，黃花而莢實。又有個獸，生得如鈦。有個老鼠，背上有文，名叫做熊，被眾人拿住。禹王卻也不知，叫諸將來問：『這鼠叫甚名？這獸叫甚名？』諸將未及答應。不知這些獸皆自古至今成了精的，所以牠會說話。那精便道：『聖人，我名叫做𪊲，那文鼠叫做熊。這鼠人吃牠，可醫治得病瘻的症。』文鼠在旁道：『你害殺人！若此中有人病瘻的，卻不誤了我性命？』禹王道：『勿驚。我們視眾生如一體，你既不害生靈，我也決不殺汝。』𪊲又報了這些草名，禹王便發放𪊲、鼠二精去了。精去了，又回報禹王道：『蒙聖人赦宥，此去二十里，有個歷兒山，其上有個木，名橿，又名櫪。這木生得莖方葉圓，開黃花，結實似楝，如指頭大，色白而黏，可以浣洗衣裳。人吃它，不會忘記事。又東十五里，有個渠豬山，多豪魚，生得似鱔一般模樣，喙是赤的，尾是赤的，它的羽毛醫得白癬。前去脫扈山，有草如葵，名植楮，鼠見它則懼。吃了這草，令人不眛。金星山多天嬰，生得如龍，骨可以醫痤病。牛首山有勞水，西注於潏水。這水裡多飛魚，生得如鮒。吃他可已痔衕之疾。我只曉得這些，其他不曉得了。』禹王道：『這也是你好意，前面也不勞你說。』𪊲精叩頭去了。禹王歷這幾處，果如𪊲精所言。至了霍山，有個獸生得似狐狸，尾是白的，有鬣，名朏朏。這朏朏養牠在身旁，可以止憂悶。」這一段內容的描述，應該源自《山海經．中山經》：「中山經薄山之首，曰甘棗之山，共水出焉，而西流注於河。其上多杻木。其下有草焉，葵本而可葉。黃華而莢實，名曰籜，可以已瞢」，「又北四十里，曰霍山，其木多穀。有獸焉，其狀如貍而白尾，有鬣，名曰朏朏，養之可以已憂。」

《有夏志傳》又記：「於是禹王自霍山北五十二里至合谷山。又三十五里，至陰山。東北四十里至鼓鐙山。但見：金谷多薝棘，未審是草是木兒。陰山有雕棠，食之治聾更為奇。礪石文石皆所產，少水出兮無障陂。鼓鐙赤銅榮草地，草食治風更足奇。」當源自《山海經．中山經》的「又北三十五里，曰陰山。多礪石、文石。少水出焉，其中多雕棠，其葉如榆葉而方，其實如赤菽，食之已聾」，「又東北四百里，曰鼓鐙之山，多赤銅。有草焉，名曰榮草，其葉如柳，其本如雞卵，食之已風」，「凡薄山之首，自甘棗之山至於鼓鐙之山，凡十五山，六千六百七十里」。

《有夏志傳》記：

又二百里，至昆吾山，山多赤銅，有獸，生得似彘，有角，聲音如人號哭一般。見人來，成群在那裡躑躅。禹王見了，道：「這物叫做蚳，人吃牠心不眛。」於是眾人都去捉來烹吃，俱有百餘斤重。又百二十里，至葌山。疏通葌水，北注於伊水。三百八十里，至蔓渠山，伊水從中出。禹王命眾疏通蔓渠水，使東流於洛。

忽山中跳出兩個獸，人面虎身，叫聲如嬰兒，要來搏人吃。禹王見了，道：「這獸名馬腹，性好吃人。」命禺強、唐辰往捉之。禺強先往，唐辰也去。那馬腹對面撲來，禺強側身避過，馬腹嚇了一跳，被禺強攔腰一大木棍，馬腹負痛，轉身又對禺強一撲，禺強又閃在一邊，亦被攔腰一棍。禺強力大，這兩棍卻夠馬腹受用。馬腹腰疼，不能再撲，被禺強幾棍完成了命。那一隻也被唐辰打死。

禺強、唐辰又尋上山去，撞著二、三個人面鳥身的神。前相迎曰：「予三、四人，此山神也。二凶既已除去，幸勿殺別生靈。」獻上金玉、竹箭曰：「此蔓渠小山產也。」禺強、唐辰俱辭不受。禺強乃擇用毛色禽獸，投一吉玉祀之，而不用糈奉供。

此出自《山海經．中山經》所記「又西二百里，曰昆吾之山，其上多赤銅。有獸焉，其狀如彘而有角，其音如號，名曰蠪蚳，食之不眯」，「又西二百里，曰蔓渠之山，其上多金玉，其下多竹箭。伊水出焉，而東流注於洛。有獸焉，其名曰馬腹，其狀如人面虎身，其音如嬰兒，是食人」等內容。

《有夏志傳》記：「又至敖岸山，破牝羊，祭熏地之神。至青要山，珍水出其中。禹命導珍水北流，注於河。有武羅神，名魋，生得人面豹文，小腰白齒，穿兩耳，戴金銀器，他聲如鳴玉。禹祀之，磔羊一頭以祭，雄雞一個瘞之，糈用稌米。東十里，騩山，正回之水出其中，禹亦命導，北注於河。回水多飛魚，飛上，則眾網之，或杖擊之，狀如豚而赤文。禹王曰：『你們怕雷震，食此魚，則不怕雷，且可以御兵，不傷損也。』於是各取其肉而啖。又東四十里至宜蘇山，山多金玉，玉之水出其中。禹命導向北，流注於河。」其出自《山海經．中山經》所記「萯山之首，曰敖岸之山，其陽多㻬琈之玉，其陰多赭、黃金。神熏池居之。是常出美玉。北望河林，其狀如茜如舉。有獸焉，其狀如白鹿而四角，名曰夫諸，見則其邑大水」，「又東四十里，曰宜蘇之山，其上多金玉，其下多蔓居之木，滽滽之水出焉，而北流注於河」。

《有夏志傳》記：「又東二十里，至和山，太吉泰逢氏所居地，九水所都處。這九水曲回五重，合而北注於河。泰逢氏沒，遂為此山之神，生得如人而虎尾，好居於萯山之陽，出入有光。遠語眾將曰：善扶大聖，治水有功，生靈之幸也。眾人見之，望空而拜。禹王遂設牡羊一副，陳飾吉玉。又用一雄雞瘞之，糈用稌以祭。曰：『此泰逢神，動天地氣也。』又經鹿蹄山，山亦多金玉，甘水出其中，令北流於洛。又五十里扶豬山，虢水出焉，令北流注於洛。又西一百二十里，有獸如蒼牛，名犀渠，性好食人。正逢章亥、豎亥二將先行開路，犀渠施牠猛力，見他二人來，喜不自禁，自如嬰兒一般叫跳。章亥正到，犀渠從山岡上來，張牙露齒，不分好歹，向前便咬。章亥掄起鐵錐來鬥，你看牠：犀渠性狠，劈頭跳來向人撩。將軍威大，鐵錐無情如風飄。犀管道：『我山中獸王曾千載。』將軍道：『我天上魁宿下九霄。』犀管道：『貨送上門難捨割。』將軍道：『路逢不平怎相饒。』一往一來，一舞一跳。霎時間獸王力乏伏山岡，低頭乞憐把尾搖。」其當出自《山海經．中山經》所記「又東二十里，曰和山，其上無草木而多瑤碧，實唯河之九都。是山也，五曲，九水出焉，合而北流注於河，其中多蒼玉。吉神泰逢司之，其狀如人而虎尾，是好居於山之陽，出入有光。泰逢神動天地氣也」，「厘山之首，日鹿蹄之山，其上多玉，其下多金。甘水出焉，而北流注於洛，其中多泠石」等內容。

《有夏志傳》記：「禹王又自鹿蹄山至良餘山，導餘水北注於河，導乳水東南注於洛，導蠱尾山龍餘之水注於洛，升山黃酸之水北注於河。凡十六山二千九百八十二里。至升山塚，祀升山神，禮用太牢，嬰用吉玉，祀首山魈神。禹王日：『此魈神十六山之總神也。』祠用稌黑，犧太牢。又用糵作醴酒，令人舞干盾擊鼓，嬰用一璧玉，祠屍水，日：『此天神所憑，以肥牲祀之。』用一黑犬於上，用一雌雞於下，刲一牝羊捐血，嬰用吉玉。又加繪彩之飾享之中。」其當出自《山海經．中山經》所記「又東十里，日良餘之山，其上多穀、柞，無石。餘水出於其陰，而北流注於河。乳水出於其陽，而東南流注於洛」等內容。

《有夏志傳》記：「次平逢之山，南望伊、洛，東望谷城。有一神最毒惡，生得如人，有兩頭，名驕蟲，是螫蟲之長，他的山洞是群蜂之廬。他知禹王至也，要來索供獻。率了那螫蜂、蜻蜓各樣草蟲，成了精的，變作小兒，百數十隻，皆手持長槍，攔住去路。禺強、唐辰先行，眾小妖道：『慢來！慢來！』禺強看了，道：『好笑！乾淨都是小兒怪，長不滿二尺五寸，重不滿八、九來斤。』亂刺亂打將來。禺強、唐辰大吼一聲，舞刀砍去。小鬼驚慌，各把身一抖，現出本像，飛將起去。須臾間，一變十，十變百，百變千，千變萬，都變成無窮之蟲。」其當出自《山海經．中山經》所記「縞羝山之首，日平逢之山，南望伊、洛，東望谷城之山。無草木，無水，多沙石。有神焉，其狀如人而二首，名日驕蟲，是為螫蟲，實唯蜂、蜜之廬。其祠之：用一雄雞，禳而勿殺」等內容。

《有夏志傳》記「禹王當時治水南山，始經自鵲山。鵲山首日招搖，臨於西海之上，在西蜀伏山，山南之西頭，濱西海也。山上多桂，多金玉，有草如韭而青花。禹王命眾採之，曰：『此祝餘也，食之不飢。』麗麈之水出其中，而流注於海。又東三百里，堂庭之山，多白猿，多水精，多黃金。禹王大眾夜宿山頭，三更時分，但聽得深林內有物呼鳴，好生悽慘。大眾側耳，遠，但聞那：咿咿嗚嗚，滿耳聞來非干竹；楚楚悽悽，悲音遠聆，出於肉雨有何思？抱此疢懷鳴澗谷。我則憂煎，同彼謷謷愁經宿，莫是神嚎，莫是鬼哭。蒼頡制字空碌碌，莫是規聲，莫是鳩鵬。望帝化血曾衄衄，豈與金戈鐵馬同鏗？北那秋聲朔風更蕭。眾人聞之，不覺淚下。禹王心知眾軍人聽此悽清之聲，自然思鄉起來，用力便懈怠了」；其記「又東三百八十里，至猿翌山。山中多怪獸，水中多怪魚，多白玉，多蝮蟲。蝮出，色如綬文，鼻上有針，大者百餘斤。又多怪蛇，多怪木。人見此，多不敢上山。禹王曰：『此山雖多怪，只怪蛇能毒人。』命宋無忌遇有深草藏蛇處，吐火燒之，怪蛇躲入穴了。於是禺強、唐辰二人入山得怪獸；江婔、江妃二人沒水得怪魚」；其記「又東三百七十里，杻陽山，有獸生得如馬，白頭虎文，其音如人歌聲。眾人入山，都道：『這個荒山幽徑，並無人煙，如何有人在山中唱，曲有多道，莫不是砍柴樵子，在那裡唱山歌？』禹王聽得，曰：『此鹿蜀獸也。佩其皮毛，宜子孫。』又東三百里至柢山，又西百里至亶爰山。這兩個山多水，無草木。如何無草木？草木皆自堯時洪水浸壞，別山的水多退去，就乾了。唯這兩山多凹，水雖退，不盡退，所以無草木。有處沒水，又極崇峭，人行走不上。禹王治水，有水處乘舟，陸地上乘車，泥淤處乘楯，高山處乘樏。兩山凹凹凸凸，若有水可乘舟處，不半里，卻又撞著高山；有山堪乘樏處，不半里，卻又撞著泥途，也好受它氣，禹王只得因高就低開通它」等，林林總總，均出自《山海經》的〈山經〉。「鵲山」與「西海」，出自《山海經．南山經》所記「〈南山經〉之首，曰鵲山。其首曰招搖之山，臨於西海之上，多桂，多金玉。有草焉，其狀如韭而青華，其名曰祝餘，食之不飢。有木焉，其狀如穀而黑理，其華四照，其名曰迷穀，佩之不迷。有獸焉，其狀如禺而白耳，伏行人走，其名曰狌狌，食之善走。麗𪊨之水出焉，而西流注於海，其中多育沛，佩之無瘕疾」。「蝮蟲」出自《山海經．南山經》所記「又東三百八十里，曰猿翼之山，其中多怪獸；水多怪魚，多白玉；多蝮蟲，多怪蛇，多怪木，不可以上」。「杻陽之山」出自《山海經．南山經》所記「又東三百七十里，曰杻陽之山。其陽多赤金，其陰多白金。有獸焉，其狀如馬而白首，其文如虎而赤尾，其音如謠，其名曰鹿蜀，佩之宜子孫。怪水出焉，而東流注於憲翼之水。其中多玄龜，其狀如龜而鳥首虺尾，其名曰旋龜，其音如判木，佩之不聾，可以為底」。其他如《有夏志傳》所記「自招搖山至箕尾山，凡十山二千九百五十里。其神生得皆鳥身而龍首」、「自櫃山至漆吳之山，凡十七山，七千二百里，其神皆龍身而鳥首」等等，各山之間，眾神林立，成為大禹治水的夥伴。

神話環境是神話敘事的重要條件，也是神話傳說故事的重要組成部分。《有夏志傳》所記述大禹所到之處，並非實指，而是借題發揮，別有一番含義。如其記：「又大荒之中，有青水出於崑崙，而盡於殁塗山上。又有雲雨山，山有木，名欒，生赤石中。禹王命眾槎伐赤石上林木，搭棧使用。頃刻間，赤石上又生起那欒木來。眾人回報伐木之事，禹王曰：此木黃本赤枝青葉，其樹花實，皆為神藥。群帝皆藥於此，蓋此山精靈，故能復變生矣！此治水南山之大概也。」其出自《山海經．大荒南經》所記「有雲雨之山，有木名曰欒。禹攻雲雨，有赤石焉生欒，黃本，赤枝，青葉，群帝焉取藥」；其所云崑崙，出處更繁。如《山海經．大荒西經》所記「西海之南，流沙之濱，赤水之後，黑水之前，有大山名曰崑崙之丘」，如《山海經．海內西經》所記「海內崑崙之虛在西北，帝之下都。崑崙之虛，方八百里，高萬仞」等。崑崙是神仙世界，與大禹治水神話傳說故事相伴，更加瑰麗。《有夏志傳》記述大禹來到玉山，見到西王母，曰：「禹王又西三百七十里至樂遊山，桃水出其中，西流注於稷澤。又西四百里，水行用舟，至流沙。二百里陸途至嬴母山，神名長乘主之，此神乃九氣之所生，生得形如人而豹尾。又西三百五十里至玉山，西王母所居，山上多玉石，故名玉山。其山河無險，四徹中繩，寡草木，無鳥獸。西王母生得形如人貌，後生豹尾，口生虎齒，而善嘯，樂蓬頭髮戴玉，勝主天災厲之事、五形殘殺之氣。舜初攝位，西王母遣使獻玉環。至是，禹王至玉山，西王母遣使於群玉山頭，迎禹王。禹王執玄圭、白璧與西王母相見。西王母觴禹王於瑤池之上。禹王於是獻錦組百純，西王母再拜，收之，取玉石版二乘，以答禹王。禹王辭西王母而行，西王母迎送禹王曰：『白雲在天，山陵自出。道路悠遠，山川間之。將子無死，尚能復來。』禹王答之曰：『子還東土，和理諸夏。萬民均平，吾顧見汝。』於是西王母乘白雲，禹乘轎車，同遊於正西玄圃之堂，崑崙之宮。禹王看其一角，積金為天墉城。城面四方千里，城上安金臺五所、玉樓十二所。其北戶山，承汧山，又有墉城、玉樓，相鮮如流精之闕光。碧玉之堂、瓊華之室。紫翠丹房，錦雲燭日，朱霞九光，皆有仙女主之。西王母曰：『此子之所治也。』遊畢，禹王曰：『寸陰須惜也。』別西王母而回。又西七百里至積石之山，山下有石門，河水行塞外，東入塞內，山東河所入也。又西二百里長留山，黃帝子少昊、金天氏、帝摯為此山之神。又西五百里，至符暢山，但見山頭：風不飄兮，雨則陵；雨不霖兮，風則獰。猛疾剛冽怨箕伯，愁不開明嘆玄冥。」此更顯撲朔迷離，映襯出大禹治水事業的無比輝煌。

《有夏志傳》有意識地將《山海經》中山川河流、草木魚蟲等內容納入大禹治水的神話敘說系統，營造出充滿神奇意味的神話環境，襯托、鋪陳出大禹治水的豪邁壯舉。此可以視為中國古代神話詩學、神話美學，是中國古代神話藝術的重要展現。

總之，明代社會的神權思想瀰漫整個社會，形成民間信仰的多元化局面，影響到社會風俗生活的構成。其敘說神話傳說故事，努力修復神話傳說的環境、人物和故事，構成神話的復活。這是中國民間文學發展史上尤為特殊的一頁。

第三章　清代民間文學

明帝國伴隨著明末農民起義的烈火，終於壽終正寢了，而歷史並沒有因此進入一個全新的時代，清王朝入主中原，仍然將封建專制的枷鎖套在漢民族的頭上，只是他們沒有像元代有些人所提出的那樣，盡殺漢人而使中原大地變成牧場[053]。他們汲取了歷史的教訓，有效地改造了儒教、佛教、道教和基督教，以及民間宗教與民間世俗生活，於一定程度上調和了社會對立。然而，明王朝滅亡就注定了封建專制的敗落，啟蒙思潮在黃宗羲、王夫之等人的努力吶喊下漸漸崛起，無論清王朝的統治者如何抱殘守缺，啟蒙的浪潮還是洶湧澎湃，從太平天國起義、捻軍起義、鴉片戰爭到辛亥革命，支撐了兩千年的中國封建專制政治終於崩解了！新世紀的太陽伴隨著科學和民主的思想噴薄而出，什麼力量都不能擋住她的光芒。

清代的民間文學，成為整個封建專制時代的輓歌；封建專制的幽靈雖然還曾猖獗一時，但最終它只有一聲嘆息！

宋明理學曾經長期充當封建專制的思想文化的基礎理論，在其創構時，就已經融合了佛教和道教的一些思想內容，將儒學與宗教思想、世俗思想結合在一起；清代統治者同樣選擇了它，將它滲透進社會思想文化的各個方面。清王朝實行文字獄，殘酷扼殺思想文化，曾出現著名的乾嘉學派，以義理、辭章、考據來迴避現實；而另一方面，清王朝統治者又實行封建神學與理學的結合，倡導佛教，愚弄人民。他們集結了大批人力、物

[053]　參見《元史．耶律楚材傳》。

力，整理和刊行佛教文獻。諸如對《龍藏》的整理，對《造像量度經》的翻譯，更有甚者，據《大清令典》卷十五〈禮部方伎〉統計，康熙時全國曾經有七萬九千多處寺廟，有十一萬八千九百多名僧尼。中、外神學相勾結，創造新的神學，如梁發所著《勸世良言》鼓吹安貧樂道，稱「貧窮者雖饔餐不給，亦有餘歡」。正如熊鍾陵在《無何集》的〈跋〉中所述，「吾國數千年來，仙鬼靈怪，妖妄禍福，深中人心，牢不可拔」，「上有好者，下尤甚焉」。《清世祖實錄》鼓吹順治皇帝應天命而成「統一天下之主」，稱其母「孝莊文皇后夢神抱一子授之」，這和劉邦創造劉邦之母與龍交的讕言是一樣的。順治是第一個入關的皇帝，自然被他們用神學包裝打扮，塗脂抹粉。從《清史稿》中，我們可以看到清廷大肆封神建壇，廣設廟宇，在府、州、縣各級政權轄治處，都配有相等級別的神廟；《天文大成管窺輯要》、《地理大成》之類鼓吹神學的世俗性典籍也廣為流行，民間「一切尋常日用之事皆有宜忌」(《無何集》卷七)。社會上到處烏煙瘴氣，牛鬼蛇神為統治者作虐作祟，這些都必然影響到民間文學的內容。雖然清代曾出現張履祥的《補農書》、梅文鼎的《曆算全書》、葉天士的《傷寒論》、《溫熱論》、王清任的《醫林改錯》和方以智的《物理小識》等科學著作，也出現了一批無神論思想家，但他們勢單力薄，並不能從根本上改變這種局勢。當然，社會的進步與發展是任何力量都抵擋不住的，啟蒙思潮與新的進步思想一起釀就的新思想、新潮流，最終還是迎來了新的時代；而這些太漫長、太艱難、太曲折了。

清代民間文學除了傳統的民間文學形式外，還出現了彈詞、鼓詞、道情等新的民間文藝，民間敘事詩更加興盛，少數民族中的民間文學被記述於文獻者也更多。尤其是清代的文人筆記，如紀昀的《閱微草堂筆記》等著作中，保存了大量的民間傳說和民間故事；這一段時期還出現了蒲松齡的小說《聊齋志異》，記述了許多作家收錄的民間故事。其他還有李調元的《粵風》對民間歌謠的蒐集整理，以及大量的方志、風俗志，尤其是縣志的修撰，保存了大量的民間歌謠。這些都是清代民間文學的新氣象。從這些民間作品的具體內容中，可以看到清代民間文學對舊時代的告別和它對新時代的召喚。

第一節　歌謠和諺語

清代的民間歌謠和諺語記錄了清代社會的時代風雲，也記載了中華民族從古典向現代轉型時期的心靈歷程。諸如乾隆時期北京「永魁齋」的《時尚南北雅調萬花小曲》，顏自德編、王廷紹訂的《霓裳續譜》，華廣生編的《白雪遺音》，李調元的《粵風》和《粵東筆記》中對民歌的記述與研究，招子庸的《粵謳》，范寅的《越諺》，杜文瀾的《古謠諺》，以及《天籟集》、《廣天籟集》和《北京兒歌》等，有關典籍比比皆是，在各種筆記、史籍與方志中，特別是縣志資料中所記載的民間歌謠與諺語尤其多。清代這種單純而系統性地蒐集、整理民間歌謠的現象，以往的各個歷史時期是無法比擬的。杜文瀾的《古謠諺》[054] 廣泛鉤沉、整理清代之前各種文獻中保存的歌謠和諺語，十分詳細，是一部難得的歌謠、諺語史料整合。它為我們研究古代歌謠和諺語的發展，發揮了勾勒線索的重要作用。尤其是其中的「凡例」等處，展現出頗有見地的民間歌謠諺語觀點，是難得的民間文藝學思想史料。

一、民間情歌

有學者考，清代最早的民間歌謠集，是乾隆九年（西元1744年）由「京都永魁齋」梓行的《時尚南北雅調萬花小曲》[055]，其中存〈小曲〉三十六

[054]　今存咸豐十一年「曼陀羅華閣叢書本」及光緒十八年「掃葉山房本」，1983年中華書局重印。
[055]　鄭振鐸：《中國俗文學史》下冊，作家出版社1954年版，第410頁。

首，〈劈破玉〉五十三首，〈鼓兒天．五更〉一套，〈吳歌．五更〉一套，另有〈銀紐絲．五更十二月〉、〈玉娥郎．四季十二月〉、〈金紐絲．四大景〉、〈十和諧〉三十首、〈醉太平．大風流〉、〈黃鶯兒．風花雪月〉、〈兩頭忙．恨媒人〉等。這些作品中，愛情民歌占據主要地位，表現出清代社會的民間情愛觀念。如〈小曲〉中的民歌：

小親人兒心上愛，
愛只愛情性乖。
因此上懨懨病兒牽纏害，
一見你魂靈兒飛在雲霄外。
一刻兒不見你放不下懷，
要不想，
除非你在俺不在。
……
我為你招人怨，
我為你病懨懨，
我為你清減了桃花面，
我為你茶飯上不得周全，
我為你盼望佳期把眼望穿。
親人若團圓淨手焚香答謝天，
怎能勾手攙手兒同還願。

在這一部民歌集中，情愛與性愛成為詠唱的主題，尤其是其中的〈十和諧〉，純粹是性愛的具體描述，妓的成分充斥其中，相當於後世的〈十八摸〉。這一類民歌的記述還具有商業炒作的色彩，如「永魁齋」所題「此集小曲數種，盡皆合時，出自各家規式，本坊不惜重金，鐫梓以供消閒清賞」。清代社會承襲了明代的娼妓歌唱藝術，這一類民間歌曲被「鐫梓」，而且坊間還「不惜重金」，正因為它迎合了社會發展中市民求俗、求淫的文化心態。其他曲調如〈鼓兒天〉、〈銀紐絲〉、〈金紐絲〉，包括〈兩頭忙．恨媒人〉，都具有此類內容。尤其是〈恨媒人〉，原題為〈閨女思嫁〉，其中有「豔陽天，桃花似錦柳如煙。見畫梁雙雙燕，女孩兒淚漣。奴家十八正青年，恨爹娘不與奴家成姻眷」等語，結尾又唱「女愛男來男愛女，男女當廝配。女愛男俊俏，男愛女標緻，他二人風情真個美」，中間把媒婆說嫁到沐浴、梳頭、飲交杯酒，即婚俗的全部過程都展現出來，與情愛內容相融合。在民間流行的〈出嫁歌〉、〈罵媒人〉等民歌，在內容與曲調上都與之類似。

顏自德輯、王廷紹訂的《霓裳續譜》刊於乾隆末年，存 547 首民間歌謠，其中雜曲有 333 首；其中保存的曲式諸如〈剪靛花〉、〈岔曲〉、〈馬頭調〉、〈秧歌〉、〈蓮花落〉、〈隸津調〉、〈北河調〉等，至今還在民間傳唱著。如〈剪靛花〉記述道：

二月春光實可誇，
滿園裡開放碧桃花，
鳥兒叫喳喳，
鳥兒叫喳喳。

這種曲調在民國初年的豫西地區還流行，有年輕學者曾在《歌謠週刊》上做過介紹，其調式在豫劇的「豫西調」中還實際運用著。再如〈岔曲〉中有「正」有「白」，以及「正白」、「小白」、「小唱」、「正下」和「唱」等句式，與河南、陝西一帶民間廟會上流行的〈打岔（釵）〉極相似。〈秧歌〉在民間娛樂中更為常用，主要分布在北方，這種曲調具有綜合性，常融入其他民間歌曲，如〈小放牛〉和〈十二月花調〉等，相互間有唱有答，內容多為情愛題材。

《霓裳續譜》所選〈正月裡梅花香〉與今天所流行的〈秧歌調〉相同，筆者在田野工作中就親耳聽到過相同的內容。此篇先唱「西廂記」，後唱「蔡伯喈」（「琵琶記」），接著唱「梁山伯與祝英台」，以及「陳妙常」、「梁鴻傳」、「王昭君」、「李三娘」、「翠眉娘」、「楊貴妃」、「浣紗記」、「王祥臥冰」等，堪稱民間傳說故事的大薈萃。這一首民歌在中國民間文學史上屬經典之作，如其所唱：

正月裡，梅花香，
張生斟酒跪紅娘。
央煩姐姐傳書信，
快請鶯鶯會西廂。
二月裡，杏花開，
五娘煎藥為誰來，
剪髮又把公婆葬，
身背琵琶找伯喈。
三月裡，桃花開，
山伯去訪祝英台。
杭州讀書整三載，
不知他是個女裙釵。
四月裡，芍藥香，
必正偷詩陳妙常。
你貧我愛恩情好，
二人哭別在秋江。
五月裡，石榴紅，
孟光賢德配梁鴻，

夫妻相敬人間少，
舉案齊眉禮貌恭。
六月裡，賞荷花，
昭君馬上彈琵琶。
心中惱恨毛延壽，
出塞和番離了家。
七月裡，秋海棠，
李氏三娘在磨房。
狠心哥嫂無仁義，
劉郎一去不還鄉。
八月裡，桂花香，
玉郎追趕翠眉娘。
難割難捨多恩愛，
幾時才得會鴛鴦。
九月裡，菊花黃，
楊妃醉酒在牙床。
眠思夢想風流事，
只為情人安祿山。
十月裡，款冬花，
越國西施去浣紗。
花容月貌人間少，
送與吳王享榮華。
十一月，水仙香，

為母臥冰是王祥。

好心感動天和地，

得尾活魚奉親孃。

十二月，臘梅多，

日紅割股孝公婆。

葵花井下將身葬，

書房託夢與夫郎。

月月開花朵朵鮮，

多少古人在裡邊。

一年四季十二個月，

五穀豐登太平年。

其中，不同月分的民間傳說故事，月令與人物活動相應，共同展現具體的社會風俗生活。這是中國民間文學以農耕生活為主體的敘事方式與情感表達模式。民歌成為歷史見證，以優美的旋律與節奏形成具有歷史文化特色的審美傳統。這種審美傳統深刻影響到後世，從民間歌曲的文學生活屬性中不斷彰顯出豐富、生動、博大、尖銳而深刻等思想文化特徵。

或曰，每一首民間歌曲的演唱，其實都是演唱者主演的一場晚會、一幕大戲，其中融入了四面八方的風風雨雨，也融入了東西南北中五方世界的藝術。如同集中所錄〈秧歌〉中的〈鳳陽〉，以「鳳陽鼓，鳳陽鑼，鳳陽姐兒們唱秧歌」開頭，是中原地區流傳的〈鳳陽花鼓調〉的重要原型。

《霓裳續譜》中所存〈西調〉計 214 首，語氣為江南民歌，內容也大多是表達思念之情。

華廣生所編《白雪遺音》刊印於道光八年，共四卷，收有〈馬頭調〉、〈嶺頭調〉、〈銀紐絲〉、〈岔曲〉、〈湖廣調〉、〈九連環〉、〈剪靛花〉、〈八角鼓〉、〈起字呀呀喲〉、〈小郎兒〉、〈七香車〉、〈南詞〉等曲調。其中所保存民歌在地域上以濟南民歌為主，因為華廣生本人居於濟南，但也「兼收南北諸調」。這些民歌以市井生活為主要內容，有表現男女思念之情的，如〈馬頭調〉中的〈露水珠〉、〈魚兒跳〉等，有表現各種知識教育和勸導的，如〈岔曲〉中的〈兩親家頂嘴〉等。這些民歌的原始意義很顯著，如〈起字呀呀喲〉，我認為這是四川民歌〈一枝梅〉的原型。由於華廣生等人多居於商業都市，耳濡目染的多是市井之聲，這種背景也影響了民歌蒐集的全面性、廣泛性。如《白雪遺音》中所載〈為何閏月不閏夜〉唱道：「喜只喜的今宵夜，怕只怕的明日離別。離別後，相逢不知哪一夜？聽了聽，鼓打三更交半夜，月照紗窗，影兒西斜，恨不能雙手托住天邊月。怨老天，為何閏月不閏夜？」這一首歌謠表現的仍是市井中歌妓愛唱的內容，其詞句雖然生動，但只限於市井生活。

在民歌的曲調、內容及其分布地域上最典型的民歌集，當數李調元所輯的《粵風》。《粵風》共四卷，其形成當受在此之前吳淇等人所編《粵風續九》[056] 的影響。這是中國民間文學史上第一部具有明確的地域意識，而且收集類型齊備的地區性民間歌謠集，其第一卷主要輯錄的是廣東地區漢族間流傳的民間歌謠，計 53 首；第二卷主要是瑤族民間歌謠，計 23 首；第三卷是俍（苗）族民間歌謠，計 29 首；第四卷是壯族民間歌謠，計 8 首。原在吳淇等人所輯《粵風續九》中，還能見到「鄧娘同行江邊路，卻滴江水上娘身。滴水上身娘未怪，表憑江水作媒人」。李調元保留了《粵風續九》中的一些民歌，更多地記述了當世所流行的民歌，如其卷一中所記〈離身〉：

[056]　此由吳淇、趙龍文、吳代、黃道四人合編，後失傳，僅在王士禛《池北偶談》和陸次雲《峒溪纖志志餘》等文獻中有零星保存。李調元所編《粵風》，清《函海》本存。

遠處唱歌沒有離，

近處唱歌離一身。

願兄為水妹為土，

和來捏作一個人。

多少年後，《西南采風錄》的編者劉兆吉等人又採集到與此大致上相同的一首歌謠。《粵風》卷一中基本上都是情歌，如〈妹相思〉：

妹相思，

妹有真心弟也知。

蜘蛛結網三江口，

水推不斷是真絲。

這裡的「真絲」即「真思」，與民間竹枝詞中常用的諧音、雙關等表現方法相同。類似者還有「中間日頭四邊雨，記得有情人在心」、「一樹石榴全著雨，誰憐粒粒淚珠紅」、「天旱蜘蛛結夜網，想晴只在暗中絲」，「竹篙燒火長長炭，炭到明天半作灰」等。尤為重要的是其後三卷所記述的少數民族民間歌謠，這是少數民族民間文學史上的珍貴素材。如其卷二〈瑤歌〉中有記述清代廣東劉三妹（劉三姐）傳說的歌謠：

讀書便是劉三妹，

唱僨本是娘本身；

立僨便立僨雪世，

思著細衫思著僨。

其注道：

「僨」是歌，「立僨」是造歌，劉三妹是造歌之人。「雪世」是傳世。「細衫」指唱歌之人，義（意）同紅裙。

其歌其注，在民間文學史上都是典範，不僅具有豐富的思想價值，而且具有十分重要的語言價值，其方言保存的意義更特殊。

李調元是一位傑出的民間文藝家，除編輯了《粵風》之外，還在其撰寫的《蜀雅》和《羅江縣志》中保存了豐富的民間文學資料，如著名的晉代民歌〈豆子山〉等。另外，在他所編的《尾蔗叢談》和《新搜神記》中，還保存了許多直接採錄於民間的傳說和故事，其中也有一些少數民族之間流傳的作品，如〈產翁〉、〈斷腸草〉等。李調元還曾刪節屈大均的《廣東新語》，編成《南越筆記》[057]一書，記述了大量民間文學作品，諸如〈伏波神〉、〈五羊石〉和〈羅旁瑤謠〉等。在他編的《函海》叢書中，收錄了歷史上許多保存有民間文學內容的典籍文獻；尤其是楊慎的《山海經補注》、《風雅逸篇》、《古今謠》、《古今風謠》等，都保存在此叢書中。楊慎的《風雅逸篇》記述了許多古代歌謠，若不是李調元在《函海》中保存了它，恐怕早就佚失了，因為它在類書中僅存於此叢書，而不見於他處。

特別值得一提的是李調元的《粵東筆記》，其中記述了「粵俗好歌」的具體內容，是我們理解其《粵風》的重要參考資料。如其所記，「凡有吉慶，必唱歌以歡樂」，「以不露其題中一字，語多雙關，而中有掛折者為佳」。「其歌也，辭不必全雅，平仄不必全葉，以俚言土語襯之」，「唱一句或延半刻，慢節長聲，自回自復，不欲一往而盡」，「辭必極其豔，情必極其至」。其中還記述了「歌伯」、「坐堂歌」、「歌仔」、「湯水歌」、「山歌」、「畬（畲）歌」、「秧歌」、「踏月歌」、「月歌」等民歌演唱之類的民俗文化生活。尤為珍貴者是其所記「瑤俗最尚歌，男女雜遝（沓），一唱百和」，「其歌與民歌皆七言而不用韻，或三句或十餘句，專以比興為重」等內容，以及瑤族「以布刀寫歌」，「壯歌與俍傾相類」，「其歌亦有竹枝歌，舞則以被覆首，為桃葉舞」。這些資料使我們清晰地看到那些少數民族民歌的具體

[057]　有學者解釋，此為李調元保護屈大均的著作，屈大均因反清，其書被禁毀。見陳子艾《李調元及其民間文藝》，《民間文藝學文叢》，北京師範大學出版社 1982 年版。

存在環境，也是民間文學史不可忽視的內容。若僅僅從文獻保存的文字內容來理解民間文學作品，常常會在許多方面束手無策。

清代民間情歌還散見於光緒間刻版的《四川山歌》、《時興呀呀呦》和《京都小曲鈔》等文獻中。諸如《四川山歌》中的「高高山上一樹槐，手攀槐枝望郎來。娘問女兒望什麼，我望槐花幾時開」和「十八女兒九歲郎，晚上抱郎上牙床，不是公婆雙雙在，你做兒來我做娘」等，兩首情歌一喜一憂。

如《時興呀呀呦》中則是另一番情致：

思想著才郎，
惱恨著爹娘。
腳踩著花盆，
手扶著牆，
兩眼不住的淚汪汪。
因為才郎捱了一趟打，
打的奴渾身上下茄樣。
郎嗳！
能捨這皮肉不捨親郎。

《京都小曲鈔》中記述了類似「能捨這皮肉不捨親郎」的情感：

冤家要去難留下，
滿滿斟上一杯茶。
這杯茶，留下冤家說句兒話：
既要去，就該留下知心話，
偷偷瞞瞞不是個常法。

倒不如瞞著爹媽，

逃走了罷；

瞞著爹媽，

逃走了罷！

清代民間情歌的流傳與明代有著相似的意義，即透過情愛的訴說傾吐衷腸，宣洩胸中的積鬱，在愛的熱烈中表達對生活的熱愛，在怨恨的憤懣中表達對以封建禮教為代表的種種腐朽頑固的社會力量的強烈不滿、抨擊、嘲諷與反抗。但清代民間情歌又頗不同於明代，它遭到了封建專制政治對民間文學的殘酷扼殺。如《大清律例按語》卷二六〈刑律雜犯〉中，就明確把「鄙俚褻慢之詞刊刻傳播者」歸為「照律科斷」之類。但民間文學從來不畏懼邪惡，在邪惡勢力面前常常勇敢地以「惡聲」反擊，如《白雪遺音》等典籍照唱不誤，照印不誤。類似此「惡聲」者，還有《清稗類鈔》中的「和珅跌倒，嘉慶吃飽」、「畢不管，福死要，陳到包」（諷刺兩廣總督畢沅、巡撫福寧和布政司陳淮「朋比為奸」，「廣納苞苴」）等歌謠，更不用提那些展現太平軍、義和團、捻軍、小刀會、三合會等民間反抗力量的抗爭歌謠，這些歌謠直指腐朽黑暗的清朝最高層統治者，為他們唱響了輓歌。誠如馮夢龍在《山歌．序》中所說，「但有假詩文，無假山歌」，民間文學從來不掩飾自己的情感，敢愛敢恨，是清代社會最真實、最可貴的文學之一。

二、民間兒童歌謠

清代民間兒童歌謠主要保存在鄭旭旦編的《天籟集》、悟痴生編的《廣天籟集》、清代抄本《北京兒歌》等民歌集中。此外，在一些方志和民俗志等文獻中也保存了一些民間兒童歌謠。

當然，民間兒童歌謠是兒童所唱，其曲式與內容都必須與兒童的審美心理相適應。民間文化正是透過這種傳唱，使兒童形成預習社會生活的重要效果。如《天籟集》中的〈月亮光光〉：

月亮光光，
女兒來望娘。
娘道心頭肉，
爺道百花香。
哥哥道賠錢貨，
嫂嫂道攪家王。
我又不吃哥哥飯，
我又不穿嫂嫂嫁時衣。
開娘箱，
著娘衣。
開米櫃，
吃爺的！

這是在進行一種宗族秩序教育，表面看來是對哥嫂的冷漠表示不滿，而事實上是對男女老少在家中的地位進行適當的安排，也即當今所稱社會角色認定。又如《天籟集》中的〈一株草〉：

牆頭上，
一株草，
風吹兩邊倒。
今日有客來，
啥子好？
鯽魚好。

鯽魚肚裡緊愀愀。

為什麼子不殺牛？

牛說道，

耕田犁地都是我；

為什麼子不殺馬？

馬說道，

接官送官都是我；

為什麼子不殺羊？

羊說道，

角兒彎彎朝北斗；

為什麼子不殺狗？

狗說道，

看家守舍都是我；

為什麼子不殺豬？

豬說道：

沒得說。

沒得說，

一把尖刀戳出血。

這裡從鯽魚待客，引出牛、馬、羊、狗、豬諸種家畜的角色與職能，歸之於「豬就是讓人吃肉的」這種樸素的生活道理。

而在《天籟集》中的〈大雪紛紛下〉裡，社會生活教育就更多了一些理性色彩，讓兒童去感受和理解生活的艱辛：

大雪紛紛下，

柴米都漲價。

烏鴉滿地飛，

板凳當柴燒，

嚇得床兒怕。

如果說〈月亮光光〉還只是生活的啟蒙，那麼〈大雪紛紛下〉就是面對人生的教誨了。在這些兒歌中，「月亮」和「大雪」都是一種比興，寓意中包含著民間百姓樸素的生活美學的薰陶。

《廣天籟集》中保存了與《天籟集》相似的內容。如其中的〈蟲兒鬥〉：

蟲兒鬥，

雀兒飛，

飛到高山吃白米。

高山哪有白米吃，

蟲兒鑽窠雀兒急。

記述民間兒童歌謠最豐富且最明確者，在清代當數《北京兒歌》，它對民間兒童歌謠中的啟蒙方式做了尤為系統性的整合。如其中的〈鼠歌〉：

小耗子，

上燈臺，

偷油吃，

下不來。

叫奶奶，

奶奶不來，

唧溜轂轆滾下來。

民間流傳的〈鼠歌〉相當豐富而普遍，在內容上大致相同，具象地宣示了老鼠怕貓的物與物相剋的生活道理。物物相生、相剋是中國文化發展中古老的物質變化觀念，民間文化選擇老鼠爬上高高的燈臺去偷吃燈盞中的油，既包含著鼠崇拜觀念，又給予人生動傳神的審美環境設定，帶給兒童深刻的印象。這使我想起民間廣為流傳的「鼠咬天開」、「老鼠嫁女」等傳說故事，鼠崇拜觀念在中國民間文化史上有著十分特殊的意義。在許多〈鼠歌〉中還加上一個「叫奶奶」的情節，給予人親切、溫馨的感覺；奶奶成為兒童的第一位老師，這正是民族文化的一個重要內容和鮮明特色。尊老觀念作為一種道德教育，在歷史文化生活中不斷被強化，從而形成人倫美學的陶冶，這是民間文學史上應該重視的內容。

兒童教育作為民間文化中無形的素養教育沿襲了無數的歲月，從而也形成了民族素養教育傳統的基本內容。「從小看大」，這是最具體而典型的注釋。在民間兒童歌謠的啟蒙和教誨中，我們可以看到婚姻生活的內容在其中不斷出現，具有更為特殊的意義。如《北京兒歌》中的〈小女婿〉：

有個大姐整十七，
過了四年二十一。
尋個丈夫才十歲，
她比丈夫大十一。
一天井臺去打水，
一頭高來一頭低。
不看公婆待我好，
把你推到井裡去。

這是一首對不平等婚姻制度表示不滿的歌謠，透過大老婆與小老公年歲上的差別，真實地記述了女性在婚姻生活中無法自主的角色與地位，這正是中國婦女生活史上的典型內容。

又如《北京兒歌》中的〈花喜雀〉：

花喜雀（鵲），

尾巴長，

娶了媳婦不要娘。

媽媽要吃窩兒薄脆，

沒有閒錢補笊籬。

媳婦兒要吃梨，

備上驢，

去趕集。

買了梨，

打了皮，

媳婦兒媳婦兒你吃梨！

這是一首勸誡歌謠，意在讓兒童從小就明白不要只顧及妻子而忘記娘，這是很典型的道德傳承教育。即以「花喜雀」為代表的被述主角要面臨兩種生活選擇，或為娘親而不再以「沒有閒錢補笊籬」來開脫生活的責任，或者只顧疼愛妻子而拋棄應具有的道德即暗含的報恩。在民間文化中，哺乳類動物大多數受到美化，出現了許多此類動物的報恩型傳說故事，而飛禽類動物則較多地受到相對的排斥或貶抑。如人們盛讚羊羔跪吮母乳，而斥飛禽為「扁毛」即無義。親情接觸與回報作為一種社會關懷和歷史文化主題，在這一首歌謠中的表現是非常典型的。

其他還有《北京兒歌》中所記述的〈大腳大〉，述說「大腳大，陰天下雨不害怕」，「大腳好，陰天下雨摔不倒」，其意在於對纏腳習俗的批判。這是清代民間兒童歌謠中尤有價值的內容，包含著對傳統的封建禮教的指斥。這種意義上的薰陶，無疑是積極、進步的。

清代民間兒童歌謠的記述與保存，在一些民俗志和方志資料中也有所表現。如光緒時代，隨著各種域外思潮的湧進，有許多人注意到對民間歌謠和諺語的記述，並選入方志等素材中。一些民間兒童歌謠的錄入，使我們看到這一類民歌在清代社會的流傳狀況。如清代光緒三年刻本《黃岩縣志》中，保存了一些具有鮮明地方色彩的兒歌並有注釋，使我們管窺到浙江黃岩地區清末社會民間文化之一斑。如其記錄了「謳韶車，十八進士共一家」、「洋山青，出海精」和「靈龜落水，狀元抹嘴」等童謠，並運用「舊志」（即明代萬曆年間刻本《黃岩縣志》）和《臨海水上記》等文獻及當地的民間傳說來進行闡釋。這些歌謠有的在明代就已流傳並記入文獻，有的則至今還在流傳，並被當代小說作家、影視藝術家所運用。如其所記「點點斑斑，斑過南山。南山北斗，鯰鰗張口。四十弓箭，羊毛被線。半邊鼓，馬蹄腳。驢蹄馬蹄，斫隻狗腳蹄」，即與《明詩綜》卷一百中所錄明代民間兒童歌謠相似，只是個別詞句略有出入，《明詩綜》中記為「貍貍斑斑，跳過南山。南山北斗，獵回界口。界口北面，二十弓箭」。又如張藝謀導演的電影《搖啊搖，搖到外婆橋》，所用插曲即與電影同名的民間兒童歌謠，這在《黃岩縣志》中也得到保存，歌詞雖略有出入，曲調應該是一致的，即：

搖啊搖，
搖到蔡家橋。
蔡家橋裡好人家，
四扇大門八朵花。
紅綢鞋，
白腳紗，
好奶奶嫁與籬補綴。

考之江南地區的縣志，此類「搖啊搖」為題的歌謠還有許多。當代作家和藝術家選擇的相關題材異常生動，是民俗生活審美價值的典型展現；而追根溯源，我們可以看到這首歌謠悠遠的歷史。《黃岩縣志》為我們提供了珍貴的清代末期歌謠的流傳「文字」。這部縣志的刻寫本是在光緒三年出現的，可見這首歌謠的流傳應遠在此前。在這部縣志中，我們還看到一首將黃岩地區主要物產用歌謠串聯起來進行具體描述的「民間文字」：

燕燕飛，
上天天。
門關飛，
上山山。
頭平好，
種菱菱；
出角好，
種粟粟；
抽芽好，
種茶茶；
結子好，
種柿柿。
乃烏摘個豔大姑，
摘個豔小姑。

這種歌謠的傳唱，使兒童獲得對農耕生活的感性理解。在我們談論素養教育時，常片面強調藝術素養，而從中我們可以看到，民間百姓所關注的，大多是生產技術這種能力素養。

在《黃岩縣志》（光緒三年刻本）中，詳細記述和保存了一首具有時政意義的民間兒童歌謠：

沒有粥，

只吃湯。

沒有米，

只吃糠。

弗要慌，

弗要忙，

肚顑到西王。

並不是所有的歌謠都能夠使人一目了然，因某些地域性特徵會顯示出極其強烈的個性。尤其是方言、方音，與歷史文化發展中形成的地方性知識系統，需要知情者注釋說明，他者才能接受。

如此歌謠的記述者對「顑」字注釋為「呼紺切，不飽貌，俗轉入聲」，對「西王」注釋為「乾隆初，里人王鳴旦好施，常飯饑民，故童謠云然」。這種注釋方式是很有意義的，它使我們看到民間歌謠在方志記述中的原始記載，尤其是對地方語言、語音、語義的保存，使之成為語言學、歷史學、民間文藝學（傳說學）等學科的珍貴資料。

清代是中國方志修撰的繁盛時代，方志中對民間兒童歌謠的記述與保存還有許多。這裡不太多舉例，僅以光緒三年刻本《黃岩縣志》作為一個典型。這些民間兒童歌謠被記述與保存，除了受到傳入國內的域外新史學等觀念的影響之外，關注民間兒童歌謠，也是清代學者對中國史志修撰傳統的發揚。如，先秦時代就有民歌採集行為，秦、漢時代還設置了樂府；在《漢書》等史籍中列有〈五行志〉，許多史學家把歷史上的童謠或作為真實而典型的史料，或作為讖緯之謠載入史冊。這種行為無論其目的如何，在事實上為我們保存了極有價值的民間文學史料。其他還有一些歌謠，如

「道光二十三，黃河飛上天，沖走太陽渡，捎上雲錦灘」，至今還在人們口頭上保存著。這些歌謠的價值更為特殊。另外還有很多農民起義的歌謠，深入進行田野工作是當務之急。透過這幾首歌謠，尤其是這些童謠，我們能具體而深切地感受到歷史風雲的急切變幻；若把我們的歷史文化比作一條長河，這些歌謠當是其中絢麗的浪花。

三、方志文獻中的民間歌謠與諺語

把歌謠和諺語作為史料錄入地方史志，這是中國史學發展中的文化特色，也是中國民間文學史發展中的重要內容。在中國兩千多個縣中，幾乎每一個縣都至少有一種以上的地方志，有一些縣的縣志多達數種。迄今我們可以見到的縣志，一般以明代萬曆時期的版本較為古老。如前面所舉到的明代《黃岩縣志》，存有「寧波天一閣藏明萬曆刻本」[058]，其中記有「元日」、「立春」、「上元」、「清明」、「浴佛」、「端午」、「七夕」、「中元」、「中秋」、「重陽」、「冬至」、「除殘」、「除夕」等歲時節日的民俗生活內容。「浴佛」日間，「人家採烏桐葉染飯青色」製成「烏飯」，「以相饋遺」；在「上元」日，「人家張燈、鼓吹、燕火炮，神祠設花燈、鰲山，婦女競出」，「或賽巧炫奇，因而鬥鬨，近以官府嚴禁，無敢譁者」，頗具有特色。清光緒三年刻本《黃岩縣志》更詳細地記述了這些民俗生活，並引《姜志稿》、《外書》等文獻記述說明即作具體內容的闡釋；在闡釋性文字中還常引用一些諺語，作更具象的說明。如其記「五月十三日」中「少年爭赴關廟焚香結義」條，以諺語「好則弟兄，弗好亂搭」，說明「此風多釀鬥毆之禍」。其中系統性地記述的民間諺語，按內容可分為兩大類，即述說人與人之間各種關係的社會生活類諺語，專記農耕生產的農業生產類諺語，前者被概括為「俚諺」，後者則稱為「農諺」。

---

[058]　上海古籍書店 1963 年影印出版。

「俚諺」強調人生處事原則。有講人應遵守信用的，像「君子一言，快馬一鞭」、「一言既出，駟馬難追」；講應慎重待人處事的，像「寧添一斗，莫添一口」、「忍一忍，吃不盡」、「若要好，大叫小」、「送人送上岸，送佛送到殿」、「見說道是，見哭道死」、「來者不呆，呆者不來」、「砟高礙樹，砟低礙地」、「隔牆拋簣，仰僕不知」、「人往高走，水往低流」、「弗買弗賣，三代分敗」、「三代眷親，世代族人」、「天不生無祿之人」、「話不投機半句多」、「懶狗好掉尾，懶人好張嘴」、「屋寬不若心寬」、「賭錢吃酒量家當」、「人無千年好，花無百日紅」、「君子不奪人所好」、「得人錢財，與人消災」、「君子愛財，取之有道」、「嗔拳弗打笑臉」、「相罵無好言，相打無好拳」、「氣死弗可打官司，餓死弗可做盜賊」、「成人不自在，自在不成人」、「娘飯香，夫飯長，兄弟飯，莫思量」、「兄弟姊妹，各人自類」、「管顧弗勤，吵亂四鄰」、「家中三件寶，濫田、醜婦、破棉襖」、「兒要親生，田要親耕」、「隔重肚皮隔重山」、「生兒防老，積穀防饑」、「遠水不救近火」、「雪中送炭」、「路上只栽花，不可栽刺」、「日餵貓，夜餵狗」、「路遙知馬力，日久見人心」、「人善得人欺，馬善得人騎」、「閒事莫管，廚到三碗」、「吃食自家門風，相喚自家禮儀」、「輕人自輕自，重人自重自」等；講勤儉節約與以農（即勞動）為本的，有「錢財八隻腳，生世趕著」、「家有千金，不掭雙芯」、「家有千金，不如薄技在身」、「吃弗窮，穿弗窮，算弗到，一世窮」、「種田錢，該萬年；生意錢，六十年；衙門錢，一塳煙」、「千年田，八百主」等；講教育子女與道德修養的，有「開卷有益」、「書中自有黃金屋」、「宰相須用讀書人」、「一日為師，終身為父」、「讀書百遍，其義自見」、「舉頭三尺有神明」、「住場好，不如肚腸好；墳地好，不如心地好」、「不受苦中苦，難為人上人」、「一歲肖狗，千歲肖狗」、「桑枝從小壓」、「月裡崽老不可竦，新娶老婆不可寵」、「工夫深，鐵杖磨細針」等；講事物之間運動變化的，有「年荒可過，兒小能大」、「差人面，轉轉變」、

「十年水流東，十年水流西」、「斧頭吃鑿，鑿吃樹」等；還有一些諺語具有占卜色彩，是生活道理在隱祕意義層面的述說，如「豬來窮，狗來富，貓來拔直過」等。以上這些諺語展現出特定時代、特定地域範圍內民間百姓的各種觀念，諸如人生觀、價值觀、道德觀，包括他們的哲學觀、審美觀等，其中記述慎重待人處事的諺語占了最顯著的成分，是民間生活觀念的展現。在這些具體的生活觀念中，我們非常清晰地看到傳統生活經驗的保存，節儉的消費觀念、自私狹隘的自我保護觀念與以道德為基本尺度的價值觀念融合為一體，構成了民間文化作為民族思想資源與精神資源的主要核心。

另一方面，《黃岩縣志》中還保存了大量「農諺」，它們典型地展現出江浙地區農耕文化的基本特點，詳細記述了陰晴、雨雪、旱澇等自然變化與農作物之間的關聯，也展現了占卜等民間信仰觀念。與一般方志素材不同的是，這裡除了記述農諺，編撰者還廣徵博引，從《太平御覽》、《西溪叢話》、《通俗編》和《太平志》等文獻中，尋找能說明相同現象的資料。通常是先記述農諺的節氣歲時和普遍性表現，然後分述從「正月」到「十二月」各個月分的農諺。前者如「楊桃無蹙，一歲三熟」、「冬雪要光，春雪要椿」、「雪等雪」、「鬥風雷雨順風抬」、「久晴逢戊雨，久雨逢庚晴」、「清明斷雪，穀雨斷霜」、「小滿不滿，芒種不管」、「夏至起西北，晒死搖篩竹」、「立秋發霧，晴到白露」、「秋雷僕僕，大水沒屋」、「六月秋，趕緊收；七月秋，慢慢收」、「處暑若無雨，白露枉來霖」、「雲護中秋月，雨打上元燈」、「十月雨連連，高山也是田」、「分了社，晚稻大頭把；社了分，晚稻大株根」、「若要穀價平，四季甲子都要晴」等。在注釋「烏豬爭河」時，引用《太平御覽》中黃子發的《相雨書》，述「天河中有雲如浴豬豨，三日大雨，謂之黑豬過河」。在注釋「乾星照溼地，落雨落弗泊」時，述為「弗泊，言速也。姚寬《西溪叢話》引諺云：『乾星照溼土，來日依舊雨』，與此諺合」。在注釋「初三初四畫眉月；十五十六兩頭紅；十七八，婆下發；十八九，坐以守；二十長長，月上一更；二十一難算，月上更半；二十二三，月上山頭中半擔；二十五六，月上山頭炊飯熟」，並引用《通俗編》和《太平志》中的諺語，論述道：「（通俗編）杭州覘月出早遲諺云：『十七八，略搭搭；十八九，坐等守；二十亨亨，月上二更。』《太平志》云：『二十長長，月上一更；二十一難算，月上更半。月上山，潮到灘。月兒仰，水漸長；月兒側，水無滴。』俱與黃（巖）俗稍異。今按，兩頭紅者，日落月出也。婆下發者，婦將眠也。中半擔者，半夜也。炊飯熟者，言與天明只差炊五斗黍時也。」後者則記述了各月諺語，如「正月諺云：三八晴，好年成」（所謂「三八」，其述為「謂初八、十八、二十八三日也，或日謂初三、初八」）；「二月諺云：未過驚蟄響雷鳴，一日落雨一日晴」；「三月諺云：清明長長節，醉夏日中歇」；「四月諺云：初二落雨塘底圻，初三落雨岩晒呱（謂主旱也）」；「五月諺云：吃過端午粽，寒衣遠遠送。二十分龍二十一鬮，拔了黃秧種綠豆（言分龍次日見虹，必旱也）」；「六月諺云：六月著裌襖，堤岸好種稻（猶清和也）」；「七月諺云：雨打秋頭，二十日旱（言立秋前日忌雨也）；雨打立秋，萬物豐收（言立秋有雨，主歲熟也）。橫河對焦坑，白米飯，冬瓜羹；橫河對石櫃，白米飯，紅芽芋（是時早禾已獲，瓜芋俱成，故云）」；「八月諺云：白露花麥，寒露菜（花麥即蕎麥）」；「九月諺云：九月十三晴，釘靴結束通話繩（俗以九月十三為釘靴生日。是日晴，主冬無雨）」；「十月諺云：十月中，梳頭吃飯當一工（言天日短也）」；十一月諺云：「冬至月頭，賣被買牛（言氣暖也）；冬至月中，日風夜風（言多風也）；冬至月底，賣牛買被（言氣寒也）。又云：西風頭戴鐵，弗是雨，便是雪（言時遇西風輒多雨雪也）」；「十二月諺云：一日脫出膊，三日頭凍縮。又云：二十四，撣塳壅，二十五，趕長工（言傭者於此歇工也）」。從這些農諺中，可以感受到江浙農村的物產與物候，明顯區別於包括中原地區在內的北方；江浙農民的勤勞和細緻，也充分展現在諺語中。

從清光緒二十五年刻本的《上虞縣志校續》引文中，可以看到該縣還曾經有明代萬曆年間的縣志，後又有清康熙十年刻本的縣志等多種版本。光緒二十五年刻本的這部縣志，用另一種形式保存了歌謠和諺語。如其引述《萬曆上虞縣志》中的〈海塘歌〉：「水既潤下，田彼海旁，甌窶汙邪，粳稌以穰，以食我於無疆。」它還引了《水利本末》中的「壞我陂，王仲嶷，奪我食，使我飢。天高高，無所知，復陂誰，南渡時」、「王外郎，築海塘，不要錢，呷粥湯」、「三年林縣尹，蓄水甚有準。民田無旱澇，湖田剷除盡」等，記述了不同時期的歷史傳說。還有一些諺語也具有此種意義，如「李樹生黃瓜，千里無人」，即記述「上虞值明嘉靖三十年李樹生黃瓜，此後海上遂被倭寇之禍」。

其他地方史志還有許多的諺語類型的記述，此處我們可以選取中國不同地域有代表性的方志文獻，窺一斑而知全豹，了解各地民間諺語的地方性與典型性內容與特色。

如光緒二十八年刻本的《寧海縣志》中，既有「鄉曲謠諺」，又有「歲時諺語」和「農家諺語」、「漁家諺語」，總計有數百條，是清代縣志中記述諺語數量較多的。

中國地大物博，物產豐富，歷史文化悠久，這些內容在清代方志材料中被歌謠和諺語傳唱出來。我們從《黃岩縣志》和《上虞縣志》中看到了南國景象，同樣地，從河南、山東、河北、山西、陝西等地的方志中，可以感受到北國風光。

如清嘉慶十五年刻本的《澠池縣志》記述了春夏秋冬四季的民間諺語：

春分在社前，斗米值千錢；春分在社後，斗米換斗豆；

要得暖，椿頭大似碗；

麥收當年槐（以槐花盛則麥熟也）；

收穀不收穀，單看五月二十六（俗謂是日係穀生日，有雨則熟）；

五月大，瓜果吃不下；五月小，瓜果吃不了；

有錢難買五月旱，六月連陰吃飽飯；

夏至有風三伏潦；

清早立了秋，後晌涼颼颼；

得了七月節，夜寒白日熱；

八月十五雲遮月，防備來年雪打燈；

重陽不雨看十三，十三不雨一冬乾；

到了十月時，家家送寒衣；

今年下琉璃（霰結冰絲曰琉璃），明年吃稠哩……

《澠池縣志》中記述了兩首儀式歌謠，一首是「清明日煮麵飼牛」的儀式歌，意為慰勞牛神，即「打一千，罵一萬，落得清明一頓麵」；另一首是「以稼雞鳴占秋豐歉」的儀式歌，即「夏前叫，沒人要；夏後叫，連糠糶」。其所記〈九九歌〉是中原地區尤為典型的氣候變化的記述：「一九二九不出手，三九四九淩上走；五九六九，沿河看柳；七九六十三，行人把衣寬；九九八十一，黃牛遍地犁。」其他還有「一年兩頭春，黃牛貴似金」和「四季不要甲子雨」等諺語。這些歌謠和諺語展現了仰韶文化發源地河南澠池地區民俗生活的地域性特徵。

再者是清光緒九年刻本《孝義廳志》記述了陝西商洛地區民俗生活中的歌謠和諺語，展現出西北地區的民間文化典型。

其中的記述十分詳細，諸如各個月分的時令譜系安排：

正月時令中的「新春十日，喜晴忌雨，一雞，二犬，三豬，四羊，五牛，六馬，七人，八穀，九油，十麥。諺云：新春十日晴，年豐樂太平；

新春十日陰，穀米貴如金」，「立春前一日」，「喜晴厭雨」，「諺云：但得立春晴一日，農夫不用力耕田」；

二月「初二日」，「喜晴忌雨。諺云：土神會雨淋，春蕎不得成」，「二十日，喜陰雨，晴則反春。諺云：正月二十晴，果實熟成林；二月二十晴，樹木重發生」；

三月「新墳於春社前祀之，俗云：新墳不過社」；

四月「初八日，鄉民出錢演戲，作城隍會」，有「除蟲害」儀式歌：「佛生四月八，毛蟲今日嫁；嫁在千里外，永世不歸家」；五月「二十日」為「龍晒衣」，「喜晴，如雨，謂溼龍袍，主四十八日大旱。土著人喜二十六日雨，諺云：收秋不收秋，端看五月二十六」；

六月「二十日，忌雨。諺云：六月二十雨一點，十處禾苗九處旱」；

七月「立秋日忌雷。諺云：雷鼓立秋，五穀天收」；

八月「八月八天晴，次年春早成」；

九月「初一至初九日，忌南北方風」，諺語記為「南秤北斗」，即「吹南風主秤價高，吹北風主斗價貴」；

十二月「一年忌正臘兩頭迎春。諺云：兩春夾一冬，十個牛欄九個空。以兩春牛多瘟也」等。

這些諺語表現了清代民間文學在西北地區的流傳狀況。當然，由於中國歷史文化在各地區的發展並不均衡，民間文學在歷史文獻中的保存多集中在東南即江浙一帶，相對而言，中國的西北和東北兩個地區，包括青海、西藏在內，文獻中保存的民間文學較少，但並不是在這些地區就沒有豐富的民間文學作品在流傳。

文獻的記述只是反映民間文學在某一地區流傳狀況的一個面向，而且在這裡我們主要是從方志記述民間文學的角度來談這個問題；諸如今天我們所熟知的三大英雄史詩《格薩爾》、《江格爾》、《瑪納斯》，就主要分布在以上所提的西藏、青海、新疆、內蒙古、甘肅等地；其他還有西北地區的〈花兒〉、〈信天游〉，東北地區的〈秧歌〉和東北各族人民間流傳的豐富的民間文學，數不勝數。

清代民間歌謠和諺語除了方志中的保存外，在一些民俗筆記等文獻中也有許多記述。如潘榮陛的《帝京歲時紀勝》，戴璐的《藤陰雜記》，富察敦崇的《燕京歲時記》，震鈞的《天咫偶聞》，李光庭的《鄉言解頤》，顧祿的《清嘉錄》，李斗的《揚州畫舫錄》，徐珂的《清稗類鈔》，翟灝的《通俗編》，景日昣的《說嵩》，以及無名氏《息縣風土記》[059]等，都不同程度地記述了清代流傳的民間歌謠和諺語等民間文學內容，它們也是不可忽視的重要資料。

如李光庭在他的《鄉言解頤》[060]〈前言〉中充滿深情地說道：「追憶七十年間故鄉之謠諺歌誦，耳熟能詳者，此心甚愜然也。」（許多作者在筆記中與他一樣，激動地述及自己親身經歷的民俗生活。）其卷一中「雨」條記述了「春雨貴如油」，「夏忌甲子雨」和「五月連陰六月旱，七月八月吃飽飯」等民間諺語，還記述了「下雨了，冒泡兒，老翁戴著草帽兒。下雨了，亂搭搭，小孩醒了吃媽媽」等兒童歌謠，還說明道：「京師謂乳為咂咂，鄉人直謂之媽媽，天籟可聽也。」此類記述既有具體的民間文學作品的流傳背景，又有某些語句、字詞的詳細說明，使我們看到了一個活生生的民間文學典型。這同樣是民間文學史不可缺少的一部分，具有特殊的文化生活史的價值。

在一些民間廟會的香火碑的碑文中，常常也保存著民間傳說、民間諺語之類的民間文學文字。這同樣是我們不應忽視的內容。

[059]　抄本，晚清著述，河南大學圖書館存。

[060]　抄本，晚清著述，河南大學圖書館存。

第二節　長詩與少數民族歌謠集

在清代，中國民間文學的整體發展進入了一個新階段，具有綜合意義的民間長詩及少數民族歌謠集，在這個時期紛紛形成並出現，成為中國民間文學史上又一個繁盛階段。

一、民間長詩

民間長詩包括民間敘事詩和民間抒情詩兩大類，在內容上著重表現出對社會生活的描述、對愛情生活的詠嘆，以及對民族歷史的回顧等。民間長詩在秦、漢時期就已經形成，諸如〈孔雀東南飛〉等經典之作，還有後來屢被改編的〈木蘭辭〉（我認為〈木蘭辭〉不能稱為民間敘事詩，其中文人改編的成分太濃，而在魏晉南北朝時期或隋、唐時期，民間還存在著另一種形式的〈木蘭歌〉），都對後世民間長詩的發展產生重要的影響。明代已經出現了具有一定數量和一定規模的民間長詩，被馮夢龍等人記述並保存，諸如《掛枝兒》中的〈五更天〉，《山歌》中的〈燈籠〉、〈老鼠〉、〈睏勿著〉、〈門神〉、〈破騌帽歌〉和〈山人〉等，以及《詞林一枝》中的〈羅江怨〉，《玉谷調簧》中的〈琵琶記〉，其他還有〈時尚鬧五更哭皇天〉等，真是繁花似錦，直接影響了清代民間長詩的形成和發展。清代的民間長詩迄今為止還沒有得到很充分的整理，但目前發掘和整理出來的就已經相當可觀了。諸如漢民族的〈郭丁香〉[061]和〈雙合蓮〉[062]，以及長篇吳歌《江南十大民間敘事詩》[063]等；在少數民族中，民間長詩出現群體現象，如傣族的「三大悲劇長詩」〈線秀〉[064]、〈葉罕佐與冒弄養〉[065]、〈娥並

---

[061]　見《民間文學》1981 年第 10 期。
[062]　湖北人民出版社 1954 年 1 月版。
[063]　上海文藝出版社 1989 年版。
[064]　雲南人民出版社 1964 年 1 月版。
[065]　見《山茶》1983 年第 1 期。

與桑洛〉[066]，壯族的「苦情三部曲」〈達穩之歌〉、〈達備之歌〉、〈特華之歌〉[067]，傈僳族的「悲劇三部曲」〈生產調〉、〈逃婚調〉、〈重逢調〉[068]，其他影響較大的民間長詩還有數十部，如納西族的〈遊悲〉[069]（即〈殉情調〉），彝族的〈我的么表妹〉[070]，侗族的〈珠郎娘美〉[071]，哈薩克族的〈薩里哈與薩曼〉[072]，維吾爾族的〈帕塔姆汗〉[073]，回族的〈尕豆妹與馬五哥〉[074]等。這些民間長詩以不同的方式，表現出各族人民的智慧。

漢族民間敘事詩〈郭丁香〉是一篇富有中原古典文化特色的優秀作品，展現了民間文學對傳統道德的具體態度，塑造了在中國民間文學史上具有獨特性格的郭丁香這一個婦女形象。它是以傳統的民間灶書形式傳播的，而這種存在於民俗生活之中的民間長詩形態，正是各民族民間文學流傳的普遍現象。〈雙合蓮〉原為打鐵歌，也是保存在民俗生活中的。這是一首記述漢民族民間婦女鄭秀英與民間文人胡三保愛情悲劇的優秀長詩，可與〈郭丁香〉共稱為清代漢族民間敘事詩的雙璧。但它們的流傳卻為一般文學史家所忽視，因為長期以來，中國文學史基本上屬於文獻史。江南地區發現的〈白楊村山歌〉、〈五姑娘〉、〈薛六郎〉、〈魏二郎〉、〈孟姜女〉等「十大民間敘事詩」，保存了清代民間文學的重要內容，使我們看到清代社會漢民族中流傳的民間長詩的群體存在狀況。這些民間長詩的主要記述內容為普通百姓的愛情悲劇，是民間文學史上的又一類典型。

傣族的「三大悲劇」〈線秀〉、〈葉罕佐與冒弄養〉和〈娥並與桑洛〉，都

[066]　雲南人民出版社 1978 年版。
[067]　見《壯族民間歌謠資料》1959 年版（內部資料），《民間文學》1964 年第 4 期。
[068]　雲南人民出版社 1980 年版。
[069]　見《納西族文學史》，四川民族出版社 1992 年版。
[070]　見《納西族文學史》，四川民族出版社 1992 年版。
[071]　見《侗族民間文學史》，中央民族學院出版社 1992 年版。
[072]　見《中國少數民族文學》，湖南人民出版社 1983 年版。
[073]　見《維吾爾民間敘事長詩選》，新疆人民出版社 1983 年版。
[074]　見《中國民間長詩選》，上海文藝出版社 1980 年版。

以男女主角殉情為主要內容，傣族人民視之為轉世「三世婚」，與漢族把《牛郎織女》、《董永與七仙女》和《梁山伯與祝英台》稱為轉世婚的觀念頗為相似。其中〈娥並與桑洛〉影響最大，該詩記述桑洛抗婚，離家出走，路遇娥並，二人真誠相愛，卻遭到桑洛母親的反對；娥並尋夫，為桑洛母親所傷害，後來二人皆殉情而亡。這是對社會黑暗力量的血淚控訴，其中保存了豐富的清代傣族歷史與文化的具體內容。壯族的「苦情三部曲」〈達穩之歌〉、〈達備之歌〉、〈特華之歌〉，同樣是記述愛情悲劇；達穩拒絕與窮表兄的婚姻，逃回家中，又被拒門外，後與人逃走，被抓回後受到更慘重的迫害；達備夫婦也是慘遭社會腐朽勢力的迫害，「從此像孤雁各自失散分離」；特華「小小年紀就死了爹媽」，「沒有土地也沒有家產」，「窮得比雞蛋還要光滑」，他與「可憐的小妹妹」相愛，「寫呵寫呵又寫了一張」；作品運用「勒腳歌」的反覆、回唱等形式痛說自己的遭遇與對戀人的思念。傈僳族的「悲劇三部曲」〈逃婚調〉、〈重逢調〉、〈生產調〉透過男女對唱等形式訴說年輕人的愛情，在〈生產調〉中充滿理想，而在〈逃婚調〉和〈重逢調〉中則記述了有情人難成眷屬的悲傷。尤其〈重逢調〉充滿淒涼，他們詠唱著「江邊的砂粒永遠數不清，貧苦人的災難永世說不完」，咀嚼著「恆乍綳」[075]的傳說，各自祝福未來。哈薩克族的〈薩里哈與薩曼〉是一部七百多行的愛情敘事詩，講述了哈薩克民族在蒙古貴族壓迫下，「黑骨頭」即貧窮的牧民薩曼與「白骨頭」即可汗女兒薩里哈相愛，因為貴賤之分釀成愛情悲劇；薩里哈純潔、美麗、善良，為了真摯的愛情勇於衝破一切，當她與薩曼私奔被迫返回，不能與心愛的人結合時，毅然拔刀自刎，其形象尤為感人。維吾爾族的愛情長詩〈帕塔姆汗〉長達一千四百多行，記述庫爾班與奴爾曼相愛，卻被國王拆散，庫爾班加入了帕塔姆汗的起義軍，並在戰鬥中與帕塔姆汗結下深厚的感情，後卻因為奴爾曼的出現，三人陷

[075]　清代嘉慶時傈僳族起義領袖，反抗壓迫，在雲南維西等地仍然流傳其傳說故事，在民族中唱著「傈僳人永遠不忘恆乍綳」，表達對自由的嚮往。

入感情的激烈衝突中；帕塔姆汗忍痛割捨自己的愛情，真誠祝賀庫爾班與奴爾曼的重逢。這一首長詩的內容奇特而感人，語句優美而熱情，在民間文學史上是少見的優秀之作。回族中流傳的〈尕豆妹與馬五哥〉記述了一對年輕男女相愛，最後同被斬殺的故事。這是一首長篇「花兒」，歌唱時語句自由明快、形象生動。故事從「燒茶做飯是巧手」的尕豆妹與「樣樣農活是能手」的馬五哥相遇，「眉對眉來眼對眼」寫起，兩人「換記手」即定情之後，卻遭到社會邪惡勢力的迫害，被強行拆散，後兩人衝破阻撓，殺死「西木」，為此惹下官司，官府「金銀早吃上」而「活罪判到死罪上」，「尕豆妹和馬五哥實可憐，一同斬在了華林山」。這一首長詩運用了多種民歌表現手法，如「人家女婿十七八，我配的女婿拳頭大」，即與清代《北京兒歌》、《四川山歌》等民歌集中的〈小女婿〉相似。

此外，清代民間長詩還有苗族長篇民間敘事詩〈張秀眉之歌〉[076]和壯族民間歷史敘事詩〈中法戰爭史歌〉[077]等，反映了清代以少數民族起義為原型的反壓迫抗爭。〈張秀眉之歌〉中的「二世再轉來，轉來殺官家」，表達了苗族人民誓死抗爭的決心。

二、少數民族歌謠集《盤王歌》

清代少數民族中的民間文學迅速發展，出現了集中保存民間歌謠的《盤王歌》抄本等現象。抄本的出現時間可能在清代咸豐九年[078]，也可能更早，我們依據文獻的記載，將它納入清代民間文學史。有人統計，現存的《盤王歌》手抄本頗多，有「二十四段、三十二段和三十六段三種」，其「歌詞均在三千行以上」[079]。這是古代少數民族歌謠集的典型。

---

[076]　貴州民族出版社 1987 年版。

[077]　馬學良、梁庭望等:《中國少數民族文學史》，中央民族學院出版社 1992 年版，第 504 － 506 頁。

[078]　見劉保元：〈瑤族古典歌謠整合《盤王歌》管探〉，《中央民族學院學報》1983 年第 3 期。

[079]　見劉保元：〈瑤族古典歌謠整合《盤王歌》管探〉，《中央民族學院學報》1983 年第 3 期。

《盤王歌》是祭祀瑤族人民敬奉的遠古大神盤瓠的儀式歌，主要流傳在中國南部廣東、廣西、雲南、湖南等地信奉盤王的瑤族群眾中，東南亞國家瑤族聚居地也有流傳。盤瓠神在中國古代典籍中早就出現，如漢代應劭在《風俗通義》中就曾提及，後來梁任昉在《述異記》中也提及。這裡我們姑且不去辨識盤瓠與盤古的關聯等問題，我們看到的是，在《盤王歌》中，集中展現了瑤族人民的古典歌謠；在這些歌謠中，保存了瑤族人民之間流傳的各種神話傳說、民間故事、民間情歌和勞動歌謠等民間文學內容。諸如表現神話傳說內容的歌謠，有〈盤王圖歌〉、〈伏羲小娘歌〉、〈魯班歌〉和〈請三娘出來遊樂歌〉等；表現生產工作與愛情生活的歌謠，有〈放獵狗〉、〈雷公歌〉、〈何物歌〉、〈日落崗〉、〈歌春〉、〈歌花〉、〈歌果〉、〈歌茶〉、〈歌酒〉等；表現宗教和民俗生活等內容的歌謠，有〈大碗酒歌〉、〈付靈聖〉、〈梅花曲〉、〈請修山修路〉和〈彭祖歌〉等。在這些歌謠中，瑤族人民的起源、發展和民間信仰等歷史生活，得到了具體展現。

尤其是〈彭祖歌〉等表現民間信仰的作品，應該引起我們的重視，因為《盤王歌》的性質，在最原始的意義上是屬於儀式歌，即「還盤王願」的祭祀歌，民間稱之為《盤王書》或《盤王大歌》，是民間唱本，其演唱目的在於娛神，讓盤瓠這位瑤族傳說中的大神高興。人們在盤王面前設祭，跳盤王舞，唱娛神歌，這些娛神的歌謠被集中起來，才形成這一部意義獨特的古典歌謠集。那麼，歌唱「好衣留給聖人著」、「煎盞清茶聖人飲」、「好雙也報聖人連」的〈付靈聖〉，歌唱「願得聖王來舍施」，使「兒孫代代使銀盃」的〈梅花曲〉，歌唱「安葬地龍深七尺，兒孫世代出官人」的〈彭祖歌〉，自然成為祭祀盤王的主要內容。

在瑤族人民的信仰中，《盤王歌》中那些古老的神話、傳說和民間故事，就是真實發生在他們的歷史和生活之中的，並不意味著虛構。如〈盤王圖歌〉唱道：「大嶺原是盤古骨，小嶺原是盤古身；兩眼變成日和月，牙齒變作金和銀，頭髮化作草和木，才有鳥獸出山林；氣化為風汗成雨，血成江河萬年春。」這和《繹史》所引《五運歷年紀》中稱「首生盤古，垂死化身」是一致的，與任昉《述異記》中記「昔盤古氏之死也，頭為四嶽，目為日月，脂膏為江海，毛髮為草木」亦相同。在《天下郡國利病書》和《粵西瑣談》中，也都記述了不同地區人民祭祀盤古的民俗生活。瑤族民間流傳的盤古和盤瓠神話傳說，是《盤王歌》形成的重要基礎。這是神話傳說意味著真實存在的歷史這種民間信仰觀念的又一典型表現。又如《盤王歌》中的〈伏羲小娘〉記述伏羲兄妹造人和遭遇洪水的神話，並把這種民族起源的神話傳說也視為真實存在的歷史。這裡所記述的伏羲神話與古代文獻有所不同，稱「七日七夜洪水退，葫蘆跌落崑崙山」，伏羲「兄妹二人出葫（蘆）心」後遇到烏龜，烏龜告訴他們由於洪水而世人皆死，「你倆兄妹結為婚」，「兄妹聞得如此語，刀砍烏龜爛成泥」。這與漢族民間流傳的滾石（磨）成親、驗占成婚等內容形成鮮明對比；從李冗《獨異志》等文獻中，也可以看到伏羲神話在瑤族民間流傳後所出現的這些差異。瑤族人民曾經有過艱辛而漫長的遷徙歷史，《魏書．蠻僚傳》和《隋書．地理志》、《宋史．蠻夷列傳》等文獻中記述了這些內容；他們在遷徙過程中與中原地區的古典文化產生連繫，這在《盤王歌》中也有表現。如漢族民間文學中的《魯班傳說》、《梁山伯與祝英台》等被瑤族人民接受和改造，形成具有瑤族文化特色的〈魯班歌〉和〈請三娘出來遊樂歌〉。在〈魯班歌〉中，魯班這位民間傳說中的匠人祖師是「靜江府」人，「教得廣西個個精」，他是「鐵匠」、「木匠」、「銀匠」、「裁縫」、「泥水（匠）」的祖師神，「千般都是魯班教，若無魯班都不成」。在〈請三娘出來遊樂歌〉中，記述「山伯無計吞藥死，葬在大州大路邊」，「英台出嫁大路上，山伯攝取裡頭眠」。《梁山伯與祝英台》的基本情節在這裡得到保存，增添了「生時同坐死共枕，死入陰州共歡言」的結局，最後變成「一對鴛鴦飛上天」，融入了瑤族人民的信仰觀念及生活內容。

《盤王歌》中表現瑤族人民生產勞動及愛情生活的歌謠，更富有地方特色和民族特色。如〈放獵狗〉中描述「湖南江口立橫槍」、「打到皮穿正放娘」的狩獵生活；〈雷公歌〉則記述了一年十二月間每個月的勞動情況，從「正月雷公喚」到「耙田撒穀子」、「芒種插禾秧」、「潑田水」、「十月收禾穀滿倉」、「十二月擔傘送公糧」，全部生產過程都被生動地描述了出來。這一類歌謠和漢民族中流傳的農諺一樣，成為人們安排耕作、調整農時活計的自然依據。在〈對歌〉、〈歌春〉、〈歌花〉、〈歌果〉、〈歌茶〉、〈歌酒〉以及〈何物歌〉、〈日落歌〉、〈天上星〉等歌謠中，我們看到了瑤族民間情歌的集中展現，其歌唱內容運用了典型的比興手法，即以花和果的香來比愛情的芬芳，以酒的甘醇來形容愛情的純潔與幸福，寄寓對美好生活的憧憬和嚮往，如〈歌酒〉中的「斟落懷中花樣香」、「好雙連個當千娘」。這些情歌形成了「三七七七」的常見歌式；如〈歌春〉：

春到了，
百般春鳥叫洋洋，
百般春花樣樣開，
早禾穀種在人鄉。

又如〈天上星〉：

天上星，
無雲無雨白清清，
白日便入青雲裡，
夜裡出來等舊情。

〈何物歌〉是由「問」及「答」的對唱情歌，在「問」和「答」中都使用了這種「三七七七」句式：

問：何物變——
變得何樣得娘連？
得郎變成何物子？
何物團圓娘耳邊？
答：得郎變——
變成一樣得娘連；
得郎變成耳環子，
耳環團圓娘耳邊。

這種句式形成特殊的審美愉悅效果：第一句是三字，給予人清晰的印象，其後三句皆為七字，形成整齊、流暢、明快的美感。在今天的民間歌曲中，我們仍能聽到這種歌唱句式。民間情歌並不是都述說愛情的甜蜜，有些情歌充分表現了對愛情不如意的不滿，如〈二娘歌〉就表現出作為「苦老婆」的種種痛苦感受。當然，生活中並不是僅僅有愛情，還有更多的內容，如〈見怪歌〉中對各種奇異現象的有趣描述；〈桃源垌歌〉中對未來世界的設計；〈何物歌〉中透過對唱，描述「鐮刀」、「田螺」、「五雷」、「日頭」等事物的存在形狀，藉以介紹生活知識。

在瑤族等少數民族中，還存在〈過山榜〉之類的石碑銘文，具有「法」的意義；有一些內容明顯是傳唱的歌謠，應是為了便於記憶才採取了這樣的形式。在這些碑文中多種歌謠並存，也可看作歌謠集。

清代民間長詩和少數民族歌謠集是民間文學史上的重要內容，從中可以看到民間文學經過千百年的累積，在審美表現和思想智慧上都有歷史性的繼承與發展。同時也可以看到，在多種文化成分的共同影響下，清代民間文學表現出自己的時代特色。清代民間長詩和少數民族歌謠集與其他民間文學形式共同處於一個廣闊的社會生活空間，由此可以更進一步地感受到清代彈詞、鼓詞等民間文學形式在產生和發展過程中所受到民間長詩和歌謠的影響。正是清代民間文學各門類之間的相互影響，及其在整體上受到清代各種社會思潮的影響，形成了全社會文化品格不斷分裂、重聚、再生的趨勢。在這樣的背景中，我們才能尋找到孕育像曹雪芹、梁啟超、魯迅這些文化鉅子的文化卵巢。否則單純地從某一個方面論述時代對個人的影響，都難免偏頗。

第三節　彈詞與鼓詞

彈詞和鼓詞是清代南方和北方分別流行的民間曲藝形式。一般學者以為彈詞主要是吳儂軟語，多講唱才子佳人之類的民間情愛傳說故事，而鼓詞則顯得慷慨激昂，多講唱金戈鐵馬之類的民間英雄傳說和公案故事。兩者都屬於講唱藝術，是民間文學中尤為中下層人民所喜愛的形式，而且都具有綜合性意義，在不同地區還因為民間藝人的風格不同，形成各具特色的民間文藝流派。在這些曲藝演唱及其流派中，能看到特定地域內民間文學與民俗文化生活的典型展現，其中包含著民間文化所顯示的個性。當然，清代彈詞和鼓詞作為民間文藝的重要內容，其發展無論如何離不開對前代民間文藝的繼承，我們可以從唐、宋至元、明各代的各種說唱文學中，看到這種文化嬗變。

彈詞在明代就已經出現，如田汝成的《西湖遊覽志餘》卷二八中記有「優人百戲，擊球，鬬撲，魚鼓，彈詞，聲音鼎沸」；臧懋循《負苞堂文集》卷三〈彈詞小記〉中也稱「若有彈詞，多瞽者以小鼓、拍板，說唱於九衢三市，亦有婦人以被絃索」；《野獲編》、《蓉塘詩話》、《南園漫錄》等處，都記有「彈詞」概念。「彈詞」之名最早見於載籍，鄭振鐸認為當數萬曆時臧晉叔所刻元代作家楊維楨的《四遊記彈詞》[080]，可見在元代就已經出現這一類概念；但真正有完整的文字留存下來，當數明代正德至嘉靖時期楊慎的《二十一史彈詞》[081]；其開題有引述的曲或詩，已經近於後世發展成熟的彈詞藝術。這一種文藝形式的興起，如鄭振鐸所言，與中產階級婦女息息相關，他指出，「彈詞為婦女們所最喜愛的東西，故一般長日無事的婦女們，便每以讀彈詞或所唱彈詞為消遣永晝或長夜的方法。一部彈詞的講唱往往是需要一月半年的，故正投合了這個被幽閉在閨門裡的中產以上的婦女們的需要」[082]。婦女的參與，固然是彈詞興盛的原因之一，但從現存的作品來看，它的興盛更多地出於眾多市民的喜愛與中下層文人的努力；婦女寫，婦女聽，寫婦女，只是彈詞的一個方面。彈詞在清代出現了繁榮景象，一部分是因其對宋、元時期講唱文學（如陶真、詞話）的繼承，而更多的是由於它對清代民間文藝的吸收與融會；沒有多種民間文藝形式的相互支持、促進，這種藝術就不可能出現繁榮。

現存的彈詞在表現語言上可分為兩大類，一類是以國音（相當於國語）記述、整理的作品，諸如《安邦志》、《定國志》、《鳳凰山》、《天雨花》、《筆生花》、《鳳雙飛》等；一類是以吳音記述、整理的作品，包括用粵語記述、整理的《木魚書》，用閩語記述、整理的《評話》，用浙江方言記述、整理的《南詞》，如《珍珠塔》、《玉蜻蜓》、《義妖傳》、《三笑姻緣》等。在具體內容即題材上，主要取自歷史傳說（或文學名著故事）、時事（即當代傳說、故事）、民間故事等方面；在演唱方式上，主要由說（即說白）、噱（即穿插，帶有打諢性質）、彈（即三弦、琵琶等絲絃類伴奏）、唱等部分具體組成。彈詞以唱為主，間以「說」與「噱」，在演唱中伴以樂器；其唱詞一般具有固定的格式，以七言為主，或加上三言、四言，形成

---

[080]　鄭振鐸：《中國俗文學史》（下冊），作家出版社 1954 年版，第 350、353 頁。

[081]　有人認為楊慎的《二十一史彈詞》是詞話，並非彈詞。

[082]　鄭振鐸：《中國俗文學史》（下冊），作家出版社 1954 年版，第 350、353 頁。

語氣語句上的變化；其開題一般為唱，長者十幾韻，短者兩韻（四句）。演唱所用的曲式多為地方流行的民間歌曲、詞曲；在表演上，應該還有舞的成分。彈詞的篇幅一般較長，如記述趙宋王朝歷史傳說的《安邦志》（20 冊）、《定國志》（20 冊）、《鳳凰山》（32 冊），總計達 674 回，鄭振鐸在《中國俗文學史》中稱這「三部曲」是「中國文學裡篇幅最浩瀚的一部書」。一般的彈詞作品也有幾十回。鄭振鐸在清代彈詞的蒐集整理上做出了卓越貢獻，他曾考證「今日所見國音的彈詞，其時代很少在乾隆以前」，還編出《彈詞目錄》（《小說月報》1927 年 6 月「號外」載），發掘出不少珍品，為我們研究清代彈詞這種民間曲藝形式提供了方便。

彈詞記述內容以歷史傳說為主，表現出清代社會的文化時尚。因為彈詞主要流行在江浙一帶，而宋代曾在杭州建都，所以其所記歷史傳說也就多發生於宋代。如前所提《安邦志》、《定國志》和《鳳凰山》被稱為「趙宋王朝三部曲」，記述唐五代之後趙匡胤家世興衰故事，包括神化趙氏兄弟及夾馬營傳說、千里送京娘等內容。又如《繡香囊》（乾隆三十九年抄本）[083] 開題所唱：

大宋中宗永和年，
孝宣皇帝坐金鑾。
九省華夷歸一統，
八方寧靜四海安。
六龍有慶千家樂，
五穀豐登萬姓歡。
七旬老叟不負戴，
三尺孩童知遜謙。

[083]　鄭振鐸：《中國俗文學史》（下冊），作家出版社 1954 年版，第 354 － 357 頁。

二氣陰陽同舜日，

十分清泰比堯年。

天下奇聞難盡數，

單表個英才出四川。

其實這一篇彈詞所記述的只是託名於宋代的民間傳說故事，即何質與於月素夫妻恩愛，受到強盜出身的「言午官」許豹所害，後來夫妻團圓，斬殺許豹。但彈詞編撰者卻用了那麼大的篇幅去述說宋中宗時代的繁盛安寧，而宋代並無中宗和永和年號，顯然具有濃重的「懷宋情結」。這裡包含著民族壓迫下的仇恨情緒，若我們聯想起江南人民堅持數年的反清復明抗爭，對此種「懷宋情結」就不難理解了。其他像《西漢遺文》、《東漢遺文》和《北史遺文》等彈詞，都是對歷史傳說的演繹；尤其是《北史遺文》的結尾處引用了「堪嘆人生在世間，爭名爭利不如閒；古來多少英雄輩，盡喪幽魂竟不還。不信但看《高王傳》，到今哪有一人存？圖王霸業今何在？多做南柯夢裡人」的詩歌，表面上是超脫名利；但在彈詞的字裡行間，我們看到的分明是「萬里江山成帝業，華夷賢士盡為臣」，「國姓改元為漢主，百官盡改漢朝人；南遷國在河南府，重修禮樂化夷民」等內容。這種感情與「懷宋情結」是一致的，都表達了對異族統治下社會黑暗的憤懣。在這些彈詞中，我們看到歷史傳說故事被深情而細膩地傳唱，這絕不僅僅是為了消遣，也就難怪後來的革命人士借彈詞來做反對清王朝的抗爭檄文了。

土音彈詞的內容多為民間愛情故事。如《玉蜻蜓》記述了申貴升和女尼相愛而病死在其庵中，後其子狀元及第，迎養其母（即女尼）的故事（在中原地區此故事被改編成豫劇《桃花庵》廣為傳播）。《珍珠塔》記述書生方卿因家貧求助於姑母家，遭到姑母羞辱，卻得到表姊陳翠娥的幫助；陳翠娥以珍珠塔相贈；後來方卿刻苦讀書，高中狀元，扮成乞丐，來到姑母家演唱道情，藉以報復。這是江南民間廣為流傳的一個故事。最為典型的是《義妖傳》，作品相當完整地記述了著名的白蛇與許仙的民間傳說，其中的白蛇（即白素貞）以「義」先行，勇於犧牲，為了維護自己與許仙的愛情，與破壞其婚姻的老法海堅決抗爭；小青潑辣、熱情、剛正，許仙善良、誠實，但卻懦弱，老法海則殘忍、奸詐，這些人物個性，在彈詞中淋漓盡致地展現出來。應該說，透過這一篇彈詞，《白蛇傳》的故事得以最後定型。

值得注意的是，在彈詞的寫作中出現了幾位女性作家，諸如陶貞懷和她的《天雨花》，陳端生和她參加創作的《再生緣》，邱心如和她的《筆生花》等。她們都選擇民間傳說故事作為題材，使這些傳說故事得到進一步傳播，同時，她們藉此抒發自己的感受，使彈詞藝術的文化結構產生了重要變化。她們將女性特有的細膩感情融入彈詞創作，使這一項民間曲藝形式在藝術上也更為精細。如邱心如生活清苦，「多病慵妝閒寶鏡」，她將這種感受融入作品，自然得到了更眾多的民間婦女的共鳴。

其他像福州評話中的《榴花夢》，廣東木魚書中的《花箋記》和《二荷花史》等，在民間也廣為流傳。

最後應該一提的是，在清代彈詞的講唱中，出現了一批頗有影響的民間藝術家。如在明代，彈詞藝人多為瞽人，這種情況在清代仍有存在。如解弢在《小說話》中所記「幼年每當先祖母壽辰，輒見六、七老瞽人彈詞祝嘏，所歌諸曲，典雅綿麗」。清代所不同於明代者，在於出現了彈詞藝人群體性結社等現象，這直接促成了流派的形成和一批民間藝術家的成長。如陳汝衡所評論的蘇州「馬姚趙王」[084]，即擅說《珍珠塔》的馬如飛，擅說《水滸傳》的姚士璋，擅說《玉夔龍》的趙湘舟，擅說《南樓傳》的王石泉。在《清稗類鈔》「音樂」中，記有「晚近彼業中之善琵琶者，首

[084]　陳汝衡：《說書史話》，作家出版社 1958 年版，第 179 頁。

推（張）步瀛」，「步瀛坐場子，逢三六九日，例必於小發回時，奏大套琵琶一折，儕輩咸效顰焉，然終不能越步瀛而上之」。在《揚州畫舫錄》卷十一中，記有「天麻子」王炳文「兼工弦詞」，「人參客王建明瞽後，工弦詞，成名師，顧翰章次之」，還有高晉公、房山年等彈詞名藝人。此外，從范祖述的《杭俗遺風》中，還可以看到有「倪老開、張老福、陳金姑、沈小六」和「戴鼎、孟隆、許煥、莫培」等一大批「風流蘊藉」、「滑稽詼諧」的彈詞藝術家，以及彈詞民間團體「文書老會」，「凡省中唱書者」，於「五月十九倉橋元帥廟」此會上「不取工錢，挨唱一回，以傢伙到廟先後為序」，「不大出名者以此為榮也」。「文書」即「四明文書」；可見彈詞藝術的人氣之旺，不但與一批藝術家的競賽有關，而且與此類培養人、發現人的書會有關。從以上這些資料中可以看到，以蘇州為中心的彈詞藝術，已經出現了諸如「揚州派」、「浙江派」等實際存在的民間流派；尤其是蘇州彈詞在同治、光緒年間出現了傑出的藝術家馬如飛，象徵著彈詞藝術達到了鼎盛時期。馬如飛寫作開篇，改編彈詞唱本，對促進蘇州彈詞藝術的迅速發展和提升，發揮了相當重要的作用。他經常奔走在常熟、無錫、江陰一帶，是蘇州光裕書社的領袖人物。

他以彈唱《珍珠塔》而聞名，出現著名的「馬調《珍珠塔》」。同時期能與馬如飛並稱的，還有一位傑出的彈詞藝術家俞秀山。徐珂在《清稗類鈔》「音樂」中記道：

彈詞為吳郡所有，而越有平調，粵有盲妹，京津有鼓詞，其聲調有足與彈詞相頡頏者。然彈詞亦有派別，今即俞調、馬調比較言之。俞調音節宛轉，善歌之者如春鶯百囀，竭抑揚頓挫之妙，其調便於少女。如飛出，一變凡響。以科舉時代之八股例之，俞調猶管韞山，而馬調則周犢山，亦彈詞家之革命功臣也。

清代的彈詞演唱中，還出現了一批女性藝術家。如趙翼在《甌北詩鈔》

中所撰〈重遇盲女王三姑賦贈〉，記述「十年前聽撥琵琶，曾惜明眸翳月華」，「無目從何識字成，偏能演曲寫風情」。又如李家瑞在〈說彈詞〉中記述有女彈詞藝人項金姊、楊玉珍，「為當時女彈詞之最著者」。王弢《瀛壖雜志》卷五[085]和惜花主人《海上冶遊備覽》「女說書」條，都記述了一批女彈詞藝術家自「道、咸以來」、「肄業說書」，「業此者常熟人為多」，「所說之書為《三笑》、《白蛇》、《玉蜻蜓》、《倭袍傳》等類」。袁翔甫著《滬北竹枝詞》中，記述「一曲琵琶四座傾，佳人也自號先生。就中誰是超群者，吳素卿同黃愛卿」，並在「注」中記道「說書女流，聲價頗高」。這些資料從不同的方面顯示出清代彈詞藝術的繁盛，彰顯了清代民間文學中的彈詞在社會生活中的實際地位、價值與意義。

與南方流行的彈詞相比，北方的鼓詞表現出清代北方民間文學的文化個性。

鼓詞也稱鼓子詞，南宋文獻諸如《武林舊事》卷七中就已經出現，並記述「此是張掄所撰鼓子詞」。但是，有人認為，由於歷史年代久遠等原因，鼓子詞的底本作為文獻，只能從明末清初賈鳧西所撰《木皮散人鼓詞》中見一端倪。在賈鳧西的「鼓詞」出現之前，應該有大量民間鼓詞存在。陸游詩中「負鼓盲翁正作場」，就應該是這一類現象的歷史描述。

鄭振鐸舉最早的鼓詞是其所得《大唐秦王詞話》（一名《秦王演義》），他說「此書始名《詞話》，實即鼓詞」[086]，這是對的。對待民間文學作品的形式問題，應從具體的歷史情況出發，不應當從某某人的概念出發。況且任何一種民間文學都不會憑空產生，必然存在一個醞釀、孕育、繼承和發揚的過程。民間曲藝形式的鼓詞也是這樣，它有講有唱，所配樂器以鼓

[085] 此中記述：「徐月娥、汪雪卿皆以豔名噪一時。兵燹以後，皆在城外。推為此中翹楚者，則如袁雲仙、吳素卿、朱幼香、俞翠娥、吳麗卿，並皆佳妙。今時繼起者，則又有朱麗卿、陸琴仙、陳芝香、金玉珍、張翠霞，吐屬雅雋，頡頏前秀。每一登場，滿座傾倒……此又於裙釵中別開生面者矣。」

[086] 鄭振鐸：《中國俗文學史》（下冊），作家出版社 1954 年版，第 385 頁。

為主，這主要與北方地區戰爭頻繁，民間百姓久而形成尚武崇猛的文化個性有著直接關聯；那麼，它就必然融入北方地區的各種民間文藝。鼓詞既然以鼓為主要伴奏樂器，其演唱又以抒懷為基本目的，可以是一段直發胸臆的抒情（如賈鳧西所撰鼓詞），也可以是敘事內容尤為明顯的長篇講唱（如《大唐秦王詞話》）。在田野工作中，我就親眼見到過行乞藝人的鼓書小段和作場藝人的大段講唱；清代鼓詞的演唱情況也應該與此相似。我們所講的鼓詞以金戈鐵馬之類的傳說故事為主，主要是針對大段講唱類鼓書而言。

所謂小段鼓書，多取民間小調和情節較簡短的民間傳說故事。清代文獻所載北方地區流傳的那些〈顛倒歌〉之類，是小段鼓書常唱的內容；還有一些民間長詩，也是小段鼓書所唱的內容。如著名民間長詩〈郭丁香〉和〈孟姜女〉在小段鼓書中被唱誦，是很普遍的事情；況且〈郭丁香〉原本就是民間灶書。民間小調和民間敘事詩若被絲絃伴奏，就成為彈詞；若其被鼓來伴奏，那它就是鼓詞，就是鼓書。如《珍珠塔》、《雷峰塔》既是南方彈詞中的名篇，又是北方鼓詞中有影響的刊本，當然，在講唱中有民間藝人根據自己的理解做一些加工，從而形成南、北方同一故事而演唱風格不同的現象。這除了語言上的具體差別外，在塑造人物、抒發情懷方面，都具有鮮明的地方性。小段鼓書與大段講唱的基本區別，就是小段鼓書一唱到底，中間不作停歇；而大段講唱則較為複雜，有開題詩，有常用的套式即曲段，講唱相間。這都由其內容的長短不同而決定。

大段講唱類鼓書的內容未必盡以金戈鐵馬為主，公案類、神仙類、言情類作品只要內容生動，都可以成為講唱對象。諸如《大明興隆傳》、《亂柴溝》、《北唐傳》、《呼家將》、《楊家將》、《平妖傳》、《三國志》、《忠義水滸傳》、《西唐傳》、《反五關》等歷史傳說類鼓詞，「這些都是每部在五十冊以上的」[087]，可見演唱時間相當長，成為清代北方人民的重要娛樂內容。其中，《大明興隆傳》「這部鼓詞凡一百零二冊」[088]。我們可以設想，若三天講唱一冊，僅《大明興隆傳》就得一年才能講完，而且這一年只能聽鼓書，什麼工作都得停下來。正因為這些歷史傳說類鼓詞太長，所以，在清代中葉之後，又出現了「摘唱」；「摘唱」是從一部完整的鼓詞中摘出情節生動、內容集中的片段，諸如《劉快嘴誆哄宋江》這個片段共四卷，其內容取諸《水滸傳》第三十九部，可獨立成為一部完整的鼓詞；久而久之，「摘唱」成為有自己特色的、獨立的民間曲藝形式。另一類鼓詞是「講唱風月的故事的」[089]，夾雜著其他內容，偏重於世俗社會生活，諸如《蝴蝶杯》、《巧連珠》、《鳳凰釵》、《滿漢鬥》、《紅燈記》、《三元傳》、《紫金鐲》、《二賢傳》、《珍珠塔》、《千金全德》、《雙燈記》等，一般在四冊、十冊左右，規模較小於前類，此外還有《饅頭巷》、《施公案》、《方玉娘產子滴血》、《寶蓮燈》、《孽姻緣》、《雍正八義》、《白良關父子相會》、《紅拂傳》、《迷魂陣》、《唐宮鬧妖記》、《鄭元和蓮花落》、《迷人館》、《鐵公雞》、《俠鳳奇緣》、《騷翁賢媳》、《霸王娶虞姬》、《雷峰塔》、《俠女伶》、《封神榜》、《雙合桃》、《張松獻地圖》等出現較晚的鼓詞刊本，廣泛取材於民間傳說、民間故事，而且其種類之多，內容之豐富，絲毫不亞於南方的彈詞。誠如在鼓詞刊本蒐集整理上做出重要貢獻的鄭振鐸所感慨的那樣：這些鼓詞「有如江潮的洶湧，雨後春筍的怒茁，幾有舉之不盡之概，差不多每一個著名些的故事，都已有了鼓詞」，「這可見北方民眾是如何的愛讀這類的東西。不一定聽人講唱，即自己拿來念念，也可以過癮了」[090]。

鼓詞作為一種民間曲藝，深受北方人民的喜愛，具有明顯的地域性文

---

[087]　鄭振鐸：《中國俗文學史》（下冊），作家出版社 1954 年版，第 391、386 頁。

[088]　鄭振鐸：《中國俗文學史》（下冊），作家出版社 1954 年版，第 391、386 頁。

[089]　鄭振鐸：《中國俗文學史》（下冊），作家出版社 1954 年版，第 396 頁。

[090]　鄭振鐸：《中國俗文學史》（下冊），作家出版社 1954 年版，第 397 頁。

化特徵，其形式多種多樣，與一定地區的民間文藝相結合之後，形成了鼓書演唱的民間曲藝流派。諸如在中原地區有豫東調大鼓（以開封為中心）和豫西調大鼓（以洛陽為中心），在山東有梨花大鼓，在天津有西河調即西河大鼓，其他還有東北大鼓、京韻大鼓、樂亭大鼓等，展現出清代社會北方地區民間文藝繁榮的又一番景象。由於各地鼓詞的演唱和伴奏不同，形成了千姿百態的鼓子曲。1930、40 年代，張長弓先生蒐集民間流傳的鼓子曲，鉤沉典籍文獻，進行多方努力，編撰出《鼓子曲譜》、《鼓子曲言》、《鼓子曲存》等著述[091]，其中有不少內容是在清代刊印、流傳的。

鼓詞在淮河以北地區的流傳，形成了北方地區的鼓詞文化群體，與彈詞在淮河以南地區（主要是江浙一帶）流傳所形成的陣容相對峙，頗有分庭抗禮之勢。它們各自代表了南、北雙方民間曲藝的特點。由於清代的歷史文化在南、北地區分布的密集程度不同，傳授形式、控制管理的效果不同等原因，彈詞藝術集中在南方城鎮，有專業書會和專業藝人群體，而且彈詞需要多人合作，所以出現了更令人注目的民間曲藝流派；鼓詞在北方的流傳，大多是屬於個體行為，既能在城鎮演唱，又能在鄉村演唱，分布較為分散，所以缺乏專業性的流派，而大多是在不同地域出現不同的民間曲藝群體。這兩種民間曲藝形式在清代民間文學的發展中發揮了重要的集散作用，成為古今南北民間文學的中繼站，一方面使豐富的民間文學得以匯聚和交流，另一方面使民間傳說等內容得到更大範圍的傳播。同時，鼓詞和彈詞作為民間曲藝，是與其他講唱文學諸如北方的相聲、南方的滑稽，以及墜子、琴書、牌曲、雜曲、二人轉、蓮花落、子弟書、快板、快書等曲藝形式連繫在一起的，它們共同豐富了歷史上民間百姓的精神文化生活。民間曲藝的繁榮及其成熟發展，還大幅地推動了民間戲曲的進步。

清代前期的高腔、崑腔、梆子、皮簧等地方戲曲和後期的京劇，都融

[091]　參見拙作〈中國現代民間文化科學史上的河南學者略論〉，《河南大學學報》1997 年第 4 期。

入了豐富的民間曲藝等內容；更不用說清代劇作家李玉、洪昇、孔尚仁、李漁等人，都有意識地採用歷史傳說和民間故事進行戲劇創作，使清代戲劇得以旺盛發展。如李玉的「一人永占」（《一捧雪》、《人獸關》、《永團圓》、《占花魁》）、洪昇的《長生殿》、孔尚任的《桃花扇》等，大多取材於民間傳說；李漁既寫戲，又編排戲，還帶領戲班去各處演出，「二十年間，遊秦、遊楚、遊閩、遊豫，遊江之東西，遊山之左右」（李漁《一家言·覆柯岸初掌科》），親身感受世態炎涼，更是民間文藝的蒐集者和參與者，在其劇作和劇作理論中可以看到優秀劇作家與民間文學的密切關聯。其《閒情偶寄》中，有「詞曲」、「演習」、「聲容」等部，如他所述，「傳奇不比文章」，「戲文做與讀書人與不讀書人同看，又與不讀書之婦人、小兒同看，故貴淺不貴深」，應「本之街談巷議」，這是民間文學理論史上的重要思想。清代戲劇文學的發展，是清代歷史文化上的一座高峰，而在其山麓上處處都可看到民間曲藝之光。在清代地方戲即民間戲曲的發展中，諸如民間曲藝中的彈詞、鼓詞、俗曲等內容融入其中的現象更為普遍。《揚州畫舫錄》中曾記，「兩淮鹽務，例蓄花、雅兩部以備大戲。雅部即崑山腔，花部為京腔、秦腔、弋陽腔、梆子腔、羅羅腔、二簧調，統謂之亂彈」。這些「亂彈」有許多即出自民間曲藝，包括民間歌曲。李調元在《劇話》中也提到「俗呼梆子腔，蜀謂之亂彈」，還記述了吹腔「與秦腔相等」，「但不用梆而和以笛為異耳」。有人歸納清代民間戲曲除昆、高之外，主要有弦索腔、梆子腔、吹撥腔、亂彈腔、皮簧腔等五大系統[092]，而這些「腔」全都離不開民間曲藝，其本身實際上就是民間曲藝的一種。這種現象不但在清代存在，在今天仍然存在著，展現出民間文學不衰的生命力。

[092]　余從等著：《中國戲曲史略》，人民音樂出版社 1996 年版，第 247 — 257 頁。

第四節　傳說故事的多元構成

民間傳說和民間故事在清代社會的流傳，呈現出嶄新的多元構成形態。這是與清代社會的文化發展緊密連繫在一起的，即一方面是傳統的民間文學在這一段時期得以完整繼承，一方面是新的傳說和故事隨著社會政治形勢的急遽動盪而不斷產生，湧現出新的類型；同時，中、外文化的空前匯聚，打破了傳統的文化格局，整體社會表現出禮崩樂壞的文化形勢，古典時代的終結與現代文化的萌動，都充分展現在這一大轉折時期的民間文學之中，民間傳說和民間故事成為這種形勢的典型。

一、新舊傳說的交織與並存

在這一段時期的民間傳說中，我們可以看到新與舊兩種內容的並存。所謂的「新」，是指時事傳說，清代文化作為中國古典封建文化的最後一頁，舊的封建神學與理學的結合，已完成它的使命，而不得不讓位於新興的、以啟蒙為主要內容的民主文化思潮，「洋人盜寶傳說」、「太平天國傳說」、「義和團傳說」、「捻軍起義」及其他民間反清、反洋抗爭傳說如風起雲湧；在民間文學思想上，相應地出現了改良派與革命派的民間文學觀點。所謂的「舊」，即傳統意義上的民間傳說在這一段時期進一步完善、豐富；諸如歷史人物傳說及各種歷史事件傳說、風物傳說等，尤其是祖師傳說[093]與劉三姐（妹）傳說[094]的流傳，具有尤為獨特的意義。當然，「新」與「舊」兩種傳說的區別並不是截然分明，在具體的流傳中，它們常常混雜在一起。

其中傳統傳說故事的流傳遠多於新的傳說故事；而且新的傳說要被認

[093] 紀昀在《閱微草堂筆記》中曾提到「百工技藝，各祠一神為祖」。又參見拙作《中國廟會文化》中「廟會文化的基本類型」部分。上海文藝出版社 1999 年版。

[094] 見徐松石：《粵江流域人民史》中「劉三姐出處」部分，中華書局 1939 年版。

同，即被社會確認，還存在時間界限問題。這些新的傳說故事在文獻上的記載並不是很多，它主要以鮮活的口述形式存在於當世民間百姓之中，對於它的理解和歸納，我們大多依據於距之很近的近現代社會所提供的資料，這些資料需要我們去做大量的鉤沉，尤其是透過深入而廣泛的田野工作，獲得相關的民間傳說。可喜的是，1980 年代中期展開的「三套整合」（即民間故事整合、民間歌謠整合、民間諺語整合）工作，提供了大量寶貴的口述資料及相關的線索，更方便我們對清代民間傳說進行整理和研究。在這些資料中，我們看到的是與趙爾巽等人編撰的《清史稿》不同的又一種口述的「歷史」，其形成過程非常複雜，而更重要的是它包含著民間百姓的理想願望，即他們對清代社會歷史發展的實際理解。就現有的口述史料來看，清代民間傳說主要著重在歷史人物方面，既有帝王將相、文人雅士，又有無數的民間百姓，他們的傳說構成了一部浩瀚的清代社會的口述長卷。諸如其中的帝王傳說，我們看到民間傳說對第一個入關的清代皇帝順治的美化即神聖化表現；其次是對康熙、雍正、乾隆幾個盛世帝王的美化，尤其是關於乾隆皇帝三下江南的傳說，包含著民間百姓對安寧富庶的社會生活的強烈嚮往；再次是關於慈禧和光緒皇帝的傳說，在慈禧身上，幾乎匯集了所有的罪惡，包含了歷史上所有禍國殃民的「女禍」故事。在這些傳說中，民間百姓對那些為國家帶來強盛，使民族得以發展，為人民的安寧生活帶來幸福的統治者，不論是什麼樣的出身背景，都給予公正的評價；而對於那些剛愎自用、飛揚跋扈，完全不顧百姓生死的腐朽之輩，則給予無情的批判與辛辣的嘲諷。在民間傳說中，乾隆三下江南是傳統的才子佳人風流故事的展現，更是歷史上清官傳說的變相描述，在兩種傳說故事的結合中，展現出民間百姓的審美理想與生活願望。這裡的乾隆皇帝其實已經與歷史生活中實際存在的清王朝最高統治者相分離，完全成為百姓意志的形象展現。而對於慈禧心胸狹隘、冷酷殘忍、自私自利、驕奢淫逸，尤其是關於她與太監廝混、不顧國家和民族的安危而為自己大辦壽誕慶典的傳說，則充分匯集了民間百姓對所有的腐敗者發出的憤恨和譴責。我們不必追究這些傳說是否完全符合歷史的真實存在，而應該看到情感傾向在述說歷史發展中的合理性。其他像以和珅為典型的貪官，以李蓮英和安德海為典型的勢利小人，以林則徐、鄭成功、關天培等為典型的維護民族利益的民族英雄，以劉墉、鄭板橋為典型的勇於為民請命、立身正直、廉潔的清官，以王五等民間英雄為典型的俠義者，張之洞、曾國藩、李鴻章、左宗棠、袁世凱等被褒貶不一的權臣，太平天國、捻軍、義和團等農民起義抗爭中的各色人物以及各地流傳的機智人物，這些形形色色人物的傳說故事，都是民間百姓對自己理想願望的具體表達；當然，這些傳說總有一個真實的歷史事件為依託，絕不是空穴來風；在某種意義上來說，這些傳說是對社會歷史發展最真實的記載，其深刻內涵是一般史籍所無法達到的。由於種種原因，尤其是強大的文化專制政治對文化宣傳的控制，尤其是文字獄的流行，這些民間傳說只限於人們的口頭傳播，而為文獻所不容，即使有所記述，也多限於手抄本；這樣，我們就只能依靠田野工作與典籍鉤沉等方式來整理這些以「逆聲」、「惡聲」面目出現的民間傳說。費爾南·布勞岱爾（Fernand Braudel）的口述史學理論告訴我們，口述史料所達到的真實性常常更高，反映的社會生活也更全面、更準確[095]。由於特殊的社會政治原因，對待清代農民起義的歷史傳說，有一些當代的記載，整理者為了配合政治的需要，產生了捨棄歷史傳說的原始性而隨意編造的現象，這無疑會影響到我們對相關內容調查、整理、研究的科學性；在「三套整合」中也存在這種現象，對採集工作產生了有害的影響。這就引出了如何進行田野工作並辨識資料真偽的問題，也引出了如何運用「第二手的資料」的問題。

---

[095]　布勞岱爾：《地中海與菲利普二世時代的地中海世界》（*Méditerranée et le monde Méditerranéen à l'époque de Philippe II*），商務印書館 1995 年版。

我們撰寫民間文學史，更應該重視這個問題。關於這一點，有一位學者的論述尤其值得思索：「現代人蒐集的民俗資料，只要不是研究者本人的調查所得，也（都）是第二手的資料。根據歷史的文獻資料和他人調查的資料也可以進行民俗學的研究。因為任何一個研究者不可能對所有民族、所有地區的民俗現象都做調查。借用他人的科學調查資料，是允許的。但一位優秀的研究者，又不能滿足於這些資料。」[096] 清代歷史有近三百年的時間，出現了無數風雲人物，在清代就流傳著他們的許多傳說故事。這些傳說的流傳，具體展現出民間百姓對他們的理解與評價；有一些傳說至今還保存在民間百姓口頭上。要全面整理這些傳說，無疑是相當困難的，但又是尤為必要的。

文獻的記錄與保存，對於民間文學發展史的研究有著無可替代的價值與意義。相比較於以上內容而言，清代民間傳說在文獻中的記述與保存，以邊疆地區即偏遠地帶較為豐富。尤其是少數民族中的許多民間傳說，在文獻中得到了較為完整的記述與保存。如清代中期大理詩人楊履寬在〈星回節再弔鄧賧夫人慈善〉、〈婦負石歌〉中對大理地區民間傳說作了記述；白族女作家周馥著有《繡餘吟草》一卷，其中的〈漢阿南夫人〉、〈唐閣邏鳳女〉、〈梁阿郡主〉、〈段羌娜閨秀〉等作品記述了大理地區白族民間傳說，如貞烈的阿南、復仇的羌娜等當地著名女性的傳說故事；趙載彤是周馥的兒子，著有《懈谷詩草》六卷，記述了許多地方傳說，如在〈星回節詠阿南夫人〉中詳細記述了白族女英雄阿南的傳說，其中的「曼阿娜」、「阿南」和「娘子軍」等形象，個性鮮明，是清代白族民間傳說中異常珍貴的內容。廣西壯族曲藝〈唱吳亞終〉記述了天地會領袖壯族英雄吳亞終領導黑旗軍抗法的傳說。康熙時期流傳在貴州畢節一帶的彝文典籍《西南彝志》[097] 共二十六卷，包括〈創世志〉、〈譜牒志〉、〈地理志〉、〈天文志〉、

[096]　陶立璠：《民俗學概論》，中央民族學院出版社 1987 年版，第 71 － 72 頁。
[097]　馬學良等：《中國少數民族文學史》（下冊），中央民族學院出版社 1992 年版，第 337 － 338 頁。

〈人文志〉和〈經濟志〉，是清代彝族民間文學的重要文獻，其中記述了彝族神話和民間傳說故事，諸如〈創世志〉中的〈津梁斷〉關於氏族間婚姻生活的傳說，〈天文志〉中關於風雨雷電和年月日的傳說，〈譜牒志〉中關於彝族六祖起源、遷徙及其興衰歷史的傳說等。藏族刀喀夏仲．才仁旺階的《頗羅鼐傳》記述了藏族歷史人物頗羅鼐索南多吉的傳說故事以及藏族人民反抗外來侵略的傳說等，是清代民間傳說中頗有特色的內容。另外，在偏遠省分的地方志資料中，也保存了一些少數民族的民間傳說，如康熙時的《順寧府志》卷一所記鎮壓少數民族起義，將起義者「沉於江」的殘忍行徑的傳說。

能夠代表清代民間傳說的當代特色、展現清代民間文學的時代性的典型作品，當推清代乾隆年間檀萃在《粵囊》卷上「越城」中所說的一則洋人盜寶傳說：

其稱五羊城、穗城者，五仙人騎五羊持穗而至，衣及所騎各如方色，羊化為石。為周為秦，傳時各異。五仙祠在坡山之陽，肖仙像而祀之。僕遊祠，見仙前各置一石，常石耳。云羊石為賈胡所竊，道士以常石補之。祠前高闕上懸大鐘，紐之以藤，亦為賈胡潛易，而鐘遂啞。甚哉！賈胡之狡也。

「賈胡」即「胡賈」，意為洋商人。乾隆時代仍是閉關鎖國，此書撰於乾隆時，此傳說故事應當在此之前即已存在，顯示出閉關鎖國背景下民間與外界的溝通。同書卷下「南海神廟」中記述了另一則與洋商人有關聯的傳說：「達奚司空」為「外番波羅人」，「隨賈舶來，泊黃木灣，攜波羅子植於廟」，「立化於此」，廣州人為感激他傳「波羅」而為他塑像立廟，原來的南海神廟和扶胥江也都因之改為波羅神廟和波羅江。至今那裡仍有波羅神和廟會，並有祭祀工藝品「波羅雞」，影響廣泛而久遠。

清代社會具有時代特色的民間傳說還散見於一些地方志中。但方志的記述仍沿襲前人「聖賢傳」、「列女傳」的體例，並無太多新意。這些方志所記的民間傳說以具有濃厚地方色彩的風物傳說為多。如光緒三年刻本《黃岩縣志》中記「正月十四日，以肉菜和粉作羹，謂之絡糟羹」，「相傳自唐築城時天寒，以是犒軍，遂成故事」；又如其在釋「謳韶車，十八進士共一家」時，稱此源自「宋咸淳元年，阮登炳榜黃岩登進士者十八人，車若春與焉。(車) 若春為玉峰、雙峰從兄弟，諸同年皆謁於其家」；在釋「靈龜落水，狀元抹嘴」時，記述「縣北唐門山在澄江之滸，山形如龜。相傳朱子云，江水環繞此山，則邑中必出狀元」；在釋歌謠「肚顣到西王」時，記述「乾隆初，里人王鳴旦好施，常飯饑民」等。這些傳說發生的具體時代，有「唐」、「宋咸淳元年」和「乾隆初」，都是民間闡釋系統的展現，並不具備社會發展中時代變化的典型性。當然，有一些方志所記傳說包含著更複雜的社會意義。如光緒十一年黃樹蕃刻本《定海廳志》記述「三月十九日，各寺廟設醮誦經，相傳為前明國難日，諱之曰太陽生日」，並引述《玉芝堂談薈》曰：「十一月十九日，日光天子生時。憲書亦同。俗易於三月十九日，為忠義之士所更，今沿其舊。」又如其記述「九月二日，闔縣鳴鉦鼓逐厲，延僧設焰口施食」，「相傳為前明城難之日，設野祭以祀遊魂」，此即其在「按」中所說「順治八年九月二日破定海，闔城被難，俗呼為難日」，接著又記「舊志所載之事，今多不舉，唯被難諸家於是日設祭，謂之屠城羹飯」。這兩則傳說的記述，隱藏著定海人民反清抗爭的歷史記憶，包含著他們對明王朝的特殊感情和反抗異族壓迫的堅強意志。立志的編撰者勇於這樣直接記述，是需要勇氣的。這種情況集中表現在江浙地區的方志中，是江南人民勇於反抗、勇於抗爭的典型展現。在其他地區的方志中，大多是大量詳略不同的風物傳說記述。如道光十七年刻本《德陽縣新志》在記述賽會（即祭神廟會）時稱「四月初八日，俗傳為城隍夫人生辰」，「五月十三日為磨刀會，俗謂關聖磨刀之辰，前後數日必有雨」

等。此雖簡單，也應屬於風物傳說。又如光緒二十五年刻本《蓬溪縣續志》記述「正月十三日稱禹王生日」，「二月二日為土地生日」，「六月、九月之十九日皆稱大士生日」，「四月八日民間蘸露和墨寫紅箋以嫁毛蟲」，「五月十三日祀關聖大帝曰磨刀會」，「六月六日稱王爺生日。王爺者，秦蜀守李冰，載在祀典之通祐王，然不知其誰何也，曰王爺而已」等。這些神靈生日的述說，本身就是民間傳說的一種記述方式，它也使我們從整體上看到一個地區民間傳說的群體存在形式。應該說，每一部方志中的此類記述，都是某個地區的一部民間傳說史，同時也反映出這個地區的文化結構、物產結構等方面的民俗生活內容。這是我們從更細微處去理解國情、民情、世情和鄉情的一個重要入口；而令人遺憾的是，有許多學者在進行古代歷史文化研究時，總是只依據那些充滿「瞞」和「騙」的「正史」，而完全不顧這些直接記述社會最底層人民生活的文獻資料。研究中國歷史文化的發展，應該從研究社會最底層的歷史文化變遷做起，對這一類風物傳說尤應關注。

清代民間傳說對於前代傳統民間傳說的繼承，可以中國四大民間傳說《牛郎織女》、《孟姜女》、《梁山伯與祝英台》和《白蛇傳》為代表，在這一段時期這些作品都得到充分發展。同時，在各種文獻中，尤其是在各種講史類話本中所記述的前代歷史傳說，到了清代都在繼承的基礎上有了發展變化，楊景淐的《孫龐演義七國志全傳》，黃淦的《鋒劍春秋》，題「吳門嘯客」的《前七國演義》，徐震的《後七國演義》，題「珊城清遠道人重編」的《東漢演義評》，題「雪樵主人」的《昭君傳》，題「梅溪遇安氏著」的《三國後傳石珠演義》，吳沃堯的《兩晉演義》，杜綱的《南北史演義》，題「天花藏主人新編」的《梁武帝西來演義》，褚人獲的《隋唐演義》，無名氏的《說唐演義全傳》，題「姑蘇如蓮居士編次」的《別本說唐後傳》（又名《說唐小英雄傳》、《說唐薛家府傳》）和《反唐演義傳》（即《武則天改唐演義》)，題「竹西山人撰」的《粉妝樓》，題「東隅逸士編」的《飛龍全傳》，題「好古主人撰」的《宋太祖三下南唐》，錢彩的《說岳全傳》，無名氏的《楊家將續集》，無名氏的《說呼全傳》，李雨堂的《萬花樓楊包狄演義》(又名《後續大宋楊家將文武曲星包公狄青初傳》)，無名氏的《五虎平西前傳》(又名《五虎平西珍珠旗演義狄青前傳》)，吳沃堯的《痛史》，呂熊的《女仙外史》，題「武榮翁山柱石氏編」的《前明正德白牡丹傳》，無名氏的《海公大紅袍全傳》，無名氏的《海公小紅袍全傳》，題「蓬蒿子編」的《定鼎奇聞》，題「松滋山人編」的《鐵冠圖忠烈全傳》，題「江左樵子編輯」的《樵史通俗演義》，題「七峰樵道人撰」的《海角遺編》，江日昇的《臺灣外記》(又名《鄭成功全傳》)，張小山的《平金川全傳》(又名《年大將軍平西傳》)，題「元和觀我齋主人著」的《罌粟花》，無名氏的《胡雪巖外傳》，黃世仲的《洪秀全演義》，無名氏的《掃蕩粵逆演義》，無名氏的《遼天鶴唳記》，洪興全的《中東大戰演義》，無名氏的《苦社會》，呂撫的《綱鑑通俗演義》，張茂炯等編的《萬國演義》等。我們可以把歷史傳說類作品分為前、後兩個階段，即包括明代在內，之前的屬於古典形態的歷史傳說，之後的則屬於具有現代意義的近代形態的歷史傳說；古典形態的歷史傳說表現出濃厚的英雄主義色彩，它們著重表現了中國歷史上著名的「十大家族」，即民間傳說中重墨書寫的唐王朝「李氏家族」和宋王朝「趙氏家族」兩個皇族，包拯和海瑞兩個民間傳說中的公案類英雄群體，最典型的當然還是唐代的「羅家將」、「薛家將」，宋代的「楊家將」、「岳家將」、「狄家將」和「呼家將」。這「十大家族」在民間傳說中被反覆演繹，包含著尤為深厚的民族感情。近代形態的歷史傳說包括明代末年的李自成起義和清代的太平天國洪秀全起義，這些作品象徵著中華民族在歷史傳說的潮流中對於這些被統治者誣之為「反賊」的歷史人物和歷史事件有著重新思索；此外還有鄭成功收復臺灣和林則徐禁菸的傳說，包含著強烈的民族自尊心；第三類近代形態的歷史傳說是對日俄戰爭在遼東發生和華人勞工遭受苦難等民族恥辱事件的傳說記述，既表現了強烈的民族自尊心，又含有民間百姓對於清王朝腐朽無能的極大憤恨。古典形態與近代形態兩大類民間傳說主題的呈現與訴說，正是清代民間文學與其他時代最鮮明的不同之處。這也是清代民間文學的時代性的重要表現。

古典形態的民間傳說以「十大家族」為典型，展現出清代社會對於往昔歷史的審視態度。雖然民間傳說並不僅僅是對這「十大家族」著意渲染，但我們可以看到，民間傳說對這種內容傾注著特殊的情感，直到今天，這種情感還非常明顯地存在著。這種現象的形成，首先來源於民間百姓對盛世帝國景象的夢幻般的嚮往，及由此激發出來的民族自豪感和民族英雄主義精神；其次是民族自強、自立意識在作品中不自覺地流露，對社會腐朽、腐敗的沒落氣象表達了強烈的不滿。「十大家族」中的李氏家族是盛世傳說的典型，如褚人獲的《隋唐演義》[098]，表面上敘述的是單雄信、秦瓊、尉遲敬德、羅成這些草澤英雄的傳說與唐玄宗、楊貴妃的愛情故事，以及安祿山對唐帝國的反叛，但終究是天下太平，群雄對帝國社會秩序的讚美、對唐太宗時代的謳歌，成為這個民間傳說的主題。《說唐演義全傳》[099]起於隋文帝平定陳朝、統一中國，歸於唐太宗對天下的統一，其主題是一致的。其他像《別本說唐後傳》[100]和《反唐演義傳》[101]的主題也是這樣。「十大家族」中的趙氏王朝雖然不及唐帝國的興盛，但其統一中原，平定南方諸王，尤其是其文治所形成的燦爛文化，在中國歷史上也是一個高峰，所以民間傳說也對之傾注了特別深厚的情感。如《飛龍全傳》記述宋太祖「自夾馬營降生，以至代周御極」[102]；《宋太祖三下南

[098]　據清「文錦堂刊四雪草堂本」。

[099]　據清「嘉慶六年會文堂刊本」。

[100]　據清「芥子園刻本」。

[101]　據清「芥子園刻本」。

[102]　杭世駿：〈飛龍全傳序〉，存清「芥子園刊本」。

唐》記述宋太祖平定南唐時三次被困所歷艱險，所表達的是「太祖正大位之日，首尊儒重士，大開文明之教，其為知致治之本，是政之當首務，亦不在漢高、太宗之下」[103]。唐、宋時代是中華民族文化異常燦爛的非凡時代，經歷了元代和明代兩個黑暗時代的清代民間百姓，飽受專制之禍害，在民間傳說中用夢幻般的情愫去描述他們對這一段非凡時代的嚮往，是情理中事；而且，唐、宋時代的帝王傳說以唐太宗和宋太祖為典型，將他們奉為理想政治的化身，展現出清代民間文學中所蘊藏的民間百姓的良好願望。

在社會發展中，王權常成為聯結民族感情的紐帶；民間傳說，尤其是民間講唱中，常把某位帝王稱為「某某爺」，表現出親切的感情，就是這種內容的具體展現。像「楊」、「岳」、「狄」、「呼」、「羅」、「薛」諸家英雄傳說，以及「包公」、「海公」這一類剛正大臣傳說在傳播意義上與以上唐、宋兩家王朝的帝王傳說是相同的；不同的是，這些英雄將領的傳說展現出民間文化中悠久的尚武、尚勇意識，而這些剛正大臣執法謹嚴，勇於為民間百姓伸張正義，則展現出民間百姓樸素的法治理想，是對無法無天的黑暗世界的控訴。在英雄將領傳說中，唐代的羅成、羅藝、羅燦、羅焜（如《粉妝樓》[104]）即羅氏家族，和薛仁貴、薛鼎山、薛剛、薛強（如《說唐薛家府傳》[105]和《反唐演義傳》[106]）即薛氏家族，都是英雄世家，是社會秩序的穩定者、維護者；宋代的楊氏家族是影響尤為深遠廣闊的英雄家族，是一個人數最多的英雄豪傑群體。他們以「世代忠良」而卓立於民間傳說，諸如楊令公、佘太君、楊五郎、楊六郎、楊宗保、穆桂英、楊文廣、楊排風以及焦贊、孟良等僕從，都「忠肝義膽，爭光日月而震動乾

[103]　《宋太祖三下南唐．序》，清「咸豐八年紫貴堂刊本」。
[104]　存清「漁古山房刊本」。
[105]　存清「瑞文堂刊本」。
[106]　存清「瑞文堂刊本」。

坤」[107]，是中國民間文學史上顯著的現象；其次是岳氏父子所組成的岳氏家族，以及岳飛的夥伴、同袍牛皋和王貴等，是僅次於楊氏家族的又一影響深遠的英雄群體[108]，明、清兩代都廣為流傳；狄青五虎將（即狄青、張忠、李義、劉慶、石五）在民間傳說中征西遼、平儂智高等內容，顯示出狄氏英雄群體無私無畏的獨特個性，是民族尊嚴和王權的維護者[109]；呼延贊及家人呼守勇、呼守信、呼延慶形成呼氏家族，他們「涉險尋親，改裝祭墓，終復不共戴天之仇」，「救儲君於四虎之口，訴沉冤於八王之庭，願求削佞除奸之敕」[110]，頗具有悲壯色彩，是又一類型的民間英雄傳說群體。

民間百姓在這些英雄群體傳說中，找到了民族精神中實際存在著的「忠」與「孝」兩大主題，尋求到符合自己理想願望和審美情趣的內容，激起無數的共鳴，因而如同民間文化中的雪球現象一樣，衍生出更豐富的傳說；再加上數千年的封建宗法制度及其影響下形成的家族宗親同盛衰、共榮辱的世俗生活觀念，與這些英雄群體傳說相結合，就融合成一個獨具特色的「十大家族」民間傳說群體，在中國民間文學史上產生廣泛的影響，到今天還閃放著絢麗的光輝。

清代社會對於林則徐、鄭成功、洪秀全、胡雪巖等當代人物傳說，對於日俄戰爭和華人勞工的當代事件以及明代李自成起義傳說的記述，是清代民間傳說最具時代性意義的展現。

林則徐與鄭成功是維護國家尊嚴的民族英雄。他們在民間傳說中的形象，主要表現為伸張民族大義。如《罌粟花》別題《通商原委演義》，這應當是中國第一部描述鴉片戰爭，謳歌林則徐的優秀作品。這一部作品未必

[107] 秦淮墨客：〈楊家通俗演義序〉，明「萬曆三十四年臥松閣刊本」。楊家將故事見《楊家將續集》、《後續大宋楊家將文武曲星包公狄青初傳》、《五虎平南後傳》等，存清「經綸堂刊本」等。

[108] 如《說岳全傳》，存清「大文堂刊本」。

[109] 如《五虎平西前傳》和《五虎平南後傳》，存清「經倫堂刊本」。

[110] 滋林老人：《說呼全傳序》，存清「乾隆四十四年金閶寶仁堂刊本」。

全是民間傳說，但它確實透過採用民間當代傳說來描述鴉片戰爭，揭露清政府腐朽無能的醜惡行徑，具有典型的民間傳說色彩。作品刊印於光緒三十三年，距離林則徐禁菸並不久遠，而且是自行刊印，當屬手抄本小說的典型。作者「觀我齋主人」在《罌粟花．弁言》中記述：「木棉花種產於印度，元代流入中國。其時，彼國中有奇人，能知未來事，曰：『此物入中國，衣被蒼生……』後數百年更將有一物輸入，以禍支那人，可以亡種，可以滅國。」這種語氣其實就是民間傳說中的慣用方式。作品在「菸之為禍，雖由天劫，實由人謀之不臧」的背景上，顯示林則徐禁菸的特殊意義，最後作者感嘆道：「樂毅去而騎劫代將，廉頗廢而趙括覆軍，千古喪師辱國，如出一轍也。」作者這種「庶中國尚有萬一之可救」的寫作「苦衷」，表現了強烈的社會責任感，在當時是尤為可貴的。鄭成功收復臺灣，是維護國家主權的壯舉。《鄭成功全傳》（即《臺灣外記》）記述明代鄭成功父輩鄭芝龍起於海上到後來歸順清王朝的歷史傳說，中間還包括了「闖賊之流禍」、「馬相之擅權」、「三藩之反」等傳說故事。正如清人陳祈永在〈臺灣外記序〉中所說，「是書以閩人說閩事，詳始末，廣搜輯，迥異於稗官小說」；[111] 江日昇在《臺灣外志．自敘》中也說：「成功髫年儒生，能痛哭知君而舍父，克守臣節，事未可泯。況有明裔之寧靖王從容就義，五姬亦從之死，是臺灣成功之踞，亦昭烈之北地王然。故就始末，廣搜輯成。誠閩人說閩事，以應纂修國史者採擇焉。」[112] 從民間傳說中尋找史料並詳加考證，最後又影響到某種歷史事件作為民間傳說而廣泛傳播，這是中國史傳文學中的普遍現象，也是民間傳說生成及傳播規律的展現。林則徐與鄭成功兩位民族英雄的傳說就表現出這種規律，也展現出清代社會民間百姓渴望國家富強的心願。

李自成與洪秀全作為農民起義的領袖，在清代民間傳說中有兩種現

---

[111]　存清「求無不獲齋刊本」。

[112]　存清「嘉慶抄本」（大連圖書館）。

象，一種是正史即統治者與腐朽文人所蔑稱的「反賊」、「闖賊」、「闖寇」、「長毛」，一種是民間百姓所尊稱的「闖王」、「洪王」；兩種形象無疑展現出兩種心態。《定鼎奇聞》中記述了李自成起義與清兵入關的傳說，是為了述說「國家治亂，氣數興衰，運總由天，復因人召」[113]。《鐵冠圖忠烈全傳》則明顯是記述「今之闖、獻，又為大清聖主之獺鸇」，其中許多「傳說」屬於惡意中傷之言。《洪秀全演義》是一部未完稿，其紀年不用光緒年號，而用「黃帝紀元四千六百零六年」[114]，明顯具有對清王朝的反抗意識，其中大量採用了歷史傳說。它詳細記述了太平天國的起義和建國過程，記述了洪秀全、林鳳翔、馮雲山、錢東平、李秀成、石達開、陳玉成、蕭朝貴等人的傳說故事。作者明確批判了「四十年來，書腐亡國，肆口雌黃，發逆、洪匪之稱，猶不絕耳」的現象，以及種種「取媚當王，遂亡種族」，「竄改而為之黑白」的卑劣行為。

作者在《洪秀全演義·自序》中記道：「吾蓄慮積憤，亦既有年，童時與高曾祖父老談論洪朝，每有所聞，輒筆記之……爰搜舊聞，並師諸說及流風餘韻之猶存者，悉記之。經三年而是書乃成。」這一部著作把洪秀全當作英雄來塑造的目的，一是有感於「中國無史」，「後儒矯揉，只能為媚上之文章，而不得為史筆之傳記」；一是受民間傳說的影響和《太平天國戰史》等著述的啟發，「即以傳漢族之光榮」。作者還記述到「洎夫乙未之秋，識□山上人於羊垣某寺中，適是年廣州光復黨人起義，相與談論時局，遂述及洪朝往事，如數家珍，並囑為之書。余諾焉而叩之，則上人固洪朝侍王幕府也，積是所聞既夥」[115]。從其著述時間來看，當在辛亥革命的前三年，可見以《洪秀全演義》為代表的太平天國傳說對推翻清王朝的革命抗爭的重要影響。這一類傳說代表著摧枯拉朽的革命浪潮的先聲，是

[113]　蓬蒿子：《定鼎奇聞·序》，存清「慶雲樓刊本」。

[114]　即光緒三十四年，1908 年。

[115]　人民文學出版社 1956 年版。

清代民間文學史上最珍貴的內容之一。

其他像關於胡雪巖這一位紅頂商人的傳說，關於日俄戰爭和海上華人勞工的傳說，在清代文獻中都有所記述。這些傳說和以上所記諸類民間傳說一起構築了「口述清史」，是中國民間文學史上很不尋常的一頁。他們直接表現了在新舊交替時代國家和民族所發生的深刻變化，其中有許多內容應該為我們所重視，更應該為我們所思索。尤其是民間文學史的研究中是否需要社會責任感與使命感的問題，以及如何開拓學術研究空間等問題，都是我們迴避不了的。民間傳說是依據一定的社會生活和自然世界的真實來表現人們的思想情感和審美情趣的口頭藝術，其真實性的魅力是其他文學形式所不及的，我們從中可以更直接、更全面也更準確地深入理解中國封建王朝的最後一個朝代。

二、清代民間故事

清代民間故事包括民間幻想故事、民間生活故事、民間笑話和民間寓言四大類，除至今還活躍在民間百姓口頭上繼續流傳的之外，集中保存在清代的一些筆記著述中。清代筆記汗牛充棟，有許多筆記保存了豐富的民間傳說和民間故事，諸如袁枚的《子不語》和《續子不語》，墉訥居士的《咫聞錄》，沈起鳳的《諧鐸》，吳熾昌的《客窗閒話》，寄泉（高繼衍）的《蝶階外史》，徐珂的《清稗類鈔》，許奉恩的《蘭苕館外史》和《里乘》，鄒弢的《三借廬筆談》和《澆愁集》等。紀昀的《閱微草堂筆記》和蒲松齡的《聊齋志異》是此類筆記中最典型的作品，其他還有屈大均的《廣東新語》，王士禛的《池北偶談》、《華皇紀聞》和《香祖筆記》，褚人獲的《堅瓠集》，佟世思的《耳書》，鈕琇的《觚賸》，東軒主人的《述異記》，徐岳的《見聞錄》，清涼道人的《聽雨軒筆記》，樂鈞的《耳食錄》，青城子的《志異續編》，錢泳的《履園叢話》，余金的《熙朝新語》，姚元之的《竹葉亭雜記》，張培仁的《妙香室叢話》，梁恭辰的《北東園筆錄》，許秋坨的《聞見異辭》，湯用中的《翼駉稗編》，馮起鳳的《昔柳摭談》，管世灝的《影談》，無名氏的《壺天錄》，毛祥麟的《墨餘錄》，陳其元的《庸閒齋筆記》，陸長春的《香飲樓賓談》，采蘅子的《蟲鳴漫錄》，宣鼎的《夜雨秋燈錄》，薛福成的《庸庵筆記》，俞樾的《左臺仙館筆記》和《俞樓雜纂》，程趾祥的《此中人語》，李慶辰的《醉茶志怪》，夏芝庭的《雪窗新語》，楊風輝的《南皋筆記》，吳沃堯的《研塵筆記》、《研塵剩墨》、《新笑史》、《禮記小說》、《中國偵探案》，退一步居散人的《只可自怡》，張潮的《虞初新志》，丁治堂的《仕隱齋涉筆》，梁章鉅的《浪跡叢談》，趙恬養的《解人頤新集》，李光庭的《鄉言解頤》，梁紹壬的《兩般秋雨庵隨筆》，小横香室主人的《清朝野史大觀》，趙翼的《簷曝雜記》，黃圖珌的《看山閣閒筆》，朱克敬的《瞑庵雜識》等；少數民族民間故事中出現了和邦額的《夜譚隨錄》，長白浩歌子的《繭窗異草》和申在孝的《春香傳》等；笑話故事集有遊戲主人的《笑林廣記》，程世爵的《笑林廣記》，獨逸窩退士的《笑笑錄》，石成金的《笑得好》，小石道人的《嘻談錄》，陳皋謨的《笑倒》和《半庵笑政》等。這些典籍從另一個方面細緻地表現了清代社會的世俗生活，也反映出民族的思想在這個非凡時代的變遷。

清代文人筆記作為記述和保存民間故事的文獻，以蒲松齡和紀昀兩位的著述最具有特色，還有石成金的《笑得好》等清代文人所記述的笑話故事，其記述的豐富性、完整性，以及記述目的的明確性都很顯著。在大量的筆記中，民間故事只是被零散地記述。

蒲松齡的《聊齋志異》是傳統的志怪體文人筆記，相當系統地保存了當世所流傳的民間故事，其中以幻想故事和生活故事為主要內容。這一部筆記小說在民間故事的記述上有頗強的原始性，蒐集整理的自覺性也很鮮明。如作者在〈聊齋自志〉中所述：「披蘿帶茘，三閭氏感而為騷。牛鬼蛇神，長爪郎吟而成癖。自鳴天籟，不擇好音，有由然矣……才非干寶，雅愛搜神；情同黃州，喜人談鬼。聞則命筆，遂以成編。久之，四方同人又以郵筒相寄，因而物以好聚，所積益夥……集腋為裘，妄續幽冥之錄；浮白載筆，僅成孤憤之書。寄託如此，亦足悲矣！」[116] 其孫蒲立德在〈聊齋志異跋〉中說，蒲松齡「幼有軼才，學識淵穎，而簡潛落穆，超然遠俗」，「然數奇，終身不遇，以窮諸生授舉子業，潦倒於荒山僻隘之鄉。間為詩賦歌行，不愧於古作者；撰古文辭，亦往往標新領異，不剿襲先民，皆各數百篇藏於家。而於耳目所睹記，里巷所流傳，同人之籍錄，又隨筆撰次而為此書」；又記此書「初亦藏於家，無力梓行，近乃人競傳寫，遠邇借求矣」[117]。同時代的鄒弢、石庵、徐珂等人，也都記述蒲松齡直接向人採錄此類故事，「如是二十餘寒暑，此書方告蕆」[118]。

《聊齋志異》中保存的民間故事，顯然是經過了蒲松齡本人的加工。如魯迅所說：「明末志怪群書，大抵簡略，又多荒怪，誕而不情，《聊齋志異》獨於詳盡之外，示以平常，使花妖狐魅，多具人情，和易可親，忘為異類，而又偶見鶻突，知復非人」，「描寫委曲，敘次井然，用傳奇法，而以志怪，變幻之狀，如在目前」[119]。其中保存的民間故事原型，與今天所流傳的故事相同，可見蒲松齡的苦心。在《聊齋志異》中，民間故事保存最多的是狐精故事，即民間故事分類中的幻想故事，表現出北方民間文學的重要特色，即平常人所說的「北狐南仙」。北方的狐仙崇拜在民間故事中是獨特的主題。蒲松齡所記述此類故事，有單純的狐仙崇拜，而更多的則與生活故事糅合在一起。如其所記〈狐女〉中的狐精是一位善良的女子，深愛伊生，當伊生遇難時，立即趕去給予幫助。〈小翠〉中的狐精遭受雷擊，為王氏所救，後王氏登第，並生有一子，但此子性痴呆，狐精

[116]　見《聊齋志異會校會注會評本》，上海古籍出版社 1978 年版。

[117]　見《聊齋志異會校會注會評本》，上海古籍出版社 1978 年版。

[118]　見《三借廬筆談》、《懺觀室隨筆》、《清稗類鈔》等。

[119]　見《中國小說史略》，《魯迅全集》第九卷，人民文學出版社 1982 年版，第 209 頁。

遂使痴呆之子開竅並恢復理智；某給諫與王氏有過節，欲使王氏遭禍，告給朝廷，卻反以誣告罪充軍受罰，此亦為狐精之助。此類故事還見於〈嬰寧〉、〈青鳳〉、〈蓮香〉、〈嬌娜〉等篇中。精怪故事除狐仙外，還有〈阿纖〉中的鼠女精，〈花姑子〉中的獐女精，〈白秋練〉中的魚女精，〈象〉中的象精，〈趙城虎〉中的虎精和〈葛巾〉中的牡丹花精、〈黃英〉中的菊花精等，〈泥書生〉中還記述了泥人成精。這些故事既是精怪故事，又包含著報恩故事等類型，是精怪故事與報恩故事等多重母題與原型的綜合。其次是對鬼怪故事的記述，在《聊齋志異》中亦相當豐富。如〈王六郎〉中的許姓漁人遇溺鬼所化少年之助而獲魚甚豐，〈布商〉中的紅裳女子救布商脫難而懲罰不義僧人等。更重要的是蒲松齡借民間故事描述世間百態，不但給予人審美愉悅，而且帶給人啟發。

如〈香玉〉中的黃生真心愛花，感動花神，謳歌人間真情；〈連城〉中的喬生與連城相愛，卻因家貧而遭阻礙，後二人在冥間相會並還魂再生，對封建婚姻制度進行了抨擊；〈葉生〉中的葉生才高卻屢試不中，化鬼藉以助人，抨擊了舊科舉制度對青年才俊的埋沒與扼殺；〈促織〉中的成名之子魂化蟋蟀，改變家庭因皇家好鬥蟋蟀而造成的苦難命運，藉以指斥封建專制政治的腐朽；〈席方平〉中的席方平在冥間連連上訪，不屈服於邪惡勢力，既是對黑暗現實的影射，又是對民間百姓勇於反抗、勇於抗爭的頌歌。這些故事在記述中被如此處理，絲毫不影響故事原型的保留，反而使民間故事更具有感人的魅力，從而更廣泛的傳播，至今在蒲氏故里還流傳著許多「聊齋汊子」，就是一例 [120]。

紀昀字曉嵐，自號觀奕道人，他的《閱微草堂筆記》與《聊齋志異》一樣，保存了豐富多彩的民間故事，只是紀昀屬於上層文人，曾任《四庫全書》總纂官，官至協辦大學士，對故事的記述和採錄方式當然會與蒲松齡

[120]　參見董均倫、江源：《聊齋汊子續集》，中國民間文藝出版社 1978 年版。

有所不同。《閱微草堂筆記》原分為《灤陽消夏錄》、《如是我聞》、《槐西雜志》、《姑妄聽之》和《灤陽雜錄》五種，嘉慶五年，由其門人盛時彥合刻為《閱微草堂筆記》。魯迅在《中國小說史略》中對之評價頗高，稱其「凡測鬼神之情狀，發人間之幽微，託狐鬼以抒己見，雋思妙語，時足解頤；間雜考辨，亦有灼見」，「與《聊齋》之取法傳奇者途逕自殊」，其語言「雍容淡雅，天趣盎然」，「後來無人能奪其席，固非僅借位高望重以傳者」[121]。紀昀在《灤陽消夏錄．自序》中記述自己「晝長無事，追錄見聞，憶及即書，都無體例」，「街談巷議，或有益於勸懲」[122]；在《槐西雜志．自序》中又記到「緣是友朋聚集，多以異聞相告，因置一冊於是地，遇輪直則憶而雜書之，非輪直之日則已，其不能盡憶則亦已」[123]；在《姑妄聽之．自序》中亦稱其中作品「多得諸傳聞」[124]。可見他所採錄的民間故事多來自知識階層，其目的也僅在於「使人知所勸懲」。

蔡元培把這部著述與《石頭記》（《紅樓夢》）和《聊齋志異》同看作「清代小說最流行者」，稱其「頗有老嫗都解之概」[125]。

《閱微草堂筆記》中所記述民間故事，也是以幻想故事和生活故事為主；其中，精怪、神鬼類的幻想故事給予人深刻印象。諸如〈翁仲凶淫〉中記翁仲精汙辱了無數新葬的女鬼，最後遭受懲罰被焚毀；〈李秀〉中記李秀路遇「少年約十五六，娟麗如好女」，「邀之同車」，「間以調謔」，後卻發現此人漸漸變色，初「貌似稍蒼」，最後「乃鬚鬢皓白，成一老翁」，「一笑而去」，「竟不知為何怪也」；〈遇羅剎〉記某狂生為鬼，濫迫少女，最後被捉弄；〈僕與鬼鬥〉是一則流傳於蒙古族中的故事，在清代民間故事中尤為少見，作品記述「柯爾沁達爾汗王一僕」路遇二氈囊，其中分別滿貯人

[121]　《魯迅全集》第九卷，人民文學出版社 1982 年版，第 213 頁。
[122]　《魯迅全集》第九卷，人民文學出版社 1982 年版，第 213 頁。
[123]　據清「嘉慶二十一年北平盛氏重刊本」。
[124]　據清「嘉慶二十一年北平盛氏重刊本」。
[125]　蔡元培：〈評注閱微草堂筆記序〉，存上海 1918 年「會文堂書局石印本」。

牙和人指爪，又遇尋囊女鬼即「老嫗」，「僕徒手與搏」，女鬼不勝，詛咒僕人來日「必褫汝魄」，而三年過後仍「不能為祟」，「知特大言相恐而已」；其他還有〈南皮許南金〉、〈舉擔滅鬼〉、〈鬼魂報恩〉等篇，記述了各式各樣的民間鬼故事。在〈假鬼〉、〈郭六〉、〈假狐女〉、〈破寺僧徒行騙〉和〈唐打獵打虎〉等篇中，記述了一些生活故事。其中的〈狼子野心〉是一篇民間寓言故事。這些故事與《聊齋志異》中所記相比，在整體內容上缺少蒲氏筆端的「詭異」，更多的是平常氣息；其結局也僅僅是善惡各自有報，缺乏《聊齋志異》中的「孤憤」。這表示由於民間故事記述者的知識背景與出身身分不同，對故事的取捨以及記述態度和記述效果也明顯不同。在清代民間故事的記述中，袁枚的《子不語》和《續子不語》有著自己的特色。袁枚有著很好的文學修養，他在文學創作上主張「性靈」說，不滿於當時在學術思想上居於主流的漢宋學派，反對考據，以為六經「多可疑」，提倡「赤子之心」，直抒「性情」；所以，他所記述的民間故事也多求於自然。其所標「子不語」，如其在《新齊諧·序》中所述，即取「怪力亂神，子所不語」之意。

他「生平寡嗜好」，「文史外無以自娛」，「乃廣採遊心駭耳之事，妄言妄聽，記而存之」；他還舉「昔顏魯公、李鄴侯功在社稷，而好談神怪」，「韓昌黎以道自任，而喜駁雜無稽之談」，「徐騎省排斥佛老，而好採異聞，門下士竟有偽造以取媚者」，自認為是竊取了「四賢之短」[126]。

袁枚所採錄民間故事，如《子不語》中的〈贔屓精〉記述贔屓精痴愛某書生，雖遭磨難，終不改痴情；〈陳聖濤遇狐〉中的狐精摯愛著貧士，使其得到生活上的溫暖；〈狐讀時文〉中的狐翁之女與貧士相愛，婚後鼓勵貧士發憤努力，進取學業；〈獵戶除狐〉中的狐精蔑視道士，使其法術不靈，呈現狼狽相，甚至天師府派來的法官，也備受其捉弄；〈羅剎鳥〉中的羅剎鳥

[126]　蔡書《新齊諧》為袁枚見「元人說部有雷同者」所改名，但後人仍名之《子不語》，存清「乾隆五十三年隨園刊本」。

幻化為假新娘，最後經過多種曲折事件，真正的夫妻才得以團聚；〈不倒翁〉中的不倒翁精擾亂民間，被驅趕；〈鬼差貪酒〉記述袁觀瀾「年四十」而「未婚」，與鄰家女子相愛，其父嫌袁觀瀾貧窮而不允，以致女兒「思慕成瘵」而「卒」，後來他月夜飲酒，發現鬼差用繩縛其女，便以酒「澆入其口」，使鬼差「身面俱小」，又「畫八卦鎮壓之」，最後袁觀瀾得與其鄰家女子團圓；〈鬼買兒〉記述鬼附在人身上，負主婦之責；〈水仙殿〉記述水鬼迷惑行人，妄圖尋找替身；〈鬼冒名索祭〉記述野鬼為了享受祭祀，冒用某老翁姓名；〈山西王二〉記述鬼魂為了懲罰凶手，附於女巫之身，並透過其訴冤而使凶手得到應有的報應；〈蔡書生〉記述有宅鬧鬼，蔡書生毫不畏懼，與女鬼較量，最後「怪遂絕」而「蔡亦登第」；〈白虹精〉記述熱心篙工渡人獲善報，得「麻布一方」與黃金所化黃豆，初疑而後信，最後登麻布而昇天，與白虹之精結為良緣；其他還有〈歸安魚怪〉、〈鬼借力制凶人〉、〈無門國〉、〈借棺為車〉、〈妖道乞魚〉、〈驢雪奇冤〉等。

這些幻想故事多師法自然，具有自然主義色彩。他所記述的生活故事也是這樣，如〈偷牆〉、〈奇騙〉、〈騙人參〉中的騙子；〈徐四葬女子〉中的嫂與小叔徐四俱謙讓，徐兄誤殺他人；〈官癖〉中的贓官恬不知恥；〈賣蒜叟〉中的楊二相公透過較量，乃知賣蒜叟武藝非凡等。這些故事的記述語言平中見奇，簡潔而生動。

《續子不語》中的故事類型與《子不語》大致相同。諸如〈石人賭錢〉記述郡署前的石人成精，盜庫銀賭博；〈韓鐵棍〉記述韓舍龍路遇道士，為之養病，獲贈「如拳」小羊，食後力氣大長，「鑄精鐵為棍，長丈有二，重八百斤」而「無能御者」，「盜賊莫敢犯其鋒」，最後神羊自其體內出，遂「手無捉雞之力」，「九十壽終」。其中的〈沙彌思虎〉是清代民間故事中尤為典型的一篇：

五臺山某禪師收一沙彌，年甫三歲。五臺山最高，師徒在山頂修行，從不一下山。

後十餘年，禪師同弟子下山，沙彌見牛馬雞犬，皆不識也。師因指而告之曰：「此牛也，可以耕田。此馬也，可以騎。此雞犬也，可以報曉，可以守門。」

沙彌唯唯。

少頃，一少年女子走過，沙彌驚問：「此又是何物？」

師慮其動心，正色告之曰：「此名老虎，人近之者，必遭咬死，屍骨無存。」

沙彌唯唯。

晚間上山，師問：「汝今日在山下所見之物，可有心上思想他的否？」

曰：「一切物都不想，只想那吃人的老虎，心上總覺舍他不得。」

這一篇故事的記述，我認為與袁枚所倡的性靈之說有著密切關聯。由此可以聯想起《十日談》（*The Decameron*）中的〈綠鵝〉（*The Green Goose*）；當然，我們不必去考證兩者是否有淵源關係。這裡的沙彌是「赤子之心」的展現，而禪師則意味著禁慾主義，與追求考據的漢宋學派等守舊勢力相合。這一篇故事的內容，事實上已經遠超過它在清代中葉這個具體的時代所表現出的意義；直到今天，還能啟發我們去思索如何對待理想與人生等問題。

其他像《履園叢話》中的〈蛇妻〉、〈老段〉、〈黃相公〉、〈男女二怪〉、〈什麼東西〉、〈無常鬼〉、〈女鬼報冤〉；《北東園筆錄》中的〈狐報恩〉、〈安念辱身〉、〈鬼妻索命〉、〈黑額人〉、〈白卷獲雋〉、〈麂報〉、〈江都某令〉、〈逆婦變妒〉、〈黟縣誤殺案〉、〈鬼妻伸冤〉、〈丁生〉、〈俠客〉；《咫聞錄》中的〈巧騙〉、〈人參〉、〈泥皂隸破案〉、〈郭介〉、〈羅誠〉、〈木匠厭咒〉、〈葛青天〉、〈陰陽太守〉、〈徐兄李弟〉、〈屠板生珠〉、〈向福來〉、〈義犬〉；《醉茶志怪》中的〈青蛙精〉、〈白郎〉、〈黃鼠〉、〈泥女〉、〈瘧鬼〉、〈山左布商〉、〈冷香堂〉、〈瓜異〉、〈武清藝〉、〈焦某〉、〈鬼戲〉、〈申某〉、〈綠標〉、〈點金石〉、〈折獄〉、〈信都翁〉；《觚賸》中的〈啖石丐〉、〈神僧〉、〈屈曼〉、〈雁翎刀〉、〈僧虎〉、〈紅衣土偶〉；《香飲樓賓談》中的〈螺精〉、〈徐穩婆〉、〈沙七〉、〈鐵肚皮〉；《蟲鳴漫錄》中的〈書生復仇〉、〈麻風女〉、〈直隸謀夫案〉、〈新郎被殺案〉、〈村氓女〉、〈肩木人〉；《仕隱齋涉筆》中的〈賊救婦〉、〈異僧〉等，這些故事猶如清代社會民間文化生活中的文明碎片，反映著這個時代的萬千氣象。

尤值得一提的是滿族作家長白浩歌子的《螢窗異草》與和邦額的《夜譚隨錄》兩部筆記著述，它們都是在《聊齋志異》的影響下出現的，都記述了豐富的民間故事。有學者認為，長白浩歌子就是《八旗藝文編目．子部》「注」中所述的尹文瑞之子尹慶蘭，素與袁枚交往，被袁枚讚為「調鼎兩朝門第貴，高吟一世秀才終」。其《螢窗異草》記述了許多民間傳說和民間故事，如記述狐精故事的〈縫衣女〉、〈古塚狐〉、〈宜織〉、〈銀針〉、〈青眉〉和〈桃葉仙〉等，以狐寫人；〈智嫗〉中的盜賊橫行，〈毒餅〉中的官府草菅人命，都是社會黑暗的直接表現。〈訟疫〉記述劉某訴訟於城隍，使瘟疫免行，但卻受到疫鬼的迫害，他堅決與疫鬼進行抗爭，這是以鬼述人的優秀故事。和邦額的《夜譚隨錄》是「滅燭談鬼，坐月談狐」的故事集，記述人鬼之間的恩怨是非，具有濃厚的民俗生活氣息。如其中的〈蛸精〉記述蛸精到田間蘆棚迷惑農家少年；〈骷髏〉記述輕薄之徒妄想調戲美貌婦人，被鬼魅捉弄，陷入古塚；〈袁翁〉記述有窮人為救饑荒，去當破衣服被當鋪拒絕，富裕之後也開當鋪，實現其「當時雖有人將死孩兒來質，亦必質之」的願望，以救助窮苦之人，而當他埋葬窮人來當的死孩兒時，卻意外地獲得了更多的財富；〈米薌老〉故事更加奇特，記述三原少年米薌老因當時有人將「擄掠得（之）婦女」，「貯布囊中」，「聽人收買」，也去買婦，卻買得一「老嫗」，「年近七旬」，適有老翁買得妙齡少女，最後兩人換妻，各得其所，但其背景留給人的印象卻是充滿辛酸。這兩部筆記出自少數民族作家之手，應當被看作少數民族民間文學史的一部分；但是，與曹雪芹創作了《石頭記》（《紅樓夢》）、蒲松齡創作了《聊齋志異》一樣，這種民族文化具有更普遍的意義，這也是清代民間文學的一個重要特點。各民族作家的共同努力，創造了燦爛輝煌的中華文化，民間文學也是如此。

三、民間笑話和民間寓言

清代的民間笑話故事和民間寓言故事，在中國民間文學史上是發展成熟的一頁，也是內容相當豐富的一頁；它們的意義並不僅僅在於使民間百姓獲得審美上的愉悅、輕鬆，更重要的是它們常常在激烈的社會衝突中充當戰鬥檄文。

這一段時期的笑話集非常豐富，諸如石成金的《笑得好》，陳皋謨的《笑倒》，小石道人的《嘻談錄》和《嘻談續錄》，題「吳下獨逸窩退士輯」的《笑笑錄》，俞樾的《一笑》，趙恬養的《解人頤》，李漁的《古今笑史》，遊戲主人輯的《笑林廣記》和程世爵的《笑林廣記》等；另外還有大量的笑話散見於一些筆記中。與此同時，中國最早的笑話故事集、魏邯鄲淳的《笑林》，以及宋代的《東坡問答錄》、《耕祿藳》，元代的《拊掌錄》，明代的《艾子後語》、《山中一夕話》、《諧語》、《笑贊》、《廣笑府》、《智囊》、《古今譚概》和《雪濤諧史》等笑話故事集，在這一段時期都有刊刻本印行。應該說，這是一個笑話故事的集大成時代。綜觀這一段時期的笑話，既有對往昔笑話故事的繼承，更有「笑談」現實生活的新作，並不是像有些學者所說的那樣是演繹明代之前的笑話。其中最典型的就是時政笑話的湧現，如《笑得好》中的〈折錢買餅〉、〈臭得更狠〉、〈畫行樂〉、〈秀才斷事〉、〈瘡痛〉、〈驅鬼符〉、〈答令尊〉、〈不吃素〉、〈獨腳褲子〉、〈滅火性〉、〈有天沒日〉、〈吃人不吐骨頭〉、〈擺海乾〉、〈拳頭好得很〉、〈夫人屬牛〉、〈代綁〉、〈判棺材〉、〈勝似強盜〉、〈剝地皮〉、〈鄉人看靴形〉等篇。〈夫人屬牛〉記述某官屬相為鼠，有人為了巴結他，送給他一隻金鑄鼠，而他還想著讓人送一隻金鑄大牛，可見其貪；〈剝地皮〉記述某官任滿歸家，其任上所屬地的「土地公」也隨之而走，因為那地方上的地皮都被這個縣官颳去，可見其更貪。時政笑話包含著大量的政治笑話，著重在對統治者的貪婪、殘忍與狠毒的具體記述上。《笑得好》中的〈勝似強盜〉指斥「如今抬在四人轎上的，十個倒有九個勝似強盜」；〈吃人不吐骨頭〉借貓捉老鼠時「閉著眼睛念經」，「行出來的事竟是個吃人不吐骨頭的」，來述說人間官與民之間的關係。又如《嘻談錄》中，〈堂屬問答〉、〈富家傻子〉、〈糊塗蟲〉、〈五大天地〉、〈武弁看戲〉、〈不改父業〉、〈弟兄兩謊〉、〈酒誓〉、〈喜寫字〉、〈窮鬼借債〉、〈刮地皮〉、〈死要錢〉等時政笑話，也是將矛頭指向為富不仁、為官不正等各種現象。如〈武弁看戲〉中的武弁把「孟獲」說成孟子的後代，文官把「孔明」說成孔子的後代，是一對不學無術的官僚；〈糊塗蟲〉中的某官「斷事不明，百姓怨恨」，名之為「糊塗蟲」，並將諷刺他「糊塗」的詩貼滿牆上，而此官竟不自知，反讓僕役去捉那「糊塗蟲」，故事將他的愚昧刻劃得入木三分；〈堂屬問答〉記述「一捐班不懂官話」，把「風土」、「春花」、「紳糧」、「百姓」、「黎黍」、「小民」分別當作「大風和塵土」、「春棉花」、「身量」、「白杏」、「梨樹」、「小名」，令人啼笑皆非，尤其是寫此「官忙站起答曰：卑職小名狗兒」，更見其卑微。這些時政笑話的指斥意義具有普遍性，其諷刺、嘲笑的對象，一般為官吏的貪婪、愚昧、殘忍，也有腐朽文人的無聊、無知，僧人、道士的虛偽，某些世俗百姓的懶惰，以及富家子弟的愚蠢、呆笨等。其他諸如《一笑》中的〈不識一字〉、〈冬瓜〉、〈敬客〉、〈淡而無味〉、〈性緩與性急〉、〈戴高帽〉；《笑倒》中的〈書低〉、〈死方兒〉、〈清客〉、〈祛盜〉、〈腳像觀音〉；程世爵本《笑林廣記》中的〈講解〉、〈問猴〉、〈魂作鬧〉、〈懶婦〉；遊戲主人本《笑林廣記》中的〈有理〉、〈取金〉、〈收骨頭〉、〈媒人〉、〈請神〉、〈母豬肉〉；《笑笑錄》中的〈借與之錢〉；《解人頤》中的〈嘲太守〉、〈讓王位〉等，都在引人發笑的同時，宣洩了對社會上種種不平等現象的憤恨，也讓世人看到了自身的弱點。

清代民間笑話在一些少數民族民間文學中也有許多表現，流傳較廣的有布依族的〈三女婿拜壽〉，壯族的〈傻女婿〉和〈做狗灌腸〉，傣族的〈傻女婿波岩養的故事〉，蒙古族的《巴拉根倉故事》中也有一些笑話，鄂倫春族的〈急性子的獵人〉有自己的特色，維吾爾族中的阿凡提、賽萊恰坎、毛拉·再依丁和肉孜·喀爾、塔特里克·卡薩等機智人物故事中的笑話相當豐富，藏族的《阿古頓巴的故事》中的笑話更具有哲理意義。各民族的笑話故事，展現了不同民族的幽默特點及其審美觀、價值觀、道德觀等內容，同樣是民間文學史不可忽視的一部分。

還應該一提的是，清代民間笑話發展中，出現了陳皋謨的〈半庵笑政〉這一篇笑話理論的總結提綱。作者把笑話歸為「笑品」、「笑候」、「笑資」、「笑友」和「笑忌」等幾個部分，這是中國民間文學思想史上一份可貴的文獻。

清代流傳的民間寓言故事被記述於文獻的較為零散，有許多民間笑話故事其實也就是民間寓言故事。民間寓言故事的審美個性與思想內容是相當顯著的，如《聊齋志異》中的〈藏蝨〉、〈罵鴨〉、〈禽俠〉、〈大鼠〉，《庸庵筆記》中的〈蚓食蜈蚣〉、〈蜘蛛與蛇〉、〈壁虎與蠍〉、〈鬼笑可畏〉和《耳食錄》中的〈妻弟〉、〈鄰虎〉等民間寓言故事，是清代社會民間文化哲學思想的典型展現，其寓意之深刻，語言之簡潔，形象之生動，是其他民間文學形式所不能相比的。這一段時期最典型而最生動的民間寓言，主要展現在少數民族的民間故事中。如藏族中流傳的〈咕咚〉、〈誇口的青蛙〉、〈兔子報仇〉和〈貓喇叭念經〉等故事，白族的〈狼、狐狸和猴子〉，佤族的〈一隻好勝的老虎〉，普米族的〈獅子和小兔〉，羌族的〈小雞報仇〉和〈兔子弟弟〉，納西族的〈烏鴉笑豬黑〉，哈尼族的〈鐵鱗甲和烏鴉〉，布朗族的〈鷺鷥告狀〉，景頗族的〈蝙蝠〉，阿昌族的〈大象走路為什麼輕輕的〉，維吾爾族的〈聰明的青蛙〉、〈獅子和老鼠〉、〈狐狸和大雁請客〉，哈薩克族的〈烏龜、螞蟻和狐狸〉、〈自作聰明的猴子〉，柯爾克孜族的〈黃羊、烏鴉、老鼠、青蛙四個朋友〉，錫伯族的〈山羊和灰狼〉，烏茲別克族的〈自作聰明的毛驢〉，塔吉克族的〈黑熊和狐狸〉，裕固族的〈牧人、兔子和狐狸〉，回族的〈野雞借糧〉和〈永遠後悔的青蛙〉，傣族的〈拋棄國王的狗〉和〈鱷魚的死〉，侗族的〈老虎和螃蟹〉，壯族的〈公雞接受了教訓〉和〈貓教老虎爬樹〉，臺灣原住民的〈松、柏、杉和檜樹比賽〉、〈猴子和穿山甲〉，瑤族的〈螞蟲另告狀〉等，這些民間寓言故事大部分以動物形象出現，透過牠們的活動顯示深刻的寓意。尤其是藏族的〈咕咚〉被拍攝成兒童電影，製作成連環漫畫，在郵票上、廣告中都有此寓言故事的內容，還表現在國際間民族文化的交流中，深受人們喜愛，顯示出藏族人民的聰明智慧，以及民間寓言故事的獨特魅力。

第五節　故事中的風俗與時事

思想文化的巨大生機在於自由；民間文學的口耳相傳，決定了其自由與鮮活的生命。其無所畏懼，用口頭形式保存了時代的真實。

一個時代總有自己的文化特徵。許多人說，清代文字獄造成思想文化的窒息，使多少聰明智慧與思想文化一起被扼殺，被無情摧殘和蹂躪，文學便不得不躲躲閃閃，以另外一種形式生存、發展。乾嘉之際，考據盛行，學問家追根問底，貌似嚴謹，其實正是懼怕社會現實生活中色厲內荏的統治者高度專制所表現出的小心翼翼。這不是中國文化的福音。民間文學具有宣洩情感等重要的文化功能，展現的是社會大眾最真實的情感，無拘無束，應該是這個時代所創造出的最寶貴的思想文化。

清代民間故事在社會發展中展現出鮮明的個性，一方面，它承先啟後，繼續述說著歷史文化傳統為背景的「往事」，以風物傳說故事等內容顯現中國傳統文化的個性內容；另一方面，它及時表現現實，記錄社會現實生活中所發生的那些事件。它呈現了一種道理，當專制政治完成了歷史的訴求這一項任務時，應該轉型，為日益成長的物質文化做出必要的調整，否則，就會成為歷史發展的巨大障礙，就會成為社會的罪惡。清王朝崛起於東北白山黑水間的一個少數民族，因為種種原因，乘機入主中原，以文字獄等形式造成對中國文化的巨大破壞。儘管它也出現康雍乾盛世，但依然是殘酷無情的專制；民間文學也因此表現出許多無奈，諸如文人筆下那些說來說去的笑話，自嘲自慰與諷刺他人相結合，只是無盡的嘆息，而它也發出時代的吶喊，形成憤懣、激揚與痛斥、控訴。中國專制政治已是強弩之末，無論如何，它都無力承擔社會發展的重任，在農民起義烽火迭起、世界列強不斷瓜分中國這樣的內憂外患中，不得不退場；同時，科學與民主的曙光照亮東方，新的民間文學內容與形式應運而生。這是時代的潮流；而在民間社會，卻依然歌聲如舊，社會風俗生活下湧動著新的思想，等待著天邊的雷霆引發暴風雨，激起傾天的浪潮。所以，當天下不得不反的時候，四野湧動起此起彼伏的喊殺聲，民間文學成為這喊殺聲中最激烈、最昂揚的吼聲；於是，歷史掀開了新的一頁。

一、風物的姿態

清代民間文學是由清代社會大眾所創造的，而作為歷史文獻，卻是由許多不得意文人書寫的。因此，清代文人筆下的風物傳說故事展現出又一種姿態。

一個民族的歷史文化作為傳統，是一個民族最為醒目的文化標誌，其不僅僅依據文獻傳承，也不僅僅依靠口耳相傳，或者說，更重要的是其形成代代相傳的風俗生活，常常具有一定的存在形態，諸如一定的儀式、信仰和傳說內容，甚至具有一系列附屬物，作為其「遺跡」的證明。像年節，即春節，不僅僅是一種講述生命的時間秩序形成與發展變化存在「原因」的傳說，也不僅僅是一種相互祝賀包括展現各種民間信仰及其存在意義的儀式，而應該是一種綜合性的文化生活，在衣食住行的各個方面展現出它的核心價值。其存在形式如風，是風俗之「風」，如口頭講述及其不脛而走，瞬間即傳遍千家萬戶；一個時期有一定的風尚，有物化的外表，是風俗之「俗」，諸如山川河流、花鳥魚蟲的象形與象徵，一片土地可以稱為「望夫石」、「望娘灘」，一對蝴蝶可以稱為「梁山伯與祝英台」。綜合起來，便是「風」與「物」，便是風物。風物是一個文化系統，有風物傳說，解釋事物的來歷；更有風物文化，包含各種信仰、禁忌、圖騰和審美等內容。

如關於介子推與寒食節的傳說故事，當年大多是傳誦介子推的忠義，經過了千百年的風雨歷練，如今成為以時令為主要內容的述說。俞樾《茶香寶續抄》卷一〈寒食在冬月〉引經據典，作記述日：

> 宋洪邁《容齋三筆》云《鄴中記》云：并州俗，冬至後一百五日，為子推斷火，冷食三日。
>
> 按《後漢．周舉傳》云：太原一郡，舊俗以介子推焚骸，有龍忌之禁，士民每冬中，輒一月寒食。舉為并州刺史，乃作弔書置子推廟。言盛冬去火，殘損民命，非賢者之意。然則所謂寒食，乃是冬中，非今節令二、三月間。

如七夕風俗與傳說故事，當年只是星占風俗與天體崇拜形成農耕社會風俗生活的季節提示，有耕織內容，卻未必就一定有兄弟分家的內容。或曰，分家風俗是在漢代之後所形成。對此，漢詩、唐詩化作愛情傳說，有多少歌唱，如《古詩十九首》之「迢迢牽牛星，皎皎河漢女。纖纖擢素手，札札弄機杼。終日不成章，泣涕零如雨。河漢清且淺，相會復幾許？盈盈一水間，脈脈不得語」；如白居易〈長恨歌〉之「七月七日長生殿，夜半無人私語時。在天願作比翼鳥，在地願為連理枝。天長地久有時盡，此恨綿綿無絕期」，如秦少游〈鵲橋仙〉唱「兩情若是長久時，又豈在朝朝暮暮」，引起人對滿天星辰多少遐想與萬千感慨。而此時的牛郎織女傳說與乞巧節風俗相融合，經過了宋王朝時東京街頭、杭州巷間令人眼花撩亂的磨合，尤其經過明代大移民，七夕風俗與傳說故事從《詩經》和《古詩十九首》中飛向四面八方；在清朝的風中漸漸成為另外一種風光。在許多地方，牛郎織女成為一座山、一條河流的故事，點綴起無數的風景。筆者曾經到許多與牛郎織女傳說有關聯的地方去考察，曾經親耳聽到鄉間的父老們有聲有色地說，當年放牛的牛郎就是他們村子裡的一戶人家；在河南省魯山縣有一個魯山坡，那裡的老百姓說牛郎名叫孫如意，是這個地方所有孫姓人的祖先，逢年過節，他們要擺放祖先牛郎祖爺爺的牌位供奉，而且，他們把周圍鄰近的村莊與這古老的傳說連繫在一起，指點著牛郎的外祖父老天爺家是張莊，指點著織女洗澡的地方泉水無比清澈，可以治療眼病，更有魯山坡上牛郎放牛的舊址，有牛郎織女共同生活的山洞。這裡的一切彷彿都是牛郎織女故事的場景再現，他們絲毫不容懷疑。在蘇州太倉，也是如此，人們古老相傳「今村西有百沸河，鄉人異之，為立廟。舊立牛、女二像」云云。

褚人獲《堅瓠二集》卷二〈牽牛織女〉記述曰：

天河之東有美女，天帝女孫也，機杼勞役，織成雲霧天衣，容貌不暇整理。帝憐之，嫁與河西牽牛，自後竟廢織紝。帝怒，責歸河東，使一年一度與牽牛相會。

俞樾是一個學問家，他著述《茶香室四抄》，其卷一〈鵲橋渡織女俗說〉對此引經據典，做考證，做辨析，曰：

國朝何琇《樵香小記》云：初讀馬縞《中華古今注》，稱俗說七月七日，烏鵲為橋渡織女，以為縞述流俗之說耳。後讀《隋書·經籍志》，雜錄有沈約《俗說》三卷，乃知《俗說》為書名，烏鵲橋事為約所記也。

按《古今注》所云俗說，自謂世俗相傳之說，不得因沈約書名適與之合，遂以為本，自體文也。姑錄其說，為談資耳。

蔣廷錫《古今圖書整合》輯有〈神異典〉，是中國古代神仙文化的集大成；其卷五〇引《蘇州府志》「織女廟」記述「牽牛、織女二星」故事，聲稱早在宋朝之前，牛郎織女就已經在蘇州地區流傳，而且，「廟在太倉州南七里黃姑塘」有人負責重修，記述曰：

（織女）廟在太倉州南七里黃姑塘。宋咸淳五年嘉定知縣朱象祖重修。故老相傳，常有牽牛、織女二星降於此，女以金簪劃河，河水湧溢，牽牛不得渡。

今村西有百沸河，鄉人異之，為立廟。舊立牛、女二像。

建炎時士大夫避地東岡，有經廟中，壁間題云：「商飈初起月埋輪，烏鵲橋邊綽約身；聞道佳期唯一夕，因何朝莫（暮）對斯人？」鄉人因去牽牛，獨存織女。

七夕傳說是社會風俗生活的解釋性提示，由此產生許多以七夕為背景的故事，如牛郎之牛便與耕牛有關，織女之織便是紡織，即中國傳統社會的男耕女織，屬於風物之典型。如許秋垞《聞見異辭》卷二〈篙入鬼圈〉所記，提及「鵲橋仙子擲金梭而來聽機聲」，曰：

嘉慶年間，舟子朱天民人僱之至吳郡，一夕泊市河。時當七月中旬，聞店樓紡織，軋軋厲鳴。至二更聲漸斷續，欻見窗上憑一女子，一彩繩作圓圈勢。朱意謂以彩繩而作圓圈，是豈蟾窟嫦娥，繫紅絲而降臨月下？又豈鵲橋仙子擲金梭而來聽機聲？然睹此同心結、連環結，大小纍纍，莫非投繯女之變相耶？於是挺篙套入圈內，倏而砉然一響，破竹聲如裂帛，始知此女果縊鬼也。乃躍岸探問其家，知此夕夫妻反目，因欲自經。可知伉儷間不能作交頸鴛鴦，使蝤蠐領誤入圈中者不少也。幸天民效漁夫之拔篙，真勝於倪寬解結矣。

如孟姜女故事，此時流傳的形式更豐富，流傳的範圍更廣，從清代的地方志中可以看到，河南、河北、湖南、湖北、山東、山西、廣東、廣西、江蘇、江西、浙江、甘肅、陝西、四川、貴州、雲南等，天南地北，到處都有這個弱女子哭崩長城的歌聲和故事。如錢也是《讀書敏求記．孟姜女集》下「姜女祠」，稱孟姜女「女姓姜，楚地澧人」，其記孟姜女故事曰：

女姓姜，楚地澧人。行一，故曰孟姜。秦始皇築長城，夫范郎往赴其役。久不歸，製寒衣躬送往之。至則范已死……其遺骸，立祠以祀。

如梁山伯與祝英台故事，其起源甚早，而以《寧波府志》影響最大。在清代，許多地方流傳著這個故事，北方的鼓書、弦子戲、曲子戲中，南方的採茶戲、彈詞、燈歌、木魚書中，到處傳唱，令人流連忘返。如山東曲阜、嘉祥、微山（墓、碑、祝英台讀書處），浙江寧波、象山、寧海（梁祝合墓、梁祝廟），安徽舒城（祝英台墓），江蘇宜興、丹陽、如皋、江都（祝英台讀書處與梁祝墓），湖北十堰，河南汝南（梁祝讀書院與梁祝墓），河北河間（梁祝墓），甘肅清水（祝英台墓），福建屏南，廣東連平，包括遼寧遼中、黑龍江綏稜等地，都有「遺跡」存在。更不用說那些花花綠綠的年畫、富麗堂皇的磚雕石刻，女扮男裝的祝英台扭扭捏捏，與憨厚忠實的梁山伯頻送秋波，十八里相送，揪起多少人的愁腸。而如此含蓄，如此遮遮掩掩、欲罷還休，正是中國民間文學的表現特徵，是中國民間文學作為中國文化生活最醇厚的「風味」。

梁祝故事因為一句「晉丞相謝安奏表其墓曰『義婦塚』」引來多少文墨爭議。明代人徐樹丕在《識小錄》中說：「梁祝事異矣！《金樓子》及《會稽異聞》皆載之。」《金樓子》，梁元帝蕭繹所撰，今已無存。唐代有《十道四蕃志》與李蠙〈題善權寺石壁〉，宋代有《廣輿記》、《太平環宇記》、《咸淳毗陵志》，明代有《宜興縣志》，清代有《常州府志》、《仙蹤記略》等，說梁祝故事在宜興；唐代有《宣室志》，宋代有《四明圖經》、〈義忠王廟記〉，元代有《四明志》，明代有《識小錄》、《寧波府志》，清代有《鄞縣志》等，說梁祝故事在寧波；清代人格外喜歡梁祝故事，如《河南府志》、《汝南縣志》等，盡說梁祝故事在河南汝南，甚至說晉之後隨中原移民流傳到東南（而且有汝南晉磚被帶走為證）[127] 云云。這就是中國民間文學在流傳過程中給人的親切感。筆者考察過梁祝故事流傳地，看到許多地方都有「不容置疑」的書院、十八里坡、草橋、梁山伯和祝英台墓與梁家莊、祝家莊、馬家莊等故事「遺跡」。曹秉仁修《寧波府志》卷三十六〈梁山伯祝英台〉記述曰：

晉梁山伯，字處仁，家會稽。少遊學，道逢祝氏子，同往肄業。三年，祝先返；後二年，山伯方歸。訪之上虞，始知祝女子也，名曰英台。山伯悵然，歸告父母求姻，時祝已許城馬氏，弗遂。山伯後為縣令，嬰疾弗起，遺命葬於城西清道原。明年祝適馬氏，舟經墓所，風濤不能前。英台聞有山伯墓，臨塚哀慟，地裂而埋壁焉。馬言之官，事聞於朝，丞相謝安奏封義婦塚。

吳騫，清代海寧人，字槎客，號兔床，學識淵博，關注歷史文化中的傳說故事。《海昌備志》稱其「篤嗜典籍，遇善本傾囊購之弗惜。所得不下五萬卷，築拜經樓藏之。晨夕坐樓中，展誦摩挲，非同志不得登也」。其著有《桃溪客語》、《桐溪客話》、《四朝經籍志補》等。在《桃溪客語》中，他考證記述曰：

---

[127]　此以河南學者馬紫晨為例，其考證持此說；他統計稱，河南的梆子戲、曲子戲、越調、花鼓戲、五調腔、落子腔等劇種共有「梁祝」劇目 20 多齣，分別為《紅羅山》、《梁山伯》、《柳蔭結拜》、《梁山伯上學》、《梁山伯下山》、《祝九紅出嫁》、《馬文才迎親》、《寶二毛添箱》、《梁祝情》、《梁祝怨》、《雙蝴蝶》、《要嫁妝》、《東樓會》、《西窗會》、《拉勾》、《送友》、《討硯水》、《討藥引》、《大隔簾》、《二隔簾》、《兩世緣》、《祝英台哭墳》等，在各種傳說形態中為最多。

梁祝事見於前者凡數處，《寧波府志》云：梁山伯，字處仁，家會稽。出而遊學，道逢上虞祝英台，偽為男妝，與共學三載，一如好友。既而祝先返。又二年，梁始歸，訪於上虞，始知其女也，悵然而歸。告之父母，請求為婚。而祝已許字城馬氏矣，事遂寢。未幾梁死，葬城西清道原。（一云梁為令而死。）其明年，祝適馬氏經梁墓，風雷不能前。祝知為梁墓，乃臨穴哀慟，悲感路人。墓忽自啟，身隨以入。事聞於朝，丞相謝請封之，曰「義婦塚」。

邵金彪〈祝英台小傳〉曾經引起許多宜興人不滿，就因為他講述的是「祝英台小字九娘，上虞富家女」、「遇會稽梁山伯，遂偕至義興善權山之碧鮮巖築庵讀書，同居宿三年」與「山中杜鵑花發時，輒有大蝶雙飛不散」故事，而且講述太詳細，太動人。其記述曰：

祝英台小字九娘，上虞富家女，生無兄弟，才貌雙絕。父母欲為擇偶，英台曰：「兒當出外遊學得賢士事之耳。」因易男裝，改稱九官，遇會稽梁山伯，遂偕至義興善權山之碧鮮巖築庵讀書，同居宿三年，而梁不知為女子。臨別梁約曰：「某月日可相訪，將告父母，以妹妻君。」實則以身許之也。梁自以家貧，羞澀畏行，遂至愆期。父母以英台字馬氏。後梁為鄞令，過祝家詢九官，家僮曰：「吾家但有九娘，無九官也。」梁驚悟，以同學之誼乞一見。英台羅扇遮面出，一揖而已。梁悔念成疾卒，遺言葬清道山下。明年，英台將歸馬氏，命舟子迂道過其處。至則風濤大作，舟遂停泊。英台乃造梁墓前，失聲慟哭，地忽開裂，墮入塋中，繡裙綺襦化蝶飛去。丞相謝安聞其事於朝，封為義婦。此東晉永和事也。齊和帝時，梁復顯靈異，助戰有功，有司為立廟於鄞，合祀梁祝。其讀書宅稱碧鮮庵。齊建元間改為善權寺。今寺後有石刻，大書「祝英台讀書處」。寺前里許，村名祝陵。山中杜鵑花發時，輒有大蝶雙飛不散。俗傳是兩人之精魂。今稱大彩蝶，尚謂「祝英台」云。

清代白蛇傳傳說故事的地方化、風物化，成為這個時代民間文學的重要現象。白蛇傳故事早見諸宋代《西湖三塔記》；明代〈白娘子永鎮雷峰塔〉（見馮夢龍《警世通言》卷二十八所載）形成故事完整形態，此時記述甚多，完成後世白蛇傳故事情節的重要框架。如田汝成《西湖遊覽志餘》卷二十六「雙魚扇墜」記述：弘治間，旬宣街有少年子徐景春者，春日遊湖山。至斷橋時，日迨暮矣，路逢一美人，與一小鬟同行。景春悅之，前揖而問曰：「娘子何故至此？」答曰：「妾頃與親戚同遊玉泉，士子雜遝，遂失群，惘惘索途耳。」景春曰：「娘子貴宅何所？」答曰：「湖墅宦族孔氏二姊也。」景春遂送之往。及門，小鬟強景春入，曰：「家無至親，郎君不棄，暫寄一宿何如？」景春大喜，遂入宿焉，備極繾綣，以雙魚扇墜為贈。明日，鄰人張世傑者，見景春臥塚間，扶之歸。其父訪之，乃孔氏女淑芳之墓也。告於官，發之，其祟絕焉。云云。或曰，今天的白蛇傳故事家喻戶曉，更多得益於現代傳媒，而此前各地文獻中故事文字不盡相同。

此時，其作為社會風俗生活的重要內容，在鈕琇《觚賸》等處保存不同形態，在不同地方被風物化；形成中國民間文學史上白蛇傳故事的又一種講述形式。

如鈕琇《觚賸》卷二〈吳觚中·蛟橋幻遇〉，記述「康熙二十年間」所發生「宜興許郎行二」，偶然「遇一女絕豔」故事，曰：

宜興許郎行二，農家子也。康熙二十年間偶入城，至蛟橋，遇一女絕豔。許將與目成，已失所在。是日薄暮抵舍，則所遇女先在室內，迎謂許曰：「來從絳闕，暫寄紅塵，三生夙契，今當與君償之。幸無疑懼。」問其姓名，曰：「何淑貞。」從婢年可十三、四，曰秋鴻。是時許婦適歸寧，許因詭言：「我婦美不遜汝。」何曰：「邑中金閨之豔，幽谷之姝，遍數止某某三人，差不慚巾幗，我猶勝之。若君婦，則歷齒蓬頭，既疥且痔，直登徒所爱者耳，又何足言！」婦聞甚恚，率其諸姑姊妅集哄觀，僅聞語聲出戶，並不見形。乃共指而詈之。何曰：「我與許君締未斷之緣，命自真宰。

汝輩某與某私，某為某事，此豈貞靜者，而亦毀我乎？」所刺幽隱皆實，眾遂嘿然散去。何善談論，其言皆古宮闈事，於漢時尤詳。遠近好異之士，履滿其門。如是月餘，頗厭煩囂，挈婢辭許，不知所往。逾旬，瞥見前婢持衣履來貽，且招許。許叩以所在，婢言但閉目行，少頃可達。許如言，覺兩足冉冉若乘煙霧，經丘穿壑，恍入仙源，曲欄重閣，花木幽深。何薄鬟約袖，躬自紡織。許至，潔卮而進。因相與繾綣。逾夕，惝恍出門，遙見曉村舊徑，忽然抵家。

錢泳《履園叢話》十六〈精怪蛇妻〉，記述為「乾隆初年事」之「湖州歸安縣菱湖鎮某姓者」故事，曰：

湖州歸安縣菱湖鎮某姓者，以賣碗為業，納一妻甚美，而持家勤儉，異於常人。一日謂其夫曰：「我見子作此生涯飢寒如舊，非計也。子如信吾言，自有利益。」其夫聽之，遂棄舊業，買賣負販，一如妻言，不及十年，遂至大富。生二子，俱聰慧，延師上學。唯每年端午輒病，而拒人入房，其夫不覺也。長子方九歲，偶至母所，見大青蛇蟠結於床，遂驚叫反走，回視則母也。因告於師。師故村學究，以禍福之說聳動其夫。妻已知之，遂謾罵曰：「吾家家事何與先生！」是夕忽不見。乾隆初年事。

四大傳說在清代社會的流傳，是民間文學史上一個值得重視的文化現象，也是一個社會現象。其風物化的背後，到底是什麼在驅動其不斷變異呢？或許，這正是中國民間文學發展的重要規律，即只有變異，才能使其文化主題更加鮮明，引起更持久的認同。

媽祖是中國沿海地區，乃至東南亞地區傳說中著名的女神，稱媽祖娘娘、天妃、天后，其有求必應，如同民間佛教文化中的觀音。宋代學者與明代學者曾經有許多記述，稱其為「林姓女」，有夢中救助海中遇險父兄的壯舉。此時期，從許多各地方的方志中可以看到，天后宮遍設，北以天津天后宮為勝，其廟會稱「皇會」；東南以湄洲為勝，成為媽祖廟宇之祖庭，包括臺灣媽祖神廟林立。媽祖神話成為中國民間文學史上非常重要的傳說故事與神聖信仰。如袁枚《子不語》卷二十四〈天妃神〉講述的是一個當世媽祖傳說，其記述「乾隆丁巳」有人「奉命冊立琉球國王」，路途遇險為媽祖神所救，後奏請皇帝建設廟宇表達感激之情的故事，並稱「事見乾隆二十二年邸報」，曰：

乾隆丁巳，翰林周鍠，奉命冊立琉球國王。行至海中，颶風起，飄至黑套中，水色正黑，日月晦冥。相傳入黑洋從無生還者。舟子主人，正共悲泣。忽見水面紅燈萬點。舟人狂喜，俯伏於艙，呼曰：「生矣，娘娘至矣！」果有高髻而金環者，甚美麗，指揮空中，隨即風住。似有人曳舟而行，聲隆隆然。俄頃，遂出黑洋。

周歸後，奏請建天妃神廟。天子嘉其效順之靈，遂允所請。

事見乾隆二十二年邸報。

袁枚《續子不語》卷一〈天后〉，從「林遠峰曰：天后聖母，余二十八世祖姑母也」講起，其記述「天后聖母」故事曰：

林遠峰曰：天后聖母，余二十八世祖姑母也。未字而化，靈顯最著。海洋舟中，必虔奉之。遇風濤不測，呼之立應。有甲馬三，一畫冕旒秉圭，一畫常服，一畫披髮跣足仗劍而立。每遇危急，焚冕旒者輒應，焚常服者則無不應，若焚至披髮仗劍之幅而猶不應，則舟不可救矣。或風浪晦冥，莫知所向。虔禱呼之，輒有紅燈隱現水上，隨燈而行，無不獲濟。或見后立雲際，揮劍分風，風分南北。船中神座前，必設一棍。每見群龍浮海上，則風濤將作，焚字紙羊毛等物不能下。便令舟中稱棍師者，焚香請棍向水面舞一周，龍輒戢尾而下，無敢違者。若爐中香灰，無故自起若線，向空而散，則船必不保。

余族人之父某，言其幼時逢漳郡官兵征臺灣，致纛教場中，某隨父往觀，見后端坐纛上，貌豐而身甚短。急呼父視之，已不見。

許奉恩《里乘》卷九〈天妃神〉記述「海神，唯馬祖最靈」與「凡海舶危難，有禱必應，多有目睹神兵維持、或神親至救援者，靈異之跡，不可列舉」，以及「神猶親其宗人之子」故事曰：

海神，唯馬祖最靈，即古天妃神也。凡海舶危難，有禱必應，多有目睹神兵維持、或神親至救援者，靈異之跡，不可列舉。

洋中風雨晦暝，夜黑如墨，每於檣端現神燈示祐。又有船中忽出爝火如燈光、升檣而滅者，舟師謂是馬祖火，去必遭覆敗，無不奇驗。船中例設馬祖棍，凡值大魚水怪欲近船，則以馬祖棍連擊船舷，即遁去。

相傳神為莆邑湄州東螺村林氏女，自童時已具神異，常於夢中飛越海上，救人於溺；至長不嫁，沒後屢昭靈顯，人為立廟祀之。自前代已加封號。

康熙二十三年六月，王師攻克澎湖，靖海侯施琅屯兵天妃澳，入廟拜謁，見神衣半身沾溼，自對敵時，恍見神兵導引，始悟戰勝，實邀神助。又澳中水泉，僅供居民數百人飲，是日駐師數萬，方以無水為憂，而甘泉沸湧，汲之不竭。表上其異，奉詔加封「天后」。

至今湄州林氏宗族婦人將赴田者，輒以其兒置廟中，曰：「姑好看兒。」遂去，去常終日，兒不啼不飢，亦不出閾；至暮婦歸，各認己子攜去。

神猶親其宗人之子云。

王韜《瀛壖雜志》卷二〈天妃〉記述「相傳神為莆田縣湄州林氏女」故事曰：

相傳神為莆田縣湄州林氏女，幼時照井，有神出授銅符，遂著神異。性甚孝，嘗拯父脫於海，頗著靈爽，今各處海隅無不為之立廟。

媽祖傳說與媽祖神廟相伴，各有故事。此故事以媽祖神廟為其「語域」範圍，每一處媽祖神廟，即有一個以媽祖信仰為核心的傳說，展現出當世人群對媽祖的頂禮膜拜。其故事語域以海上為背景，流傳於「閩省」等地。如楊鳳輝《南皋筆記》卷二〈林崇善〉記述「閩省最崇拜天后」故事曰：

閩省最崇拜天后，而海上亦往往有崇拜之者，每泛舟有急，則亟呼聖母。

有林崇善者，閩省人，奉使琉球，至姑米山忽遇大風，觸浪排空，檣櫓不行。倏見有黑旗蔽天而下，疑為海寇也，命急御之。俄見水中有一物，長十數丈，其色黑，其頭如牛，其尾如魚，其身則鱗甲森然，揚鬐吹沫，海水震盪，波若山湧，浪極天高，隨黑旗而至。舟幾覆，舟人大駭。林亟俯首頂禮天後，舟人亦隨呼聖母。遙見水上有金燈一盞，放大光明，冉冉而來。林大喜曰：「天后至矣！」俄而風平浪靜，其物不見，燈亦隨滅，但聞水上笙簫鼓樂之聲，移時始靜云。

劉三姐傳說在清代的記述集中出現於兩廣地區的文獻中，如陸次雲《峒溪纖志志餘．聲歌原始》記述：

諸溪峒初不知歌，善歌自劉三妹始也。三妹不知何時人，遊戲得道，於山谷佅之音，所過無不通曉，皆依其聲，就其韻，而作歌與之，以為諧婚跳月之辭，其人各奉之以為式。苗歌有云「讀詩便是劉三妹」，則非唯歌之，而且讀之，以為識字通文之藉矣。其時有白鶴秀才者，亦善歌，與三妹登粵西七星巖絕頂相唱酬，音如鸞鳳，聽之者數千人，皆忘返，留連往復。已而歌聲寂然，見兩人亭亭相對，則已化為石矣。至今月白風清之夜，猶隱隱聞玲瓏宛轉之音。諸苗、瑤、佷、壯之屬，遂祀劉於洞中勿替。

後有作歌者，必先陳祀於劉，始得傳唱。其南山之南，別有劉三妹洞，聞遊人遙呼三妹，妹輒應云。

《池北偶談》卷十六〈粵風續九〉記曰：

新興女子有劉三妹者，相傳為始造歌之人。生唐中宗年間。年十二，淹通經史，善為歌。千里內聞歌名而來者，或一日或二、三日，卒不能酬和而去。三妹解音律，遊戲得道，嘗往來兩粵溪峒間，諸蠻種族最繁，所過之處，咸解其語言，遇某種人，即依某種聲音，作歌與之唱和，某種人即奉之為式。嘗與白鶴鄉一少年登山而歌。粵民及傜僮諸種人圍而觀之，男女數十百層，咸以為仙。七日夜歌聲不絕，俱化為石。土人因祀之於陽春錦石巖。巖高三十丈許，林木叢蔚，老樟千章，蔽其半。巖口有石磴，苔花繡蝕，若鳥跡書。一石壯如曲几，可容臥一人，黑潤有光，三妹之遺跡也。月夕輒聞笙鶴之音，歲豐熟，則彷彿有人登巖頂而歌。三妹今稱歌仙。凡作歌者毋論齊民與狼瑤壯人山子等類，歌成必先供一本。祝者藏之，求歌者就而錄焉，不得攜出。漸積遂至數篋。兵後，今蕩然矣。

相傳唐神龍中，有劉三妹者，居貴縣之水南村，善歌，與邕州白鶴秀才登西山高臺，為三日歌。秀才歌〈芝房之曲〉，三妹答以〈紫鳳之歌〉。秀才復歌〈桐生南嶽〉，三妹以〈蝶飛秋草〉和之。秀才忽作變調曰〈朗陵花〉，詞甚哀切，三妹歌〈南山白石〉，益悲激，若不任其聲者，觀者皆歔欷。復和歌，竟七日夜，兩人皆化為石，在七星巖上。下有七星塘，至今風月清夜，猶彷佛聞歌聲焉。同年睢陽吳丹渠，為潯州推官，採錄其歌，為《粵風續九》。

其進入地方志，成為地方風物文化的主要內容，見之於清代，是民間文學史上特殊的記載保存現象，象徵著劉三姐傳說故事的歷史化。《陽春縣志》卷一〈銅石巖〉記：「銅石巖一名通真巖，在城北八十里思良都，巖有石室，高有三、四丈，深廣丈餘，相傳唐時有劉三妹於此飛昇，歌臺故跡在焉。」《宜山縣志》記：「劉三姐，性愛唱歌，其兄惡之，與登近河懸崖砍柴。三姐身在崖外手攀一藤，其兄將藤砍斷，三姐落水流至梧州，州民撈起祀之，號為龍母。今其落水崖高數百尺上，有木扁擔斜插崖外，木匣懸於崖旁，人不能到，亦數百年不朽。」

《潯州府志》記最為詳細，曰：

（三妹）甫七歲，即好筆墨，聰明敏達，時人呼為女神童。年十二，能通經傳而善謳歌。父老奇之，偶拾一物索歌，頃刻立就，不失音律。櫻桃之口，不讓樊索，真可欺莫愁，而壓永新。是曹娥之繞梁，陶女之黃鵠，皆不足羡也。奚是數百里之能歌者，莫不聞風而來，迭為唱和，或一日或二日，即罄腹結舌而走。而歌仙之名，遂由此盛也。年十五，其父受聘於林氏，和歌者仍終日填門，無一較勝。至其貌之羞花掩月，光彩動人，見之者無不神怡意蕩；但授受之禮甚嚴，終不可犯。年十七，將于歸。忽郎陵白鶴鄉一少年秀才張姓偉望者，聞歌仙之名而慕焉，不辭跋涉，登門扣訪，禮尊賓主，言談舉止，皆以歌為節。鄉人敬之，特架一臺，置二人於上，一唱陽春，一唱白雪，風流激楚，不分高下，非下里巴人比也。豈僅停雲，即星辰亦為之下矣。觀聽者男婦不啻數百，環堵重重，於是三日夕，竟忘寢食，而歌聲不歇，人人豔賞，聲振於野，未免雜遝。三妹曰：「此臺太低，人聲喧鬧，而韻致不明，請陟山頂與君子長歌七日如何？」秀才曰：「既蒙不棄，願步追隨。」二人徑登山頂，偶坐而歌，若出金石，聲聞於天。至七日，望之則見其形而不聞其聲矣。鄉人曰：「二人競歌已久，可請下山。」乃遣數童登山以請，而童子訝然報曰：「奇哉奇哉，二人石化矣！」眾皆驚駭，莫不親詣欽慕，羅拜乞庇焉。其所許林氏，夫聞而疑異，即登山以驗，旁立長笑，亦化為石。今山巔之石偶三人者，即當時昇仙之遺跡也。

風物傳說的基本特徵在於地方性內容表現。清代民間傳說故事中的地方性內容，在風物傳說中表現為對某一地區某種風景的述說；如清道光《會稽縣志稿》卷十六〈鏡湖大鏡〉記曰：「相傳早年會稽鏡湖甚寬闊。崇寧間，漁人夜引網罟，覺甚重，強加挽拽，竟不能舉，乃召集同輩合力而方升一大古鏡，方五、六尺，厚五寸，形模奇怪。或持以鑑形，於昏暗中腸肝鬲皆洞見也。置之舟內，欲明日送越府賣之。忽鏗然而聲，光彩眩晃，湖水如畫。俄頃復躍於波心，風激浪湧，直至船移去始定。」寶鏡傳說流傳甚廣，唐代即有，而此時成為「會稽鏡湖」故事的主體。

在風物傳說的奇異變幻述說中，常常有意渲染出許多不平凡的神奇氛圍，而神奇的背後，總是有許多超乎現實的精怪以特殊的生命形式，使現實中的自然世界產生重要變化。在許多地方，風景作為風物傳說講述對象，與許多神話化現象一樣，被神奇化為一些具有神奇性內容的景觀。

如墉訥居士《咫聞錄》卷七〈烏蟒〉記述「廣西螺螄山」故事，這是一個歷史上多次被描述過的「昇仙」傳說，揭穿蟒精吃人的真相，具有破除迷信的意味，曰：

廣西螺螄山，層巒疊嶂，林菁深邃，溪流成河，溉田千頃，旁有峭壁千尋，人跡不到。下有平地，兒童牧牛閒玩之所。每日午時，諸童跳躍，足能離地數尺，憑空而立，移時始下，俱以為身輕有仙骨矣。

一日，有李姓童子之父，耕於田間，瞥見山頂洞中，有烏蟒，頭如斗大，垂然下視，張目閃舌，噓吸有聲，口開則童子躍高數尺，飄然若仙。口閉則童子輕身如墜雲霧，游行自得。諸童嬉笑，不自知也。駭極，曰：「將來眾兒童必遭其毒也。」

離城不遠，奔報營中。

適武弁捕盜回營，即帶用餘火藥觀之。

蟒未入洞，築炮轟之，一擊而中，臭聞數里。

光緒《善化具志》卷三十〈射蟒臺〉記述昇仙傳說曰：

相傳晉時白鶴觀有高樓與抱黃洞，洞有妖蟒，能吐舌為橋，奮鬣為杖，豎角為天門，熠目為籠炬，作聲為八音。每歲七月十五夜飛瞰於樓。羽流被惑，以為導引昇仙，歲次一人，沐浴以俟。其徒又醮之以送之。

都督陶侃異而不信，引弓射其炬，即捽滅，灑血如雨。次日蹤跡得之，蟒斃於洞。剖其腹，人骨羽冠斗許。郡人因建此臺頌其功德。

城陷傳說是民間故事中常常描述的一種以預言為前提的災難性故事類型，其故事模式為有神人指示某地將要發生巨大災難，並有某種預兆；有人故意惡作劇，塗抹血汙云云，結果災難很快發生。這個傳說的故事模式可以在許多地方被本土化講述，而且以不同地區的自然現象作為故事真實性存在的證明。筆者做過此類故事的實地考察，發現在許多地方出現的大水成湖，其實與中國古代城市建設中大量挖土，包括燒製磚頭蓋樓房或者建築城牆等活動有非常密切的關係；人們作此附會，應該大多是在自我娛樂。

毛祥麟《墨餘錄》卷三〈臘氏故墟〉記「陝西八水之一」之「天坍澇水空」故事，其預言在於「汝但見石獅眼紅，即避勿顧」，述曰：

澇河，陝西八水之一，在鄠縣西南，出終南山澇峅谷，近河有沙灘三十里。

相傳宋元時，臘姓居此，富甲一郡，常自書其門曰：「若要臘家窮，天坍澇水空。」蓋指門前稻田八百頃，資澇水灌溉，坐收萬斛也。

一日，有道人踵門化齋，而竟日不與。一媪憐之，啖以茶餅。道人臨去曰：「此間將有難，汝心頗善，尚可救，然無漏洩也。」

媪求計，道人曰：「汝但見石獅眼紅，即避勿顧。」

未幾，館童弄硃，戲塗獅眼，媪遂倉皇遁去。至晚，風雨大作，水溢堤崩，果將臘氏所居衝為平地。

聞今疾風暴雨之夕，鬼哭尚聞。

宣鼎《夜雨秋燈錄》卷四〈古泗州城〉記述「吾鄉泗州城，淪為洪澤湖久矣」故事曰：

吾鄉泗州城，淪為洪澤湖久矣。土人云，為大禹命庚辰所繫水怪巫支祈逸出為害，此無稽也。州城之沉，乃明末事。其時畫士惲南田正寓僧伽禪寺，門前一水環繞，出入須楫。時已四十五日雨，淮流七十二道山溪之水全歸於此。童謠早有「石龜滴血淚，要命上東山」之語，惲甚憂之。夜靜，偶聞神鬼滿堂私議曰：「時已至矣，乞施行。」神曰：「尚有一僧一道未歸，一主一僕未出，姑須臾。」惲披衣起，殿黑無人，知水厄至，急呼僕起，攜隨身文具，倉皇拔關出走。過渡，見廟僧攜杖打包歸，曰：「先生何往？」曰：「吾有急，須登第一山耳。」所謂第一山者，盱山也。主僕躑躅甫逾嶺，天遽明，回頭一眺，則白茫茫一片水國，成巨浸矣。

在風物傳說故事中，某一處地名，總是不同於別處，而且必有一定的傳說故事對其內容做合理性解釋，或有神仙，或有精靈，或有英雄，成為一地方生動講述的核心。

如清康熙《錢塘縣志》卷三十，記述「嗥亭」地名來源於某人救助受傷老虎而得到報恩，後有「貨藥歸晚，虎嗥」故事，曰：

晉時郭文舉到餘杭大滌山隱居十餘年，鹿裘葛巾，區種菽麥或採箬，以貿鹽酪，有餘即施貧人。

一日有虎張口向之，文視其舌，有橫骨，乃引入探去。

明日，虎置一鹿於舍外，適有獵人來宿，因指與之，賣後分錢與文。

文曰：「我若需此自當賣。所以相語，不須故也。」

後虎服役和僕從，令負箬隨行，嘗置於鳳凰山側。文貨藥歸晚，虎嗥。

今名其地「嗥亭」。

《虞初新志》卷四〈義虎記〉記有「義虎橋」故事，與此「嗥亭」相似，曰：

辛丑春，余客會稽，集宋公荔裳之署齋。有客談虎，公因言其同鄉明經孫某，嘉靖時為山西孝義知縣，見義虎甚奇，屬余作記。

縣郭外高唐、孤岐諸山多虎。一樵者朝行叢箐中，忽失足墮虎穴。兩小虎臥穴內。穴如覆釜，三面石齒廉利，前壁稍平，高丈許，蘚落如溜，為虎徑。

樵踴而蹶者數，徬徨繞壁，泣待死。日落風生，虎嘯逾壁入，口銜生麋，分飼兩小虎。見樵蹲伏，張爪奮搏。俄巡視若有思者，反以殘肉食樵，入抱小虎臥。樵私度虎飽，朝必及。昧爽，虎躍而出。停午，復銜一鹿來，飼其子，仍投餕與樵。樵餒甚，取啖，渴自飲其溺，如是者彌月，浸與虎狎。

一日，小虎漸壯，虎負之出，樵急仰天大號：「大王救我！」須臾，虎復入，拳雙足，俯首就樵。樵騎虎，騰壁上。虎置樵，攜子行，陰崖灌莽，禽鳥聲絕，風獵獵從黑林生。樵益急，呼「大王」。虎卻顧，樵跽告曰：「蒙大王活我，今相失，懼不免他患，幸終活我，導我中衢，我死不忘報也。」

虎頷之，遂前至中衢，反立視樵。

樵復告曰：「小人西關窮民也，今去將不復見，歸當畜一豚，候大王西關三里外郵亭之下，某日時過饗。無忘吾言。」

虎點頭。樵泣，虎亦泣。

迨歸，家人驚訊。樵語故，共喜。至期具豚，方事宰割，虎先期至，不見樵，竟入西關。居民見之，呼獵者閉關柵，矛梃銃弩畢集，約生擒以獻邑宰。

樵奔救告眾曰：「虎與我有大恩，願公等勿傷。」

眾竟擒詣縣，樵擊鼓大呼。

官怒詰，樵具告前事。不信。

樵曰：「請驗之，如誑，願受笞！」

官親至虎所，樵抱虎痛哭曰：「救我者大王耶？」

虎點頭。

「大王以赴約入關耶？」

復點頭。

「我為大王請命，若不得，願以死從大王。」言未訖，虎淚墮地如雨，觀者數千人，莫不嘆息。

官大駭，趨釋之，驅至亭下，投以豚，矯尾大嚼，顧樵而去。後名其亭曰「義虎亭」。

此以虎為名者，不僅僅述說地名，或日人以遇見虎而形成許多故事，其中包含著諸多關於虎信仰的內容。如《廣東通志》卷一一四〈山川略．嘉應州明山〉引《粵東名勝記》記曰：「相傳有黃叟者，採茶於山，見二人對弈，拱立其旁。弈者曰：若知山有虎乎？因遺以卷石，忽失弈者。已而叟得石，果有虎。變擲石，虎遁去。拾石歸，則已三年矣。投石於湖，湖即涸。諦視石，乃白金也。變自是絕粒，不知所終。」此中可見，虎與仙盡為風物符號。

風物傳說故事中，虎報恩是一個類型。梁恭辰《北東園筆錄》三編卷五〈麂報〉記述與虎報恩故事相近，曰：「黃廣文又曰，甌邑西鄉張某夫婦好善，尤不輕殘物命，一日有獵者驅一麂走全其家，張婦即以舊衣覆之。獵者尋至不見，遂去。張婦見獵者已遠，因放屋走，麂似有知，首肯數四而出。次年春，忽見是麂走入中廳，將張之幼子用角掎去，張婦踉蹌出，逐至田坪中。瞥見麂將幼子放下，而麂不見。張婦始抱子回，方疑此物不知報恩。且不知此麂即前之所救否。甫入門見家中屋棟被屋後大樹壓倒，牆坍瓦碎，雞犬皆斃。而是婦母子以逐麂而存。此可見一念慈祥，雖微物亦無不知感矣。」

《札記小說．說虎》記述的是「義犬」，曰：

歙客某，以販筆墨為業。一日經某地，見群丐縛一犬，將屠之，犬嗚嗚作哭聲。客駐足觀之，犬舉首作乞憐狀，遂出數百文，購而釋之。犬自是隨客，出入必偕，吳越齊魯，凡客足跡所至，未嘗相離也。越數年，客返里，道經萬山叢中，日且暮，徬徨求宿處不得。腥風忽起，一虎自山巔下，且撲且吼，迎面而至，瞬已及前，吼聲益厲，直撲其顛，昏然遂倒，魂魄飄蕩，不復自辨其為生死矣。久之，隱隱聞人聲，覺驚顫略定，張目四顧，則數十人羅列其前，秉火炬，荷弓矢橫戈戟者，蓋獵戶也。旁置死虎。逡巡起坐，自撫其顱。眾呼曰：「客蘇矣！」給以水，飲少許，神志微復，舉手謝眾。眾曰：「客攜犬自隨耶？」客四顧失其犬，曰：「誠然，今安在矣？」眾曰：「客來省，此為君物否？」客聞言支拄而起，眾導視死虎，見胯下累然一物，一則犬首，堅噬虎勢，猶未釋口也。客審視大哭曰：「是汝也耶！」聲未絕，犬口遽釋，首墜地，客捧之而號曰：「苦汝矣！今而後吾之生命汝所賜也。」初虎為獵戶所逐，越嶺至，遇客欲噬；犬狙伺客側，俟虎起撲，突前噬其勢，虎負痛舍客狂逃，至前山而倒，故卒為獵戶所獲也。獵戶逐虎，見客死道旁，既獲虎，遂復返而救之也。犬僅遺一首者，虎狂奔時，蓋已以後爪碎裂其體矣。然而終不釋口，善哉！聞客哭而遂釋之，豈魂猶有靈耶？客感其義，盛以木匣，葬於路左，為立碣曰：「義犬之墓」，加封植焉，自是過其地，必以楮鏹肉餌哭而祭之，亦不自知其悲從中來也。光緒丁酉，襄滬報筆政，客挾筆來求售，為余言此事，察其顏色，談虎有餘慄，而談犬猶有餘哀也。惜余忘其姓字矣。

與之類似者如許多龍的傳說故事，同樣表示清代社會普遍存在的龍信仰觀念。如鈕琇《觚賸》正編卷五〈產龍〉記曰：「竇四者，沈丘槐店竇生之佃也。康熙庚午夏日，四婦將逼娩期，夢黑丈夫頎而髯，謂之曰：『我欲暫託汝家，幸勿加害，當有以報。』次日之晡，產一龍，蜿蜒逾尺，鱗角俱備，項間有黃鬃如馬鬣，拂拂而動。婦極驚怖，意欲斫除。忽飛蟠屋梁，因憶前夢，姑置豢焉。不三日驟長數丈，夭矯游行，就乳則體仍縮小如初生時。熟習日久，飼以雞卵，亦能啖也。沈丘范令，親往其家視之。」《古今圖書整合．神異典》卷二五一引《溫州府志》「龍母廟」記曰：「龍母廟。廟在瑞應鄉黃塘，神姓江氏，方笄未嫁，浣紗見石，吞之，遂有娠。以父母疑，躍江溺死，忽雷電交作，其腹進蜥蜴成龍入海，猶回顧其母。今其港有望娘匯。邑人因葬之，為主祠。」雍正《文登縣志．雜聞》記曰：「（文登）縣南柘阻山有龍母廟，相傳山下郭姓妻汲水河崖，感而有孕，三年不產，忽一夜雷雨大作，電光繞室，孕雖免（娩），無兒胞之形。後每夜有物就乳，狀如巨蛇，攀梁上，有鱗角，怪之，以告郭。郭候其來，飛刃擊之，騰躍而去，似中其尾，後其妻死，葬山下。一日雲霧四塞，鄉人遙望，一龍旋繞山頂。及晴，見塚移山上，土高數尺，人以為神龍遷葬云。後禿尾龍見，年即豐，每見雲霧畢集，土人習而知之，因構祠祀之。」《子不語》卷八〈禿尾龍〉記曰：「山東文登縣畢氏婦，三月間漚衣池上，見樹上有李，大如雞卵。心異之，以為暮春時不應有李，採而食焉，甘美異常。自此腹中拳然，遂有孕。十四月產一小龍，長二尺許，墜地即飛去。到清晨，必來飲其母之乳。父惡而持刀逐之，斷其尾，小龍從此不來。後數年，其母死，殯於村中。一夕雷電，風雨晦冥中，若有物蟠旋者。次日視之，棺已葬矣，隆然成一大墳。又數年，其父死，鄰人為合葬焉。其夕雷電又作。次日，見其父棺從穴中掀出，若不容其合葬者。嗣後村人呼為禿尾龍母墳，祈晴禱雨無不應。」

吳趼人《札記小說．龍》記：

甲辰遊山左，知山左亦有禿尾龍之說。膠州貓兒嶺下，有虹溪，溪盡處，有泉曰「龍泉」。相傳李氏婦浣磯上，有鰍繞磯，游泳數匝而去。婦若有所歆感，歸遂娠。數月，忽產蛇，驟離母腹，即暴長七、八尺。其夫駭甚，執鍬斬之，僅斷其尾。蛇奪門去，入溪而沒。是秋大雷雨，溪暴漲，有黑龍遊戲波間，禿尾宛然；俄風雲擁之去。龍去而泉湧出，故曰「龍泉」。祈雨輒應。每將大雨，龍或隱約掉尾雲中，人咸呼為禿尾老李云。

又記：

粵中有禿尾龍之說，相傳某童子，豢一小蛇，蛇漸長，至室不能容，乃縱之溪澗中，而斷其尾曰：「將以為識驗也。」既而蛇成龍，以禿尾故，不能昇天，每飛騰至半空中即復下。其飛騰一次，必大風雨為災。光緒初（在丙子、丁丑之間，時余尚稚，不及憶其真矣），三月初九之災為最巨，覆舟以百計，死傷人畜以千計，廣州櫬具，為市一空，至有以缸甕殮者，誠奇災也。

《子不語》卷十七〈龍母〉記：

常熟李氏婦，孕十四月，產一肉團，盤曲九折，瑩若水晶。懼，棄之河。化為小龍，擘空而去。踰年李婦卒，方殮，雷雨晦冥，龍來哀號，聲若牛吼。里人奇之，為立廟虞山，號「龍母廟」。乾隆壬午夏大旱，牲玉既罄，卒無靈。桂林中丞以為大戚。其門下士薛一瓢曰：「何不登堂拜母？」中丞遣官以牲牢禱龍母廟，翌日雨降。

《古今圖書整合．職方典》卷一六八引《高淳縣志》「望娘灣」記述所謂「龍蛇一體」故事，曰：「安興鄉李溪有虞嫗者，因驟雨，以杯承簷間水。水中浮紅絲縷，飲之遂孕。及期，產一蛇，身具五色。嫗怖，裹而投之溪。每至溪浣洗，蛇輒來就乳。乳亦湧射，蛇以咽承之。既而厭惡之，砍以刀，正斷其尾。蛇忽變頭角，巨軀絳章，風雨大作，壅土成墩，而嫗己葬其中矣。龍出溪去，行輒回首顧，凡回者二十有四，一回則成一灣，俗稱望娘灣。」之後，又有「每歲寒食及十月節前後，必有風雨，昏黑數十里。繞葬處，雨雹交下，皆云龍祭掃。至則河魚上壅，居民持網以俟，有一人而獲魚數石者。漁家每覘龍之出入以卜魚利」。顯然，此納入並融合為風物傳說的同時，也成為地方性節日的重要內容。又如毛祥麟《墨餘錄》卷三〈石洞繡鞋〉所記為另一種龍傳說，曰：「石洞，蓋在終南山秦嶺下，孽龍據焉。東西綿亙百八十里，洞口高數丈，横廣如之。其中黑暗潮溼，人莫敢入，相傳唐天寶中，某公主於上林苑作鞦韆戲，忽為腥風捲去，四覓無蹤。時有樵者採薪山下，隱聞雲霧中有女子哭聲，適當洞口，似不甚高，掣斧擲之，撲下繡鞋一只。事聞於官，據實備奏，鞋即公主所履也。玄宗遂命將士千人，令樵者導至其處伺之。歷數日，了無形跡，唯夜間若有燈二盞懸洞，光射數丈。將乃命軍人善射者發矢射之，光忽散，及日，即募死士百人，明火執械為前鋒，千軍後隨，入洞見一龍，左目中箭，臥伏不動，其將徑前斬之，縱兵搜殺洞底餘孽，而救公主出焉。事見唐說部。至我朝乾隆三十年夏間，有好事士人，欲窮其際，集勇敢士二十餘，深入五、六里，杳無所得。再進，恰覿繡鞋一只，而火把已滅，乃相顧愕然而返。」其他如光緒《睢寧縣志》卷十八〈白龍祭母〉，康熙二十七年（西元 1688 年）盧崇興撰〈悅城龍母廟碑記〉，同治五年（西元 1866 年）重刊乾隆《溫州府志》卷三十〈雜俎〉，道光《文登縣志．雜聞》，光緒《文登縣志．雜聞》等方志資料，所記傳說甚多，各顯風物傳說故事與風物文化之姿色。

在風物傳說中，蛇與龍、虎等動物一樣，成為精怪，影響人間，展現人倫。這與民間社會以蛇為龍，以蛇為神的信仰觀念相符合。如許奉恩《里乘》卷六〈產蛇〉記述一則與此類內容相關的故事，曰：

合肥李季荃督軍鶴章言，其鄉農人某，家頗小阜。妻某氏最惡生女，每產男則字之，女則溺之。年將三十，業戕女六、七矣。既又有身，將分娩，腹痛甚，比產一卵，內蠕蠕動，剖之，蛇也。鱗甲金光爛然，舉首，目炯炯望母，哆口舌，意似索乳。農人欲殺之，妻搖首止之曰：「此宿孽也。安知非妾平日溺女之報？倘再戕其命，結冤益深，其何以解？不如縱之，聽其自然為善。」

農人然其言，乃置諸筐，而放之深山叢莽中。

迨夜漏二下，聞戶下隱隱有聲，見蛇蜿蜒入，徑上榻投母懷中，以口哺乳嘬吮，儼然嬰兒。某氏痛徹心髓，而竟無如之何。蛇飽則蜷蟠臥枕際，飢則就乳如初。日輒三哺，某氏甚苦之，向蛇哀告曰：「我與汝類分人畜，義屬母子。汝齒日長，我乳實不足以果汝腹，況汝日大則毒，未免尤甚，我不堪痛楚，命合休矣。縱係宿孽，而以子殺母，其曲在汝，汝心安乎？今與汝約，以飯代乳，何如？」

蛇頷之。自是日飼從飯。蛇漸長大，不三年已粗如碗，十石甕籍以草，蟠臥其中。日三餐必需斗米，農人家由此漸落。

蛇今尚在，人多見之。究竟不知何若也。

《子不語》卷二十一〈蛇含草消木化金〉記曰：

張文敏公有族姪，寓洞庭之西磧山莊，藏兩雞卵於廚舍，每夜為蛇所竊。伺之，見一白蛇吞卵而去，頸中膨亨不能遽消，乃行至一樹上，以頸摩之，須臾，雞卵化矣。

張惡其貪，戲削木片裝入雞卵殼中，仍放原處，蛇果來吞，頸脹如故，再至前樹摩擦，竟不能消。

蛇有窘狀，遍歷園中諸樹，睨而不顧。忽往亭西深草中，擇其葉綠色而三叉者，摩擦如前，木卵消矣。張次日，認明此草，取以摩停食病，略一拂拭，無不立愈。

其鄰有患發背者，張思食物尚消，毒亦可消；乃將此草一兩，煮湯飲之。須臾間，背瘡果愈，而身漸縮小；久之，併骨俱化作水。病家大怒，將張捆縛鳴官。張哀求，以實情自白。病家不肯休。往廚間吃飯，入內，視鍋上有異光照耀；就觀，則鐵鍋已化黃金矣。乃舍之，且謝之。究亦不知何草也。

風物傳說故事中，成精的不僅僅是龍、蛇、虎之類動物，還有人參、何首烏之類植物。如《咫聞錄》卷二〈人參〉記述人參故事，也是清代風物傳說的重要類型。其曰：

宜良山有廢寺，有邱道士，募緣創修祖師殿，師徒二人，同居有年。殿前峭石奇巒，異草怪木，冗雜菲萋。常見兩小兒在山門外遊戲，道士時遇之，久而漸熟，餌以甘果，不敢入殿，如是數年。

道士一日攜鮮桃數枚，置於香几，一小兒在天門窺見，遽入殿中，道士急抱之，至香積廚，褫衣，用水洗淨，至於大鍋內，上用木蓋，壓以大石，使不走氣，令徒架薪煮之，戒「勿斷火，毋啟視，我將上山，俟我回來食之」。

其徒思出家人時以行善為本，今道長如此殘忍，諺云：「惡人往善地尋之」，即斯之謂歟！忽聞小兒在鍋內叫號，心欲放之，又念道長平日法戒甚嚴，不敢違令。已而小兒寂然無聲，想已煮死，逾時已久，師尚未回，恐鍋中水涸焦枯，開視之，忽然淜渤一聲，小兒躍出而遁。其徒駭然變色，即追無蹤。

適道士自外來，手握青草一團，見其情形，泣而嘆曰：「汝誤我矣！我創此寺三十餘年，費盡心力，原為此物。此非小兒，乃千年人參也。合藥服之，可以長生。今我無福，不必作昇仙想矣。尚留其衣，食之可得上壽，洗兒之水，飲之一生無病。」隨視其衣，已失所在；水為犬所飲。道士失望，與徒別曰：「汝護守寺門，我去矣。」後聞犬生黑毛，披拂細潤絕倫，入山不返，人以為仙去云。

吳熾昌《客窗閒話》卷三〈何首烏〉〉記何首烏故事曰：

吾邑有張氏姑婦者，夫與子皆諸生，以家貧，教讀外出，唯二婦在家操作女工度日，是以紡紗必夜午方休。每秋月皎潔，時聞院中似有幼孩徵逐聲，拔關視，則無有。婦與姑謀，後若有所聞，一人仍紡，一人穴窗隙窺之。於是輪流伺隙，婦果見兩孩出自牆陰，長不滿尺，一男一女，皆赤體，攜手至院落中，對月再拜，互相撲跌為戲。婦潛告姑，慮曰：「恐係妖孽之子孫，犯之自肇釁矣。」皆不敢出，然心甚懷疑。

一日所親至，知醫博學士也，姑以所疑質之，戚曰：「宅若有妖，何能安居？此必靈藥所變，得而蒸食之，當成地仙。」婦笑曰：「稍聞人聲即遁，焉能攫取？」曰：「無難，吾聞稻米，天地正氣所結，能壓寶藏，若由窗隙擲之，得中其身，即不能遁矣。」戚去，婦度院中孩戲之處，至窗隙約丈餘，諒擲米未必適當，乃截竹為筒，撒米其中，以箸卷布催送之，日練其手法，使精熟，復伺於窗隙。二孩來前，婦即以筒米彈之，果中，二孩皆僕，突出擒拿。入手僵直，呼姑舉火燭之，類木雕者，眉目如畫，氣甚芳馥。姑婦相謀，煮飯時於鐵鍋中蒸之，一次稍軟，至五、六次，香綿可食。姑婦各分食一枚，覺鮮美異常，腹果甚，一日不思飲食，夜眠至次日，皆不能起身矣。

晌午，門不開，鄰姥疑有故，逾垣窺之，見姑婦皆仰臥於床頭，面及身俱腫，目開口張，不能言語。鄰姥倩人走報其父子歸。不解何由，亦不識何疾，急邀知醫之戚診視，笑曰：「非疾也，曰前母所說成形首烏，我曾說以捕法，諒必捕而食之，未識九蒸九晒之制，必不知避忌，誤犯鐵器，是以有毒，試以解毒開通之藥灌之。」至七日，腫消人醒，問之，果如醫言。起後，強健愈前，累月不思食，其姑年已周甲，髮白再黑，齒落重生，枯皺肌膚，皆皮脫而潤澤，似二十餘人，復生子。其婦年近四旬，轉而為二八好女子，連舉子女十餘，後皆壽一百五、六十歲，無疾而終。

在風物傳說故事中，仙人化生地方景觀傳說起源甚早，如元代吳萊《南海古蹟記》〈五仙觀山〉記「五仙觀山在子城內，楚高古時有五仙人，人持穀穗，一莖六出，乘羊衣羊，具五方色，遺穗州人，羊化石，仙人騰空去」；張岱《夜航船》卷二地理部〈古蹟・五羊城〉記述為「五羊城即廣州府城。初有五仙人騎五色羊至此，故名」。屈大鈞《廣東新語》卷五〈五羊石〉記述曰：「周夷王時，南海有五仙人衣各一色，所騎羊亦各一色，來集楚庭。各以穀穗一莖六出，留與州人，且祝曰：願此闤闠，永無饑荒。言畢騰空而去，羊化為石。今坡山有五仙觀，祀五仙人。少者居中，持稷稻；老者居左右，持黍稷，皆古衣冠。像下有石羊五，有蹲者，有立者，有角形微彎、勢若牴觸者，大小相交，毛質斑駁。觀者一一摩挲，手跡瑩然。諸番往往膜拜之。」《廣東新居》卷六〈五穀神〉記：「晉吳修為廣州刺史，未至州，有五仙人騎五色羊負五穀而來，止州廳上。其後州廳梁上圖畫以為瑞，號廣州曰五仙城。城中坡山，今有五仙觀，春秋粵人祈穀，以此方穀為五仙所遺。一仙遺一穀，穀有五，故為五仙，而五仙當日復有豐年之祝，故皆稱為五穀之神。州廳之繪以重穀也。城名曰五仙，亦重穀也。」《古今圖書整合．神異典》卷二六九引《廣州通志》「五仙觀」記述曰：「廣州府五仙觀。初有五仙人，皆持穀穗，一莖六出，乘五羊而至。仙人之服，與羊同色，如五方。既遺穗與廣人，仙忽飛昇而去。羊留，化為石，廣人因即其地祠之。」

在風物傳說故事中，每一處風景都有來歷，一山一水，總有神奇；神仙出現，總是可遇而不可求。如楊鳳輝《南皋筆記》卷一〈黃龍洞記〉與以往「爛柯山」故事相似，但此處為當世「清咸豐庚申」時風物傳說，其記曰：

西蜀松州之東偏，有黃龍洞，在雪山中。洞前有五色池水，俗傳為黃龍真人修道處。

清咸豐庚申，夷匪作亂，松城破，太守張右虔死之。

有毛生者，雲南人，張雲姻戚，隨張居任所。聞變，亟胡服微行，逃之洞中，見一老者與一少年相對弈，生從旁觀之。

局終，老者負半子，掀髯微笑，謂少年曰：「老夫耄矣，無能為役。方今少年時代，自當讓以成，子其勉之。」

少年亦謙遜未遑。

老者又曰：「弈之為道，機變奇譎，莫名其妙，能縱橫衝突，力爭中原，方為國手。若僅爭邊角，雖足致勝不貴也。」

少年復唯唯。生聞其言頗精確，遽前跽請教。

老者欣謂少年曰：「此子穎悟，子盍教之。」

少年因按譜授生式。

既竟，謂生曰：「子歸可以此成名矣。」

生懼夷變，不敢出。

少年曰：「無慮也。」乃別而歸。

出洞遇土人，詢之，時松州已平定八年矣。生遂回籍。由是以善弈名聞天下。

張貴勝《遣愁集．一集滑稽》、錢德蒼《增訂解人頤廣集》記述「岳陽有酒香山」地名故事，似乎與東方朔故事重疊，其實是在述說山名。其記述曰：

岳陽有酒香山，相傳古有仙酒，飲之得不死。漢武求得之，東方朔竊而先飲焉。上怒，欲誅之，朔曰：「陛下殺臣，臣必不死。臣若果死，酒亦不驗。」帝笑而釋之。

沈起鳳《諧鐸》卷七〈鮫奴〉記述「鮫人」故事，講述的是意外獲得財富的傳說，此類傳說在宋、元時期曾經出現，但此時已經發生許多內容上的變化。其曰：

茜涇景生，客閩三載，後航海而歸。見沙岸上一人僵臥，碧眼蜷須，黑身似鬼，呼而問之。對曰：「僕鮫人也，為水晶宮瓊華三姑子。織紫綃嫁衣，誤斷其九龍雙脊梭，是以見放。今飄泊無依，倘蒙收錄，恩銜沒齒。」生正苦無僕，挈之歸里。其人無所好，亦無所能。飯後赴池塘一浴，即蹲伏暗陬，不言不笑。生以其窮海孤身，亦不忍時加驅遣。浴佛日，生隨喜曇花講寺。見老婦引韶齡女子，拜禱慈雲座下。白蓮合掌，細柳低腰，弄影流光，皎若輕雲吐月。拜罷，隨老婦竟去。

跡之，入於隘巷。訪諸鄰右，知女吳人，姓陶氏，小字萬珠，幼失父，為里黨所欺，三年前，隨母僦居於此。生以孀貧可啖，登門求聘，許以多金，卒不允。生曰：「阿母居奇不售，將使令千金以丫角老耶？」老婦笑曰：「藍田雙璧，索聘何嫌？且女名萬珠，必得萬顆明珠，方能應命；否則，千絲結網，亦笑越客徒勞耳！」生失望而回，私念明珠萬顆，縱傾家破產，亦勢難猝辦：日則書空，夜則感夢，忽忽經旬，伏床不起。延醫診視，皆曰：「雜症可醫，相思疾未可藥也。」瘦骨支床，懨懨待斃。

鮫人入而問疾。生曰：「琅琊王伯輿，終當為情死。但汝海角相依，迄今半載，設一旦予先朝露，汝安適歸？」鮫人聞其言，撫床大哭，淚流滿地。俯視之，晶光跳擲，粒粒盤中如意珠也。生蹶然而起，曰：「愈矣！」鮫人訝其故。生曰：「予所以病且殆者，為少汝一副急淚耳！」遂備陳顛末。鮫人喜，拾而數之，未滿其額。轉嘆曰：「主人亦寒乞相，得寶驟作喜色，何不少緩須臾，為君盡情一哭也。」生曰：「再試可乎？」鮫人曰：「我輩笑啼，由中而發，不似世途上機械者流，動以假面向人。無已，明日攜樽酒，登望海樓，為主人籌之。」

生如其言，侵晨，挈鮫人登樓望海，見煙波汨沒，浮天無岸。鮫人引杯取醉，作旋波宮魚龍曼衍之舞。南眺朱崖，北顧天墟，之罘、碣石，盡在滄波明滅中。喟然曰：「滿目蒼涼，故家何在？」奮袖激昂，慨焉作思歸之想；撫膺一慟，淚珠迸落。生取玉盤盛之，曰：「可矣。」鮫人曰：「憂從中來，不可斷絕。」放聲一號，淚盡乃止。

生大喜，邀之同歸。

鮫人忽東指笑曰：「赤城霞起矣。蜃樓十二座，近跨鼉梁，瓊華三姑子今夕下嫁珊瑚島釣鰲仙史。僕災限已滿，請從此逝！」聳身一躍，赴海而沒。生悵然獨反。

越日，出明珠，登堂納聘。老婦笑曰：「君真痴於情者。我不過以此相試，豈真賣閨中女，覥顏求活計哉？」卻其珠，以女歸生。後誕一子，名夢鮫，志不忘作合之緣也。

風物傳說中，總是以此類精怪述說人世。如歷史上流傳甚廣的田螺故事，其實是當世婚姻生活作為社會風俗生活形態的表現。程趾祥《此中人語》卷二〈田螺妖〉講述了一個清代的田螺故事：

衛福者本舊家子，遭兵燹之亂，全家具沒，唯福尚存。所居屋四椽是己產，度日維艱，聊作小本經紀。黎明即起，每出必反鍵其戶，至日中始返，浣衣煮飯，俱躬自操作，蓋勤而儉者也。一日，福歸家，見飯已熟，甚異之。不暇詢諸鄰，食訖遽出。次日又如之。一連十數日，毫不費力，不知誰人為之執爨也。

又一日，福出門，將門虛掩，自隙中細窺，以待其異。逾一時許，忽見庭中水缸搖動。有一女郎自缸中姍姍而出，明眸皓齒，豐韻絕佳，釵影徘徊，蓮鉤聲碎，往廚下而去。福驚且喜，疑為天仙下降，忽憶缸中有一田螺，蓄已數年，此必田螺妖無疑矣。遂啟門輕進，視缸中田螺僅為一殼，藏殼於機密之處。轉至廚下，則見女郎撩衣捲袖，方司中饋，殊形忙碌。福出其不意上前摟之。女郎微笑欲逃脫，福抱持益力，女兩頰俱赤，若不自持。福乃抱女於臥室間遽作巫山夢矣。

兩人遂為夫婦。女貌既端好，性亦敦厚，閨幃伉儷，無異常人。福不勝暗喜，以為相如之得文君，未有此妙境也。

年餘，女忽產一子，眉目之間，與女極似。每於悽風楚雨之時，常思歸去。福以其無家可歸，聽之。又年餘，又產一子，而女自此亦不復思歸矣。

流光如駛，二子皆十餘歲，而女花容如舊，仍若二十許人。

一日夫婦有口角，福微有所詆，女姣啼慘哭，淚落如珠。福轉為勸慰之，終不能止。但曰：「還我窠巢，終當樂我故耳！」

福且憐且怒，即取舊所藏殼擲地下，曰：「此爾本來面目，豈和氏連城耶？」

孰意一聲響處，女與殼俱失所在，福駭絕，四處搜尋不著，又向空陪罪，二子亦跪地哀呼，百般慘禱，卒亦無有心痛而來者。福懊喪欲絕，遂不復娶。

後二子均舉進士，為母請封。福乃備空棺，置女前次所衣之衣而葬之，並立其石曰：「田夫人之墓。」

丁治棠《仕隱齋涉筆》卷六〈猴異〉「巫峽奇遇」，講述的是人猴之戀，在當世風物傳說故事中頗為奇特：

有友言：四川王某，商人子，少年俊美，從父販載下兩湖。舟過巫峽，遇逆風，避絕崖下宿焉。時當酷熱，王攜席，坦臥船唇，高枕熟眠。

不意壁上有猴洞，至夜分，眾猴聯臂下，以長藤約王體，懸空牽引入洞。

解其縛，王睡始覺。

瞠目見石屋高潔，幾案床榻，皆石作成。照大珠，光明如晝。眾猴班立，榻上坐老猴，通體白毫，須鬣鬣長數尺，吐人言曰：「我生盤古世，自開闢來，上帝敕主峽山，為群猴長。我妻亦人類，今轉世矣，生一女，貌不惡，當下嫁塵世，與子有前緣，特招作婿，勿辭。」

言罷，眾猴伺意，與王加冠易服，若夙具者，再三推託，不許。俄引一女子出，華裝炫服。王睨之，不類猴種，眉目清揚，手足纖細，麗人也。遂交拜，導至一處，石室天成，鋪陳華美，紅氈絳帳，香軟異常，兩情繾綣，忘其為非類也。朝夕供養，多鮮果，別具釜甑，為夫婦作煙火食。給役皆小猴，眉聽目語，較童婢尤勤謹。老猴不常在洞，偶來談，所道皆閬苑蓬山事。

石室外，隙地一區，廣十餘畝，通天日，四圍依山為垣，高不可乘。就此作花塢，清池假山，嘉葩奇卉，無一不具，四季長春，別開異境。夫婦遨其中，蕩心神焉。

如是者有日，王思父母，起鄉心，與女謀歸。女不許，王泣下，飲恨不食。女乃以意達老猴，猴曰：「爾夫婦皆人間種，安能鬱鬱居此？歸當在三年後，屆期我自送行，可稍安勿躁！」王無已，聽之。方王之入洞也，父與舟人皆不覺，凌晨視臥處，席存人杳，四顧無岸可登。皆謂王夢夢翻身，跳入水晶宮矣。俟數日，浮屍不起，泅水撈之，無跡影。王父頓足捶胸，灰心遠賈，牽載回，發售本地，唯修齋禮佛，超度靈魂而已。

越三載，父憂漸釋，有夥伴邀下漢口，理舊業。重經巫峽，就失王處，泊舟設奠。父望江水，大聲長號，舟人齊墮淚。至晚依依不能去，仍宿此。

是日，老猴謂王曰：「今夜乃夫婦出洞期，爾父泊舟在此，時不可失，過此便無歸路。」隨呼眾猴檢行裝，金珠百寶，充牣滿橐。命酒作餞，王與女伏地拜別，飲酒三爵，昏不知人，逮夜半，眾猴氈裹二人，和奩具珍物束一大包，照船首，冉冉縋下。

是夜，王父思子，觸景含淒，難安寢，不時出艙瞻望。倏睹船頭墜一物，聲甚軟，呼燈視之，乃一氈包。解其束，見王夫婦，鳳倒龍顛，合臥其中，猶酩酊未醒也。

父大驚詫，以水灑面，夫婦漸醒。述其異，父子大痛，驚為隔世人。又見子得美婦，珍寶盈橐，更出望外。父子望洞稽首。將船貨託夥經營，另買舟歸。至家，檢橐中物，一具值數千金，陸續換售，獲資鉅萬，富可敵國。

而猴氈尤貴重，夏涼冬溫，病者臥之，能返魂續命，為傳家至寶。

夫婦登上壽，因在洞食仙果，老有少容，同日溘逝，咸謂羽化矣。生子女多人，後世熾昌，雕外祖相祀之，託名齊天大聖，實巫山老猴精也。

王與老猴，殆有夙契者，相攸遣嫁，布置精審，開出人間一派，猴仙多情，瓣香奉之也宜。

在風物傳說故事中，動物成為精怪，以著名的「狼外婆」故事為典型，其中展現的社會風俗生活內容更為豐富。如黃之雋《虎媼傳》（載清·黃承增輯《廣虞初新志》卷十九）是中國民間文學史上一篇難得的狼外婆（虎姑婆）故事文字。其記述曰：

有為予談虎者云：歙居萬山中，多虎，其老而牝者，或為人以害人。有山氓，使其女攜一筐棗，問遺其外母。外母家去六里所，其稚弟從，年皆十餘，雙雙而往。日暮迷道，遇一媼問曰：「若安往？」曰：「將謁外祖母家也。」媼曰：「吾是矣。」二孺子曰：「兒憶母言，母面有黑子七，婆不類也。」曰：「然。適簸糠蒙於塵，我將沐之。」遂往澗邊拾螺的者七，傅於面。走謂二孺子曰：「見黑子乎？」信之，從媼行。自黑林穿窄徑入，至一室如穴。媼曰：「而公方鳩工擇木，別構為堂，今暫棲於此，不期兩兒來，老人多慢也，草具夕餐。」餐已，命之寢，媼曰：「兩兒誰肥，肥者枕我而撫於懷。」弟曰：「余肥。」遂枕媼而寢，女寢於足。既寢，女覺其體有毛，曰：「何也？」媼曰：「而公敝羊裘也，天寒衣以寢耳。」夜半聞食聲，女曰：「何也？」媼曰：「食汝棗脯也，夜寒且永，吾年老不忍饑。」女曰：「兒亦飢。」與一棗，則冷然人指也。女大駭，起曰：「兒如廁。」媼曰：「山深多虎，恐遭虎口，慎勿起。」女曰：「婆以大繩繫兒足，有急則曳以歸。」媼諾，遂繩其足，而操其末，女遂起曳繩走月下，視之，則腸也。急解去，緣樹上避之。媼俟久，呼女不應，又呼曰：「兒來聽老人言，毋使寒風中膚，明日以病歸，而毋謂我不善顧爾也。」遂曳其腸，腸至而女不至。媼哭而起，走且呼，彷彿見女樹上，呼之下，不應。媼恐之曰：「樹上有虎。」女曰：「樹上勝席上也，爾真虎也，忍啖吾弟乎！」媼大怒去。無何，曙，有荷擔過者。女號曰：「救我，有虎！」擔者乃蒙其衣於樹，而載之疾走去。俄而媼率二虎來，指樹上曰：「人也。」二虎折樹，則衣也。

以媪為欺己怒，共咋殺媪而去。

神鬼信仰是風物傳說的一種。鬼故事起源甚早，如著名的「宋定伯背鬼」，可以視作風物傳說的一種特殊形式；清代社會，有「賣鬼為業」與「衣食之需，妻孥之供，悉賣鬼所得」，在樂鈞《耳食錄》卷九〈田賣鬼〉講述為「或有化羊豕者，變魚鳥者，悉於市中賣得錢以市他物。有賣不盡者，亦自烹食之，味殊甘腴」，其實應該是買賣行業的神話化。其記述曰：

有田乙，素不畏鬼，而尤能伏鬼，遂以賣鬼為業。衣食之需，妻孥之供，悉賣鬼所得。人頗識之，呼為「田賣鬼」云。

年二十餘，時嘗夜行野外，見一鬼肩高背曲，頭大如輪。田叱之曰：「爾何物？」鬼答言：「我是鬼，爾是何物？」

田欲觀其變，因紿之曰：「我亦鬼也。」

鬼大喜躍，遂來相嬲抱，體冷如冰。

鬼驚疑曰：「公體太暖，恐非鬼。」

田曰：「我鬼中之壯盛者耳。」

鬼遂不疑。

田問鬼有何能，鬼曰：「善戲，願呈薄技。」乃取頭顱著於腹，復著於尻，已復著於胯，悉如生就，無少裂拆。又或取頭分而二之，或三四之，或五六之，以至於十數，不等。擲之空，投之水，旋轉之於地，已而復置之於項，奇幻之狀，靡不畢貢。

既復求田作戲。

田復紿之曰：「我飢甚，不暇作戲，將覓食紹興市，爾能從乎？」

鬼欣然願偕往，行而行。

途次，田問曰：「爾為鬼幾年矣？」

曰：「三十年矣。」問住何所，鬼言無常所，或大樹下，或人家屋角，或廁旁土中。

亦問田，田曰：「我新鬼也，趨避之道，一切未諳，願以教我。」蓋欲知鬼所喜以誘之，知鬼所忌以制之也。

鬼不知其意，乃曰：「鬼者，陰屬也，喜婦人髮，忌男子鼻涕。」

田志之。

方行間，又逢一鬼，瘦而長，貌類枯木。前鬼揖之曰：「阿兄無恙？」指田示之曰：「此亦我輩也。」

瘦鬼乃來近通款洽焉，亦與俱行。將至市，天欲曉，二鬼行漸緩。田恐其隱遁，因兩手捉二鬼臂，牽之左右行，輕若無物。

行甚疾，二鬼大呼：「公不畏曉耶？必非鬼，宜速釋手，無相逼也！」

田不聽，持愈急。二鬼哀叫，漸無聲。天明視之，化為兩鴨矣。田恐其變形，乃引鼻向鴨噴嚏，持入市賣之，得錢三百。

後每夜挾婦髮少許，隨行野外索鬼，鬼多來就之，輒為所制。或有化羊豕者，變魚鳥者，悉於市中賣得錢以市他物。有賣不盡者，亦自烹食之，味殊甘腴。

鬼故事被演繹成為買賣，確實與市場有關係，而其故事內容則明顯表現出一種風物觀念，即低賤動物為鬼所化。這種觀念著重於「化」，以此所述田乙故事中的「鬼者，陰屬也，喜婦人髮，忌男子鼻涕」為典型的巫術信仰。鬼有所害怕，其實寓意深刻。

此類故事在《鏡花水月．盂蘭會》中也有展現，如「楊大膽者，高陽一酒徒」之「笑而售之，獲一餅金」故事，其中「晨光熹微，鬼於肩上寂然無聲」，即鬼喜歡在黑暗中生存，害怕力量和陽光，都是民間信仰的內容展現。其記述曰：

楊大膽者，高陽一酒徒也。工拳棒，有勇略，遇事一往無前。七月晦日，相傳為地藏菩薩誕辰，郊外寺僧盛設齋筵，建盂蘭道場。有二友拉楊出城往看，先於酒家夜飲，拇戰無休，兩人已醉倒酒壚旁矣。

時漏下三鼓，楊以大膽，雖多飲，尚未醉，出門獨行踽踽，仍欲往觀。

不二里，前面有星星磷火，趨而視之，乃一黑瘦漢，詰曰：「子為誰？」答曰：「我鬼也。」鬼亦詰楊，楊曰：「我亦鬼也。欲赴會，同行可乎？」鬼曰：「甚妙。」遂握手閒談。

相將入寺，燈火輝煌，齋筵豐潔，一白眉老僧率四侍者，已登壇說法。鐘磬微鳴，口宣貝葉，手持散花香，俗所云施食者是也。維時人聲寂然，屏息無譁。

忽聞有聲自空來，乍揚復沉。簷溜啾啾，陰霾慘慘，恍忽如滿寺彭生，一庭伯有。但覺鬼浮於人，楊固毫無懼色，唯變目注定前鬼。見其於筵間以口吸氣，覺飽飫已極，遂拉同出寺。

行未半里，鬼已蹩躠不良於行，謂楊曰：「盍彼此交易襁負以舒足力？」楊應之曰：「汝須先施。」鬼以肩承之，詫曰：「客何太重？」楊答曰：「我新鬼，大，故重。」鬼勉荷數武，力不能勝。楊遂下肩，即負鬼而行，如舉一羽，曰：「汝何太輕？」鬼曰：「我故鬼，小，故輕。」

談笑之間，時交五鼓。楊走如飛，鬼於肩上疾呼：「速放我下！」

楊置若罔聞，走如故。鬼怒，詈之。不答，哀懇之。亦不答，轉以兩手抱持益固。

未幾，晨光熹微，鬼於肩上寂然無聲。楊負之入城。

其時市肆方開，人見芒芒然歸之狀，且背負一大鵝，無不狂笑。一人大呼曰：「此鵝賣否？」

楊獨不解。拍其肩，果見白毛紅掌，右軍所愛之物也。笑而售之，獲一餅金。

當然，鬼可化為動物，作為鬼怪，即不完全等同於一般鬼魅，其能夠化為錢財，總是在故事講述中被附會與某物某人以緣分證明其所歸；此同樣是民間信仰的表現。

如褚人獲《堅瓠十集》卷一〈銀精〉記述「一宅每多鬼怪」，類似於聚寶盆故事，曰：

一宅每多鬼怪，有人買之，夜宿其中，遙聞嘈嘈人語。

起聽，在西壁下，其語謂「吾輩主來矣！」似慶賀者。

頃之，又聞愁嘆聲，謂：「相聚多年，今將分離矣。」

主人暗喜，冀有所見，忽見一白衣老人至曰：「吾乃銀精也。壁下有銀若干，待公久矣，任君掘出營運，唯吾銀精不可鑿，亦不可鎔化。倘得存守，且能增益多金。」

次日，果於壁下掘銀若干錠。內一錠晶光奪目，識為銀精，謹藏笥中，焚香祝拜。或雜之群銀中，則倍增益。

俞樾《右臺仙館筆記》卷六〈銀人為祟〉，亦如同由精怪引起的財富故事，講述「相傳有怪物居之」云云，曰：

楚人某以丞倅官蜀中。其所官之地甚瘠苦，雖有衙署，相傳有怪物踞之，其前任皆僦民屋而居。

某窮甚，無僦屋之資，不得已，攜一僕居署中。其夜不敢寢，素善飲酒，姑取酒痛飲，腰間懸利刃以自衛。至夜半忽有一巨人排闥入，勢甚猛。視之，皚如霜雪。某即拔利刃力斫之，鏗然有物墜地。

其人返奔，某大呼追之，僕自旁屋聞聲亦出。某膽益壯，共追至一處而滅，以物識之。復還入室，視所墜何物，則血淋漓一臂也。乃坐以待旦，亦無他異。

及明，視此臂乃銀也，大異之。至夜所識處，掘而視之，中埋一銀人，但少一臂，以所斷臂配之，適合。荷以歸，權之，重數千兩。

所有的鬼背後都是人。除了宋定伯背鬼之類的故事，許多冤鬼尋找替死者，也是風物傳說中經常見到的內容。如《聊齋志異》卷八〈商婦〉記述曰：

> 天津某商將賈遠方，從富人貸貲，為偷兒所窺。及夕，預匿其室，以俟隙而竊之。而商以是日良，負貲竟發。偷兒既久伏，但聞商人婦轉側床上，似不成眠。既而壁上一小門開，一室盡亮。門內有女子出，容齒少好，手引長帶一條，近榻授婦，婦以手卻之。女固授之，婦乃受帶，起懸梁上，引頸自縊。女遂去，壁扉亦合。偷兒大驚，拔關亟呼。家人咸起，詢知其故，急往救之。婦竟不醒，遂械偷兒鳴官。令以得偷兒目見，免成疑案。釋之。問其里人，言宅之故主，曾有少婦經死。其年齒容貌與偷兒所見悉符。固知是其鬼也，俗傳暴死者必求代，其然歟。

《耳食錄》卷二〈劉秋崖〉記述曰：

> 臨川劉秋崖先生，曠達士也。冬夜讀書甚勤，常忘寢。鄰有少婦，亦夜紡不輟，聲相聞也。一夕漏二下，聞窗外窸窣有聲響。於時淡月微明，破窗窺之，見一婦人徬徨四顧，手持一物，似欲藏置，恐人竊見者，屢置而屢易其處，卒置槁稻中而去。秋崖燭得之，乃一麻繩，長二尺許，腥穢觸鼻。意必縊鬼物也，入室閉戶，以繩壓書下，靜以待之。已聞鄰婦輟紡而嘆，嘆不已，復泣。穴壁張其狀，則見縊鬼跽婦前，再拜乞求，百態慫恿。婦睨視數四，遂解腰帶欲自經。縊鬼喜極踴躍，急自牖飛出。婦則仍結其帶，有躊躇不行之狀。秋崖知鬼覓繩也，無繩必不能為厲，遂不呼救，而還坐讀書。有頃，聞鬼款其門，秋崖叱曰：「爾婦人，我孤客，門豈可啟乎？爾能入則入。」鬼曰：「處士命我入，我入矣。」則已入，曰：「適亡一物，知處士藏之，幸以見還。」秋崖曰：「爾物在某書下，爾能取則取。」鬼曰：「不敢也。」曰：「然則去耳！」鬼曰：「乞處士去其書，不然，恐處士且驚。」秋崖笑曰：「試為之，看吾驚否。」鬼乃噴血滿面，散髮至腰，舌長尺餘，或笑或哭。秋崖曰：「此爾本來面目耳，何足畏！技止此乎？」鬼又縮舌結髮，幻為好女，夭裊而前，示以淫媚之態。秋崖略

不動。鬼乃跪拜而哀懇，秋崖問：「欲得繩何為？」曰：「藉此以求代，庶可轉生。無此則永沈泉壤。幸處士憐之！」秋崖曰：「若是，則相代無已時也。吾安肯為死者之生，使生者死乎？冥間創法者何人？執法者何吏？乃使生者有不測之災，而鬼亦受無窮之虐也，庸可令乎？吾當作書告冥司，論其理，破其例，使生爾。」鬼曰：「如是則幸甚，不敢復求代矣！」秋崖取硃筆作書訖，付之。鬼曰：「乞焚之，乃能持。」焚之而書在鬼手，復乞繩；因去其書，繩亦在鬼手；乃欣喜拜謝而去。還視鄰婦，亦無恙。

潘綸恩《道聽塗說．謀代鬼》記述曰：

歙邑田翁，設肆藤溪，去其家七十里。一日，因店有急務來召，夤夜由家赴店。是夕，天微陰，月色不甚爽朗。隱約間有少婦尾其後，每遇橋梁，未見超越，輒先翁而過。翁訝其異，且少婦夜行，安得無一人作伴。若因鬥口而逃，則不應鬢髮裙衫悉俱完整。心竊疑其非人，就訊之，婦曰：「妾縊鬼也，然不為翁禍。前有伏魔聖殿，礙不得過，尚欲籍光帶挈也。」翁素負膽，許之。既過廟，翁意竊不自釋，謂：「既係縊鬼，此去必為人禍。」因復問鬼：「此行將何作？」鬼曰：「妾欲告以肺腑，然妾不禍翁，翁亦必毋禍妾也。妾往雄村求替耳。」翁曰：「誰實替汝者？願聞其詳。」鬼曰：「雄村曹某家有童養媳，姑御之嚴，雖已諧花燭，然以出自抱中，鞭笞習慣，不以成人稍恕。邇日因滌制冬菜，有廚刀自筐底漏墮水甕中，人無知者，姑誣婦貨易粉糖，鞭之見血，尚窮追未已。婦負冤無可伸訴，今夕將投繯，是即妾之替也。」翁曰：「以汝纖足行遠道，夜闌尚滯途中，脫有先子而至者，子亦徒然矣。」曰：「是不然。凡境內有欲自縊者，土地以告無常，無常行牒，授意應替者，此間數十里內更無他鬼，妾是以奉牒而來也。從來枉死鬼苦雨悽風，飄零無倚，往往數十年尚難謀一代，妾大幸，殁經僅半載，已有代者，誠喜浹過望也。」談笑方濃，已臨歧路，鬼謝別去，翁行數十武，竊思曹氏與我雖彼此不相葛藤，然明知其人之死而不一引手援，揆之於心，不無缺憾。肆中事雖急，要亦不爭此一瞬，又何惜片刻之延，以阻我行仁之念？遂決計紆道救之，因而回步趲行雄村。至則街衢蕭戚，星斗滿天，茫不識曹家何所。連轉數弄，無憑查訊，聞有梆聲隱隱來自遠際，思得警夜者而問之。出弄西駛，有一小鋪，燈光漏於門隙，近就之，聞推磨琅琅聲，知託豆腐業者。乃款關以進，向詢曹某居廬。鋪言前途咫尺間耳，巷第幾巷，門第幾門，口講指畫，明示了了。往闞其戶，戶闔而未鑰；排闥入之，四室皆黝黑，獨樓上有燈檠未燼。翁時無暇他語，只狂呼主人速興。主人倉卒披衣起應客，翁亟問：「汝婦房何在？速往救其死命，然後告君顛末。」主人與翁俱奔房，則婦已懸繩枋間，掇杌作襯，正將就縊。款扉不應，乃破窗而入，解其厄，婦得不死。因問翁所以知婦覓死之故。翁以遇鬼對，並問主人是否廚刀起釁。主人然之。翁述鬼言，使探水甕，刀果在焉。翁既救婦，即請辭去，時晨光未泛，主人再四懇留，且謂：「公洩鬼語，鬼必不甘，夜行保無凌侮。」翁堅執不肯停趾，始聽。既出村外，鬼果俟於溪畔，責翁不信。翁亦反顏相向。兩爭不稍遜，漸至用武，各以手相搏。然鬼只茫茫冷影，兜羅錦著體，虛無所觸，即老拳還贈，亦復處處撲空，枉費一番使氣。但鬼忿難甘，沿途作惡，纏擾無休。直至一叢葬處，天已微明，始失鬼所在。翁抵鋪，以所遇告諸夥，皆以為莫須有之事。翌日，雄村人冠履整肅，具盛儀來謝，眾始信焉。

《子不語》卷四〈陳清恪公吹氣退鬼〉記述曰：

陳公鵬年未遇時，與鄉人李早相善。秋夕，乘月色過李閒話。李故寒士，謂陳曰：「與婦謀酒不得，子少坐，我外出沽酒，與子賞月。」陳持其詩卷，坐觀待之，門外有婦人，藍衣蓬首開戶入，見陳便卻去。陳疑李氏戚也，避客，故不入。乃側坐避婦人。婦人袖物來，藏門檻下，身走入內。陳心疑何物。就檻視之，一繩也，臭，有血痕。陳悟此乃縊鬼，取其繩置靴中，坐如故。少頃，蓬首婦出，探藏處，失繩，怒，直奔陳前，呼曰：「還我物！」陳曰：「何物？」婦不答，但聳立張口吹陳。冷風一陣如冰，毛髮噤，燈熒熒青色將滅，陳私念：「鬼尚有氣，我獨無氣乎？」乃亦鼓氣吹婦。婦當公吹處，成一空洞，始而腹穿，繼而胸穿，終乃頭滅。頃刻如輕煙散盡，不復見矣。少頃，李持酒入，大呼婦縊於床。陳笑曰：「無傷也，鬼繩尚在我靴。」告之故，乃共入解救，灌以薑湯，蘇。問何故尋死。其妻曰：「家貧，夫君好客不已，頭止一釵，拔去沽酒。心悶甚，客又在外，未便聲張。旁忽有蓬首婦人，自稱左鄰，告我以夫非為客拔釵也，將赴賭錢場耳。我愈鬱恨，且念夜深，夫不歸，客不去，無面目辭客。蓬首婦手作圈曰：『從此入即佛國，歡喜無量。』余從此圈入，而手套不緊，圈屢散。婦人曰：『取吾佛帶來，則成佛矣。』走出取帶，良久不來。余方冥然若夢，而君來救矣。」

墉訥居士《咫聞錄》卷七〈鬼死〉記述曰：

東郊韓姓，素遊蕩，不事生業。其鄰姚氏，有寡女，矢志堅貞，不出戶庭，勤操女紅，數年囊蓄百金。韓知之，夜靜逾垣潛入寢室，將為席捲之計。奈女終夜紡績。旁有皂帽人，怒目如牛站立機床，或左或右。韓陰念是婦有貞節之名，何以藏有男子，姑細審之。見皂帽人以手勾斷機絲，女若不知，續而復織，如是者三，乃投梭起，長嘆嗚咽，淚如泉湧，自痛夫之早死，而家之窘也。意欲棄世，以完名節。皂帽人急以紅絲帶作一圈，懸掛梁上，以手招女引頸而縊。斯時，韓忘其行竊，大呼解帶，拔關而出。女若夢醒，回顧壁上，隱約見皂帽人形象變色，詫之，眉發竦然，身不為動，以水濯壁，面目若繪，時有碧色血水流出，顆顆凝如露珠。次夜，女見人抬棺至，收壁上皂帽人，其薄如紙。咸曰陰陽道隔，鬼為陽氣所衝，魂魄破裂，不能救矣，荷棺而去。

朱梅叔《埋憂集》卷十〈縊鬼〉記述曰：

秀水汪如洋，號雲壑。未第時，館於邑某紳家。嘗夜讀，至二鼓後，一少婦縞袂素裳推扉入。汪訝之，起詰所自。婦言故與主人女芳姑稔，將假逕尋舊好焉。汪以形跡可疑，阻之。婦爭之不得，返身蹲戶外，以手探檻下，移時始去。汪益疑，急返，移燈往視，得一圈，圍尺許。攜還，向燈審其物，非繩非帶，如環無端。心知有異，即就火爇之，腥穢之氣，觸鼻難耐。忽聞哭聲自內出，詢館僮，知主人女已以自縊死。正驚詫間，前婦突至檻前，覓其圈不得，復入，向汪索取。汪對云：「頃已焚卻。」且叱其速退。婦怒曰：「與君素無仇怨，何忍下此毒手？然君貴人也。」痛哭而去。未幾，館僮又來報，主人女頃已解救復甦矣。

《客窗閒話》初集卷三記：

有錢、劉二役者，奉差勾攝人；知其人狡甚，夜往拘之。距城約二十里，一役持燈，一役執牌。行五、六里許，錢謂劉曰：「吾有腹疾，予吾燈，將覓地大遺。爾前進，某村市尾有里保茶室，在彼俟吾。」劉諾而去。比及市尾，夜深戶閉，無停留處，復回原路。見市中一室，隙逗燈光，隱隱泣聲甚悲，門外一人隱貼身窺探。劉意為錢遺畢而來竊窺婦女耳，欲戲之，俾不敢作聲，潛以中指挖其尻，其寒浸骨。突然回首，則眸出舌伸，髮披血結，現縊鬼形。劉大驚，觸板而倒。鄰人聞聲出視，識為縣役，已痰湧氣喘欲絕。鄰人大呼，市眾皆集，而錢亦至。正扶救間，室內亦大呼救人。眾踹門而入，則少婦自懸於梁。其翁姑年老，不能解脫，眾為之卸救而蘇。詢之，乃知婦為翁姑虐，半夜輕生，縊鬼求代而窺之，為劉役衝散。此婦之命不應絕。而劉亦漸癒，唯右手全黑，經年始退，時人稱之為「搗鬼手」。

《聞見異辭》卷二〈救縊投軍〉記述曰：

羅軍門思舉，少失怙恃，家徒四壁，因寄食於舅氏家，身有膂力，性嗜樗蒱。夜歸，舅輒痛詈，然嗜賭終不能悛。因欲賺醉致之死。一夕具酒餚飼甥，曰：「今夜可多呷幾杯，以暢爾所欲。」夜分，舅先酩酊大醉，鼻有鼾聲。舅妗知其故，告之使逸去。行至某縣，苦無資斧，不得已偷匿人室，躍上高樓，撬開承塵偷窺。見一紅衣婦人愁坐妝臺，手作支頤狀，俄而背後來一女鬼，披髮吐舌，手搦一圈，作套項勢。羅急跳下，拼奪鬼圈，相持良久。適渠夫婿回來，詰何故夜入？羅具述真情，告以乏費，致行苟且。因夫人被鬼逼，故跳下救之。主感援救之恩，酬以白金三十兩。會有反寇滋事，羅投軍得首功，遞升提督。

《里乘》卷三〈某太史鬼求代〉記述曰：

京師某太史，情重前魚，終歲不御妻妾，但狎優伶。嘗有友招飲，忽遭優伶所戲侮，為坐客姍笑，羞忿自經。其鬼求代。初，正陽門外某生遠遊，其妻獨居，家小阜。妻兄弟素無賴，時來稱貸，妻頗厭之，恆不能遂其所欲。一日，弟乙以有急，又來求姊，會姊往親戚家，待至薄暮甫歸，廁身暗陬，窺姊下車，身後隨一美少年，相將入房，大駭，以姊有所私，心殊恥其所為，繼思藉此有所挾，計亦得，爰潛身躡足入，伏窗窺姊坐燈下，面頻蹙，若有憂色，少年偎姊身旁，低聲耳語，隱不可辨。姊危坐自若，少年或左之或右之，或長揖而跽懇之，醜態百出。無何，更鼓二報，少年似益急迫，跽懇益數。姊意似首肯，起拭淚至案前，挑燈啟鏡奩，薄加脂粉，轉身坐榻上，小聲嚶嚶啜泣。少年頻為拭面而殷情之，便見姊起身解帶掛梁上，少年不禁狂喜，或拊掌，或踴足，或伏地雀啄，笑容可掬。乙莫喻其故，既見姊上榻向外跪，少年笑援梁上帶授之，姊引帶納項下，意將投繯。乙駭甚。始悟少年非人，係縊鬼之求代者。乃大聲疾呼：「有鬼！」時甫二更，市上行人尚眾，聞聲畢至，佐乙破扉入房。乙急解其繯，放姊臥榻上，意甚痴，默不一語，灌以薑湯，頓蘇。而市人至者益夥，屋狹，鬼皇遽不得出，側身引避，形嵌壁上，宛然寫照。有識者諦視之，詫曰：「是某太史也。」僉稱怪事。太史家聞之，爭來濯洗，竟不能去。急延僧諷誦經懺，日以法水祓除，匝月方滅其跡。後某生歸，詰妻前事，則曰：「自君之出，意忽忽如有所失。他日自某家歸，覺耳畔有人，極稱生愁不如死樂，不覺心動，入其彀中。實其時身亦不能自主也。」某生夫婦從此德乙，有無遂常相通云。

采蘅子《蟲鳴漫錄》卷二〈金陵擊柝者〉記：

金陵街市擊柝者，見披髮婦人突入巷內一家。潛往窺之，則一婦方就縊。大呼其家，解救而免。少頃，復擊柝而行，見前披髮人怒隨之曰:「今已將曙，明日有貴人過此，後日必不爾恕也！」言訖而杳。擊柝者懼甚，次夜閉柵不敢復出。適江寧俞太守德洲巡夜至，呼柵不啟，怒其誤更，將笞之。擊柝者具以聞，俞令其取半臂，前後鈐印，並書己名，囑其服而擊柝。至第三夜止，遙聞鬼嘯一聲而滅，無所見也。

《右臺仙館筆記》卷七〈貝翁擊鬼〉記：

錢唐有貝翁者，少有膂力，素以意氣自負。一日自城外被酒夜歸，憩於白蠟橋下。瞥見一婦人趨過，覺有異，尾之行。抵一村舍，婦忽不見。叩門入，則其家止婦姑二人，是夜適反唇，因使視其婦，已扃戶雉經矣。亟解懸救之，得不死。感翁高義，以夜深止之宿。翁以其家無男子，不可，遂攜燈獨行。俄寒風自後來，林葉皆簌簌落。翁知為鬼，不之顧，鬼忽作聲若相詈者。翁怒，返擊之，鬼乃退。及翁行，又詈如初。翁益怒，窮追不已，復至於橋下。而雞聲四起，東方白矣。

《此中人語》卷四〈典史〉記：

吳春山湖南人，家小康，讀書未成，居鄉間。一日傍晚，偶至坑廁，見一女子年約二十餘，長衣闊袖，面白如紙，髮披於肩，手攜一索，自廁旁行過，冷氣陰風，侵入肌骨。吳知是縊鬼，即回家。聞鄰家有哭泣聲，細聽之，乃姑媳口角也。閱一時許，聞其姑絮聒未止，其媳則聲息絕無。吳恐有變，見其門未閉，遂身入，伏窗窺探，見媳淚流滿面，短嘆長吁。頃所見之鬼，立於旁廁，連連作揖。媳躊躇久之，即解帶作懸梁狀。吳驚極，破窗而入，鬼遂逸。吳乃訴其姑，且問其媳曾見縊鬼否？媳言並未見鬼，但覺怒氣沖天，不欲活耳。吳再三開導，遂為姑媳如初。次晚吳又如廁，鬼又至，謂吳曰:「君昨宵敗我事，令人痛恨。不念是典史，定欲置君於死地也。」吳大怒叱之，遂不見。後吳果以佐雜班，署理典史三次云。

南山老人《香草談薈．鬼替》記：

吾鄉周某為塘工武弁，嘗逝文省中，沿海而行。時夜將半，遙望前村燈火熒熒，一人背立樓窗，垂髮吐舌，似縊鬼狀，近之不見。心知為鬼，亟叩其門，內問為誰？以乞火對。一老媼啟門出，周即問：「爾家尚有誰？」媼對言：「兒子外出，只一婦在家。」周問：「尚和睦否？」媼言：「終日反目，頃又因小故不食一日矣。」周問：「媳何在？」媼言：「在房中。」即令探之，則已將結繩矣，急喚醒之。周因告以所見，再三勸諭，姑婦為之感悟，相好如初。周以公文緊要辭而去，行不半里，見前鬼已坐伺道傍。見周至，變色曰：「辛苦多年，始能獲替，被君衝破，必不肯休！」周以情理喻之，鬼似心動，良久曰：「若能延僧超薦，我當宥君。」周允之，鬼即自去。

周後仕至海防守備，為人和易溫厚，鄉里稱之。

《聞見異辭》卷二〈鬼升城隍〉記述「水鬼升遷為城隍」故事，記曰：

湖廣長沙鮑玉衡，向以捕魚為業，舟泊雙楓浦。時斜陽一抹，沽酒獨酌，先斟一杯於河，然後自飲。久之水上倏浮起一人，謝曰：「余作波臣久矣。承君夜夜賜飲，無以為報，特驅大魚一群至某潭，奉酬君惠，俾免彈鋏。」盤桓月餘，鮑老與溺鬼竟為莫逆交。鬼對鮑云：「明日有婦人作替身。」次日果見婦來淘米，無恙而去。至夜鬼復來，詢其故，答以婦方懷孕，迷之是傷二命也。明朝當有戴鐵帽人作替身。次日適陰雨，人因以鑊子頂在頭上當傘，足染汙泥，復洗足，而去。夜又問故，答此人係獨子故耳。明晚有中年人作替身。比次夕，仍見有人挑水而去。夕又詢其實情，答曰：「渠上有老母，下有幼孩，余弗忍也。」一夕溺鬼面帶笑容對玉衡曰：「吾因三次讓人，冥王以吾有大陰功，某處城隍缺職，吾將攝之，行業與君別。」漁翁移舟前往，見其地新塑城隍像，視之，彷彿河鬼儀容，鬚眉活現。人謂靈蹟頗多云。

黃鈞宰《金壺七墨．金壺遁墨》卷四〈殺縊鬼〉記：

秋七月，將入都門，遇「賊」於邳睢而止。夜闌將臥，同寓葉於戎者奔而歸，曰：「憊哉！今夜殺一鬼矣！」蓋寓之東有古廟，葉以赴飲遲歸，過廟前，月影朦朧，見一婦人向門而拜，又結帶為環，繫於柱上。躡足窺之，則環中樓臺粉黛，五色爛然。婦人若卻若前，忽哭忽笑。又一美少年自內招之。葉恍然悟為縊鬼，急拔刀刺入環中，環帶遽收，劃然中斷，而婦人仆矣。葉呼之不醒，恐以曖昧獲咎，遂行。俄有呼葉於後者，長身綽約，細語如鶯。葉佯為不聞，已而披髮吐舌，雙目如鈴，曰：「償我環來！」葉曰：「吾以汝為人耳，今乃鬼耶？」揮刀迎鬥，中其左肩；嗥然一聲，化為清煙而滅。

丁治棠《仕隱齋涉筆》卷四〈賊救婦〉記述：

有縊鬼取代，迷一婦人，投環梁間，鬼跪其下，崩角稽首。時當午夜，燈影微明，有竊賊伏屋上，揭瓦瞧見，知婦遇邪，即抽所佩刀割斷其繩，微傷婦頸，血滴滴點鬼頭。鬼被血汙，不能藏形，撲地化物一堆。婦亦隨繩墮地，氣尚未絕。賊大呼有鬼，家眾驚起，婦得重生。賊不自諱，陳救婦之由，且示鬼狀。眾視所化物，累高數尺，青色滑膩，似水內苔衣迭裹成團者。提之，猶啾啾鳴；舉油火焚之，腥聞滿屋。感賊惠，款以酒食，酬錢若干去。

《虞初新志》卷十三載王明德撰〈記縊鬼〉也記述由一個偷兒「見鬼」所引發的故事，曰：

吾鄉有張姓者，其家僅足自食。夫先臥，婦則仍工女紅。偷兒乘夜逾垣往竊，未敢竟入，伺於窗外。見床側一鬼婦，向本婦先嬉後泣，拜跪再三。本婦睨視數次，忽長嘆，潸然淚下。偷兒心驚，專心伺之。婦即自理絹帛，仍有不忍即行之狀。鬼婦更復再拜祈求，本婦方行自縊。偷兒急甚，大聲疾呼，其夫鼾呼若不聞。偷兒無法以救，適簷下有竹竿，取從窗櫺中攛擊鬼婦，其夫方覺。偷兒呼令急為開門，相助解救。在此婦固不自解覓死為何事，其夫亦不問呼門為何人，而偷兒亦自忘乎其為偷兒矣。事後，各道其詳，因發床側之壁視之，其中梁畔實有先年自縊繩頭尚存，雖云朽爛非真，而其形其跡，則仍宛然。由此以觀，則凡世俗所傳，亦未盡屬無根之談、荒唐之論矣。

形形色色的鬼表現出形形色色的人。此為風物文化，以具體的人與事向人展示人間許多詭祕。

風物傳說的本質在於透過一定的地方性知識，表現出具有特殊意義的民間信仰。怪異，成為風物文化的基本象徵，具體展現出某種觀念，或作為某種生活態度。諸如「過癩」，作為一種風俗生活，總是包含許多信仰。如王棫《秋燈叢話》有〈粵東癩女〉記述「粵東」風俗之「必與男子交，移毒於男，女乃無患」，以及此後「油能敗蛇毒，性去風」，而「多少年之不負其德」故事曰：

粵東某府，女多癩病，必與男子交，移毒於男，女乃無患，俗謂之過癩。然女每羞為人所識，或亦有畏其毒而避者，多夜要諸野，不從則啖以金。

有某姓女染此症，母令夜分懷金候道左。

天將曙，見一人來，詢所往，曰：「雙親早沒，孤苦無依，往貸親友，為餬口計。」

女念身染惡疾，已罹天罰，復嫁禍於人，則造孽滋甚。告以故，出金贈之。

其人不肯受，女曰：「我行將就木，無需此。君持去，尚可少佐衣食。毋過拒，拂我意。」其人感女誠，受之而去。

女歸，不以實告。未幾，疾大發，肢體潰爛，臭氣侵人。母怒其誑，且懼其染也，逐之出，乃行乞他郡。

至某鎮，有鬻胡麻油者，女過其門，覺馨香撲鼻，沁入肌髓，乞焉。

眾憎其穢，不顧而唾。一少年獨憐而與之，女飲訖，五內頓覺清涼，痛楚少止。

後女每來乞，輒挹與，不少吝，先是，有烏梢蛇浸斃油器中，難於售，遂盡以飲女。女飲久，瘡結為痂，數日痂落，肌膚完好如舊。蓋油能敗毒，蛇性去風，女適相值，有天幸焉。

方其踵門而乞也，睹少年，即昔日贈金人。

屢欲陳訴，自慚形穢，輒中止。少年亦以女音容全非，莫能辨識。

疾愈，託鄰嫗通意，少年趨視不謬，潸然曰：「昔承厚贈，得有今日。爾乃流離至此，我心何忍？若非天去爾疾，竟覿面失之，永作負心人矣！」唏噓不自勝。

旁觀者嘖嘖，咸重女之義，而多少年之不負其德也。為之執伐，成夫婦焉。

吳熾昌《客窗閒話》續集卷一〈烏蛇已癩〉有「姑蘇」地方關於「過癩」風俗故事，講述「是邑也，凡幼女皆蘊癩毒，故及笄，須有人過癩去，方可配婚」，曰：

蛇之種類夥矣，皆追風藥也。內有烏梢蛇一種，最毒。

姑蘇有曹吏部，由郎中出為粵東潮州府。是邑也，凡幼女皆蘊癩毒，故及笄，須有人過癩去，方可配婚。女子年十五、六，無論貧富，皆在大門外工作，誘外來浮浪子弟交。住彌月，女之父母，張燈綵，設筵席，會親友，以明女癩去，可結親矣。時浪子亦與宴，事畢，富者酌贈醫金送去。多則一年，必發癩死。且能過人，故親人不敢近。官之好善者，設癩院收養之。

曹太守有弟，已冠，不好學，日事遊蕩。戚友知此間風俗者，恆告誡之。介弟初亦不敢犯，但遊觀而已。

一日，至巨宅前，見一女子，國色也，不粉飾而自然，既豔麗而莊重。不禁迷戀，輾轉再三，舍之不得，喟然曰：「人生幾何，美色難遇！牡丹花下死，較老耄樂甚矣！」意乃決，與女交談。引之入室，兩情相得，有終焉之志。

無如彌月後，例應分拆。其父母見二人情重，不使女知，請介弟前堂大宴。詢世家，方知為太守親弟，屢奉府縣查訪綦切，匆勝驚駭。但事已如此，不能隱匿，贈以千金，送之回府。

太守以乃弟自作之孽，無可奈何，資送回籍，俟死而已。一路毛髮脫落，日漸周身發癢，及家，其次兄收之，慮其蔓延，鎖於酒房下榻。嫂氏哀之，使老媪給飲食。未幾癩已匝身，奄奄一息，自知必死矣。

先是介弟去後，女方知其事，乃與父母為難，誓不二夫，必欲同死。其父母婉勸教戒，矢志不回，不得已，以實情告。

太守敬其節義，允為作札，遣送姑蘇，為弟守節。來投嫂氏，嫂謂女曰：「叔病癩，已不起矣。莫如原舟遄返。以妹品貌，何患無好逑君子，何必戀及此臬人耶？」

女泣曰：「妾故知之，不忍郎之獨為癩鬼。且女身不可二夫，來就死耳，非效于飛之樂也！」

嫂憐而敬之，送女入酒房，與介弟相抱而泣。女乃遣婢僕歸覆命，親為其夫調養。

一日，介弟使女烹茶。未至，渴甚，循牆而起，覓飲房中，唯酒缸十餘。尋至室隅，尚有剩酒半缸。以碗飲至數四，渴解而人亦醉倒。

女持茶來，扶之臥。

至次日，癩皆結痂，人亦清爽，謂女曰：「此酒大有益處，日與我冷飲之，當有效。」

女順其意，每飯必先以酒。半月癩痂尋脫，一身新肉，滑膩非常，眉髮復生，居然風流年少矣。夫妻快慰。及酒將完，見缸底一大黑蛇浸斃其中，蓋烏梢也！

出問家人，乃知前年注酒時，見有蛇在內，是以遺棄半缸，不意為介弟起病之祥。

於是夫婦相將，仍赴粵東。女之父母及曹太守皆大悅，共出財，為謀功名，得河泊所官以終。

此其有一命之榮，故不死耶？余曰：非也，粵女貞一之操，有以感召之耳！

南山老人《香草談薈．奇緣》記述「粵中」之「過癩」故事，與前「粵東」之傳說較為相似，曰：

粵中女多癩疾，必與男子交，移毒於男，女乃無患，俗謂之「過癩」。然女每羞為人所識，多夜要諸野，不從則啖以金。

有林氏女，染此症，母令夜分懷金候於道左，天將曙，見一少年來，詢所往，曰：「早失怙恃，孑身無依，將貸諸親友作小經紀耳。」

女念身染惡疾，已罹天譴，復嫁禍於人，則造孽滋甚！告以故，出金贈之，少年不肯受，女曰：「我墓木已拱，無需此，君持去亦可少佐衣食。」

少年感女意，拜請姓氏，叩謝而去。

女歸不以實告母。未幾疾作，肢體潰爛，母怒其誑，且懼傳染，逐之出門，女乃行乞他郡。

一日至某邑，有鬻胡麻油者，女過其門，覺馨香撲鼻，腑腸皆適，乞焉。眾憎其穢，不顧而唾，一少年獨憐而與之。女飲訖，五內清涼，痛癢少止。後女每乞，少年輒挹與，不少吝，久之女瘡結為痂，旬餘痂盡脫，肌膚完好，肆中人共異之！

先是，有巨蛇浸甕油器內，人不知也，至是器盡乃見之，始知油能去毒，蛇能去風，女幸值之，蓋有天焉。

方女之行乞也，睹少年即昔日贈金者，屢欲陳訴，自慚形穢而止，少年亦以女音容全非，莫能辨識。疾愈，乃託鄰嫗通意，少年趨視不謬，流涕而言曰：「我不有卿，何有今日？贈金之惠，無日忘之！若非天去卿疾，竟覿面失之，永作負心人矣。」

唏噓不自勝，女亦泣不能止，旁人稱羨不已。咸重女之存心，而多少年之不負也。為之執柯，諧琴瑟焉。

容園詞客曰：頃見南山人出《香草談薈》一編相示，予披閱一過，有奇必傳，無美不臻，凡為予所習知者，十之三四最足以豁胸臆而廣見聞，而其命意所在，大半有資勸懲，非僅助談笑而已。讀是編者，諒不以予言為河漢也！

采蘅子《蟲鳴漫錄》卷二〈痲風女〉記述「粵東省會及潮郡，均有痲風院」故事曰：

陸溎楂言：粵東省會及潮郡，均有痲風院，凡男女得是疾者，輒送院中，自相匹偶，生子女無異常人。

有富室女，忽得是疾，父母不肯送院，縱令女與少年接，冀脫是累。

女心不悅，而重違親命，倚樓送媚，冀有所遇。

適中表富室某，年僅弱冠，豐姿俊美，見女悅焉，欲與通。女顰蹙曰：「妾沾惡疾，奉親命作此狡獪，郎一遇必死，然郎死而妾生，於心何忍！今與郎謀，能擇一靜室，少給飲食，以終餘年，死不恨。」

某允之，告父母而迎焉。女疾漸劇，面臃腫，眉髮皆脫，婢媼厭苦之。

歲除，女母家送餚核至，適女臥未醒，置案頭而去。元旦女醒，見器中止餘其半，細視無他，疑婢媼竊食，姑忍不言，命將所餘，重溫而食。數日後，皮如蟬蛻，眉髮復生，婉然一好女子矣。告於父母，與某合巹成夫婦焉。

迨掃除淨室，見床下一穴，蛇伏其中，乃悟餚為蛇食，流涎於器中，女食涎而愈，心甚德蛇，不殺而縱之。

此女無害人利己心，故天特示報示爾。

萬曆《雲南通志》卷十七志怪部有〈老人求地〉，講述佛教文化的內容，是清代風物傳說的又一個類型。其記述曰：

按《白古通》，邃古之初，蒼洱舊為澤國。水居陸之半，為羅剎所據。羅剎好食人目睛，故其地居人鮮少。

有張敬者為巫祝，羅剎憑之。

有一老人主張敬家，託言欲求片地以藏修。居數日，敬見其德容，以告羅剎。

羅剎乃見老人問所欲。

老人身披袈裟，手牽一犬，指曰：「他無所求，但欲吾袈裟一展、犬一跳之地，以為棲息之所。」

羅剎諾。

老人曰：「既承許諾，合立符券以示信。」

羅剎又諾，遂就洱水奮上，畫券石間。

於是，老人展袈裟、縱犬一跳，已盡羅剎之地。

羅剎徬徨失措，意欲背盟。以老人神力制之，自不敢背。但問何以處我？

老人曰：「別有殊勝之居。」

因神化金屋寶所，剎喜過望，盡移其屬入焉，而山遂閉。

今蒼山之上，羊溪是其地也。於是，老人鑿河尾洩水之半，人得平土以居。

此其事甚怪。

余泛洱水，島上蓋有赤文如古篆籀，云是買地券。

世傳老人為觀音化觀，優波麴多預言，其讖是已。今海尾有觀音村。

風物作為文化，賦予社會生活以種種生動美麗的傳說故事，形成文化傳統中那些積極健康的社會生活觀念與信仰，傳承著民族的美德；風物作為生活，透過善惡報應等主題，給予人教誨和啟發，勸導世人不斷向善、向真、向美。這是民間文學作為歷史思想文化生活的重要主題與傳統。

二、現實的面目

清代社會風俗生活中的民間故事對社會現實的述說，與以往歷史文獻有很大不同，除了當世的述說，還記述許多「洪楊之亂」中「賊」的傳說故事。其實，這是農民起義的真實情形在民間傳說故事中直接的展現。

在這一類民間故事的記述中，記述者的態度一律是否定的。這是否是他們完全無視其起義、反抗的合理性呢？或者真的就是這些農民起義多擾民、害民呢？為社會統治者粉飾太平、塗脂抹粉，絕對是文化良心與文化品格的墮落。那麼，不分是非，一味美化或醜化這些歷史上造成嚴重社會動盪的農民起義者，是否就真正述說了真實呢？

這些內容向我們提出一個問題，即如何理解、評價農民起義，以及其與民間百姓的利益和訴求等內容的關聯。

這是中國民間文學史上一個非常重要的問題。

如《聊齋志異》卷十一〈張氏婦〉記「甲寅歲，三藩作反」，而「雞犬廬舍一空，婦女皆被淫汙」曰：

甲寅歲，三藩作反，南征之士，養馬兗郡，雞犬廬舍一空，婦女皆被淫汙。

一日，一兵至，甚無恥，就烈日中欲淫(張氏)婦。

婦含笑不甚拒。隱以針灸其馬，馬輒噴嘶，兵遂縶馬股際，然後擁婦。婦出巨錐猛刺馬項，馬負痛奔駭。韁縶股不得脫，曳馳數十里，同伍始代捉之。

首軀不知處，韁上一股，儼然在焉。

《里乘》卷十〈皖北奇女〉記「賊竄江南」與「鄉村男婦皇皇竄避」曰：

先是，賊竄江南，至桐舒界，鄉村男婦皇皇竄避。

有女年十七、八，以足纖不良於行，為賊所掠，摟坐馬上。既至一山谷，賊瞷無人，抱女下馬求歡。

女笑曰：「固所願也。然必須將馬縶住，否則奔逸奈何？」

賊以為然。唯苦童山，無樹木可以維縶。

賊慾焰正熾，躊躇無計。女笑曰：「君何愚也！以馬繩繫君踝，復何慮耶？」

賊大喜，如言纏繩於踝，摩挲妥貼。

女急取賊所佩刀，力斫馬尻，馬負痛，曳賊足怒奔。賊猝不能脫，任其所之，竟不知胡所底止。

女掩袂吃吃匿笑，以里黨路熟，由巉道急遁，倖免於難。

或謂賊為馬所曳，腦裂肢解，身無完膚而斃。

《夜雨秋燈錄》卷七〈大腳仙殺賊三快〉記曰：

又聞一周姓婦，吾鄉東鄙人，自恃足大善走，難將及，先囑良人挈子女潛遁，己則摒擋長物。甫就緒，郊外邊馬已四出。無已，懷一利剪出門，將覓小道，尋親串家，暫避其鋒。

忽一賊目，自遠道瞰婦，似有風致，揚鞭追及，喝之止。婦亦不懼，含笑相迎，宛如舊識。下馬，推婦於地，將淫之。

婦佯解褌帶，而笑露其齒，嗤形於鼻。

賊問云何？曰：「我惜子愚耳，子等跳梁，全賴驥足，設與我苟合時，馬遽逸，奈何？」

賊思其言頗近理，又能慰己，然四顧荒郊，無一樹一石可以攬轡，頗籌度。

女云：「獻一策，然後為所欲為。」

賊求計甚急，女大聲曰：「急煞兒，盍以韁繫於兩足乎！」

賊撫掌稱善。乃彎腰俯首，牢縛不稍鬆。

時婦之剪刀已在手，乘不意，驀以剪刺馬腹，馬負痛，遽咆哮，拖賊絕塵奔。剪在腹肉中，愈走愈搖，愈搖愈痛，痛則狂奔如躡電，如追風，十里外猶不輟。而賊已膚裂額爛，骨折氣竭，不似人形矣。

婦徐徐整衣裙，拾賊遺之包裹，遙望馬拖賊去，覓路始行。及尋得良人，相與剪燈話終夜，吃吃笑不休。

《右臺仙館筆記》卷四〈馬曳賊去〉記「咸豐三年，山東幅匪起，掠費縣之仲村集」故事曰：

咸豐三年，山東幅匪起，掠費縣之仲村集。有一賊騎馬走荒郊，遇少婦獨行，遽下騎推婦於地，將淫之。不知此婦固娼也，殊不慚懼乃反笑曰：「汝騎將逸，奈何？」賊思其言良是，而四顧無可繫馬處。婦又笑曰：「拙哉，賊也！何不即繫於汝足？」賊亦笑曰：「諾。」乃引馬韁繫己足上，解衣就婦。婦猛起拾地上賊刀，力斫馬尾。馬驚，又負痛，狂奔十餘里不止。賊為其牽曳而去，顱碎脅折，生死不可知矣。婦望之，鼓掌大笑，檢賊衣，得巨金數錠，懷之歸。

民間故事述說社會現實，一般著重於四點，即財、色、愚、毒。所謂「財」即財產、財務，由此引起訴訟，或爭執、搶掠，甚至謀財害命，皆為惡。亦有嘲諷、挖苦，未必有多少打打殺殺，卻是極為諷刺。此表現出現實之面目。所謂「色」，其實是財的延伸，是把美色作為一種特殊的財產來占有的社會現象。尤其是色與財，在民間傳說故事中常常最為彰顯，展現出社會現實生活中形形色色的對立現象。所謂「愚」，是指諸多落後於正常生活規則的現象，未必皆為愚笨、無能。所謂「毒」是指殘忍、無情，不論最基本的社會道德。社會現實光怪陸離，民間文學表現社會生活便有虛虛實實、虛實相間。

財者，物也。人常曰，人為財死，即此。或曰，這是中國文化所展現的短視，與成者為王、敗者為寇的道理一樣，太注重實際。社會風俗生活中，有財多為富，而民間常常述說「富不過三代」、「兒孫自有兒孫福」，論天道酬勤，論坐吃山空。人常常說，富而知禮節，似乎只有富裕之後才真正懂得禮節。其實，許多俗語也都是在述說事物的某一個方面，不可能面面俱到。當然，歷史上的民間文學中，財富面前總是表現出不同社會現實，一曰貪婪無度，一曰清廉、清白與拾金不昧，一曰相爭，兄弟之間、鄰里之間、朋友之間，因為對財富的占有而發生各式各樣的強取豪奪、偷搶拐騙。歷史以來，人們發現清正廉潔之人甚少，總念及包拯、海瑞等人，而貪婪之徒數不勝數，更顯惡行甚多。如此看來，許多醜惡都是有歷史傳統的。在歷史上，專制社會，沒有人監督的貪官有一個共同特點，總是稱自己為民造福，身為百姓父母官云云，民間百姓也常常稱其「青天大老爺」—— 真是顛倒了倫理、天常。民間文學對其百般嘲諷，才是社會生活中最真實的一面。有許多刮地皮之類的故事，幾乎在每一個時期都適用，所以其總是被不斷重複講述。

清代民間傳說故事中，記述清正廉潔者，可數魏息園《不用刑審判書》

載「蘇州鄉人某甲負雞一籠入城喚賣」，其記述曰：

蘇州鄉人某甲負雞一籠入城喚賣，浦五房夥呼視之，與議價不合，還之。甲點之，少一頭，索不服。

浦五房者，熟肉舖，號稱數百年老店者也。鄰佑皆叱甲，謂豈有皇皇巨舖家而賴汝一雞者。

甲曰：「使雞而盡為吾有者，雖喪其一復何損。今者，雞皆眾鄰付我代售者，而所失吾又不辨為誰氏物，歸以無償，以是爭耳。」

喧擾未已，會巡撫丁公日昌雞騶過，甲遽呼冤。公廉其情，亦叱甲為妄。甲益呼冤，倚壁以泣。旋元和令某公亦鳴騶來，甲復攔輿呼冤。令傳夥即輿前，詰之。

夥曰：「彼適於丁大人前呼冤，已蒙大人叱之矣。且與之論價者，鋪夥也，使賴其一雞，不過歸之於主人，夥不得攜以歸，於夥復何益。主人固擁厚資，何一雞之貪，夥亦不必以此進媚也。」

令曰：「辯矣，然不足以服吾也。汝鋪中有雞若干？」

曰：「不知也，隨時購而蓄之，亦隨時取而殺之，胡復能記其數。」

曰：「汝今日買雞否？」

曰：「未也。」

問：「昨日？」

亦曰：「未，所存者皆三日前所購耳。」

令呼役盡其所存雞，搜尋備至，不使遺一頭，叱令前至署，並帶鄉人去，揚言曰：「吾將訊雞也。」

市人圍隨以觀者如堵，咸竊竊然，議令之好奇而多事。

至署升座，傳夥問曰：「若素飼雞者何物？」

曰：「稷飯糠秕耳。」

問甲曰：「鄉人飼雞何物？」

曰：「無所飼也，放之野外，使自覓食耳。」

乃呼役盡殺兩造雞，剖其肫而驗之，則甲雞肫內皆砂石青草之類，而浦五房之雞皆糠秕，其中獨多一肫為砂石青草者。

令顧夥曰：「如何矣，汝言非不辯，而吾居此久，未補缺時，與爾蘇州人雜居，習知蘇人輕薄。若固非貪一雞，然以甲為鄉人也，固戲侮之，以為嬉笑之助，是汝蘇人輕薄之性使然，固不能欺吾也。甲至吾前呼冤，吾詰汝，汝不是非之辯，曰：『丁大人已叱之矣』，是欲以丁大人制吾，亦汝蘇人之伎倆也。今曲直既判，吾將與爾請示於丁大人。」

遂命駕率兩造帶所剖雞肫，詣撫院陳顛末。

丁公慚且怒曰：「吾乃為市儈所欺！」

斷令償甲雞值且罰鉅款充善舉。浦五房字號則勒令出境，不准復設於蘇州。

如聚寶盆傳說，屬於嘲諷。褚人獲《堅瓠餘集》卷二〈聚寶盆〉記述曰：「明初，沈萬山貧時，夜夢青衣百餘人祈命。及旦，見漁翁持青蛙百餘，將事刲刳。萬山感悟，以鏹買之，縱於池中。嗣後喧鳴達旦，聒耳不能寐。晨往驅之，見俱環聚一瓦盆。異之，持其盆歸，以為盥手具，初不知其為寶也。萬山妻於盆中灌濯，遺一銀記於其中。已而見盆中銀記盈滿，不可數計。以金銀試之，亦如是。由是財雄天下。高皇初定鼎，欲以事殺之。賴聖母諫，始免其死，流竄嶺南，抄沒家資。得其盆，以示識古者，曰：此聚寶盆也。後築金陵城不就，命埋其盆於城下，因名其門曰聚寶。」許秋垞《聞見異辭》卷一〈聚寶盆〉記曰：「明洪武時有沈萬三者，家有古盆，以金銀貯之，隨取隨盈，生生不已。錫以嘉名，即所謂聚寶盆也……後因南京水城門下水怪為崇，太祖命取寶盆鎮之，從此波浪不興矣。」宋長白《柳亭詩話》〈聚寶門〉載：「金陵水西門，有豬龍為患。相傳明祖以沈仲榮聚寶盆鎮之乃止。」墉訥居士《咫聞錄》卷一〈瓦盂〉記述曰：「沙溪王老言，鄉有大洞，洞裡有泉，聚沫迸流，跳珠濺石，清澈可飲。一日有田婦出汲，見有瓦盂流下，蘚痕侵蝕，塵埃蔽翳，取為飼犬之具。犬食過半，遺飯少許。次早視之，白粲青精，充牣其中。易以碎布斷帛，亦如之。婦疑為怪，攜棄泉上。見盂逆流徐入洞去，傳為奇事。內有一人曰：此聚寶盆也。若以零銀碎金置之，次早必滿盂。夫以至珍之物，已到目前而人不識，反為飼犬之器，以穢褻之。不如藏之深山，韜光養晦，故由洞而入。」總之，聚寶盆成為財富的文化符號，反映出社會現實生活中人們對財富嚮往的同時，也展現出許許多多的貪婪。

如《清稗類鈔．譏諷類．聚餓鬼於一堂》記述曰：

道光朝，京師士大夫公讌林文忠公則徐於某所。

文忠久不至，眾譏甚，索食頗急。時座客祝蘅畦慶蕃善諧笑，眾因請試說一笑話。祝曰：「亦知沈萬三有聚寶盆乎？」

曰：「知之。」

曰：「知沈萬三之鄰人乎？」

曰：「不知。」

曰：「沈萬三之鄰，窶人子也。卒歲，無以為活，相與謀曰：『吾鄰非沈萬三乎！試以比鄰之誼，借其聚寶盆，片刻，即足吾欲矣。』僉曰：『然。』謀之沈，沈固不肯，強而後可，期以一用即還，不得逾晷。聚寶盆以類為招，以金銀投盆中，俄頃，滿盆皆金銀矣。推之珊瑚、翡翠，大秦之珠，夜光之璧，皆然。某既攜盆歸，環顧四壁，無可投者，其妻卞急，乃以所抱兒投之。俄頃之間，滿盆皆所抱兒也，呱呱而泣，咸求乳。某頓足嘆曰：『本意在求財，乃聚此餓鬼於一堂耶！』」

與之相似者，是諸多搜刮財富的傳說故事。其表面上看來都是嘻嘻哈哈，但意在揭示無官不貪的社會黑暗。小石道人《嘻談續錄．刮地皮》曰：

「貪官剝削民脂民膏，謂之刮地皮。任非一任，刮了又刮。上至高壤，下及黃泉，甚至刮到地獄，可為浩嘆。有一貪官，將要卸事，查點行裝，連土地也裝在箱內，怨聲載道。臨行，無一人送之者，蹬蹬出得城來，真是人稀路淨。忽見路旁數人，身軀傴僂，面目猙獰，棹設果盒，齊來公餞。官問：『爾等何人？』答曰：『我等乃地獄鬼卒，蒙大老爺高厚之德，刮及泉壤，使地獄鬼卒得見陽世天日。感恩非淺，特來叩送。』」《笑得好》集〈剝地皮〉記曰：「一官甚貪，任滿歸家，見家屬中多一老叟，問此是何人，叟曰：『某縣土地也。』問因何到此，叟曰：『那地方上地皮都被你剝將來，教我如何不隨來。』」《清稗類鈔．譏諷類．此地皮也》記曰：「交河令周自怡以貪著，在官三年，為巡撫所劾，褫職。去任之日，有耆民數人載泥贈之。周見而大怒，呵之，則曰：『此地皮也，慮公有所不足，故擔以來。』」云云。

又如青城子撰《志異續編》卷三〈貪刻受愚〉匯集了所有世人之貪婪，其講述曰：

一富人最貪刻，凡租伊田地耕種者，必先與伊銀一百、二百兩不等，名曰「壓莊」。恐少租，則將此銀扣抵。更佃之日，原銀退還，唯不加利。

蓋佃戶圖得田耕，而富人則得租之外，兼得利銀也。壓莊之外，又有所謂「上莊銀」者。或一十、二十兩，如弟子見師長用贄敬然。否則亦不得田耕。但佃戶二、三年必尋故更換，冀另得上莊銀耳。

有佃戶某甫耕二年，伊忽換人。妻怨曰：「稔知若田，不得久耕，何苦徒費上莊為！」

某曰：「雖費上莊，壓莊自在。寧不能別謀乎？但行則行矣，必欲至若家，饜若酒肉而後快。」

妻曰：「若平日滴水不肯與人飲，焉有酒肉與汝？」

曰：「我自有處。汝收拾先行，我往若家去矣。」

比至，富人一見，即怒形於色曰：「汝何尚未移去，來至我家何為？豈敢有意抗拒耶？」

某曰：「不敢。闔家已經移去。所以來此者，一則辭行，一則有喜事奉報耳。」

富人和顏問曰：「有何喜事？」

曰：「昨於二更時始寢，正在欲寐未寐間，因思黎明即當起行，園中尚有蘿蔔未拔，遂用鐵鋤挖取。鋤甫入土，鏗然有聲，乃一銅盤。揭開視之，下一大甕，甕內悉屬白銀。此非喜事而何？」

曰：「此汝福命，汝自取之，何為報我？」

曰：「銀上悉鐫翁名，我何敢取？」

富人聞言，不覺喜形於色，命家中出酒餚對酌。

戲問曰：「汝豈絲毫未取乎？」

曰：「實不敢欺，當見銀可愛，已取一錠矣。」

富人默忖曰：「信哉是人。非特見銀不隱，即取銀亦不稍諱。」

於是命家中更換美酒，另出佳餚，殷勤相勸。

某已不勝酒，告辭。止之，復戲問曰：「度汝必不止取一錠。」

曰：「雖知為翁物，奈愛心難割。當欲再取，不意賤內忽伸足，將我驚醒，至今猶怏怏焉。」

曰：「然則汝所言皆夢耶？」

曰：「然。翁猶以為實耶？」

富人不禁拍案大怒，責其欺己。

某乘醉踉蹌出門去。

富人唯以事事皆為己所實有，故不惜機詐營謀，不知刻薄成家，理無久享，轉眼間將歸於烏有，與某之夢中所見何異哉。

是某之所述見銀取銀，不啻晨鐘暮鼓，其如喚不醒何。

在中國民間文學史上，財產爭奪主題的故事極其多。自秦、漢時期《風俗通義》之類文獻講述此類內容，代代不鮮，在清代或達到登峰造極之程度，更顯物欲橫流於社會中的嚴重氾濫。隨之而來的，是道德、情感等具體內容象徵著社會風俗生活「日以衰壞」的風貌。

爭訟主題在民間傳說故事中被具體化，有名有姓，更顯其真實。爭訟雙方多為親，或為兄弟，或為父子（翁婿）。

如青城子《志異續編》卷三〈兄弟爭產〉記曰：

有弟兄爭訟者，江南如皋縣人。父素富，生二子。臨死，以銀數萬，當次子面交長子曰：「待弟成立，分半與之。」

及弟娶妻，所有田宅，俱均分訖，唯銀絕不道及。

弟向兄索銀，兄不認，涉訟連年。歷任縣令，俱以無筆據不直弟。

弟聞上元縣令袁簡齋先生善折獄，越境控告。

公當逐出；卻暗令人喚至，匿之署中。

適有新破積匪案，密諭盜扳其兄，移文拘至，並起出藏金若干，到案訊究。

兄供：「父本富饒，所有藏金，非一己之物，有弟尚未分授。」

公曰：「如是，須喚爾弟對質。」

立出其弟曰：「爾兄已供認尚未分授，我今為爾等平分。」

兄緘口無言。

梁恭辰輯《北東園筆錄》四編卷二〈百文敏公〉記曰：

嘉慶年間，封圻大吏才猷卓著者，首推百文敏公。當時朝廷稱之曰能，身後謚之曰敏，非虛美也。

余少時隨宦荊南，屢聞公之宦跡，而未能道其詳。昨從漢陽友人偶談一事，已不愧為神明之譽，兼可為勸戒之資矣，亟筆記之，云方百文敏公之總制兩湖也，有江西客民在漢口經紀數年，積有餘貲，回家置產，漸臻完美。因年逾周甲，思終老於家，以免奔馳之苦。

有一弟在家誦讀，僅博一衿。誰知弟心不良，恃田園契據盡在手中，將兄遞年產業作為己手所進，一股全吞。致兄垂老蕭條，無可控訴。

不得已，挾其微資重赴漢口為賈。遷延數載，生意甚微，鬱悶籲欷，無以自遣。熟聞百公之精明，屢伸民間之冤抑，遂作詞呈控。訊出其祖父寒微，一無遺蓄，弟年甫冠，向賴老兄撫養，得以讀書成人情事。

時公已洞見此案大概，收呈後，不加批發，即手交江夏令，諭令設法辦理。

江夏令以案關隔省，既難於傳人，又無從察訪，延至數日，莫展一籌，求教於制府，公笑曰：「此易易耳，即在盜案中列其弟為窩家，斯得之矣。」

江夏令因遵諭具詳，公即飛諮江西中丞，刻日嚴拿其弟到案，不由分辯，即押解至湖北歸案質訊。

公隨即親提至大堂，厲聲喝斥曰：「秀才家應守名教，乃敢作盜窩家，致富千金，情實可惡，法更難寬。」

速令招供定案。時其弟魂不附身，只求苟全性命，指天誓日，供稱家產係兄作賈所成，實無與盜通窩情事。問以兄現在何處，答言現居漢口。

立傳到案，質訊明確，斷定革去生員，薄與笞罰。即將家產仍歸兄管，聽兄隨時贍給，不准分外妄干。

弟亦俯首遵依完結，毫無異議。

案關兩省，事閱多年，不過數語之間而真情畢露，頌聲載道，冤氣全伸，非甚神明，孰能與於此乎？

聞近日陳望波先生之次子貫甫邑侯景曾，作令山西，即仿此斷結一案，大著循聲。使天下之折獄者盡如是也，上以是勸，下以是戒，又何莠民之能容於世哉！

吳熾昌《續客窗閒話》卷六〈翁還婿銀〉，記曰：

有劉姓者孤獨少年，入贅李老家。李以其稚弱無能，虐之。

劉不堪，潛投仕宦為僕。得主寵眷，數年，積金四百餘，辭歸。與其妻謀置產業，妻乃炫述於父母。

李老生心，欣然設宴，為婿洗塵，譽而醉之，且曰：「汝妻年幼，交以多金，恐不勝任。況汝須外出謀事，以少婦居守，得無穿窬之慮乎？盍交老夫，權為收藏，可以無慮！」

劉唯唯，出金點交，八寶十六件也。

次日劉酒醒而悔，亟向李老索銀。李曰：「汝貧如丐，寄食我家，鄰里咸知，焉得多金寄頓？不思為汝育妻恩，反肆訛耶？」

其女助婿爭論。

李老大怒曰：「女生外嚮，真不可與處矣！」逐其夫婦出諸大門之外。

劉冤忿興訟，以妻為證。

縣令曰：「汝物無憑，妻不可以為證。汝妻父曰：『女生外嚮。』此言誠然，我不能直汝。毋干犯義之責也！」揮之退。

劉素稔巧令名，往陳其苦。令曰：「隔境無能為力。」

劉曰：「天下賢使君唯有閣下，若不肯治理，則無官能明此獄矣！」

哀之切，令笑曰：「若必欲余明此訟，須暫禁囹圄，汝願之否？」

劉曰：「果能明此，雖刀杖加身，亦甘承受，況暫禁耶？」

令即梏收之。乃移文縣令曰：「日者獲大盜張三，據供劫得某事主家銀四百餘兩，若干錠件，寄頓貴縣某村大窩主李老家。希即委員帶捕，查起贓銀，連窩主李老解質。」云云。

縣令見係盜劫重情，即身自查抄，人贓並獲，解交此令。乃塗劉面，衣以囚衣，械擊於堂。呼李老詰之曰：「此囚供在某家劫銀四百餘兩，八寶十六件，寄汝家。今所起贓數相符。汝為盜窩，罪干梟首。據實陳明，勿自膺三木也！」

李老呼冤曰：「此銀實係小人之婿劉某寄存者。聞其得自隨官，是否屬實，請拘劉某與張三質之，以明小人之冤。」

令笑曰：「若見劉某，汝又將圖賴矣！」

李老曰：「與其冤誅，莫若明心。召劉某與張三質對，可見小人不知情，庶望一線生路，奚肯貪財捨命耶？」

令曰：「若然，則劉某在是矣。」

乃釋其桎梏，使面易服相見。李大慚無詞。令乃給還劉銀，而薄責李曰：「余為留翁婿情也！」

劉感激涕零而去，李亦從此悔過矣。

財富是物質社會的生活目標，其價值無非在於滿足人對物質的占有欲望而已，當然也包含著人生對聲譽、尊嚴與自由、快樂等形而上意義的希望與嚮往。在最低層次的物質財富獲取方式方面，清代社會各種騙局愈演愈烈，此內容被民間傳說故事所講述，是社會風俗生活中與偷盜、搶劫沒有差別的醜惡現象。

如《見聞錄·詐騙》記曰：

有富者揖一丐者，曰：「幼離叔父三十餘年，何為至此？」不勝悲泣，引歸沐浴更衣，以叔禮事之備至。

丐者雖心知其錯，而驟為富人叔，亦絕不言。

久之，同入珠寶店取金珠，將銀包授叔，云：「持銀留此，我歸以金珠示姪婦，中即兌換。」

店訝其去久，拉丐者物色之，室已空矣。

出包視之，瓦礫也。

《客窗閒話》卷七記〈艙中有五品官〉故事曰：

有耆而聾者，在武大關陵乞丐。

關前來一官舫，揚旗鳴鉦而泊。艙中有五品官，探首見丐，使從者扶之登舟。

官細察之曰：「汝非某長者乎？前曾繼我為義子，我因回籍求功名去，今幸選得是邦官，不意義父一貧至此，兒之罪也。」

丐知其誤，姑應之曰：「我年老糊塗，前事如夢矣。」

官曰：「雖係風塵面目，骨格猶存，兒識之無誤。」

飭從者請封翁先赴浴堂，沐浴更衣，移舟至僻靜處所，頤養月餘，為之櫛理鬚髮，暗以膠粉染之，皤然一叟。謂曰：「兒衣不稱父身，將入市買金帛，為父修飾，以便同赴任所。但父曾在此行乞，恐城中有識者，礙兒顏面。至鋪內閱貨時，合意，只須搖首，不可多言。」

丐允之。

放舟入城，喚肩輿二乘，隨帶二僕，父子皆服五品衣冠，招搖過市。

入銀樓換金約臂，每個重四兩者兩對，謂鋪主曰：「我將赴緞局，偕往兌銀可也。」

鋪主從之。

入緞局，以單與局主觀之，須三千餘金貨物。邀入廳堂，殷勤款接。私叩其僕，知少者為嚴州二府，老者是其封翁。因二尹之妹，與首郡太尊之子結親，送至會垣完姻，置辦贈嫁物耳。局主分外趨承，設席宴之。官並邀金鋪主同坐曰：「是我好友。」鋪主唯唯聽命，方自以為榮。

局主乃出綢緞、洋呢各物，先奉封翁閱之，封翁皆搖首。

局主曰：「此皆上等貨也，可以入貢，豈不堪服用耶！」

官曰：「既不合父意，可與我妹觀之。」

飭輿夫扛抬貨物，一僕押去，良久未回。

又飭一僕往催，輿夫先回曰：「舟中人囑我稟官，曰綢緞經姑娘目，俱合意，不知應用何號平色銀兩，請官自去檢點。」

官謂局主曰：「煩侍父暫坐，我去兌銀即回。」乃乘輿去。

至舟，多給輿夫錢文，曰：「爾等往來勞苦，先吃飯去。」輿夫走而舟開行矣。

丐坐局中，俟至更深不來，局主與金鋪主皆惶急，不得不追問封翁。

丐亦情虛，語言閃爍，群擁之鳴官。大令究其實情，亦無可如何，不過跴緝而已。釋丐出，眾褫其衣服，唯靴帽不合時宜，眾皆不服。

此丐尚戴五品冠，著朝靴，赤體叫化，見者大笑。

《此中人語》卷五〈拐兒橋〉記「該處人民某甲，家本少康，而人極刁詐，變計百出」故事曰：

浦東某鎮鄉間，有拐兒橋一條。相傳該處人民某甲，家本少康，而人極刁詐，變計百出。一日遊吳門，偶於街市間見一丐嫗，龍鍾傴僂，衣不遮體，殊有飢寒交迫之形。

甲遂回舟，囑隨人喚嫗上船，衣以文繡，食以膏粱，嫗大喜拜謝，甲止之。

明日偕舟子等扶嫗上岸遊玩，因囑嫗曰：「如我等有言問爾，爾但曰好，切勿多言。」

嫗喏之。

甲於是亦衣服華麗，偕嫗上岸，迤邐而行。至一最大之綢莊上，昂然而進，店夥等知是富家宅眷，百般趨奉，甲唯大模大樣，點頭整坐而已。從人等俱呼嫗為太太，揀選物件，頻頻問之於嫗，嫗遵甲囑，但應曰好。

迨物件配全，約計銀一千餘兩，甲乃囑從人取下船去，自己但言赴莊上取銀，因令嫗少待；嫗不知其意，亦應曰好。

店夥以為太太在此，並不起疑。

甲回舟，即解纜開行，去如黃鶴。

而該莊店夥久待不到，因問嫗，嫗亦曰好。夥知有變，固詰之，嫗始吐其實。急甚，即令人四處找尋，絕無影響，遂將嫗逐出。而該夥不僅賠銀，且脫生意矣。

夥滿腔氣憤，無處可伸，竟得狂疾，到處訪問。

一日，至浦東某鎮，逢甲於市，夥執甲而訴諸眾。

眾素知甲譎，俱斥甲。

甲無可置辯，願還銀一千兩。

夥不可，欲控於官。

甲懼甚，挽眾調停，夥遂罷，並罰其造一橋於自己宅前，題其名曰拐兒橋焉。

《清稗類鈔．棍騙類》中「有至衣肆云為其母購衣囑肆夥送衣往者」，講述的也是利用乞丐行騙的故事，其記曰：

有至衣肆云為其母購衣囑肆夥送衣往者，比至其家，即大聲呼請老太太出視衣。

便有一媼出，服亦修整。

其人出衣示之，旋取衣入內，夥不疑也。

久之不出，跡之，則已由後門去矣。

詰媼，媼曰：「吾本丐婦，此人與我金，屬我坐此，並衣我佳衣，令我對汝作此語，初不知其何故也。今吾身上之衣任汝取之，死生唯命。」

夥無如何，舍之去。

財富之後，盡顯人性。俞樾《右臺仙館筆記》卷五〈龍洞歷險〉記述意外獲得大量財富，卻是由見利忘義、背信棄義所引起因禍得福故事，其曰：

周如三，浙江山陰人，賣藥為業，嘗與村人採藥往山，山有澗，狹而深，兩旁石排列如矛戟，止容一人入，而黃精、紫參生其中。周解衣使同伴者縋而下，有所得，公焉。

其同伴有趙某者，見周衣巾藏白金十餘兩，利之，乃懷其金，與眾俱走。

已而周欲出，呼其曹，莫之應，窘而大號，亦無聞者。

不得已緣澗行，澗甚紆曲，廣狹靡定。行十里許得一洞，外窄而內寬；窺之，若有光。入之，則有一蛇存焉，長四、五尺，圍可五寸，鱗甲陸離，形狀頗異。悸而欲出，已為蛇所見，因跪而告以故，並求寄宿焉。蛇若頷之者，周遂匍匐入，伏其側。洞中山氣薰蒸，不雨而滴，又昏暗無天日，不辨旦暮。

久之飢甚，見洞有一石，光滑如脂，蛇恆以舌舐之。意其可以療飢，又跪而祝曰：「小人不食三日矣，願分君之甘。」

蛇又若頷之者，因亦就舐之。石淡無味，然飢火頓息。

如是數日，忽聞雷聲殷殷，在山之巔。蛇聞之，蠕蠕然動，未幾暴長，頭角崢嶸，不蛇而龍矣，騰躍欲上。

周攀其角曰：「龍王一出，某老死洞中矣。願從龍王偕出。」

蛇又若頷之者。

辟歷一聲，挾周俱上，俄而墜於地，則其村也。乃反其家，家人喧相告曰：「吾以汝為死矣。」

周曰：「誰言之？」

曰：「聞諸趙。」

周欲詣問趙，而趙已至，披髮跣足，奉衣及金跪於門外，自述前意。

問：「誰使汝來？又誰使汝言之？」

則趙亦茫然不知也。

張潮《虞初新志》卷七〈義犬紀〉記曰：

丙申秋，有太原客南賈還，策一衛，橐金可五、六百。偶過中牟縣境，憩道左。有少年人，以梃荷犬至，亦偕憩。犬向客咿啞，若望救者。客買放之。少年窺客裝重，潛躡至僻處，以梃搏殺之，曳至小橋水中，蓋以沙葦，負橐去。

犬見客死，陰尾少年至其家，識之，卻詣縣中。

適縣令升座，衙班甚肅，犬直前據地呼號，若哭若訴，驅之不去。

令曰：「爾何冤？吾遣吏隨爾。」

犬導隸出，至客死所，向水而吠。隸掀葦得屍，還報，顧無從得賊。

犬亦復至，號擲如故。

令曰：「若能知賊乎？我且遣隸隨爾。」

犬又出，令又遣數隸尾去。行二十餘里，至一僻村人家，犬竟入，逢一少年，跳而齧其臂，衣碎血濡。

隸因絏之到縣，具供殺客狀。問其金，尚在；就家取之，因於橐中得小籍，知其邑里姓字。令乃抵少年辟，而籍其橐歸庫。

犬復至令前吠不已，令因思曰：「客死，其家固在，此橐金安屬？犬吠，將無是乎？」

乃復遣隸直往太原，此犬亦隨去。既至，其家方知客死，又知橐金無恙，大感慟。

客有子，束裝偕隸至，賊已瘐死獄中。令乃取槀驗而付之。其犬仍尾其子至，扶櫬偕返，還往數千里，旅食肆宿，與人無異。

胡式鈺《竇存》卷三「松江婁縣某村一少婦獨往母家省視，蓄一狗隨行」記「道光戊戌五月間事，得之鄉里傳說」故事曰：

松江婁縣某村一少婦獨往母家省視，蓄一狗隨行。

及返，日暮路經荒廟，有惡丐七人扯婦入，姦汙竟夜。婦無如何，但云：「俟我歸取爾輩命！」

丐懼，刃死婦，斷其首於供桌下揭起地磚埋蓋之，又將屍身縛以石沉之野溪。

狗俱熟視焉。

時正黎明，狗奔到家撞門哀叫。屍夫開門，狗齧衽拽往，吒之不捨。見狗雙淚泫流，嗚咽慘戚。訝其故，鄰人曰：「但隨往。」

狗舍衽導行甚疾。進破廟，闃無一人。

狗力掀供桌下地磚，爪牙並用。夫驚視首級，婦也，猶疑。旋往其母家詢之，彼此大駭而慟。因向狗云：「屍身何在？」

狗啀然而走，尾之到一溪邊，望水跳號。遂覓鉤竿鉤得之。事到官，亟飭捕者偕屍夫並狗往各鄉市緝犯。

到某鎮，丐者數人絡繹乞錢，中有三人狗一一咬其脛，拘送官嚴鞫得實。

丐並言見狗隨婦云。餘丐尋亦捕獲，申請梟首示眾焉。

官賞狗錢五緡給屍夫買肉飼之。

道光戊戌五月間事，得之鄉里傳說。

齊學裘撰《見聞隨筆》記曰：

無錫有蓄猴者，其妻與人私，惡其夫居家，不得暢其所欲。因與姦夫同謀殺夫，埋屍於家園。

其殺夫情狀，猴獨見之。猴遁去到官衙。見官坐堂，猴哭訴之，官不識猴音，謂猴曰：「汝有冤乎？」猴點首再三。官發籤擲地，猴銜之前奔，差役從之。

至淫婦家，猴指淫婦令差上鍊，旋引差至埋屍處，指示差掘地得屍。又引差至夫家，伸臂挐姦夫衣，令差上鍊。

人犯到堂，猴手舞足蹈，學姦夫淫婦殺夫埋屍情狀與官看。官嚴訊得實，按律誅之。官蓄義猴以終。

李慶辰《醉茶志怪》卷二〈瓜異〉記曰：

房山張姓有瓜園，遣傭某獨守。

適有布客經其地，求飲。傭與之水，窺其貨物，利之。乘其不意，突以鐵鍤斫其腦，立斃。瘞屍畦下，人不知也。

及瓜時，畦中苗蔓盡枯，獨一畦枝柯茂盛，結一瓜，大倍於常。園主奇之，獻諸驛官。

官喜，剖食。既破，並無瓤，腥血流溢。怪而招園主詢之，主莫解其故。於是同官往驗，見殘柯斷蔓猶存。使人掘畦下，得屍，根自口中出。

嚴訊傭，備言其實。乃詳縣而置諸法。

與此相對的是拾金不昧故事，民間傳說故事作為社會現實生活的闡述，其中有許多拾金不昧者並不是什麼富人，而是乞丐，是商人，他們守護自己的良心，終於得到好報。

如褚人獲纂《堅瓠廣集》卷五〈丐兒還金〉記曰：

袁忠徹致政歸四明。某大參來賀，以年耄，令一童掖扶以進。兒約十二、三，衣襤褸，貌古怪，立於側。坐定，袁視久之。參政曰：「尚寶之注目，殆入相乎？」袁曰：「以余觀此兒，他日之貴顯，當軒輊於公。」參政曰：「公誤矣，此兒素無賴，貴從何至？」袁曰：「但取其相，他非所論。」後兒在參政家大肆不良，逐出，丐食於岳廟。一日有婦人挈包而進，禱獄神前，禮拜甚久，忘包而出。兒取視，皆黃白也。兒藏包以俟，見婦人悲號來覓。兒即還之。婦人以銀一錠酬之，兒曰：「母誤矣，欲得之，不罄所有乎？」婦曰：「兒何所依？」兒曰：「無依。故丐耳。」婦即攜之之北京，為夫訴屈。夫蓋四明指揮使也，以冤滯獄，得財始釋。指揮無嗣，亦乏支庶，竟以此兒承襲祖蔭。

鈕琇《觚賸》續編卷三〈事觚還金〉，記述的是一位老農拾金不昧：

順治十年三月，龍溪老農黃中與其子小三操一小船，往漳州東門買糞，泊船浦頭，浦傍廁糞，黃所買也。父子飯畢，入廁擔糞，見遺有腰袱一具，攜以回船，解袱而觀，內有白金六封。黃謂其子曰：「此必上廁人所失者。富貴之人，必不親自腰纏；若貧困之人，則此銀即性命所繫，安可妄取？我當待其人而還之。」小三大以為迂，爭之不聽，悻悻徑回龍溪。黃以袱藏船尾，約篙坐待。良久，遙見一人狂奔而來，入廁周視，徬徨號慟，情狀慘迫。黃呼問故，其人曰：「我父為山賊妄指，現繫州獄。昨造謁貴紳，達情州守，許以百二十金為酬。今鬻田宅，丐親友，止得其半。待州守許父保釋，然後拮据全饋，事乃得解，故以銀袱纏腰入州。因急欲如廁，解袱置板，心焦意亂，結衣而出，竟失此銀。我死不足惜，何以救我父之死乎！」言訖，淚如雨下。黃細詢銀數與袱色俱符，慰之曰：「銀固在也，我待子久矣。」挈而授之，封完如故。其人驚喜過望，留一封謝黃。黃曰：「使我有貪心，寧肯辭六受一？」揮手使去。是時船糞將滿，而子久不至，遂獨自刺船歸。行至中途，風雨驟作，艤棹荒村之側。村岸為雨所沖洗，轟然而崩，露見一甕，錫瀧其口。黃亦不知中有何物，但念取此可為儲米器，然重不能勝，力舉乃得至船。須臾雨霽風和，月懸柳外，數聲欸乃，夜半抵家。小三以前事告母，兩相怨詈，黃歸扣戶，皆不

> 肯應。黃因誑云：「我有寶甕在船，汝可出共舉之。」子母驚起趨船，月光射甕頭如雪，手舁而上，鑿錫傾甕，果皆白鏹，約有千金，黃愕然悟蕉鹿之非夢矣。黃之鄰止隔葦牆，臥聽黃夫婦切切私語甚悉，明日以擅發私藏首於官。龍溪宰執黃庭訊，黃一無所諱，直陳還銀獲銀之由。宰曰：「為善者食其報，此天賜也，豈他人所得而問乎？」笞鄰釋黃，由是遷家入城，遂終享焉。

袁枚《續子不語》卷十〈屈丐者〉記述拾金不昧者為一乞丐，其後乞丐成為富翁，其曰：

> 蘇州楓橋鎮，乃客商糧艘聚集處。村盡頭有古廟，為屈丐者所居。兩足不仁，朝出暮歸，不離楓橋左右。一日晨起，見廁旁有遺囊，拾而閱之，中藏白金數百。因思是過客所遺，吾薄命人安能享此，且不知其作何勾當，一旦失之，有關性命，亦不可知。乃復歸廟坐待。午間果有人飛步而來，頓足捶胸，狀甚惶急。因問之曰：「君得無失物者乎？」客曰：「然，汝拾耶？」屈曰：「有之。但陳說不謬，方可還君。」客大喜，為述若干封若干數，是何銀色，是何包裹。果相符合，屈乃攜出付之。客見原銀大喜，願分半相贈。屈笑曰：「君痴耶，予不拜君全惠，而乃貪其半乎？且君損半，又不能了大事。請即速去，勿誤我乞。」客不得已，檢拾錠與之而別。丐至街口，忽見一垂髫女，貌絕美，依父而哭，觀者如堵。因問於眾，或告曰：「是曹氏索債者，將欲奪此女為償，故悲耳。」問欠幾何，眾曰十金。屈聞怒曰：「盤剝私債，凶惡如此。設欠官項，又將如何。且十金亦小事，何為富不仁，竟至於此！」詎知債主在旁，聞言而怒，指屈問曰：「似汝填溝壑者，亦來說仁義耶！既出大言，可能為彼償否？」屈慨然即將前客所贈，為之代償，取歸某之欠約而散。曹之本意，原在女不在金，恨屈破其奸謀，乃賄捕役，指屈為賊，鎖屈送官。吳縣陳公，深疑其冤。遺金客聞之，又即奔縣代為昭雪。陳公聞之喜曰：「此義丐也。」照反坐例，重懲捕役，並傳楓橋各米行至諭曰：「所有日收米樣，俱著賞給屈

丐，免其朝夕沿門求乞之苦，且為披紅，令肩輿送歸。」於是此丐享日收石米之利，遂漸延求名醫，遇道者與乾荷瓣、茅朮各藥煎洗，不數日，足病竟愈，與常人等。不十年間，便居然置大屋，娶妻室，作富翁矣。

吳熾昌《客窗閒話》卷三〈義丐〉講述的也是乞丐拾金不昧，曰：

丐某，燕人也。孑然一身，遊食市闠，飽則出城西北隅，好於古木之陰栩栩而睡。一日，有策馬而馳者，顛播囊裂，落寶銀於道。丐呼之，不覺，狂奔而去。丐乃拾之，自忖曰：「吾其以此易錢乎？彼布主必疑吞為盜，何以自白？且緝捕者見之，必攘去。既不然，同儕見吾多金，有不思殺而奪之者乎？然則此禍基也。不如獻諸官，以脫吾身，非曠然自得之道乎？」遂投獻。邑宰奇之，曰：「得遺失物者，給之半。此律之明條。汝其受諸？」丐叩首曰：「『小人無罪，懷寶其罪。』籌之審矣，非所願也。」宰益奇之。適失金主馳歸呈訴，宰語之故，還其寶物。失金主再拜曰：「小人何幸而值此義士！渠之所慮者，無宅以庇身耳，小人能助之置宅。」宰曰：「能如是乎？予亦給之資本，以旌其善。」乃呼里長，為之謀宅於市廛，置貨立業，且表之以額曰「拾金不昧」。

楊式傳《果報聞見錄》〈還金之報〉記述好心人好報故事，曰：

明鄞縣南鄉北渡有孫姓者就童子試，晨起往它山廟祈讖問府試取否，行至眺江橋上，見一包袱，遂攜歸，視之，乃批文一角，銀二百兩，係奉化縣解府錢糧也。生以告父。父曰：「爾欲還之，抑取之耶？」生曰：「錢糧解差身家於繫，何可不還？」父曰：「爾能如此，此府案必取，何用卜為？」生遂復至眺江橋，伺之至晚，見一人踉蹌而來，鎖鈕號泣。生曰：「汝得非失銀者乎？」其人曰：「我為本縣差解銀二百兩至府，因天旱步行，負重勞頓，天尚未晚，暫臥橋上，解包為枕，及覺，徑行到城方記，已無及矣！遂自投到府主，差押追賠，妻孥皆死數矣！」生曰：「汝弗懼。我收在家。」即引歸還之。差曰：「即蒙見還，敢煩同往回官。」生有難色。

父曰：「汝肯還銀，官府必獎汝，或因此獲取未可知也。」生遂同至府，失銀解差備述其故，府主即起立揖生曰：「汝能如此，願汝世世榮昌。汝歸肄業，出案我必首拔。」是年府主即薦之入泮，次年補廩貢，出陳王府教授。後四世明經，三為王府教授，一為府學教諭，至今書香不絕。云云。

拾金不昧得到好報，是神靈代表蒼天所做的報答，自然也是人間應有的報應。如徐昆《遁齋偶筆》〈方解元〉記曰：

康熙甲午，江南解元方君某偕友人赴試，中途宿旅店，檢遺銀一封。

開視，有小包數十，計數不及五兩。方君謂友曰：「此貧人物，盍少待還之？」留一日，無來取者。友次早欲行，方君強之留，必不肯。方君曰：「子先行可乎？」其友曰：「子誠巧，遺銀固當分我，先去，子可獨取矣！」方君無可與辯，乃計其遺銀之半，以己資與之。友遂行，約同寓。方君候之三日，見有倉皇失措而來者。叩之，其人曰：「我賣油收帳，歸宿於此。抵家，知失銀，故轉覓至此耳。」問其數及包裹狀，悉符合，遂還之。其人感謝而去。方君故寒士，所攜資斧極少，為遺銀故以二兩餘給友，用不敷，仍回家稱貸，而去就其友與同居。入頭場，其友之僕夢見天榜首名即其主，並記數人名。告其友，友欣然。及二場畢，其僕愀然謂主曰：「首名已換方相公矣！昨又夢榜上塗去主人姓名，旁朱書，方名下並注小朱書數行。以高張故見不明晰。」友不之信。及榜發，方果作解，所記數人皆符。其小朱書，蓋即注此還銀事耳。義利之際，神鑑昭然若此。

余金《熙朝新語》卷十五講述商販拾金不昧故事：

江北張某為人經紀，收債於江寧，歲暮將歸。黎明肩行李出城，門未啟，立市簷以待，倦甚，以置金之布搭坐身下。方閉目，城遽啟，忘攜身上布搭，僅肩行李趨出。行里許始覺，急返覓舊所，已各肆俱張，人如雲集，而布搭不知去向矣，於此愁眉覯望，徘徊不已。一老者詢故，以實告，邀張入曰：「今早啟門，得有遺物，未識相符否？」張曰：「為東人歸者兩大封，其小封則己物也，錠數分量各若干。」老者驗係原物，即還之。張感泣，願以己金奉。老者笑曰：「吾果愛財，頃則不言矣。君何不諒也。」張不敢強，因拜謝，各道姓名而別。張抵江待渡，而風大作，渡舟多覆，溺人無算。張惻然曰：「吾所攜之金失而復得，吾命亦屬再生矣。」悉出己金買救生者操舟往救，立拯數十人，皆感謝。彼此通姓氏，中有一少年，江寧人，往江北貿易，回家度歲，即還金老者之子也。張異而告以故，聞者莫不嘆息。後二氏結婚姻焉。

或曰，在善惡之間，貪得無厭也好，拾金不昧也好，其報應，便是社會風俗生活所寄予的理想；這裡的神神鬼鬼，並不是愚弄百姓，而是人民世世代代在生活中形成的道德信念與操守。在這種意義上來說，民間文學是歷史的良心，一直用善與惡的報應故事激勵、鼓舞著民族的向善情懷，打造無私、慷慨、豁達、樂觀的性情。

民間俗語說，君子勸酒不勸色。萬惡淫為首，即說色膽包天，使人失去理智，忘卻最基本的社會責任，為所欲為，造成嚴重的社會危害。相比而言，明代社會風俗生活中偷情、通姦故事甚多，而清代姦殺之事較多，且多與鬼魅有關。或曰，衛道之士以克己復禮為名，絞殺人性與愛情，固不足取；男女相愛，兩情相悅，相互傾慕，於未為婚姻時，成為佳話，然而各有庭戶，置家庭責任於不顧，覬覦他人美婦，此好色以損人為目的，又如何不是罪惡？

如玉冊道人《珊海餘詼》卷六〈屍變〉記曰：

直隸黃姓夫婦躬耕，山居無鄰，妻暴病死，草草小殯，錮其室，走告岳家。

妻父母兄弟，聞耗馳往，撫棺大慟。旋揭棺蓋視，則道士也。大駭詰黃，黃審視，訝曰：「頃親殮而遽變耶？」

妻父疑黃謀害其女，聞於官。驗視道士，因傷死，鮮血模糊，面目猶未變。其家並無失物，非仇非盜，莫測端倪。黃始終無異詞。不得已繫獄待質，稟請通緝，竟成疑案。

越五年，黃有中表李姓，省戚至一處，見少婦出沒，酷肖黃妻。異日，復至其處，見婦鋤地，諦視之，果黃妻也。

猝問曰：「爾非黃某婦乎？何以在此？」

婦不語，攜鋤入室，李隨入，桑戶蓬樞，幾席草率。

婦曰：「君非李表弟乎？何故至此？」

李曰：「兄為嫂事，縲紲經年，官私均大索不得，嫂何以能死而復生，僻居此地，究與何人勾當？」

語未畢，忽見男子鬢髮蓬鬆，啟籬而入。

婦曰：「殆矣！」

李逾垣走，自揣勢孤不敵，歸告黃之妻父，邀子姪並鄰右精壯者數人，潛至其處，將男婦並擒送縣。

初，黃之訃岳氏也，不逾時，有遊方僧道二人踵門乞募，見門反錮，知無人，即撬門入，開棺欲剝屍衣，撫之尚溫，僧淫其屍，見微睜星眼，汗出而蘇。道士亦欲迭淫之。僧怒，梃擊其腦，復以刃穿腋斃之。即以道士納棺中，攜女而遁。女不從，僧曰：「我有再造之恩，無我，則早作泉下物矣。」以刀加其頸，曰：「不從，以道士為例。」

女畏其橫，相隨走，仍錮其門。旋蓄髮如夫婦焉。宰得其情，如律論。使黃攜婦歸，完聚如初。

樂鈞撰《耳食錄》二編卷四〈書吏〉記曰：

山西有書吏，自太原假歸，攜二僕，策蹇負囊。

路遇少婦，亦騎驢相先後，從一童子，蓋弟送其姊歸其夫家者也。稍相問訊，遂與目成。

童徐行，見道旁樹巔有鵲巢，潛上取，既下而婦遠矣。度姊已至其家，遂不前而返。婦既偕吏行，乃忘分道，亦不知童之未從也。

日昃抵一村，吏之佃舍在焉。止婦與宿。

夜將半，二僕相與謀攫囊橐逸去，紿佃舍傭者曰：「我先歸耳。」

傭信之。已聞吏所聲甚譁，亟起索燭往覘，則吏與婦併為盜所殺。浴血中得其家銼草刀，懼獲罪，即瘞屍郊外。

數日，婦夫迎婦於婦家，家以既歸對。詰諸童子，得中途探巢、婦與書吏偕行狀，急蹤跡之。至佃舍，曰：「歸矣。」

至吏家，則訝曰：「未歸。」

乃共執傭者訟之官。傭吐實，且曰：「必二僕殺之，故逃。」

官以為然，亟捕二僕訊之，則堅不承，曰：「竊竄不敢隱，實未殺人。」

既往發屍，婦屍已不見，吏與一僧屍耳，而僧屍固無創，莫不駭異。獄遂久不決。

先是，傭者女嘗與鄰人之子私，既而絕之。其夜鄰子復往，值婦與吏寢；疑女別遇，忿甚；索得廄中銼草刀殺之，逃去。既而知其誤，復歸調女，女不許。

鄰子怒且罵曰：「恨爾夜不曾殺汝！」

女詫其語，竊告傭者白官。執鄰子，一鞫而伏，終以殺僧無驗，又不得婦屍，緩其獄。

遺胥挾童子，廉諸他邑。

有婦浣溪上，童子乃言真其姊也，婦亦驚涕相向，遂告以由。

方婦之瘞郊外也，遲明，有二僧過瘞所，覺土中觸觸動，掘視，得二屍。婦傷刃未殊，已蘇矣。

一僧欲取為梵嫂，慮此僧見梗，遽扼殺，並吏掩之。負婦歸寺中，潛蓄頂髮，易衣冠，遁居他邑。至是僧他適，婦出浣衣，獲遇其弟云。

於是執僧並鄰子抵罪，餘各論律有差。

許奉恩撰《里乘》卷三〈愛兒〉記曰：

舒城田舍翁某，年四十，生一女，名愛兒，以中年所出，甚珍愛之。

爰字於同里之農家子，謂相距密邇，便於往返。亡何，翁妻卒，女才十齡，即育於嫂氏，以憨稚貪於嬉戲，嫂甚厭惡之，往往相對惡謔，並以語恐之曰：「若已十齡，不為嫛婗，尚自好弄，聞若婿與若齒相若，其勢已甚偉，將來齒日增，更不知何若！日後若嫁去，吾甚為若危之，看若猶能嬉戲否！」

嫂平居與女相對，輒道及此，以謔語出之，或有時又以莊語出之，甚至故作顰蹙狀，若以為是真為女僅慮也者。愛兒聞之既熟，甚以為懼。

不數年，女已及笄，往嫁有日，嫂猶時以為言。愛兒默自計曰：「誠如嫂言，吾命休矣！奈何！」又自幸距家不遠，脫有危，姑遁歸再作計較。

未幾，桃夭期屆，冰人在門，彩輿將發。

嫂固不喜愛兒，今當吉期，故以不祥之語咒之，便攬女手佯為悲泣而送之，曰：「阿姑須珍重自衛，但願人言不實，則我與若相見猶有日；假使其言不謬，若此一去，吾將見若出，而不能再見若入也。嗚呼傷哉！嗚呼哀哉！」

愛兒聞之，甚感嫂氏之多情，倍益恇怯。

是夕合巹後，眾賓既散，新郎雖農家子，年裁弱冠，亦甚溫存靦腆，至夜將闌，乃低聲促女曰：「寒夜難耐，與卿睡休。」

愛兒正懷疑懼，忽聞此言，如九天之發霹靂，不覺震驚，汗流浹背，低首面壁，默不敢聲。

少選，新郎又前搴女袂，再四敦迫。

愛兒計不能免，不得已解衣入幃。新硎初試，其利可知，愛兒僅志嫂言，深自防衛，才一著體，已自難御，益信嫂言有徵，抵死支拒，不使遽盡其器；而新郎欲焰正熾，勢難中止，女不得已，紿之曰：「爾我夫婦，為日正長，奴今適有小恙，一俟全愈，唯君所欲，斷不敢再事推卻以逆君意。」

新郎聞而憐之，遂為罷戰。女喜獲免，竊慶再生。伺新郎睡熟，託以溲溺，潛開後門，將竄歸謀之嫂氏，轉達於翁，願長侍於膝下，沒齒不嫁，以全性命。

天明，農家子醒，意女溲溺，呼之不應，急著衣起覘之，闃其無人，驚呼，家人皆興。知開後門竄走，急遣人往翁家問之，云：「昨方吉期，何得遽歸！」

彼此驚訝，難測其由。唯嫂氏心知有異，默笑不言。

是夜大雪盈尺，共遵其雪跡尋之。道旁故有一眢井，群議暮夜獨行，雪光迷炫，保毋失足墮落，乃縋一人下井窺視，果有一屍，大駭，意必是女。拽起覘之，非女也，乃僧也，囟頂劈裂，血痕猶新。眾人相覷，益深駭愕。知難隱匿，遂牽連而訴諸官，窮極研訊，卒無眹兆。歷久，不能剖決。

越五年，翁有族子至豫經紀，路過一市，忽見愛兒在此當壚貰酒，怪為面似，迫審良然。默識其地，歸以報，翁即自馳往跡之。女方在門首梳髮，見翁至，大驚。

翁前持抱泣曰：「兒何至此，累吾實甚。」

女亦泣。既詰至此之由，女具告之。蓋隨某乙來此，貰酒營生，頗稱小有，翁佯為大喜。

俄頃乙至，女使拜父，居然稱翁婿焉，情甚親暱。

問：「訟事結束未？」紿以早結，農家子已別娶多年，今抱子矣。乙乃放心。

翁便諷女宜偕乙歸里，女謀於乙，乙以為無事，遂治裝偕女歸。翁既到家，即密詣縣上狀，遣隸拘乙至，訊得巔末，其案乃結。

先是，愛兒夜竄時，雪迷失路，墮智井中，呼救。某寺僧晨出募齋，聞知女子，大喜，正將縋繩下拽；某乙故里中無賴，夜博方畢，過此見之，遂與僧同拽起。悅女之色，欲挾以私奔，慮僧敗露，乘其不意，取扁杖當頭力劈，僧痛楚僕地，乃拖入井中，然後以言脅女，偕遁至河南，竟成夫婦。

官乃斷以乙抵僧罪，愛兒仍歸原夫；以嫂氏譃語起釁，令批其頰以示薄懲，人皆稱快。

厥後，嫂氏兩頰因撻成創，終身膿腐，臭不可邇，鄰里鄙其為人，都置不齒。

愛兒既仍歸農家子，夫婦重聚，皆知為嫂氏所騙，伉儷倍篤。由此銜嫂入骨，畢世不與通慶弔。

朱翊清《埋憂集》卷六〈奇獄〉記曰：

鄭夢白先生，宰星子。邑民楊翁者，晚得一子某，自幼循謹，翁極愛憐之。為聘童養媳某氏，性亦柔善。

後二人皆長大，為之成婚。是夕共寢，覩其意甚相得也。無何，至次日辰後，二人不起。

入視，見新婦裸死於床，而新郎杳不知何往。驗婦屍並無傷痕，唯衾間桃浪沾焉。不解，覓其子不得，遂命往報婦家。

時方暑，三日後其父始至，則已殮而瘞諸野。翁以恐婦屍腐爛為言。其父大疑，謂翁父子同謀死其女，故匿子而瘞婦以滅跡，徑出，控諸縣，請驗。及開棺，則並非女屍，乃一六、七十老翁也。其屍鬚髮皆白，背上斧傷痕數處。

先生益駭，問翁，翁亦茫然；又問其子何在，亦不知也。加以刑訊，卒無以對。先生無如何，始命瘞棺而以翁返。

訟繫之月餘，忽報翁子自投。亟出訊之，自言是夜與婦相狎，戲掐其神潭，嗢笑方劇，而婦忽寂然不動。挑燈視之，死矣，一時懼罪而逃。昨自旁邑聞父被刑，將抵罪，故不憚自言以白父冤。蓋其子本業修髮，故能捉搦為樂，然但知作劇，而未諳解之之法，故逃去。於是繫其子，釋翁歸。顧婦屍何以忽易男屍，且屍有傷痕，懸示相招，絕無屍親出認，此情卒無從究詰。不得已，請更展期再緝，然計猶未有所出也。

無何，翁歸後月餘，偶以事至建昌，道經周溪，遙望一少婦浣衣溪畔。漸近，似是其婦，猝呼之，婦舉首見翁，訝曰：「吾翁也。何緣來此？」

遂請泊船過其家，翁是時驚定而疑，乃問曰：「汝其鬼耶？其人耶？」

婦慘然曰：「非鬼也。姑請到家再述。」

翁乃登岸從之去，入一草舍，卻非農家光景。詢其何以在此，婦欲言先涕，良久，備述其詳，且曰：「幸渠今適出門，兒得遇翁。事已白，願相從至溪頭，葬身魚腹足矣。」

初，婦既倉卒被瘞，半夜復甦。天曉後，適有建昌寇氏為木工者叔姪二人從此經過，聞號救聲，乃相與撬棺出之。婦本少艾，又時方新婚，服飾華整。其姪乍見心動，將以偕歸，而乃叔執不許，細詢里居，將送之還家。

姪爭之不得，乃斧之致死，即以屍入棺掩蓋畢，攜婦還，逼為夫婦。婦不敢拒，故至此猶得見翁也。

翁聽畢，泫然撫之而泣曰：「兒不幸遭此強暴，亦復何罪？且兒若不歸，此案終無由白。可速行，稍遲恐無及也。」

遂以俱歸。

將次到家，忽途中一少年負斧鋸茫茫然來，瞥見婦，大駭，將行篡取。

婦罵曰：「妾向以荏弱，為汝所劫，今天幸見憐，俾與翁遇。汝死在旦夕，尚敢肆惡乃爾乎！」

翁於是知其為某也者，忿與爭。

村中人咸集，相與執縛詣縣；兼攜婦為證。先生出，一鞠而服。乃釋其子於獄，婦見其枷鎖郎當，不禁掩泣。

先生憐其嬌痴，又能為乃夫雪罪，皆恕之，命翁攜還，復諧伉儷焉。

蓋是時某至南康傭作，比反，紆道至邑中偵其事，不意適值翁與婦也。

如《夜譚隨錄》卷五〈青衣女鬼〉記述：

姑蘇顏203三圖憐，言其鄉有管姓少年，因鄰家少婦佳麗，百計思覯，一日復於牆頭窺伺，見婦方絡絲簷下，顰眉淚睫，顏色悲慘，其姑喃喃數之於房中，管乃憐婦而恨其姑。

忽一青衣婦人自角門出，笑容可睇，徑入佛堂，向佛而拜，直起直跌，形如殭屍。

管大驚，知其非人，益注目伺之。婦人拜佛已，即轉身至簷下，向少婦以兩手作圈示之，更以手頻頻指廁，少婦停絡呆視。若有所思。既而涕泣如雨，旋起身如廁。短垣僅及肩，管於高處覷之，頗為了了。

婦入廁，輒解足纏繫橫木上。青衣婦復左右之，意得甚。

管知其覓死，不覺大呼救人，逾垣而過。鄰人聞之，驚走來詢，管導眾入廁，視婦已投繯矣。爭相解救，須臾復甦。青衣婦人已失所在。姑亦驚悸，不復絮聒。

已而其夫歸，眾曰其故。其夫驚謝，感傷交至，問：「管兄從何處得悉怪異？」

管紿曰：「偶乘屋拔草，得見其狀耳。」

眾嘆曰：「人命關天，尊夫人數不合休，適值管君有拔草之舉，想亦神佛之所役也。」

其夫贈酬之，管不受而歸。

從此淫心頓息，不復更作壁上觀矣。

《笑得好》初集〈裝做米〉記曰：

有人行姦，不意親夫忽然回家，敲門甚急。其人驚慌無措，婦令躲於門後，將一布袋連頭套起，躲藏好了才去開門。

問夫曰：「你回家，適值我小便也，等我起來才好開門，你因何這樣著急？你原說今夜不回家的，因何又回家呢？」

其夫戰慄曰：「我今晚幾乎自喪了一條性命，因與一婦人行姦，誰想他的親夫一時間回家，我驚得無處藏身，沒奈何躲入他廚房柴堆裡。哪曉得那個人關門的時候，又點燈遍處照看，我見他的燈到廚房裡來，我甚驚慌，身子就發起戰來，那人看見柴草動搖，曉得有人。就拿了一把刀來殺我，那時我著了急就飛走出來，用力將他推倒，我才得脫身飛跑出門，不是這等僥倖，已經被他殺了。至今魂不在身上，你說可不怕死人麼？」

妻曰：「怪道你這等驚慌，也都是你自討的苦吃。」

其人見妻搶駁，就去照著拴門，因見門後有物，指問妻曰：「這是一堆什麼東西？」

妻見問及，驚不能答。只見布袋亂搖，袋內戰兢兢地答曰：「這是一袋米呀。」

夫曰：「米哪裡會說話的，這分明是個人了。你到我房裡來作甚的？」

這人又在袋裡戰兢兢地說道：「你既然在別人家裡做得柴，難道我在你家裡就做不得米？」

俗語常言，惡毒莫過婦人心。其實也是指社會風俗生活中傷風敗俗的某一個方面，並不是對整個婦女階層的概括；況且，民間文學歌頌婦女聰明智慧與道德品格高尚純潔者比比皆是。民間文學述說惡婦故事，意在倡導孝敬父母、愛惜他人、相互幫助，凝聚為純潔的社會道德風尚。清代社會民間故事中出現惡婦形象，且多有報應，以物變為懲罰結局，彰顯出社會風俗生活中複雜的信仰觀念。

蒲松齡《聊齋志異》卷十二〈杜小雷〉講述不孝婦化為「一豕」，其「兩足猶人」，「邑令聞之，縶去，使遊四門，以戒眾人」故事，曰：

杜小雷，益都之西山人。母雙盲。杜事之孝，家雖貧，甘旨無缺。一日，將他適，市肉付妻，令作餺飥。

妻最忤逆，切肉時，雜蜣螂其中。

母覺臭惡不可食，藏以待子。

杜歸，問：「餺飥美乎？」

母搖首，出示子。

杜裂視，見蜣螂，怒甚。入室，欲撻妻，又恐母聞。

上榻籌思，妻問之，不語。

妻自餒，徬徨榻下。久之，喘息有聲。杜叱曰：「不睡，待敲扑耶！」亦覺寂然。

起而燭之，但見一豕，細視，則兩足猶人，始知為妻所化。邑令聞之，縶去，使遊四門，以戒眾人。

譚薇臣曾親見之。

梁恭辰《北東園筆錄》四編卷三〈逆婦變豬〉記不賢之婦女自責「本應天誅，以今生無他罪過，但變豬以示人耳」故事曰：

乾隆己酉十一月，常熟東南任陽鄉有不孝婦欲殺其姑者，置毒藥於餅中，而自往他所避之。其姑將食，忽有一乞人來求其餅，姑初不肯與，乞人袖中出一綠綾衫與之換去。

及婦歸家，姑喜以衫示婦，婦又奪之。初著身，忽仆地，姑急扶之，不能起。忽變成豬，鄰人咸集視之。

婦猶作人語曰：「我本應天誅，以今生無他罪過，但變豬以示人耳。」

言訖，遂成豬叫，獨其前腳猶手也。

又同時，山東定陶縣一農家婦，素虐其姑。姑又瞽，欲飲糖湯。婦詈不絕口，乃以雞矢置湯中，姑弗覺也。

忽雷電大作，霹靂一聲，婦變為豬，入廁上食糞。一時觀者日數百人。歲餘猶不死。

《北東園筆錄》四編卷三〈逆婦變驢〉記述「陝西城固縣鄉民有不孝婦，平時待其姑如虐奴婢」故事曰：

陝西城固縣鄉民有不孝婦，平時待其姑如虐奴婢，非一日矣。嘉慶庚辰正月初一日早起，婦忽向姑詈罵，喃喃不絕口。姑不理而往別家拜年。

有頃，不孝婦入房關門而臥，久之不出，但聞房中有聲如牛馬走。迨姑回，欲入房視之而不得。

急呼他人踏門，人唯見此婦臥於地，一腿已變成驢矣。越數月方死。

民間故事向來都是智慧者的文化話語權利展現，嘲笑愚蠢笨拙之人，意在透過語言的宣洩與狂歡，形成諷刺與批判。不要以為其諷刺與批判的對象都是下等人，其實是一切人，甚至不乏那些讀書人與做官的上等人。愚蠢行為多種多樣，念白字是愚蠢，死心眼是愚蠢，懶惰是愚蠢，愛說大話其實也是愚蠢，所有不合時宜都是愚蠢可笑。概括而言，越是愛面子，越是出醜。或曰，民間故事述說當世社會風俗生活種種現象，皆為對事不對人，有罵街之意。

清代民間故事以笑為書者，如《笑林廣記》、《笑得好》、《笑笑錄》、

《笑倒》、《嘻談錄》、《嘻談續錄》等，保存此類嘲笑愚笨行為的故事數不勝數，如汗牛充棟、琳瑯滿目。此以小石道人《嘻談續錄》中的記述為例，可以窺清代社會風俗生活與社會政治之一斑。

如小石道人《嘻談續錄》卷上〈讀白字〉記「一監生愛讀白字，而最喜看書」曰：

一監生愛讀白字，而最喜看書。

一日，看《水滸》，適有友人來訪，見而問之曰：「兄看何書？」答曰：「木許。」

友人詫異，說：「書亦甚多，木許一書，實所未見。請教書中所載，均是何人？」

答曰：「有一季達。」

友人曰：「更奇了，古人名亦甚多，從未聞有名季達者。請問季達是何樣人？」

答曰：「手使兩把在爹（斧），有萬夫不當之男（勇）。」

《嘻談續錄》卷上〈官讀別字〉記曰：

一捐官不大識字，坐堂問案。

書吏呈上名單，上開原被證三人，原告叫郁工耒，被告叫齊卞丟，干證叫新釜。

官執筆點原告郁工耒，因錯喚曰：「都上來。」三人一齊而上。

官怒曰：「本縣叫原告一人，因何全上堂來？」

吏在旁不好直方其錯，因稟曰：「原告名字，另有念法，叫郁工耒不叫『都上來』。」

官又點被告齊卞丟，誤叫「齊下去」。

三人一齊而下。

官又怒曰：「本縣叫被告一人，因何又全下去？」

吏又稟曰：「被告名字，亦另有念法，叫齊卞丟，不叫『齊下去』。」

官曰：「既是如此，干證名字，你說該念什麼？」

吏說：「叫新釜。」

官回嗔作喜曰：「我就估量他必定也另有念法，不然我要叫他作『親爹』了。」

《嘻談續錄》卷上〈不改父業〉記曰：

一皁隸驟富，使其子讀書，欲改換門楣。然其子已習父業，不改父行。

一日，隸兄手持羽扇而來，先生出對，叫學生對曰：「大伯手中搖羽扇。」

學生對：「家君頭上戴鵝毛。」

又出六字對：「讀書作文臨帖。」

對曰：「傳呈放告排衙。」

又出五字對：「讀書宜朗誦。」

對曰：「喝道要高聲。」

又出四字對：「七篇古文。」

對曰：「四十大板。」

先生有氣，說：「打胡說。」

學生說：「往下站。」

先生說：「放屁。」

學生說：「退堂。」

先生：「哼。」

學生：「喝。」

《嘻談續錄》卷上〈大唠小唠〉記曰：

都中用大話熏人，謂之唠。東城有一大唠，西城有一小唠。

這一日，小唠找大唠，而難之曰：「你名大唠，你能唠得動老虎，我拜你為師。」

大唠說：「這有何難。你不信，我們立刻找老虎去。」

二人同入深山，來尋虎穴。

小唠說：「此處乃虎豹出沒之地，你在此等虎，我上山去看你如何唠法。」

大唠即倚山靠樹而坐，忽見一只猛虎咆哮而來。

大唠忙回手拔小柳樹一棵，說大話唠之曰：「我剛才吃了一隻豹，沒吃飽，又找補了一隻虎，肉老塞了我的牙。」用柳樹作剔牙之狀。

老虎一聽，回頭就跑，逃回洞中。遇一猴子，老虎說：「好利害的人！吃了一虎一豹，在那裡拿柳樹剔牙，我如何敢吃他，還怕他要吃我！」

猴子說：「你也太膽小了，我要同你看一看，到底是一個什麼人？」

老虎說：「我不放心，你要同去，必須把你拴在我背上。」

猴子應允。老虎把猴頭拴好，套在背上。猴子騎在老虎身上，來至大唠面前。

大唠一見，高聲大罵說：「好一個撒謊的猴兒崽子！昨日我捉住你，要當點心吃，你再三哀求，許下今日一早送虎二隻，豹二隻，供我早膳。想不到天已過午，只送了這一隻瘦山貓來搪塞我！」

老虎一聽此言，說：「了不得！我受了猴子的騙了。」回頭就跑。

誰知老虎跑得快，猴子掉下虎來，被樹枝牽掛，虎身上只剩了一個猴頭。

老虎逃至洞中，喘息良久，回頭來找猴子，但見繩子上拴著一個猴頭。

老虎大驚，說：「幸虧我跑得快，饒這樣，還把猴子下截留下了！」

《嘻談續錄》卷上〈恍惚〉記曰：

一人錯穿靴子，一隻底兒厚，一隻底兒薄，走路一腳高，一腳低，甚不合式。

其人詫異曰：「今日我的腿，因何一長一短？想是道路不平之故。」

或告之曰：「足下想是錯穿了靴子。」

忙令人回家去取，家人去了良久，空手而回，謂主人曰：「不必換了，家裡那兩隻，也是一厚一薄。」

《嘻談續錄》卷下〈瞎子吃魚〉記曰：

眾瞎子打平伙吃魚，錢少魚小，魚少人多，只好用大鍋熬湯，大家嘗嘗鮮味而已。

瞎子沒吃過魚，活的就往鍋裡扔，小魚蹦在鍋外，而眾瞎不知也。

大家圍在鍋前，齊聲讚曰：「好鮮湯！好鮮湯！」

誰知那魚在地下蹦，蹦在瞎子腳上，呼曰：「魚沒在鍋內。」

眾瞎嘆曰：「阿彌陀佛，虧得魚在鍋外，若在鍋內，大家都要鮮死了。」

《嘻談續錄》卷下〈懶婦〉記曰：

一婦人極懶，日用飲食皆丈夫操作，她只知衣來伸手，飯來張口而已。

一日，夫將遠行，五日方回，恐其懶作挨餓，乃烙一大餅，套在婦人項上，為五日之需，乃放心出門而去。

及夫歸，已餓死三日矣。夫大駭，進房一看，項上餅只將面前近口之處吃了一缺，餅依然未動也。

《嘻談續錄》卷下〈不利語〉記曰：

有一人慣說不利之語，人皆厭之。

一富翁新造廳房一所，慣說不利者往看，親至門前，敲門不應，大罵曰：「浪牢門，為何關的這樣緊，想必是死絕了。」

翁出而怪之曰：「我此房費盡千金，不見容易；你出此不利之言，太覺不情。」

其人曰：「此房若賣，只好值五百金罷了，如何要這樣大價？」

翁怒曰：「我並未要賣，因何估價？」

其人曰：「我勸你賣是好意，若遇一場天火，連屁也不值。」

一家五十得子，三朝，人皆往賀，伊亦欲住，友人勸之曰：「你說話不利，不去為佳。」

其人曰：「我與你同去，我一言不發何如？」

友曰：「你果不言，方可去得。」

同到生子之家，入門叩喜，直到入席吃酒，始終不發一言，友甚悅之。

臨行，見主人致謝曰：「今日我可一句話也沒說，我走後，你的娃娃要抽四六風死了，可不與我相干。」

社會風俗生活中的民間傳說故事關於風物與時事的講述展現出不同的風格與內容，從世俗的角度記錄社會歷史。以此可以看到，民間文學能夠始終保持旺盛生機，與勇於面對現實、勇於批判醜惡、勇於褒揚公正無私和勇敢善良的文化傳統密切相關。這也是不同歷史時期中國民間文學的思想文化特色與時代特色。

民間文學需要不斷述說。它的基本意義在於宣洩，在於勸導。我們在民間文學的講述現場常常可以聽到人講「你沒有聽人家這樣說嗎」云云。這樣的開頭，是導引的方式，也是民間文學表達的基本目的，即透過這樣、那樣的口頭述說，讓更多的人形成共識、認同。民間文學透過真、善、美克服假、惡、醜，讓社會風俗生活成為民族道德與精神的課堂，成為民族文化生活的學校。清代民間文學如此，歷史上的民間文學都有如此文化屬性與生活屬性。

能夠深入影響清代社會風俗生活內容的民間文學現象，除了這些傳說故事之外，還有一個更重要的體裁形式，就是各地流傳的大量民間戲曲。這些民間戲曲被稱為「地方戲」，以地方性文化表現形成自己的個性特色。近代誦芬室主人《曲海總目提要》[128] 匯錄了自元至清代乾隆年間近 700 種戲曲劇目，保留許多清代民間戲曲史料；尤其是晚清時期，社會發展進入大混亂、大動盪階段，地方戲藝術隨著社會的多重訴求，得以迅速發展，各地出現密密麻麻的「戲窩」這一種文化現象。民間文學的主體在民間戲曲的影響下不斷發生變異，諸如民間傳說故事與民間戲曲的雙向循環，及其在各種民間藝術中的反覆運用表現，形成清代民間文學的特殊景觀。

其中，清代神仙戲與神仙故事的繁榮，表現出清代民間文學的重要思想文化傾向，展現出極其複雜的社會情感。也正是在這種思想文化與社會情感的影響下，太平天國、捻軍、義和團以及小刀會、紅槍會等性質不盡相同的社會現象，才以神仙信仰的名目大張旗鼓地在民間社會文化中表現；於是各種民間文學現象應運而生，諸如宣傳起義的偈語、歌謠，鼓舞民眾高舉反抗壓迫的革命大旗，加速了清朝的滅亡。而同時，清朝統治者常常對各種民間戲曲活動進行禁毀，出現「有假僧道為名，或刻語錄方書，或稱祖師降乩，此等邪教惑民，固應嚴行禁止」之類禁令。但是，民間文學激起越來越強烈的反抗浪潮，加劇清朝腐朽沒落與滅亡的趨勢。歷史告訴世人的是不爭的事實與規律，即凡是失去民心的社會政治，無論怎樣窮凶極惡，都避免不了其被人民所拋棄的命運；更不用說其瘋狂反撲，用各種手段壓制、打擊、鎮壓群眾者，終究逃脫不了被歷史懲罰！民間文學見證這些內容，表現這些內容，用民間戲曲的舞臺表現歷史與現實，述

[128] 上海大東書局 1928 年版。

說人間的大道。或曰，民間戲曲的盎然生機與無窮魅力正在於此。

當然，影響清代民間戲曲與民間故事等民間文學形式發展變化的因素有許多，一方面是民間文學自身發展，在這一段時期如浪潮湧動，匯聚成民間文學的高峰；另一方面，與社會政治影響下的文化風尚有非常密切的關聯。

尤其是民間戲曲作為清代社會風俗生活中傳播思想文化的最重要的媒介，涉及與民間文學發展有關的許多方面。如時人梁恭辰所講：「凡勸化之最動人者，莫如演做好戲。王陽明先生曰，要民俗返樸還淳，宜取今之戲子，將妖淫詞調俱去了，只取忠臣孝子故事，使愚俗百姓人人易曉，無意中感知他良知起來，卻與風化有益。故點戲者，務要點忠孝節義等處。」[129]

所謂「使愚俗百姓人人易曉，無意中感知他良知起來，卻與風化有益」，確實是當世民間文學思想的展現。

清代民間文學的發展，顯示出清代社會各民族文化的發展水準和文化時尚，是中國傳統文化的重要組成部分；同時，我們也可以看到，封建專制的大船經歷了千百年的風風雨雨，到了近代中國，它再也不能承載人民的希望、期盼和夢想了。在列強的炮火中，它尤其顯得風雨飄搖，悽慘、悲涼；最重要的是這個帝國從體制到靈魂，已經被風雨剝蝕殆盡，它只有在風雨和烈火中去涅槃了！然而，歷史的夢魘總是令人自我安慰、自我欺騙、自我麻醉；先哲們喊了千百年，喊出了多少血和淚，而多少人醒來後又重新沉入夢鄉。民間文學直接而全面地展示了這些內容。

清代也好，上至明代、元代、宋代、唐代之前，中國文化向來推崇「禮失求諸野」的文化發展道理與規律。歷史上真正有作為的哲學家、思

[129]　梁恭辰：《勸誡錄五編》卷六。參見於《元明清三代禁毀小說戲曲史料》，上海古籍出版社 1981 年版。

想家、文學家、藝術家、政治家，他們總是虛心向民眾學習，注重從民間文學中看到歷史文化的經驗及其巨大的思想文化財富。民間文學哺育了社會文化，用口耳相傳的方式教育了一代又一代人努力向真、向善、向美發展。它是文化的播種機，用思想智慧營造出許許多多膾炙人口的口頭文學，激勵人、鼓舞人與一切非正義的邪惡勢力作殊死的抗爭；它是文化的宣言書，向人類文明展示出充滿慷慨、昂揚與激越的思想、文化與精神，顯示出中華民族聰明智慧與文化品格的同時，昭示歷史與未來，用口頭語言藝術形式告訴世人什麼是真理，什麼是謬誤，什麼是人類文明發展的方向。民間文學是社會文化生活的常青樹，是大眾日常使用的教科書，每一次民間文學生活的表現，都是社會風俗生活的具體展現，是民族精神永遠的狂歡，波浪洶湧，勢不可擋！

民間文學是歷史的見證與記述，是千百年來人民對社會歷史的認同與表達。這是中國歷史文化的「口述」版本。清朝在風雨飄搖中結束了，歷史走進了近代。民間文學也翻開新的一頁。

市井六百年，解析元明清三代民間文學：
從魯智深怒吼到鄭秀英殉情，探尋平民書寫，一窺百姓心聲

作　　者：高有鵬
發 行 人：黃振庭
出 版 者：複刻文化事業有限公司
發 行 者：崧燁文化事業有限公司
E-mail：sonbookservice@gmail.com
粉 絲 頁：https://www.facebook.com/sonbookss/
網　　址：https://sonbook.net/
地　　址：台北市中正區重慶南路一段 61 號 8 樓
8F., No.61, Sec. 1, Chongqing S. Rd., Zhongzheng Dist., Taipei City 100, Taiwan
電　　話：(02)2370-3310
傳　　真：(02)2388-1990
印　　刷：京峯數位服務有限公司
律師顧問：廣華律師事務所 張珮琦律師

定　　價：450 元
發行日期：2025 年 06 月第一版
◎本書以 POD 印製

國家圖書館出版品預行編目資料

市井六百年，解析元明清三代民間文學：從魯智深怒吼到鄭秀英殉情，探尋平民書寫，一窺百姓心聲 / 高有鵬 著 . -- 第一版 . -- 臺北市：複刻文化事業有限公司 , 2025.06
面；　公分
POD 版
ISBN 978-626-428-160-7(平裝)
1.CST: 中國文學史 2.CST: 民間文學 3.CST: 文學評論
820.9　　　　114007775

電子書購買

爽讀 APP

臉書